बौद्ध धर्म का सार

बौद्ध धर्म पर केंद्रित अन्य पुस्तकें

बौद्ध धर्म का सार

पी. लक्ष्मी नरसु

भूमिका

डॉ. बी.आर. आंबेडकर

प्रकाशक

प्रभात प्रकाशन प्रा. लि.

4/19 आसफ अली रोड, नई दिल्ली–110002

फोन : 011–23289777 • हेल्पलाइन नं. : 7827007777

इ–मेल : prabhatbooks@gmail.com ❖ वेब ठिकाना : www.prabhatbooks.com

संस्करण

2024 (प्र.प्र. द्वारा प्रथम)

अनुवाद

वीणा शर्मा

पेपरबैक मूल्य

छह सौ रुपए

मुद्रक

आर–टेक ऑफसेट प्रिंटर्स, दिल्ली

———— ★ ————

BAUDDHA DHARMA KA SAAR

by P. Lakshmi Narasu

(Hindi translation of THE ESSENCE OF BUDDHISM)

Published by **PRABHAT PRAKASHAN PVT. LTD.**

4/19 Asaf Ali Road, New Delhi-110002

ISBN 978-93-5562-895-4

₹ 600.00 (PB)

उन सभी के लिए, जिनका मन सागर के समान अति विशाल है,
और प्रेम और करुणा से भरा हुआ है।
जिनके विचार, मीठे बुलबुल की तरह ऊँचाई
और हमेशा उन्नति हासिल करनेवाले हैं,
जो परिणाम की परवाह किए बिना, अपनी विचारशक्ति का
क्या सही नहीं है और क्या सही है, के बीच अंतर को
जानने के लिए इस्तेमाल करते हैं।
जोकि निश्चय ही बेघर, आवारा घूम सकते हैं, ऐसे मार्ग पर जहाँ
स्वतंत्रता और सदाचार उनके पथ-प्रदर्शक बने, बजाय
घर में आसान, मगर दास का जीवन व्यतीत करने के,
दास, जो अंधविश्वास और अधर्म के आगे सिर झुकाए खड़ा रहे,
जिनकी दृढ़ता पवित्र पथ में, उनके लिए उस ज्ञान को तलाशती है,
जो उन्हें सब बंधनों से मुक्त कर देता है,
जिनका काम उमंग को सबके साथ साझा करना होता है,
मुक्ति पाने का आसान सा पथ
उनके द्वारा रहस्य का खुलासा किया गया, जो ठीक से पढ़ते हैं
उत्पत्ति की समस्या।

नमः शाक्यमुनि तथागत, अर्हते, सम्यक् संबुद्ध

नतमस्तक होकर मैं उन्हें प्रणाम करता हूँ,
जो अज्ञानता के अंधकार को दूर करनेवाले हैं,
संपूर्ण जीवन की राह बतानेवाले कृपालु मार्गदर्शक हैं।
मानवता के पुष्प हैं, अतुल्य के स्वामी हैं,
ऋषि-मुनियों के देवता हैं, इस संसार के रक्षक हैं,
भगवान् बुद्ध—राजकुमार सिद्धार्थ के रूप में जनमे हैं।

दिन में सूर्य तपता है,
रात में चंद्रमा भासता है,
कवच पहन क्षत्रिय चमकता है,
ध्यान करता हुआ ब्राह्मण चमकता है,
और सारे दिन-रात बुद्ध अपने तेज से चमकते हैं,
भागवत की तरह, जो सारे आध्यात्मिक प्रकाश का स्रोत हैं।

—धम्मपद 387

कभी न बदलनेवाले एक वही हैं,
जिनके चेहरे के तेज से अँधेरा गायब हो जाता है।
कुलीन, दीप्तिमान,
अतुलनीय, किसी भी तुलना से परे—
भागवत, दूरदर्शी,
भागवत, महाज्ञानी।

—पब्याना सुप्त

इस संसार में ऐसा कहीं भी नहीं,
जिसका कारण वे नहीं हैं;
ऐसा कोई तथ्य नहीं, जिसके वे स्वामी नहीं,
उन्होंने मूल का भेदन नहीं किया।
वे शंकाग्रस्त लोगों के सभी प्रश्नों का हल देते हैं,
यदि वे अपने सभी लेकिन को उन पर छोड़ देंगे।

—उक्त

तीसरे संस्करण के लिए भूमिका

इस किताब के लेखक प्रो. पी. लक्ष्मी नरसु थे। यद्यपि मुझे इस किताब को जनता के सामने प्रस्तुत करते हुए अति प्रसन्नता हो रही है, फिर भी मैं यह बताना चाहता हूँ कि मैं इसके रचनाकार से कभी नहीं मिला और मैं उनके व्यक्तिगत जीवन के बारे में भी बहुत कम जानता हूँ। जितना हो सका, मैंने उनके व्यक्तिगत जीवन और साहित्यिक रचनाओं की जानकारी एकत्र करने की कोशिश की है। अपनी इस उद्‌देश्यपूर्ति के लिए मैंने डॉ. पट्टाभि सीतारमैया को एक बेहतर स्रोत के रूप में खोज निकाला। वे प्रो. नरसु को व्यक्तिगत तौर पर जानते थे और उनके दोस्त भी रह चुके थे। मैंने प्रो. नरसु के जीवन से जुड़ी प्रमुख बातों का नीचे उल्लेख किया है, जोकि मुझे डॉ. पट्टाभि से मालूम पड़ीं।

प्रो. पी. लक्ष्मी नरसु, बी.ए. पिछली शताब्दी के विलक्षण गुणों से संपन्न व्यक्ति थे। उन्होंने मद्रास ईसाई कॉलेज से भौतिकी में स्नातक की डिग्री ली थी। एक शिक्षक और निर्देशक होते हुए सन् 1897 में उनकी उपाधि को असिस्टेंट प्रोफेसर के रूप में आगे बढ़ा दिया गया और उन्हें सन् 1898-1899 में प्रो. मौफात, जोकि भौतिकी के स्थायी प्रोफेसर थे, की छुट्टी के दौरान उनकी गैर-मौजूदगी में बी.ए. में भौतिकी और रसायनशास्त्र का पूरा कार्यभार सौंप दिया गया।

प्रो. मौफात एक ऐसे अनुभवहीन नौजवान थे, जिन्हें प्रो. नरसु के मार्गदर्शन में प्रोफेसर के पद पर नियुक्त किया गया था और जिन्हें भौतिकी विषय में बेतार संप्रेषण के क्षेत्र में विशेष सम्मान प्राप्त था, जो विषय उन्नीसवीं शताब्दी के अंत में अपनी उन्नति के नवजात स्तर पर ही था। सन् 1898 और 1899 के दौरान प्रो. नरसु, जोकि उन दिनों पहले से ही भौतिकी और रसायनशास्त्र—बी.ए. और एम.ए. दोनों के लिए एक परीक्षक के पद पर थे। प्रो. नरसु को गतिविज्ञान के विषय का अच्छा-खासा ज्ञान था।

एक बार जब गतिविज्ञान में एक प्रश्न की परिशुद्धता पर संशोधन शुरू हुआ, तब प्रो. विलसन, जो एक क्रोधी स्वभाव के अंग्रेज थे और प्रेसिडेंसी कॉलेज, मद्रास में रसायनशास्त्र के प्रोफेसर तथा भौतिकी और रसायनशास्त्र के परीक्षकों के बोर्ड के

चेयरमैन थे। उन्होंने गतिविज्ञान से संबंधित प्रो. नरसु द्वारा बताए गए कुछ विचारों पर सवाल उठाए।

प्रो. नरसु ने उसी वक्त उनकी चुनौती को स्वीकार कर लिया। "मि. नरसु, क्या तुम मुझे सिखाना चाहते हो?" क्रोधी विलसन ने प्रो. नरसु से पूछा।

जिसके उत्तर में प्रो. नरसु ने समस्या पर काम करने के बाद शालीनता के साथ कहा, "मुझे खुशी है कि मैं प्रो. विलसन को गतिविज्ञान से संबंधित कुछ सिखा रहा हूँ।"

इस घटना के घटने के पचास साल बाद भी यह हमारे लिए एक सबक की तरह है, क्योंकि इससे पता चलता है कि प्रो. नरसु मानते थे कि जिन परंपराओं से समाज का नुकसान हो, उनको तोड़ने में कोई बुराई नहीं। प्रो. नरसु एक समाज-सुधारक भी थे। उन्होंने अठारहवीं शताब्दी में नौवें दशक की शुरुआत में जातिवाद के विरुद्ध अपनी क्षमतानुसार लड़ाई लड़ी और हिंदू धर्म में होनेवाले इस अन्याय का विरोध किया।

उनकी बौद्ध धर्म में बहुत आस्था थी और इस विषय पर वे अकसर लंबे समय तक संभाषण किया करते थे। वे अपने विद्यार्थियों के बीच बहुत ही प्रसिद्ध थे। उनके जादुई व्यक्तित्व का प्रभाव उनके विद्यार्थियों के दृष्टिकोण को व्यापक करने और उसमें आए सुधार पर साफ-साफ झलकता था, जिसके लिए वे निरंतर प्रयास करते रहते थे। उन्होंने अपने आत्मसम्मान, चाहे व्यक्तिगत हो या राष्ट्रीयता के स्तर पर, को हमेशा सर्वोच्च स्थान पर रखा और उन्होंने कभी अपने यूरोपीय सहकर्मियों के बीच रहकर उनके अहंकार और मानसिकता के कारण अपने स्वाभिमान को ठेस नहीं लगने दी। यद्यपि वे हमेशा स्कॉलरशिप की बात हो तो उनके श्रेय का भाग उन्हें देने के लिए हमेशा तैयार रहते थे, लेकिन उनके हाथों अपमान को कभी स्वीकार नहीं करते थे।

प्रो. नरसु, जोकि एक बहुत बड़े प्रख्यात शिक्षाशास्त्री थे, उन्हें अपनी आम और विस्तृत तौर पर पहचान बनाने में अधिक समय नहीं लगा और ख्याति प्राप्त करने से बहुत पहले ही उनकी पचैयप्पा कॉलेज के प्रधानाचार्य के रूप में पदोन्नति हो चुकी थी।

प्रो. नरसु को लोगों में जोश भरने के लिए जाना जाता था और वे राष्ट्रीय निधि और औद्योगिक संघ के तौर पर जानी जानेवाली संस्था, जिसे मिलनेवाले दान से उन विद्यार्थियों की सहायता की जाती थी, जो उच्च स्तर पर तकनीकी शिक्षा प्राप्त करने के लिए विदेश जाना चाहते थे, में सक्रिय तौर पर भाग लेते थे। उस समय जापान एक ऐसा देश था, जो उस समय के नौजवानों को अपनी ओर आकर्षित करता था और उनका लक्ष्य वहाँ जाकर विभिन्न छोटे उद्योगों और उत्पादन के तकनीकों को सीखना होता था—खासकर साबुन बनानेवाले—इनेमल और पेंट का उत्पादन करनेवाले उद्योग इत्यादि। लेकिन प्रोफेसर की प्रकृति का एक पहलू यह था कि वे सामाजिक सुधार लाना चाहते थे और अपने इस लक्ष्य की पूर्ति की आशा उन्हें बौद्ध धर्म से मिलती थी।

वे ऐसे पहले व्यक्ति थे, जिन्होंने जाति-प्रथा, कम उम्र में विवाह और विधवा पुनर्विवाह निषेध जैसी बुराइयों पर रोक लगाने का विचार किया, जो आगे चलकर अन्य कई विचारकों द्वारा सुधार के विषय माने जाने लगे। इस कड़ी में देखा जाए तो उनके भाई, जोकि एक समाज-सुधारक थे, ने व्यावहारिक तौर पर इस ओर कदम बढ़ाते हुए एक विधवा से विवाह किया। यह एक ऐसा युग था, जब ईसाई धर्म-प्रचारकों ने इस सामाजिक सुधार आंदोलन का न केवल समर्थन किया, बल्कि उन्होंने इसे परंपरागत हिंदुत्व और ईसाई धर्म परिवर्तन के अपने लक्ष्य को पूरा करने के एक पड़ाव पर विजय प्राप्त करने के तौर पर देखा। उन्हें अपनी सोच बदलने और धर्मांतरण की राह में इस विकासशील आंदोलन के रूप में एक बड़ी बाधा को पनपने का एहसास करने में लंबा समय नहीं लगा।

प्रो. नरसु उन्नीसवीं शताब्दी के ऐसे निष्ठावान सुधारक थे, जिन्होंने यूरोपीय अहंकार के साथ देशभक्ति के उत्साह से, मूर्तिपूजा भजन करनेवाले परंपरागत हिंदुत्व के साथ राष्ट्रवादी नजरिए से, पाखंडी ब्राह्मणों के साथ राष्ट्रवादी दृष्टिकोण से और आक्रामक ईसाई धर्म के साथ तार्किक दृष्टिकोण से लड़ाई लड़ी—यह सब वे महान् बौद्ध धर्म के उपदेशों में निहित शिक्षा के अंतर्गत कर पाए।

हाल के समय में भारत के विभिन्न भागों के बहुत से लोगों ने मुझसे बौद्ध धर्म पर एक अच्छी किताब का सुझाव माँगा। उनकी इन इच्छाओं पर प्रतिक्रिया देते हुए मैंने बिना शंका के उन्हें प्रो. नरसु की किताब का सुझाव दिया। क्योंकि मुझे लगता है कि बौद्ध धर्म पर आनेवाली यही अब तक की सबसे अच्छी किताब है। दुर्भाग्यवश, यह किताब बहुत दिनों से प्रिंट में नहीं आई है। इसलिए मैंने निश्चय किया कि इसे दोबारा से प्रिंट किया जाए, जिससे कि जिन लोगों की बौद्ध धर्म की शिक्षा में रुचि है, उनके हाथों में यह शब्दों के ऐसे भंडार के तौर पर उपलब्ध हो, जो अपने प्रतिपादन में पूर्ण और व्याख्या में स्पष्ट है। मुझे इसे प्रिंट करनेवाली पुरानी कंपनी वर्धाचारी एंड कंपनी, मद्रास के प्रतिनिधियों का भी शुक्रिया अदा करना होगा, जिनके पास इस किताब के मूल प्रकाशन का मुद्राधिकार था और उन्होंने इसके नए संस्करण की अनुमति दी।

इस संस्करण की भूमिका लिखते हुए मेरा यह उद्देश्य था कि बौद्ध धर्म की शिक्षा की आलोचना व इसका विरोध करनेवाले विपक्षी पक्ष—भूतकाल और वर्तमान काल दोनों की भी चर्चा की जाए। मैंने इन धारणाओं पर दो कारणों से तर्क-वितर्क करने का विचार त्याग दिया। पहला कारण, यह कि मेरा स्वास्थ्य ऐसे कार्य को करने की अनुमति नहीं दे रहा। दूसरा, मैं स्वयं बुद्ध के जीवनकाल पर कार्य कर रहा हूँ और इसलिए मुझे लगता है कि मैं इस विषय पर बेहतर तरीके से अपने ही कार्य में चर्चा नहीं कर सकता और न ही इसके साथ न्याय कर सकता हूँ, जबकि अगर मैं

किसी और व्यक्ति के कार्य की भूमिका को व्यक्त करूँ तो उसके साथ मैं अधिक विश्वास के साथ न्याय कर सकता हूँ। मैंने यह निर्णय विशेष तौर पर इसलिए लिया है, क्योंकि मेरा यह पक्का विश्वास है कि प्रो. नरसु की किताब के पाठकों को किसी भी तरीके से मेरे इस निर्णय से फर्क नहीं पड़ेगा।

'राज ग्रह'
हिंदू कॉलोनी, दादर, बंबई 14 —**बी.आर. आंबेडकर**
10 मार्च, 1948

लेखकीय

"यह पुस्तक दक्षिण भारत की कई पत्रिकाओं में बौद्ध धर्म पर लिखे गए कुछ लेखों की एक शृंखला, जिन्हें कई स्वरूपों के बाद प्राप्त किया गया, का अंतिम स्वरूप है। इसे इस उद्देश्य से तैयार किया गया है कि एक छोटे से संपादित रूप में, बौद्ध धर्म के प्रमुख विचारों को प्रस्तुत किया जाए और आधुनिक समाज को ध्यान में रखकर उनकी व्याख्या की जाए। यहाँ पर इनकी मौलिकता का दावा नहीं किया जा रहा। इसमें शामिल बहुत से तथ्यों को कई जाने-माने प्राच्यविदों की रचनाओं में पा सकते हैं। इस सत्य के बावजूद कि हमें अवतरण पालि या संस्कृत भाषा में प्राप्त हुआ, हम इसे उस भाषा से प्राप्त फल के रूप में बता रहे हैं। इसे उनके अनुयायियों द्वारा उनकी की गई विनम्र सेवा ही माना जाए।

"अपने गुरु की शिक्षा को प्रस्तुत करते समय उनके अनुयायियों का यह परम कर्तव्य है कि उनके मौलिक सिद्धांतों को ध्यान में रखें, उन्हें कभी न छोड़ें, जो उस शिक्षा का आधार है। बुद्ध के अनुसार, प्रामाणिकता की आवाज सत्य में मौजूद होती है और जहाँ सत्यता अग्रणी होती है, शिष्यों को उसी का पालन करना चाहिए। तदनुसार इसी आदेश को बौद्ध धर्म के सभी स्कूलों में एकल नियामक तत्त्व के रूप में स्वीकार किया गया, जिसमें गुरु की कोई ऐसी शिक्षा नहीं हो सकती, जो तर्कों की कसौटी पर खरी न उतरती हो या जिसे सत्य माना जाता हो। अपने धर्म का सारांश प्रस्तुत करने के लिए सभी बौद्धधर्मी लेखकों को तर्क और आध्यात्मिक ज्ञान के सहारे की तलाश करनी होती है। उनके मन में उन सूत्रों की वैधता के प्रति इतना सम्मान होता है कि वे 'सूत्रों', जिन्हें आमतौर पर बौद्ध धर्म का आधार माना जाता है, को अलग रख विचार कर ही नहीं पाते। इस प्रकार आधुनिक ज्ञान की दृष्टि से बौद्ध धर्म का विस्तार करने के लिए लेखक किसी भी तरीके से बौद्ध धर्म के अनुयायी के रूप में स्वयं के दृष्टिकोण से भटकते, अपितु केवल उसी राह का अनुसरण करते हैं, जिस राह पर बौद्ध धर्म का अनुयायी शुरुआती समय से चलता आ रहा है। यदि वह बौद्ध धर्म को एक आधुनिकता

के दृष्टिकोण से एक स्वरूप देने में सफल हुआ है तो वह ऐसा आधुनिक दृष्टिकोण में थोड़ा-बहुत बौद्ध धर्म के विचारों का समावेश करके नहीं हुआ, बल्कि बौद्ध धर्म के सारे स्वरूपों को रखकर और उस पर प्रकाश डालकर, उनमें शामिल ज्ञान की संपूर्ण सत्यता को सामने लाकर किया है।

"यूरोप और अमेरिका के चिंतनशील व्यक्तियों का बौद्ध धर्म की ओर खिंचा चला आना दरशाता है कि उन देशों में बौद्ध धर्म के विस्तार के लिए पहले से ही संस्थाएँ मौजूद हैं। महाबोधि संस्था, जिसका मुख्य कार्यालय शिकागो में स्थित है, वह संयुक्त राज्य में इस दिशा में बहुत ही अच्छा कार्य कर रही है। एक जापानी बौद्धधर्मी मिशन, जिसे सैन फ्रांसिस्को में स्थापित किया गया है, के द्वारा एक पत्रिका प्रकाशित की जाती है, जोकि 'द लाइट ऑफ धर्मा' के नाम से जानी जाती है, जिसे अमेरिका में बहुत बड़े पैमाने पर पढ़ा जाता है। एक बौद्धधर्मी संस्था, जिसकी स्थापना लाइपत्सिंग में हुई, जोकि 'डेर बुद्धिस्ट' (अब 'बुद्धिस्टिके वार्ते') के नाम से जानी जानेवाली पत्रिका को प्रकाशित करने के अलावा लोकप्रिय भाषण और कम मूल्य पर मिलनेवाली रचनाओं द्वारा तथागत की दी गई शिक्षा पर सक्रिय रूप से कार्य करती है।

"बेशक, कुछ रहस्यवादी नतीजों को उघारने के कारण, बौद्ध धर्म की ओर बहुत से पाश्चात्यों का ध्यान आकृष्ट हुआ है, इसके बावजूद यह दावा किया जाता है कि बौद्ध धर्म अपने उन अनुयायियों को जीत पाने में अछूता है, जो मानते हैं कि विचारों की पराकाष्ठा पर जाने के लिए विवाह हानिकारक नहीं है। लेकिन फिर भी, इस हिसाब से भी बौद्ध धर्म को कोई भय नहीं है। प्रारंभिक दौर के बौद्ध धर्म के बहुत से ऐसे मत हैं, जिनका मानना है कि एक सांसारिक व्यक्ति भी सिद्धता प्राप्त कर सकता है। एक यही वह धर्म है, जिसमें इतनी लोचशीलता है कि नेपाल के 'वज्राचार्य' के साथ-साथ सीलोन के 'स्थविर', जिन्होंने शायद कड़ा संन्यास और वैवाहिक जीवन का निश्छल आनंद उठाने के लिए स्वयं को एक कमरे में रखा है, वे भी शामिल हैं।

"भारत में बौद्ध धर्म के पुनर्जागरण की संभावनाएँ बहुत ही बड़े-बड़े इतिहासकारों द्वारा पहले से ही महसूस की गई हैं। शिक्षा और स्वतंत्र विचारों के फैलाव से धर्म का उन चिंतनशील भारतीयों के बड़े समूहों को आकर्षित करना असंभव है, जिनका राम या रहीम, कृष्ण या ईसा मसीह, काली या लक्ष्मी, मैरी या मेरी के प्रति कोई आकर्षण नहीं है। न ही ऐसे प्रतीक, जिनका उनकी शिक्षा के सहारे प्रभाव कायम रहता था, जो पूरे भारत के लिए परम पूजनीय हैं, जिन्होंने मानवजाति के सारे पाप-कर्मों को हर लेने के लिए जन्म लिया था। एक 'स्वदेशी' भावना का, जो कठोर जड़ों को लेकर आगे बढ़ती है, शाक्यमुनि का अमर नाम, जोकि अब बुद्ध अवतार की विकृत कहानियों में कहीं छिप गया है, जो किसी दिन निस्संदेह ही गुमनामी की सतह से ऊपर उठकर विकसित होगा

तथा अपनी अनंत कीर्ति और शान से प्रकाशित होगा।

"एक सभ्य समाज का सार, जिसे सही मायने में कहा गया है कि नैतिक होता है, न कि आध्यात्मिक। वे ताकतें, जिनकी स्थापना से एक सभ्य समाज का निर्माण होता है, वे 'आत्मा' और 'ब्रह्मा' या त्रिदेवों की एकता या ईश्वर पर दृढ़ता और श्रेष्ठता पर विश्वास नहीं है, बल्कि सत्यता, उदारता, न्याय, सहनशीलता, भाईचारे पर विश्वास करना है—कम शब्दों में कहें तो वह सबकुछ, जिसके सार को धर्म शब्द या बौद्ध धर्म में प्रस्तुत किया गया है।

"ठीक इसी कारण से सम्राट् अशोक ने बौद्ध धर्म को अपने शासन का आधार बनाया था। जब तक कि एक बार फिर, बुद्ध की वह 'सफेद रोशनी' भारतीय लोगों के जीवन और सोच में समाहित नहीं होती, जैसेकि सम्राट् अशोक के शासन के समय में की जाती थी। जब तक 'धर्म' सारे राष्ट्र का मार्गदर्शक नहीं बन जाता, क्या उनकी शांति और सुरक्षा को सुनिश्चित कर पाएँगे? संभव है कि लेखक के लिए यह आशा करना अति महत्त्वाकांक्षी हो सकता है कि यह किताब श्रद्धापूर्ण अभिलाषाओं को जल्द-से-जल्द पूर्ण करने में उपयोगी सिद्ध हो सकती है। लेकिन उसे यह आशा करने में खुशी महसूस होती है कि उनकी किताब उनके गुरु की शिक्षा को स्पष्ट रूप से समझाने में मददगार सिद्ध हो सकती है।"

शायद मैंने संभवत: वास्तविक प्रस्तावना की तरह ही प्रस्तुतीकरण दिया है, जिसके लिए मैं क्षमाप्रार्थी हूँ, क्योंकि मैं अपने लक्ष्य और आशाओं का वर्णन करने के लिए कोई नया तरीका नहीं खोज पाया तथा भारत और दूसरे देशों में पिछले संस्करण को जिस प्रकार का अनुकूल वातावरण प्राप्त हुआ, उसने मुझे यह विश्वास करने के लिए प्रेरित किया कि मेरी आशा पूरी हो चुकी है। फिर भी पहले संस्करण के प्रकाशित होने से लेकर अब तक ऐसी बहुत सी घटनाएँ घटित हुई हैं, जिनके कारण बौद्ध धर्म में सभी चिंतनशील लोगों की रुचि का बढ़ना स्वाभाविक सिद्ध हुआ है। इन घटनाओं में से मुझे केवल भारत से संबंधित घटनाओं से उत्साहित होने की आवश्यकता मात्र नहीं थी, अपितु मेरे समक्ष, पेशावर (पाकिस्तान) के निकट होनेवाली बौद्ध धर्म की रैलियाँ, गैर-बौद्धधर्मियों द्वारा वैशाख के उत्सव का आयोजन करना, बंगाल बौद्ध धर्म मंडल की अब तक की उन्नति, ग्रेट ब्रिटेन और आयरलैंड में बौद्धधर्मी समाज की स्थापना, 'जगज्योति' (संसार की ज्योति) का बंगाली में प्रकाशन और अंग्रेजी भाषा में 'बौद्धधर्मी समीक्षा' जैसी घटनाएँ भी थीं। यह मान लेना अहंकार करने जैसा होगा कि मेरी किताब का इन घटनाओं को प्रत्यक्ष तौर पर सबके समक्ष लाने और प्रभावशाली बनाने में किसी तरह संबंध है, लेकिन इन आंदोलनों से जुड़ी कोई सीख लेना कोई छोटी बात नहीं है, जिसका मेरी किताब का उन पर एक प्रत्यक्ष दिखनेवाला प्रभाव पड़ा था।

इस संस्करण का ढाँचा मूल प्रति के बिल्कुल समान है, लेकिन इस भाग के नए विषयों में एक अच्छी बात यह जोड़ी गई है कि मेरे बौद्धधर्मी होने की आधुनिक शैली, जिसका निर्माण पुराने और नए संसार के वैज्ञानिकों के दृष्टिकोण को मिलाकर किया गया है, को शामिल किया गया है, जो बुद्ध की विचारधारा के अधिक निकट है, बजाय उसके जो कृपालु के उपदेशों की भारतीय विद्या का प्रस्तुतीकरण है। बौद्धधर्मियों के लिए सबसे महत्त्वपूर्ण सवाल यह नहीं है कि क्या उन्हें 'महायानिक' या 'हीनयानिक' कहना चाहिए, बल्कि प्रश्न यह है कि क्या बौद्ध धर्म आधुनिक सभ्यता की शर्तों पर खरा उतर सकता है, जोकि जोश से भरपूर है, पुराने समय द्वारा दिए गए आदर्शों से नहीं, बल्कि आधुनिक विज्ञान के बारे में बढ़ती जागरूकता के कारण। इस गंभीर सवाल का जवाब देने का प्रयास करने के लिए मुझे समान क्षेत्र के दोस्तों, समीक्षकों और सहकर्मियों की आलोचना या किसी भी संकेत को अनदेखा नहीं करना था। मैंने कुछ दोस्तों के सुझावों पर बौद्धधर्मी कला के कुछ चित्रों को भी यहाँ संकलित किया है।

बहुत से ऐसे लोग हैं, जिनका मैं अपनी किताब के सफल होने के लिए शुक्रिया अदा करना चाहूँगा और उनमें से सबसे पहला नाम होनोलूलू की एक उत्साही बौद्धधर्मी, मिसेज मैरी ई. फोस्टर का है, जिन्होंने मेरी किताब को इस जगह पर पहुँचाने के लिए दान दिया, उनके इस सहयोग के बिना इस किताब को यहाँ तक पहुँचाने में मैं असमर्थ था।

—पी. लक्ष्मी नरसु

मद्रास
367, मिंट स्ट्रीट
दिसंबर 1911

अनुक्रम

अध्याय-1

बुद्ध का ऐतिहासिक महत्त्व

बौद्ध धर्म या जैसाकि इसका अनुसरण करनेवाले इसे पुकारते हैं—धर्म, वह धर्म है, जिसमें बुद्ध द्वारा दिए गए उपदेशों का अनुपालन किया जाता है। बुद्ध वे थे, जिन्होंने 'बोधित्व' प्राप्त किया। बोधित्व से आशय उस स्थिति से है, जिसे ज्ञान और नैतिक उत्कृष्टता की आदर्श अवस्था कहा जाता है, इस अवस्था को किसी व्यक्ति द्वारा मानव जीवन में व्याप्त सभी तरह की बुराइयों और बुरे विचारों से कोसों दूर होकर ज्ञान की स्थिति से प्राप्त किया जा सकता है। इतिहास में ऐसे बहुत से ऋषि-मुनि हुए हैं, जिन्हें बोधित्व की प्राप्ति हुई है, उनमें गौतम शाक्यमुनि का नाम सर्वोपरि है।

गौतम शाक्यमुनि को आमतौर पर धर्म (बौद्ध धर्म के अनुयायियों द्वारा पुकारा जाता है) का संस्थापक कहा जाता है। लेकिन स्वयं गौतम शाक्यमुनि द्वारा अपने दिए गए उपदेशों में उन सिद्धांतों को संदर्भित किया, जिन्हें उनसे पहले हुए बौद्ध मुनियों द्वारा उपदेशों में बताया जा चुका था। हम गौतम बुद्ध को ठीक उसी रूप में बौद्ध धर्म के संस्थापक की संज्ञा नहीं दे सकते, जिस तरह हम ईसाई धर्म में प्रभु ईसा या इसलाम के लिए मोहम्मद पैगंबर को देते हैं। हमने जिन दो धर्मों की बात ऊपर की है, उनके संस्थापकों में निस्संदेह एक दैवीय शक्ति विद्यमान थी; उन्हें ईश्वर के पुत्र का पुनर्जन्म माना गया, जो स्वयं उस ईश्वर के समान थे। कोई भी व्यक्ति स्वयं को एक सच्चा ईसाई तब तक नहीं कह सकता, जब तक वह प्रभु ईशु की दिव्यता को स्वीकार नहीं करता और जो यह विश्वास नहीं करता कि प्रभु ईशु क्रॉस पर हुई मृत्यु के बाद वापस जिंदा हुए थे, जिस पर उन्हें उन लोगों के पापों को स्वयं पर लेने के लिए लटकाया गया था, जो उन पर विश्वास करते थे।

मोहम्मद, जो इसलाम धर्म के संस्थापक हैं, हालाँकि वे अल्लाह का पुनर्जन्म नहीं थे और न ही उनके किसी सगे-संबंधी या सेवक के बारे में ऐसा कहा जा सकता है, लेकिन फिर भी वे विशेष व्यक्ति थे, जिन्हें उस दैवीय शक्ति का मानव जाति के साथ संवाद स्थापित करने के लिए दूत बनाकर भेजा गया था। और कोई भी व्यक्ति खुद को

सच्चा मुसलमान नहीं कह सकता, जब तक वह विश्वास न करे कि मोहम्मद अल्लाह के दूत थे। लेकिन बुद्ध ने स्वयं के एक साधारण व्यक्ति होने का दावा सदैव किया। इसलिए इसमें तनिक भी संदेह नहीं है कि उनके बारे में हम जितना पढ़ें, उनके पूर्ण रूप से एक मानव होने का विश्वास हमारे अंदर और भी गहरा होता जाए। वे और लोगों की तरह एक मानव थे। उन्होंने कभी ऐसा कोई दावा नहीं किया कि वे किसी दैवीय शक्ति साधन से किसी तरह का कोई प्रकटीकरण या रहस्य उद्‌घाटन करेंगे। उन्होंने स्वयं के एक मुक्तिदाता होने का दावा नहीं किया, जो अपना अनुसरण करनेवाले सभी लोगों के पापों को अपने ऊपर ले लेंगे। उन्होंने केवल यह दावा किया कि वे लोगों को उस मार्ग के बारे में ज्ञान दे सकते हैं, जिस पर चलकर उन्होंने स्वयं को मुक्त किया। उन्होंने विशेष तौर पर हमें यह बताया कि हर व्यक्ति को अपने पापों का बोझ स्वयं ही ढोना होगा, यह भी कि हर व्यक्ति को अपने निर्वाण का रचयिता स्वयं बनना होगा और यह भी कि यहाँ का एक व्यक्ति ईश्वर की देन से भी वह प्राप्त नहीं कर सकता, जो वह स्वयं की सहायता, आत्म-विजय और आत्ममोक्ष के रूप में प्राप्त कर सकता है। 'धम्मपद' (जिसमें धन्य शाक्यमुनि द्वारा कहे गए वचनों को संगृहीत किया गया है) में कहा गया है—

"हम जो कुछ भी हैं, वह सब अपने विचारों का ही परिणाम है। हमारी पहचान हमारे विचारों में ही मिलती है, हमारी पहचान हमारे विचारों से ही बनती है।"

"व्यक्ति जो कुछ भी गलत काम करता है, उसका परिणाम उसे भोगना पड़ता है और जब कोई व्यक्ति गलत काम करना छोड़ देता है तो व्यक्ति खुद को शुद्ध कर लेता है। शुद्धता और अशुद्धता स्वयं व्यक्ति पर निर्भर करती है; कोई व्यक्ति किसी दूसरे व्यक्ति को शुद्ध नहीं कर सकता, यह उसे खुद ही करना होता है।"

"आपको स्वयं उसके लिए प्रयास करना होता है, बुद्ध मात्र उपदेश दे सकते हैं। उनके उपदेशों में शामिल विचारों को हमारे भीतर जिस मार्ग से प्रवेश करना होता है, उस मार्ग को पापों या बुरे कर्मों से मुक्त होना होता है।"

"वह व्यक्ति, जो स्वयं को उस समय नहीं जगाता, जब जागने का समय होता है, हालाँकि उसमें ऐसा करने की ताकत भी होती है और वह युवा भी होता है, लेकिन आलस्य उसके अंदर तक समाया होता है, जिसकी इच्छाशक्ति और विचार कमजोर होते हैं, वह आलसी और सुस्त इनसान कभी ज्ञानोदय के मार्ग की खोज में सफल नहीं हो पाता।"

"उत्साह से भरा पथ अमरता का पथ होता है, जबकि आलस्य का पथ मृत्यु का पथ होता है। जो मनुष्य सदैव उत्साह से भरे रहते हैं, वे कभी नहीं मरते; जो लोग आलस्य का दामन थामे रहते हैं, वे मृत्यु से पहले ही मृत्यु को प्राप्त कर लेते हैं।"

'महापरिनिर्वाण सूत्र' में बुद्ध आनंद, जो उनके प्रिय अनुयायियों में से एक थे, को दोबारा से निम्न उपदेश देते हैं—

"ओ आनंद, अप्पो दीपो भवः (अपना प्रकाश स्वयं बनो)। अपना सहारा स्वयं बनो। धर्म को अपने जीवन के प्रकाश की भाँति सदैव थामे रहो। धर्म को अपने जीवन के सबसे बड़े सहारे की भाँति थामे रहो। अपने अतिरिक्त किसी और से सहारे की उम्मीद न करो।"

"और जो कोई भी, आनंद, अभी या जब मेरी मृत्यु हो जाए, तो भी अपना प्रकाश स्वयं ही बनना और अपना सहारा स्वयं ही बनना···यह हैं वो आनंद, जो बोधि के बाद के उन जिज्ञासुओं में से थे, जो सबसे सर्वोच्च स्थान पर पहुँचे।"

बुद्ध ने न केवल कुछ प्रिय मनुष्यों के लिए किसी तरह की दैवीय शक्ति का सहारा प्राप्त न होने की बात कही, न ही उन्होंने यह दावा किया कि अगर मानव उन पर आस्था रखता है तो उसके फलस्वरूप उसे अपने सभी दुःख और तकलीफों को भोगने से मुक्ति प्राप्त हो जाएगी, अपितु उन्होंने अपने अनुयायियों से आलोचना के पथ पर और आगे बढ़ते हुए उपदेश दिया कि वे शारीरिक व्यक्तित्व को महत्त्व न देते हुए, उससे आसक्त न हों, बल्कि उनके आदर्श को हमेशा याद रखें। 'वज्रच्छेदिका' में कहा गया है—"वह मनुष्य, जो मेरी तलाश में है, अर्थात् वास्तविक तथागत की किसी भौतिक रूप में या फिर किसी श्रव्य माध्यम के रूप में कर रहा है तो वह मनुष्य एक भ्रमात्मक पथ पर चल पड़ा है और कभी उसका साक्षात्कार तथागत के साथ नहीं होगा।"

ठीक इसी तरह हम एक दूसरे स्थान पर पढ़ते हैं—"जो कहता है, तुम मुझे देखते हो और फिर धर्म का भी उल्लंघन करते हो, तो मैंने तुम्हें नहीं देखा, क्योंकि तुम मुझसे दस हजार मील दूर थे, जबकि जो मनुष्य धर्म का अनुसरण करता है, वह हमेशा मेरी दृष्टि के समीप रहता है।"

समान सत्य को परम कृपालु और ब्राह्मण द्रोण के बीच हुए संवाद में बहुत प्रभावशाली तरीके से प्रकट किया गया। एक बार ब्राह्मण द्रोण ने परम कृपालु को एक वृक्ष के नीचे बैठा हुआ देखा। उन्होंने उनसे पूछा—"क्या आप कोई देवता हैं?" उन महान् आत्मा ने कहा—"नहीं, मैं नहीं हूँ!" "क्या आप गंधर्व हैं?" "मैं नहीं हूँ!" "क्या आप यक्ष हैं?" "मैं नहीं हूँ!" "क्या आप मनुष्य हैं?" "मनुष्य नहीं हूँ!" ब्राह्मण के यह प्रश्न पूछने पर कि वे क्या हो सकते हैं, परम कृपालु ने उत्तर दिया—"वह बुरे प्रभाव, वासना, जिनका विनाश न होना, मुझे एक देव, गंधर्व, यक्ष या मनुष्य बनाता है, मैंने उन्हें पूरी तरह नष्ट कर दिया है। इसलिए हे ब्राह्मण! यह जान लो कि मैं बुद्ध हूँ!" इस दंतकथा से प्राप्त होनेवाले व्यावहारिक सबक की बात करें तो वह स्पष्ट है। हिंदू धर्म के अनुसार एक देवता, गंधर्व, यक्ष के द्वारा मानव रूप धारण किया जा सकता है। इसलिए ब्राह्मण के लिए उनसे यह प्रश्न पूछना कि मनुष्य रूप धारण करने से पहले देवता, गंधर्व अथवा यक्ष थे, लेकिन जब ब्राह्मण को अपने हर प्रश्न का उत्तर नकारात्मक प्राप्त हुआ, तो वे

किंकर्तव्यविमूढ़ हो गए और इसलिए उन्होंने उनसे साधारण प्रश्न पूछा। उनके इस प्रश्न के उत्तर के तौर पर उनको बुद्ध से जो जवाब प्राप्त हुआ, वह पूरी तरह से सुस्पष्ट था।

उनकी दृष्टि में उनका रूप महत्त्वपूर्ण नहीं था, अपितु उनके लिए उनका चरित्र (नाम) महत्त्व रखता था, करुणा और ज्ञान के विचारों की व्यावहारिक जीवन में अभिव्यक्ति को एक शब्द में सारगर्भित करें, तो वह बोधि है। वे केवल शाक्यमुनि नहीं थे, अपितु वे तथागत भी थे। उन्होंने जिस शाश्वत सत्य से सबको अवगत करवाया, वे और कुछ नहीं, बल्कि वे वही थे, जो स्वयं उनके व्यक्तित्व का सारतत्त्व थे। वे धर्माधातौस्व-भावतमका[1] वे स्वयं में मानव समाज में शामिल वास्तविक सत्य को प्रस्तुत कर रहे थे। इसलिए इसमें तनिक भी आश्चर्य की बात नहीं है कि बौद्ध धर्म में जिसका प्रभाव सबसे अधिक मिलता है, वे शाक्यमुनि नहीं, अपितु बुद्ध हैं।

हालाँकि धर्म के अनुसार जीवन में जो चीज सर्वप्रथम महत्त्व रखती है, वह यह है कि किसी भी महान्-से-महान् गुरु का व्यक्तित्व उसके नैतिक मूल्यों के बिना कोई मान्य नहीं रखता। इस प्रकार उनका व्यक्तित्व उनकी शिक्षा का मात्र भौतिक रूप है, उसे उनके शिष्यों के लिए अनुकरण और अनुसरण करने हेतु मात्र एक आदर्श के तौर पर सामने रखा गया है। जैसाकि 'अमितायुस ध्यान सूत्र' कहता है—"चूँकि वे बुद्ध के शरीर पर ध्यान लगाते हैं, इसलिए वे बुद्ध के मस्तिष्क को भी देख पाते हैं। बुद्ध का मस्तिष्क सभी प्राणियों के लिए बहुत ही कृपा बरसानेवाला है।"

साथ ही यह भी याद रखनेवाली बात है कि परम कृपालु द्वारा जो भी उपदेश दिए गए हैं, उनकी वैधता मनुष्य के जीवन में किसी तरह के चमत्कार अथवा विशेष घटना पर निर्भर करती है, जैसाकि कुछ अन्य धर्मों के मामले में होता है। अगर ऐसा मान लिया जाए कि गौतम शाक्यमुनि के जीवन में जो घटनाएँ घटीं, उनका कोई ऐतिहासिक आधार नहीं है तो भी इससे उनके द्वारा जो उपदेश दिए गए, उनका महत्त्व तनिक भी कम नहीं होता। जैसाकि परम कृपालु ने स्वयं कहा है—उपदेशों में उनकी प्रस्तुति स्वत: निहित होती है।

पौराणिक मंडनों को उजागर करें तो गौतम बुद्ध के जीवन में घटी महत्त्वपूर्ण घटनाओं पर आसानी से प्रकाश डाला गया है। उनका जन्म छठवीं शताब्दी के मध्य में ईसाई धर्म के आगमन से पूर्व (563 ईसा पूर्व), कपिलवस्तु के पास लुंबिनी वन में हुआ था, जिसे आज की तिथि में नेपाल के गोरखपुर जिले के उत्तर में स्थित 'पदेरिया' के नाम से जाना जाता है। मानव जाति का अपने उपदेशों के माध्यम से उद्धार करनेवाले इस महान् गुरु के जन्मस्थान को चिह्नित करने के उद्देश्य से और उनके प्रति अपनी श्रद्धा व भक्ति का प्रदर्शन करने के लिए सम्राट् अशोक द्वारा सन् 289 (ईसा पूर्व) शिलालेखों का निर्माण करवाया गया, जिस पर अभिलेखित था—"यहाँ पर प्रबुद्ध का जन्म हुआ था।"[2]

कपिलवस्तु में शाक्य वंश का शासन था, इसी वंश के राजा के घर सिद्धार्थ का जन्म हुआ और इस तरह इतिहास में इस वंश का नाम अमर हो गया। गौतम मुनि के पिता का नाम शुद्धोधन और माता का नाम मायादेवी था, जो महाराज अंजन की पुत्री थीं, जिनका संबंध इस वंश से था। सिद्धार्थ की माता का देहांत तभी हो गया, जब वे मात्र सात दिवस के थे। इसके बाद उनका लालन-पालन अपनी मौसी, जिनका नाम प्रजापति गौतमी था, के द्वारा किया गया। सिद्धार्थ ने अपने जीवन के शुरुआती वर्ष राजकुमार की तरह बहुत आराम, विलासिता और संस्कृति संपन्नता के साथ व्यतीत किए। सोलह वर्ष की आयु में उनका विवाह चचेरी बहन, जिसका नाम यशोधरा था, से हुआ था। जो कोली वंश के राजा थे। उनका एक पुत्र भी था, जिसका नाम राहुल था। अपने जीवन के पच्चीस वर्ष तक सिद्धार्थ ने मात्र सुंदरता और भोग-विलास का जीवन व्यतीत करते हुए खुशियाँ ही देखीं। इस समय में उन्हें कहीं-न-कहीं मानव जीवन में फैली उदासी और पीड़ा ने भी बहुत प्रभावित किया और उन्हें जीवन की परेशानियों को लेकर चिंतित कर दिया। जीवन की पीड़ा और उदासी के मूल तथा उसे मिटाने के साधनों की खोज की तीव्र इच्छा से वे प्रेरित हुए और इसके फलस्वरूप उन्होंने उनतीस वर्ष की आयु में सभी पारिवारिक बंधनों से मुक्ति की घोषणा की और वन की ओर इस सरलता के साथ चले गए, जैसे वे उस जीवन के अभ्यस्त थे।

तथागत इसलिए नहीं गए, क्योंकि उन्हें अपने बच्चों से प्रेम नहीं था।
तथागत इसलिए नहीं गए, क्योंकि उन्हें अपनी पत्नी से प्रेम नहीं था,
तथागत इसलिए नहीं गए, क्योंकि उन्हें अपने बंधुओं से प्रेम नहीं था,
अपितु उनको बोधिसत्त्व से अधिक प्रेम था, इसलिए उन्होंने वह घोषणा की।

इस महान् त्याग, बोधिसत्त्व (अभिनिराक्ष्यमनः) के पश्चात्, खोज करनेवाले बोधि ने स्वयं को दो प्रख्यात ब्राह्मण गुरुओं—आलार कालाम और उद्रका रामपुत्र की शरण में आध्यात्मिक मार्गदर्शन के लिए समर्पित किया। उनके पहले गुरु वैशाली में निवास करते थे और उनके बहुत सारे अनुयायी थे। वे स्पष्ट तौर पर कपिला, जो दर्शनशास्त्र की शाक्य प्रणाली के प्रतिष्ठित संस्थापक थे, के अनुयायी थे और वे 'आत्मा' पर विश्वास करने पर जोर देते थे। उन्होंने आत्मा की मौजूदगी पर विश्वास न करने को धर्म की ओर झुकाव न होने की स्थिति बताई।

शाश्वत अमूर्त आत्मा पर विश्वास किए बिना व्यक्ति किसी भी तरह मोक्ष के मार्ग को नहीं देख सकता। ठीक उस मुंजा घास की तरह, जो अपने कठोर आवरण से जब मुक्त हो जाती है या उस जंगल में उन्मुक्त उड़नेवाले पक्षी की तरह, जो जाल से मुक्त हो जाता है, उसी तरह जब आत्मा अपनी भौतिक सीमाओं (उपाधि) से आजाद हो जाती

है, तो उसे संपूर्ण मुक्ति की प्राप्ति हो जाती है। जब अहं अपनी अभौतिक प्रकृति का प्रभेद करेगा, तभी उसे सही मोक्ष की प्राप्ति होगी। इस उपदेश ने बोधिसत्त्व को संतुष्ट नहीं किया और उन्होंने अर्दा कलमा को छोड़ दिया तथा स्वयं को उद्रका रामपुत्र के शिक्षण में समर्पित कर दिया। जो आगे चलकर संभवत: वैशेषिक प्रणाली के अनुयायी बन गए थे और उन्होंने 'मैं' के प्रश्न पर भी लिखा था, लेकिन उन्होंने अधिक जोर कर्म के प्रभाव और आत्माओं के स्थान परिवर्तन पर दिया था। बोधिसत्त्व द्वारा कर्म के सिद्धांत में सत्यता देखी गई, लेकिन वे स्वयं को यह विश्वास नहीं दिला पाए कि आत्मा की मौजूदगी है और उसका स्थान परिवर्तन होता है। इसलिए उन्होंने उद्रका का भी त्याग कर दिया और उन पुजारियों के पास, जो मंदिर के कार्यवाहक थे, इस आशा में गए कि वे उनसे दु:ख और कष्ट से बचने के मार्ग के बारे में सीख सकें। लेकिन गौतम, जो सौम्य प्रवृत्ति के थे, के लिए अनावश्यक तौर पर ईश्वर की वेदी पर हिंसक तौर पर बलि देना विद्रोह का कारण बना और उन्होंने पुजारियों को एक जीवन को समाप्त करने के अपने बुरे कर्मों के प्रायश्चित्त और नैतिक जीवन की अवहेलना कर धर्म के मार्ग पर बढ़ने की संभावना नहीं होने पर उपदेश दिया।

एक बेहतर प्रणाली की खोज में वैशाली से भटकते हुए सिद्धार्थ उद्रका के पाँच शिष्यों, जिनके प्रमुख कौंडिन्य थे, के साथ मगध के गया के पास उरूविल्वा के जंगलों में बस गए। वहाँ पर उन्होंने इन पाँचों को अपनी इंद्रियों पर निगरानी रखते, अपने मनोविकारों को वश में करते और कठोर तपस्या का अभ्यास करते हुए देखा। उन्होंने उनके उत्साह और गंभीरता का अनुसरण किया तथा जिन माध्यमों को उनके द्वारा अपनाया जा रहा था, उसे एक मौका अपने आप पर वैराग्य को देने का निश्चय किया। छह वर्षों तक अत्यंत ही कठोर तपस्या करना तब तक जारी रखा, जब तक उनका शरीर एक सूखी हुई शाखा की तरह सिकुड़ा हुआ नहीं हो गया। एक दिन नैरंजना (आधुनिक समय की फल्गु नदी) नदी में से जब वे नहाकर बाहर निकलने के लिए खड़े हुए तो बहुत कमजोर होने के कारण वे वहाँ से उठ नहीं सके। हालाँकि फिर किसी तरह एक पेड़ की झुकी हुई शाखा की मदद से उन्होंने अपने आप को खड़ा किया और नदी से बाहर आए। लेकिन अपने निवास स्थान पर वापस आते समय वे फिर से लड़खड़ा गए तथा भूमि पर गिर पड़े और शायद वे वहीं पर मर भी जाते, अगर उन पर सुजाता, जोकि जंगल के पास ही रहनेवाले चरवाहे की बड़ी बेटी थी, की नजर न पड़ती।

वह अचानक ही वहाँ से गुजर रही थी, जहाँ पर बोधिसत्त्व मूर्च्छित अवस्था में पड़े हुए थे। उसने उन्हें थोड़े चावल और दूध खाने के लिए दिए। उसे खाकर उनमें थोड़ी ताकत आई और उन्होंने यह अनुभव किया कि कठोर तपस्या का मार्ग उन्हें उस लक्ष्य की तलाश के मार्ग पर आगे ले जाने के बजाय उन्हें शरीर व मन दोनों तरह से कमजोर

कर रहा है। अपने इस एहसास के पश्चात् उन्होंने कठोर तपस्या के मार्ग को छोड़ दिया और अपने शरीर की जरूरी आवश्यकताओं की ओर ध्यान देने लगे, इस तरह वे प्रतिबिंब और आत्म-परीक्षण के एक क्रम में अपने स्वयं के कारण, वह प्रकाश, जो हम सभी के भीतर विद्यमान होता है, जिससे हम सत्य को प्राप्त करते हैं, पर विश्वास करते हुए प्रवेश कर गए।

"सत्य हमारे भीतर व्याप्त है; उसे बाहरी चीजों से
किसी तरह का बल प्राप्त नहीं होता, आपका विश्वास चाहे जो हो।
हम सभी में एक गुप्त केंद्र स्थित होता है,
जहाँ पर सत्य पूर्णता के साथ विद्यमान होता है और उसके आसपास
दीवारें-ही-दीवारें बनी होती हैं, जिसके अंदर सत्य जमा होता है,
यह संपूर्ण स्पष्ट दृष्टिकोण है—जो सत्य है।
जिसे चक्कर में डालने और दैहिक जाल से
बाँधते और गलतियों पर गलतियाँ करवाई हैं; और
इसमें से बच निकलने के मार्ग को जानने के बजाय
जिस कारण कैदी बना तेज, संभवतः बच सकता है,
उसकी तुलना में प्रकाश प्रभावशाली प्रवेश के लिए
जिसके बिना रहने की कल्पना की गई।"

एक रात, जब वे बड़े से पेड़ (पीपल) के नीचे गहरे ध्यान में बैठे हुए थे, तभी उन्हें सत्य के पूर्ण ज्ञान की प्राप्ति हुई। उन्होंने उस समय आस्था के प्रचलित गलत तरीकों को देखा और उन्होंने उस स्रोत का पता लगाने और उसके विनाश की ओर जानेवाले मार्ग की खोज का निर्णय लिया, जिसके कारण सांसारिक दुःख मनुष्य को घेरे रहते हैं। उन्होंने देखा कि पीड़ा का कारण जीवन के साथ स्वार्थ भाव का चिपके रहना है और इस तरह से जीवन के दुःखों से बचने का उपाय दस पूर्णताओं (दस पारमिता) की प्राप्ति में निहित है। इस महान् सत्य का प्रभेद पाने और जीवन में इनका एहसास होने के पश्चात् बोधिसत्त्व प्रबुद्ध बन गए; अतः उन्हें 'संबोधि' की प्राप्ति हुई और वे बुद्ध बन गए। उचित रूप से 'संबोधि' को 'स्वबोधनम्' कहा जाता था, जिससे इस तथ्य पर जोर दिया जाए कि इसे केवल स्वयं की सहायता से ही प्राप्त किया जा सकता है, इसके ज्ञान के लिए किसी बाहरी गुरु या ईश्वर की सहायता की आवश्यकता नहीं होती। जैसाकि कवि कहता है—

"अपनी आत्मा के प्रकाश को स्वयं में सुरक्षित रखकर,
किसी व्यक्ति के मार्गदर्शन या किसी अन्य के मार्गदर्शन की आवश्यकता नहीं।"

अब हम कृपालु के जीवन के सबसे महत्त्वपूर्ण क्षण पर आते हैं। बहुत से संघर्षों के बाद उन्हें सबसे गहन सत्यों की प्राप्ति हुई, वे सत्य, जो अर्थ से परिपूर्ण थे, परंतु केवल ज्ञान के द्वारा ही उनको समझा जा सकता है; वे सत्य, जो ईश्वरीय कृपा से भरपूर होते हैं, लेकिन उसे सामान्य मस्तिष्क (प्रज्ञान) से जान पाना कठिन होता है। मानव जीवन सांसारिक होता है और उसके भीतर सदैव खुशी को पाने की तीव्र इच्छा व्याप्त रहती है। हालाँकि उसमें ज्ञान को प्राप्त करने का ज्ञान और गुण व्याप्त होता है और वे चीजों की सही प्रकृति को समझ सकते हैं, फिर भी वे अज्ञानी बने रहते हैं और भ्रमित करनेवाले विचारों में उलझे रहते हैं। क्या वे कर्म के सिद्धांत नीतिगत संसार में कारण और प्रभाव के संयोजन के नियम को समझ सकते हैं? क्या वे स्वयं को आत्मा के एक जीववादी विचारों से अलग कर पाएँगे और व्यक्ति की वास्तविक प्रकृति को आत्मसात् कर पाएँगे? क्या वे ईश्वर और उनके बीच में मध्यस्थता करनेवाले पुरोहितों के द्वारा मुक्ति की प्राप्ति के झुकाव से बाहर निकल पाएँगे? क्या वे शांति की अंतिम स्थिति को समझ पाएँगे, जो सभी सांसारिक इच्छाओं को शांत करनेवाली है, जो व्यक्ति को निर्वाण के आनंददायक स्वर्ग की ओर ले जाता है? उनके लिए यह सही सलाह होगी कि वे इन परिस्थितियों में जनमानस को उस सत्य के बारे में उपदेश दें, जिनकी खोज उन्होंने की थी? क्या यह संभव नहीं है कि असफलता का परिणाम दु:ख और दर्द के रूप में सामने आएगा?

इस तरह के कुछ संदेह और प्रश्न उनके मन में उत्पन्न हुए थे, लेकिन सार्वभौमिक करुणा भाव के विचारों से ही वे दबे और शांत हो गए। वे जो मानव जीवन में व्याप्त सभी तरह के स्वार्थ भावों का परित्याग कर चुके थे, वे अब केवल दूसरों के लिए ही अपना जीवन व्यतीत कर सकते थे। दूसरों के लिए जीवन जीने का इससे बेहतर मार्ग और क्या हो सकता है कि उन्हें परमानंद की प्राप्ति के पथ पर चलने के लिए उनका पथ-प्रदर्शन किया जाए? जनमानस की इससे बड़ी सेवा और क्या हो सकती है कि उसे संसार नामक भवसागर, जोकि दु:खों से भरा हुआ है, जिससे बचने का प्रयास वह कर रहा है, से बचाने में सहायता की जाए? क्या धर्म द्वारा दिया गया यह सभी उपहारों से श्रेष्ठ उपहार नहीं है? जब कृपालु इस पर विचार करते हैं कि किस तरह से उदासी और पीड़ा ने सभी को उत्पीड़ित कर रखा है, तो उनका मन कृपा भाव से भर जाता है और वे यह निर्णय लेते हैं कि उन्होंने जिस सत्य की खोज की है, उसके बारे में सभी जनमानस को उपदेश देंगे।

"उन सभी राष्ट्रों में जहाँ मुझे जाना चाहिए,
और उस द्वार को खोलकर, जो अमरत्व की ओर जाता है।
जो सुन सकते हैं, वे सुनें,
मोक्ष प्राप्ति के उत्कृष्ट पथ में महारत प्राप्त करें।"

अपने इस दृढ़ संकल्प के साथ वे बनारस की ओर चल पड़े, जो सदियों से धार्मिक जीवन और विचारों का केंद्र रहा है। अपने पथ पर आगे बढ़ते हुए कृपालु की भेंट अपने एक पुराने परिचित उपका से हुई, जो एक निरा (निर्वस्त्र) जैन मुनि थे और जो उनके तेजस्वी और आनंदित करनेवाले रूप से प्रभावित हुए, उन्होंने पूछा—"आपका गुरु कौन है, जिनके मार्गदर्शन में आपने संसार का परित्याग किया है?"

प्रबुद्ध द्वारा उत्तर दिया गया—"मेरा कोई गुरु नहीं है। मेरे लिए मेरे समान दूसरा कोई नहीं है। मैं अपने आप में पूर्ण हूँ, मैं बुद्ध हूँ। मुझे शांति की प्राप्ति हो गई है। मुझे निर्वाण की प्राप्ति हो गई है। साधुता के साम्राज्य की तलाश में मैं वाराणसी जा रहा हूँ। वहाँ पर मैं जीवन के प्रकाश को प्रज्वलित करूँगा, जिससे कि उन लोगों को लाभ प्राप्त हो सके, जो पाप और मृत्यु के अंधकार में गुम हैं।"

फिर उपका ने पूछा—"क्या आपने स्वयं को जिना, इस संसार को जीतनेवाला स्वीकार कर लिया है?"

बुद्ध ने उत्तर दिया—"जिना वे होते हैं, जो स्वयं और स्वयं के मनोविकारों पर विजय प्राप्त कर लेते हैं, वे मात्र ऐसे विजेता होते हैं, जो अपने मनोभावों को नियंत्रित कर सकते हैं और पापों से दूर हो जाते हैं। मैंने स्वयं पर विजय प्राप्त कर ली है और मैंने सभी पापों को पराजित कर उन पर जीत पा ली है। इसलिए मैं ही जिना हूँ!"

"यह वह है, जिसका जीवन विशुद्ध है, जिसके विचार उत्तम हैं,
जिसका विषयपरक ज्ञान उसे परमपिता परमेश्वर के समान बनाता है।
जिसके हृदय और मस्तिष्क को किसी भी तरह की आसक्ति नहीं झकझोरती,
जिसका मन और मस्तिष्क प्रेम और आनंद से परिपूर्ण होता है,
जिसके भीतर की क्रूरता और अज्ञानता का दमन हो गया हो,
जिसके अंदर का अहंकार मर गया हो,
जो सभी प्रकार की अपवित्रता से शुद्ध और मुक्त हो गया हो,
जिसमें सत्य, निर्भयता और संसाधनों का समावेश
दूरदर्शिता, दया और स्थायी समाधानों के साथ हो :
जिस पर लगे सभी आरोप पूरी तरह से समाप्त हो चुके हों,
और विजय को श्रेष्ठ और सही बनाता है।"

बनारस में, मृग विहार, इसिपत्तन में उनकी भेंट कौंडिन्य और उनके साथियों से हुई। जब इन पाँच (पंचवर्गीय) ने तथागत को अपनी ओर आते हुए देखा, उन्होंने आपसी सहमति से यह तय किया कि जब वे आएँगे तो वे न तो उनके अभिवादन के लिए उठेंगे और न ही उनको प्रणाम करेंगे तथा न ही परंपरा के अनुसार उनके समक्ष आहार में

कुछ प्रस्तुत करेंगे, क्योंकि उन्होंने संन्यासी जीवन का त्याग कर अपनी पहली शपथ को तोड़ा है। यद्यपि जब तथागत उनके समीप पहुँचे, वे अनिच्छा से अपने आसन से खड़े हो गए और अपनी शपथ के बावजूद उनका अभिवादन किया और उनके पैर धुलवाने की पेशकश की तथा वे सभी कार्य किए, जिनकी उन्हें संभवत: आवश्यकता हो। लेकिन उन्होंने उन्हें—गौतम—उनके पारिवारिक नाम से संबोधित किया।

फिर प्रभु ने उनसे कहा—"मुझे मेरे परिवार द्वारा दिए गए नाम से संबोधित न करें, क्योंकि उनके लिए ऐसा करना, जो अर्हत हो चुका हो, अशिष्टता और लापरवाही होगी। मेरा मन इन सबसे ऊपर उठ चुका है, मुझे इस बात से कोई फर्क नहीं पड़ता कि लोग मुझे सम्मान दें अथवा मेरा अपमान करें, लेकिन यह दूसरे लोगों के लिए शालीनता नहीं होगी कि उस सज्जन को, जो भी जीवित प्राणियों को समान भाव से देखता व उनके साथ व्यवहार करता है, जिसके मन में सभी के लिए समान रूप से दया भाव है, को उनके परिवार द्वारा दिए गए साधारण नाम से संबोधित किया जाए। बौद्ध जनों के द्वारा इस संसार में निर्वाण का आगमन हुआ है, इसलिए उनको वही सम्मान दिया जाना चाहिए और उनसे उसी तरह व्यवहार किया जाना चाहिए, जिस प्रकार बच्चे अपने पिता के साथ करते हैं।"

फिर उन्होंने उन सभी को उनके पहले महान् धर्मोपदेश 'धर्मचक्र प्रवर्तन सूत्र' के विषय में उपदेश दिया। जिसमें उन्होंने चार महान् सत्यों व आर्य आष्टांगिक मार्गों की विवेचना की और उनमें प्रवर्तन होने की बात की। उन्होंने दीक्षा प्राप्त की और उनके अनुयायियों के पवित्र भाईचारे के आधार पर बने केंद्र, जिसे 'संघ' के नाम से जाना गया, की स्थापना की। इसके कुछ समय बाद ही, एक रात प्रबुद्ध की मुलाकात यकास से हुई, जो बनारस के एक बहुत ही धनी व्यापारी (श्रेष्ठी) के नवयुवक पुत्र थे, वे इस संसार के दु:ख और पीड़ा से परेशान होकर पागलों की तरह इधर-उधर भटक रहे थे। तथागत ने उनको सांत्वना देते हुए निर्वाण की राह दिखाई और उनको अपना अनुयायी बना लिया। यह देखकर कि यकास एक भिक्षुक बन गए हैं, उनके पुराने चौवन प्रसन्नचित्त साथी भी संघ में शामिल हो गए।

प्रबुद्ध द्वारा इन साठ अनुयायियों को मिशनरी के तौर पर विभिन्न दिशाओं में अपने वैश्विक धर्म का उपदेश देने के लिए भेजा गया। इसके कुछ ही समय के पश्चात् बुद्ध के नए अनुयायियों की संख्या पाँच अग्रणी अग्नि-साधना करनेवाले तीन तपस्वियों[3]; उरूविल्वा कश्यप, नादि कश्यप और गया कश्यप, जो भाई थे, के द्वारा मत परिवर्तन कर, अपने अनुयायियों के संग बुद्ध के संघ में शामिल होने के कारण बढ़कर हजारों में हो गई। इन सभी को उन्होंने गया के पास की पहाड़ियों पर से अग्नि बलि के धर्मोपदेश का उपदेश दिया। अपने इस संवाद में उन्होंने यह व्याख्या की कि किस तरह अज्ञानता

वासना, नफरत और भ्रम की अग्नि को प्रज्वलित करती है, जो सभी जीवित प्राणियों को जलाकर भस्म कर देती है और किस तरह से इन तीन विनाशकारी ज्वालाओं को पापों का त्याग कर और सद्मार्ग को अपनाकर शांत किया जा सकता है।

गया से अपने अनगिनत अनुयायियों को साथ लेकर प्रबुद्ध राजगृह, मगध की राजधानी की ओर बढ़ चले। अपने महान् परित्याग के पश्चात् सिद्धार्थ राजगृह से होकर आगे बढ़े थे और बिंबिसार, जोकि मगध प्रदेश के राजा थे, जो उन्हें बोधित्व प्राप्त करने के उनके संकल्प का त्याग करने हेतु मनाने में विफल रहे थे, उन्होंने बोधिसत्त्व से अनुरोध किया कि अपने उद्‌देश्य को पूरा करने के पश्चात् राजगृह वापस लौटकर आएँ और उन्हें अपने शिष्य के तौर पर स्वीकार करें। उनके इस अनुरोध का मान रखते हुए प्रबुद्ध अब राजगृह गए। विश्व भर में सम्मानित प्रबुद्ध के आने का समाचार पाकर राजा बिंबिसार अपने सलाहकार, आम जनता और हजारों की संख्या में मगध के ब्राह्मणों और श्रेष्ठजनों के साथ उस स्थान पर पहुँचे, जहाँ पर प्रबुद्ध ठहरे हुए थे।

जब राजा और उनके अनुयायियों ने वहाँ पर उरूविल्ला कश्यप को प्रबुद्ध के साथ देखा तो उन्होंने प्रश्न करना आरंभ कर दिया कि क्या प्रबुद्ध ने स्वयं को उनके आध्यात्मिक मार्गदर्शन हेतु समर्पित किया है? लेकिन कश्यप द्वारा उनके इस संदेह को दूर करते हुए स्वयं प्रबुद्ध के चरणों में बैठ गए और उन्होंने यह भी समझाया कि किस तरह से निर्वाण की शांति को देखकर उन्हें बलि और भेंट चढ़ाने में किसी तरह की प्रसन्नता मिलनी बंद हो गई, जिनसे उन्हें यह विश्वास दिलाया गया था कि खुशी और स्त्री सुख से बड़ा कोई पुरस्कार नहीं है। प्रबुद्ध द्वारा अपने पास आए लोगों की मनोस्थिति को भाँपकर उन्हें मन की चंचलता के विषय पर उपदेश दिया गया, जिसे तथाकथित ज्ञान का देवता माना जाता है, जिसकी उत्पत्ति भावनाओं और अनुस्मरण से होती है और जो आवश्यक तौर पर समाप्त होने की स्थिति का विषय है। इस उपदेश को सुनने के पश्चात् राजा और बहुत से लोग, जो उनके साथ वहाँ पर आए थे, उन्होंने बुद्ध, धर्म और संघ की छत्रच्छाया में शरण ली और उनके अनुयायी बन गए। इसके पश्चात् राजा ने प्रबुद्ध को अपने राजमहल में आमंत्रित किया, वहाँ उनका आदर-सत्कार किया और उन्हें व उनके भिक्षुकों तथा संघ को अपना आनंद वन भेंट किया और वृक्ष वाटिका, वेणुवन, महान् गुरु के बेघर भिक्षुकों के निवास स्थान में परिवर्तित कर दिया।

राजगृह में रहते हुए प्रबुद्ध के साथ संबंधित एक और महत्त्वपूर्ण घटना सारिपुत्र व मौदग्ल्यायन के साथ हुआ संवाद है, ये दोनों ही निरंतर भ्रमण करनेवाले साधु संजया के शिष्य थे। एक दिन अश्वजीत, जोकि पहले पाँच शिष्यों में से एक थे, जिन्हें प्रबुद्ध द्वारा आदेश दिया गया था, जिसके तहत वे आसपास के क्षेत्र में भिक्षाटन के लिए गए थे, सारिपुत्र ने सज्जन व ओजस्वी अश्वजीत को देखा और पूछा, उनके गुरु कौन हैं और वे

किस मत सिद्धांत के पथ पर चलते हैं? अश्वजीत ने उत्तर दिया कि उनके गुरु प्रबुद्ध हैं और तथागत की शिक्षा की निम्न बहुप्रचलित पंक्तियों में सारगर्भित किया—

"जो भी चीजें एक कारण से आगे बढ़ती हैं,
बुद्ध ने उनका कारण बताया है,
और यह भी, उनका समापन क्या है।
यही उनकी महान् शिक्षा है, जो उन्होंने दी है।"

यह सुनने के पश्चात् सारिपुत्र मौदगल्यायन के पास गए और जो कुछ उन्होंने सुना था, वह उन्हें सुनाया। फिर वे दोनों अपने सभी अनुयायियों के साथ तथागत के पास गए और बुद्ध के चरणों, धर्म और संघ की शरण ली। बुद्ध ने उन दोनों की अत्यधिक बुद्धि कुशलता और शिक्षा का अनुमान लगाते हुए उन्हें अपने सान्निध्य में स्वीकार कर लिया। अभिधर्मा की शिक्षित भिक्षुकों के बारे में बताया गया है। वृक्ष वाटिका में भगवान् बुद्ध के निवास के दौरान एक और आस्था के अभिग्रहण की घटना ब्राह्मण मुनि महाकश्यप से संबंधित थी, जिन्होंने अपनी अति सुंदर पत्नी, अपनी अपार धन-संपत्ति और अपने सभी अधिकारों का परित्याग मोक्ष प्राप्ति के मार्ग पर चलने के लिए कर दिया। ये वही थे, जिन्होंने प्रबुद्ध के परिनिर्वाण के पश्चात् राजा अजातशत्रु के संरक्षण में राजगृह में एक परिषद् बनाई और बहुत बड़ी संख्या में उपस्थित भिक्षुकों की सहायता से 'त्रिपिटक', बौद्ध धर्म के सिद्धांतों को संगृहीत किया। वास्तव में, वे ही बुद्ध धर्म के चर्च के पहले कुलपति थे।

एक सक्रिय गुरु के तौर पर जीवनकाल में प्रबुद्ध द्वारा बहुत से मत परिवर्तन किए गए। ऊँच-नीच, धनी और निर्धन, शिक्षित और अशिक्षित, ब्राह्मण और चांडाल, जैन और आजीविक, गृहस्थ और तपस्वी, लुटेरे और नरभक्षी, कुलीन और किसान, पुरुष व स्त्री—सभी वर्ग और परिस्थितियों में रहनेवाले लोगों के साथ और बहुत सारे अनुयायियों के साथ ने उन्हें सुसज्जित किया और उनकी आज्ञा का पालन व अनुसरण किया। जिन लोगों का उन्होंने मत या धर्म परिवर्तन किया, उसमें कौसल के राजा प्रसेनजित, जो पंचशिखा, कपिला के अनुयायी थे, बनारस के महाकत्यान, कौशांबी के राजा उदयन, दानामति गाँव के ब्राह्मण समुदाय के प्रमुख कुटादंत, एकानल के ब्राह्मण गाँव के ऋषि भारद्वाज, डाकू व हत्यारा अंगुलिमाल, जिसका कौसल साम्राज्य में बहुत आतंक था, अलावक, अतवी का नरभक्षक, नट उग्रसेना, उपाली नाई, जिसे कश्यप की सभा में 'त्रिपिटक' के विनय संकलन को दोहराने का सम्मान प्राप्त हुआ और मेहतर सुनीता, जिसे लोगों द्वारा तिरस्कृत किया गया था, सम्मिलित थे।

शाक्य वंश के कुछ लोग, जो सिद्धार्थजी के बहुत निकटतम परिचित व संबंधी

थे, भी शाक्यमुनि के अनुयायी बने। शुद्धोधन, सिद्धार्थजी के पिता भी उनके शिष्य बने और उनके पुत्र राहुल भी संघ में शामिल हुए। यशोधरा, सिद्धार्थजी की पत्नी और उनकी मौसी प्रजापति गौतमी दोनों ने भिक्षुणी नियमों का पालन किया, जिसकी स्थापना दक्षता प्राप्त प्रजापति गौतमी के हठ पर अनिच्छा से आनंद की मध्यस्थता के पश्चात् की गई। आनंद वे थे, जो बुद्ध के साथ हमेशा उनके साथी व व्यक्तिगत तौर पर उनका पूरी तरह से खयाल करनेवाले बनकर रहे, वे उनके चचेरे भाइयों में से एक थे।

उनके एक और चचेरे भाई थे, जिनका नाम देवदत्त था, जो आगे चलकर स्वयं एक अलग संप्रदाय, जो बुद्ध द्वारा बताए गए नियमों की अपेक्षा बहुत ही कठिन व कठोर था, पर आधारित था, की खोज का प्रयास करने हेतु कुप्रसिद्ध हुए। जब वे अपने अनुयायियों की संख्या को बहुत अधिक करने में असफल रहे, जबकि उनके लिए राजा बिंबिसार के पुत्र राजा अजातशत्रु के द्वारा एक विशेष विहार का भी निर्माण किया गया, तो उन्होंने शाक्यमुनि के प्राण लेने हेतु बहुत से षड्यंत्र बनाए। उनके द्वारा कई हत्यारों को प्रबुद्ध की हत्या के लिए भेजा गया, लेकिन कोई भी हत्यारा जैसे ही प्रबुद्ध के दर्शन करता और उनके उपदेश सुनता, उसका हृदय परिवर्तन हो जाता था। भगवान् बुद्ध के दो टुकड़े करने के उद्देश्य से उन्होंने गृद्धकूट पहाड़ी से बड़ा सा पत्थर भी गिराया, लेकिन पहाड़ के दो टुकड़े प्रबुद्ध के अगल-बगल से होते हुए गुजर गए, उनको उनसे कोई क्षति नहीं पहुँची। मद के नशे में चूर एक हाथी को राज्य के मार्ग पर ठीक उसी समय छोड़ दिया गया, जिस समय वहाँ से प्रबुद्ध गुजरनेवाले थे, लेकिन वह हाथी भी उनके अधीन हो गया। अपने प्रयासों में असफल होने के पश्चात् अजातशत्रु को अपने किए पर बहुत पछतावा होने लगा और वे प्रबुद्ध की शरण में गए तथा वहाँ उन्हें शांति प्राप्त होने के साथ मोक्ष प्राप्त के मार्ग का भी ज्ञान प्राप्त हुआ।

भगवान् बुद्ध के बारह शिष्य धर्मोपदेशक के नाम से प्रसिद्ध थे, उनमें कौंडिन्य, अश्वजीत, सारिपुत्र, मौदग्ल्यायन, महाकश्यप, महाकत्यान, अनिरुद्ध, उपाली, पिंडोला, भारद्वाज, कौश्टिल्या, राहुल और मैत्रियानिपुत्र शामिल थे। अपनी मृत्यु से ठीक पहले सुभद्रा के साथ हुए संवाद में प्रबुद्ध ने कहा—"मेरा धर्म इन बारह शिष्यों में पूरी तरह से सुरक्षित है, जो अपने आप में सक्षम हैं, इसे संसार भर में फैलाना और बिना किसी भेदभाव के सभी वर्गों में इसका प्रसार करना।"

बुद्ध के बहुत सारे संरक्षकों और दान देनेवालों में से अनाथपिंडक सबसे अधिक प्रख्यात थे, जोकि अनाथों के बहुत बड़े हितकारक थे; साथ ही जीवक, जोकि चिकित्सक थे, विशाखा, मिगारा की माता; और अंबापली, जो कौशाली की वेश्या थी, भी सम्मिलित थे। सुदत्ता द्वारा अनाथपिंडक को उनके अनाथों व गरीब लोगों के लिए किए गए बहुत अधिक दान के चलते बुलाया गया, जो श्रावस्ती के एक व्यापारी थे, उनके पास अपार

धन-संपत्ति थी। उन्होंने राजकुमार जेत कुमार से एक बहुत बड़ी राशि का भुगतान कर श्रावस्ती में एक बहुत ही भव्य वन क्रय किया था और वहाँ पर बुद्ध व उनके शिष्यों के लिए बहुत ही मनोहारी जेतवन का निर्माण करवाया था।

जीवक राजा बिंबिसार के राज्य के बहुत ही प्रसिद्ध चिकित्सक थे और उन्हें राजा द्वारा भगवान् बुद्ध व उनके अनुयायियों की स्वास्थ्य संबंधी किसी भी समस्या के निवारण के लिए नियुक्त किया गया था। उनके ही दृष्टांत पर भिक्षुकों, जो इससे पहले केवल फेंके हुए कपड़े के टुकड़ों को धारण किया करते थे, को जनसाधारण से पोशाक स्वीकार करने की अनुमति प्राप्त हुई। विशाखा, जो मिगारा, जोकि श्रावस्ती के एक बहुत ही धनी जैन व्यापारी थे, की बहू थीं, लेकिन आमतौर पर उन्हें मिगारा की माता के तौर पर पहचाना जाता था, क्योंकि उन्हीं के कारण मिगारा द्वारा बौद्ध धर्म अपनाया गया था। वे पहली शिष्या थीं, जो गृहस्थ बहनों की आर्या बनीं और उन्होंने भगवान् बुद्ध से बहुत बड़े स्तर पर भिक्षुक और भिक्षुणियों के लिए जीवन जीने हेतु मूलभूत आवश्यकताओं को उपलब्ध कराने की अनुमति प्राप्त की। उनकी एक और सेवा में श्रावस्ती के निकट पुरवर्मा विहार का निर्माण कार्य करना था, जिसकी शालीनता के समक्ष केवल अनाथपिंडक द्वारा बनवाए गए विहार की शालीनता ही अधिक थी। अंबापली, जो बहुत सुंदर, शालीन, हँसमुख, जिसे ईश्वर द्वारा अपार रूप और यौवन दिया गया था, वह नृत्य कला, गायन और वीणा वादन में निपुण थी तथा जिसकी उपस्थिति से वैशाली नगर और भी अधिक समृद्धशाली बन रहा था, उन्होंने भगवान् को अपना भव्य राजभवन व आम का बगीचा उपहार स्वरूप दिया और वे स्वयं भिक्षुणी बन गईं।

शाक्यमुनि के समय को भारत के बौद्धिक स्तर पर तर्क-कुतर्कों के उबाल के काल के तौर पर भी जाना जाता है। उस काल में बहुत से ऐसे धर्म-विरोधी उपदेशक हुए, जिन्हें गौतम बुद्ध जैसी ख्याति बिल्कुल भी नहीं मिल पाई। बौद्ध धर्म की धार्मिक पुस्तकों में खासतौर से ऐसे छह समकालीन धर्म-विरोधी उपदेशकों के बारे में बताया गया है। उनमें से एक संजय वैराथिपुत्र, जिन्होंने प्रबुद्ध के संपूर्ण ज्ञान को अस्वीकार किया और एक तरह के संशयवाद को स्थापित किया। अजीत केसाकंबलि ने उच्च अंतर्दृष्टि से ज्ञान के सभी दावों को खारिज किया और यह स्वीकार किया कि कोई दूसरा जीवन नहीं होता, जो मनुष्य को चार तत्त्वों—भूमि, जल, वायु और अग्नि में संकल्पित नहीं कर सकता, जो उसकी मृत्यु के समय तितर-बितर हो जाते हैं। पूर्ण कश्यप तटस्थवादी थे, जिन्होंने किसी भी तरह के नैतिक महत्त्व को स्वीकार नहीं किया और इसके परिणामस्वरूप उनके अनुसार कोई गुण-दोष नहीं होते।

मसकरिन गौसल, संभवत: आजीवक मत के संस्थापक थे, वे एक भाग्यवादी थे, जिन्होंने यह स्वीकार किया कि मनुष्य स्वयं किसी तरह का कार्य या कर्म नहीं करता।

उनके अनुसार जो कुछ भी मनुष्य करता है, वह उससे 'नियति' या भाग्य द्वारा प्रकृति के नियम के मुताबिक करवाया जाता है। मनुष्य के पास अपने जीवन को किसी तरह का आकार देने की कोई शक्ति विद्यमान नहीं होती। सबकुछ पहले से तय पुनर्जन्मों की श्रृंखला के अनुसार ही आगे बढ़ता है और सबकुछ समाप्त होने पर चाहे मूर्ख हो या ज्ञानी, सभी को अपनी पीड़ाओं से मुक्ति मिल जाती है। प्रबुद्ध द्वारा गौसल के उपदेशों की निंदा सबसे अधिक की गई और उन्हें दोषों से परिपूर्ण बताया गया। निर्ग्रंथ ज्ञानीपुत्र, जिन्हें जैन धर्म में महावीर के नाम से जाना गया, उन्होंने व्यक्तिगत तौर पर आत्मा की वास्तविकता के बारे में व मरने के पश्चात् व्यक्ति की बनी रहनेवाली पहचान के विषय में समझाया। उन्होंने न केवल देहांतरण में विश्वास दिखाया, अपितु वे परामनोविश्लेषण मनुष्य जीव-जंतु ही नहीं, अपितु पेड़-पौधों व निष्प्राण वस्तुओं के स्तर तक भी ले गए। उनका मोक्ष प्राप्ति का तरीका वैराग्य व अकर्मण्यता पर आधारित था। उन्होंने आत्महत्या को अच्छा, हितकारक, पूर्ण, आनंदित करनेवाले प्रशंसनीय मार्ग के तौर पर प्रशस्त किया। जैन धर्म में आस्था रखनेवालों द्वारा यह दावा किया जाता है कि महावीर के जीवनकाल में उनके लगभग दो लाख अनुयायी थे, जिनमें मुनि, योगिनी और जनसाधारण सम्मिलित थे।

भगवान् बुद्ध की बढ़ती प्रसिद्धि और आम सांसारिक भक्तों के द्वारा उनके अनुयायियों पर जिन उपहारों की वर्षा की जाती थी, के कारण धर्म विरोधी मतों पर उपदेश देनेवालों के मन में उनके प्रति ईर्ष्या का भाव उत्पन्न कर दिया। उन्होंने शाक्यमुनि की छवि को धूमिल करने और उन्हें लोगों की दृष्टि में नीचा दिखाने के लिए षड्यंत्र रचा। उन्होंने एक धर्म विरोधी मत को माननेवाली एक भिक्षुणी, चिंचा को उकसाया कि वह प्रबुद्ध पर बहुत से लोगों के समूह के बीच में अपने साथ अनैतिक संबंध होने का लांछन लगाया। लेकिन उसके झूठे आरोपों की कलई खुल गई और उसे अपने किए गए कुकृत्य के लिए बहुत यातना झेलनी पड़ी।

अपनी इस असफलता से हैरान हुए बिना धर्म विरोधी मत का नेतृत्व करनेवालों ने प्रभु को बदनाम करने के लिए दूसरा प्रयास किया गया। इस बार उन्होंने एक सुंदरी, जोकि धर्म विरोधी मत का समर्थन करनेवाली एक सदस्य थी, को भड़काया गया कि वह एक रात प्रभु के शयनकक्ष में उनके साथ बिता चुकी है। एक बार उन्होंने जब इस अफवाह को पूरी तरह से लोगों के बीच फैला दिया तो उन्होंने शराबियों के एक समूह को सुंदरी की हत्या के लिए रिश्वत दी। उन शराबियों ने सुंदरी को मार डाला और उसके मृत शरीर को जेतवन विहार के पास की झाड़ियों में फेंक दिया। फिर धर्म विरोधी मत का समर्थन करनेवाले समूह के लोगों द्वारा जोर-जोर से शोर मचाया गया कि प्रभु के खिलाफ काररवाई कर उन्हें सजा दी जाए। सौभाग्य से उनकी यह योजना भी हत्यारों की

नासमझी के कारण असफल हो गई, वे सब हत्या करने के बाद एक शराबखाने में मिले और शराब के नशे में आपस में ही लड़ पड़े और एक-दूसरे पर हत्या का दोषारोपण करने लगे। उन्हें तुरंत ही राजा के सिपाहियों द्वारा पकड़ लिया गया और राजदरबार में प्रस्तुत किया गया। जब उनसे सुंदरी की हत्या के विषय में प्रश्न किया गया तो उन्होंने खुले तौर पर अपना अपराध स्वीकार कर लिया और उन लोगों का नाम भी बता दिया, जिन्होंने उन्हें सुंदरी की हत्या करने का काम सौंपा था। राजा ने उन हत्यारों के साथ-साथ उन्हें इस हत्या को करने के लिए कहनेवालों को भी मृत्युदंड दिया।

ऐसे एक और मौके पर धर्म विरोधी लोगों द्वारा श्रीगुप्त को प्रभु की जान लेने के लिए उनके भोजन में विष मिलाने के लिए उकसाया गया और उसे गुमराह किया गया, लेकिन प्रबुद्ध ने दया और शांत चित्त रखते हुए श्रीगुप्त को माफ कर दिया।

"श्रीगुप्त को द्वेष और अपराध से बचाया,
और दिखाया कि किस तरह दया-भाव से शत्रु पर विजय प्राप्त की जाती है।
और इस तरह उन्होंने सिखाया कि माफ करने का नियम सबसे उत्कृष्ट है।
इस तरह उन्होंने अपने अनुयायियों को सांसारिकता और संताप से मुक्त किया।"

भगवान् बुद्ध बहुत ही साधारण तरीके से अपने दिन व्यतीत करते थे। वे सुबह जल्दी उठते और बिना किसी की सहायता के अपनी सभी सुबह की दिनचर्या कर तैयार होते। उसके पश्चात् वे एकांतवास में तब तक ध्यानमग्न रहते, जब तक उनके भोजन का समय नहीं हो जाता। समय हो जाने पर वे भिक्षाटन के लिए स्वयं को तैयार करते और हाथ में भिक्षा-पात्र लेकर कभी अकेले अथवा कभी-कभी अपने कुछ शिष्यों के साथ पास के शहर अथवा गाँव में चले जाते। कुछ घरों में अपना भोजन करने के पश्चात् वे मेजबान व उसके परिवार को धर्म पर उपदेश देते, जिससे कि उनका आध्यात्मिक ज्ञानोदय हो, फिर वे अपने ठहरने के स्थान पर वापस आते और खुले बरामदे में तब तक प्रतीक्षा करते, जब तक उनके सभी अनुयायी अपना भोजन समाप्त नहीं कर लेते।

उसके पश्चात् वे अपने कुछ शिष्यों को विचार करने के लिए आध्यात्मिक विषयों का सुझाव देते और फिर चढ़ते दिन के समय विश्राम करने के लिए कुछ समय का अवकाश ले, अपने निजी निवास स्थान पर चले जाते। फिर दोपहर के समय वे उपदेश देनेवाले विशाल कक्ष में पास के नगर या गाँव से आकर एकत्र हुए जनसाधारण को अवसर के अनुसार धार्मिक विषय पर उपयुक्त तरीके से व उनकी ग्रहण करने की क्षमता के अनुसार उपदेश देते। फिर दिन के समाप्त होने पर, आवश्यकता होने पर स्नान आदि कर लेने पर वे अपने कुछ शिष्यों के साथ अपने मत सिद्धांत को लोगों को समझाने को लेकर आनेवाली कठिनाइयों पर चर्चा करते या उनको समझाते, इस तरह उनकी रात्रि के

एक पहर तक का समय बीत जाता। बाकी समय में वे ध्यान लगाते और अपने कक्ष के बाहर टहलते तथा सोने में व्यतीत करते। नौ महीने सही मौसम होने के दौरान प्रतिदिन पंद्रह से बीस मील का सफर भगवान् बुद्ध द्वारा पैदल तय किया जाता था, जबकि बारिश के दिनों में वे या तो जेतवन विहार अथवा पूर्वाराम में होते थे।

प्रबुद्ध का जनसाधारण को उपदेश देने का तरीका अन्य ब्राह्मणों से पूरी तरह से अलग था। अपने विचारों को संक्षेप में प्रस्तुत करने, जो ब्राह्मणों का तरीका हुआ करता था, के बजाय प्रबुद्ध अपने उपदेशों को नीति वचनों की तरह देते थे। ब्राह्मणों द्वारा बहुत ही रहस्यमय तरीके से दिए जानेवाले उपदेश, जो लोगों के छोटे-छोटे समूहों तक सीमित रहते थे, के बजाय बुद्ध बहुत बड़ी संख्या में उपस्थित लोगों को उपदेश दिया करते थे, जिसमें वे सभी शामिल होते थे, जो उनको सुनना चाहते थे। वे उस तरीके से संवाद करते थे, जो सभी को सरलता से समझ आए और साथ ही वे अपने उपदेशों को बार-बार दोहराते रहते थे, जिससे कि वहाँ उपस्थित लोगों में जो कम ध्यान दे रहे हैं या जिनकी स्मरणशक्ति अच्छी नहीं है, वे भी उनकी बातों को अच्छी तरह से समझ पाएँ।

उन्होंने स्वयं को अपने श्रोताओं की याद रखने की क्षमता के अनुसार ढाल लिया था। सबसे पहले वे दान देने के लाभों, नैतिकता के कर्तव्यों, भविष्य की खुशियों, वासनाओं से खतरों, निरर्थकता और मलिनताओं, वासनाओं का त्याग करने से प्राप्त होनेवाले शुभ फलों के बारे में बताते थे। इसके पश्चात् जब वे देखते कि उनके श्रोतागणों का दिमाग उनके उपदेशों को ग्रहण करने हेतु तैयार हो चुका है, एक ही विषय पर केंद्रित हो चुका है और उनकी बातों का उन लोगों पर आसानी से प्रभाव हो सकता है और सभी प्रकार की बाधाओं से मुक्त है, तो वे बौद्ध धर्म के विशेष सिद्धांत के विषय में, जीवन में मिलनेवाली पीड़ाओं के कारण और सुमार्ग के बारे में उनको उपदेश देते। उस समय में ब्राह्मणों द्वारा लोगों को समझाने व बुद्ध द्वारा लोगों को दिए जानेवाले उपदेश के तरीके का यह सबसे खास अंतर था, जो बौद्ध धर्म का सार है और धर्म प्रचार के पथ पर इसका प्रभाव सदैव दिखाई देता है।

जब भी वे अपने श्रोताओं के बीच चर्चा करते थे, तो कभी औपचारिक तो कभी अनौपचारिक तरीकों को अपनाते और जब वे जनसाधारण के बीच होते तो उनके तर्क बिना किसी उग्रता के, बहुत ही शांत तरीके से सामने रखे जाते, ऐसी चर्चाओं के दौरान प्रभु अकसर मुसकराते हुए उपमाएँ देते, दंतकथाओं और कहावतों, ऐतिहासिक किस्सों व घटनाओं, मुहावरों और प्रचलित कहावतों का उपयोग कर अपनी कथनी को स्पष्ट करते।

सरसों के दाने की उपमा के विषय को अगले अध्याय में विवेचित किया गया है, वहाँ पर यह व्याख्या की गई है कि किस प्रकार प्रबुद्ध द्वारा आम लोगों के मस्तिष्क

में साधारण से सत्य के विचार को समाहित किया। एक समृद्ध ब्राह्मण, ऋषि भारद्वाज से संवाद के दौरान बुद्ध ने कृषि की प्रक्रिया को विस्तृत रूपक कथा में परिवर्तित कर सामने रखा। एक दिन जब वे मगध नगरी के दक्षिण भाग (दक्षिण नगरी) में थे, प्रभु द्वारा ब्राह्मणों के गाँव एकनला की यात्रा की गई। उस समय भारद्वाज अपने खेतों में काम करनेवाले मजदूरों को काम समझा रहा था। अपने हाथ में अपने भिक्षा का पात्र लिये भगवान् बुद्ध उस ब्राह्मण की ओर बढ़े। वहाँ मौजूद कुछ लोग प्रभु की ओर आए और उनका उचित सत्कार किया, लेकिन ब्राह्मण प्रभु की ओर बढ़े और कहने लगे—"हे श्रीमान, मैं हल चलाता हूँ और बीज बोता हूँ तथा हल चलाने और बीज बोने से प्राप्त अनाज को मैं खाता हूँ; अच्छा होगा, अगर आप भी इसी तरह से हल चलाएँ और बीज बोएँ तथा फिर उसके पश्चात् आपके पास भी खाने के लिए भोजन होगा।"

"हे ब्राह्मण," बुद्ध ने उत्तर देते हुए कहा—"मैं भी हल चलाता और बीज बोता हूँ तथा हल चलाने और बीज बोने के बाद मैं खाता हूँ।"

"लेकिन," ब्राह्मण ने कहा—"यदि आप किसान हैं, तो हमें उसके कोई संकेत क्यों नहीं दिख रहे? आपके बैल, बीज और हल कहाँ हैं?"

इस पर प्रभु ने उत्तर दिया—"आस्था वह बीज है, जिसे मैं बोता हूँ; समर्पण वह वर्षा है, जो उसे उर्वरक बनाती है; और शीलता हल की पतली मजबूत डंडी है, मस्तिष्क जोतनेवाला जोड़ा है; मेरी सचेतता हल की धार और बैलों को हाँकने की छड़ी है; सत्यता इन्हें बाँधकर रखनेवाला माध्यम है; जबकि मेरे भीतर का दयाभाव इसे आवश्यक स्वतंत्रता देने का माध्यम बनता है। मेरी ऊर्जा और मेरी टीम बैलों का काम करती है। इस तरह मैं जो हल चलाता हूँ, उससे मुझे फल प्राप्त होता है, यह मेरे अंदर आनेवाले सभी भ्रमरूपी घास-पात को दूर करता है। इस तरह मुझे जो फसल प्राप्त होती है, वह निर्वाण का अमृत फल होता है और इस हल को चलाने से मेरे सारे दुःखः व पीड़ा का अंत हो जाता है।"

प्रभु के इन वचनों को सुनकर ब्राह्मण सोने के पात्र में उनके लिए दूध और चावल भेंट करने के लिए लाया और उसे प्रभु को देते हुए बोला—"हे गौतम, दूध और चावल ग्रहण करें! वास्तव में, यह एक किसान की कला है, उन गौतम के लिए, जिन्होंने हल चलाने के उस कार्य का निष्पादन किया है, जिससे अमरता का फल देनेवाली फसल प्राप्त होती है।"

जब कभी भी प्रभु कोई नैतिकता का पाठ जग को पढ़ाना चाहते थे या एक किसी विषय पर अपनी असहमति दरशाना चाहते, तो वे उससे संबंधित एक कथा या दंतकथा के चरित्र संबंधित व्यक्तियों को जोड़कर एक कथा सामने रखते थे। उनकी इस तरह की कथाओं को जातक या जन्म कहानियों के नाम से जाना जाता है।

प्रभु के इन तरीकों और उनके कहे शब्दों से अधिक प्रभावशाली उनका अद्भुत व्यक्तित्व था। जब वे जनसाधारण के साथ संवाद करते थे, तो उनकी शांत छवि उन्हें श्रद्धायुक्त भय और सत्कार से प्रेरित करती तथा उनकी मीठी बोली उत्साह और विस्मय के मोहपाश में बाँध देती। क्या किसी और के मात्र शब्दों में ऐसा जादू है कि वे डाकू अंगुलिमाल या अतावी के नरभक्षी का हृदय परिवर्तन कर देते? जो कोई भी एक बार उनके प्रभाव में आता, वह हमेशा के लिए उनके प्रति समर्पित हो जाता था। वे दिलों को जीतनेवाले थे। ऐसा केवल इसलिए नहीं था कि वे अपने श्रोताओं को उस सत्य के विषय में उपदेश देते थे, जिन पर उन लोगों को भरोसा था; बल्कि ऐसा इसलिए था, क्योंकि उन्होंने सबके दिल जीत लिये थे और इसलिए उनके कहे शब्द लोगों को सत्य व हितकारी लगते थे।

उनका कहा केवल एक शब्द ही राजा प्रसेनजित के लिए अपनी रानी मल्लिका के साथ सुलह करने के लिए पर्याप्त था। उनके हृदय में दयाभाव हर क्षण व्याप्त रहता था। क्या यह प्रभु के प्रेम का प्रभाव नहीं था कि मलिण ने उनका अनुसरण ठीक उसी तरह किया, जिस तरह से बछड़ा गाय का करता है? उनसे मिलने पर उनके प्रेम (मैत्री) की समझ होती और उन्हें जानने के पश्चात् मनुष्य सदा के लिए उनके प्रेम में पड़ जाता।

उपदेश देने के लिए की गई यात्रा के अंतिम पड़ाव में वे पवा नगर में पहुँचे और वहाँ पर उन्होंने अपनी अंतिम दावत चुंडा, जोकि धातुओं का काम करता था, के घर पर ग्रहण की। इसके पश्चात् वे बीमार पड़ गए और कुशीनगर, जो नेपाल के पूर्वी क्षेत्र का हिस्सा है, में निवास करने लगे, जहाँ पर उनकी अस्सी बरस की आयु में 483 ईसा पूर्व में मृत्यु हुई।[4] अपितु अपने अंतिम क्षणों में भी प्रभु की मुलाकात एक साधु से हुई, जिसका नाम सुभद्र था और उन्होंने उनको भी आर्य आष्टांगिक मार्ग के विषय में उपदेश दिया और उनको मत परिवर्तन के लिए प्रेरित किया। अपने शिष्यों के लिए उनके अंतिम शब्द थे—"प्रत्येक मिश्रित वस्तु में नश्वरता का गुण सहज तौर पर निहित होता है। ज्ञान की खोज करो और अपने निर्वाण के लिए कर्मठता के साथ काम करो।"

प्रभु के निर्जीव शरीर का पूरे सम्मान के साथ कुशीनगर के मल्ल राजवंशों द्वारा दाह संस्कार किया गया और उन्हें राजाओं के राजा के तौर पर सम्मान देते हुए पूरे ठाट-बाट से उनका अंतिम संस्कार किया गया। उनके अंतिम संस्कार के पश्चात् उनके अवशेषों को विशाल कक्ष में लाया गया और वहाँ पर उन्हें एक सप्ताह के लिए बरछो, जिसके साथ धनुष से पूरी तरह से ढकी निगरानी में रखा गया और साथ ही माल्यार्पण, खुशबुओं, संगीत व नृत्य प्रदर्शनों से सम्मानित किया गया। जब अजातशत्रु, मगध के राजा को प्रभु की कुशीनगर में मृत्यु का समाचार मिला, तो उन्होंने अपने एक राजदूत को मल्ल वंशजों के पास इस संदेश के साथ भेजा कि उन्हें प्रभु की मृत्यु के पश्चात् उनकी राख का कुछ

अवशेष दिया जाए, जिससे कि वे उनके सम्मान में एक स्तूप को बनाने की अपनी इच्छा को पूर्ण कर सकें। इसी तरह की माँग वैशाली के लिच्छवियों, कपिलवस्तु के शाक्यों, अलप्पा के बुलियों, रामग्राम के कोलियों और पावा के मल्लों द्वारा भी की गई।

पहले तो कुशीनगर के मल्ल इन माँगों को पूरा करने के लिए बिल्कुल भी तैयार नहीं थे, क्योंकि उनका मानना था कि प्रभु ने उनके क्षेत्र में परिनिर्वाण प्राप्त किया है। लेकिन ब्राह्मण द्रोण की सलाह पर, जिन्होंने उन्हें यह समझाया कि उन प्रभु के अवशेषों को लेकर उनके जाने के बाद लड़ाई करना, जिन्होंने सारे संसार को भाईचारे का संदेश दिया, कुशीनगर के मल्लों की अभद्रता है, वे लोग माँगों को पूरा करने के लिए तैयार हो गए। फिर प्रभु के राखरूपी अवशेष द्रोण को सभी को वितरित करने के लिए सौंप दिए गए और उन्होंने स्वयं भी भस्म का एक कलश लिया, जिस पर उनकी इच्छा एक स्तूप बनाने की थी। प्रभु के राखरूपी अवशेष का वितरण हो जाने के पश्चात् पिप्पलिवन के मौर्यों द्वारा एक राजदूत राखरूपी अवशेष की माँग करते हुए भेजा गया, लेकिन उन्हें केवल अंतिम संस्कार की लकड़ियों के कोयलों से ही संतुष्टि करनी पड़ी। जिन लोगों को प्रभु के राखरूपी अवशेषों का अंश प्राप्त हुआ, उन्होंने उसे संरक्षित करने के लिए एक डागोबस (धातुगर्भस) का निर्माण अपने-अपने राज्य क्षेत्र में किया।

ऐसा कहा जाता है कि सम्राट् अशोक द्वारा इन प्राचीन डागोबस को खोला गया और इनमें मौजूद राख को अपने पूरे साम्राज्य में व्यापक तौर पर फैला दिया गया तथा उसे संरक्षित करने के लिए अस्सी हजार से भी अधिक स्तूपों व डागोबस का निर्माण करवाया गया।

इस तरह से पुण्यात्मा के वंशज गौतम बुद्ध का जीवन ऐतिहासिक तौर पर किसी भी तरह की विलक्षण झाँकियों से मुक्त था। इसमें से कितना भाग वास्तविक तौर पर इतिहास का हिस्सा रहा है, यह कहना कठिन है। लेकिन जहाँ तक गौतम शाक्यमुनि की ऐतिहासिकता की बात है तो उस पर किसी तरह का भी प्रश्नचिह्न नहीं लगाया जा सकता। जैसीकि मिनैफ द्वारा अपने शोध-कार्य 'रिसर्चेस सुर ले बौद्धिज्म' में टिप्पणी की गई है कि यह किसी भी तरह के संदेह से परे की बात है कि इस संसार में इतिहास में अपनी अमिट छाप छोड़नेवाले व्यक्तित्वों का अवतरण हमेशा ही किसी महान् ऐतिहासिक आंदोलनों के आरंभ के समय होता है और निस्संदेह ही बौद्ध धर्म के इतिहास में भी ऐसा ही हुआ है तथा हम इस पर किसी तरह का संदेह जाहिर नहीं कर सकते कि इसका विकास एक ऐतिहासिक व्यक्तित्व के कार्यों के साथ-साथ होना आरंभ हुआ। हालाँकि इस प्रकार यहाँ पर कुछ प्राच्यविद् जैसे एम. एमिल सेनार्ट भी हुए हैं, जो कुल मिलाकर ऐतिहासिक बुद्ध[5] की उपस्थिति से इनकार नहीं करते, पर वे यह भी सिद्ध करने की कोशिश करते हैं कि कुछ ऐतिहासिक तत्त्वों को इतना अधिक अलंकृत किया गया है कि

हम बुद्ध की उपस्थिति का निर्धारण निश्चित तौर पर नहीं कर पाते हैं।

एम.ई. सेनार्ट अपनी कृति 'एस्साई सुर ला लैजेंडे दू बुद्धा' में कहते हैं—"संपूर्ण तौर पर यह पहचान करना आवश्यक है कि कुछ प्रामाणिक संस्मरणों को छोड़कर, जो बड़ी आसानी से स्मृति से ओझल हो जाते हैं, बुद्ध जैसे दिव्य चरित्र वास्तविक जीवन में मौजूद नहीं थे, अपितु हम ऐसा उनकी आस पर रचित काल्पनिक खोजों के बावजूद कह सकते हैं, लेकिन इतना अवश्य है कि उनके पौराणिक व दिव्य प्रकार के व्यक्तित्व को काव्यात्मक रचनाओं के साथ अलंकृत करके अवश्य प्रस्तुत किया गया, जिसमें एक मत की स्थापना करनेवाले वास्तविक मनुष्य के मस्तक पर प्रचलित श्रद्धेय विभूतियों को प्रभामंडल के तौर पर विभूषित किया गया।"

एम.ई. सेनार्ट के इस दृष्टिकोण की व्याख्या करते हुए डॉ. अर्नेस्ट विंडिस्क ने अपने मोनोग्राफ 'मारा ऊंद बुद्धा' में लिखा—"जब हम इस विषय पर विचार करते हैं कि वे (गौतम शाक्यमुनि) कितने वर्षों तक जीवित रहे, उन्होंने कितनी दूरी की यात्रा की और उन्हें अपने समकालीन प्रसिद्ध व्यक्तित्वों के बारे में कितनी अधिक जानकारी प्राप्त होगी; जब हम आगे इस पर विचार करते हैं कि उनसे संबंधित जो पाठ्य-सामग्री, कम-से-कम 'विनयपिटक' के प्राप्त कुछ भाग, कि वे कितने पुराने हैं तो वास्तव में उसे ऐतिहासिक मानना अविवेकी निर्णय नहीं होगा, जो ऐतिहासिक वास्तविकता प्रतीत होते हैं। ये ऐतिहासिक तरीके के अनुसार अधिक हैं, बजाय कि इन्हें उनके जीवन व उस काल में घटित घटनाओं की साधारण सी व्याख्या मानी जाए, जो एक मिथक को साधारण जीवन में परिवर्तित करती है। इसके अतिरिक्त यह प्रक्रिया आवश्यक तौर पर ठीक-ठाक ढंग से छोटे से समय अंतराल में सिद्ध की गई होगी। एम.ई. सेनार्ट के दावों के उलट पौराणिक प्रकृति की खोज में आगे बढ़ते हुए बौद्ध धर्म के शुरुआती काल में पहुँचा जा सकता है, इसके लिए मैं बौद्ध धर्म के सबसे पुराने माने जानेवाले साहित्य की ओर संकेत करने का साहस कर रहा हूँ, जिसमें हमें कुछ ऐसी स्वाभाविकता मिलती है, जो साधारण जीवन, व्यक्ति और घटनाओं में व्याप्त होती है, जिसमें निष्पक्ष तौर पर इनका अवलोकन करनेवालों को किसी तरह के मिथकों के चिह्न प्राप्त नहीं होते।

एम.ई. सेनार्ट के अनुसार, केवल एक ऐसी ऐतिहासिक घटना है, जिसे पौराणिकता की श्रेणी में रखा जा सकता है, वह यह कि सभी परंपराओं से परे हटकर यह कहना कि बुद्ध को बरगद के वृक्ष के नीचे परम ज्ञान की प्राप्ति हुई। इसी विचार को आगे बढ़ाते हुए डॉ. डी.एच. कर्न के कथन पर ध्यान दिया जाना चाहिए कि इन महान् आत्मा की मौजूदगी से संबंधित सभी बातों व घटनाओं को पूरी तरह से सत्य मानकर स्वीकार किया जा सकता है, अगर हम इसे एक खगोल विद्या से संबंधित घटना के पौराणिक रूप परिवर्तन के तौर पर देखते हैं और इसे इस टिप्पणी के साथ तार्किक

ठहराते हैं कि डॉ. कर्न का खगोलशास्त्र का अतुलनीय ज्ञान उन्हें उस क्षेत्र में भी सितारों को चमकते हुए देखने में सक्षम बनाता है, जहाँ पर इस तरह की परिकल्पना की तनिक भी संभावना न हो।

गौतम शाक्यमुनि के जीवन से संबंधित जानकारियों के विषय में इतिहास की समीक्षा करनेवालों का चाहे जो भी निर्णय रहा हो, इसमें कोई संदेह जाहिर नहीं किया जा सकता कि धर्म की स्थापना करनेवालों में उनका एक महत्त्वपूर्ण स्थान है। उनकी ओजस्वी छवि, उच्चस्तरीय ज्ञान का दान करना, उपदेश देने की झलक, भाषा विषयक शक्ति, दृढ़ विश्वास की मजबूती, सौम्यता, दया भाव और उदारता तथा उनके व्यक्तित्व का आकर्षण—सबकुछ उनकी महानता को प्रमाणित करता है।

बिशप मिलमैन लिखते हैं—"गैर-ईसाई धर्म में सत्य की अगुआई करनेवालों में मुझे लगता है, शाक्यमुनि का चरित्र इसके और भी निकट है तथा प्रभावशाली दिखता है, जो एक पथ, सत्य और स्वयं में एक जीवन है।"

ठीक इसी तरह से बार्थेलेमी संत—हिलरै ने कहा, जिनके पास बौद्ध धर्म के पक्ष में तर्कों का कोई अंत नहीं है—"फिर बुद्ध, जो ईसा मसीह के एकमात्र अपवाद थे, जिनके सिवा दूसरा कोई विशुद्ध नहीं था, धर्म के संस्थापकों की सूची में उनके परे कोई मर्मस्पर्शी चरित्र नहीं रहा। उनका जीवन बिना किसी दोष से युक्त था; वे आदर्श व्यक्तित्व, आत्म-परित्याग, प्रेम और जिस मधुरता के साथ वे उपदेश देते थे, के उत्कृष्ट नमूने थे।" लेकिन निष्पक्ष दार्शनिक आलोचकों ने पाया कि गौतम शाक्यमुनि का स्थान अन्य धर्मों के संस्थापकों की सूची में सबसे ऊपर आता है और उनको यह सर्वोच्च स्थान उनके जीवन, उनके व्यक्तिगत चरित्र, अपने अनुयायियों को उपदेश देने के लिए उन्होंने जिन तरीकों को अपनाया और अंततः उनको जो सफलता प्राप्त हुई, उसके आधार पर प्राप्त हुआ है। उनके अंदर एक राजकुमार के सभी विशुद्ध गुणों के साथ एक साधु की बौद्धिक कुशलता और एक धर्म व सत्य के लिए अपना सर्वस्व न्योछावर करनेवाले शहीद के जुनून का समावेश मौजूद था।

हालाँकि उनका जन्म एक वैभवशाली व शासक के कुल में हुआ था, फिर भी गौतम बुद्ध ने एक साधारण मनुष्य की तरह जाति, वर्ग और धन-संपत्ति को लेकर किए जानेवाले भेदभाव का त्याग कर जीवन व्यतीत किया। वे एक पुत्र, पति, पिता और समर्पित मित्र थे। वे मात्र एक साधारण मनुष्य नहीं थे, लेकिन उन्होंने कभी स्वयं के एक साधारण मनुष्य से कुछ अधिक होने का दावा नहीं किया। उन्होंने अपने पूर्वजों के मतों को आजमाइश का एक मौका दिया, लेकिन अंततः अपने लिए एक शिरोधारी आस्था का निर्माण किया।

उन्होंने जो भी शिक्षा दी, वह हर तरह से उपयुक्त थी, लेकिन उन्होंने कभी भी ऐसा

नहीं जाहिर किया कि उनके भीतर कोई अलौकिक शक्ति है। उन्होंने कभी भी साधारण जनों की सत्य को समझने की क्षमता पर संदेह नहीं किया और उन्होंने कभी भी जादू-टोने जैसे माध्यमों का सहारा नहीं लिया। वे अपने सभी तर्कों को मनुष्य की मौजूदगी के सत्य पर आधारित रखते थे और अपनी व्यावहारिक दार्शनिकता को मानव स्वभाव का अवलोकन और बहुत सूक्ष्मता के साथ शोध कर विकसित किया। उस युग में जब विज्ञान का प्रसार न के बराबर था, उन्होंने इस प्रश्न का हल तलाशने का प्रयत्न किया कि मानव की उत्पत्ति किस कारण हुई है, उसके जीवन का लक्ष्य क्या और क्यों है, उन्होंने उन सभी बातों पर विचार किया, जिनका समाधान वैज्ञानिक युग के लिए बहुत लाभकारी था। उनका लक्ष्य मानव जाति को वासना और लालच के बंधन से मुक्त करना तथा केवल सांसारिक वस्तुओं का भोग करने की चाह से ऊपर उठकर मनुष्य के आदर्श रूप को प्राप्त करने के लिए प्रोत्साहित करना था।

उन्होंने परित्याग के उन सिद्धांतों के बारे में उपदेश दिया, जिन्हें ध्यान से प्राप्त किया जा सकता था, वह परित्याग, जो व्यक्ति को सर्वेश्वरवादी या शून्यवादी दर्शनशास्त्र की ओर अग्रसर नहीं करता, बल्कि वह मानव द्वारा किए जानेवाले कार्यों के शुद्धीकरण का कार्य उसकी बौद्धिक और नैतिक ज्ञानोदय के द्वारा करता है, जिससे वह एक शाश्वत धर्माक्य में आस्था रखकर सभी जीवों के प्रति समान रूप से प्रेम-भाव को अपने हृदय में समाहित कर पाए।

अब तक हुए विश्व के सभी धार्मिक गुरुओं में केवल गौतम शाक्यमुनि का ही गौरव ऐसा था कि वे एक व्यक्ति की क्षमता के उस आंतरिक महत्त्व का सही-सही आकलन कर पाए, जिस पर मनुष्य बिना किसी बाहरी सहायता के अपने निर्वाण के लिए काम कर सकता है। 'यदि एक महान् व्यक्ति की महानता इस तथ्य में सम्मिलित हो कि उनका संपूर्ण मनुष्य जाति के महत्त्व को बढ़ाने में क्या योगदान है,' तो इस संदर्भ में प्रबुद्ध के अतिरिक्त किसी और को महात्मन की उपाधि कैसे दी जा सकती है, जिन्होंने व्यक्ति के ऊपर एक-दूसरे व्यक्ति को थोपकर उसका अपमान करने के बजाय उसे ज्ञान और प्रेम की उच्चतम चोटी पर पहुँचाकर उत्कृष्ट बना दिया? उनकी छवि सबसे अधिक भव्य, वह सबसे उपयुक्त छवि है, जिसे प्राप्त करना प्रत्येक मनुष्य के जीवन का अंतिम लक्ष्य हो सकता है। 'यह मनुष्यों की संतान के बीच असमान रूप से विद्यमान प्रतिभा ही थी, जिसने गौतम बुद्ध के उपदेशों को प्रेरित किया। वह उसकी आदेशात्मक शक्ति में मौजूद प्रधान क्षमता है, जो उसके व्यवहार को एक साथ बाँधकर रखती है। वह प्रतिभा ही थी, जिसे भारत ने अपने उत्कृष्ट लक्ष्य और सर्वव्यापकता, सभी लोगों को एक महान् राष्ट्र के तौर पर एकत्र करने की संभावना का पूर्वाभास होने, में सबसे पहले और अंतिम बार देखा, यदि कभी यह संभव हो पाता।'

इसमें लेशमात्र भी संदेह नहीं कि तथागत इस संसार में प्रकट हुए एक प्रकाश पुंज की भाँति थे। इसमें भी किसी तरह का कोई आश्चर्य नहीं था कि जिन्होंने पहले उनके उपदेशों को नकारा था, अंतत: उन्होंने भी उनको एक अवतार[6], ईश्वर का वह रूप, जिसे स्वयं उन्होंने ही अन्य देवताओं से अलग कर लिया था, बनाकर अपने देवालयों में सम्मिलित किया।

इतिहास के अन्य दूसरे कोई गुरु, उपदेशक ने स्वयं के दूसरों की भाँति आम व्यक्ति होने की घोषणा उस तरह से नहीं की, जिस तरह से बुद्ध द्वारा की गई, उन्होंने कभी इस तरह का कोई दावा नहीं किया कि वे ईश्वर का अवतार हैं अथवा उन्हें ईश्वर मानकर उनकी पूजा-उपासना की जाए। हालाँकि उनकी सबसे बड़ी विशेषता यह रही कि वे संपूर्ण संसार के बंधु समान थे। संसार से अज्ञानता को दूर करने के लिए वे मनुष्यों की भाँति जीवित रहे और समय आने पर शांति और प्रेमपूर्वक सभी के बीच से चले गए।

जब वे अपने आसपास बड़ी संख्या में अनुयायियों के रूप में उपस्थित अनुचरों को देखते थे और सारे संसार में गौरवान्वित होते थे, उस दौरान उनके मन में एक क्षण के लिए भी ऐसा कोई विचार नहीं आया कि उनको जो कुछ भी प्राप्त हो रहा है, वह उनका है; बल्कि वे समान भाव से अपना कार्य करते रहे, ठीक वैसे ही जैसे वर्षा सबके लिए प्रसन्नता लाती है, लेकिन इसका उसके कार्य पर कोई प्रभाव नहीं दिखता। हालाँकि वे बहुत महान् और प्रेम का सागर थे, फिर भी उन्होंने कभी भी अपनी दिव्यता पर अपना अधिकार नहीं जताया। बर्मा देश के निवासियों द्वारा इस बात का उल्लेख किया जाता है, सभी लोगों को अपना गुणगान करते हुए देखकर प्रबुद्ध ने आनंदा को अपने पास बुलाया और कहा—"मेरे लिए यह सब व्यर्थ है। इस तरह की कोई भी निरर्थक पूजा धर्म के उद्देश्यों को पूरा नहीं कर सकती। वे सभी लोग, जो न्यायसंगत रूप से सभी कार्य करते हैं, वे मेरा सबसे अधिक सम्मान करते हैं और वे ही मुझे सबसे अधिक प्रसन्न करते हैं।" एक निष्पक्ष विचारक के लिए, यहाँ तक कि महात्मन, जिन्होंने शाक्य अहिंसा को जीवन भर एक आवरण की भाँति ओढ़कर रखा, भी महत्त्वहीन हो जाता है। उन्होंने उनके समक्ष एक और अति उत्कृष्ट छवि को प्रस्तुत किया—एक महाप्रतापी, ज्ञानी, प्रसन्नचित्त, अपने विचारों, शब्दों और कार्यों में सदैव समान रहनेवाले, संतुलित और नैतिकता में सर्वोत्तम, किसी भी तरह के पक्षपात से कोसों दूर रहनेवाले, बुराई को अच्छाई से हरानेवाले और सभी जीवों के लिए करुणा भाव से परिपूर्ण हैं।

कुछ महान् आत्माओं में उनकी जन्म की कहानियों में बुद्ध को जाने कितने युग और जन्मों से अपनी स्वेच्छा से असंख्य परीक्षाओं का सामना करते हुए प्रस्तुत किया गया, जिससे कि वे मानव जाति को मुक्ति प्रदान कर सकें, निर्वाण में प्रवेश करने का मार्ग दिखा सकें और स्वयं को बार-बार मानव जीवन और उससे जुड़े भाग्य में डालते

रहें, जिससे कि वे मानव को दु:ख तथा पीड़ा से मुक्ति पाने के मार्ग के विषय में ज्ञान देने के उद्देश्य को पूरा कर सकें।

इस तरह वे अपने शिष्यों के समक्ष जिस अनवरत ऊर्जा के आदर्श को रखते हैं, वह सुदृढ़ता के साथ मानवीय होता है। और तब भी जब तथागत की विशेषताएँ आम मानव की तुलना में बहुत अधिक ऊपर होती हैं, फिर भी उस आदर्श की सेवा एक आदर्श और मार्गदर्शक के तौर पर की जा सकती है। उनके शिष्य बुद्ध को सदैव अपना आदर्श मानते हैं, जिससे कि उनके आदर्श और संतरूपी जीवन की स्मृतियाँ उनको भी एक आदर्श और संत जीवन जीने की ओर अग्रसर होने में सहायक हों। सभी प्राणियों के लिए अपने सभी बंधनों से मुक्त प्रेम में शाक्यमुनि अनुपम दिखाई देते हैं। और यह कोई काव्यात्मक काल्पनिकता नहीं है, बल्कि अत्यंत ही गंभीर दार्शनिक सत्य है, जो उनको सबसे बेहतर बनाता है।

"जो हर जीव से प्रेम करते हैं,
सभी चीजों से, फिर चाहे महान् हो, या तुच्छ।"

संदर्भ—

1. "तथागत की प्रकृति धम्म है—वही वास्तविक धम्म है।"—अग्गंञ सुत्त
2. हिदा भगवान् जतेति।
3. जटिला (तपस्वियों द्वारा धारण किए जानेवाले बालों का आवरण)।
4. बुद्ध की मृत्यु का वास्तविक कारण अधिक वृद्धावस्था के साथ-साथ पेचिश का रोग हो जाना था, जोकि शुकरा मद्दव से बना व्यंजन खाने के कारण हुआ। कुछ लोगों का ऐसा मानना है कि उस व्यंजन में जंगली सूअर के नवजात का कुछ गूदेदार भाग शामिल किया गया था, जो उनके लिए प्रिय शिष्य चूंडा द्वारा एक औषधि के तौर पर उनके पेचिश के रोग को ठीक करने के लिए तैयार किया गया था। जबकि कुछ लोगों का कहना है कि शुकरा मद्दव खाया जानेवाला एक कुकुरमुत्ता (मशरूम) होता है। इस संबंध में एक सुझाव यह भी दिया जाता है कि उन्होंने जो व्यंजन खाया, उसमें सूअर का मांस शामिल नहीं था, बल्कि शकरकंद शामिल था, जोकि कंदीय पौधे की जड़ होती है और उसे शाकाहारी लोगों द्वारा खाया जाता है। एक समुदाय के अनुसार उनकी मृत्यु 483 ईसा पूर्व अक्तूबर माह के तेरहवें दिन हुई।
5. ला बुद्धा गौतम औ शाक्यमुनि"'ओरिजन बुद्धिक्यू, पृष्ठ सं. 6-7।
6. इसमें तनिक भी संदेह नहीं किया सकता कि भगवान् विष्णु के नौवें अवतार के तौर पर जिन बुद्धावतार का नाम लिया जाता है, वे और कोई नहीं स्वयं भगवान् बुद्ध ही थे। भगवान् विष्णु के सभी अवतारों का वर्णन करनेवाली एकमात्र धर्म पुस्तक क्षेमेंद्र, जो 11वीं शताब्दी में हुए थे, द्वारा रचित 'दशावतार चरित्र' थी। इस पुस्तक में बुद्ध, जोकि भगवान् विष्णु के नौवें पुनर्जन्म लेकर अवतरित हुए थे, को शुद्धोधन और मायावती के पुत्र के तौर पर परिभाषित किया गया है। एक बार फिर 'नीलमत पुराण', जिस पर कश्मीर के ब्राह्मणवादी धर्म संप्रदाय का प्रामाणिक

अधिकार है, में वर्णन किया गया कि विष्णु के अवतार के तौर पर बुद्ध के जन्मदिवस को वैशाख मास की पूर्णिमा तिथि को मनाया जाता है, जोकि बौद्ध धर्म को माननेवाले सभी देशों में निर्वाण की वर्षगाँठ होती है। उस दिन हमें पुराण में बताया गया है कि बुद्ध की छवि को स्थापित किया जाता है और शाक्यों द्वारा कहे गए वचनों का जाप करते हुए भगवान् की स्तुति की जाती है। शाक्य (अर्थात् बौद्ध भिक्षुक) की भी पूजा की जाती है और उनको माल्यार्पण करना, भोग लगाना और उनको पुस्तकें समर्पित करने का कार्य किया जाता है।

वे ही केवल ईश्वर के समान हैं, जो पापों से पूरी तरह अलग हो चुके हैं।
शांत श्वेतांबर धारण की हुई आत्मा अच्छाई की समर्थक होती है।

कश्मीर में जिन आधुनिक युग के कैलेंडर्स का इस्तेमाल किया जाता है, उनमें अब भी बुद्ध के जन्मदिवस को खास स्थान दिया जाता है। नेपाल महिमा, जो नेपाल के ब्राह्मण तीर्थयात्रियों की मार्गदर्शक है, का उपदेश स्वयं पार्वतीजी (जो भगवान् शिव की पत्नी हैं) के मुख से दिया गया। इसमें कहा गया—"इस अतुलनीय देश में बुद्ध की पूजा करना शिव पूजा के समान होगा।" और यह बुद्ध 'जो विष्णु का एक रूप हैं,' के सम्मान में धार्मिक संस्कारों की अभिव्यक्ति की गई है। बोधगया में महाबोधि मंदिर, जो अब एक हिंदू संन्यासी के अधिकार क्षेत्र में है, में बुद्ध की प्रतिमा की पूजा विष्णु के बुद्ध अवतार के तौर पर की जाती है। बुद्ध को ईश्वर का एक रूप और विष्णु, जोकि धरती पर ब्राह्मणों के शत्रुओं को भुलावा देने के लिए अवतरित हुए, का एक अवतार मान लेना एक चालाकी भरी चाल थी, जो ब्राह्मणों द्वारा अन्य हिंदुओं के बीच अपनी श्रेष्ठता को बनाए रखने के लिए अपनाई गई। बहुत सारे लोगों की अपनी अलग-अलग मान्यताएँ, प्रथाएँ और पूर्वधारणाएँ होती हैं, जिनके साथ वे प्रबल रूप से जुड़े होते हैं; हिंदू धार्मिक पुनरुत्थानवादी संख्या में बहुत कम थे और वे बलपूर्वक उनके खेल को नहीं बिगाड़ सकते थे, इसलिए उनके पास धोखे के अलावा और कोई चारा नहीं बचता था। उन्होंने लोगों को इस बात के लिए प्रेरित करने की कोशिश की कि उनके बीच कोई वास्तविक अंतर नहीं है और यह भी कि जिसे वे बुद्ध कहते हैं, वे विष्णु के अलावा दूसरा और कोई नहीं है। विष्णु के अन्य अवतारों की रचना अवतार के विचार की पुरातनता को एकरूपता देने और अन्य क्षत्रिय आदर्श रूपों की सूची में शामिल करने के लिए हुई। यह क्षत्रिय आदर्श रूप राम और कृष्ण का वर्णन हिंदुओं को यह उपदेश देने के लिए किया गया कि जाति-प्रथा का उल्लंघन उन्हें किसी भी स्थिति में नहीं करना है, जो वास्तव में उनसे यह कहना था कि बुद्ध के दिए गए उपदेशों का अनुसरण उन्हें नहीं करना है। धार्मिक विधान के अनुसार विष्णु के अवतारों की संख्या दस है और यह संख्या दस महाजातकों की भी याद दिलाती है।

बुद्ध के व्यक्तित्व की दो खास विशेषताएँ थीं। अपने पहली और शुरुआती दौर की विशेषता में, वे एक आदर्श योगी के रूप में दिखते हैं, उस महान् गुरु के रूप में दिखते हैं, जो आत्मसंयम और मनोविकारों पर विजय पाकर शक्ति प्राप्त करता है। अपनी दूसरी विशेषता में, वे आम लोगों के सच्चे मित्र, विश्वव्यापी तौर पर भाईचारे, समानता और इस पृथ्वी मानव के अतिरिक्त वास करनेवाले सभी तरह के जीवों की मानव मन में करुणा भाव को प्रोत्साहित करनेवाले महात्मा के तौर पर दिखाई देते हैं। इन दोनों रूपों में भगवान् शिव और अवतरित विष्णु दोनों ही प्रतिरूप दिखाई देते हैं और अंततः उन्हें अलग कर देते हैं। भगवान् शिव की उपस्थिति बुद्ध में उनके योगी रूप में दिखाई देती है। भगवान् विष्णु की उपस्थिति बुद्ध में उनके मानव जाति के परोपकारी और निस्स्वार्थ मित्र के रूप में दिखती है। धीरे-धीरे शिव और विष्णु की उपस्थिति

अग्नि और इंद्र की उपस्थिति में बदल जाती है, जो देवालयों के सबसे पसंदीदा देवता हैं। ईसाई धर्म के चर्च द्वारा बुद्ध को संत की उपाधि से विभूषित किया गया है। रोमन और ग्रीक दोनों चर्चों में एक दिन को संत जोसाफट को समर्पित किया गया है, इनके नाम को बोधिसत्त्व के प्रदोष के तौर पर दिखाया गया है। इसका एक कारण और भी है कि यह मान लिया जाए कि संत सुस्टैस प्लासिदस के जीवन की कहानी निग्रोध मृग जातक कथा का ही एक रूप है। ईसाई धर्म पर बौद्ध धर्म का प्रभाव अब भी बहुत गहरा है। 'कोई व्यक्ति पालि में लिखे गए हस्तलेखों को जितना अधिक पढ़ता है, उसके मन में यह विश्वास पक्का होता जाता है कि बुद्ध का जीवन और उनके उपदेशों को देवदूतों द्वारा दिए गए ईसाई सिद्धांतों में प्रतिरूपित किया गया है। भगवान् बुद्ध के गर्भाधान, जन्म और परित्याग, लोभ और ज्ञानोदय के समय जो आश्चर्यजनक घटनाएँ और चमत्मकार हुए थे, उनको अचरिया अभुत सुत्त, मज्झिम निकाय में पाया गया।' यह स्पष्ट तौर पर दृष्टिगोचर है कि बौद्ध धर्म साधु और साध्वियों के लिए अपने मठों, संतों की पौराणिक कथाओं, स्मारक चिह्नों की पूजा, अपने स्तूपों, घंटियों और इन सबसे बढ़कर अपने समृद्ध संस्कारों और क्रमबद्ध वैभव के माध्यम से ईसाई धर्म के प्रार्थना और परंपरा संस्कारों के विकास पर बहुत अधिक प्रभाव डाला है। भारत में बौद्ध धर्म का प्रभाव प्रज्ञानवाद और द्वैतवाद के विकास पर भी स्थापित हुआ है।

शुरुआती दौर में ताओवाद, कंफ्यूशियसवाद और बौद्ध धर्म के बीच संबंध के बारे में श्री एच.जे. एलेन ('ट्रांजेक्शंस ऑफ द थर्ड इंटरनेशनल कांग्रेस ऑफ रिलिजंस', वॉल्यूम-1) कहते हैं—"निष्कर्षतः ऐसा प्रतीत होता है, चीन ने दूसरे राष्ट्रों की तरह अपने पुराने अभिलेखों के साथ छेड़छाड़ की है। उनके 'ताओ-ए-चिंग' के बारे में पहले ही यह घोषित हो चुका है कि हान राजवंश के दौरान इसे जालसाजी कर फर्जी तौर पर तैयार किया गया और जिस धर्म को ताओवाद के नाम से जाना जाता है, साक्ष्यों से यह पता चलता है कि वह मूल रूप से बौद्ध धर्म का प्रतिरूप है। ताओ शब्द का उपयोग बौद्धधर्मियों द्वारा आष्टांगिक मार्गों या नैतिक मूल्यों के लिए किया जाता है और आगे चलकर इसी शब्द को श्री कू-हूंग-मिंग द्वारा अनुवाद किया गया और उन्होंने इसका अनुवाद कंफ्यूशियन चुंग-युंग के आलेख की प्रशंसनीय व्याख्या के तौर पर किया। कंफ्यूशियस सिद्धांत आंशिक रूप से बौद्ध धर्म के भिक्षुओं, जो 150 ईसा पूर्व चीन में पारगमन हुआ था, द्वारा जो उपदेश दिए गए, उन्हीं पर आधारित है और चीनी अभिकथन का भी यही आधार है कि तीन धर्म (ताओवाद, कंफ्यूशियसवाद और बौद्ध धर्म) एक ही हैं।"

अबू-अल-टाहिया हारून-अल-रशीद के एक समकालीन कहते हैं—"अगर आपकी इच्छा मानव के सबसे श्रेष्ठ रूप को देखने की है, एक राजा को भिखारी के कपड़ों में देखें; यह वही है, जिसकी पवित्रता मानव जाति का सबसे अच्छा रूप है।" बुडापेस्ट के प्रो. गोल्डजीहर द्वारा जिस राजा का ऊपर जिक्र किया गया, उसे बुद्ध के अलावा और कोई नहीं मानते। कुछ ऐसा भी मानते हैं कि बौद्ध धर्म के 'त्रिरत्न' (बुद्ध, धर्म और संघ) का प्रभाव इसलाम धर्म के विचार गम, इग्म और सुम्म पर है। सूफीवाद और कुछ नहीं, बस इसलाम धर्म द्वारा परिवर्तित किया गया बौद्ध धर्म है, क्योंकि उसमें भी बौद्ध धर्म की तरह इनसान का आखिरी उद्देश्य फना होना, समाप्ति, मौत, व्यक्ति के जीवन का अंत होना है। संतों की पूजा करने का चलन जो इसलाम धर्म में है, वह भी बौद्ध धर्म के प्रभाव के कारण है।

दजई, एक जापानी दार्शनिक कहते हैं—"कुल मिलाकर आज के शिंतोधर्मी, फिर चाहे वे युई एक्ची या सोगेन विचारधारा के हो, दोनों ही बौद्ध धर्म पर आधारित हैं, जिसमें से उन्होंने उन

सबका चुनाव कर लिया, जो उनके लिए उपयुक्त था और हालाँकि उन्होंने खुले तौर पर बौद्ध धर्म का विरोध किया, वास्तविकता में ये दोनों ही समान प्रकृति के हैं।" यूरोपीय विद्वानों के निर्णयों के साथ यह पर्याप्त सहमति बनती है।

इसलिए हम प्रो. सिल्वेन लेवि के कथन के साथ कह सकते हैं—"ऐसा प्रतीत होता है, जैसे सारा संसार आत्मत्याग के कार्य एक जैसे प्रभाव में, बौद्ध धर्म की पवित्रता के अंतर्गत आ गया है।" (कॉन्फ्रेंस औ मूसी गुइमेट : थोम 25, पृ. 215)

□

अध्याय-2

बौद्ध धर्म की तर्कशक्ति

बौद्ध धर्म दर्शनशास्त्र और व्यावहारिक नैतिक गुणों की एक व्यवस्था है अथवा एक धर्म है? इस प्रश्न का उत्तर धर्म शब्द की परिभाषा पर निर्भर करता है। अगर धर्म से तात्पर्य किसी ऐसी चीज से है, जो मानव को पूरे उत्साह और जोश के साथ प्रेरित करती है, जो उसे उसकी तलाश के लिए प्रेरित करती है, जिसे सबसे बेहतर माना जाता है; जिसे उसके समक्ष सर्वोत्कृष्टता के सबसे बेहतर विचार के तौर पर रखा जाता है और जो उसे आम व्यक्ति की अच्छाई से बहुत ऊपर उठा देती है तथा उसमें एक ऊँचे स्तर के और बेहतर जीवन की ओर बढ़ने की इच्छा उत्पन्न करती है; जो मानव मस्तिष्क में आकांक्षाओं के रूप में विचरती है, स्वयं को भूलने और दूसरों की सेवा करने की चाह के तौर पर विकसित होती है, फिर बौद्ध धर्म निस्संदेह एक धर्म है, क्योंकि इसने धर्माचरण और आध्यात्मिक आनंद के लिए संसार की लगभग पाँच सौ मिलियन जनसंख्या में उत्साह का संचार किया है तथा मानव जाति की सेवा लौकिक जगत् के दुःखों और बुराइयों से बचाकर उन्हें अच्छा, दयालु, उदार, निष्कलंकित और प्यारा बनाने के लिए की है। लेकिन यदि हम धर्म की शुरुआत को उस अनदेखे और अबोधगम्य के लिए उत्कंठा या उस ईश्वर के लिए हमारी भावनाओं या फिर उस अदृश्य शक्ति को मानव के मन में बैठे डर के तौर पर लेते हैं, जिसे सभी चीजों के कारण और नियंत्रक के तौर पर जाना जाता है तथा जिस पर मनुष्य जाति स्वयं को निर्भर महसूस करती है और जिसकी पूजा कर वह उससे निवेदन कर सकता है तो फिर बौद्ध धर्म को धर्म का नाम नहीं दिया जा सकता, क्योंकि यह किसी अदृश्य शक्ति पर मानव जाति की पूरी तरह से निर्भरता को खारिज करता है और यह चाहता है कि मनुष्य अपने जीवन के सभी दुःखों से मुक्ति पाने (निर्वाण) के लिए स्वयं पर निर्भर हो। बौद्ध धर्म की सबसे ज्यादा ध्यान आकर्षित करनेवाली विशेषता यह है कि यह उस अविदित को लेकर जितनी भी अवधारणाएँ हैं, उन सभी का परित्याग करता है और स्वयं को पूरी तरह से आज के सांसारिक समय के अनुसार जीवन की सत्यता के प्रति समर्पित करने की बात करता है।

एक बार प्रबुद्ध ने ब्राह्मण से कहा था—"ओ ब्राह्मण, ऐसे बहुत से श्रमण और ब्राह्मण हैं, जो यह मानकर चलते हैं कि दिन रात है और रात दिन है। लेकिन मैं, ब्राह्मण यह मानता हूँ कि रात रात है और दिन दिन है।"

एक और ब्राह्मण से उन्होंने दृढ़तापूर्वक कहा था—"तथागत सभी तरह के सिद्धांतों से मुक्त हैं।"

बौद्ध धर्म के लिए शुरुआती बिंदु उस अलौकिक शक्ति का मत या उसमें विश्वास नहीं है, बल्कि संसार में व्याप्त दुःख और संतापों की सत्यता है, केवल उन लोगों की ही दुःख और पीड़ा नहीं, जो गरीब और दया के पात्र हैं, बल्कि उनकी भी जो विलासिता से भरपूर जीवन के चक्र में फँसे हुए हैं। इसका उद्देश्य स्वर्ग या ईश्वर या ब्रह्मा के साथ मिलन नहीं है, बल्कि मनुष्य के लिए संसार के दुःखों से मुक्ति पाने के लिए आत्म विजय और स्व-संस्कृति के माध्यम से एक ऐसे सुरक्षित स्वर्ग की तलाश की जाए, जिसमें बौद्धिकता और नैतिकता से परिपूर्ण जीवन हो। बौद्धधर्मी संसार की प्रकृति के विषय में, उसकी व्यावहारिक व्याख्या को लेकर अधिक चिंतित नहीं होते। जहाँ तक उसका विश्वास है, वह मानता है कि नैतिक बल का कुछ हद तक पारस्परिक संबंध, एक प्रकार के जीवन के गुणों और प्रभावकारिता को निर्धारित करता है, इस तरह वह वास्तव में धार्मिक होता है। अगर वह एक स्वतंत्र, तटस्थ तौर से उपस्थित अलौकिक व्यक्तित्व में विश्वास नहीं रखता, तो वह धारणाक्ष में विश्वास रखता है, एक वास्तविकता, जिसे वह अपने आदर्श के प्रति अपने अंतिम मनोभाव के संबंध में व्यावहारिक तौर पर स्वीकार करता है और उसकी यह मान्यता उसके मूल्यों को ठीक उसी तरह संरक्षित रखती है, जिस तरह उसकी वास्तविक तौर पर ईश्वर स्वरूप में मान्यता संरक्षित होती है।

तथ्यों के मजबूत आधार पर खड़े बौद्ध धर्म ने, तथाकथित पूर्ण रूप से प्रदर्शित धर्मों के विपरीत, कभी भी, सत्य की अंतिम कसौटी पर कारण के विशेषाधिकार का दावा करनेवालों की होड़ में प्रतिभागिता नहीं की। एक बार जब प्रबुद्ध ने कलम राजकुमार के क्षेत्र की यात्रा की, उन्होंने उनसे कहा—"प्रभु, ब्राह्मण और संप्रदायवादी गुरु हमारे क्षेत्र में पधारते हैं और हमें अपने सिद्धांतों के बारे में उपदेश देते हैं, उनमें से प्रत्येक का यह कथन होता है कि जो कुछ भी वे सीख दे रहे हैं, केवल वही सत्य है, बाकी शेष मिथ्या है; और इस विचार से प्रभु, संदेह ने हमें घेर लिया है और हमें यह ज्ञात नहीं है कि हमें कौन सी सीख को अपनाना चाहिए।"

इस पर बुद्ध ने उत्तर दिया—"यह वस्तुओं की प्रकृति में सम्मिलित होता है कि उन पर संदेह उत्पन्न होना चाहिए, परंपराओं पर केवल इसलिए विश्वास मत करो कि वह तुम तक बहुत सी पीढ़ियों और स्थानों से होती हुई पहुँची हैं; किसी भी चीज में बस इसलिए विश्वास मत करो कि वह लोगों द्वारा कही जाती है और बहुत से लोग उसके

बारे में बात करते हैं, बस इसलिए किसी चीज पर विश्वास मत करो कि किसी पुराने समय के ऋषि-मुनि या साधुजन के लिखित दस्तावेज को उसके संबंध में तुम्हारे सामने प्रस्तुत किया गया है; किसी चीज में बस इसलिए विश्वास मत करो कि तुमने उसकी कल्पना की है, उसके बारे में इसलिए सोचा है, क्योंकि वह अद्‌भुत है या उसे किसी देव या अद्‌भुत व्यक्तित्व द्वारा अवश्य ही विकसित किया गया होगा। अवलोकन या विश्लेषण करने के बाद जब आप कारणों के आधार पर उससे सहमत होते हैं और वह किसी अथवा सबके भले के लिए हितकारी है, फिर उसे स्वीकार करें और उसे अपने जीवन का भाग बनाएँ।"[1]

बौद्ध धर्म के अनुसार, "किसी भी सत्य को बिना जाँचे स्वीकार करने की आवश्यकता नहीं होती। किसी को भी किसी भी चीज पर केवल इसलिए विश्वास नहीं करना है, क्योंकि उसे उसके बारे में समझाना है। जब तक उत्तर न मिले, तब तक प्रश्न भी न करें—उस पर विश्वास इसलिए करना है, क्योंकि वह बहुत बेतुका है—वह सत्य है, क्योंकि वह बिल्कुल असंभव है।"

कभी-कभी कहा जाता है, 'विश्वास करना होगा', जीवन में कारणों की तुलना में और भी अधिक महत्त्वपूर्ण भूमिका निभाता है। यदि हम एक बार 'विश्वास करना होगा' को अपने जीवन में स्वीकार कर लेते हैं तो हमें उसी के समान 'विश्वास नहीं करना होगा' की धारणा को भी जीवन में स्वीकृति देनी होगी। इसके अतिरिक्त जो कुछ 'विश्वास करना होगा' की श्रेणी में है, लेकिन विश्वास न करना एक निश्चित है, जिसके बारे में किसी का सोचना है कि वह अनिश्चित है, किसी को खुश करने का पक्का इरादा और किसी को इस तरीके से सम्मोहित करना कि वह उस सत्य को स्वीकार करे, जो स्पष्ट रूप से कथित है, गलत है ? विश्वास करने की इच्छा और कुछ नहीं केवल स्वयं को धोखा देना है, पहले स्वयं को और फिर स्वाभाविक तौर से दूसरों को। यह पाखंड के लिए केवल कानों को मधुर लगनेवाला एक नाम है, जो हो सकता है कि चर्च या एक जेज्यूट के लिए अच्छा हो, लेकिन एक धर्म या सत्य की खोज करनेवाले के लिए नहीं। संभव है कि यह कल्पना के लिए आनंद दे सकती है, लेकिन यह आपकी खुशियों को स्थायी तौर पर सुरक्षित नहीं कर सकती और न ही यह व्यक्ति की अँधेरे के बल के खिलाफ लड़ने में सहायक हो सकती है।

अगर धर्म का अर्थ ज्ञान है, न कि पंथ; एक निश्चितता है, न कि संदेह; मृत्यु में एक वास्तविक आशा है, न कि उन्माद का विलाप मात्र; जीवन का एक नियम है न कि एक अस्पष्ट परमानंद; जिसे मजबूती से पाया गया है, जो विश्वसनीय, संगत, एक निश्चित तार्किक प्रणाली है, न कि लापरवाही से भावनाओं द्वारा मचाया गया उपद्रव है; फिर कारण अंधविश्वास है, न ही मात्र परंपरा है, न ही विश्वास करने की इच्छा है, न

ही तथ्यात्मक उपयोगिता है, इसके आधार को तलाशना बहुत ही आवश्यक है। जैसाकि, 'जातकमाला'[2] कहती है, यह वह है, जो कारणों की वैधता पर तर्क-वितर्क के माध्यम से और उसके साथ प्रश्न उठाता है, अपनी स्वयं की स्थिति का परित्याग कर देता है।

सभी धर्मों में से बौद्ध धर्म सबसे अधिक मानसिक सक्रियता की माँग करता है। बुद्ध चाहते थे कि हर इनसान के मन में संदेह उत्पन्न हो, वह जाँच-पड़ताल करे और किसी भी पथ का अनुसरण करने से पहले पूरी ईमानदारी से उस पर चलने के लिए प्रेरित हो। "किसी व्यक्ति को मेरे धर्म का अनुसरण केवल इसलिए नहीं करना चाहिए कि वह मेरा सम्मान करता है", प्रभु कहते हैं—"बल्कि उसे पहले इसकी जाँच ठीक उसी प्रकार से करनी चाहिए, जैसे अग्नि से सोने की की जाती है।" इसलिए प्रबुद्ध ने सत्य और असत्य के बीच में तय करने के लिए सभी प्रमाणों और प्रकटन के लिए दिए गए कथनों को व्यर्थ बताया।

बुद्ध ने ब्राह्मणों द्वारा वेदों से लेकर पवित्र वचनों को बार-बार दोहराने को शब्दों का व्यर्थ में बार-बार उच्चारण मात्र कहा और इसे आस्था का सूचक मानने से इनकार किया। "यह उसी तरह से है, जैसे बहुत सारे अंधे व्यक्ति मिलकर एक-दूसरे को रास्ता दिखा रहे हैं; पहला व्यक्ति नहीं देख सकता; न ही वह देख पाता है, जो बीच में है; और न ही वह देख पाता है, जो अंत में है।" प्रबुद्ध द्वारा साफतौर पर 'केवल सत्य को स्वीकार करना' और 'सत्य का ज्ञान होना' के बीच का अंतर बताया गया। जिस तरह से एक पात्र में जब शहद को रखा जाता है तो उसे यह ज्ञात नहीं होता कि शहद का स्वाद कैसा है, ठीक उसी तरह से वह व्यक्ति होता है, जो केवल विश्वास के आधार पर सत्य को स्वीकार करता है। ठीक उसी तरह से जैसेकि एक दास उस स्थान पर जाता है, जहाँ से राजा अपने अनुचरों को संबोधित करता है और वहाँ जाकर वह उन्हीं शब्दों को दोहराता, जो राजा कहता है, ऐसा करने से वह स्वयं राजा नहीं बन जाता; ठीक उसी तरह से नदी के पास की रेत पर केवल 'इधर आओ' शब्द लिख देने से नदी के किनारे को एक स्थान से दूसरे स्थान पर नहीं स्थानांतरित किया जा सकता; ठीक इसी तरह से एक मत या धर्मसिद्धांत को किसी दूसरे के आदेश पर मात्र स्वीकार कर लेने से कभी भी उस ज्ञानोदय, आध्यात्मिक बोध की ओर नहीं बढ़ा जा सकता, जो अकेले ही व्यक्ति को सभी संतापों से मुक्त कर सकता है। जैसेकि 'बोधिसत्त्वभूमि' कहती है—"व्यक्ति को किसी दूसरे विचारों पर निर्भर नहीं होना चाहिए; न यह कहना चाहिए कि यह एक स्थविर (किसी बड़े के) या बुद्ध या संघ के विचार हैं; व्यक्ति को सत्य को अपने भीतर मुक्त नहीं छोड़ना चाहिए; उसका सत्य आवश्यक तौर पर स्वायत्त होना चाहिए। एक परंपरा, एक आदेश का अनुपालन करने का अपने आप में कोई मूल्य नहीं हो सकता। ज्ञान की प्राप्ति के लिए निर्देश आवश्यक होते हैं, लेकिन इस निर्देशन का व्यक्तिगत अनुभवों के साथ मंडन और स्वाँगीकरण होना चाहिए।"

सत्य के ज्ञान में विषयपरक और उद्देश्यपरक दोनों तत्त्व सम्मिलित होते हैं और इसलिए इसमें दो मानदंड निहित होते हैं। पहला, सत्य को समझना केवल तभी संभव है, जब दिमाग सभी तरह के पूर्वग्रहों और मनोविकारों से मुक्त हो। दूसरा, चूँकि सत्य कभी सतही तौर पर विद्यमान नहीं होता, इसे जानने के लिए गहराई में जाकर गोता लगाने की पीड़ा को झेलकर उसे झपटना होता है। ज्ञान के बोध से भी ऊँचा होता है, उसका आंतरिक···और उपयुक्त प्रशिक्षण के माध्यम से सत्य का व्यावहारिक बोध व्यक्ति की बौद्धिक और नैतिक शक्ति का विकास होता है, अन्वेषण और अवलोकन के माध्यम से ज्ञानोदय की प्राप्ति, नैतिक शुद्धता और सभी प्राणियों के लिए मन में प्रेमभाव के साथ ही उपस्थित होने से होती है।

बौद्ध धर्म में ऐसी कोई मान्यता नहीं होती, जो ज्ञान का परिणाम न हो। यह मानव के तार्किक मस्तिष्क को जटिल समस्याओं पर ध्यान केंद्रित करने के लिए विवश नहीं करता है। क्या यह संसार शाश्वत है या यह शाश्वत नहीं है? क्या यह संसार सीमित है अथवा सीमित नहीं है? बौद्ध धर्म में इस तरह के प्रश्नों का कोई औचित्य नहीं है। प्रबुद्ध 'पोथापड़ा सुत्त' में कहते हैं—"इन सर्वेक्षणों की चीजें जैसी हैं, उनसे कुछ लेना-देना नहीं है; हम जिस वास्तविकता को जानते हैं, उससे कुछ लेना-देना नहीं है, यह जीवन के नियम के साथ संबंधित नहीं है, वे सही आचरण नहीं करते; वे वासना की अनुपस्थिति, मनोविकारों से मुक्ति, सही प्रयास करने, उच्चतम दृष्टिकोण रखने, शांति को पाने का कारण नहीं बनते।"

बौद्ध धर्म में न ही कुछ गोपनीय या गुप्त रहस्य विद्यमान है। अपने अंतिम क्षणों में प्रभु ने आनंद से कहा—"मैंने सत्य के उपदेश गोपनीय या गुप्त रहस्यवादी सिद्धांत के बीच किसी भी तरह के अंतर को रखते हुए दिए, धर्म के संबंध में आनंद, तथागत, के पास ऐसा कुछ भी नहीं है, जो एक गुरु अपनी बंद मुट्ठी में कुछ देने के लिए रखता है।" एक और अवसर पर बुद्ध ने कहा था—"गोपनीयता तीन चीजों की विशेषता होती है, स्त्री जो प्रेम में हो, गुप्त रखना चाहती है और इससे दूरी बनाकर रखती है कि सबको पता न चले; ठीक ऐसा ही उस पादरी के साथ भी होता है, जो यह दावा करता है कि वह किसी विशेष ईश्वरोक्ति के कब्जे में है और वह सभी जो सत्य के पथ से भटके हुए हैं। तीन चीजें, जो संसार के समक्ष उजागर हो जाती हैं, जिन्हें छुपाया नहीं जा सकता। वे हैं, चंद्रमा, सूरज और वह सत्य, जिसे तथागत द्वारा घोषित किया गया है। उनके बारे में किसी तरह की कोई गोपनीयता नहीं होती।" इस तरह के आदेश साफतौर पर उन अभिकथनों का खंडन करते हैं, जिन्हें बुद्ध ने अपने जीवनकाल में अपने सबसे प्रिय शिष्य को रहस्यों को सिखाया था या जिसे वे तथाकथित 'गूढ़ सिद्धांत' के नाम विख्यात खजाने के तौर पर अपने बाद छोड़ गए और केवल कुछ खास लोगों को ही उसका ज्ञान प्राप्त हुआ, लेकिन

उस समूह से वापस ले लिया गया। न ही यहाँ पर बौद्ध धर्म को विभिन्न प्राच्य रहस्यवाद के साथ वर्गीकृत करने के लिए छोटा सा भी प्रमाण दिया गया है।

दूसरी तरफ, धर्म और दर्शनशास्त्र दोनों में मिलनेवाले सारे रहस्यवाद के लिए बहुत ही निषेध है। यह केवल धर्म ही है, जो अपने समर्थन के लिए अबोधगम्य की मोहकता पर निर्भर नहीं रहता। वह धर्म ही है, जो धर्मशास्त्र की कला पर स्पष्ट तौर पर तर्कहीनता को प्रतीत होनेवाली तार्किकता में बदलने के लिए निर्भर नहीं होता। वह आपसे इस पर विश्वास करने के लिए नहीं कहता कि तीन एक है और एक तीन है; एक पिता को अपने पुत्र से बड़ा नहीं होना चाहिए और पुत्र को अपने पिता के बराबर होना चाहिए; और दोनों की तरफ से किए जानेवाले व्यवहार को पूरी तरह से समान होना चाहिए। यह एक कुँवारी से जन्म लेने या शारीरिक तौर पर पुनर्जीवन या प्रतिनिधि तौर पर पीड़ा सहने या एक क्रोधित देवता को प्रसन्न करने पर जोर नहीं देता। इसे न तो सामाजिक और गिरजाघर के पूर्वग्रहों से बाँधा गया होता है, जो अपने अनुयायियों को खुले तौर पर अपने दृढ़ विश्वासों को अभिव्यक्त करने से रोकता है। यह केवल धर्म है, जो एक प्राथमिकता होती है, इसका विज्ञान की खोजों या वैज्ञानिक पद्धतियों की विचारधारा के साथ किसी तरह का विरोधाभास नहीं होता। बौद्ध धर्म में कभी भी धर्म और विज्ञान के बीच अलगाव की स्थिति उत्पन्न नहीं होगी, जैसाकि अन्य धर्मों में देखा जाता है।

हालाँकि, बुद्ध के समय में, जब उनका समय खंड था तो उस तरह की वैज्ञानिक जानकारियाँ उपलब्ध नहीं थीं, जैसी कि हमारे लिए आज के समय में मौजूद हैं, फिर भी वे मनोविज्ञान, दर्शनशास्त्र और धर्म की मूलभूत समस्याओं से परिचित थे। उन्होंने व्यापक रूपरेखा के तहत धर्म की समस्याओं के समाधानों को देखा था। उन्होंने ऐसे धर्म की सीख दी, जो तथ्यों पर आधारित था; उन्हें इस धर्म को उस धर्म से बदलने के लिए प्रेरित किया, जो कट्टरपंथी मान्यताओं के विश्वास पर आधारित था।

हालाँकि, धर्म आपसे आँखें मूँदकर विश्वास करने के लिए नहीं कहता, लेकिन फिर भी यह आस्था के फल (श्रद्धा) पर बहुत जोर देता है। यहाँ पर आस्था का अर्थ यह नहीं होता कि आप किसी ऐसी चीज में विश्वास करें, जो गैर-तार्किक और विवेकशून्य हो या फिर आप किसी मत या हठधर्मिता पर विश्वास करें या फिर आपके दृढ़ निश्चय को गैर-सिद्ध या निराधार वक्तव्यों से संतुष्ट किया जाए, बल्कि इस दृढ़ विश्वास के साथ विश्वास करने को कहता है कि सत्य की खोज की जा सकती है। जबकि कारण व्यक्ति को ज्ञान को व्यवस्थित और क्रमबद्ध करने में सक्षम करता है, जिससे कि वह सत्य की रचना कर सके, आस्था उसे दृढ़ निश्चय देती है, जिससे कि वह अपने संकल्प और आदर्श पर सही सिद्ध हो।

आस्था उस समय अंधविश्वास बन जाती है, जब वह कारणों का साथ छोड़ उससे

दूर हो जाती है तथा तब उसकी स्थिति और भी खराब हो जाती है, जब वह इसका सामना सीधे-सादे विरोधाभास में करती है, लेकिन बिना कारण की आस्था मनुष्य को एक मशीन बना देती है, जिसके भीतर अपने आदर्श के लिए किसी तरह का उत्साह शेष नहीं रहता। मानव के मन में निहित कारण उसे निष्पक्षतापूर्वक सही क्रम को समझने की ओर बढ़ाता है, लेकिन आस्था व्यक्ति के चरित्र का निर्माण करती है, उसकी इच्छाशक्ति को मजबूती देती है, जिससे कि वह पाँच मानसिक बाधाओं—निष्क्रियता, वासना, ईर्ष्या, आध्यात्मिक अहंकार और नास्तिकता को पार कर सके। जबकि सत्य में कारण के शामिल होने से वह आनंददायक हो जाता है और उसे पहले से ही प्राप्त किया जा चुका है, फिर आस्था व्यक्ति को आत्मविश्वास देती है और उसकी मदद आगे की विजय को पाने में करती है, उसे उस प्राप्ति को पाने के लिए प्रेरित करती है, जिसे अभी तक नहीं प्राप्त किया गया था, उसे उस प्राप्ति के लिए सख्ती से काम करने को प्रेरित करती है, जिसका बोध अभी तक नहीं हुआ है। वह केवल आस्था ही है, जो एक कठोर अमूर्त तर्कवादी विचार को उत्साह से परिपूर्ण आशा और प्रेमवाले धर्म में रूपांतरित करती है। प्रबुद्ध कहते हैं—

"प्रेम के सहारे व्यक्ति धारा के तेज प्रवाह को पार कर लेता है;
उत्साह से जीवन के सागर को पार कर लेता है;
निष्ठा से अपने भीतर के सभी दुःखों से पार पा जाता है;
ज्ञान से वह शुद्ध हो जाता है।"

बौद्ध धर्म में ऐसा कुछ भी नहीं है, जो उस आस्था का विरोध करता हो, जिसका सत्त्व विश्वास की प्रकृति है, बल्कि बौद्धधर्मी के समुदाय में भी यह है कि 'भक्ति' एक बहुत ही प्यारा समर्पण या आस्था है, जिसका विकास सबसे पहले उस गुरु के लिए होता है, जो व्यक्तिगत तौर पर अपने अनुयायी के समक्ष उपस्थित होता है। अन्य भारतीय धर्मों में, जो बौद्ध धर्म से पहले के समय में मौजूद थे, कुछ भी ऐसा नहीं था, जो आस्था के अनुरूप हो, जैसे—'ऐग्पी'। 'भक्ति' शब्द की उत्पत्ति कदाचित् महाकाव्य के काल से पहले हुई और उपनिषदों के काल के बाद ही स्पष्ट तौर पर इसकी उत्पत्ति हुई, जिसमें यह केवल प्रेम नहीं था, बल्कि उस भयभीत करनेवाले ईश्वर के लिए भक्ति भाव था, जिसके समक्ष हर कोई अन्य उपनिषदों की भाँति ही डरा रहता है। बौद्ध धर्म में किए गए कामों में ही सर्वप्रथम 'भक्ति' शब्द प्रकट हुआ। एक स्थान पर बुद्ध 'मध्यम निकाय' में कहते हैं—"वे जिन्होंने इस पथ में प्रवेश भी नहीं किया है, वे भी निश्चित तौर पर अपने लक्ष्य को पा जाएँगे, अगर उनमें मेरे प्रति प्रेम और आस्था का भाव है।"

यह बुद्ध में आस्था के द्वारा ही संभव हो पाया कि वैदेही, राजा बिंदुसार की पत्नी,

को धैर्य प्राप्त हुआ। यह बुद्ध में आस्था ही थी कि जापानी बौद्धधर्मी ने अमित बुद्धा पर पूरे मन से भविष्य में अपनी मोक्ष प्राप्ति के लिए भरोसा किया और सभी संस्कारों/रिवाजों और आचारों को अस्वीकार किया तथा अपने कर्तव्य के लिए उपदेशों का निर्धारण किया। आस्था, जिसे विश्वास या भरोसे के तौर पर धारण किया जाता है, यह अपने आदर्श का बोध होने पर उसके प्रति की जानेवाली सभी क्रियाओं की जननी होती है।

लोग कल्पना करते हैं कि वे बौद्ध धर्म की पुस्तकों और धर्मग्रंथों में तलाश कर सकते हैं। इसमें कोई संदेह नहीं है, अपितु यह पूरी तरह से सत्य है कि पूरे संसार में जितने भी बौद्धधर्मी हैं, वे सभी अपने पास एक पुस्तक रखते हैं, जिसे 'त्रिपिटक' कहते हैं, जोकि सुत्त, विनय और अभिधम्म में विभाजित है; पहले अर्थात् सुत्त में, बुद्ध द्वारा अपने दर्शकों में से किसी एक के साथ किए गए संवादों को सम्मिलित किया गया है, जबकि दूसरे अर्थात् विनय में, उनके द्वारा अपने विधिवत् बने शिष्यों के लिए स्थापित किए गए अनुशासन को शामिल किया गया है, जबकि तीसरे यानी अभिधम्म में जाने-पहचाने लेखकों की दार्शनिकता के विषय पर की गई चर्चा को शामिल किया गया है। लेकिन बहुत ही पुराने समय से, बौद्ध धर्म के शुरुआती समय से ही बौद्ध धर्म को माननेवाले भी अलग-अलग मत और संप्रदायों में विभाजित थे। इनके चार निकाय और अठारह मत थे। एक और समान निकाय के सदस्यों की भी आपस में पूर्ण सहमति नहीं होती थी, न ही वे अपनी असहमति के बारे में दूसरे समूहों के साथ बातचीत करते थे। इनकी परंपराएँ भी एक-दूसरे से भिन्न होती थीं। प्रत्येक संप्रदाय में भी आगे सौत्रांतिक, विनायक और अभिधर्म होते थे। एक ही संप्रदाय के सौत्रांतिकों और अभिधर्मों का अनुपालन करनेवाले कभी एक-दूसरे से सहमत नहीं होते थे और एक ही संप्रदाय के सौत्रांतिकों का विरोध विरोधी मतों द्वारा किया जाता है।

अपितु आज के समय में भी बौद्धधर्मियों को तीन समूह में वर्गीकृत किया जा सकता है—दक्षिण के, जो श्रीलंका, बर्मा, स्याम और अनाम में रहते हैं; उत्तर के, जो तिब्बत, चीन, मंचूरिया, मंगोलिया और साइबेरिया में निवास करते हैं; और पूर्व में रहनेवाले, जो जापान और फोरमोसा में पाए जाते हैं। दक्षिण में रहनेवाले बौद्धधर्मी हीनयान या निम्न स्तर वाहन का अनुसरण करते हैं; उत्तर में रहनेवाले बौद्धधर्मी लामावादी होते हैं और बहुत ही कर्मकांडी होते हैं; पूर्व में रहनेवाले बौद्धधर्मी महायान या सबसे बेहतर वाहन का अनुसरण करते हैं। अब जो हीनयान का अनुसरण करते हैं, उनकी त्रिपिटक महायान का अनुसरण करनेवालों की त्रिपिटक के समान नहीं होती। न ही महायान या हीनयान का अनुसरण करनेवाले उस भाषा का उपयोग करते हैं, जिसमें भगवान् बुद्ध ने उपदेश दिए थे, जोकि वह भाषा थी, जो कौसल नगर, जहाँ पर उनका जन्म और लालन-पालन हुआ था, की व्यापक तौर पर दूर-दूर तक बोली जानेवाली बोली थी। इनमें से कौन से मत का

अनुसरण करनेवालों ने वास्तव में गुरु की बहुवचन संज्ञा को संरक्षित करके रखा था? कोई भी दृढ़तापूर्वक यह नहीं कहेगा कि 'सुत्तपिटक' को उस पहली संघी में संकलित किया गया था, जिसे बुद्ध की मृत्यु के तत्काल बाद बनाया गया था।

बहुत से तथ्य वर्तमान 'सुत्तपिटक' के क्रमिक तौर से निर्मित होने की ओर इशारा करते हैं, क्योंकि यह या तो पालि या फिर चीनी भाषा में उपलब्ध हैं। न ही हमारे पास ऐसे कोई कारण हैं, जिनसे हम यह मान लें कि इसके अधिकतर मौलिक रूप को वर्तमान के पालि संस्करण के तौर पर संरक्षित किया गया है। चीनी त्रिपिटक के संबंध में जिस शोध को किया गया है, उससे पालि संस्करण के अधिक पुराने होने के दावे की अस्पष्टता का प्रदर्शन होता है।[3] इस उलझन में हमारा मार्गदर्शक क्या होना चाहिए? इस समस्या से निपटने का केवल एक ही मार्ग है, जिसकी ओर 'शिक्षासमुच्चय : यदकिंचित् शुभाषितम तद् सर्वम् बुद्धाभाषितम्' के लेखक द्वारा इशारा किया गया है। जो कुछ भी उचित तरीके से कहा जाता है और जो गलतियों से मुक्त होता है, वही बुद्ध की शिक्षा होती है। ऐसा कुछ भी ईश्वर की शिक्षा नहीं हो सकती, जो कारण और अनुभव के अनुरूप न हो। वैशाली की परिषद् द्वारा जिन वचनों को निर्धारित किया गया, वे भी यही थे, जिन्हें प्रभु की मृत्यु के सौ वर्षों के बाद विरोधी मतों का समर्थन करनेवालों के बीच के विवाद को समाप्त करने के लिए तय किया गया, जिसके आधार पर बौद्धधर्मियों के समुदाय बँट गए।

बौद्धधर्मी के मस्तिष्क को आगे बढ़ानेवाला, प्रश्न करनेवाला, परखनेवाला, चर्चा करनेवाला और विचार-विमर्श करनेवाला होना ही चाहिए। उसे किसी भी ऐसे गैर-तार्किक दृढ़ मत पर नहीं टिके रहना चाहिए कि किसी और का गैर-समर्थित कथन ही सत्य है या सत्य को वर्षों पहले किसी बुजुर्ग, फिर चाहे वह अश्वघोष हो अथवा बुद्धघोष या पाँच सौ लोगों की परिषद् द्वारा सिद्ध किया जा चुका हो। उसे आवश्यक तौर पर निरंतर ज्ञान के क्षेत्र को विस्तारित करने, अप्रासंगिक को हटाने, उतरने, परंपराओं को, अगर यह साबित हो गया हो कि उनका मूल्य समाप्त हो चुका है, को दूर करने के लिए काम करना चाहिए।

उसे सत्य के नए बड़े-बड़े खुलासों को निरंतर निकालने के लिए प्रयास करना चाहिए, जो कारण की पूर्णत: जाँच के लिए होता है और संपूर्ण मानव जाति को संतुष्ट करता है। बुद्ध का यही तरीका था, जिसमें किसी भी पुस्तक के अधिकार (शब्द) के लिए कहीं कोई स्थान नहीं था। यह बौद्ध धर्म के विचारकों, जो हमेशा अपने विचारों का एक सारांश देता है और उनकी व्याख्या करता है, ऐसा वह उन सूत्रों के अधिकार के आधार पर नहीं करता, जिन्हें सामान्यत: उनके धर्म का आधार माना जाता है, बल्कि वे ऐसा उस विचार की आमतौर पर वैधता और तार्किकता तथा मनोवैज्ञानिक नियम[4] के

संबंध में करते हैं, को रास्ता दिखाने का भी मार्ग है। जैसाकि चीनी बौद्धधर्मी सुधारक लाओ-त्सु ने कहा था—"वास्तविक अलिखित पुस्तक हमेशा घूमती रहती है। सभी स्वर्ग और पृथ्वी सत्य के शब्दों को दोहराते रहते हैं। वास्तविक पुस्तक मानव के जीवन से बाहर नहीं होती। धर्म, जोकि अदृश्य है, स्वयं को सहज तरीके से प्रदर्शित करता है और उसे किसी पुस्तक की आवश्यकता नहीं होती।"

ऊपरी तौर पर ईश्वर द्वारा परमार्थ के लिए बहुत से मार्ग दिखाए गए हैं, लेकिन वास्तव में बात की जाए तो इसका केवल एक मार्ग (एकायना) है और वह है कारणों का मार्ग (तत्त्वयना)। एक व्यावहारिक दृष्टिकोण से तीन माध्यमों में अंतर किया जा सकता है। ये माध्यम हैं, साधारण सी भाषा में, ईश्वर भक्ति, दार्शनिकता और अपने साथियों के कल्याण के लिए प्रयासरत रहना। इनके लिए क्रमशः जिन शब्दों का इस्तेमाल किया जाता है, वे हैं सर्वकायनः, प्रत्येकायनः और बोधिसत्त्वयनः। श्रावक या उपासक, जो बुद्ध के मार्गदर्शन में अर्हत बन जाता है, की सामान्य धर्मनिष्ठा से ऊँचा होता है, वह प्रत्येकाबुद्ध का स्वार्जित ज्ञानोदय होता है—व्यक्ति के स्वयं के निर्वाण के लिए इस ज्ञानोदय से ऊँचा बोधिसत्त्व का निस्स्वार्थ समर्पण होता है, जो असीम प्रेम (महाकरुणा) के चलते दूसरों के लिए सर्वोच्च आनंद की इच्छा करते हैं और इसलिए स्वयं को निर्वाण में प्रवेश करने से रोककर अपनी आध्यात्मिक धर्मनिष्ठा के लिए समर्पित कर देते हैं। सर्वोच्च एकता, जो इन तीनों को समाविष्ट करती है, वह सम्यक् संबुद्ध होती है, जोकि गौतम शाक्यमुनि की भाँति होती है, जो निर्वाण में प्रवेश करते हैं तथा संपूर्ण संसार के गुरु और उद्धारक बन जाते हैं। यह वे तरीके हैं, जिनमें जिनके माध्यम से इन तथाकथित वाहनों को समझा जाता है, जिन्हें व्यक्ति के सद्धर्मपुंडरीक सूत्र में नीति-कथा के तौर पर दिखाया गया है, जिसमें एक व्यक्ति देखता है कि उसके घर में आग लगी है और उसके बच्चे उसके भीतर बिना किसी फिक्र के खेल रहे हैं, वह उन्हें खिलौने देने का वादा कर बाहर आने को प्रेरित करता है। यहाँ पर तथागत वे पिता हैं, जो देख रहे हैं कि उनके बच्चे दुनियादारी की आग में खेल रहे हैं तथा वे उन्हें उस जलते हुए घर से बाहर निकालने और निर्वाण के सुरक्षित शरणस्थल की ओर अग्रसर करने के लिए अलग-अलग तरह के उपाय करते हैं। यह अलग-अलग तरह के यान बौद्ध धर्म की सर्वव्यापकता को साबित करते हैं और उसे उच्च-से-उच्च और निम्न-से-निम्न बौद्धिक स्तरवाले व्यक्ति के लिए उपयुक्त बनाते हैं, जिसमें से पहले वाले की बुद्धिमानी के धर्म के साथ आपूर्ति की जाती है, जबकि दूसरे को भावनाओं से परिपूर्ण धर्म के साथ पोषित किया जाता है।

बौद्ध धर्म के कुछ प्रसिद्ध चरण जैसेकि गुरु के स्मृतिचिह्नों और छवियों को सम्मान देना तथा अमृत के नाम की बारंबार वंदना करना के बारे में ऐसा लगता है, जैसे इसका इसके सबसे ज्यादा तार्किक चरित्र के साथ टकराव है। लेकिन यह भी नहीं भूलना चाहिए

कि आम लोगों का धर्म उस धर्म की सही तसवीर नहीं होता, जिसमें उनकी आस्था होती है। प्रत्येक बौद्धधर्मी के लिए जीवन का सबसे प्रमुख सिद्धांत धर्माक्य, सर्वश्रेष्ठ नैतिक वास्तविकता, जिसके प्रति सारे मानव जीव प्रेरित होते हैं, से प्रेम है।

बौद्ध धर्म के प्रत्येक रूप में परमार्थ की प्राप्ति के पथ में हमेशा ही चार महान् सत्य और आर्य आष्टांगिक मार्ग समाहित होते हैं। लेकिन जैसेकि चीनी तीर्थयात्री, आई-सिंग ने टिप्पणी की है—"सत्य का अर्थ महासागर की तरह अथाह गहरा होता है कि साधारण मस्तिष्क द्वारा उसे पूरी तरह से ग्रहण कर पाना असंभव है, जबकि इसकी पवित्र छवि का अपमार्जन सभी के लिए व्यावहारिक है। हालाँकि परम गुरु द्वारा निर्वाण में प्रवेश किया जा चुका है, फिर भी उनकी छवि आज भी मौजूद है और हमें इसका सम्मान उसी उत्साह के साथ करना चाहिए, जैसा उनकी उपस्थिति में किया जाता था। जो निरंतर इसकी सुगंधित धूप-अगरबत्ती और फूलों से आराधना करते हैं, वे अपने विचारों को शुद्ध करने में सक्षम होते हैं और जो इस छवि को सदैव अपने मन में समाहित किए रहते हैं, वे अपने उन पापों से मुक्ति पा जाते हैं, जो उन्हें अंधकार की ओर धकेलते हैं।" इसी जोर के साथ तिब्बत के शासक द्वारा कर्नल यंगहसबैंड को कहा गया—"जब बौद्धधर्मी बुद्ध की प्रतिमा की ओर देखते हैं तो सभी विरोधी विचारों को एक ओर रख देते हैं और केवल शांति के बारे में सोचते हैं।"

अगर प्रबुद्ध का जीवन दर्शनशास्त्र, जो कुछ बुद्धिमान व्यक्ति को देता है, उससे अधिक साधारण और कमजोर लोगों को देता है तो क्यों नहीं उन्हें उनकी छवि का पूरा सम्मान करना चाहिए? बुद्ध की छवि[5] में ज्ञान, उदारता और विजय सम्मिलित होती है—एक दार्शनिक का ज्ञान, एक उद्धारक की उदारता और एक आदर्श की विजय। सारी परिपूर्णता उनकी पवित्र छवि में संपूर्ण शक्ति, संपूर्ण साधुशीलता, असीम करुणा, अपार साहस, अनंत ज्ञान संकलित होता है। केवल उस छवि या स्मृतिचिह्न को प्रेम नहीं किया जाता, अपितु धर्माक्य, जिसे मानव निर्बलता को उस छवि या स्मृतिचिह्न के द्वारा प्रदर्शित किया जाता है। लेकिन प्रबुद्ध की छवि या स्मृतिचिह्न को दिए गए सम्मान में जब किसी तरह का अनुग्रह भाव, समझदारी, ईश्वर द्वारा दिए गए प्रतिफल या एक उद्धारकर्ता द्वारा दी गई मदद को विद्यमान नहीं किया गया होता। दूसरी तरफ इस तरह की भावनाओं को बौद्धधर्मियों के द्वारा खारिज कर दिया जाता है।

जैसेकि टीकाकार बोधिचर्यावतार पर कहते हैं—" 'सुखस्य दुःखस्य न कोडपि दाता परो ददाति इति कुबुद्धिरेषा।' यह एक मूर्खतापूर्ण विचार है कि आप यह मान लें कि कोई दूसरा हमारी खुशियों और दुःखों का कारण है।" धर्मनिष्ठा का प्रतिफल किसी प्रयोजन के वशीभूत की गई आराधना से स्वतंत्र होता है और यह पूरी तरह से आत्मपरक होता है। नागसेन ने 'मिलिंदपन्हो' में कहा—"व्यक्ति तथागत के ज्ञानरूपी रत्नों से भरे

खजाने के स्मृतिचिह्नों को सम्मान देते हैं, हालाँकि वे इस संसार से जा चुके हैं और उसे स्वीकार नहीं करते, फिर भी इससे उनके भीतर अच्छाई विकसित होती है और उसके द्वारा तिहरी आग के कष्टों को शांत और हलका किया जाता है।" कोई किस चीज को पसंद कर सकता है, किसी की भी पूजा कर सकता है, उससे कोई खास फर्क नहीं पड़ता; जिससे फर्क पड़ता है, वह है हृदय और श्रद्धा भाव, जिसके साथ व्यक्ति द्वारा पूजा की गई है। श्रद्धा भाव लाभकारी व हितकारी होता है, क्योंकि यह मानवता के भाव का समर्थन करता है, स्वार्थपरक विचारों का विनाश करता है।

हिंदू और बौद्धधर्मियों के बीच जो श्रद्धा और पूजा के भाव देखे जाते हैं, उसके बीच के अंतर को हिंदुओं और बर्मा में मिलनेवाले मंदिरों के बीच की विपरीतता को देखकर समझा जा सकता है। इनमें बुद्ध की शांत और सौम्य प्रतिमा स्थित होती है, जो इस जीवन के मोहजाल पर प्रतिबिंबित कर रही होती है और बड़ी संख्या में तीर्थस्थलों से पुकार रही होती है, 'जब तुम घायल होते हो तो यह रूप तुम्हारे जख्मों का उपचार करता है, जब तुम्हें भूख लगती है, यह तुम्हें भोजन देता है, जब तुम थक जाते हो तो तुम्हें आराम देता है और जब तुम प्यासे होते हो तो यह तुम्हारी प्यास बुझाता है। तुम अंधकार में बैठे हो तो प्रकाश की ओर देखो। जो निराश-परेशान हैं, उन्हें प्रोत्साहन देता है।' अन्य में इसके अशुभ संकेत होते हैं, उनकी कुरूप प्रतिमाएँ होती हैं, उनकी वासना और बुराई का पुनर्जन्म होता है, जिसे केवल रक्त बहाकर ही शांत किया जा सकता है।

कलकत्ता के काली मंदिर और रंगून स्थित बुद्ध के मंदिर को देखें तो आपको इनमें विपरीतता की झलक साफ दिखाई देगी कि सभी हिंदू संवेदी मन का तत्त्वविज्ञान विशुद्ध आस्था के साथ सामंजस्य स्थापित नहीं कर पाता। आप काली मंदिर की ओर घृणा के अंतर्धूमन के वशीभूत होकर बढ़ते हैं और अपने मन के भीतर एक ऐसी गहराई को पाते हैं, जिसमें से निरंतर आवरणरहित मानवता की धारा बहती रहती है। एक जंगली और ज्ञानशून्य जनसमूह, जिसके पसीने से नारियल के तेल की दुर्गंध आती है, वे दिखने में ऐसे लगते हैं, जैसे नरक की गहराई से उलटी की गई अचेत आत्माएँ हैं, उस भयंकर छवि से संपूर्ण तौर पर क्रोध का प्रवाह हो रहा है, जो कालिमा में से भी दमकता है। बुद्ध के मंदिर में आप संगमरमर की सीढ़ियों से ऊपर की ओर जाते हैं और वहाँ पर आपकी दृष्टि के समक्ष सोने के मुकुटवाली मीनार, जिसमें रत्न और सुनहरी घंटी लगी हुई है, जो सूरज की रोशनी में खनखनाती है। वहाँ पर पूजा करनेवाले झिलमिलाते हुए रेशम की पोशाकें धारण किए हुए रहते हैं तथा फूल और मधुमोम की मोमबत्तियाँ लेकर आते हैं—न कि बकरी का रक्त—शांत बुद्ध के पैरों में बहाने के लिए लाते हैं। यह संप्रदायों और पूजा-पद्धतियों की एक-दूसरे के बिल्कुल विपरीत विशेषताएँ हैं, जिनके बारे में भारत और बर्मा की भूमि तथा लोगों द्वारा हर जगह पर लिखा गया है।

वैज्ञानिक प्रकृति के आज के समय में प्रत्यक्षवादियों को यह बहुत आवश्यक लगा है कि वे अपने चर्चों में इनसानियत के प्रतिरूप का प्रदर्शन एक माँ, जिसकी गोद में उसका बालक है, की प्रतिमा के साथ प्रस्तुत करें।

इसी तरह पुराने समय के बौद्धधर्मियों द्वारा निर्दयी लोगों के अंदर ज्ञानोदय को प्रकाशित करने के लिए यह आवश्यक पाया कि उन गुणों, जैसेकि दया और परोपकार, करुणा और उदारता, प्रेम व ज्ञान को एक छवि के द्वारा प्रस्तुत किया जाए। यदि प्रत्यक्षवादी इनसानियत की प्रतिमा के समक्ष शीश झुकाते हैं तो ठीक उसी तरह बौद्धधर्मी मंजूश्री अवलोकितेश्वर या तारा[6] के समक्ष शीश झुकाते हैं। यदि प्रत्यक्षवादियों की सेवा में आगस्ते कोमते के लेखों के कुछ भाग को पढ़ना और इनसानियत के लिए प्रार्थना करना सम्मिलित होता है तो कुछ इसी तरह के तर्क को अश्वघोष की तीन भागों की सेवा सिद्ध करती है, जिसकी शुरुआत त्रिरत्न की प्रशंसा में गाए गए भजन के साथ होती है, जिसके बाद बुद्ध के शब्दों में कुछ को पढ़ा जाता है और अंत में एक भजन, जिसमें व्यक्ति में परिपक्वता के गुण की कामना को अभिव्यक्त किया जाता है। जैसे बुद्ध ने कथाओं और दृष्टांतों के माध्यम से नैतिक और आध्यात्मिक निर्देश दिए, उसी तरह से बौद्धधर्मी दार्शनिकों द्वारा कल्पनाशक्ति को साधारण मनुष्य की आध्यात्मिक उन्नति के लिए प्रयुक्त किया जाता है। लेकिन दार्शनिक कार्यों से यह प्रत्यक्ष है कि वे स्वयं अपनी काल्पनिक रचनाओं की वास्तविकता में विश्वास नहीं करते थे।

इस तरह की रचनाओं में विभिन्न ध्यानी बोधिसत्त्व और ध्यानी बुद्ध का समावेश होता था। इन्होंने बौद्ध धर्म को विभिन्न लोगों के पहले से मौजूद धर्मों के साथ सरलता के साथ सम्मिलित होने में सक्षम बनाया, जिनके लिए इससे मार्ग बनाया जाता है; हालाँकि, इस तरह के सम्मिलन खुद धर्म के लिए कभी-कभी इसकी किसी खास विशेषता को समाप्त कर विनाशकारी साबित नहीं होते। उनके एक आधारभूत सिद्धांत, जिसका नाम जातक सिद्धांत है, को लागू कर बौद्धधर्मी लोगों के भगवान्, जिनसे लोगों का सीधा-सीधा संबंध होता था, आदिकालीन बुद्ध के बोधिसत्त्व या अवतार में परिवर्तित कर देते थे। ध्यानी बुद्ध से यह आशा की जाती थी कि वे वास्तविक बुद्ध के आदर्श प्रतिरूप को प्रस्तुत करें। अमिताभ, जो ऐतिहासिक बुद्ध का आदर्श प्रतिरूप है, को सुखावती, परमानंद की भूमि, में संश्रय के तौर पर समझाया जाता है, लेकिन इसे एक व्यक्ति के मन में वास करनेवाले असीम प्रकाश से अधिक और कुछ नहीं बताया जाता, जिसका यदि अनुसरण किया जाए तो यह निर्वाण का परमानंद देनेवाले द्वार की ओर अग्रसर करता है। जैसाकि डॉ. एडकिन्स, जो युं-त्सी विचारधारा के संस्थापक हैं, के द्वारा 'चाइनीज बुद्धिज्म' में अमिताभ सूत्र पर अपनी अलंकृत टिप्पणी करते हुए अमिताभ की व्याख्या की है।

इस व्याख्या के अनुसार—"पश्चिम अदन वाटिका का अर्थ है—नैतिक प्रकृति स्थायी, विशुद्ध और आरामदायक हो। अमिताभ का अर्थ मन, स्पष्ट और प्रबुद्ध होता है। वृक्षों की पंक्ति का अर्थ मन के धर्माचरण को विकसित करना होता है। संगीत का अर्थ मस्तिष्क में धर्माचरण का तालमेल होना होता है। फूलों, खासतौर से कमल का अर्थ मस्तिष्क का चेतना और बुद्धि के लिए खुलना होता है। सुंदर से पक्षी का अर्थ मस्तिष्क का बदल जाना और नूतन हो जाना होता है।" जब जापानी बौद्धधर्मी अमिदा (अमिताभ का एक संक्षिप्त रूप है।) का आह्वान करते हैं तो वह ऐसा बुद्ध और अपने बड़ों की दया पाने के लिए आभार और शुक्रिया करने के लिए करते हैं, जिनके उपदेश लाभदायी और अंधकार में प्रकाश के रूप में स्वागत करते हैं। लेकिन भक्ति का यह संप्रदाय पूरी तरह से विदेशी है और ऐसा नहीं कहा जाता कि बौद्ध धर्म के अधिकतर प्राथमिक सिद्धांतों के परस्पर विरोधी हैं। जैसाकि 'बोधिचर्यावतार' के लेखक कहते हैं—"हितसमसना मतरेना बुद्धापुज्यै विशिष्यतै। हम अपने अच्छे कर्मों को बुद्ध को समर्पित कर सबसे बेहतर तरीके से सम्मान देते हैं।" एक और पद में यही लेखक तथागत की पूजा की व्याख्या करते हुए कहते हैं कि यह संसार के सभी दु:खों से मुक्त और सभी को खुशियाँ देनेवाली है।

इसी के समान जोर देकर 'जातकमाला' के लेखक कहते हैं—"पूजा में अपने पूजनीय के प्रति श्रद्धा भाव शामिल होता है, न कि पूजा में केवल सुगंध, पुष्प माला जैसी वस्तुओं को समर्पित करना शामिल होता है।"

इसी तरह से 'भक्तिसातक' के लेखक कहते हैं—"हे बुद्ध, इनकी पूजा में संसार में वास करनेवाले सभी प्राणियों के लिए अच्छे कर्मों को करना शामिल है।"

राजा मिलिंद ने भिक्षुक नागसेना से पूछा, "भिक्षुक प्रवचन में इतनी दिलचस्पी क्यों लेते हैं तथा संभाषणों और मिश्रित गद्य तथा पदों और व्याख्याओं व कविताओं और भावनाओं के आवेग के बारे में प्रश्न पूछते हैं और अंश की शुरुआत होती है, इस प्रकार वे कहते हैं और जन्म कथाएँ तथा आश्चर्यचकित करनेवाली कहानियाँ और विस्तार पा चुके प्रकरणों; वे अपने आप को नई रचना और संघ को समर्पित किए गए उपहारों और भेंट के बारे में इतनी चिंता क्यों करते हैं?"

इस संबंध में नागसेना का उत्तर बहुत ही महत्त्वपूर्ण है, "प्रवचन, प्रश्न पूछना, रचना कार्य का निरीक्षण करना, उपहारों और भेंट को देखना—इनमें से हर एक व्यक्ति या दूसरों के आध्यात्मिक विषय के लिए बहुत अच्छा है, जिसे प्राप्त करने की कोशिश भाईचारा करता है। वे लोग, जो यह सब कर रहे होते हैं, वे असल में अर्हता को प्राप्त करने की राह पर आगे बढ़ रहे होते हैं। वे जो भ्रातृत्व में विश्वास करते हैं, जो स्वभाव से पवित्र होते हैं, वे लोग जिनके हृदय पर उनके पिछले अच्छे कर्मों की छाप पड़ी होती है, वे क्षण भर में अर्हता को प्राप्त कर लेते हैं, लेकिन जिनका हृदय बुराइयों के अंधकार से

ग्रसित होता है, उनके लिए ये चीजें अर्हता को प्राप्त करने में सहायक सिद्ध होती हैं। जब सभी लोग स्वभाव से शुद्ध हो जाएँ, उस समय हमें इन सब चीजों की आवश्यकता नहीं होगी, फिर शिष्य बनने की कोई आवश्यकता नहीं होगी और फिर प्राप्त करने के लिए बुद्ध के पास कुछ भी नहीं बचेगा।"

वह हृदय की विशुद्धता ही है, जो धार्मिक जीवन के सत्त्व को आकार देती है। जब लियांग के राजा वू आचार्य बोधिधर्मा से पूछा कि मैं बहुत सारे मठों का निर्माण कर, अलग-अलग पवित्र सूत्रों की प्रतिलिपियाँ तैयार कर और बहुत से धर्म परिवर्तनों को करवाकर अपने लिए कितने पुण्य जमा कर सकता हूँ, पवित्र मनुष्य ने संक्षिप्त रूप में उत्तर दिया—"कोई पुण्य जमा नहीं कर पाओगे।"

अकसर ऐसा नहीं होता है कि लोग बौद्धधर्मी त्रिशरण या बुद्ध के चरणों, धर्म और संघ में आश्रय लेने की शपथ, जिसे आमतौर पर प्रार्थना कहा जाता है, को गलत साबित नहीं करते। बौद्ध धर्म में प्रार्थना जैसी कोई वस्तु नहीं होती। प्रबुद्ध द्वारा किसी भी चीज की वंदना करने की सभी धारणाओं को खारिज किया गया, जिसके बारे में, जैसाकि जॉर्ज मेरेडिथ कहते हैं—"किसी भी प्रतिमा की वंदना करना, अंधविश्वास का स्रोत है।"

बौद्धधर्मी के लिए, जैसेकि लाओ-त्से इस पर टिप्पणी करते हैं—"बहते हुए पानी की ध्वनि, पत्तों के बीच बहती हवा से उनमें होनेवाली सरसराहट की आवाज, आकाश में बादलों की आवाजाही और जंगल में रहनेवाले जीवों का नाना प्रकार का जीवन और उनकी क्रियाओं से बहुत ही सुंदर भजन उत्पन्न होता है; वातावरण में सबकी रचना करनेवाले ईश्वर का गुणगान करनेवाले कई गीतों का समावेश मौजूद होता है।"

प्रार्थना के स्थान पर बौद्धधर्मी प्राणिधान करते हैं, लेकिन इसमें किसी तरह का निवेदन नहीं होता। यह मात्र एक प्रकार का आत्मानुशासन होता है, जो केवल एक विषयात्मक परिणाम को उत्पन्न करने से अधिक और कुछ नहीं होता। इससे कुछ अधिक की अपेक्षा नहीं की जाती, जैसाकि कि कांट इस संबंध में कहते हैं—"यह प्रार्थना का स्वाभाविक प्रभाव है, जिसे मस्तिष्क में मौजूद उन अँधेरे की ओर ले जानेवाले और संदेह की स्थिति में बनाए रखनेवाले विचारों के तौर पर देखा जाता है, जिन्हें या तो पूरी तरह से हटाकर साफ किया जा सकता है अथवा वे और भी तीव्रता के साथ आपके भीतर समाहित हो सकते हैं या एक धर्म के प्रयोजन को और भी तीव्र बल के साथ प्राप्त किया जाता है।"

'बोधिचर्यावतार' में से निम्न इस प्राणिधान की वास्तविक प्रकृति को स्पष्ट तौर पर दिखाता है—"मैं बीमार के लिए उसका मरहम, उपचार करनेवाला और सेवक तब तक के लिए बन सकता हूँ, जब तक उसकी बीमारी का अस्तित्व समाप्त नहीं हो जाता—मुझे पर्याप्त मात्रा में भोजन और पेय पदार्थ से लैस रहना है, जब तक भूख और प्यास की

वेदना को दबा नहीं देता; मैं गरीबों के लिए कभी न खत्म होनेवाला भंडार बन सकता हूँ और उनकी जरूरतों को पूरा करने के लिए उन्हें नाना प्रकार की वस्तुएँ उपलब्ध करवा सकता हूँ। मेरा अपना अस्तित्व, मेरी खुशियाँ, बीते समय, आनेवाले और वर्तमान में किए गए मेरे सभी अच्छे कर्मों के फल को मैं बिना किसी अपेक्षा के समर्पित करता हूँ, जिससे संभवतः इस संसार में वास करनेवाली सभी रचनाओं की सभी आवश्यकताएँ पूरी हो सकें। निर्वाण सभी वस्तुओं का समर्पण करने में व्याप्त है और मेरा मन निर्वाण प्राप्ति की ओर भाग रहा है।

"यदि मुझे सबकुछ समर्पित करना ही है, तो सबसे अच्छा मार्ग यह होगा कि मैं उसे अपने सभी साथी प्राणी मात्रों को समर्पित कर दूँ। मैं स्वयं को सभी जीवित प्राणियों के समक्ष प्रतिफल के लिए समर्पित करता हूँ, उनकी जैसी इच्छा हो वैसा व्यवहार मेरे साथ करें; वे चाहें तो सदा कष्ट दें या धिक्कार सकते हैं, मुझ पर धूल फेंक सकते हैं, मेरे शरीर के साथ खेल सकते हैं, हँस और निर्दयतापूर्ण व्यवहार कर सकते हैं, मैंने उन्हें अपना शरीर सौंप दिया है, मैं व्याकुल क्यों होऊँ? उन्हें मेरे साथ वह सब करने दो, जिससे उन्हें खुशी मिलती है; लेकिन उनमें से किसी के भी साथ मेरे कारण किसी तरह की कोई दुर्घटना नहीं घटित होनी चाहिए। अगर उन्हें मुझसे किसी भी तरह का कोई लाभ या आनंद प्राप्त होता है तो मैं हमेशा उनके लाभ का कारण बनने के लिए तत्पर हूँ, जिन्होंने भी मुझे बदनाम किया है या मुझे दुःखी किया है या मेरे साथ उपहास किया है, सभी को ज्ञानोदय का लाभांश प्राप्त हो। मैं उन सभी का रक्षक बनूँगा, जो बेपनाह हैं; भटके हुए मुसाफिरों के लिए पथ-प्रदर्शक बनूँगा, एक जहाज, एक सेतु और एक पुल उन लोगों के लिए बनूँगा, जो आगे बढ़कर किनारा ढूँढ़ रहे हैं; जिन्हें दीपक की आवश्यकता है, उनके लिए एक दीपक बनूँगा; उनके लिए बिस्तर बनूँगा, जिन्हें बिस्तर की आवश्यकता है; उन सभी के लिए दास बनूँगा, जिन्हें एक दास चाहिए।

"मैं एक चमत्कारी पत्थर बन जाऊँगा, एक सौभाग्य देनेवाली वस्तु, एक शक्ति मंत्र, एक सर्वश्रेष्ठ कवच, एक इच्छापूर्ति करनेवाला वृक्ष और सभी के लिए कामधेनु गाय के समान बन जाऊँगा। जिस तरह से इस संसार में वास करनेवाले भिन्न-भिन्न प्राणियों की अलग-अलग तरह की आवश्यकताओं की पूर्ति पृथ्वी और अन्य तत्त्वों द्वारा होती है, उसी तरह से मैं भी विभिन्न तरीकों से इस संपूर्ण ब्रह्मांड में व्याप्त जीवन क्षेत्र की सहायता तब तक करूँगा, जब तक सभी को शांति प्राप्त नहीं हो जाती।"

बौद्ध धर्म के सभी बिंदुओं में आपको तार्किकता और विवेकशीलता की उपस्थिति मिलती है। बुद्ध अपने स्वभाव की किसी भी श्रेष्ठ विशेषता की खूबी के बल पर स्वयं के सर्वश्रेष्ठ होने का दावा नहीं करते थे, सबकुछ लौकिक स्तर पर उत्कृष्ट होता था। यह सत्य हो सकता है कि अठारह में से एक मत, लोकोत्तरवाद मत, में यह दावा किया

गया है कि तथागत सांसारिक नियमों का विषय नहीं हैं। लेकिन यह केवल अल्पमत ही है। बुद्ध के जन्म की घटना के साथ किसी भी तरह की अलौकिक विशेषता संबंधित नहीं है; यह केवल उनके महानतम और कठिन प्रयासों के द्वारा ही संभव हो पाया कि उन्होंने निर्वाण के पथ की खोज की।

बुद्ध ने हमें स्पष्ट तौर पर बताया कि किस प्रकार वे नैतिक तैयारी और आवश्यक ज्ञान के उपार्जन के मार्ग द्वारा बुद्ध बन पाए, जो प्राप्त करना किसी भी मनुष्य के लिए बहुत अधिक संघर्ष के द्वारा प्राप्त कर लेना संभव है। बुद्ध ने यह नहीं कहा—"तुम्हें अपने आप पर विश्वास नहीं करना। तुम्हें बस मुझे पर भरोसा रखना है। तुम सदाचारी तब तक नहीं बन सकते, जब तक तुम्हारे भीतर ऊपरवाले की तरफ से एक शक्ति को समाविष्ट न किया गया हो;" लेकिन उन्होंने कई बार यह दोहराया है—"तुम्हें स्वयं पर भरोसा रखना होगा। तुम मुझसे कुछ भी प्राप्त नहीं कर सकते। तुम्हें स्वयं अपने प्रयासों से सदाचारी बनना होगा। तुम्हें सभी स्वार्थ भावों और सभी पीड़ाओं से मुक्ति पाने के लिए अंततः स्वयं पर ही निर्भर होना होगा।"

अपने अंतिम क्षणों में उन्होंने अपने शिष्य आनंद से संवाद करते हुए कहा—"आनंद, बेशक ऐसा कोई होना चाहिए, जो विचारों को आश्रय दे। 'वह मैं हूँ, जो भाईचारे के पथ का संचालन करता है।' या 'आदेश मुझ पर ही निर्भर करता है,' वे वही हैं, जो आदेश से संबंधित किसी भी विषय के बारे में निर्देश देते हैं।

आनंद कहते हैं, "तथागत ऐसा नहीं सोचते थे कि उन्हें भाईचारे की अगुआई करनी चाहिए या भाईचारा उन पर निर्भर करता है। फिर, ऐसा क्योंकि आदेश से संबंधित किसी भी विषय पर उन्हें निर्देशों को देना चाहिए? इसलिए ओ आनंद, अप्पो दीपो भवः (अपना प्रकाश स्वयं बनो)। अपना सहारा स्वयं बनो। धर्म को अपने जीवन के प्रकाश की भाँति सदैव थामे रहो। धर्म की शरण को कसकर पकड़े रहो।" इसके अलावा, अपने लिए किसी भी शरण की अपेक्षा मत करो। प्रबुद्ध ने कभी भी मनुष्य के पाप और कमजोरियों पर जोर नहीं दिया, बल्कि अपने अनुयायियों को हमेशा अपनी स्वाभाविक अच्छाई और ताकत को आत्मविश्वास के साथ प्रोत्साहित किया। वैसे बौद्धधर्मी निर्वाण की खोज में रहते हैं, वे किसी अलौकिक शक्ति के माध्यम से उद्धार की आशा नहीं करते, बल्कि आत्म-प्रयास और आत्म-प्रकाश के द्वारा मुक्ति पाने के इच्छुक रहते हैं।

बौद्ध धर्म में मौजूद तार्किकता का एक और साक्ष्य चमत्कार तथा आश्चर्यचकित करनेवाली घटनाओं के प्रति रवैया है। एक धर्म में जो किसी तरह के अलौकिक या पारलौकिक ईश्वरीय शक्ति को नहीं मानता है, उसमें बाहरी जगत् से किसी भी तरह के चमत्कारिक हस्तक्षेप के लिए विशेष साक्ष्य की आवश्यकता नहीं होती। हालाँकि पूरी तरह से स्वाभाविक माध्यमों से चमत्कारिक शक्तियों को प्राप्त करने की संभावना से

इसमें इनकार नहीं किया गया है। बुद्ध की व्याख्या एक ऐसी महान् आत्मा के तौर पर की गई है, जिन्होंने छह अभिज्ञान की प्राप्ति संपूर्ण ज्ञानोदय के साथ की। साथ ही, महात्मन द्वारा चमत्कारिक प्राकृतिक घटनाओं के सम्मिलन, जैसे भूकंप और आँधी के बारे में भी असाधारण नैतिक महत्त्व के साथ बात की गई। अब तक भी बुद्ध के अनुयायियों को यह अनुमति नहीं है कि किसी भी स्थिति में वे दूसरों की दृष्टि में अपने महत्त्व को बढ़ाने के लिए किसी भी तरह चमत्कार को करें या अलौकिक शक्ति का झूठा प्रदर्शन करें।

महात्मन कहते हैं कि पिंडोला को विधर्मियों द्वारा एक चमत्कार दिखाने की चुनौती दी गई, उन्हें आकाश में उड़कर दिखाने और एक खंभे के सिरे पर रखे गए भिक्षा पात्र को लाने के लिए कहा गया। बुद्ध द्वारा उन्हें इसके लिए फटकार लगाई गई और अपने अनुयायियों को लोगों के सामने प्रदर्शित करने के लिए चमत्कारों पर काम करने के लिए मना किया। एक अवसर पर बुद्ध के कुछ अनुयायियों द्वारा उनसे उनकी मिशनरी को चमत्कारों पर काम करने के लिए अनुमति देने के लिए कहा, जिससे कि वे स्वयं को दूसरों की दृष्टि में ऊँचा कर पाएँ। उनकी इस अपील के उत्तर में बुद्ध ने कहा,[7] "तीन तरह के चमत्कार होते हैं। पहला चमत्कार शक्ति का होता है, जिसमें अद्‌भुत शक्ति का प्रदर्शन किया जाता है, जैसे—पानी पर चलना, आसुरी कार्य करना, मृत शरीर को जीवित करना आदि। जब इन पर विश्वास करनेवाला देखता है तो संभव है कि उसका विश्वास इन शक्तियों का प्रदर्शन करनेवाले पर पहले से भी गहरा हो जाए, लेकिन जो इन पर विश्वास नहीं करता, उसे इन सबसे कोई प्रोत्साहन नहीं मिलता, जो हो सकता है कि यह सोचे कि इन सब चीजों को किसी जादू की सहायता से किया जा रहा है। इसलिए मैं इस तरह के चमत्कारों में खतरे का अनुभव करता हूँ और मैं इसे शर्मनाक और प्रतिघाती मानता हूँ।

दूसरा, भविष्यवाणी का चमत्कार है, जैसे—विचारों को पढ़ना, सत्य कहना, भाग्य बताना आदि। यहाँ पर भी उदासीनता ही प्राप्त होगी, इनमें भी, जो इन पर विश्वास नहीं करता, उसके लिए यह केवल एक जादू से अधिक कुछ भी नहीं होता। अंतिम होता है, आदेशों का चमत्कार। जब मेरा कोई भी अनुयायी किसी व्यक्ति को मेरे पास उसकी बौद्धिक और नैतिक शक्तियों को सही तरीके से लागू कर आदेश देकर मुझ तक लेकर आता है तो वही सही मायने में चमत्कार होता है।" चमत्कार के द्वारा हुआ मन परिवर्तन, या वाक् चातुर्य से बदला गया मन या उदासी अथवा भावनात्मक शून्यीकरण से हुआ मन परिवर्तन कभी स्थायी नहीं हो सकता और इसलिए इसे किसी भी तरह के मन परिवर्तन के न होने के समान ही माना जाता है। इसलिए प्रबुद्ध ने आकस्मिक दुर्घटनाओं (संवेग) से होनेवाले मत परिवर्तन की संभावना से इनकार न करते हुए, विचार-विमर्श और निर्देशों के आधार पर हुए मत परिवर्तन के अलावा सभी तरह के मत परिवर्तनों को वर्जित किया।

जब प्रबुद्ध द्वारा किसी चमत्कार का प्रदर्शन किया जाना होता तो वे किस तरीके को

अपनाते थे, इस बात को किस्सा गौतमी की कथा के द्वारा बहुत ही रोचक ढंग से बताया गया, जिसमें प्रबुद्ध का तरीका स्पष्ट तौर पर सामने था। किस्सा—गौतमी एक युवा स्त्री थी, जिसके एकमात्र पुत्र का निधन हो गया था। शोकाकुल होकर वह विलाप करती हुई अपने पुत्र के लिए दवाई माँगती हुई विचर रही थी। लोगों ने उसे यह कहते हुए झिड़क दिया—"तुम पागल हो चुकी हो; जो अपने मृत बेटे के लिए दवाई माँग रही हो।" अंत में एक व्यक्ति ने उसे शाक्यमुनि, बुद्ध, जो बहुत ही बड़े वैद्य, सभी पीड़ाओं का निवारण कर सकते थे, के पास जाने की सलाह दी। इसलिए गौतमी बुद्ध के पास गई और उनसे वह औषधि देने के लिए विनती करने लगी, जो उसके पुत्र को जीवित कर सके।

बुद्ध ने कहा—"मैं तुम्हारे मृत पुत्र को जीवित करूँगा, यदि तुम एक ऐसे घर से एक मुट्ठी सरसों के दाने लेकर आ जाओ, जिस घर में किसी ने अपनी किसी संतान, पति, माता-पिता या किसी सगे-संबंधी को मृत्यु के हाथों न खोया हो।" वह दरवाजे-दरवाजे भटकती रही और लोग उस पर दया करके उसे मुट्ठी भर सरसों देने के लिए तैयार हो जाते। लेकिन जब वह उनसे प्रश्न करती कि क्या उनके किसी पुत्र-पुत्री, पति, माता-पिता, संगे-संबंधी की मृत्यु हुई है ? तो उसे अपने प्रश्न का जो उत्तर मिलता, उससे उसे निराशा होती—"हाय, जिंदा लोग तो बहुत थोड़े ही हैं, पर मरनेवालों का कोई हिसाब नहीं!" पूरा दिन वह शहर में भटकती रही, अंततः जब अँधेरा छाने लगा तो वह सोचने लगी—'हाय, यह तो बहुत ही मुश्किल काम है! मैंने सोचा था कि केवल मेरा बेटा ही मरा है, लेकिन इस नगर में तो जितने लोग जिंदा हैं, उससे कहीं ज्यादा वे लोग हैं, जो मर चुके हैं।'

"यह नियम केवल एक शहर या गाँव के लिए नहीं है,
यह केवल किसी एक परिवार के लिए भी नहीं है;
यह नियम सभी पर लागू होता है, चाहे मनुष्य हो या देव,
यह एक ऐसा नियम है—जिसे सभी को एक दिन स्वीकार करना होता है।"

वह जैसे-जैसे इस बारे में गहराई से सोचती गई, उसका अपने एकमात्र पुत्र के लिए मोह जाता रहा। वह जंगल में गई, अपने मृत पुत्र की देह को दफनाया और प्रबुद्ध के पास वापस आ गई। प्रबुद्ध ने उसे धर्म के विषय में उपदेश देकर सांत्वना दी, जो सभी हृदय पीड़ा से ग्रसित लोगों के लिए मरहम के समान है।

"सभी जीवित प्राणियों को जीवन की अस्थायी वस्तु मानो,
प्रियजनों का बिछोह अवश्यंभावी घटना मानो।
सभी जीवित लोगों के जीवन को सँजोकर रखो,
दुःख से बचना नहीं चाहिए।"

केवल बौद्ध धर्म ही इस बात की संपुष्टि कर सकता है कि वह सभी तरह के धार्मिक हठ से पूरी तरह से मुक्त है। इस धर्म का लक्ष्य प्रत्येक मनुष्य के भीतर आत्म-संस्कृति और आत्म-विजय के माध्यम से पूर्णरूपेण आंतरिक परिवर्तन करना है, तो यह किस तरह से शक्ति या धन या कोई मत ही इस परिवर्तन को प्रभावित करे, इस बात की स्वीकृति दे सकता है? तथागत ने केवल निर्वाण का मार्ग दिखाया है और इस बात का निर्णय व्यक्ति पर ही छोड़ दिया है कि वह उस मार्ग का अनुसरण करता है अथवा नहीं करता।

प्रत्येक धर्म कुछ आवश्यकताओं और इच्छाओं का प्रबंध करता है, हालाँकि प्रथम दृष्टि में यह एक अंधविश्वास प्रतीत होता है, लेकिन फिर भी यह कुछ मौलिक प्रवृत्तियों की बाह्य तौर पर की गई अभिव्यक्ति होती है और इसलिए इसमें सत्य के कुछ अंश मौजूद होते हैं। बौद्ध धर्म का प्रयास सत्य के उन अंशों की ओर ध्यान आकर्षित करना होता है तथा उन्हें एक नई और बेहतर व्याख्या देकर पोषित करना होता है। स्वामी द्वारा कहा गया है—

"स्वयं का सम्मान करो, किसी भी भाई-बंधु के विश्वास को मत धिक्कारो,
जो प्रकाश तुम देख रहे हो, वह निर्वाण के सूरज से है,
जिसकी उभरती हुई ज्योति एक पूर्ण दिन का वचन देती है।
वे मंद किरणें, जो तुम्हारे बंधु के पथ को प्रकाशित करती हैं,
वे उसी समान स्वयं के सूर्य से हैं, जो असत्य के पीछे छिपा हुआ है,
बीतती हुई रात की सुस्त परछाईं।"

इसके अनुसार—संसार के बौद्धधर्मी राजा सबसे अधिक सहिष्णु और कृपालु होते हैं। सम्राट् अशोक, हालाँकि स्वयं एक उत्साही बौद्धधर्मी थे, फिर भी उन्होंने ब्राह्मणों, जैन, आजीवक के साथ-साथ बौद्धधर्मियों पर भी अपने उपहारों की खुले हृदय से वर्षा की। अपने बारहवें शिलालेख में सम्राट् अशोक कहते हैं—"जो भी अपने मत को आकाश की ऊँचाई तक पहुँचाने के लिए प्रयास करता है और अन्य मतों की निंदा अपने मत के साथ खास लगाव के कारण करता है तथा अपने मत को प्रोत्साहित करने के उद्देश्य से करता है तो वह ऐसा करके अपने मत को अधिक नुकसान पहुँचाता है।"

मध्य युग के सीलोन के बौद्धधर्मी राजा बहुत दयालु थे और अन्य धर्मों में आस्था रखनेवाले अनुयायियों का भी ध्यान रखते थे, जिससे कि वे भी उस देश में फल-फूल सकें। बंगाल के पाल राजा, जोकि उत्साही बौद्धधर्मी थे, ब्राह्मणों पर भी उपहारों की वर्षा करते थे। लेकिन ब्राह्मण न केवल बौद्धधर्मियों को तंग करते थे, अपितु अपने द्वारा किए गए अत्याचारों की झूठी प्रशंसा भी करते थे। राजा पुष्यमित्र, जो देवास से प्रेम करते

थे और उसके लिए त्याग भी किया, दूसरी शताब्दी ईसा पूर्व में बहुत से संघ आश्रमों को तबाह किया गया था और वहाँ पर रहनेवाले भिक्षुकों को मार डाला गया था। एक शताब्दी के बाद कनिष्क विक्रमादित्य, श्रावस्ती के राजा बौद्धधर्मियों के रक्षक बनकर सामने आए। मिहिराकुला, जोकि एक शिवभक्त था, ने बुद्ध के बहुत से अनुयायियों को मौत के घाट उतार दिया। शशांक, बंगाल के राजा सातवीं शताब्दी ईसा पश्चात् के मध्य के काल में बौद्ध धर्म के पक्के शत्रु साबित हुए और उन्होंने कई बार बौद्ध वृक्ष को उखाड़ फेंकने के प्रयास किए। कश्मीर में क्षेमपुत्र और हरि हर्षा बौद्धधर्मियों के साथ बहुत ही रूखा व्यवहार करते थे। कुमारीला भाटा की एक घटना में बौद्धधर्मियों को केरल से बाहर निकाल दिया गया।

शंकरविजयम के अनुसार, "राजा शुद्धवन ने अपनी प्रजा के लिए यह आदेश जारी किया था—'पुल से (लंका में राम) हिमालय तक जो बौद्धधर्मी पर घात नहीं करेगा, दोनों युवा और वृद्ध को मार दिया जाना चाहिए।' बृहन्नारदीय पुराण में एक बौद्धधर्मी अभयारण्य में प्रवेश करना एक ऐसे पाप के समान गिना गया, जिसके लिए कोई माफी नहीं है।" बंगाल स्कूल ऑफ लॉ के संस्थापक सुलापानी ने एक बौद्धधर्मी से पाप को बहुत गंभीर माना, जिसके लिए प्रायश्चित्त करना बहुत आवश्यक था। अनुभावगतः, एक उपपुराण, जिसे विशेष तौर पर कल्कि अवतार को समर्पित किया गया था, जो विष्णु भगवान् के आनेवाले अवतारों में से एक था, कीकट में कल्कि की पहली खोजयात्रा बुद्ध के विरुद्ध थी। यहाँ तक कि जैन, जो अपने अहिंसा मत के लिए विख्यात थे, वे भी बौद्धधर्मियों के प्रति असहिष्णु थे। सवर्ण बेल्ली गोला से एक जैन अध्यापक ने अकलंकदेव के साधनों के माध्यम से काँची में हीमशीतल दरबार से बौद्धधर्मियों को निर्वासित कर दिया। मदुरा के वारापड्या ने जैन बनने के बाद बौद्धधर्मियों को सताने के लिए कहा, जिसके तहत उन पर व्यक्तिगत तौर पर अत्याचार किए गए और उन्हें देश निकाला दिया गया। चीन में ऐसा तीन बार हुआ कि कंफ्यूशियसवाद[8] को माननेवालों ने बहुत ही गंभीर तौर पर बौद्धधर्मियों पर अत्याचार किए। यहाँ तक कि बौद्धधर्मियों को जापान में शिन्तो धर्म को माननेवालों के हाथों भी अत्याचार का सामना करना पड़ा। इसलाम[9] भी पूरी तरह से अत्याचारों और रक्तपात की घटनाओं के लिए अविस्मरणीय बना हुआ है। ईसाई धर्म दो हजार वर्षों तक युद्ध में लिप्त रहा, उस दौरान लाखों की संख्या में धन की बरबादी और हजारों की संख्या में मानव जीवन को प्रताड़ित करता रहा। लेकिन अगर बौद्ध धर्म की बात करें तो भले ही इसे दूसरे धर्मों को माननेवालों के द्वारा अत्याचार सहना पड़ा, लेकिन इसने उत्तर में कभी प्रताड़ित करने का मार्ग नहीं चुना।

बौद्ध धर्म से संबंधित जितनी भी धार्मिक पुस्तकें हमें प्राप्त होती हैं, उनमें से किसी में भी हमें इस तरह की भावनाओं का अघोष सुनाई देता है—"लेकिन मेरे ये शत्रु, वे

नहीं हैं, जिन पर मुझे प्रतिघात करना चाहिए, इन्हें यहाँ लाना चाहिए और मेरे सामने इनका वध करना चाहिए। और कोई भी वे, जो तुम्हें स्वीकार नहीं करते, तुम्हारे शब्दों को नहीं सुनते···यह उनके लिए निर्णय लेने के दिन पर सदोम और अमोरा की भूमि पर सहनीय होगा।"

इन शब्दों की तुलना में प्रबुद्ध द्वारा सद्धर्मपुंडरीक सूत्र में निम्न चेतावनी दी गई—"करुणा की शक्ति ही मेरा वास स्थान है; धैर्यरूपी आवरण ही मेरे वस्त्र हैं; और शून्यता (निस्स्वार्थ) मेरे बैठने का स्थान है; उपदेश देनेवाले को अपना स्थान ग्रहण करने और उपदेश देने दो। जब पाषाणों, प्रहारों और निंदक शब्दों या धमकियों की बहुत से उपदेश देनेवालों पर बौछार हो तो उस समय उन्हें धैर्य से बस मेरे विषय में चिंतन करने दो।" बौद्ध धर्म का उपदेश देनेवालों के समक्ष जो नमूना पेश किया गया, वह पूर्ण था, एक बंधनमुक्त दास, जो एक बहुत बड़ा व्यापारी बनने के बाद अपना सबकुछ त्याग कर देते हैं और एक भिक्षुक बन गए, जब उन्हें पता चला कि उन्हें एक जोखिम भरा काम करना है, जंगली आदिवासियों को धर्म का उपदेश देना है तो उन्होंने उत्तर दिया—"जब मुझे भला-बुरा कहा जाए तो मुझे अपने मन में यह सोचना चाहिए कि वास्तव में ये अच्छे लोग हैं कि इन्होंने मुझे मारा-पीटा नहीं। यदि ये लोग मुझे घूँसों से मारने लगें तो मुझे यह सोचना चाहिए कि ये दयालु और अच्छे लोग हैं, क्योंकि इन्होंने मेरी पिटाई डंडों से नहीं की। अगर वे ऐसा करते हैं तो मुझे यह सोचना चाहिए कि ये बहुत अच्छे लोग हैं, क्योंकि इन्होंने मुझे मौत के घाट नहीं उतारा। अगर ये लोग मुझे मार देते हैं तो मैं यह कहते हुए मरूँगा; ये लोग कितने अच्छे हैं कि इन्होंने मुझे इस पीड़ा पहुँचानेवाली देह से मुक्ति दी।" इस तरह की वैश्विक तौर पर सबके प्रति माफी का भाव, इस तरह से पापी के प्रति अपने मन में किसी प्रकार का द्वेष भाव न रखना, व्यावहारिक तौर पर परिणाम सहनशीलता के रूप में प्राप्त होता है।

बौद्ध धर्म का मिशनरी प्रयोजन अद्वितीयता का उत्पाद है। यह ब्राह्मणवाद के लिए पूरी तरह से परग्रही विषय के समान है, ब्राह्मण एकाकी और जीवन से प्रेम करते व ऐसा जीवन व्यतीत करते हैं। जबकि वहीं दूसरी तरफ बौद्धधर्मी अपनी आस्था का प्रसार किए बिना नहीं रह सकता। बौद्ध धर्म का मनोविज्ञान वैश्विक तौर पर एक मनुष्य के दूसरे मनुष्य के साथ सौहार्दपूर्ण संबंध को बढ़ावा देता है, जो अंततः आपसी भाईचारे के संदेश का रूप धारण करता है। और यही वह सार्वभौमिक विचार है, जिससे वैश्विक तौर पर भाईचारे के भाव की उत्पत्ति होती है, जिसे मिशनरी का लक्ष्य कहा गया है।

सभी उपहारों में धर्म का उपहार सबसे बेहतर है। "हे भिक्षुक, सभी के लाभ के लिए आगे बढ़ो, मानवता के कल्याण के लिए, सारे संसार के लिए अनुकंपा का भाव रखते हुए बढ़ो। उस मत का उपदेश दो, जो आरंभ में श्रेष्ठ हो, मध्य में श्रेष्ठ हो और

अंत में भी श्रेष्ठ हो, जो भावार्थ के साथ-साथ अक्षरों में भी श्रेष्ठ हो। ऐसे लोग होते हैं, जिनकी आँखें शायद ही धूल कणों से ढकी होती हैं, लेकिन अगर उन्हें धर्म मत के उपदेश नहीं दिए जाते तो वे निर्वाण को प्राप्त नहीं कर सकते। उनके लिए पवित्र जीवन को प्रकट करो। वे धर्म सिद्धांत को समझेंगे और उसे स्वीकार करेंगे।" यही वे प्यारे शब्द हैं, जिन्हें कहते हुए महात्मा द्वारा अपने अनुयायियों को संबोधित किया गया। उनके आदेशों का सख्ती के साथ पालन करते हुए महान् गुरु के सभी अनुयायियों ने सदैव दूसरों के कल्याण को पहले रखा और बाद में अपने बारे में विचार किया। अपने घर को बिसारकर मृत्यु से साक्षात्कार करने के लिए सदैव तैयार, प्रसिद्धि या असफलता के प्रति एक जैसा भाव रखनेवाले, उन्होंने सदा बड़ी संख्या में उन लोगों की आँखें खोलने के लिए प्रयास किया, जो झूठी शिक्षा के भँवरजाल में फँसे हुए थे। धर्म के पवित्र सिद्धांत का प्रचार-प्रसार करने के लिए उन्होंने भूमि और समुद्र दोनों को पार करने की यात्राएँ कीं, बर्फीले पहाड़ों और गरम रेगिस्तानों को भी पार किया, बहादुरी के साथ सभी मुश्किलों और जोखिमों का सामना किया। कुमाराजीवा, फाहियान, युयान चुयांग, हुई शेन, दिपनकारा, श्रीग्ना उस शक्ति और उत्साह के पर्याप्त उदाहरण हैं, जिससे धर्म अपने अनुयायियों को प्रभावित कर उन्हें इस पथ पर चलने के लिए प्रेरित कर सकता है। उसका यह प्रभाव कोई आकस्मिक स्तर का नहीं है, अपितु इसकी आध्यात्मिक क्षमता और प्रसार करने की महान् योग्यता धर्म की उस भूमि पर तेजी से होते प्रसार के कारण है, जिस पर उसे ले जाया गया।

तलवारों या भारी-भरकम बंदूकों या तोपों की सहायता लिये बिना बौद्ध धर्म ने अपने शांति और सद्भावना के संदेश को एशिया के सबसे घनी आबादीवाले भाग की असभ्य फौज तक पहुँचाया और उन्हें सभ्य बनाया है। मैक्स मूलर ने कहा—"किस तरह से एक धर्म, जिसके सारे प्रयासों का परम लक्ष्य सभी प्राणियों, व्यक्तियों व व्यक्तित्वों का विनाश होता है, लाखों की संख्या में इनसानी दिमाग को दाँव पर लगा सकता है और किस तरह से ठीक उसी समय, नैतिकता, न्याय, दया और आत्म-त्याग के कर्तव्यों के लिए विवश कर यह निर्णयात्मक लाभकारी प्रभाव को न केवल भारतवासियों, अपितु मध्य एशिया के सबसे कम प्रभावित असभ्य व्यक्तियों पर डाल सकता है, यह एक ऐसी पहेली है, जिसे सुलझाने में कोई भी सक्षम नहीं हो पाया है।" लेकिन अगर पहेली है, तो इसका अर्थ यह कतई नहीं है कि उसे सुलझाया नहीं जा सकता, अगर हठधर्मिता की अनुपस्थिति और सहनशीलता की विचारधारा, जोकि प्रबुद्ध के धर्म की विशेषता है, पर पूरा ध्यान दिया जाए। यह उसकी सौम्य सहनशीलता ही है, जो बौद्ध धर्म को स्वयं को मन के साथ समायोजित करने और जीवत्वरोपी के मार्ग तलाशने व पितृपूजा की दौड़ में सक्षम करता है और उन्हें सभ्यता के स्तर पर ऊपर उठाता है।

अपनी सर्वव्यापकता की विशेषता के बिना धर्म कभी भी अनुकूलता के शानदार गुणों, जिसे हमने तिब्बत में बॉन, चीन में ताओ, जापान में शिंतो, बर्मा में नट और सीलोन के प्रेता की प्रवृत्ति में गौर किया, को विकसित करने में सक्षम नहीं हो पाता। यह एक आगम, सत्य को प्राप्त करने की तैयारी के तौर पर इसकी विशेषता में शामिल होता है, किसी हठधर्मी धर्म जैसे ईसाई या इसलाम की तरह नहीं, जो बौद्ध धर्म को आस्तिकता और नास्तिकता के साथ अद्वैत और द्वैतवाद, बहुदेववाद और सर्वेश्वरवाद, भ्रूणवाद और जीववाद, मूर्तिपूजा और मूर्तिपूजा का विरोध, विचारशील, शांतिप्रिय और उपद्रवी, कलह करनेवाले, ईश्वर और दानव, संत और नायक, ऊँच और नीच मनुष्य, धरती के ऊपर और धरती के नीचे का संसार, स्वर्ग और नरक को समाविष्ट करने के लिए पर्याप्त व्यापकता और अनुकूलनशीलता देता है तथा फिर भी यह इसे एक धर्म का रूप देता है, जो अपने किसी भी अनुयायी पर किसी तरह की कोई हठधर्मिता या आस्था के विषय को नहीं थोपता। अगर संपूर्ण तौर पर देखा जाए तो जिस आत्मा के विषय में बात की गई है, वह एक सुंदर और शानदार जीवन व्यतीत करती है और स्वयं को दया भाव, दान-धर्म और सहनशीलता, सहिष्णुता और क्षमा, धैर्यशील और प्रसन्नचित्त, विशालता और विषय के गूढ़वाद से ओतप्रोत रखती है, तो क्यों नहीं यहाँ पर थोड़े से अंधविश्वास की अनुमति दी जाए?

सभी धर्मों में बौद्ध धर्म ही एकमात्र ऐसा धर्म है, जो संसार के सभी मनुष्यों के प्रति बिना किसी बंधनवाले दानशीलता के भाव को अपनाता है। बुद्ध के जीवन में कहीं पर भी हम ऐसी किसी घटना से सामना नहीं करते, जहाँ पर लालच के वश में आए मनुष्यों को राक्षसों के हाथों में सौंपकर यातना देने की बात कही गई या किसी फलहीन वृक्ष को इसलिए अभिशाप दिया गया, क्योंकि वह फलों का मौसम न होने पर फल नहीं देता या किसी मासूम पैसे के पीछे भागनेवाले को रोता हुआ बताया गया।

तथागत के इस संसार में आने का उद्देश्य समझाते हुए चीनी धम्मपद में कहा गया है, "उनका आना गरीबों और बेसहारों एवं असुरक्षित लोगों की सहायता करने के लिए हुआ, उन लोगों का पोषण करने के लिए हुआ, जो इस शरीर में पीड़ा झेल रहे थे, फिर चाहे वे धर्म के अनुयायी हों अथवा किसी अन्य धर्म को मानते हों—साधनहीन, अनाथों और वृद्धों की मदद करने के लिए और दूसरों को भी ऐसा ही करने के लिए प्रोत्साहित करने के लिए हुआ। अपने इस कार्य का परिणाम उन्हें इतना बेहतर प्राप्त हुआ कि उनके जितने भी पहले किए गए प्रण थे, वे सभी पूरे हुए और उन्हें अपने जीवन के महान् लक्ष्य की प्राप्ति हुई।"

इसलिए बौद्ध धर्म हमेशा ही आत्मरक्षा में भी पीड़ा को स्वयं में समाहित करने की बात करता है। वह केवल ऐसा करता ही नहीं है, बल्कि इस ज्ञान (प्रज्ञा) को बिना

भलाई (मैत्री) के सिखाना व्यर्थ होता है, लेकिन ये इस सीख को इतने सुसंगत तरीके से अभ्यास में लाते हैं कि कभी-कभी अपनी मौजूदगी को भी खतरे में डालने से परहेज नहीं करते। इसके द्वारा सदैव दो राष्ट्रों के बीच युद्ध की निंदा की गई। इसने हमेशा मृत्युदंड की भी निंदा की। इसने हर जगह पर रक्तरंजित बलिदान को भी समाप्त किए जाने की बातें कीं। जैसाकि महावस्तु ने कहा, "यह बुद्ध का आगमन था, जिससे अश्वमेधम्, पुरुषमेधम् और पुंडरकम् तथा भारत में होनेवाले अन्य प्रकार के नृशंस बलिदानों का अंत हुआ।"

एक वास्तविक तरीका, जिस तरह से एक धर्म सभ्यता पर अपने वास्तविक प्रभाव को प्रत्यक्ष करता है, वह एक कला है। बौद्ध धर्म की सबसे महान् प्रभुता यह है कि यह सदैव सौंदर्य आकांक्षाओं की संतुष्टि में मदद करता है। संसार में जहाँ कहीं भी बौद्ध धर्म प्रचलन में आया, वहाँ पर कलात्मक पगोड़े, विशाल विहार, सुंदर स्तूप अस्तित्व में आए। श्री एम.जे. मार्शल द्वितीय, जो भारतीय पुरातत्त्व सर्वेक्षण के निदेशक थे, के अनुसार बौद्धधर्मियों की कुछ तक्षकलाएँ उत्कृष्टता की उस सर्वोत्तम श्रेणी में आती हैं, जिनकी भारत में अब तक रचना हुई है और शैली व तकनीक की दृष्टि से उत्कृष्ट कृतियाँ नायाब हैं, जो प्राचीन विश्व के मिलनेवाले अब तक के सबसे अनोखे अवशेषों में शामिल हैं। चीन और जापान में अब तक जिन भवनों की गिनती सबसे अच्छे भवनों में होती है, उनमें बौद्ध धर्म के मंदिर शामिल हैं। अजंता के भित्ति-चित्र की सुंदरता और आकर्षण, जिसे जिन कलाकारों ने चित्रित किया, उन्हें मिस्टर जे. ग्रिफिथ द्वारा निष्पादन में असाधारण व्यक्तियों, असाधारण प्रेरणा के स्मारक साक्ष्यों के तौर पर पेश किए से संबोधित किया गया, जिसे तथागत के धर्म ने कला बतलाया।[10] दूसरे धर्मों ने क्या किया, अपने अनुयायियों को उस धर्मानुराग और ऊर्जा से भर दिया, जो अपनी बाहरी अभिव्यक्ति को जावा में बोरोबुदूर के भव्य तीर्थस्थान में पाते हैं?

अमरीका के पहले महान् मेसर्स सी. अर्नोल्ड और फ्रॉस्ट शिल्पकार बौद्धधर्मी जावा से भारत-चीन के अप्रवासी थे। भारत में ब्राह्मणवाद की अपनी कोई कला नहीं थी तथा वैष्णववाद और शैववाद की बनावटी कला बौद्धधर्मी भिक्षुकों की मूर्तिकला की नाजायज संतान हैं। जैसाकि डॉ. ग्रिनवेडेल[11] कहते हैं—"ब्रह्म कला का प्रतीकात्मक भाग जहाँ तक हमारे इससे परिचित होने की बात है, तो यह आवश्यक तौर पर बौद्ध धर्म के तत्त्वों पर आधारित है—यह इतना अधिक वास्तविक है कि शैव का चित्र, जिसकी उत्पत्ति उसी समयकाल में हुई, जिस समय उत्तरी बौद्धधर्मियों का उद्गाम अपनी भूमिका को स्थायी करने के लिए हुआ, खासतौर पर विष्णु संप्रदाय के देव चित्र-अंकन द्वारा बौद्ध धर्म के प्रमुख तत्त्वों को अपनाया गया; हालाँकि, उन्होंने उनके लिए अलग भिन्न व्याख्याएँ दीं। लेकिन फिर भी बौद्ध धर्म पर निर्भरता जैन कलाओं का निरूपण है।"[12]

ठीक इसी तरह से मिस्टर बी.बी. हवेल कहते हैं—"वास्तव में ऐसा लगता है, यदि हिंदू कला में जो कुछ भी सबसे बेहतर है, चाहे चित्रकारी हो या मूर्तिकला, उसे सीधे तौर पर बौद्ध धर्म से लिया गया है।" बौद्धधर्मियों की प्रकृति में मौजूद सबसे अधिक साध्य सुंदरता और कला को सम्मिलित करने के प्रयास सुप्रचलित प्रभावों को उत्पन्न करने या तीर्थयात्रियों को आकर्षित करने की इच्छा से नहीं किए, बल्कि वे ऐसा कला रूप में अपने आध्यात्मिक मूल्यों को पंजीकृत करने के लिए करते थे। अपने अनुयायियों के सौंदर्यशास्त्र की इच्छाओं को संतुष्ट करने की राह में बौद्ध धर्म किसी भी तरह से अपने मूलभूत सिद्धांतों के मार्ग से नहीं भटका। बौद्धधर्मियों के लिए आनंद प्राप्त के सभी साधन नकारात्मक हैं और केवल इस निषेध को जारी रखकर ही स्वार्थीपन को समाप्त किया जा सकता है। कलात्मक कृति और सुंदरता की प्रशंसा में व्यक्ति स्वयं को खो देता है। इसलिए सुंदरता के लिए प्रेम को प्रोत्साहित नहीं किया जा सकता, अपितु स्व-निर्वाण की सहायता के लिए किया जाता है और कला का प्रचार आवश्यक तौर पर वैश्विक निर्वाण के माध्यम के तौर पर उपयुक्त होता है।

केवल कला के लिए ही नहीं, जैसे—वास्तुकला और शिल्पकला, चित्रण और नक्काशी ही वे क्षेत्र नहीं हैं, जिनमें भारत बौद्ध धर्म का ऋणी है, अपितु सामान्य तौर पर विज्ञान और संस्कृति के क्षेत्र में भी उसने बौद्ध धर्म से काफी कुछ प्राप्त किया है। भारतीय औषधि का जो सुनहरा काल रहा है, वह बौद्ध धर्म की प्रधानता के काल के समकालीन है। प्राचीन काल के ब्राह्मण संभव है कि बलिदान में पशुओं की चीर-फाड़ से शरीर रचना के मूल तत्त्व के ज्ञान को व्युत्पन्न करते थे। लेकिन भारतीय औषधि के विचार का विकास अशोक और अन्य बौद्धधर्मी राजाओं द्वारा प्रत्येक नगर में सार्वजनिक औषधालयों को बुद्ध के उपदेश के अनुसार किया गया कि जो कोई भी मेरी सेवा करता है, उसे बीमारों की भी सेवा करनी चाहिए।

चरक, बहुप्रसिद्ध 'चरकसंहिता' के रचयिता बौद्धधर्मी राजा कनिष्क के दरबार में चिकित्सक के पद पर आसीन थे। नागार्जुन ने आयुर्वेद के विज्ञान में एक नई जान फूँकी थी। उनकी उत्कृष्ट बुद्धिमत्ता व विस्तृत बौद्धिक क्षमता के बल पर भारत को सुश्रुत का संशोधित संस्करण प्राप्त हुआ, जिसे आज भी उपयोग में लाया जाता है। सुश्रुत ग्रंथ के बादवाले भाग, जिसे उत्तर तंत्र का नाम दिया गया, वह पूरी तरह से नागार्जुन द्वारा स्वतंत्र रूप से किए गए शोध व विचारों का ही प्रतिरूप है। एक सच्चा बौद्धधर्मी होने का प्रमाण देते हुए नागार्जुन द्वारा बिना किसी वर्ग या जाति का भेदभाव किए आयुर्वेद की शिक्षा सभी को देकर इसे प्रचलित किया गया। अपितु आजकल भी आयुर्वेद की जिस पुस्तक का अध्ययन विद्यार्थियों द्वारा प्रारंभिक तौर पर किया जाता है, वह एक बौद्धधर्मी, जिनका नाम वागभट्ट था, द्वारा किया गया था। नागार्जुन द्वारा स्रावण, उत्सादन आदि

की प्रक्रिया की भी खोज की गई थी और इस तरह भारत में रसायन विज्ञान (रसायन विद्या) के विकास को प्रोत्साहन मिला था। आस्थावान बौद्धधर्मी राजा हमेशा इस खोज में रहते थे कि वे अपने धार्मिक उत्साह, धर्मनिष्ठा और ज्ञान के व्यावहारिक साक्ष्यों को लोगों के समक्ष बड़े स्तर पर सिंचाई कार्यों और सार्वजनिक मार्गों का निर्माण करने के द्वारा प्रस्तुत करें। इस तरह उस काल में अभियांत्रिकी (इंजीनियरिंग) के क्षेत्र में भी विकास हुआ। दिग्नागा और उनके शिष्य धर्ममुक्ति द्वारा प्रमाण पर लिखी गई पुस्तक के माध्यम से भारतीय तर्कशक्ति को एक नई प्रेरणा दी गई। वररुचि, जयादित्य, वामन, चंद्र द्वारा व्याकरण के विषय पर लिखा गया। व्यादि और अमर संहिता द्वारा शब्दकोश का निर्माण किया गया। सभी विज्ञान और कलाओं का अध्ययन बौद्धधर्मी सभ्यता के प्रमुख केंद्रों, जैसेकि महान् बौद्धधर्मी विश्वविद्यालय नालंदा में किया जाता था। महान् प्राच्यविद् थियोडोर बेन्फी के अनुसार, "भारत में बौद्धिक जीवन के फूल, चाहे वे बौद्धधर्मियों की अभिव्यक्ति में दिखें या हिंदू धर्म के कार्यों में दिखें, मूल रूप से धर्म से होकर खिले और ये उस अवधि के समकालीन थे, जिस समय बौद्ध धर्म फला-फूला, भारत में बौद्ध धर्म के सबसे उत्कृष्ट अवशेष हैं।"

सर डब्ल्यू.डब्ल्यू. हंटर कहते हैं—"हालाँकि जो पाए जाते हैं, वे किसी विशेष तत्त्व का भाग नहीं होते, बल्कि यह लोगों के धर्म में शामिल होता है; मनुष्यों के बीच पाए जानेवाले भाईचारे का सिद्धांत उस पुनर्दावे के साथ होता है, जिसके साथ हिंदू धर्म के पुनर्जागरण की शुरुआत होती है, उस शरण स्थल में, जिसमें महान् वैष्णव मत, जो स्त्रियों के लिए समर्थ होता है, जाति-धर्म, विधवाओं और जातिच्युतों के लिए नियमों का शिकार होता है; उस भद्रता और सभी मनुष्यों के लिए कल्याणकारी, जो भारत में दरिद्र विधि-नियम का स्थान लेता है और 'मध्यम' स्तर के हिंदू की आधी व्यंग्यात्मक उपाधि को महत्त्व देता है।"

जब बौद्ध धर्म चीन में अपनी जड़ें जमा रहा था, तो इसमें एक नया विकास हुआ और इसने कन्फ्यूशियसवाद को एक बहुत बड़ा बल दिया, जिसने बहुत ही गहराई से सोचनेवाले कुछ विचारक जैसे—लू शियांग, सन, शू तेज और वान यंग मिंग को सोचने पर विवश कर दिया। जहाँ कहीं भी बौद्ध धर्म का प्रवेश लोगों के जीवन में हुआ है, इसने उन्हें हमेशा ही निर्मलता और अलंकरण प्रदान किया है। अपनी कृति 'थिंग्स जापानीज' में प्रो. बाजिल हाल चंबरलेन कहते हैं—"जहाँ तक गरीब और बीमार लोगों की देखभाल की बात है, शताब्दियों से सारी शिक्षा बौद्ध धर्म के हाथों में ही रही है। बौद्ध धर्म ने कला की शुरुआत की, औषधि का प्रवेश लोगों के जीवन में करवाया, देश के लोक-साहित्य को एक अलग रूप में ढाला, नाटकीय कविताओं को जन्म दिया, राजनीतिक, सामाजिक और बौद्धिक क्रिया के प्रत्येक क्षेत्र को गहराई से प्रभावित किया। कम शब्दों में कहें तो

बौद्ध धर्म वह गुरु था, जिसके निर्देशन में जापानी राष्ट्र का विकास हुआ था।"

ठीक इसी तरह से लाफ काडियो हर्न लिखते हैं—"इसमें किसी तरह का कोई सवाल पैदा नहीं होता कि बौद्ध धर्म ने जापानी सभ्यता पर जिस तरह का प्रभाव डालने का प्रयास किया, वह बहुत व्यापक, गहरा, बहुरूपी, अगिनत···यह उसी तरह का एक आधिकारिक धर्म, जैसे स्वयं शिंतो था, बन गया और इसने उच्च वर्ग को भी उतना ही प्रभावित किया, जितना कि गरीब वर्ग को किया। इसने राजाओं को वैरागी और उनकी बेटियों को भिक्षुणी बनाया; इसने शासकों के आचरण और प्रशासन के नियमों को तय किया, लेकिन बुद्ध का धर्म जापान में एक और व्यापक सभ्य प्रभाव, करुणा के एक नए सिद्धांत को लाया। इस शब्द के सबसे सटीक अर्थ को जानें तो यह एक सभ्यता की शक्ति थी। जीवन के लिए एक नए सम्मान का सबक सिखाने के अतिरिक्त, पशुओं के साथ-साथ मानव के प्रति करुणामय भाव को रखना भी सिखाया। इसने वास्तव में जापान को चीन की कला और उद्योग को दिया। वास्तुकला, चित्रकला, शिल्पकला, नक्काशी, मुद्रण, बागवानी, संक्षेप में कहें तो प्रत्येक कला और उद्योग जो जीवन को सुंदर बनाने में मददगार था, जापान में सबसे पहले बौद्ध धर्म की शिक्षाओं के अंतर्गत विकसित हुआ, लेकिन शायद बौद्ध धर्म द्वारा इस राष्ट्र को जो सबसे बहुमूल्य मूल्य दिया गया, वह शैक्षणिक था।

शिंतो धर्म के जो पादरी होते थे, वे अध्यापक नहीं होते थे। वहीं दूसरी तरफ बौद्ध धर्म ने सभी के लिए शिक्षा की पेशकश की, यह केवल धार्मिक शिक्षा नहीं थी, अपितु कला में शिक्षा और चीन के बारे में जानकारी की शिक्षा भी थी। धीरे-धीरे बौद्ध धर्म द्वारा जिन मंदिरों का निर्माण किया जाता था, वे आम लोगों को शिक्षा देनेवाले मंदिर भी बन गए या फिर इन मंदिरों के साथ जुड़े हुए विद्यालय भी होते थे। डिग्री और शिक्षा के माध्यम से सारा राष्ट्र बौद्ध धर्म के नियंत्रण में आ गया और इसका जो नैतिक प्रभाव राष्ट्र पर पड़ा, वह सर्वोत्कृष्ट था। समुराई (जापानी सैन्य वर्ग) विद्वानों ने अपने ज्ञान व प्रशिक्षण को प्रख्यात बौद्धधर्मी गुरुओं से अर्जित किया। आम जनता के लिए हर जगह पर बौद्धधर्मी पुरोहित स्कूल मास्टर हुआ करते थे। जापानी चरित्रों में जो सबसे अधिक आकर्षक था, वह यह कि वहाँ पर विजयी होने और मनोहर भाग का विकास बौद्धधर्मी प्रशिक्षण के अंतर्गत हुआ। जापान में बौद्ध धर्म द्वारा सभ्यता पर जो गहरा प्रभाव डाला गया, उस अवधारणा को बताने के लिए भी बहुत से संस्करणों की आवश्यकता होगी। जापानी जीवन का जितना भी संशोधन हुआ, वह वहाँ पर बौद्ध धर्म के आगमन के पश्चात् हुआ और कम-से-कम यह तो कहा जा सकता है कि इसके बहुत से बड़े परिवर्तनों और आनंद का कारण यही था। यहाँ तक कि आज भी वहाँ पर शायद ही ऐसी कोई रोचक व सुंदर चीज का निर्माण देश में होता होगा, जिसके लिए वह राष्ट्र किसी हद तक बौद्ध धर्म का ऋणी न हो।"

वे लोग, जो बौद्ध धर्म की निंदा करने के लिए तैयार रहते हैं, वे इस पर आरोप लगाते हैं कि यह निराशावादी है और इसके बारे में बातें करते हुए कहते हैं कि यह भगवान् बुद्ध के घर की बदलती परिस्थितियों के कारण उपजी मानसिक कमजोरी का उत्पाद था। अगर प्रत्येक धर्म का अंतिम लक्ष्य निर्वाण हो तो कोई भी धर्म निराशावाद के आरोप से पूरी तरह से मुक्त नहीं हो सकता, स्वाभाविक तौर पर निर्वाण के लिए कुछ पीड़ा, दुःख या बुराई की मौजूदगी, चाहे वह भौतिक हो अथवा आध्यात्मिक, होना अनिवार्य हो जाता है। क्या हिब्रू पैगंबर द्वारा यह नहीं सिखाया गया था कि सूरज के नीचे जितने भी काम होते हैं, वे सब व्यर्थ व संताप के भाव के कारण होते हैं कि व्यक्ति के सारे दिन दुःख, पीड़ा और पश्चात्ताप से भरे होते हैं? क्या ईसाई धर्म के धर्मदूत ने यह उपदेश नहीं दिया था कि यह संसार दुःखों से भरा हुआ है और मृत्यु व्यक्ति के लिए लाभप्रद होती है? फिर क्यों केवल बौद्ध धर्म पर खासतौर से निराशावादी होने का आरोप लगाया जाता है?

इस विषय की सच्चाई जैसेकि प्रो. ई.डब्ल्यू. होपकिंस द्वारा संकेत किया गया है, यह है—"इस दृढ़ कथन को प्रमाणित करनेवाला कोई भी छोटा सा साक्ष्य उपस्थित नहीं है, इसे बस इतनी बार दोहराया गया है कि बहुत से लोगों द्वारा इसे सच मानकर स्वीकार कर लिया गया है कि बौद्ध धर्म या बौद्ध धर्म के बाद के काल का साहित्य एक तरह के मानसिक अवसाद को प्रदर्शित करता है। निस्संदेह ही ब्राह्मणों में भी एक तरह की मानसिक कमजोरी की उपस्थिति रही, लेकिन इसका श्रेय बंगाल की दूषित वायु को नहीं दिया जा सकता। वे एक धर्म की वे हड्डियाँ हैं, जो पहले ही मर चुकी हैं, जिन्हें एक अलमारी में निर्देश देने के लिए सुरक्षित रखा गया है; जिन पर धूल, मिट्टी और निर्जीविता की चादर चढ़ी हुई है, लेकिन इन्हें अपने पास रखनेवाले के लिए ये भयंकर हैं, पर इसके मालिक के लिए ये उपयोगी हैं। एक बार फिर क्या बौद्ध धर्म की स्थिति तब डाँवाँडोल हो जाएगी, जब उसकी तुलना बौद्धिक स्तर पर उपनिषदों के ढेर में से टटोलकर निकाले गए तर्क के साथ की जाए? हमने यह दिखाया है कि वह सिद्धांत प्रारंभिक सर्वेश्वरवाद पर आधारित है; यहाँ पर वास्तविक तर्क तिनका मात्र भी नहीं है।

"हम उपनिषदों के गुरुओं के साहस की प्रशंसा करते हैं, लेकिन हमारे हृदय में आरंभिक काल में जो हिंदू अध्यापक हुए, उनकी तार्किक क्षमता को लेकर बहुत कम सम्मान है, इसलिए ऐसा कह सकते हैं कि उनकी प्रशंसा भी नाममात्र को की जा सकती है। उपनिषद् दार्शनिकता के चिकित्सक कवि हुआ करते थे, न कि तार्किक। वास्तव में कविता का दक्षिण क्षेत्र में ह्रास हुआ था और वहाँ पर किसी भावविभोर या शक्तिशाली साहित्य की तब तक उत्पत्ति नहीं हुई थी, जब तक ऐसा विदेशी प्रभाव, जैसेकि रामवाद की धार्मिक कविताएँ या तमिल सित्तार्स के कारण नहीं हुआ। लेकिन

दूसरी जटिलता में और विशेषता को चिह्नित करने में, हठधर्मिता संबंधी क्षेत्र को वर्गीकृत करने और विश्लेषण करने में, इसके साथ-साथ सुने-सुनाए सच को अंतिम सत्य के तौर पर स्वीकार करने में—उत्तर-पश्चिम और दक्षिण-पूर्व की समझ के संबंध में किसी तरह कोई आधारभूत अंतर नहीं पाते हैं और जो भी सतही अंतर पाते हैं, वह बौद्ध धर्म के कारण है। यदि हठधर्मिता होने की शर्त हो तो यह कुछ ऐसा है, जिसके लिए एक प्रणाली होनी चाहिए और जब ब्रह्मविद्या का उदाहरण पहलेवाले पर आधारित होता है, तो बादवाला उसके बारे में कुछ भी नहीं जानता।

"इसके अतिरिक्त बौद्ध धर्म में, ब्राह्मणवाद के किसी भी चरण (इससे वेदकाल से अलग रखें) से उत्तम बौद्धिक शक्ति मौजूद रही है। केवल ईश्वर ही नहीं, आत्मा और अन्यों के मामले में भी, त्याग करने के मामले में, वैराग्य के नैतिक प्रभाव को नकारने के लिए, शून्यता में यह अंतर था, एक व्यक्ति के भीतर मौजूद बहादुरी की प्रशंसा करने के लिए स्वयं बुद्ध के प्रतिस्पर्धी रहे पुरोहितों के साहित्य, जिसमें धर्मविरोधी और धर्मनिष्ठ दोनों शामिल थे, को पढ़ना पड़ता था। हम उन्हें बौद्ध धर्म में न तो एक पथभ्रष्ट नैतिक प्रकार के और न ही कमजोर बौद्धिक स्तरवाले मानते थे। बौद्ध धर्म का निराशावाद, जैसाकि यह संसार के लिए चिंता का विषय रहा, वही निराशावाद नहीं था, जो ब्राह्मणवाद के सर्वेश्वरवाद के धार्मिक लक्ष्य का आधार था, बल्कि यह वही निराशावाद था, जो ईसाई धर्म और हिब्रू धर्म में व्याप्त था।"

जैसेकि प्रो. जेम्स इसके बारे में कहते हैं कि एक उत्कृष्ट धर्म वह होता है, जिनमें निराशावादी तत्त्वों को बहुत अच्छी तरह से विकसित किया गया होता है। यदि निराशावाद इस धारणा से व्याप्त होता है कि जीवन पीड़ा और दु:ख बहुत अधिक मौजूद है, तो यह सभी धर्मों में पाई जानेवाली आम विशेषता है। लेकिन बौद्ध धर्म अकेले यह भी सिखाता है कि वैसे तो मृत्यु के पश्चात् किसी तरह का कोई व्यक्तित्व या परमानंद शेष नहीं रहता, व्यक्ति को निडर और शांत, शुद्ध और प्रेममयी, भद्र और विवेकी रहना चाहिए।

धर्म के प्रभाव को उसका अनुसरण करनेवाले लोगों की प्रवृत्ति और आदतों में आसानी से अपना लिया जाता था। भारत ने अपने सबसे महान् सिद्ध पुरुषों को अस्वीकार किया और उसका परिणाम क्या हुआ? इसके परिणाम को हमारे समक्ष भारत और बर्मा के सबसे नजदीकी बौद्ध धर्म को माननेवाले देश के बीच एक तुलना के द्वारा प्रदर्शित किया गया। भारत में अंधविश्वासों को बढ़ावा देनेवाले बहुत से उद्यान थे, जो दिनोदिन फल-फूल रहे हैं और जिनकी संख्या दिन-प्रतिदिन बढ़ती जा रही है। बर्मी लोग भी अंधविश्वासी होते हैं, वे आत्माओं (रूहों) की पूजा करते हैं और बलिदान के द्वारा उन्हें शांत करते हैं। लेकिन ये अंधविश्वास वे नहीं हैं, जो अपमानजनक हैं या सदाचार के विरोधी हैं। बर्मी की आँखें बहुत पहले से सद्‌गुणों के आष्टांगिक मार्गों पर रहीं, जो दु:खों

के विनाश की ओर अग्रसर करती हैं। उसे यह सिखाया गया कि वह उसी बीज के फल को भविष्य में प्राप्त करेगा, जिसे वह वर्तमान या भूतकाल में बो चुका है।

प्रबुद्ध द्वारा जो उपदेश दिए गए, उनके अनुसार—"न तो रोने से, न ही शोक करने से व्यक्ति को मन की शांति प्राप्त होगी।" (सल्ला सुत्त), वह अपने भविष्य में घटनेवाली घटनाओं का सामना मुसकराहट के साथ करता है और संध्या की लालिमा की रंगतवाले उसके परिधान उसके हृदय में बसे प्रमोद और प्रकाश का प्रमाण होते हैं। हिंदू यदा-कदा ही जीवन में मिलनेवाले आनंद का प्रदर्शन करते हैं और हमेशा ही उदासी का मुखौटा पहने रहते हैं तथा उसकी उदासी उसकी नग्नता में दिखावटी अभिव्यक्ति पाती है। बर्मी के लिए नग्नता अपवित्र और विद्रोही होती है। बौद्ध धर्म लोकतांत्रिक धर्म है और इसकी दृष्टि में सभी व्यक्ति एक समान हैं। बर्मा में न तो ब्राह्मण होते हैं और न ही अछूत तथा कोई भी व्यक्ति अपने साथ मौजूद किसी दूसरे व्यक्ति की उपस्थिति या स्पर्श से मैला नहीं होता। वहाँ पर न तो जाति-प्रथा होती है और न ही परदा-प्रथा। स्त्रियों को स्वयं को न तो घूँघट के पीछे छिपाने की आवश्यकता होती है और न ही गलियों से बचकर निकलने की जरूरत होती है। बाल विवाह और विधवाओं के लिए क्रूर प्रथाओं के प्रचलन से हिंदू समाज के प्राणाधार का दमन हो रहा है।

वृक्ष को उसके फल से ही पहचाना जाता है। बौद्ध धर्म अधिकार के स्थान पर कारण को रखता है; यह जीवन की व्यावहारिक वास्तविकताओं के लिए जगह बनाने के लिए अभौतिक परिकल्पनाओं को खारिज करता है; यह वेदांत के देवों की स्थिति के लिए स्व-निपुण संत को विकसित करता है; इसने वंशानुगत पुरोहित प्रथा के स्थान पर आध्यात्मिक भाईचारे को स्थापित किया; इसने पांडित्य के स्थान पर साधुता के एक प्रचलित सिद्धांत को विस्थापित किया; इसने सबसे अलग एकांतवासी जीवन के स्थान पर सामाजिक जीवन को लोगों के बीच प्रचलित किया; इसने राष्ट्रीय विशेषता के स्थान पर लोगों के मन में विश्वप्रेम के भाव को बैठाया। इसने हठधर्मिता को उजागर कर उसके स्थान पर आस्था का पाठ पढ़ाया; इसने धार्मिक हठ से उमंग को मुक्त करने के लिए प्रोत्साहित किया; इसने उग्रता के पागलपन को शक्ति दी; इसने उस विचारवाद को भड़काया, जो व्यवहार-शून्यता से परे है; इसने वास्तविकता का आह्वान किया और भौतिकवाद को परे रखा; इसने उस स्वतंत्रता को अनुमति दी, जो दुराचारों से अपना बचाव करती थी; इसने उस शुद्धता को समझाया और तपस्या को ठुकराया; इसने उस साधुता का निर्माण किया, जो रुग्णताविहीन थी।

हठधर्मिता और चमत्कार ईसाई धर्म का ज्ञान है, किस्मत और कट्टरपन इसलाम धर्म का ज्ञान है; जाति और संस्कार ब्राह्मणवाद का ज्ञान है; तपस्या और नग्नता जैन धर्म का ज्ञान है; रहस्यवाद और मोहमाया ताओवाद का ज्ञान है; औपचारिकता और

बाहरी धर्मनिष्ठा कंफ्यूशियसवाद का ज्ञान है; पूर्वजों की पूजा करना और मिकाडो के प्रति वफादारी शिन्तोवाद का ज्ञान है; लेकिन बौद्धधर्मी का पहला ज्ञान प्रेम और पवित्रता है। अपने निर्वाण के लिए काम करते हुए बौद्धधर्मी को सबसे पहले आवश्यक तौर पर अपनी सभी स्वार्थपूर्ण इच्छाओं का त्याग करना होता है और अपने एक ऐसे चरित्र के निर्माण के लिए जीवन जीना होता है, जिसके बाहरी संकेत हृदय की शुद्धता, सभी के लिए करुणा, सत्य के पूर्ण ज्ञान से प्राप्त शांति से जनमा साहस और ज्ञान तथा विचारों की वह सहनशीलता और स्वतंत्रता, जो व्यक्ति के दूसरे साथियों के विश्वास को शांति से अपने अधिकार में रखकर नहीं छुपाता। केवल बौद्ध धर्म ही यह कह सकता है कि इसने सभी जीववाद, सारी हठधर्मिता, सारे विषय भोग, सारे वैराग्य, सारे संस्कारवाद को खारिज किया है कि वह परोपकार और दया, स्वार्थ-त्याग और आत्मसमर्पण में सम्मिलित है। केवल यही सिखाता है कि व्यक्ति के लिए आशा, केवल व्यक्ति के भीतर ही निहित है और वह,

"वह प्रेम मिथ्या होता है,
जो स्वयं के लिए स्वार्थपरक प्रेम में जकड़ा होता है।"

संदर्भ—

1. कालमा सुत्त, अंगुत्तर निकाय।
2. महाबोधि की कहानी।
3. देखें—सम प्रॉब्लम्स ऑफ द टैक्सुअल हिस्टरी ऑफ बुद्धिस्ट स्क्रिप्टचर्स, लेखक अनेसाकीमहासर।
4. देखें—वसाइलजेफ्स बुद्धिज्म (पृष्ठ सं. 288)।
5. बुद्ध की छवि में जितना संभव हो, उनके मुख और अंगों को सुंदर दिखाया गया है—वराह मिहिर की बृहत्संहिता।
6. मजूश्री ज्ञान का साकार रूप हैं और इन्हें शेर पर सवार हुए प्रस्तुत किया जाता है, जो निर्भय, साहसी और एक तरोताजा, उत्साही और उन्नत आत्मा है। समंतभद्र क्रियाशीलता का साकार रूप है और इन्हें हाथी पर सवार के रूप में प्रस्तुत किया जाता है, जो संरक्षण, सावधानी, भद्रता और एक विशालकाय प्रतिष्ठा का प्रतीक है। अवलोकितेश्वर में विपदा और संताप से अनंत अनुकंपा, दया, निर्वाण को प्रस्तुत किया जाता है। अवलोकितेश्वर में से एक रूप महिला की छवि के तौर पर दिखाया जाता है, जिसकी गोद में शिशु होता है, इन्हें चीन में क्वानयिन के नाम से जाना जाता है। तारा प्रज्ञा का साकार रूप है।
7. केवट्ट सुत्तः
8. विल्हेम ग्रूबे : रिलिजन एंड कुल्तुस देर चाइनेसेन, पृ. सं. 146।
9. मोहम्मडन का बहार का आक्रमण में पठान सैनिकों ने अफगानी जनरल बख्तियार खिलजी ने बहुत ही बेरहमी से उदंतपुरी के मठ में सभी बौद्ध भिक्षुकों को मौत के घाट उतार दिया था।—

मोहम्मडन साधनों से भारतीय इतिहास को देखें, इलियट द्वारा अनुवादित।

10. 'जब से बौद्ध धर्म प्रचलन में है', अपनी 'हिस्टरी ऑफ बुद्धिज्म' की किताब में तथागत कहते हैं (शिफनेर का जर्मन अनुवाद)—"जहाँ पर भी तीर्थ (हिंदू) संप्रदाय प्रचलन में था, कुशल धार्मिक कलाकार पाए जाते थे, अकुशल कलाकार सामने आ जाते थे।"
11. बुद्धिस्टेशे कुनेस्ट इन इंडेने।
12. देखें—ए. फॉशेर : इत्रुदे सुर पीकोनोग्राफिए बौद्धिक्ये दे इंडे, पृ.सं. 8, 9।

□

अध्याय–3

बौद्ध धर्म की नैतिकता

बौद्ध धर्म का उद्देश्य जीवन के दुःखों और पीड़ा से मुक्ति पाना है। इसे केवल सभी तरह की स्वार्थपरक इच्छाओं का दमन करके ही प्राप्त किया जा सकता है। स्वार्थ, जोकि अपनी क्रियाओं को तृष्णा या लोभी इच्छाओं में प्रदर्शित करता है। यदि स्वार्थ को पूरी तरह से नष्ट करना है, तो तृष्णा को दबाना ही होगा। एक अंग को दबाने के लिए उस अंग की दमनकारी स्थिति के बीच के अंतराल के समय को वास्तव में कम करना शामिल होता है। ठीक इसी तरह से, यदि स्वयं को एक ऐसा अंग मानकर जो दुःख और पीड़ा को देता है और जिसका दमन करने की आवश्यकता है, यह केवल उसी के द्वारा प्रभावकारी हो सकता है, जिस स्थिति में असीम स्थगितकरण के द्वारा सारी तृष्णा या उपदान अनुपस्थित रहते हैं, ऐसा कहा जा सकता है कि यह केवल तभी संभव है, जब सभी तरह की बुराइयों से बचा जाए और निरंतर अच्छे कर्म किए जाएँ।

"यदि महान् पथों को अनुसरण किया जाए,
तो शांति और मुक्ति मनुष्य के अधिकार में होगी;
यदि स्वार्थपरायणता उसकी मार्गदर्शक बन जाती है,
तो पाप और परेशानियाँ उसे अपने साथ खींच लेंगी।"

मनुष्य के सभी कार्य दस उल्लंघनों से बुरे बन जाते हैं और इनसे बचकर उसके कार्य अच्छे बन जाते हैं। इन दस उल्लंघनों में शरीर के तीन पाप, मौखिक (बोलचाल) चार पाप और तीन पाप मन के होते हैं। शरीर के तीन पाप हत्या, चोरी और व्यभिचार होते हैं। मौखिक (बोलचाल) के चार पाप—झूठ बोलना, किसी की झूठी बदनामी करना, गाली देना और बकवास करना होते हैं। मन के तीन पाप— लालच करना, घृणा करना और गलत विचार होते हैं। प्रबुद्ध कहते हैं—"यदि एक मनुष्य के अंदर ये दोष हैं तो उसे पश्चात्ताप नहीं करना चाहिए, बल्कि अपने मन को शांत करना चाहिए और यह पाप उसके अंदर से ठीक उसी तरह से बहकर निकल जाएँगे, जिस प्रकार से समुद्र का पानी

बहकर आगे बढ़ जाता है। जब ये बुरी आदतें इस प्रकार अधिक शक्तिशाली हो जाती हैं तो इनका त्याग करने से पहले इनसे बचना मुश्किल हो जाता है। यदि एक बुरा इनसान अपने भीतर की बुराइयों से अवगत हो जाता है, उनका त्याग कर देता है और सदाचारी कर्म करने लगता है, तो दिन-प्रतिदिन उसके सारे पाप धुल जाएँगे और तब तक समाप्त हो जाएँगे, जिस दिन उसे पूर्णतः ज्ञानोदय की प्राप्ति हो जाएगी।" इसी के अनुसार प्रबुद्ध द्वारा अपने अनुयायियों के मार्गदर्शन और निर्वाण के लिए दस उपदेश दिए गए।

इन दस उपदेशों (दकाकुकलानी) को उन दस उपदेशों (दकाशिक्षापदा) के साथ मिलाना नहीं चाहिए, जिन्हें खासतौर से भिक्षु के लिए अभिप्रेरित किया गया है। इनको (दकाशिक्षापदा) को आम लोगों पर लागू नहीं किया जाना चाहिए; इनमें से किसी भी नियम का उल्लंघन होने पर केवल संघ के नियमों का उल्लंघन होता है, इसका नैतिकता से कोई लेना-देना नहीं है। दूसरी तरफ, दस कुसला का अनुसरण सभी बौद्धधर्मियों के द्वारा किया जाता है। जैसाकि 42 वर्गों का सूत्र कहता है, उपासक और उपासिका, जो ढिलाई के साथ न पंचशील की अवमानना करते हैं, बल्कि दस कुसला का अभ्यास करते हैं, उन्हें अवश्य फल की प्राप्ति होती है। दस कुसला कम्मा निम्न प्रकार से हैं—

1. सबसे बुरे मनुष्य से वह व्यक्ति बनने की ओर बढ़ना, जो किसी पुश का वध नहीं करता, अपितु उसकी दृष्टि में प्रत्येक जीवन सम्मानित है।

"उसे किसी भी जीवन का विध्वंसक या विध्वंस का कारक नहीं बनने देना और किसी को भी ऐसा कार्य करने की अनुमति न देनेवाला बनना। उसे अपितु किसी भी जीव दोनों, जो संसार के शक्तिशाली जीव हों या वह जो संसार में डरकर अपना जीवन व्यतीत करते हों, को नुकसान पहुँचानेवाला बनने से रोकना है।"

—धम्मिका सुत्त

"संसार को मित्रता से भर देना; सभी जीवों, चाहे शक्तिशाली हों या कमजोर, को कुछ भी ऐसा दिखाई न दे, जो उन्हें नुकसान पहुँचा सकता है और उन्हें शांति के साथ जीवन जीने की कला को सिखाए।"

—चुल्ल वग्ग

"जो जीवित है, उसकी हत्या के विचार से दूर होकर वह जीवन के विनाश करने से दूर होगा। उसने अपने पास जिस लाठी और तलवार को छिपाकर रखा है और वह विनयशीलता तथा करुणा के भाव से भरा हुआ है, वह उन सभी प्राणियों के लिए जीवित है, के प्रति कृपालु और दयालु रहता है।"

—तिविजा सुत्त

"यदि एक व्यक्ति सौ वर्षों तक जीवित रहता है और अपने जीवन के दौरान अपने सारे समय और ध्यान को ईश्वर व धार्मिक अनुष्ठानों में लगाता है, हाथी और घोड़े व अन्य जीवों का बलिदान देता है, तो उसका यह सभी कार्य किसी एक जीवन को बचाने के कार्य में लगे पुण्य के बराबर भी नहीं है।"

—चीनी धम्मपद

"यदि तुम्हारी इच्छा कुछ ऐसा करने की है, जिससे तुम मुझे प्रसन्न कर सको तो फिर शिकार खेलने से हमेशा के लिए दूर हो जाओ! जंगल में रहनेवाले बेचारे पशु, निर्बुद्धि... ज्ञानशून्य होते हैं और इस कारण से वे दया के पात्र होते हैं।"

—जातकमाला

इस उपदेश के भाव को आत्मसात् करने के अनुसार—पूरे संसार में बौद्ध धर्म के सभी अनुयायियों के लिए समय बिताने अथवा बलि देने के उद्‌देश्य से पशुओं की हत्या पूरी तरह से वर्जित होती है। प्राचीन भारत में बौद्ध धर्म के जन्म से पहले बलि देने के उद्‌देश्य से पशुओं की हत्या करना आम बात थी। 'शतपथ ब्राह्मण' में यह कहा गया है कि व्यक्ति, घोड़े, बैलों, भेड़ और बकरी का उपयोग बलि के लिए होता है। आश्वलायन गृह्यसूत्र में विभिन्न प्रकार की बलियों के बारे में बताया गया है, जिनमें पशु का वध करनेवाला भाग लेता है। उनमें से एक को सुलगाव या 'सिंकी हुई बछिया' कहते हैं और भेंट चढ़ाए गए पशु के अवशेष को खाने के लिए जो दिशानिर्देश दिए जाते हैं, वे इस बात का साक्ष्य होते हैं कि जिस पशु की हत्या की गई है, वह भोजन के लिए ही होता है। आपस्तंब दुधारू गाय और बैलों का मांस खाने पर आपत्ति नहीं करता। मनु (संस्करण 35) यह घोषणा करता है कि एक व्यक्ति, जो एक संस्कार (मधुपर्क या कोई अन्य) के दौरान मांस को नहीं खाता तो वह अपने अगले बीस जन्मों तक पशु बनकर जन्म लेने के लिए श्रापित हो जाता है। घर आनेवाले अतिथि को गोघ्न, गाय की हत्या करनेवाला कहा जाता था, क्योंकि एक प्रतिष्ठित अतिथि के घर आने पर एक गाय की हत्या की जाती थी। महाभारत में भालू के बच्चे के मांस को संतुलित आहार के तौर पर प्रमाणित किया गया है, जिसमें बहुत अधिक पोषक तत्त्व होते हैं।

आज भी उत्तर भारत के बहुत से मंदिरों में रक्तरंजित बलि देने का प्रचलन आम है। हालाँकि हम हिंदू धर्म को माननेवाले प्रत्येक व्यक्ति के मुँह से यह सुनते हैं कि अहिंसा परमोधर्म। यह बदलाव किस प्रकार से आया? हम यह नहीं कह सकते कि यह पूरी तरह से उदारता की ओर प्राकृतिक तौर से झुकाव के कारण हुआ है। हमारे लिए हमने एक ज्ञानी और विचारशील हिंदू जैसे शंकर द्वारा ज्योतिष्ठयोमा बलिदान

को एक पवित्र कार्य कहते हुए समर्थन किया गया, हालाँकि इसमें रक्त बहाव शामिल होता है, भूमि पर फैले इस बलिदान को पूरा करने का वेदों द्वारा एक कर्तव्य के तौर पर आदेश दिया गया है।

रक्तरंजित बलि के प्रति बदले व्यवहार का असल कारण निर्णय सिंधु के लेखक द्वारा दिया गया है। लेखक कहता है—"ब्राह्मणों के लिए बहुत बड़ी संख्या में बैलों और भेड़ों की हत्या को वेदों में निपुण बताया गया, हालाँकि इन्हें सही तरीके से निश्चित नहीं किया गया और लोगों के द्वारा इससे घृणा किए जाने पर भी किसी तरह का कोई प्रभाव नहीं पड़ना चाहिए। इसके साथ ही नियम के अनुसार एक गाय, जो मित्र और वरुण को भेंट चढ़ाने के लिए उपयुक्त हो या एक बाँझ गाय या एक ऐसी गाय, जो पहले बच्चे को जन्म देने के बाद आगे गर्भवती न होनेवाली हो, की बलि दी जाती थी, का आदेश यथासंभव था, लेकिन उस तरह की बलि, जिनसे लोगों की भावनाएँ आहत होती हों, उस तरह की बलि को नहीं किया जाना चाहिए।"

वेदों के इस तरह के आदेशों के विरुद्ध लोगों की भावनाओं में इस तरह का बदलाव आने के लिए वह क्या था, जो सहायक बना, क्या वह बौद्ध धर्म द्वारा रक्तरंजित बलि प्रथा की की गई निंदा नहीं थी? सम्राट् अशोक ने घोषणा की— "यहाँ (अर्थात् मेरे राज्य में) किसी भी पशु की हत्या बलि के लिए नहीं की जाएगी, न ही किसी तरह के भोज समारोह के लिए ऐसा किया जाएगा, उनके राज्य के प्रतापी राजा प्रियदर्शन ऐसी दावतें, जिनमें पशु की हत्या कर दावत में परोसा जाता था, में बहुत तरह की बुराइयों को देखते थे।" बौद्ध धर्म के अनुयायियों द्वारा लोगों से जो अपील की गई, वह इतनी प्रभावशाली थी कि इसने लोगों के बीच में पशु के जीवन की व्यर्थ में दी जानेवाली बलि के प्रति डर पैदा कर दिया, जबकि वेदों में भी इस तरह की बलि से संबंधित जो आदेश दिए गए थे, उन पर लोगों की सच्ची आस्था थी और स्मृतियाँ उससे बाहर नहीं आ सकती थीं।

बौद्धधर्मियों ने न केवल पशु जीवन की व्यर्थ में दी जानेवाली बलि के प्रति घृणा दिखाई, बल्कि उन्होंने यह भी सिखाया कि मनुष्य का यह कर्तव्य है कि वे इस संसार में रहनेवाले सभी पशुओं के कल्याण के विषय में सोचें और उसी के अनुसार कर्म करें। सम्राट् अशोक का दूसरा राजादेश कहता है—"उनके शासन क्षेत्र में राजा प्रियदर्शन और आसपास के क्षेत्र में उनके जैसे दूसरे राजा...हर जगह पर उनके राजादेश के अनुसार राजा प्रियदर्शन...दो तरह के अस्पतालों का निर्माण करें, मनुष्यों के लिए अस्पताल और पशुओं के लिए अस्पताल। उपचार करनेवाली औषधियाँ, वे जिनसे मनुष्यों का उपचार होता है और वे जिनसे पशुओं का उपचार होता है, जहाँ कहीं भी इन औषधियों की कमी हो, इन्हें हर जगह पर पहुँचाया तथा उपलब्ध करवाया जाए और उगाया जाए। इसी प्रकार से, जहाँ कहीं भी जड़ी-बूटियाँ और फल, जहाँ भी इनकी कमी हो, उन्हें वहाँ पर

पहुँचाया व उपलब्ध करवाया और उगाया जाए। मार्गों पर वृक्ष लगाए जाएँ और कुओं की खुदाई मनुष्यों और पशुओं के उपयोग के लिए की जाए।

दुनिया भर में जो भी स्थान बौद्धधर्मियों का निवास स्थान रहे, वहाँ पर पशुओं के प्रति प्रेम का प्रसार व्यापक तौर पर हुआ। तिब्बत में सभी मूक जीवों के साथ दया भाव के साथ व्यवहार किया जाता था तथा याक और भेड़, जिसका उपयोग भोजन के लिए होता है, अन्य किसी भी पशु की हत्या पर पूरी तरह से रोक लगा दी गई। धनी स्वामी लोगों के लिए जिंदा मछली खरीदना, जिससे कि उन्हें समुद्र में संगृहीत करके रखने का लाभ प्राप्त हो सके, नई बात नहीं है। उसी देश में बहुत सारे जीव प्राणी, जोकि ईसाई धर्मवाले देश में मनुष्य की उपस्थिति का आभास होते ही उड़ जाते हैं, को पाला जाता है।

बौद्ध धर्म का अनुसरण करनेवाले पशु-हत्या के कृत्य से पूरी तरह से परहेज करते हैं। ऐसा इसलिए नहीं, क्योंकि कुछ राजाओं की सोच ऐसी रही कि आत्माओं का आवागमन संसार के प्रत्येक जीव में होता है, बल्कि वे ऐसा केवल दया और कृपा भाव से परिपूर्ण होने के कारण करते हैं। मनुष्य को देवताओं द्वारा रचित कोई विशेष रचना, जो उसकी दूसरी रचनाओं से भिन्न है, न मानकर बल्कि सामान्य तौर पर पशुओं के बराबर ही माना गया। इस तरह से यह विकास के उच्चतम स्तर का प्रतिनिधित्व करता है, बौद्ध धर्म में पशुओं के जीवन के लिए दयाभाव को हृदयंगम करता है। वहीं दूसरी तरफ ईसाई धर्म मनुष्य को ईश्वर की रचना का केंद्र मानकर सम्मानित करता है, जिसे ईश्वर द्वारा रचित अन्य सभी वस्तुओं से अलग एक विशेष स्थान दिया जाता है, जो ईश्वर का सबसे प्रिय होता है और अन्य सभी चीजों की रचना ईश्वर द्वारा उसके लिए की गई है। यह उस धारणा की नींव बनती है, जिसमें पशुओं को सहानुभूति की भावना की सीमा में रखा जाता है। संत पॉल घृणा भाव से पूछते हैं—"ईश्वर मजाक में ही बैलों की देखभाल करते हैं?" ईसाई धर्म का कोई भी हिस्सा पशुओं के प्रति दयाभाव की शिक्षा धर्म सिद्धांत के तौर पर नहीं देता।

जीव हत्या के विरुद्ध आदेश के अवलोकन का एक और परिणाम उन सभी बौद्ध धर्म को माननेवाले देशों के प्रति पक्षपात के तौर पर देखा गया, जो शाकाहारी थे। सम्राट् अशोक द्वारा दिए गए पहले राजादेश में हम पढ़ते हैं—"इससे पहले के समय में उनके साम्राज्य के राजा प्रियदर्शन की रसोई में प्रति दिन बहुत से जीवों की हत्या खाना पकाने के लिए की जाती थी। वर्तमान के क्षण में, जिस समय इस पवित्र राजादेश को लिखा गया, तो केवल इन तीन जीवों, जिनके नाम थे, दो मोर और एक हिरन को हर रोज मारा जाता था और इसमें हिरन को सदैव नहीं मारा जाता था। अपितु उसके बाद भविष्य में इन तीन जीवों को भी नहीं मारा जाना था।" उस समय के बौद्धधर्मी, जो मांस का सेवन करते थे, वे स्वयं जीव हत्या नहीं करते थे, जिसका मांस वे खानेवाले थे। लेकिन उस समय

ऐसा सोचने का कोई कारण नहीं था कि बुद्ध द्वारा सख्ती से मांस का उपयोग करने के लिए मना किया गया है।

'अमगंधा सुत्त' में एक ब्राह्मण को इस आधार पर मांस का सेवन करने से रोका गया कि वह उसे दूषित कर देता है, तो उस ब्राह्मण को बताया जाता है कि मांस खाने से वह दूषित नहीं होता, अपितु एक दूषित दिमाग और बुरे कर्म उसे दूषित करते हैं। जब विधर्मिक देवदत्त द्वारा प्रबुद्ध से अपील की गई कि वे अपने भिक्षुकों को नमक, दूध, दही और मांस का उपयोग करने से मना करें तो उन्होंने इस तरह के कठोर नियम लागू करने से मना कर दिया, क्योंकि यह उन्हें वैराग्य की तरफ और अधिक अग्रसर करता था, बजाय कि मध्य पथ की ओर, जिसकी वे शिक्षा देते थे। उन्होंने आदेश दिया कि तीन प्रकार के मांस, जो शुद्ध हों, को बिना किसी ग्लानि भावना के खाया जा सकता है।

निर्ग्रंथ बताते हैं कि बुद्ध को जब एक गृहस्थ द्वारा अपना आतिथ्य स्वीकार करने के लिए आमंत्रित किया गया, तो उनके समक्ष भोजन में मांस परोसा गया और जो मांस विशेष तौर पर उनके लिए ही तैयार किया गया था, उसे ग्रहण करने के लिए बुद्ध का परिहास भी किया गया। जिसे सुनने के बाद प्रबुद्ध ने कहा—"मेरे अनुयायियों को, किसी भी जगह या देश में परंपरागत तौर पर जो भी भोजन खाया जाता है, उसे खाने की इजाजत है, जिसमें भूख में भोग-विलास या किसी तरह की बुरी इच्छा का समावेश न हो।" वितअशोक, सम्राट् अशोक के भाई, जिन्होंने पहले तीर्थ (हिंदू धर्म के पवित्र) स्थलों का समर्थन किया था, ने शाक्य भिक्षुकों पर यह आरोप लगाया कि वे बहुत अधिक मांस का भक्षण, मक्खन, दही और बहुत स्वादिष्ट तरीके से तैयार चावलों का सेवन करते हैं। बौद्ध धर्म को माननेवाला भारत भी तब तक पूरी तरह से शाकाहारी नहीं था, जब तक सातवीं शताब्दी के राजा शिलादित्य ने सभी जीवों की हत्या पर पूरी तरह से प्रतिबंध लगा दिया था और अपने राज्य के लोगों को आदेश दिया था कि वे मांस खाना पूरी तरह से बंद कर दें और इसका उदाहरण उन्होंने स्वयं को बनाया था।

भोजन के प्रश्न को केवल मनोविज्ञान और नैतिक सिद्धांतों के द्वारा नहीं सुलझाया जा सकता, अपितु इसे केवल शरीर विज्ञान और स्वास्थ्यकारी अनुभवों के अनुसार ही सुलझाया जा सकता है। मनुष्य के लिए सबसे बेहतर भोजन की बात करें तो वह एक मिश्रित आहार था, क्योंकि उसके दाँत और उसकी पाचन प्रणाली एक-दूसरे के साथ मिली-जुली होती है। उसके पास कुछ मांसभक्षी दाँत होते हैं और कुछ ऐसी ग्रंथियाँ होती हैं, जो मांस के अंदर जाने पर उत्तेजित होने के अलावा यदा-कदा ही अपनी कार्यप्रणाली को काम में लाती हैं। उसकी पाचन प्रणाली कुछ तरह के उफान को उत्पन्न करती है, जो बस स्टार्च को पचाने के अलावा और कोई काम नहीं कर सकते। "संभव है कि इस पर पूरे विश्वास के साथ बहस की जा सकती है कि पहली बार मनुष्य को सबसे अलग

रूप में पहचान एक मांसभक्षी जीव, सामाजिक तौर पर शिकारी के तौर पर मिली, क्योंकि वह एक क्रूर वानर था। क्योंकि वह अपने लंबे-लंबे पैरों से फायदा उठाता, औजारों का इस्तेमाल करता, सीधे खड़े होकर चलता था और इस्तेमाल करने व औजारों को बनाने के लिए कुशल हाथ, सोचने-समझने के काबिल दिमाग, कबीलियाई संगठन; और इस तरह से उसके पास उष्णकटिबंधीय वन से बाहर निकलने और संसार में किसी भी जगह की नागरिकता पाने की स्वतंत्रता थी।"[1]

मनुष्य के लिए यह संभव था कि वह पूरी तरह से शाकाहारी भोजन पर अपना निर्वाह कर सके। कुछ परिस्थितियों में पशुओं पर आधारित भोजन से पूरी तरह से दूरी बनाना लाभकारी होता है। लेकिन सभी लोग, चाहे प्राचीन हों या आधुनिक, मिश्रित भोजन का उपयोग करते हैं। वे लोग, जो मांस से परहेज करते हैं, दूध, दही, मक्खन, पनीर और अंडों का इस्तेमाल करते हैं। इस बात से इनकार नहीं कर सकते कि मांस के उपयोग से जल्दी से शक्ति प्राप्त होती है और इससे विकास भी जल्दी होता है तथा इसलिए यह धारणा बनी कि मांस से बढ़कर और कोई भोजन नहीं है।

यह कहना गलत नहीं होगा—"मांसजनित भोजन मनुष्य की वांछित इच्छाओं के बजाय अवांछित को उकसाता है और इस तरह उसके सम्मान में कमी होती है।" इन सबमें हमें यही स्वास्थ्यकारी सीख दी गई है कि कम विकसित लोगों का साधारण भोजन अति विकसित राष्ट्रों के लोगों की संशोधित भोजन से बेहतर है।" जैसेकि ईजिंग ने टिप्पणी की—"हमारे शरीर को स्वस्थ रखने और हमारे काम के आगे बढ़ते रहने के लिए बुद्ध द्वारा वास्तविक तौर पर हमें निर्देश दिए गए और आत्मसंयम व कठिन परिश्रम विधर्मी की सीख है।"

कभी-कभी धर्मनिष्ठ बौद्धधर्मियों को अपने अनुपालनों को, जोकि हत्या न करने का वचन (प्रणतिपद) अधिकतम सीमा तक ले जाना होता है।

उन्होंने इसका अवलोकन भावों के बजाय शब्दों में अधिक किया। सातवीं शताब्दी में जापान में एक शहंशाही आज्ञा को जारी किया गया, जिसमें लोगों को गाय-बैल, घोड़े, बंदर या पक्षियों का मांस खाने से मना किया गया। चीनी बौद्ध धर्म के अनुयायियों ने एक बार एक धर्मात्मा राजा से अपील की कि वे रेशम के उत्पाद पर रोक लगाएँ, क्योंकि उसके उत्पादन में कोकून में मौजूद कीटों को उनके धागों का इस्तेमाल करने से पहले मार डाला जाता है। लेकिन इस विचार को प्रबुद्ध की अनुमति प्राप्त नहीं हुई थी। इसमें कोई संदेह नहीं कि पशुओं का जीवन भी पवित्र होता है, लेकिन इसे उतना पवित्र नहीं माना जा सकता, जितना कि मनुष्य जीवन होता है। पशु रखवाली करने के लिए होते हैं, जिसके लिए उनकी देखभाल की जाती है, क्योंकि एक तरह से वे आम लोगों की खुशियों में सहायक बनते हैं। धर्मात्मा बौद्धधर्मी अनुयायियों द्वारा पशुओं के जीवन के लिए

आवश्यकता से अधिक सम्मान दिखाना उन पशुओं के प्रति हानिकारक साबित हुआ, जिनकी ओर से अपील की गई थी। पशुओं के प्रति हमारा दायित्व केवल यह है कि हम उन्हें एक खुशहाल जीवन और दर्दरहित मृत्यु दें। यहाँ तक कि जीवच्छेदन की प्रक्रिया, अगर इसे सब तरह की निंदा से परे रखा जाए तो उस स्थिति में न्यायोचित है, क्योंकि वह आम जनता की भलाई के लिए की जा रही है। जैसेकि ईजिंग कहते हैं—"यदि सभी की रक्षा के लिए एक प्रयास किया जाता है, तो फिर एक जीवन की रक्षा करना व्यर्थ है और एक की जान को सभी के लिए बलिदान दिया जाना चाहिए।"

हालाँकि बुद्ध द्वारा ठीक-ठीक युद्ध के बारे में अपने दृष्टिकोण को हमारे समक्ष नहीं रखा गया था, लेकिन फिर भी सूत्रों में ऐसे बहुत से अवतरण मौजूद हैं, जिनसे इस बारे में उनके विचारों को सारगर्भित कर सकते हैं। उन्होंने हर तरह की जीव हत्या की निंदा की, चाहे वह अपने शौक के लिए की गई हो या फिर बलि देने के लिए या फिर युद्ध में ही क्यों न की गई हो। लेकिन उनके विचार ये भी थे कि जो युद्ध सही व न्यायसंगत कारण के लिए हुआ हो, उस युद्ध को रोकने के लिए किए गए सभी प्रयासों के विफल होने के बाद किया जाए, उसमें किसी तरह का कोई दोष नहीं होता। माना, बुराई के मानुषी रूप के साथ हुई उनकी लड़ाई के विवरण में तथागत ने स्वयं की तुलना उस राजा के साथ की, जो अपने राज्य में न्याय परायणता के साथ शासन करता है, लेकिन द्वेष भाव रखनेवाले शत्रुओं द्वारा आक्रमण किए जाने पर उनके खिलाफ युद्ध करने के लिए विवश होना पड़ता है। वे जो दूसरों को न्यायसंगत कारण के लिए युद्ध करने हेतु उकसाते हैं, उन्हें स्वयं अपने द्वारा किए गए बुरे कर्मों का परिणाम भुगतना पड़ता है। बिंबिसार, गामिनी, अभय, शिलादित्य और अन्य धर्मपरायण बौद्धधर्मी राजाओं को जब भी आवश्यकता पड़ी, तब न्यायसंगत कारण के लिए युद्ध करने से पीछे नहीं हटे, हालाँकि उसमें बहुत से लोगों की जान गई और रक्तपात हुआ। प्राचीन काल के बौद्धधर्मी भिक्षुक बौद्धधर्मी योद्धाओं के साथ युद्ध के मैदान में जाया करते थे, ठीक उसी तरह से जिस तरह से हाल के समय में हुए युद्धों में जापानी सैनिकों के साथ जैन संप्रदाय के पुरोहित गए थे।

जब युद्ध के लिए एक सही कारण हो तो युद्ध को खुले तौर पर और दृढ़ता के साथ किया जाना चाहिए, लेकिन इसे घृणा और बदले की भावना से नहीं किया जाना चाहिए। बुद्ध द्वारा कहीं पर भी भेड़ जैसी निष्क्रियता को स्वीकृति नहीं दी गई है, जो बुराई का सही तरीके से विरोध नहीं करेगी। जब राजकुमार अभय को ज्ञानीपुत्र द्वारा इस बात के लिए द्रवित किया गया कि उसने प्रबुद्ध पर इसलिए कर लगाया, क्योंकि उन्होंने विधर्मी देवदत्त के साथ कठोर भाषा में संवाद किया। प्रबुद्ध द्वारा बताया गया कि वे शब्द, जो सत्य और अच्छा करने की दिशा में अभिप्रेरित हों, हालाँकि वे पीड़ा पहुँचाएँ, फिर भी वे

सही हैं। इसलिए युद्ध यदि सही व न्यायसंगत कारण के लिए किया जाए, जो बुराई की चालबाजी को सबक सिखाने के लिए अभिप्रेरित हो, वह सही है, हालाँकि यह भी सत्य है कि इसमें रक्तपात शामिल होता है।

> *"मनुष्य को तब जरूर लड़ना चाहिए,*
> *जब उसे अपने सत्य और शांति को स्थित करना हो।*
> *उसे शक्ति का विरोध शक्ति से अवश्य करना चाहिए,*
> *अन्यथा शक्ति अकेले उस पर शासन करेगी।"*

तथापि बौद्ध धर्म पर 'यजमानों के स्वामी' का आधिपत्य नहीं है, जो युद्ध में अपनी शक्ति को सिद्ध कर चुका हो, वह यह सीख नहीं देता—"युद्ध के बिना यह संसार भौतिकवाद के दलदल में स्वयं का दम घोंटकर समाप्त कर देगा।" यह पूरी तरह से उस अविचारी अहंकार का विरोध करता है, जो शक्तिशाली को उस संघर्ष में प्रोत्साहित करता है, जिसमें वह कमजोर को रौंदकर अपने वजूद को साबित करता है और न ही यह उस सैन्यवाद का समर्थन करता है, जो सही सहानुभूतिपूर्ण भावनाओं का दमन करता है तथा मानव स्वभाव के क्रूर पक्ष को विकसित करता है और शत्रुओं के प्रति नफरत की सराहना करता है, साथ ही बदला लेने की भावना को सबसे उच्चतम विशेषता मानता है। भगवान् यीशु ने यह सिखाया कि उन्हें यहाँ केवल शांति संदेश के साथ नहीं भेजा गया, बल्कि उन्हें एक तलवार के साथ भेजा गया है और जो राष्ट्र उनका अनुसरण कर रहा है, वह उन नुकीले शस्त्रों से लैस है, जो एक-दूसरे की गरदन पर चलने के लिए तैयार हैं। वहीं दूसरी तरफ बुद्ध द्वारा लंबे समय तक पीड़ा सहने, क्षमा करने और प्रेम-दया का महत्त्व समझाया गया, जिसने न केवल हृदय की अच्छाई को दिखाया, बल्कि गहरी समझवाले ज्ञान का भी संदेश दिया। उनका लक्ष्य युद्ध करने की भावना को मिटाकर और दुनिया के सभी राष्ट्रों को एक संघ राज्य बनाकर युद्ध को ही समाप्त करना था।

इस नियम का सख्ती से पालन किए जाने का सबसे दृष्टिगत परिणाम यह था—आप हत्या नहीं करेंगे, सहनशीलता का भाव है और यही बौद्ध धर्म की विशेषता है। केवल यही एक धर्म है, जिसने कभी अपना विस्तार तलवार या शक्ति के जोर पर करने का प्रयास नहीं किया। वास्तव में, बौद्ध धर्म के अनुयायी अपने धर्म में पूरी आस्था बनाए रखते हैं, लेकिन इसके साथ ही वे दूसरों को भी शांति से अपनी आस्था-विश्वास को बनाए रहने देते हैं।

सम्राट् अशोक का बारहवाँ राजादेश हमारे समक्ष इस सहनशीलता के सही लक्ष्य को उजागर करता है। "उनके प्रतापी राजा प्रियदर्शन ने सभी संप्रदाय के लोगों का सम्मान दान और सम्मान से दिए जाने के अन्य बहुत से माध्यमों के द्वारा किया गया, फिर चाहे वे

तपस्वी हों अथवा गृहस्थ, लेकिन उनके प्रतापी उपहारों या बाहरी तौर पर दिए जानेवाले सम्मान की अधिक परवाह नहीं करते थे, क्योंकि उनका मानना था कि सभी संप्रदायों में सत्त्व भाव का विकास होना आवश्यक था। विषय के सत्त्व में विकास की कल्पना बहुत से रूपों में होती थी, लेकिन इसकी जड़ वाक् शक्ति की कठोरता, इस ज्ञान के लिए व्यक्ति को अपने मत का सम्मान, दूसरे व्यक्ति का अपमान तुच्छ कारणों से करने के द्वारा नहीं करना चाहिए। किसी भी तरह की निंदा या अवमानना पर्याप्त कारणों से की जानी चाहिए, क्योंकि दूसरे व्यक्ति के मत को सम्मान एक या अन्य कारणों से अवश्य दिया जाना चाहिए। इस प्रकार से व्यवहार कर व्यक्ति अपने मत की तो प्रशंसा करता है, पर साथ-साथ अन्य लोगों के मतों की भी सेवा करता है। इसके विपरीत व्यवहार कर व्यक्ति स्वयं अपने मत को कष्ट पहुँचाता है और साथ-साथ दूसरे लोगों के मतों की भी अवहेलना करता है। वे जो दूसरे के मतों की निंदा अपने मत के साथ लगाव के कारण करते हैं और ऐसा मानते हैं कि इस तरह वे अपने मत को गौरवान्वित कर रहे हैं, वास्तव में ऐसा कृत्य करके वे स्वयं अपने मत का सम्मान नहीं कर पाते और उसे गंभीर रूप से नुकसान पहुँचाते हैं। इसलिए सामंजस्य बनाए रखना, दूसरे के मत के उपदेशों को सुनना और उन्हें पूरा सम्मान देते हुए मन से सुनना प्रशंसनीय होता है।" सहनशीलता का यह भाव बौद्ध धर्म के लिए विनाशकारी साबित हुआ, विशेष तौर पर तब, जब यह इसलाम के संपर्क में आया।

एक जीवन की हत्या के प्रश्न को बहुत ही बारीकी से देखा जाए तो आमतौर पर यह स्वयं अपने जीवन को समाप्त करने का प्रश्न ही है। आत्महत्या का नैतिक आकलन स्वाभाविक तौर पर परिस्थितिवश अलग-अलग होता है। जिस दृष्टिकोण से जीवन का संबंध है और भविष्य के जीवन के लिए जो धारणा होती है, वह आत्महत्या करने के कर्म को नैतिक तौर पर समर्थित या गैर-समर्थित बनाने का निर्धारित कारक बनाती है। हिंदू धर्म में सदैव ही ऐसा प्रतीत हुआ है कि धार्मिक उद्देश्यों से किए गए आत्मघात के कुछ रूपों को स्वीकृति दी गई है।

जापान में आत्महत्या को परोक्ष तौर से स्वीकृति या प्रशंसनीय कर्म कहा गया है, क्योंकि यह बहुत ही साहस और बहुत ही उत्साह की ओर संकेत करता है। ह्यूम कुछ अवसरों पर आत्महत्या की सिफारिश करता है। यह कहता है—"मान लो, समाज हित का प्रसार करना मेरी शक्ति से बाहर है; मान लो, अगर मैं इस पर बोझ हूँ; मान लो कि मेरा जीवन कुछ लोगों को इस समाज के लिए और भी उपयोगी बनने की राह में बाधक बन रहा है; इस तरह के मामलों में मेरा परित्याग न केवल मासूम माना जाना चाहिए, बल्कि उसे सराहनीय भी कहा जाना चाहिए।"

आत्महत्या की ओर बौद्ध धर्म के नजरिए का स्पष्ट तौर पर ईजिंग द्वारा इस प्रकार वर्णन किया गया है—"बौद्ध धर्म के भिक्षुकों का अनुसरण करने के लिए एक पथ होता

है। वे लोग, जो अपने शोध के शुरुआती दौर में होते हैं, पवित्र पुस्तकों का ज्ञान नहीं होने के कारण वे साहसी और प्रतापी बनने के उन्मुख होते हैं। वे उनके पदचिह्नों का अनुसरण करते हैं, जो उँगलियाँ जलाने को धार्मिक कार्य मानते हैं और जिनके लिए अपने शरीर को आग से जलाना एक आशीर्वाद प्राप्त करने का कर्म होता है। वे अपने हृदय में अपने शौकिया विचारों के कार्य को सही मानते हैं। यह सही है कि सूत्रों में ऐसे कुछ कर्मों के उदाहरण प्राप्त होते हैं, लेकिन उनका आशय केवल गृहस्थों के लिए है, क्योंकि भेंट करना उनके लिए सही है और यह केवल उनके अधिकार में जो खजाना है, उसके संबंध में नहीं है, बल्कि जब आवश्यकता हो, तो उनके अपने जीवन से भी इसका आशय है। इसलिए अकसर सूत्रों में कहा गया है, 'यदि एक व्यक्ति का हृदय धर्म की ओर प्रेरित होता है,' इत्यादि और इस तरह यह यह भिक्षुक से संबंधित नहीं होता। क्यों? बेघर भिक्षुकों को स्वयं को कठोरता के साथ विनय के नियमों में सीमित रखना चाहिए। यदि वे उनका उल्लंघन करने के दोषी नहीं हैं, तो वे सूत्रों की अनुरूपता के साथ कार्य कर रहे हैं। यदि वहाँ पर किसी तरह भी आदेशों का उल्लंघन होता है, तो उनकी आज्ञाकारिता दोषी हो जाती है।

"एक भिक्षुक के तौर पर व्यक्ति को एक छोटे से तिनके का भी नाश नहीं करना चाहिए, चाहे विहार स्थल घास से पूरी तरह से भरा क्यों न हो; व्यक्ति को अनाज का एक दाना भी चोरी नहीं करना चाहिए, फिर चाहे वह अकेले स्थान पर भूख से मर ही क्यों न रहा हो। लेकिन एक गृहस्थ के लिए यह सही है, क्योंकि वह वही है, जिसे (सद्धर्मपुंडरीक में) सर्वसत्त्वप्रियदर्शन कहा गया है, जो स्वयं अपने हाथ को भून भोजन परोसता है। बोधिसत्त्व (विश्वांतर) ने अपने पुत्र व पुत्री को भेंट कर दिया, लेकिन एक भिक्षुक स्त्री-पुरुष को त्याग करने के लिए तलाशने की आवश्यकता नहीं होती। महासत्त्व (सिबी) भेंटस्वरूप अपनी स्वयं की आँखें और शरीर देते हैं, लेकिन भिक्षुक को ऐसा करने की आवश्यकता नहीं होती। राजा मैत्रीबाला ने स्वयं का बलिदान (राक्षस को भोजन देने के लिए) किया, लेकिन भिक्षुकों को उनके उदाहरण का अनुसरण करने की आवश्यकता नहीं होती।

ऐसा कहा गया है कि युवा साहस के साथ अपने आप को धर्म के लिए समर्पित करते हैं, जो अपने शरीर को भस्म करने की क्रिया का अर्थ बुद्धत्व को प्राप्त करना और अपने जीवन का परित्याग मानते हैं। यह सही नहीं है। क्यों? एक मनुष्य के रूप में जन्म लेना बहुत कठिन होता है। हालाँकि मनुष्य के शरीर में जन्म लेने के बाद भी संभव है कि व्यक्ति के पास उतना ज्ञान न हो कि वह श्रेयकारी शिक्षा को आलिंगनबद्ध कर सके। सूत्रों के कुछ पद पढ़ने के पश्चात् और अनित्य पर ध्यान लगाने की शुरुआत करने के बाद ही अपने शरीर का त्याग कर देना पूरी तरह से व्यर्थ होता है। हम इस तरह के बेकार प्रस्ताव

के बारे में इतना अधिक कैसे सोच सकते हैं? हमें कठोरता से आदेशों का अनुपालन करने, अध्यापकों, अभिभावकों, पुण्यात्माओं, शासकों से मिले लाभ को लौटाने और सभी वर्गों का बचाव करने के लिए, स्वयं को ध्यानमग्न करने के लिए कहा जाता है। हमें इस बात को आवश्यक तौर पर समझना चाहिए कि हमारे छोटे से दोष में भी कितना बड़ा जोखिम निहित होता है। जब हमारे भीतर ज्ञान-प्राप्ति की भूख व्याप्त हो, तो हमें अपनी सुरक्षा भी अवश्य करनी चाहिए। इस तरह से अपना आचरण ठीक रखने और अपने मन का एक अच्छा मित्र बने रहने का कर्म हमें अपनी आखिरी साँस तक करना चाहिए। मुझे कभी कोई ऐसा वैध कारण नहीं मिला, जिसमें मुझे तत्काल ही अपना जीवन समाप्त करने के विषय में सोचना चाहिए। आत्महत्या करने का दोष पराजिका निषेध के नियम को भंग करने के समान ही लगता है। अगर हम ध्यान से विनय मूलग्रन्य की जाँच करें तो हमें कभी कोई ऐसा अवतरण उसमें नहीं मिलेगा, जो आत्महत्या को स्वीकृति देता हो।

"हमें बुद्ध द्वारा जो उपदेश दिए गए, उनके स्वयं के शब्दों में अपनी इंद्रियों पर काबू रखने का ज्ञान प्राप्त होता है, तो फिर अपने शरीर को जलाकर अपनी भावनाओं का नाश करने से क्या लाभ? बुद्ध द्वारा यहाँ तक कि मानव प्रजनन के लिए आवश्यक अंडकोश को निकलवाने की भी अनुमति नहीं दी थी, तो फिर इसकी संभावना बहुत कम हो जाती है कि उन्होंने शरीर के विनाश करने की अनुमति दी होगी। बुद्ध के शब्दों में हमें बहुत ही कठिन उपदेशों का उल्लंघन करने से रोका गया है और हमें अपनी इच्छा के अनुसार अनुसरण करने के लिए कहा गया है। जैसाकि कहावत में कहा गया है, 'स्वयं अपने जीवन का विनाश करने से बेहतर है, परोपकार किया जाए और किसी को बदनाम करने से बेहतर है कि चरित्र-निर्माण का कार्य किया जाए।'

"बहुत से लोग प्रतिदिन गंगा नदी में स्वयं को डुबोकर समाप्त कर लेते हैं। और वहीं दूसरी तरफ गया की पहाड़ियों पर से कूदकर आत्महत्या करने के मामले भी अकसर सामने आते हैं। बहुत से लोग स्वयं को भूखा रखते हैं और कुछ भी नहीं खाते। बहुत से लोग ऊँचे वृक्षों पर चढ़ जाते हैं और वहाँ से नीचे कूद जाते हैं। सांसारिक दृष्टि में सम्मान को परिभाषित करनेवाले विधर्मी मनुष्य ऐसे कृत्यों से लोगों को पथ भ्रमित करते हैं। कुछ लोग अनजाने में अपने ही सदस्यों को समाप्त कर देते हैं और नपुंसक बन जाते हैं। ये सभी कार्य पूरी तरह से विनय सिद्धांत की अनुरूपता से परे हैं। अपितु, जो लोग ऐसे कार्यों को गलत मानते हैं, वे भी डरते हैं कि शायद उन्हें इस तरह के कार्यों को रोकने के लिए पाप का भागी बनना पड़े। लेकिन अगर कोई अपने जीवन को इस तरह से समाप्त करता है तो व्यक्ति के इस जीवन में आने का एक महान् लक्ष्य खो जाता है, इसलिए बुद्ध द्वारा इसे रोका गया। अगर हम इस तरह के कार्य, जैसेकि अपने शरीर को समाप्त करना जैसे कर्म, करते हैं, तो हम उनकी हमें दी गई श्रेष्ठतम शिक्षा

को नजरअंदाज करते हैं। उच्चतम स्तर को प्राप्त कर चुके भिक्षुक और ज्ञानी गुरुओं के द्वारा कभी भी इस तरह के नुकसान पहुँचानेवाले कार्य नहीं करते। लेकिन हम यहाँ पर उन लोगों के आचरण पर चर्चा नहीं कर रहे हैं, जो बोधिसत्त्व के कर्मों का अनुसरण इस प्रकार से करने के इच्छुक हैं, जिससे कि वे स्वयं का बलिदान दूसरों की भलाई के लिए कर सकें। जब एक बोधिसत्त्व पीड़ित लोगों की पीड़ा हरने के लिए दया करने की इच्छा के वशीभूत स्वयं को बड़े से अग्निकुंड में झोंकने की इच्छा करता है, यह बोधिसत्त्व के निर्वाण का कार्य होता है कि वे अपने शरीर को भूखे शेर के समक्ष भोजन के तौर पर प्रस्तुत करें। लेकिन यह एक श्रमण के लिए उचित नहीं है, जिसे विनय-नियम प्राप्त हुए हैं कि वह अपने शरीर के मांस को काटकर कबूतर के जीवन को बचाने के बदले में दे। यह हमारे अधिकार में नहीं है कि हम एक बोधिसत्त्व का अनुसरण करें। मैंने मोटे तौर पर वह बताया है, जो 'त्रिपिटक' के अनुसार सही और गलत है।"

एक बौद्धधर्मी की दृष्टि में सबसे बड़ा खजाना, जोकि एक जीवित प्राणी के पास होता है, वह उसका जीवन है। इसमें कोई संदेह नहीं कि 'त्रिपिटक' में कहा गया है, इस शरीर का जन्म पीड़ा सहने के लिए हुआ है, लेकिन कहीं पर भी ऐसा नहीं कहा गया है कि हमें इससे घृणा करनी चाहिए और शरीर का त्याग कर देना चाहिए। अपितु उस स्थिति में भी जब कोई व्यक्ति किसी कष्टकारक और ठीक न होनेवाले रोग से ग्रस्त हो या फिर उसका जीवन पूरी तरह से तहस-नहस हो गया हो या उसके कारण दूसरों का भी जीवन बिगड़ गया हो या वह स्वयं अपने लिए और अपने परिवार के असम्मान का कारण हो या फिर उसके पास ईमानदारी से जीविका उपार्जन का कोई मार्ग न हो और उसकी कोई सामाजिक या नैतिक उपयोगिता न हो, उस स्थिति में भी यह बेहतर होता है कि वह चुपचाप और धैर्य के साथ अपने दुःख को बरदाश्त करे तथा अपने शरीर को समाप्त करने के बजाय, हर उस सही मार्ग के बारे में विचार करे, जिससे वह अपने दुःख व पीड़ा से मुक्ति पा सकता है। यदि कोई अपने शरीर से घृणा करता है, तो फिर उसकी पीड़ा कभी समाप्त नहीं हो सकती। इसके बावजूद भी किसी नेक कर्म के लिए जीवन का बलिदान करने में किसी तरह की कोई बुराई नहीं है।

2. तुम्हें न तो कभी चोरी करनी चाहिए और न ही डकैती, बल्कि हर किसी की मदद उनके कर्मों का फल पाने के लिए करनी चाहिए।

"एक शिष्य, जिसे धर्म का ज्ञान है, को किसी भी स्थान पर कुछ भी चुराने से दूर रहना चाहिए, उसे किसी दूसरे द्वारा की जानेवाली चोरी का भी कारण नहीं बनना चाहिए, न ही उन लोगों के कार्य में अपनी किसी तरह की सहमति देनी चाहिए, जो चोरी करते हैं, चोरी जैसे कृत्य के प्रति किसी भी तरह की दया से दूर रहना चाहिए।"

—धम्मिका सुत्त

"वह सबसे श्रेष्ठ लाभार्थी होता है, जो दूसरों को देता है और जो दूसरों से जो कुछ भी प्राप्त करता है, उसे सबसे अधिक दूसरों को बिना किसी तरह के प्रतिकार की आशा में दे देता है।"

—धम्मपद

"चोरी की उस वस्तु को जो उसकी नहीं है, को दूर रखकर, जो उसे नहीं दिया गया है, उससे परहेज करना, जो उसे दी नहीं गई है। वह केवल उसी चीज को लेता है, जो उसे दी गई है, इसके अतिरिक्त उसे संतोष नहीं मिल सकता और इस तरह वह अपने जीवन को ईमानदारी और हृदय की शुद्धता के साथ व्यतीत करता है।"

—तिविजा सुत्त

चोरी से दूरी बनाए रखने का प्रमुख लक्ष्य धन के लिए प्रलोभन और दृढ़ विश्वास, जो केवल धन का संचय होता है, जीवन को श्रेष्ठ बनाने की राह में बाधक होता है। बौद्धधर्मी में निस्संदेह धन को प्राप्त करने की इच्छा होती है, लेकिन वह अपने लिए संपत्ति का संचय नहीं करता। प्रबुद्ध द्वारा 'अनाथपिंडक' में कहा गया है—"वह जीवन व संपत्ति और शक्ति नहीं है, जो व्यक्ति को अपने वशीभूत करते हैं, अपितु ये मनुष्य के साथ चिपक जाते हैं। वह जो संपत्ति के स्वामी हैं और उसका सही तरीके से इस्तेमाल करते हैं, वह अपने साथियों के लिए एक वरदान की भाँति होते हैं।"

बौद्धधर्मी की अभिलाषा यह होनी चाहिए—"क्या मैं संपत्ति प्राप्त कर सकता हूँ और जो संपत्ति मेरे द्वारा प्राप्त की जा सकती है, उससे दूसरे लोग लाभान्वित हो सकते हैं।" (जीणालंकरा) जो ऐसा सोचता है और इसके लिए श्रम करता है तथा अपनी अभिलाषा को अपने परिवार तक विस्तारित करता है, वह उस व्यक्ति से एक कदम आगे होता है, जो स्वयं के लिए धन पाने की योजना बनाता है और उसके लिए श्रम करता है। इस तरह का मनुष्य हालाँकि अपने परिवार के लिए देवदूत होता है, परंतु संभव है कि वह बाकी सारे संसार के लिए एक दानव की भाँति साबित हो। अपनी पत्नी को वह हीरा न देंगे, जो अकसर किसी गरीब की रोटी की कीमत पर प्राप्त किया जाता है? क्या यह धर्माचरण है कि इतने धन का संचय किया जाए कि परिवार को शिक्षित करने लिए पर्याप्त होने के साथ-साथ इतना धन भी हो कि शालीनता से निर्वाह किया जा सके, जबकि ऐसा करने के दौरान व्यक्ति अपने पड़ोस के परिवार के लिए रुकावट बन, संकट उत्पन्न करता है?

बौद्धधर्मी जो कुछ भी प्राप्त करता है, वह सारी मानवजाति के लाभ के लिए होता है। यह उन बहुत से कारणों में से एक है, जिसके लिए बौद्धधर्मी भिक्षुक गरीबी की प्रतिज्ञा करते हैं। व्यक्तिगत तौर पर भिक्षुक गरीब होते हैं, लेकिन संघ, बोधि के लिए प्रार्थियों का समुदाय पूरे संसार में संभव है कि बहुत धनी हो। विनय के अनुसार भिक्षुक

को इसकी अनुमति है कि वह संघ की ओर से लाभ अर्जित करने के प्रयास करे। लेकिन एक संघ के लिए भी यह सही नहीं है कि उसके पास अपार धन हो, अनाजों से भरा भंडार हो, बहुत से स्त्री-पुरुष सेवक हों, खजाना पैसे और कई तरह के खजाने से भरा हो, जिसका उपयोग गरीबी की मार झेल रहे आसपास के लोगों के लिए न कर सहेजकर रखा गया हो।

बौद्ध धर्म की भावना समाज कल्याण की होती है। इसलिए कहा जाता है, यह समाज के लिए महत् काररवाई, एक पूरी तरह से भाईचारेवाले सामाजिक जीवन की सीख देती है। इसलिए यह पूरी तरह से उस औद्योगीकरण का विरोध करता है, जो अपनी निरंतरता, लोभवश, अनैतिक व दयारहित धन-प्राप्ति की राह पर बढ़ता है, जैसेकि मानव द्वारा किए जानेवाले सभी प्रयासों का एकमात्र लक्ष्य भोजन करना संसार के अति विकसित माने जानेवाले राष्ट्रों के लिए बहुत ही महत्त्वपूर्ण है।

धन में वृद्धि करने की इस तलाश का आकर्षण, जो व्यापार क्षेत्र में उत्पन्न हुआ है, मानव जाति के बीच आपसी भाईचारे के प्रति निर्दयता का सबसे बड़ा उदाहरण है। पूँजीपतियों का श्रमिकों के प्रति, मकान मालिकों का किराएदारों के प्रति, बिचौलिए के प्रति निर्माता या बिचौलिए का उपभोक्ताओं के प्रति व्यवहार का अवलोकन करें। क्या इनमें से एक का दूसरे के प्रति व्यवहार संदेह से भरा और शत्रुता भाव से लैस नहीं होता है? "यदि एक व्यक्ति अपने व्यावसायिक क्षेत्र में सफलता प्राप्त कर लेता है, यदि उसकी कूटनीति इस स्तर तक व्यापक होती है कि उसे एक बृहद् स्तर पर लूट करने में सक्षम बना दे, तो वह एक व्यापारी राजकुमार बनने के योग्य हो जाता है, जिसकी लेन-देन की न्यायसंगतता पर कदाचित् ही प्रश्न किया जाता है और वे लोग, जो उससे गरीब हैं, लेकिन जिनकी भावनाएँ सच्ची हैं, उससे मेल-मिलाप करते हैं और उसे एक सज्जन व्यक्ति कहते हैं।"

व्यावसायिक तौर पर विकसित एक सभ्यता केवल स्वयं से संबंधित गुणों को पोषित करती और सराहती है। इसमें नाममात्र तो ईमानदारी के लिए सम्मान होता है और यह न्यायसंगत तरीके से बहुत-कुछ जोड़ा नहीं गया होता। व्यक्तिगत अधिकारों की रक्षा को कर्तव्यों के पहले सिद्धांत के तौर पर सम्मानित किया जाता है। व्यक्तिगत लाभ के प्रति बेपरवाही के साथ संतोषपूर्ण व्यवहार किया जाता है। क्या कुछ लोगों द्वारा पूँजी का बहुत बड़े स्तर पर संचय कर लेने को नैतिक तौर पर न्यायसंगत कहा जा सकता है? पूँजी वह नहीं है, जैसाकि कुछ अर्थशास्त्री विवाद करते हैं, हमेशा व्यक्तिगत तौर पर की गई बचत या अपने काम में उत्कृष्ट स्तर का कौशल होने के कारण नहीं होता, बल्कि यह उत्पादक का अतिरिक्त मात्रा में किया गया उत्पाद होता है, जिसके लिए बहुत से लोग दासता को स्वीकार कर कुछ लोगों के आराम और आनंद के लिए कार्य

करते हैं। वे लोग, जो नीचे की श्रेणी के होते हैं, उन्हें उच्च श्रेणी के लोगों के आनंद और आलस्य को सहारा देने के लिए लूटा जाता है। कुछ लोग बिना कोई परिश्रम किए और बिना किसी कुशलता के, बिना किसी खास योग्यता, बुद्धिमत्ता या व्यवहार-कुशलता के करोड़पति बन जाते हैं। यह चोरी से किस तरह से अलग हो सकता है ?

यहाँ पर कुछ अलग तरह की चोरियाँ भी होती हैं। "इसे कभी भी झूठ नहीं ठहराया जा सकता कि इस संपत्ति (भूमि संपत्ति) पर जिसका मालिकाना हक है, न्यायसंगत है… हिंसा, धोखा, बल से प्राप्त किया गया विशेष अधिकार, बहुत चालाकी के साथ दावा करना—ये वे साधन हैं, जिनसे इन अधिकारों को प्राप्त किया जा सकता है।" इसलिए हर्बर्ट स्पेंसर ने यह अपने सोशल स्टेटिक्स के पहले संस्करण में कहा था। तब से लेकर अब तक इस विषय में खास बदलाव नहीं आया है और उनकी टिप्पणी आज भी उतनी ही सही है, जितनी कि तब थी। यहाँ तक कि आधुनिक समाज का तथाकथित साम्राज्यवाद लूटने की प्रवृत्ति का प्रदर्शन मात्र है, क्योंकि इसका अर्थ इससे अधिक और कुछ भी नहीं है कि व्यक्ति में जीतने की वासना और व्यावसायिक लाभ द्वारा अधिक-से-अधिक पाने का लालच है। पहले से लेकर अंतिम तक एक ही लक्ष्य, जिसने यूरोप के ईसाई धर्म को माननेवाले राष्ट्रों के साथ तथाकथित पूर्वी एशिया के गैर-ईसाई राष्ट्रों के साथ व्यवहार को संचालित किया था, वह और कुछ नहीं मात्र उनकी लूटपाट करने की तीव्र इच्छा थी। सभ्यता का विस्तार करने की अपील की आड़ में वे राष्ट्र, जो मजबूत स्थिति में थे, के द्वारा कमजोर शोषण किया गया और राष्ट्रों के बीच हुई संधियों व आपसी समझ की उपेक्षा कर कोई-न-कोई चाल चलकर उनकी जमीनों पर कब्जा किया गया।

"हिंदू महाकाव्य कहते हैं, सबसे बेहतर संपत्ति वही थी, जिसे एक से दूसरे व्यक्ति द्वारा हड़पा गया था।" लेकिन बौद्ध धर्म हर तरह की चोरी को निषेध करता है, फिर चाहे जिस भी मधुरभाषी नाम से उसको जाना जाता हो। अपितु बहुत अधिक जरूरी होने पर भी, जब राहत का कोई और विकल्प मौजूद न हो, तब भी किसी दूसरे की वस्तु पर अपना हक जमाने के लिए किसी तरह का कोई न्यायोचित तर्क नहीं दिया जा सकता। व्यक्तिगत तौर पर निस्स्वार्थ भाव और बलिदान की भावना सामाजिक स्वस्थता के लिए पूरी तरह से आवश्यक है।

3. तुम्हें किसी दूसरे की पत्नी का अनादर नहीं करना चाहिए और न ही उसकी सहवासिनी का भी अनादर करना चाहिए, बल्कि सादगी से जीवन व्यतीत करना चाहिए।

"एक बुद्धिमान व्यक्ति को अपवित्रता से उसी तरह परहेज करना चाहिए, जैसेकि वह जलते कोयले का कुंड है। जो व्यक्ति ब्रह्मचर्य का पालन करने में असमर्थ है, उसे व्यभिचार भी नहीं करना चाहिए।"

—**धम्मिका सुत्त**

"अगर तुम स्त्री से संवाद करते हो तो उससे संवाद हृदय की शुद्धता के साथ करो···अपने आप से कहो—'इस पाप से भरे संसार में मुझे एक दागरहित कमल की भाँति रखना, उस कीचड़ से, जिसमें यह पैदा होता है, उससे बेदाग रखना।' अगर वह आपसे बड़ी है तो उसे अपनी माता की तरह सम्मान दें; अगर वह आपकी बहन की तरह सम्माननीय है; अगर वह आपसे छोटी है, आपकी छोटी बहन की तरह है; अगर वह एक बच्ची है, उसे आदर और शिष्टतासूचक शब्दों से संबोधित करें।"

—बयालिस अध्यायों का सूत्र

"वासना जैसी कोई चीज नहीं होती। संभवत: वासना को सबसे शक्तिशाली भाव माना जा सकता है। यदि सत्य को प्राप्त करने की प्यास वासना से कमजोर होती है, तो संसार में हममें से कितने लोग धर्म के पथ पर अनुसरण करने में सक्षम होंगे।"

—उक्त

"ऐसी प्रपंची स्त्री से स्वयं की रक्षा करें, जो अपने रूप और आकार का प्रदर्शन करने के लिए आतुर हो, फिर चाहे उसे अपनी चाल, खड़े होने, बैठने, सोने के अंदाज से हो और अपनी सुंदरता के आकर्षण से मोहित करने की इच्छा रखती हो। अपने मन को नियंत्रित रखें और उसे निरंकुश न होने की आज्ञा न दें। वासना जब किसी स्त्री के सौंदर्य के साथ मिल जाती है, तो यह पुरुष के मन को कलंकित कर देती है और मस्तिष्क को स्तब्ध कर देती है।"

—फो-शो-हिंग-तान-राजा

"सुंदरता पर नजर पड़ने पर पहले-पहल हृदय बहक जाता है, क्योंकि वह मानता है कि इस तरह के दृश्य हमेशा प्राप्त होनेवाले नहीं होते। मूर्ख इनसान ही बाहरी रूप को उत्कृष्ट मानता है, वह किस तरह से चीजों के बनावटीपन को जान सकता है, जैसेकि रेशम का कीड़ा अपने ही कोकून से ढका होता है, क्या वह विषयात्मक आनंद के प्रेम में उलझा होता है? लेकिन बुद्धिमान स्वयं को उससे अलग करने और इनका त्याग करने में सक्षम होता है, फिर वह उलझा हुआ नहीं रहता, बल्कि सभी तरह के दु:खों का त्याग कर देता है।"

—धम्मपद

ऐसा प्रतीत होता है कि वैदिक काल में शुद्धता को बहुत अधिक महत्त्व नहीं दिया जाता था। वानप्रस्थ में बलिदान करनेवाले की पत्नी की आवश्यकता पुरोहित की उप-पत्नी के तौर पर होती थी। ऐसा कहा गया है—"इसकी परवाह किसको है कि पत्नी अशुद्ध है या नहीं।" पुरुष अपने पूर्वजों की वास्तविक अविश्वसनीयता के बारे में

जानते थे। निदान सुत्त में यह कहा गया है, "धोखेबाजी स्त्री का तौर-तरीका है। जिसका (पिता) मुझे अपने आप को पुत्र कहना चाहिए, उससे पहले ईश्वर और मनुष्यों को उसका साक्षी होना चाहिए, तब मैं उसका पुत्र कहलाऊँगा और जिनको मैं अपने पुत्र का नाम दूँगा, वे मेरे पुत्र कहलाएँगे।"

इस नियम का प्रयास प्राचीन काल में इस अविश्वसनीयता के विरोध में स्त्री पर सख्त निगरानी के तौर पर किया गया था, क्योंकि शरीर (बीजवन) के पुत्र को जन्म देने को, अपितु ऋग्वेद में भी जाति के संरक्षण के लिए आवश्यक करार दिया गया था। यह निम्न गाथा से साबित होता था, जोकि औपजन्धनि, जोकि श्वेत यजुर्वेद के गुरु थे और पौराणिक कथाओं में विद्यमान राजा जनक के बीच में हुआ संवाद है—

अब मुझे अपनी पत्नी से ईर्ष्या होने लगी है, हालाँकि मुझे पहले नहीं होती थी; क्योंकि यम के घर में उसे एक पुत्र की प्राप्त हुई, जिसने उसे जन्म दिया। जन्म देनेवाले ने उस पुत्र का मार्गदर्शन यम के निवास स्थान में मृत्यु के पश्चात् किया। इसलिए वे अपनी पत्नियों की रक्षा सावधानी से करते हैं, क्योंकि उन्हें किसी अजनबी का बीज उनकी पत्नियों में आने का डर रहता है। अपनी जाति की वंश-वृद्धि को ईर्ष्या के साथ देखें, जिससे कि कोई अजनबी आपके खेतों में अपने बीज न बो पाए। जब वह दूसरी दुनिया में जाएगा तो उसका पुत्र वही होगा, जिसे उसने जन्म दिया हो; यह व्यर्थ हो जाएगा कि पति (जो नाममात्र का पिता होता है) अपनी प्रजाति की स्थिरता को बनाए रखने में सफल होता है।" यहाँ तक कि जब बाद के काल में सख्त विवाह नियमों को विकसित किया गया और स्मृति कानूनी विनियमों को निरूपित किया गया तो उससे संबंधित परस्त्रीगमन (स्त्रीसंग्रहण), बहुविवाह प्रथा और वेश्यावृत्ति भी जारी रही और अकसर गुदाज या गुधोत्पन्न, जो संभवतः अपनी माता के पति का उत्तराधिकारी होता था, जबकि वह अपनी माता की किसी और पुरुष से जनमी अवैध संतान होता था, वह विवाह बंधन के लिए सम्मान पाने हेतु साक्ष्य नहीं प्राप्त कर पाता था।

पुरोहिती सिद्धांत के बढ़ते प्रभाव के कारण ब्राह्मणों के द्वारा स्थापित की गई जाति-प्रथा में परस्त्रीगमन को एक खतरे की तरह देखा जाने लगा और इससे छुटकारा पाने के प्रयासस्वरूप गंभीर सजा का डर दिखाया गया। आवश्यक तौर पर विभिन्न जातियों के दृष्टिकोण की तरफ से स्मृतियों और महाभारत में परस्त्रीगमन की निंदा की गई। इस कृत्य को करनेवाले की सजा को जाति, जिससे कि दोषी का संबंध होता था, के आधार पर तय किया जाता था। बहुत से कारणों से, जिनसे स्त्री को परगमन से दूर रखा गया, उनमें नैतिकता के लिए सम्मान का जिक्र धर्मनिरपेक्ष साहित्य में अंतिम स्थान पर रखा गया था। वैष्णवीवति में परस्त्रीगमन को गौण अपराध माना गया, जो हालाँकि स्वाभाविक था और उसे भगवान् कृष्ण की विलासिता की भाँति माना गया। बंगाल में चैतन्य के

अनुयायियों द्वारा शुद्धता के नियम को खारिज किया गया और उनके कुछ उपमत तो इससे भी आगे गए तथा उन्होंने स्वच्छंद रूप से किए गए संभोग को सदाचार की भाँति माना। जैसेकि बाल विवाह समाज में हुए विकास का उत्पाद नहीं था और यह केवल ब्राह्मणों तथा उनका अनुसरण करनेवालों के बीच ही प्रचलित था और इसके साथ-साथ परदा-प्रथा को स्त्री के उसके चरित्र के प्रमाण की स्मृतियों के तौर पर उसके सदाचार के प्रति जागे अविश्वास के विरुद्ध आवश्यक मानने को तैयार थे। स्टैबो संभवत: यह कहने में सही थे कि सती-प्रथा को इसलिए स्थापित किया गया था, जिससे कि पत्नियों को अपने पति को जहर देने से रोका जा सके।

बौद्ध धर्म का प्रामाणिक साहित्य पूरी तरह से शुद्धता पर आधारित था। बौद्धधर्मी की शुद्धता के आदर्श को साफतौर पर जातक में दरशाया गया, जिसमें सिबि के राजा की दृढ़ता प्रेम के भावावेश की शक्ति से हिल गई। सम्मोहित करनेवाली स्त्री, जो राजा के होनेवाले एक अधिकारी की पत्नी थी, ने अपनी इच्छा से राजा को सौंपना चाहा। राजा ने इस प्रस्ताव को अस्वीकार कर दिया और उस अधिकारी को चेतावनी देते हुए कहा— "मैं अपने आप को एक तेज तलवार की धार के समक्ष या जलती हुई आग की लपटों में धकेलने की हिम्मत रखता हूँ, लेकिन मैं उस धर्म की राह से हटने की हिम्मत नहीं रखता, जिसका मैंने सदैव पालन किया है और जिसके प्रति मेरे राजवंश का कल्याण ऋणी है। मैं जीवन के लिए कभी भी धर्म को चोट पहुँचाकर प्रसन्नता महसूस नहीं करूँगा। तुम जो पाप करने जा रहे हो, वह बहुत बड़ा है और उस पर किसी तरह का प्रश्न नहीं उठता तथा उसे करने से जो लाभ मिल रहा है, वह बहुत छोटा और संदेहपूर्ण है।

"सदाचारी व्यक्ति अपने लिए कभी उस आनंद को पसंद नहीं करता, जो उसे दूसरे के मूल्य पर प्राप्त होता है और जिससे वे इसलिए व्याकुल हो जाते हैं कि वह उनके लिए अपयश और उसी के तुल्य रूप कारण बनता है। इस कारण से धर्म के आधार पर खड़ा होकर मैं अपने व्यक्तिगत हित के आरोप को अकेले ही बिना किसी दूसरे को पीड़ा पहुँचाए वहन करूँगा। अगर मेरे पास स्वयं पर नियंत्रण रखने की शक्ति की कमी हो तो कहूँगा, ऐसी कौन सी परिस्थितियाँ मुझे बनानी चाहिए, जिससे कि इन लोगों की मेरी तरफ से रक्षा हो? इस तरह अपनी जिम्मेदारियों, मेरे अपने धर्म और मेरी दागरहित प्रसिद्धि का ध्यान रखते हुए और उसकी भलाई के बारे में सोचते हुए, मैं स्वयं को अपने भावों के वश में होने की अनुमति नहीं देता।" वर्तमान समय के नैतिकतावादी व्यभिचार के विरुद्ध इससे बेहतर और कुछ नहीं कह सकते कि इसमें विश्वासघात शामिल है तथा इस कृत्य के चलते, जिसके साथ विश्वासघात होता है, उसके साथ हुआ अपराध है।

धर्म अकसर कामुक उत्तेजना की निंदा करता है और यहाँ तक कि इसके पूरी तरह से दमन की भी सिफारिश करता है। हो सकता है कि यह सोच गैर-तार्किक हो, लेकिन

अनुचित नहीं है। संभव है कि वैध तरीके से किए गए यौन-क्रीड़ा के अभ्यास में कुछ मर्यादाहीन या अनैतिक नहीं है, अपितु यह भी सत्य हो सकता है कि इस तरह के सभी श्रेष्ठ विशेषताओं जैसे—संवेदना, निष्ठा, प्रेम, आत्मसमर्पण, जो भी परोपकारिता शब्द के भीतर सम्मिलित हैं, वे सभी प्रजनन संबंधी सहज ज्ञान से ही प्रस्फुटित हुए हैं। लेकिन कामुक क्रीड़ा बस यहीं तक सीमित नहीं रही, जैसेकि पशुओं में अपनी नस्ल को आगे बढ़ाने के लिए होती है, न कि किसी विपरीत लिंग की चाह में और न ही केवल वंश वृद्धि की चाह में, बल्कि यह अपने आप समाप्त भी हो जाती है। ऐसा कभी-कभार ही नहीं होता कि एक स्त्री की पोशाक इस तरह की होती है कि खासतौर पर उन अंगों, जो कामुक क्रिया में सम्मिलित होते हैं, को बहुत उभार के साथ प्रदर्शित किया जाए। इसके अतिरिक्त संभोग की भूख को शांत करने के लिए इसमें अधिक-से-अधिक शामिल होना इतना अधिक डरावना होता है कि इसके साथ जुड़ी पाप की भावना को न्यायोचित ठहराया जाता है। वेश्यावृत्ति, गर्भपात, निरोधक, जल्दबाजी, यौन रोग, तलाक, दोषपूर्ण अभिभावकता, पालन-पोषण में अक्षमता अनैतिक ढंग से की गई यौन क्रिया के दूषित परिणाम हैं।

अग्नि की तरह ही यौन क्रिया भी एक बहुत अच्छी सेवक होती है, लेकिन बहुत ही बुरी स्वामी होती है। बहुत कम ऐसे लोग होते हैं, जो इसके प्रज्वलन से सकुशल बच निकलते हैं। प्रजनन संबंधी चाह पर विजय प्राप्त कर लेने की शक्ति, यहाँ तक कि धर्म के लिए कुछ रूपों में, जहाँ पर इसके वशीभूत न हुआ जाए, तो बहुत अच्छी सिद्ध होती है। धार्मिक संस्कारों और प्रथाओं की बहुत बड़ी संख्या और कुछ नहीं, अपितु कामुक क्रियाओं का सांकेतिक प्रस्तुतीकरण होती है। बीते समय के धार्मिक त्योहारों का कामुक मदनोत्सव और हाल के ही समय के बहुत खर्चीले धार्मिक संस्कारों की उत्पत्ति जननीय आवेग के अत्यधिक प्रभावशाली चरित्र की ऋणी है। इसलिए यह केवल स्वाभाविक है कि कामुक क्रिया के अनुपयुक्त तरीके से किए जानेवाले कृत्यों के खिलाफ खास हिदायतों को दिया जाए।

हालाँकि धर्म सभी अवैध यौन क्रियाओं का निषेध करता है, पर वह इसका समर्थन नहीं करता कि जो लोग उच्चतम स्तर की चाह जीवन में रखते हैं, उनके लिए परस्पर संभोग पूरी तरह से निषेध है। क्या सभी यौनिक संभोगों का यह स्वभाव होता है कि वे जीवन में उच्च स्तर पर जाने के बीच एक बाधक हैं, अगर ऐसा था तो सिद्धार्थ के लिए यह संभव ही नहीं था कि वे बोधि को प्राप्त करते। सिद्धार्थ न केवल शादीशुदा थे, बल्कि एक विलासितापूर्ण जीवन भी व्यतीत करते थे। धर्म क्यों यौन संभोग क्रिया की निंदा करता है, इसलिए क्योंकि यह आनंद की लालसा व्यक्ति के मन में उत्पन्न करता है और यह विभिन्न प्रकार के स्नायु विकारों का कारण बनता है। हालाँकि तथाकथित विवाह

का उद्देश्य प्रजातियों का संरक्षण था, लेकिन वास्तव में विवाह बंधन को अपनी प्रजाति को संरक्षित करने के लिए नहीं किया जाता, बल्कि इसे पूरी तरह से व्यक्तिगत हित और सामनेवाले व्यक्ति के साथ संबंध बनाने का आनंद लेने के लिए किया जाता है।

एक पत्नी या पति का चयन काफी हद तक सांसारिक रीति-रिवाजों और भौतिक हितों को ध्यान में रखकर ही किया जाता है, इसमें न तो स्वास्थ्य, न सुंदरता, न ही बौद्धिक क्षमता और दिल के किसी मोल का ध्यान रखा जाता है। धर्म को उस विवाह से किसी तरह की कोई आपत्ति नहीं हो सकती, जिसे मनुष्य केवल अपनी प्रजाति को आगे बढ़ाने के उद्देश्य से करता है। कुछ बौद्धधर्मी विचारधाराओं ने इस विचार को पोषित किया है कि एक सांसारिक व्यक्ति के लिए यह संभव है कि वह न केवल अनागामी बन सकता है, बल्कि एक अर्हत भी बन सकता है। नागसेना ने मिलिंद को उत्तर देते हुए यह स्वीकार किया कि साधारण व्यक्ति घर में रहते हुए अपनी सभी इंद्रियों का आनंद लेते हुए स्वयं को शांति, जोकि सर्वोत्तम है और जिसे निर्वाण के नाम से जाना जाता है, की अनुभूति कर सकता है। श्रद्धेय उपगुप्त ने कहा था कि बहुत से विवाहित स्त्री और पुरुष अर्हतता के फल को प्राप्त करने की ओर बढ़ते हैं। बौद्ध धर्म की कुछ पुस्तकें जैसे 'मणिचूड़ अवदाना', यहाँ तक कि बोधिसत्त्व के लिए विवाह को अत्यावश्यक मानती है, बोधि के अभिलाषी एक विचार, जिसने संभवत: जापान के विवाहित पुरोहित वर्ग को जन्म दिया।

जब युयान चुयांग को बौद्धधर्मी संघ में प्रवेश करने की अनुमति माँगी तो चीनी उच्चायुक्त द्वारा उनसे पूछा गया कि उनका भिक्षुक बनने के पीछे क्या उद्देश्य है। युवा बौद्धधर्मी ने उत्तर दिया, "इस कदम को उठाने के पीछे मेरा एक ही विचार है कि तथागत के धर्म की उस रोशनी को जो हमारे पास है, विदेशों में प्रसारित करना।" ठीक यही उद्देश्य था, जिसने प्रबुद्ध को संसार का त्याग करने के लिए प्रभावित किया। यदि प्रबुद्ध ने अपनी पत्नी और बच्चों को छोड़ा व बेघर होकर विचरते रहे, ऐसा इसलिए हुआ, क्योंकि कुछ गलत व्याप्त था और संसार अँधेरे में डूब चुका था। मृत्युरहित निर्वाण तक पहुँचकर वे पूरी तरह से एक ही लक्ष्यपूर्ति की ओर प्रवृत्त हो गए, वह थी—"दूसरों को राह दिखाना और उन दूसरे अनुयायियों का पथ-प्रदर्शक बनना, जो उनकी तरह ही संसार को छोड़ चुके थे, दरिद्रता और ब्रह्मचर्य का जीवन व्यतीत कर रहे थे, स्वयं अपने लिए नहीं, क्योंकि अपने से जुड़े सभी लगावों का वे त्याग कर चुके थे, बल्कि वे ऐसा संसार के निर्वाण के लिए कर रहे थे।" भिक्षुत्व केवल पीला वस्त्र धारण करने में नहीं होता, बल्कि वह भिन्न लक्ष्यत: उदास से मुक्ति में होता है; वह केवल उन नियमों का पालन करने से नहीं होता, जो आपको अर्हत बनाते हैं, बल्कि वे आपको, मोक्ष, विचारों और जीवन की शुद्धता भी देते हैं।

4. आपको केवल ऐसा कोई शब्द नहीं बोलना है, जो झूठ है, बल्कि आपको विवेकशीलता के साथ सत्य बोलना है, किसी को दु:ख पहुँचाने के लिए नहीं, अपितु प्रेमपूर्ण हृदय और बुद्धिमानी के साथ।

"जब कोई व्यक्ति किसी सभा या सम्मेलन में जाता है, उसे किसी से भी झूठ नहीं बोलना चाहिए, न ही किसी के झूठ बोलने का कारण बनना चाहिए और न ही उन लोगों के साथ सहमति जतानी चाहिए, जो झूठ बोल रहे हों; उसे किसी भी तरह के असत्य से बचना चाहिए।"

—धम्मिका सुत्त

"सच बोलो, क्रोध से मत चिल्लाओ; अगर त्याग करने को कहा जाए तो करो—इन तीन चरणों से आप दिव्य बन जाओगे।"

—धम्मपद

"झूठ बोलने की आदत का त्याग करके वह मिथ्याभाषण से बचा रहता है। वह सच बोलता है, वह सत्य से कभी भी विचलित नहीं होता, हमेशा वफादार और विश्वासयोग्य बना रहता है, वह कभी भी अपने साथियों को धोखेबाजी से नुकसान नहीं पहुँचाता।"

—तिविज्ज सुत्त

"धर्म झूठ को अपराधों में सबसे गंभीर अपराध मानता है, जिसे मनुष्य कर सकता है। कभी-कभी ही ऐसा कोई एक अपराध या दोष हो, जिसमें झूठ का प्रवेश एक अत्यावश्यक तत्त्व के तौर पर न हो। झूठ में न केवल विश्वास का दुरुपयोग शामिल होता है, बल्कि उसके मूल तत्त्व में कायरता शामिल होती है, किसी से लाभ प्राप्त करने या चोट से पीड़ा पहुँचाने की इच्छा, जिसे खुले तौर पर करने का हममें साहस न हो या हम उससे मिलनेवाली सजा या किसी हानि से बचना चाहते हों, जिसका सीधे तौर पर सामना करने या उसे मान लेने का साहस हममें न हो।" मिथ्या आरोप, चापलूसी, मिथ्या साक्ष्य झूठ के विभिन्न रूप या स्तर हैं।

पाखंड, जिसके लिए विचार, वाक् शक्ति और क्रिया तीनों में अनुरूपता की आवश्यकता होती है, झूठ का ही एक प्रकार होता है, जिसे चर्चों द्वारा बहुत बड़े स्तर पर प्रोत्साहित किया जाता है। समनुरूपता की नीति पर लिखे लेख में नैतिक विषयों पर लिखनेवाले एक लोकप्रिय व प्रसिद्ध लेखक द्वारा कहा गया—"इतिहास के विद्यार्थी देखते हैं कि पाखंड और मिथ्या समनुरूपता हमेशा ही धार्मिक धावा बोलनेवाला और उनके नैतिक प्रभाव का बहुत गहरा दोष रहा था। ठीक उसी तरह से जैसे झूठ बोलना

राजनीतिज्ञों का, छल-कपट वकीलों का और चिकित्सकों का नीम-हकीमी जाना-पहचाना दोष है।"

'झूठ बोलो और शैतान को शर्मिंदा करो' एक कहावत है, जिसका जन्म एक चर्च से हुआ, जिसका शुरुआती समय में प्रतिनिधित्व करनेवाले लेकी के अनुसार—"एक खास वचन को निर्धारित करना, जिसमें धर्मपरायण धोखा शामिल हो, न्यायोचित यहाँ तक कि प्रशंसनीय भी होता था।"

झूठ बोलने के कुछ महत्त्व के संबंध में एक प्रश्न झूठ की आवश्यकता का निहित होता है। क्या सभी परिस्थितियों में बोला गया झूठ गलत होता है या कुछ ऐसी परिस्थितियाँ हैं, जिनके अंतर्गत झूठ बोलने की अनुमति मिलती है या आवश्यकता होती है? "यौन क्रिया संतुष्टि, विवाह, गाय द्वारा खाए गए भोजन, बलिदान के लिए उत्तेजक बात, एक ब्राह्मण के लाभ या मिलनेवाले संरक्षण के मामले की शपथ में किसी तरह का पाप नहीं लगता।" ऐसा मनु संहिता में कहा गया है।

महाभारत में श्रीकृष्ण कहते हैं—"इन पाँच तरह के मिथ्या भाषणों को पापरहित घोषित किया गया है।" इसी पुस्तक में एक-दूसरे स्थान पर कृष्ण खुले तौर पर सम्मान और श्रेष्ठ कर्मों के सभी नियमों का उल्लंघन करने के आरोपी बनते दिखते हैं; जिसके लिए ईश्वर पहले तो सतही तौर पर आकर्षक दिखनेवाले तर्कों (जैसे को तैसा) का उपयोग करते हैं, फिर सभी तरह के छद्म वेश धारण करते हैं और कहते हैं—"इस व्यक्ति को न्यायसंगत माध्यमों से नहीं मारा जा सकता था और न ही तुम्हारे किसी शत्रु का वध हो सकता है, अगर मैं इस पापपूर्ण तरीके से कर्म नहीं करता।"

हालाँकि बौद्ध धर्म में लक्ष्य का बहुत अधिक महत्त्व जुड़ा हुआ है[2] वही एक कर्म को निर्धारित करता है, हालाँकि यह एक कर्म को उस स्थिति में मासूम ही मानता है, यदि उसे करते समय हृदय में किसी तरह का कोई पाप छुपा हुआ न हो, फिर भी झूठ बोलने के मामले में बौद्ध धर्म में किसी तरह का कोई समझौता नहीं किया जाता। इसका केवल यही आदेश है; सत्य को विवेशीलता के साथ बोलो, लेकिन हमेशा सत्यवादी बने रहो; चाहे स्थिति जो भी हो, कभी भी सत्य में किसी तरह का बदलाव या छल-कपट न करो; सत्य से सदैव प्रेम करो, भले उसके लिए तुम्हें शहीद ही क्यों न होना पड़े। सत्य को दूसरे लोगों की भलाई के लिए उजागर अवश्य करना चाहिए, फिर चाहे ऐसा करने से इसे उजागर करनेवाले को हानिकारक परिणाम प्राप्त हो। क्या सत्य और अच्छाई अभिन्न रूप से एक-दूसरे से जुड़े हुए नहीं हैं? क्या ऐसा नहीं होता कि पूर्णतः सत्य अपने साथ सदैव धैर्य लेकर आता है? किस प्रकार से वह व्यक्ति, जो ज्ञान और ज्ञानोदय की इच्छा रखता है, इतना स्वार्थी और कायर हो सकता है कि वह अपनी जुबान से असत्य कहे?

5. [3]आपको ऐसा कुछ भी ग्रहण नहीं करना है, जो मादकता से परिपूर्ण हो।

"वे गृहस्थ लोग, जो धर्म की शरण में आनंद महसूस करते हैं, उन्हें किसी भी तरह के मादक पदार्थों के सेवन के कार्य से दूर रहना चाहिए, उन लोगों के कार्यों को भी अनुमति नहीं देनी चाहिए, जो यह जानते हुए कि इसका परिणाम उन्माद होगा, मादक पदार्थों का सेवन करते हैं। "अज्ञानी लोग मादक पदार्थों के सेवन के असर में पाप करते हैं और दूसरे लोगों को भी पीने के लिए उकसाते हैं। आपको इससे दूर रहना चाहिए, क्योंकि यह दोषों, उन्माद और अज्ञानता का कारण बनता है—हालाँकि यह अज्ञानी लोगों के लिए आनंददायक होता है।"

—धम्मिका सुत्त

"मादक पदार्थों का सेवन व्यक्ति के लिए अपनी वस्तुओं और प्रतिष्ठा को खोने, लड़ाई -झगड़े, बीमारी, पोशाक की निर्लज्जता, सम्मान में कमी और अध्ययन में अक्षमता का कारण बनता है।"

—सिंगालोवाद सुत्त

प्राचीन भारत में मादक पेय पदार्थों का उपयोग बहुत आम था। वैदिक ब्राह्मण बहुत अधिक सोम मदिरा और शक्तिशाली मदिरा का सेवन करने में लिप्त रहते थे। उनके ईश्वर को भेंट व आभार स्वरूप प्रस्तुत करने के लिए स्वीकार की जानेवाली सोम मदिरा थी। ऋग्वेद में हम पढ़ते हैं—"पुण्य आत्माओं से प्रार्थना है, आपकी उपस्थिति चाहते हैं, इंद्र और अग्नि! आप दोनों के आनंद के लिए समर्पित है, सोम मदिरा। सभी वस्तुओं के स्वामी, इस बलिदान के लिए पवित्र घास पर विराजमान हों, इस परोसी गई मदिरा का सेवन कर आनंदित हों।"

सोमरस को पीने का उद्देश्य मुखरता के साथ उन्मादित होना था। इसी तरह से सुरा, एक आसुत मदिरा को भी देवताओं को भेंटस्वरूप प्रस्तुत किया जाता था। सौत्रमणि और वाजपेय संस्कारों में तेज ताड़ी, मदिरा की बहुत खास विशेषता होती थी।

हिंदुओं के इतिहास में ऐसा कोई भी समय नहीं रहा, जहाँ वे आनंद के एक माध्यम के तौर पर मादक पेय पदार्थों के सेवन से स्वयं को रोककर रखते हों। धर्म सूत्र में संहिताओं के सोम और सुरा के अतिरिक्त हम माद्धिका या मोवा, ताला या आज की शराब और अन्य मदिराओं का भी जिक्र पाते हैं। रामायण में विश्वामित्र के द्वारा कहा गया है कि ऋषि वसिष्ठ ने मैरेय (आज की रम) और सुरा से उनका आतिथ्य-सत्कार किया। सीता, जब जंगल में जाने के लिए गंगा नदी पार कर रही थीं, तो उन्होंने गंगा देवी को वचन दिया था कि वे वापस घर लौटने पर उनकी पूजा एक हजार जार भरकर ताड़ी से करेंगी। ठीक इसी तरह से यमुना नदी को पार करते हुए उन्होंने यमुना देवी को वचन

दिया था कि उनके पति का संकल्प पूरा हो जाने पर वे सौ ताड़ी के जारों के साथ उनका पूजन करेंगी। रामायण की अंतिम पुस्तक में राम द्वारा सीता को शुद्ध मैरेय पीने के लिए दिया गया और उन दोनों का सत्कार अप्सराओं के द्वारा किया गया, जो मदिरा के मद में उन्मादित थीं।

महाभारत में कृष्ण और अर्जुन का विवरण देते हुए बताया गया है कि उनकी आँखें माधवी और अस्व पीने के कारण लाल हो गई थीं। मनु कहते हैं, "पीने में किसी तरह की भ्रष्टता नहीं है; हालाँकि, "सदाचार के तौर पर इससे परहेज करने से सांकेतिक दंड उत्पन्न होता है।" मिताक्षरा के अनुसार, "ब्राह्मण अकेले सभी तरह की मादक मदिरा से परहेज करते हैं, क्षत्रिय और वैश्य ताड़ी या पायशती तथा शूद्र जो चाहे वह पी सकते हैं।"

एक तांत्रिक पुस्तक में शिव अपनी पत्नी से कहते हैं—"हे मधुरभाषी देवी, ब्राह्मणों का निर्वाण मदिरा पीने पर निर्भर करता है। हे पर्वत पुत्री मैं तुमसे एक सत्य, महान् सत्य कहता हूँ कि ब्राह्मण, जो पीने में साथ देता है और उसकी संगति उसी क्षण शिव बन जाती है।"[4]

बौद्धधर्मी सर्वप्रथम थे, जिन्होंने भारत में सबसे पहले शक्तिशाली मादक पेय पदार्थों को पीने से पूरी तरह से निषेध किया। इसका कारण कि क्यों धर्म द्वारा मादक पेय पदार्थों को पीना निषेध किया, यह था कि मादक पेय पदार्थों का सेवन व्यक्ति को गैर-तार्किक तरीके से काम करने से रोके बिना तार्किक तौर पर विचार-विमर्श करने में अक्षम बना देता है। मदिरा सेवन करनेवालों को दूसरे लोगों के साथ गैर-तार्किक तरीके से व्यवहार करने और संभवत: गाली-गलौज करने की ओर बढ़ाता है। जैसाकि सर्वविदित है कि बहुत से अपराधों की जड़ मदिरा सेवन ही होता है। इसलिए खुद को ऐसी स्थिति में डालने का अर्थ यह भी होता है कि आप दूसरे लोगों को असुरक्षित करते हैं।

मदिरा मांस-तंतु का निर्माण करने के बजाय उष्मा उत्पादक होती है। यह निश्चित है कि जितनी मदिरा का सेवन किया जाता है, उसके एक हिस्से का प्रदाह हो जाता है, लेकिन इसका एक बहुत बड़ा भाग वाष्प के रूप में खाली हो जाता है, जैसाकि मदिरा पीनेवाले की साँस से सिद्ध हो जाता है और जिस भाग का प्रदाह होता है, उसका कोई खास लाभ मांस तंतु के निर्माण के लिए नहीं होता है। यहाँ तक कि डॉ. अटवर द्वारा किए गए प्रयोग भी यह साबित नहीं करते कि मदिरा आवश्यक भोजन में शामिल होती है; ऐसा कहा जाता है, यह कुछ ऐसा है, जो शरीर गठन में सम्मिलित होने में सक्षम होता है। छोटी मात्रा में ग्रहण की गई मदिरा तंत्रिका प्रणाली के लिए उत्तेजक के तौर पर काम करती है; बहुत ही थोड़ी मात्रा में और कुछ मामलों में यह एक औषधि के तौर पर उपयोगी हो सकती है। लेकिन इसके कारण मुसीबतें जितनी अधिक आती हैं, उसके मुकाबले इसकी अच्छाई न के बराबर है।

बौद्ध धर्म के अनुसार मादक पेय पदार्थ और प्रेम छह बरबाद करनेवाली चीजों में से एक है। अन्य पाँच चीजों में बिना कारण गलियों में भटकना, नृत्य, खेल और तमाशे के लिए बहुत अधिक जुनून; जुआ खेलना[5], हमेशा खराब संगत में रहना, अपने कर्तव्यों को पूरा करने में सुस्ती और लापरवाही करना। "बिना किसी वजह के गलियों में घंटों घूमते रहना व्यक्ति को बहुत बड़े खतरे में डाल देता है तथा अपने परिवार से दूर रहना उसे अपनी पत्नी की पवित्रता और बेटी को असुरक्षित छोड़ने पर विवश कर देता है; और इससे अधिक, इस तरह उसकी संपत्ति लुटेरों द्वारा लूटपाट की जा सकती है। ठीक इसी तरह यह भी संभव है कि उसे चोरों द्वारा उठाकर ले जाया जाए और उनके साथ उसे भी सजा का पात्र बनना पड़े।

प्रदर्शनों के लिए व्यक्ति का जुनून उसे उसके पेशे से दूर कर देता है और उसे अपनी जीविका को सुचारु रूप से चलाने से रोकता है। जुआ खेलने में सफलता के पीछे–पीछे साजिश और कलह भी आती है; कड़वाहट से हानि और दिल के दुखने के साथ–साथ भाग्य का नाश भी होता है। एक जुआरी की बातों का न्याय के मंदिर में कोई मोल नहीं होता, उसके मित्रों और सगे–संबंधियों के द्वारा उसका तिरस्कार किया जाता है और उसे विवाह के योग्य भी नहीं माना जाता। सदैव बुरी संगत में रहना व्यक्ति को बदनाम स्त्रियों के घर, शराबी बनने और, धोखेबाजी तथा लूट और सभी तरह के विकारों की ओर ले जाता है। अंततः आलसी मनुष्य, जो अपने कर्तव्यों को पूरा करने में असमर्थ रहता है, वह नई संपत्ति अर्जित नहीं कर पाता और उसके पास जो पहले से मौजूद संपत्ति है, वह भी खो जाती है।"

चीनी 'ब्रह्मजाल सुत्त' में एक बौद्धधर्मी द्वारा···और मदिरा बेचे जाने और यहाँ तक कि उसकी बिक्री को बढ़ाने से भी निषेध किया गया है। क्योंकि इस तरह की चीजें दूसरों को किसी तरह का पाप करने के लिए प्रेरित कर सकती हैं।

"शराब एक दंभी के घमंड की वस्तु है,
एक बदसूरत, निर्वस्त्र, कायर लोगों के लिए जरूरी
जिसकी संगत में कलह और बदनामी होती है,
यह एक ऐसा घर है, जिसकी शरण में चोर और वेश्या जाते हैं।"

—कुंभा जातक

6. आपको न तो कसम खानी चाहिए और न ही अभद्र भाषा का उपयोग या निरर्थक और बेकार की बातों में शामिल होना चाहिए, बल्कि आपको शालीनतापूर्वक और आदर के साथ बात करनी चाहिए अथवा शांत रहना चाहिए।

"मूर्ख व्यक्ति, जो क्रोधित होता है और यह समझता है कि वह गाली-गलौज और गलत भाषा का उपयोग कर जीत प्राप्त कर लेगा, वह हमेशा ही उस व्यक्ति से परास्त होता है, जो धैर्यपूर्ण शब्दों का उपयोग करता है।"

—उदानवार्गा

"मूर्खतापूर्ण बातों से अलग रहकर व्यक्ति स्वयं व्यर्थ की बातचीत से खुद को दूर रखता है। अवधि में वह बात करता है; वह उसके बारे में बात करता है, जो है; वह तथ्यों के बारे में बात करता है; वह अच्छे सिद्धांतों के बारे में बात करता है; वह अच्छे अनुशासन के बारे में बात करता है; वह सही समय पर बात करता है, जो फायदे की वापसी का होता है, जो पूरी तरह से बुनियादी, अच्छी तरह से परिभाषित और ज्ञान से परिपूर्ण होता है।"

—तिविजा सुत्त

"दूसरों के प्रति खराब और अभद्र शब्दों तथा अहंकारी व अपमानित करनेवाले व्यवहार से नफरत और रोष बढ़ता तथा विकसित होता है। किसी के शब्दों का विरोध करना, औरों के साथ शालीनता से बातचीत करना, धैर्य और ये सभी बुरे परिणाम व्यक्ति का विनाश करनेवाले होते हैं। व्यक्ति का भविष्य उसके मुख से निकले शब्दों पर निर्भर करता है और इसलिए बुरे शब्दों के साथ आत्मविनाश भी आता है।"

—चीनी धम्मपद

"व्यक्ति की वाणी शेर की भाँति साहस से भरी और खरगोश की तरह विनम्र और सौम्य, सर्प की तरह प्रभावशाली, तीर के समान लक्ष्य की ओर निर्धारित एवं ठीक तरह से संतुलित होनी चाहिए।"

—एक बौद्धधर्मी कहावत, जो तिब्बत से है।

मनुष्य, जो उच्चतम स्तर के जीवन की तलाश में हो, उसे सांसारिक लक्ष्यों और सभी विलासी स्वादों और बिना किसी लाभ के आनंदों का त्याग करना ही होता है; उसे सभी व्यर्थ के साथ-साथ शरारती शब्दों से भी परहेज करना ही होगा; उसे महान् लोगों के बारे में गपशप करने से बचना चाहिए; उसे मांस, नशीले पेय पदार्थों, कपड़ों, सुगंध, शयन, चौपहिया गाड़ी, स्त्री,...भविष्य बताने, छुपे हुए खजाने, लघुकथाओं और न ही उन व्यर्थ की कहानियों के बारे में बात करनी चाहिए, जो चीजें हैं या जो चीजें नहीं हैं। जैसाकि बयालिस अध्यायों का सूत्र कहता है—"अकेले एक अच्छे व्यक्ति को बढ़ावा देना, भलाई के लिए प्राप्त होनेवाले अंकों के तौर पर बात करें तो स्वर्ग और पृथ्वी, आत्माओं और दानवों के बारे में किए जानेवाले प्रश्नों में शामिल होने से बहुत बेहतर है,

क्योंकि ये सब साधारण व्यक्तियों को उलझाए रखते हैं।"

7. आपको न तो अमंगलकारी जानकारियों की खोज करनी चाहिए और न ही उन्हें दोहराना चाहिए। आपको दूसरों की आलोचना नहीं करनी चाहिए, बल्कि अपने साथियों में मौजूद अच्छी बातों पर ध्यान देना चाहिए, जिससे कि आप पूरी गंभीरता के साथ उनके शत्रुओं से उनकी रक्षा कर पाएँ।

"दूसरों की झूठी निंदा करने से दूर रहकर व्यक्ति मिथ्या आरोपों से दूर रहता है। जो बातें वह यहाँ पर सुनता है, उन्हें वह कहीं और नहीं दोहराता, जिससे कि यहाँ के लोगों के खिलाफ झगड़ा शुरू हो जाए; वह जो बातें कहीं और सुनता है, उन्हें यहाँ आकर इसलिए नहीं दोहराता, जिससे कि वहाँ के लोगों के खिलाफ झगड़ा आरंभ हो जाए। इस तरह वह उन दो लोगों को एक साथ बाँधने का काम करता है, जो आपस में बँटे हुए हैं, उनके लिए प्रोत्साहक होता है, जो आपस में मित्र बन सकते हैं, एक शांति बहाली करनेवाला, शांति-प्रेमी, शांति के लिए उत्सुक, उन शब्दों को दोहरानेवाला, जिससे शांति बहाली होती है।"

—तिविज्ज सुत्त

"न ही दूसरों की असफलता और न ही उनके द्वारा किए गए या धोए गए पाप, बल्कि उसका स्वयं के कुकर्म और लापरवाहियाँ ही वे चीजें होती हैं, जिन पर बुद्धिमान लोगों का ध्यान रहता है।"

—धम्मपद

"कुकर्मी, जो ज्ञान की निंदा करता है, उस व्यक्ति के समान होता है, जो आसमान की ओर मुँह करके थूकता है; उसका थूका हुआ कभी आसमान तक नहीं पहुँचता, बल्कि नीचे आकर उस पर ही गिरता है। एक बार फिर, कुकर्मी उस व्यक्ति की तरह होता है, जो हवा के रुख के विरुद्ध धूल को भड़काता है; इस तरह धूल उसे स्वयं को नुकसान पहुँचाए बिना ऊपर नहीं उठती। इस प्रकार से बुद्धिमान व्यक्ति खुद को कभी नुकसान नहीं पहुँचने देता और कुकर्मी को बरबाद करने का श्राप अवश्य ही उसे बरबाद कर देता है।"

—चवालिस अध्यायों का सूत्र

गलत बातों की खोज करना और उन्हें दोहराना केवल झूठ के अलग-अलग रूप हैं। "व्यक्ति को स्वयं को दोषी और दूसरों को अच्छा बताना चाहिए; इसलिए व्यक्ति को अपने अंदर की बुराई का त्याग करना चाहिए और दूसरों के अंदर मौजूद अच्छाई की नकल करनी चाहिए।" ऐसा बोधिचर्यावतार का कहना है।

8. आपको कभी अपने पड़ोसी के पास मौजूद वस्तुओं का लालच नहीं करना चाहिए, बल्कि दूसरे लोगों के सौभाग्य पर उनके लिए प्रसन्न होना चाहिए।

उदारता, शिष्टाचार, परोपकारिता, दयालुता; यह इस संसाररूपी घूमते हुए पहिए के धुरे की कील होती हैं।"

—सिंगाल सुत्त

"मूर्ख स्वयं अपने ही लालच के बीच घिरा होता है और उस घेरे से बाहर निकलना ही नहीं चाहता। लालच से प्राप्त किया धन-संपत्ति और कामातुर विलासिता से वह बरबाद हो जाता है तथा वह खुद अपने ही कारण बरबाद होता है। लालच से भरा हुआ दिमाग एक ऐसे खेत की तरह होता है, जिसकी उपज जोरू का गुलाम, क्रोध और भ्रम होती हैं। इसलिए बुद्धिमान व्यक्ति सभी तरह की लालची इच्छाओं को अपने से दूर कर देता है।"

—धम्मपद

दूसरों की परवाह किए बिना या दूसरों के खर्च पर केवल अपने लाभ के विषय में सोचना स्वार्थ होता है। ईर्ष्या भाव, स्वार्थ का एक बहुत ही गहरा भाव होता है, जो दूसरों की पीड़ा और परेशानी में आनंद प्राप्त करता है, जबकि उससे उसको कोई लाभ प्राप्त नहीं होता। निरंतर प्रतियोगिता की स्थिति सहज प्रवृत्ति की नस्ल होती है और इसके समानुपात में ही व्यक्ति सफलता के लिए लालची हो जाता है, वह उन लोगों से नफरत करने लगता है, जो उससे अधिक सफल होते हैं और यदि अंततः वे नीचे गिर जाते हैं तो उनके दु:ख में आनंद प्राप्त करता है। एक कवि द्वारा ईर्ष्या को बहुत ही अच्छे तरीके से परिभाषित करते हुए कहा गया है—"कभी न खत्म होनेवाली रात की जलन है, वह अग्नि जो जलाती है और कोई प्रकाश नहीं देती।"

9. आपको अपनी सभी ईर्ष्या, क्रोध, द्वेष और बुरी इच्छाओं को दूर कर देना चाहिए और उन लोगों के विरुद्ध भी अपने मन में नफरत नहीं रखनी चाहिए, जिन्होंने आपको नुकसान पहुँचाया है, बल्कि सभी को प्रेम, दया और परोपकारिता के साथ अपनाना चाहिए।

"व्यक्ति को क्रोध से बाहर प्रेम के द्वारा निकलना चाहिए; उसे बुराई से बाहर अच्छाई के द्वारा निकलना चाहिए, उसे लालच से बाहर उदारशीलता के साथ आना चाहिए और झूठ से सच के साथ बाहर आना चाहिए। किसी भी समय नफरत को दूर करने के लिए नफरत का साथ नहीं लिया जाता; नफरत को प्यार से ही दूर किया जाता है, यही इसका वास्तविक स्वभाव है।"

—धम्मपद

"उस व्यक्ति के लिए जिसने मेरे साथ मूर्खता के कारण बुरा किया है, मुझे उसे अपने उन्मुक्त प्रेम का संरक्षण वापस देना चाहिए; उसकी ओर से जितनी अधिक बुराई आए, मेरी ओर से उसकी तरफ उतनी ही अच्छाई जानी चाहिए।"

—बयालिस अध्यायों का सूत्र

"अच्छाई के बदले में अच्छाई देना बहुत नेक कर्म होता है, लेकिन बुराई के बदले में अच्छाई देना उससे भी श्रेष्ठ कर्म होता है।"

—बोधिचर्यावतार

"अच्छे लोग दया भाव से उन लोगों के लिए भी पिघल जाते हैं, जिन्होंने उनके साथ बुरा कर नुकसान पहुँचाया है।"

—अवधाना कल्पलता

"एक प्रेमपूर्ण हृदय बहुत बड़ी आवश्यकता होती है! आबाद करने के लिए नहीं, बरबाद करने के लिए,...दूसरों को नीचा दिखाकर कोई अपनी प्रशंसा नहीं करे, बल्कि उन लोगों की पीड़ा में आराम पहुँचाने और उनकी सहायता करना।"

—फॉ-शॉ-हिंग-तान-किंग

"शुद्ध विचारों और प्रेम से परिपूर्ण होकर मैं दूसरों के साथ वह करूँगा, जो मैं अपने साथ करता हूँ।"

—ललितविस्तर

"धर्मात्मा (जब घायल होता है) तो वह अत्यधिक दु:खी अपने दु:ख से नहीं होता, बल्कि वह दु:खी खुद को ठेस पहुँचानेवाले के द्वारा खुशियों के हनन से होता है।"

—जातकमाला

"सारी चोटें, अपमान और निंदा, जो दूसरों को पड़नेवाली हैं, उसे उन्हें स्वयं पर ले लेना चाहिए। वे अपने सदाचार और उत्कृष्टता से दूसरे के व्यवहार को ढक लेते हैं, कदाचित् वे दूसरों के निस्तेज को ढक लेते हैं।"

—चीनी ब्रह्मजाल सुत्त

न्याय व्यक्ति से संबंधित होता है, क्योंकि वह उपस्थित होता है, उसकी माँग करता है, हमें नीतिगत साधनों के साथ दूसरों के अधिकारों का सम्मान और उनकी रक्षा करने के साथ-साथ अपने अधिकारों की भी रक्षा करनी चाहिए। इसलिए कहा जाता है—"दूसरों के साथ वही व्यवहार करें, जो आप चाहते हैं कि वे आपके साथ करें।" इसलिए कहते

हैं कि प्रत्येक को वही वापस मिलता है, जो उसने दिया होता है, लेकिन उस व्यक्ति की नैतिकता, जिसकी आँखें भविष्य की ओर निर्देशित होती हैं, हमें बताती हैं कि न्याय के कर्तव्य को निष्पक्षता और उदारशीलता के साथ संपूरित किया जाना चाहिए। निष्पक्षता हमसे यह माँग करती है कि हमें उन दावों और कर्मों का त्याग कर देना चाहिए, जिन पर हमारा निर्विवाद रूप से सैद्धांतिक अधिकार है, जिससे कि हमारे हितों का विकास दूसरों के लिए अपेक्षाकृत बड़े नुकसान का कारण न बन सके। उदारशीलता माँग करती है कि हम व्यक्तिगत जख्मों को नजरअंदाज करें और बदला लेने के अवसरों को न अपनाएँ, हालाँकि वे हमारे समक्ष आते हैं।

सीख—'अपने पड़ोसी से उसी प्रकार प्रेम करें, जैसे स्वयं से करते हैं', मात्र संदिग्धता नहीं है, बल्कि यह हानिकारक परिणामों की ओर भी अग्रसर करती है। अगर एक व्यक्ति स्वयं से बहुत क्रूर, बचकाने और कायरतापूर्ण ढंग से प्रेम करता है तो वह अपने पड़ोसियों से भी उसी तरह से प्रेम करेगा। अगर एक व्यक्ति स्वयं से नफरत करता है तो फिर उपरोक्त तर्क के आधार पर हमें यह कहना होगा कि उसे दूसरों से भी नफरत करनी होगी। बौद्ध धर्म की सीख निश्चित है और यह हमसे चाहती है कि हम अपने आप से उस तरह से प्रेम करें, जो हितकारी और ज्ञान से परिपूर्ण हो, जो विशाल और संपूर्ण हो। एक व्यक्ति को प्रभावशाली ढंग से उदार बनने के लिए आत्मविश्वासी, शांतचित्त और उन सभी बातों के बारे में स्पष्ट समझ होनी चाहिए, जो उससे संबंधित हैं।

यदि आपसे अपने शत्रु से प्रेम करने और बुराई के बदले अच्छाई करने के लिए कहा जा रहा है, तो ऐसा इसलिए कहा जा रहा है, क्योंकि जैसाकि बोधिचर्यावतार कहता है—"शत्रु वह व्यक्ति है, जो यदि आप उसे केवल प्रेम करते हैं, तो आपकी मदद बोधि को प्राप्त करने में कर सकता है।"

व्यक्ति को नफरत से नफरत करनी चाहिए और उस व्यक्ति से नफरत नहीं करनी चाहिए, जो नफरत करता है। इसका अर्थ यह नहीं है कि यदि व्यक्ति को दाएँ गाल पर मारा जाता है तो उसे अपना बायाँ गाल भी मार खाने के लिए आगे कर देना चाहिए, लेकिन इसका अर्थ यह है कि हमें बुराई के साथ अच्छाई से लड़ना चाहिए। बुराई की धैर्ययुक्त गैर-प्रतिरोधकता में किसी तरह की नैतिकता नहीं होती। एक मेमने का दब्बूपन प्रशंसनीय है, लेकिन अगर यह केवल एक शेर के लोभ का शिकार बनने की ओर बढ़ाए तो इसका कोई लाभ नहीं है। जैसे—पाखंड और अहंकार, ईर्ष्या और लालच, छल-कपट और बेईमानी, हठ और विकृति, घमंड और व्यर्थ की प्रशंसा, असंतोष और लापरवाही, दैहिक आलस्य और बौद्धिक निष्क्रियता, क्रोध और बैर भाव दिमाग को कमजोर बना देते हैं और इसे असरवस का विनाश करने में अक्षम बना देते हैं। क्रोध और नफरत के कारण यह संसार लड़ाई-झगड़ों, कलह-विवादों और एक-दूसरे से वैर भाव

के प्रभाव में है। इसलिए कठिन प्रयास करनेवाला बौद्धधर्मी अपने दिमाग को प्रेमरूपी विषहर से अभ्यंजित करता है।

"इसलिए प्रेम की अनुभूति व्यक्ति के अपने संगे-संबंधियों,
और उसी तरह अजनबियों और सारे संसार के लिए भी होनी चाहिए,
उसे एक प्रेमपूर्ण हृदय में व्याप्त होना चाहिए—
बुद्ध का यही सिद्धांत है।"

प्रबुद्ध बार-बार अपने अनुयायियों पर मैत्री या सार्वभौमिक प्रेम के कर्तव्य का अभ्यास करने के लिए जोर देते थे। मैत्री को काम और प्रेम (प्रिया, प्रीति) की संज्ञा के साथ उलझाना नहीं चाहिए। पहले जिसकी बात की गई है, अर्थात् काम का अर्थ कामुक क्रिया से है, जिसे आध्यात्मिक विकास में बाधक (संयोजन) के तौर पर देखा जाता है। जबकि बाद में जिसके बारे में बात की गई है, उसका अर्थ स्वाभाविक लगाव और मैत्रीपूर्ण व्यवहार से है, जोकि माता-पिता और बच्चों या भाई-बहन के बीच में होता है। लेकिन क्योंकि यह पूरी तरह से स्वार्थपन के कलंक से मुक्त नहीं होता है, इसलिए इसे सर्वश्रेष्ठ आदर्श नहीं माना जाता। 'मैत्री' शब्द पूरी तरह से पूर्ण रूप से प्रेम और दया भाव को प्रस्तुत करता है, क्योंकि "यह स्वार्थपूर्ण प्रेम को जकड़कर नहीं रखता।"

सुत्तनिपात के मेट्टा सुत्त में कहा गया है—जैसेकि एक माँ, अपने जीवन को खतरे में डालकर भी अपने पुत्र, एकमात्र पुत्र की रक्षा करती है तो प्रत्येक व्यक्ति को अपने भीतर मैत्री को बिना यह मापे करे कि बाकी सभी में इसकी कितनी मात्रा है। उसे मैत्री को अपने भीतर बाकी संसार, ऊपर, नीचे, आसपास, प्रचुरता और अमिश्रितता में उसकी मौजूदगी को बिना किसी भेदभाव या विरोध भाव के मापे बिना उपजाना चाहिए। एक व्यक्ति को उस मनोस्थिति में जब वह जाग रहा हो, फिर चाहे उस समय वह खड़ा, चल, बैठा या लेटा हो, दृढ़ बने रहना चाहिए। यह मनोस्थिति (चेतोविमुक्ति) संसार की सबसे बेहतर स्थिति होती है—

"न तो धोखा दें, न ही निंदा करें,
एक-दूसरे के साथ या कहीं पर भी,
क्रोधित न हों, न ही मन में छुपें
रोष को लेकर विचरते रहें।
जैसे एक माँ अपने जीवन को खतरे में डालती है
और अपने पुत्र की रक्षा करती है,
आपका प्यार भी सबके लिए इसी तरह बंधनमुक्त होना चाहिए,
बहुत ही स्नेही, दयालु और सौम्य।

हाँ, सद्‌भावना को दाएँ और बाएँ,
सभी जगह, पहले और बाद में पोषित करें,
और बिना किसी बाधा, रोक के
ईर्ष्या और नफरत से मुक्त।
आप चाहे खड़े, चल, बैठे हों,
आपके दिमाग में चाहे जो कुछ हो,
जीवन का नियम, जो हमेशा ही सबसे बेहतर होता है,
वह है, प्रेम और दया भाव से भरे रहना।"[6]

जहाँ हिंदू धर्म की धार्मिक पुस्तकें हमेशा एक स्त्री के उस प्रेम को प्रेम का उत्कृष्ट रूप मानती हैं, जोकि उसके प्रेमी के लिए होता है, तो वहीं दूसरी तरफ बौद्ध धर्म की धार्मिक पुस्तकें एक माँ का अपने पुत्र के लिए जो प्रेम होता है, उसे सबसे उत्कृष्ट प्रेम मानती हैं। यह विकास का सबसे बड़ा सत्य है कि माता का अपनी संतान के लिए प्रेम सारी मानवीय नैतिकता का स्रोत और उद्‌गम होता है। भोजन की आवश्यकता से लेकर सुरक्षा की आवश्यकता और व्यक्तिगत हित प्रजनन की उत्पत्ति से संबंधित है और इसके साथ ही अन्य स्वार्थ भाव से पूर्ण हीन भाव जैसे नफरत, डर, ईर्ष्या, क्रोध संबंधित हैं। वहीं दूसरी तरफ माता का प्रेम, जो गैर-स्वार्थपूर्ण प्रेम का रूप है, आगे चलकर उदारता और परोपकारिता में विकसित होता है और फिर आगे बढ़कर अन्य तत्त्वों, जैसे—इच्छा और कल्पना, आस्था और आशा के साथ मिश्रित होता है। माता के प्रेम का आधार बलिदान के सिद्धांत पर आधारित होता है।

मैत्री से करुणा (दया) और मुदिता (सद्‌भावना) का जन्म होता है और इसलिए यह इन दोनों से उत्कृष्ट होता है। सारे धार्मिक कर्म और उपहार एक प्रेम से परिपूर्ण हृदय के समक्ष कुछ भी नहीं हैं। एक और स्थान पर पुण्यात्मा कहते हैं—"ओ भिक्षुको, जो सुबह, दोपहर और शाम को, जो अपने हृदय में प्रेम को पोषित करता है, वह ऐसे मनुष्य का केवल एक क्षण भी उस मनुष्य से बेहतर होता है, जो सुबह, दोपहर और शाम को हजारों पात्रों में भोजन को प्रस्तुत करते हैं।" कुछ अपवादों के साथ बुद्ध के शिष्यों ने सदैव उनके प्रेम का अभ्यास करने के उपदेश का अनुसरण किया है।

भिक्षुक किस प्रकार से एक-दूसरे के प्रति प्रेम का अभ्यास करते थे, उसे इस लघुकथा में चित्रित किया गया है—"एक बार प्राचीनवम्सद्धा, पूर्वी वेणु वन की यात्रा पर जाना था। तब वहाँ पर आदरणीय अनुरुद्ध, आदरणीय नंदिका और आदरणीय किंबिला रहते थे। वन के संरक्षक ने जब बुद्ध को अपनी ओर आते हुए देखा, तो चिल्लाया, 'ओ भिक्षुक, इस वन में प्रवेश मत करो। यहाँ पर तीन महान् व्यक्ति रहते

हैं, जो सभी तरह की परेशानियों और दु:खों से मुक्त हैं, उनको परेशान मत करो!' आदरणीय अनुरुद्ध ने जब यह देखा कि वनरक्षक किस प्रकार से प्रबुद्ध को संबोधित कर रहा है, कहा, 'भाई वनरक्षक! प्रबुद्ध को मत रोको। वहाँ पर हमारे प्रबुद्ध स्वामी हैं' और आदरणीय अनुरुद्ध, आदरणीय नंदिका और किंबिला के पास गए और उनसे बोले, 'आओ आदरणीय, आओ आदरणीय, हमारे प्रबुद्ध गुरु यहाँ पर पधारे हैं।' और आदरणीय अनुरुद्ध, नंदिका और किंबिला प्रबुद्ध के पास गए। उनमें से एक ने प्रबुद्ध के झोले और हाथों के कटोरे को लिया और एक ने उन्हें बैठने के लिए उपयुक्त स्थान दिया तथा दूसरा उनके लिए चौकी, पैर धोने का पात्र और पानी चरण धोने के लिए लेकर आए।

"प्रबुद्ध उस चौकी पर बैठे और अपने आप को तैयार कर अपने पैर धोए। और आदरणीय शिष्यों के आदर-सत्कार का कार्य पूरा होने के बाद वे उनके पास बैठ गए और प्रबुद्ध आदरणीय अनुरुद्ध से इस प्रकार बोले, 'ओ अनुरुद्ध, आप कैसे हो? क्या आपके पास अपना जीवन ठीक से निर्वाह करने के लिए पर्याप्त साधन हैं? क्या आपको दान की आवश्यकता नहीं है?' 'हम लोग बहुत अच्छे से अपना निर्वाह कर रहे हैं, प्रबुद्ध! प्रबुद्ध, हमारे पास जीवन व्यतीत करने के लिए पर्याप्त साधन हैं और हे भगवन्! हमें दान की आवश्यकता नहीं है!' 'ओ अनुरुद्ध! क्या तुम एक साथ, सामंजस्य के साथ, बिना संघर्ष के एक-दूसरे की ओर शांतिपूर्वक देखते हुए आँखों में मित्रवत् भाव लिये रहते हो?' 'हे भगवन्, हम एक साथ, सामंजस्य के साथ, बिना संघर्ष किए, दूसरे की ओर शांतिपूर्वक देखते हुए, आँखों में मित्रवत् भाव लिये हुए रहते हैं।' 'ओ अनुरुद्ध, तुम यह कैसे करते हो?' 'हे भगवन्, मेरे विचार से मेरे लिए यह एक लाभ और वरदान की बात है कि मैं अपने इन भिक्षुकों के साथ रहता हूँ! हे भगवन्, मेरे अंदर इन आदरणीय साथियों के प्रति प्रेम का विकास हुआ है, जो खुले तौर पर या रहस्यमयी तौर पर मेरे सभी कार्यों, शब्दों और विचारों को प्रेरित करते हैं! हे भगवन्, मैं हमेशा अपनी इच्छा का दमन करता हूँ और इन आदरणीय साथियों की इच्छा के अनुसार कार्य करता हूँ! हे भगवन्, हालाँकि हमारे शरीर अलग-अलग हैं, हमारे दिल हमारा और विश्वास एक समान है!' नंदिका और किंबिला से यही प्रश्न पूछने पर प्रबुद्ध को समान उत्तर मिला।"

कभी-कभी बौद्ध धर्म में प्रेम की जो परिभाषा दी गई है, उसे मूल्यहीन समझने के प्रयास किए जाते हैं। कुछ जातकों में, जैसेकि वेसंतरा जातक में बोधिसत्त्व को अपनी पत्नी और संतान को दान पारमिता में देने के तौर पर प्रस्तुत किया गया है। इससे यह वाद-प्रतिवाद उठता है कि बौद्धधर्मी की दृष्टि में परोपकारिता और दान भाव के लिए हृदयहीन निर्दयता पैदा होती है। इस तरह का भ्रम ऊपरी तौर पर इस

जातक के उद्देश्य और अर्थ को लेकर फैले एक भ्रम के कारण हुआ है। जैसाकि पहले ही बता दिया गया है कि जातक एक दंतकथा है या एक किस्सा है, जिसे या तो एक असहमति या एक नैतिक बिंदु या बौद्ध धर्म के कुछ सार तत्त्व को सामने लाने के लिए उपयोग किया गया है।

अधिकतर जातक कथाएँ अंतिम उद्देश्य को समर्पित होती हैं और कभी-कभी इनमें बोधिसत्त्व के एक सत्त्व पर जोर देकर दूसरे पर ध्यान नहीं दिया जाता। इसी तरह से हरे जातक में दान पर जोर दिया गया है—संखपाल जातक में नैतिकता पर जोर दिया गया है; इसी क्रम में आगे सुत्तसोम जातक में आत्मत्याग (निष्काम) पर, सत्तुभाटा जातक ज्ञान पर आधारित है; महान् जानक जातक में साहस और दृढ़ता (वीर) पर, खांतिवड़ा जातक में धैर्य और सहनशीलता (क्षांति) पर, महान् सुत्तासोम जातक कथा में निष्ठा (अधिष्ठान) पर, एकाराजा जातक कथा में परोपकारिता (मैत्री) पर, लोमाहम्सा जातक कथा में धीरज (उपेक्षा) पर जोर दिया गया है और इसी तरह से अन्य जातकों में भी किया गया है। जातकों के पूर्ण महत्त्व को केवल उनके सामूहिक प्रभाव के रूप में समाविष्ट किया जा सकता है। इसके साथ ही यह भी नहीं भूलना चाहिए कि सबसे उच्चतम नैतिक गुण वे होते हैं, जो मानव जाति के उन्मूलन का कारण बनते हैं। यदि एक स्वार्थी मनुष्य और एक परोपकारी दूर-दराज के रेगिस्तानी टापू पर फँस जाते हैं, जहाँ पर उनके पास केवल एक व्यक्ति को जीवित रखने जितना भोजन है, तो उनमें से कौन जीवित बचेगा? पर्याप्त मात्रा में परोपकारिता, जो उन सभी सदाचारों में सम्मिलित होती है, जिनका बोधि में अनुसरण किया जाता है, का उन्मूलन हो रहा है, लेकिन इस बात से कौन इनकार कर सकता है कि परोपकारी व्यक्ति मनुष्य में सबसे उच्च कोटि के मनुष्य होते हैं?

अकसर ऐसा कहा जाता है कि ईसाई धर्म एकमात्र ऐसा धर्म है, जो प्रेम का धर्म है। लेकिन जब प्रेम की प्रकृति का गहराई से अध्ययन कर जाँचा जाए तो यह दिखता है कि इस शीर्षक के लिए ईसाई धर्म द्वारा जो दावा अपने शुरुआती दौर में ही किया गया, उसका जन्म तथ्यों के आधार पर नहीं हुआ था। अपनी कृति 'डेर बुद्धिज्मस अल्स रिलिजन डेर जुकुनफत'[7] में थियोडोर शुल्ज ने इस प्रश्न को खोज कर जाँच की, जिसका निष्कर्ष उन्होंने इस प्रकार से दिया—"अगर हम नए नियमों (न्यू टेस्टामेंट) के उन पाठ्यक्रमों की जाँच करें, जो प्रेम के बारे में बताते हैं, तो हमने पाया कि उनमें से किसी में भी कम-से-कम एक प्रयास भी यह जानने के लिए नहीं किया गया था कि प्रेम की प्रकृति को एक आंतरिक (विषयात्मक) मानसिक स्थिति के तौर पर आगे बढ़कर बारीकी से जाँच नहीं की। वे या तो प्रेम की प्रशंसा करते हैं या फिर ऐसा लक्ष्य देते हैं, जो प्रेम को प्रेरित करता है या उसे प्रेम को प्रेरित करना चाहिए (जैसेकि ईश्वर

ने इसका आदेश दिया है या स्वयं ईश्वर ही प्रेम है।); या प्रेम की बाहरी अभिव्यक्ति की बात करते हैं, उसके लाभकारी प्रभाव की बात करते हैं और वह व्यावहारिक संबंध जो, या होने चाहिए, इससे निर्धारित होते हैं; या सामान्य तौर पर बस प्रेम से प्राप्त होनेवाले सुफलों की बात करते हैं। इन सबमें जो बात हमारा ध्यान आकर्षित करती है, वह यह कि हम एक चक्र में सम्मिलित हैं, जिसके लिए एक तरफ ईश्वर की आज्ञा का पालन करते हुए हम पर प्रेम की वर्षा की जाती है, वहीं दूसरी तरफ स्वयं प्रेम को भी ईश्वर के नियम को मानने के लिए कहा जाता है।"

हालाँकि ईसाई धर्म में प्रेम का सटीक अर्थ बाहरी प्रभुत्व के माध्यमों से दिया जाता है, प्रेमपूर्ण दया भाव (मैत्री) बौद्ध धर्म के सिद्धांत नैरात्मय का तार्किक परिणाम है। फिर से यदि यह दावा किया जाता है कि नए नियमों (न्यू टेस्टामेंट) में अगेती की प्रशंसा में एक गीत सम्मिलित है। 'इतिवुत्तका' में इसके समान ही मैत्री की प्रशंसा में लिखा गया गीत सम्मिलित है। इसके अतिरिक्त सारे संसार के बौद्धधर्मी सभी जीवित प्राणियों तक प्रेम और दयाभाव का प्रसार करने के लिए अपने प्रभु के आदर्शों का पालन सख्ती से करते हैं, जबकि ईसाई धर्म के अनुयायियों का जीवन नए नियमों (न्यू टेस्टामेंट) के आदर्शों से इसके भेद का स्थिर प्रमाणक होता है।

व्यक्तिगत और सामूहिक तौर पर एक ईसाई अपना जीवन जीता है और अन्य पंक्तियों, जोकि 'यीशु के धर्मोपदेश' से परे होती हैं, के अनुसार व्यवस्थित करता है। जैसाकि सख्ती से कहा गया है—"पश्चिमी संसार का इतिहास चूँकि इसने जहोवा को अपने ईश्वर और स्वामी के तौर पर स्वीकार किया था, वे ही धार्मिक पीड़ा और धार्मिक युद्धों के इतिहास के प्रमुख थे; और मनुष्य को पूर्ण रूप से उस पर आस्था के चलते ईश्वर के लिए उनके उत्साह, जिसमें वे अपने साथियों के शरीर को आग में और उनकी आत्माओं को नरक की यातना में समर्पित करते थे।"

लेकिन बौद्ध धर्म के संपूर्ण इतिहास में कोई एक भी ऐसा उदाहरण नहीं मिलता, जिसमें तलवार या ईंधन के गट्ठे से अपील की गई। यदि सत्य की अंतिम जाँच, अगर आचरण को प्रेरित या नियंत्रित करने में उसकी प्रभावकारिता के आधार पर हो तो बौद्ध धर्म या ईसाई धर्म में से कौन इस दावे पर खरा उतरता है कि वह प्रेम का धर्म है?

10. आपको अपने मस्तिष्क को अज्ञानता से मुक्त करना होगा और सत्य को जानने के लिए उत्सुक होना होगा, अन्यथा आप संदेह के शिकार बन जाएँगे और जो आपको आम इनसान बना देगा या आपको गलतियाँ करने की ओर बढ़ा देगा, जो आपको नेक पथ, परम सुख और शांति की ओर अग्रसर करने से गुमराह कर देगा।

संदेह के प्रति बौद्ध धर्म का व्यवहार अन्य सभी धर्मों से अलग और खास है। बुद्ध द्वारा हमसे कहीं भी यह नहीं कहा गया है कि हम अपनी अदक्ष स्वीकृति को सत्य के

प्रस्ताव, जोकि स्पष्ट भी नहीं है और न ही अलग है, के लिए त्याग दें। वहीं दूसरी तरफ, प्रबुद्ध अपने शिष्यों से बार-बार कहते हैं, ऐसा कुछ भी स्वीकार न करो, जो केवल दूसरे के रौब के कारण आपसे कहा गया है, बल्कि उसे साक्ष्यों के प्रकाश का अनुसरण करना चाहिए, चाहे वह उसे जहाँ भी ले जाए।

उन्होंने साफतौर पर यह निर्धारित किया कि धर्म की जाँच बोधि के सत्त्वों में से एक है। इसी के अनुसार बौद्ध धर्म जाँच के दौरान संदेह के मूल्य को कम नहीं आँकता। लेकिन संदेह उस प्रकार के भंडार को तय करता है, जिसका संपूर्ण लक्ष्य अपनी सर्वोच्च अभिलाषा, नवीकृत उपायों और लगातार श्रम के द्वारा होता है, न कि अन्य प्रकार से, जो हलकेपन और अज्ञानता से उत्पन्न होता है, अपने आप को निष्क्रियता और उदासीनता के लिए एक बहाने के तौर पर स्थिर बनाए रखने का प्रयास करता है। यहाँ पर बौद्ध धर्म और असभ्य संदेहवाद के बीच में एक आवश्यक अंतर होता है। विषाक्त सम्मान आशाहीन भ्रांति अपने आप ही समाप्त हो जाती है, लेकिन बौद्धधर्मी सदैव आशा और अभिलाषा से भरा रहता है, इसे अपने अंतिम लक्ष्य, सत्य की प्राप्ति तक पहुँचने की राह में मात्र एक सोपानन पत्थर की भाँति देखता है।

ब्रह्मवाद वेदों को एक प्रकटीकरण के तौर पर मानता है और इसलिए कहता है—"तुम्हें धर्म के विषय से कभी नहीं भटकना चाहिए और फिर उन संदेहों का समाधान तलाशने का प्रयास करना चाहिए, जिसमें संभवतः तुम आ जाओ। इस तरह के संदेहों को कभी अपने मस्तिष्क पर हावी मत होने दो। तुम बिना किसी पछतावे या झिझक के उसका पालन करो, जो मैं कहता हूँ। मेरा अनुसरण एक नेत्रहीन मनुष्य या उसकी तरह करो, जो स्वयं की इंद्रियों के वश में न हो और जिसे दूसरों पर निर्भर रहने की आवश्यकता हो।"[8] इस तरह ब्राह्मणों ने विज्ञान के सत्य को नकारा होगा, अगर वे अपने वेदों में कही गई बातों के अनुसार अनुसरण नहीं करते हैं। इस तरह रूढ़िवादी खगोलविद् ब्रह्मगुप्त अपनी पुस्तक 'ब्रह्म सिद्धांत' के पहले अध्याय में चंद्र और सूर्यग्रहण पर दिए गए विवरण के विरोध में इस आधार पर तर्क करते हैं कि यह उसके अनुसार नहीं है, जो वेदों में कहा गया है। वे लिखते हैं—"कुछ लोग मानते हैं कि ग्रहण राहु के कारण नहीं होता। हालाँकि, यह एक मूर्खतापूर्ण विचार है; क्योंकि सत्य तो यह है, यह वही है, जो ग्रहण है और संसार के समस्त निवासियों का आमतौर पर यह मानना है कि ग्रहण राहु के कारण ही लगता है। वेद, जो ईश्वर के वे शब्द हैं, जो ब्रह्मा के मुख से निकले हैं, कहते हैं कि राहु ग्रहण का कारण होता है, ठीक इसी तरह 'स्मृति पुस्तक', जिसे मनु द्वारा तैयार किया गया है और संहिता, जिसे गर्ग ऋषि, ब्रह्मा के पुत्र द्वारा रचा गया है, में भी कहा गया है।

जबकि इसके विपरीत वराहमिहिर, श्रीसेना, आर्यभट्ट, विष्णुचंद्र द्वारा यह कहा

गया कि ग्रहण राहु के कारण नहीं होता, अपितु चंद्रमा और पृथ्वी की परछाईं के एक-दूसरे के सामने आने के कारण होता है और अभी जिस सिद्धांत के बारे में बताया गया, उसका विरोध भी किया गया। अगर राहु के कारण ग्रहण नहीं लगता है तो ग्रहण लगने के समय ब्राह्मणों के द्वारा जिन भी बातों जैसे—गरम तेल से स्वयं की मालिश करना और नहाना तथा फिर निर्धारित किए गए कुछ रीति-रिवाजों का अनुसरण करना, वे सभी छल मात्र होंगे और उनको करने से स्वर्ग से संबंधित किसी तरह का कोई वरदान नहीं मिलेगा।

अगर एक व्यक्ति इन सभी चीजों को छलावा घोषित कर देता है तो वह इस आमतौर पर अनुसरण किए जानेवाले सिद्धांत के विरुद्ध खड़ा हो जाता है, जिसकी अनुमति नहीं थी। स्मृति में मनु कहते हैं—"जब सिर (राहु) सूर्य या चंद्रमा पर ग्रहण लगाता है तो पृथ्वी पर मौजूद सारा जल शुद्ध हो जाता है और उसकी शुद्धता गंगाजल के समान होती है।"

वेद कहते हैं—"राहु एक दैत्य जाति की स्त्री, जिसका नाम सिहिंका था, के पुत्र थे।" इसलिए लोग पवित्रता से संबंधित कर्म करते हैं और इसलिए लेखक को इस आम धारणा कि 'वेदों, स्मृति और संहिता में जो कुछ लिखा है, वह सब सच है', के विरोध को समाप्त करना था। इसलिए ब्राह्मणवाद तब तक विज्ञान को स्वीकार नहीं कर सकता, जब तक वह ब्रह्मवाद की इन धारणाओं को समाप्त नहीं कर देता।

बौद्ध धर्म आंतरिक निर्वाण की प्राप्ति के लिए उन सत्यों को स्वीकार करने के लिए जोर नहीं देता, जो सबके समक्ष रखे गए हैं। बौद्धिक दृढ़ विश्वास बौद्ध धर्म की आधारशिला है। बौद्धधर्मी के दिमाग पर अधिकार का भार बहुत हलके से रखा जाता है। ईसाई धर्म के लिए यह संभव है कि वे अपने धर्म और विज्ञान के बीच सह-संबंध स्थापित न करे और अपने धर्म को एक जेब में तथा विज्ञान को दूसरी जेब में रख लें। लेकिन बौद्ध धर्म के लिए यह संभव नहीं है, क्योंकि धर्म जीवन के किसी भी सही दृष्टिकोण का विरोध नहीं कर सकता। इसलिए बौद्ध धर्म में वैज्ञानिक खोज, सत्य के पीछे धैर्यशील और अपक्षपाती खोज की आधुनिक भावना के प्रति कुछ भी अरुचिकर नहीं है, जो ज्ञान अर्जित करने की लालसा के लिए नहीं, अपितु मानव जाति के कल्याण का प्रसार करने के लिए होती है। विज्ञान को अपमानित करने का कोई भी प्रयास, जो परंपराओं के हित के लिए किया गया हो, यह दिखाना कि वर्तमान समय का विज्ञान कितना दोषयुक्त है, ऐसा प्रयास विज्ञान को अपमानित करने के बजाय परंपरा को अपमानित करने का प्रतिघात होगा।

यदि वैज्ञानिक सिद्धांतों के लिए जो साक्ष्य मौजूद हैं, वे अपूर्ण हैं, तो परंपरागत सिद्धांतों के लिए कोई साक्ष्य मौजूद ही नहीं हैं। जिस तरह से बौद्धर्मियों के द्वारा खोजों के सभी प्रकार, जो वैज्ञानिक सिद्धांतों पर आधारित होते हैं, का उपयोग मुक्त तौर पर

किया जाता है, उसी प्रकार से बौद्धधर्मी को मुक्त मन से सभी वैज्ञानिक परिणामों को जैसेकि वे सत्य प्रतीत होते हैं, को स्वीकार करना होता है और स्वयं को वैज्ञानिक सत्यों और बुद्ध के ज्ञान को एकीकृत मानव जीवन को ऊपर उठाने के लिए करना होता है।

अकसर यह दावा किया जाता है कि आधुनिक युग को, जो वैज्ञानिक खोज की भावना प्राप्त हुई है, उसका श्रेय ईसाई धर्म को जाता है। यह दावा उन बहुत ही सम्मानित कुछ लेखकों की सामान्य प्रवृत्ति का एक गुण है, जो ईसाई धर्म के प्रभाव में थे और यह मान बैठे थे कि वे राष्ट्र, जो ईसाई धर्म को मानते थे, के राष्ट्रों में जो भी पाया जाता है, वह सब अच्छा है। क्या यह कहना और भी उपयुक्त नहीं होगा कि आधुनिक वैज्ञानिक भावना मानसिक निक्षेपण का केवल एक पुनर्जीवन और विकास थी, जिसे सदियों तक ईसाई चर्च को कष्ट पहुँचाने की प्रवृत्ति के द्वारा दबाकर रखा गया था?

किंचित् विशेष ज्ञान बोध के लिए ऊपर जो विस्तृत विचार दिए गए हैं, वे स्वाभाविक तौर से आमतौर पर उठनेवाले प्रश्नों पर चर्चा की ओर अग्रसर करें, जिनसे सभी आम लोग जुड़े हुए हैं। बौद्ध धर्म एक नैतिक नियमों पर आधारित धर्म है। यह वह धर्म है, जिस पर व्यक्तिगत संस्थापकों जैसे व्यक्तित्वों ने अमिट प्रभाव छोड़ा है और इसलिए यह विचारों के अग्रिम स्तर से संबंध रखता है। कोई भी धर्म या नैतिक प्रणाली व्यक्ति के मस्तिष्क की परिधि के बाहर निर्मित नहीं होते। एक धर्म के संस्थापक के लिए यह संभव है कि वह अपने समय काल में प्रचलित रीति-रिवाजों, परंपराओं, मान्यताओं, बातों को संशोधित करे, उनकी आलोचना करे या उनको अस्वीकार करे, लेकिन वह उनकी उपेक्षा नहीं कर सकता। एक ऐसा धर्म, जो बीते समय के साथ जैविक ऐतिहासिक संबंध के बिना ही उसे वह मिट्टी प्राप्त नहीं होती, जिसमें वह अपनी जड़ें जमा पाए और पोषण प्राप्त कर सके।

यहाँ-वहाँ हमें जो सूत्र प्राप्त होते हैं, उनमें जो संकेत मिलते हैं, वे दिखाते हैं कि प्रभु उसे प्रकट करने का प्रयास कर रहे थे, जो उच्चतम व्यवस्था में ज्ञात था और उसे प्रकट किया, जो उसमें गुप्त तरीके से व्याप्त था। इसलिए हम सुरक्षित तौर पर यह स्वीकार कर सकते हैं कि बौद्ध धर्म की जड़ें भारत के बीते कल में समाई हुई हैं और यह कि धर्म भारतीय मानसिकता के उत्कृष्ट उत्पाद को प्रस्तुत करता है। लेकिन यहाँ पर विचारों में भिन्नता हो सकती है, क्योंकि बौद्धधर्मियों के द्वारा उनके उपदेश ब्राह्मणों से लिये गए थे। चाहे पवित्र नियमों की संहिता का श्रेय आपस्तंब, बौधायन और गौतम एवं तथाकथित प्रारंभिक समय के उपनिषद् हों, सचमुच में शाक्यमुनि के समय से पूर्ववर्ती थे, यह तय करने के लिए हमारे पास कोई माध्यम नहीं है। न ही हमारे पास कोई साक्ष्य हैं कि हम यह दिखा सकें कि अगर वे बुद्ध के समय से पहले तैयार किए गए थे तो बुद्ध उनसे परिचित थे।

डॉ. जी. थीबॉट कहते हैं—"जहाँ तक मुझे ज्ञात है कि ऐसा कोई साक्ष्य नहीं है, जिससे यह सिद्ध हो कि बुद्ध स्वयं उन दार्शनिक दृष्टिकोण के प्रकारों से परिचित थे, जिनकी अभिव्यक्ति छांदोग्य या बृहदारण्यक में मिलती है और सामान्य तौर पर मैं यह देखने में असमर्थ हूँ कि क्यों एक सिद्धांत आवश्यक तौर पर और आधारभूत तौर पर गैर-ब्रह्मवादी को किसी भी तरह से ब्रह्मवादी कार्य पर निर्भर होना पड़ता था, तब जब वे केवल विपरीत या प्रतिक्रियात्मक होते हैं। संभव है कि प्राचीन भारत में स्वतंत्र धर्मों के और भी केंद्र तथा चिंतनशील विचार हों, जितने की कल्पना हम आमतौर पर करते हैं और महान् प्रणालियों के सीधे संबंध के जो प्रचलित सिद्धांत हैं, वे मात्र एक कल्पना हो सकते हैं।"[9]

बौद्ध धर्म के नैतिक उपदेशों और ब्राह्मणों की नैतिक संहिता के बीच में एक विशिष्ट अंतर है। इसमें किसी तरह का कोई संदेह नहीं है कि पहले और बादवाले में ब्राह्मणों के धर्मशास्त्र में बहादुरी, वफादारी, आतिथ्य, चोरी, झूठ बोलने और बिना कारण किसी को चोट पहुँचाने को, निषेध करना और कुछ मामलों में आत्मसंयम पर भी रोक लगाने के नियमों को समझाया गया था। "लेकिन अगर इन नियम", जैसाकि प्रो. ई.डब्ल्यू. होपकिन्स ने संकेत दिए—"की उन जंगली मनुष्यों की जाति से तुलना की जाए तो हम यह पाएँगे कि उनमें से अधिकतर प्राथमिक आचार-नीति के भी कारक थे। इसलिए हम कहते हैं कि हिंदू संहिता पूर्ण रूप से अनोखी और असभ्य है और वो, इसमें से धार्मिक अतिरिक्तता और व्यभिचार को बाहर रखा गया, यह आधुनिक आचार संहिता के समतुल्य नाममात्र के लिए थे। हालाँकि वास्तविकता में, यह असभ्यता और प्राचीन संहिता उस स्तर पर नहीं थे, जो आज के हैं। और इसका कारण यह है कि इन दोनों का आदर्श एक-दूसरे से भिन्न है। असभ्य में और प्राचीन संसार में नैतिकता की अवधारणा, यह एक आदर्श विशेषता थी, जिसे संहिता से प्रस्तुत किया जाता था।

यह एक अलग तरह की सराहना है कि किसी व्यक्ति को कहना कि उसे झूठ नहीं बोलना है या चोरी नहीं करनी है या उसे आदर-सत्कार करना चाहिए। लेकिन आजकल जबकि ये कारक संहिता को निरूपित करने के लिए शेष हैं, अब वे आदर्श गुण को प्रस्तुत नहीं करते, बल्कि अपेक्षाकृत, वे गुणों का कल्पित आधार हैं और यह कल्पना कर ली जाती है कि अगर एक सज्जन व्यक्ति से यह कहा जाए कि वह झूठ नहीं बोलता या चोरी नहीं करता, तो वह इसे प्रशंसा के तौर पर नहीं, अपितु अपने अपमान के तौर पर लेता है, चूँकि जो उसके लिए लांछन है, वह बच्चों के लिए गुण है। यह उस स्थिति में गुणगान नहीं रह जाता, जब इसे एक वयस्क के लिए उपयोग किया जाता है, जिससे यह अपेक्षा की जाती है कि वह अपने जीवन में उस पड़ाव को पार कर चुका है, जहाँ पर चोरी करना और झूठ बोलना नैतिक जाँच होते हैं और अब वह

उस पड़ाव पर पहुँच चुका है, जहाँ पर इन असभ्यताओं के आधार पर अनोखे और अब बच्चोंवाले गुण नहीं, बल्कि वह अब उच्चतम नैतिक आदर्शों के लिए संघर्ष करता है। आज के समय का यह आदर्श, जो उसे निष्पक्ष, उदार विचारोंवाला और परोपकारिता, जो मानवीय ईमानदारी के असभ्य गुणों से संबंधित प्रतिनिधित्व करता है, सत्य बोलना और आतिथ्य-सत्कारी बनाता है, बस वही है, जो असभ्य संहिता और ब्रह्म तुल्य में और अधिक मौलिक आदर्शों के निरूपण में अनुपस्थित है। इसे असभ्यता में कतई नहीं पाया जाता और संभव है कि इसे दरकिनार कर दिया जाए।

भारत में आधुनिक संहिता के सभी नियम उस समय अनुपस्थित थे, जब पुरानी नियम संहिता को पूरी तरह से प्रतिपादित कर लिया गया था। विचारों में उदारता ने उपनिषदों के युग में मानव जीवन में प्रवेश किया, लेकिन इसमें स्वतंत्रता प्रतिबंधित थी। ब्राह्मणवाद के लिए परोपकारिता पूरी तरह से अनभिज्ञ थी। लेकिन यह बौद्धधर्मियों को प्राप्त हुई, जिनके पास निष्पक्षता और विचारों में उदारता का भी गुण मौजूद था। इसलिए यहाँ पर उच्चतम नैतिकता के दृष्टिकोण से यह स्वीकार करना होगा कि बौद्ध धर्म ने जिन नैतिकता के गुणों को प्रस्तुत किया, वह नैतिकता के आजकल के पैमाने के सबसे करीब थे। वहीं दूसरी तरफ बौद्धधर्मियों में परोपकारिता का गुण अन्य सभी से बहुत अधिक था।"[10] बल्कि इससे अधिक, बौद्ध धर्म आधारभूत विचार मैत्री, वैश्विक स्तर पर प्रेम था।

हालाँकि कुछ आलोचकों का कहना है कि बौद्ध धर्म की नैतिकता अहंकार से युक्त है, क्योंकि इसका अंतिम लक्ष्य व्यक्तिगत पराकाष्ठा को प्राप्त करना है। लेकिन इस पर सतही तौर पर किया गया विचार ही इस आरोप की अर्थहीनता को दिखा देगा। इस स्वभाव का अंतिम लक्ष्य न तो आनंद प्राप्त करना है और न ही खुशी, बल्कि इसका लक्ष्य व्यक्ति के आदर्श रूप को प्राप्त करना है, जो अपने कार्य का संपूर्ण रूप से प्राप्त का संकेत है। ऐसा क्या है, जो मनुष्य को अन्य जीवनधारी प्राणियों से अलग करता है, वह है उसकी कुछ बौद्धिक व नैतिक शक्तियाँ। केवल इन शक्तियों के सुसंगत और पूर्ण रूप से विकास के द्वारा ही हममें से प्रत्येक व्यक्ति अपनी मनुष्यता का एहसास पूरी तरह से कर पाएगा और अपने आप को अपने अन्य साथियों की सेवा में सेवारत कर पाएगा।

वास्तविक नैतिकता हमसे न केवल अपने आप को दूसरों के प्रति पवित्रीकरण की माँग करती है, बल्कि वह यह भी कहती है कि हमें अपनी शक्तियों का पूर्ण विकास इस तरह के पवित्रीकरण का पूरा लाभ प्राप्त करने के लिए करना चाहिए। इसलिए कारणों के उपदेश का अनुसरण करते हुए मनुष्य का वास्तविक अंत उसकी शक्ति की पराकाष्ठा के अतिरिक्त और कुछ नहीं हो सकता। यदि इस पराकाष्ठा के बाद भी प्रयास

करना स्वार्थ है तो यह उस तरह का स्वार्थीपन है, जिससे अलग नहीं हुआ जा सकता। प्रत्येक सदाचार के लिए एक ध्वनि, अच्छा, फलदायी आत्म-प्रेम आवश्यक आधार है और इसलिए दूसरों के लिए भी ध्वनि, अच्छा, फलदायी प्रेम भी है। जैसेकि मैटरलिंक कहते हैं—"एक तीव्र बुद्धिवाला और अति उत्साही के अहंकार में उस व्यक्ति, जो अंधा और असहाय है, के संपूर्ण समर्पण की तुलना में अधिक सक्रिय परोपकारिता होता है और पहलेवाला दूसरों के लिए मौजूद होता है, यह उसके लिए उचित होता है कि वह अपने लिए मौजूद हो।"[11]

चीनी धम्मपद कहता है—"स्वयं, यह सबसे पहला विचार है, उसे अपनी शक्ति को सबसे पहले रखने दो और ज्ञान को प्राप्त करने दो। पहले अपने आप को लाभान्वित करने दो, तभी संभवतः वह दूसरों का मार्गदर्शन कर सके। जब वह अपने प्रयासों में नहीं थकेगा, तभी उसे ज्ञान की प्राप्ति होगी। प्रबुद्ध व्यक्ति पहले स्वयं को संचालित करेगा और फिर समय के साथ दूसरों का मार्गदर्शन करने में सक्षम होगा। अपने आचरण को नियमित करने में उसे आवश्यक तौर पर उच्चतम स्थान की ओर ऊपर जाना होगा। लेकिन यदि कोई स्वयं को लाभान्वित नहीं कर सकता, तो फिर किस तरह से वह दूसरों को लाभ पहुँचा सकता है ?"

स्वार्थीपन में स्वयं के आंतरिक और सामाजिक मूल्य को बढ़ाना सम्मिलित नहीं होता, बल्कि इसमें तो दूसरों के अधिकार, दावों और मूल्य की उपेक्षा करना तथा उनको अस्वीकार करना शामिल होता है। बोधि की पराकाष्ठा को प्राप्त करने के प्रयासों में व्यक्ति स्वयं को पूर्ण (समर्थ) इस क्रम में करता है कि संभवतः वह दूसरों की भलाई (परमार्थ) के लिए काम कर सके। "बोधिचित्तं...सर्व सत्त्व सुखेचच्य। बोधि को प्राप्त करने की इच्छा के साथ सभी को प्रसन्न रखने की इच्छा भी होती है।" ऐसा बोधिचर्यावतार का कहना है। इसी तरह से 'अभिधर्मोकोशकारिका' में कहा गया है कि बोधिसत्त्व दूसरों की श्रेष्ठता और...के लिए इच्छा करता है और अपने लिए खुशियों की इच्छा करना बौद्धता दूसरों के लिए इस सेवा का एहसास करने का माध्यम है। सभी को स्वयं में अपने आप में संतुष्ट होना होगा, हालाँकि ऐसा करने में वह और कुछ नहीं, बल्कि दूसरे लोगों की भलाई के लिए काम कर रहा है। दयाभाव, अनासक्ति और विभिन्न रूपों में परोपकारिता के बिना, बुद्ध का अधिकार अप्राप्य है।

बौद्ध धर्म में ज्ञान के बिना कोई वास्तविक नैतिकता नहीं होती और नैतिकता के बिना वास्तविक ज्ञान प्राप्त नहीं होता; दोनों एक-दूसरे से जुड़े हुए हैं, ठीक उसी तरह जिस तरह से प्रकाश में उष्मा और उजाला दोनों ही समाहित होते हैं। जैसाकि ई.डब्ल्यू. होपकिन्स कहते हैं—"बुद्ध के विचारों में नीतिपरक आदर्श और मानसिक प्रशिक्षण के लिए उस समर्पण के बीच कोई असंगति नहीं होती, जोकि प्रारंभिक बौद्ध धर्म में प्रमुख

है, लेकिन इसे ईसाई धर्म में आवश्यक नहीं माना गया है। ईसाई धर्म कभी-कभी ही किसी चीज पर जोर देता है, अपितु तब भी नहीं जब अत्यधिक बौद्धिक स्वतंत्रता की अनुमति देता है, जबकि बौद्ध धर्म प्रारंभ से ही आस्था को बौद्धिकता के साथ स्थापित करता है।" जो चीज बोधि का निर्माण करती है, उसमें मात्र बौद्धिक ज्ञानोदय सम्मिलित नहीं होता, बल्कि बौद्धिक ज्ञानोदय में पूरी मानव जाति के लिए दया भाव भी शामिल होता है। नैतिक उत्कृष्टता की चेतना बोधि का सर्वप्रथम सत्त्व है। 'अपने पड़ोसी को उसी प्रकार प्रेम करो, जैसे स्वयं को करते हो।' या 'अपने शत्रु से प्रेम करो।' वास्तव में श्रेष्ठ उपदेश हैं, लेकिन जब तक व्यक्ति को इसका कारण समझ में नहीं आएगा कि क्यों उसे अपने पड़ोसी, यहाँ तक कि अपने शत्रु से भी प्रेम करना चाहिए, ये उपदेश उसके लिए व्यर्थ ही हैं। यदि एक शत्रु से प्रेम करना स्वार्थ है, क्योंकि इस तरह का प्रेम आपको बोधि की ओर अग्रसर करता है, तो फिर यह भी बेकार है कि स्वर्ग में कुछ पाने की चाह या नरक की सजा से बचने के लिए दूसरों के साथ अच्छा करना।

बौद्ध धर्म यह नहीं सिखाता कि व्यक्ति स्वभाव से बुरा होता है। बोधिचर्यावतार कहता है—"अथः दोष्यम अगनतुकुः सत्त्व प्रकृति पेसालः। मानव के अंदर जो बुराई होती है, वह जन्म से नहीं होती; वह स्वभाव से अच्छा होता है।" इसलिए अपने नैतिक उपदेश के लिए धर्म किसी बाहरी अधिकार की खोज नहीं करता। कोई भी बौद्धधर्मी विभिन्न नैतिक उपदेशों को बुद्ध के द्वारा दिए गए आदेशों की तरह नहीं मानता। वे उसके भीतर से इस प्रकार आते हैं, जैसे प्रत्येक बौद्धधर्मी उन्हें पराकाष्ठा का आदर्श मानता है। वास्तव में इन उपदेशों में किसी आदेश से भी अधिक मूल्य होता है, लेकिन फिर भी उनमें आदेश जैसी कोई बात नहीं होती। किसी भी व्यक्ति को यह अधिकार नहीं है कि वह अपने साथी, भाई-बंधु को आदेश दे। लेकिन प्रबुद्ध द्वारा जो संकेत दिए गए हैं, उससे यह अवश्य साफ है कि यह जीवन की बुराइयों से दूर रहने के लिए कहा गया है और जो इस दिखाए गए पथ का अनुसरण नहीं करते, उन्हें गंभीर परिणाम झेलने होते हैं। हालाँकि भविष्य के संसार में न तो कोई पुरस्कार है और न ही कोई सजा, फिर वहाँ पर कारण और प्रभाव का नियम है, जो नैतिक क्षेत्र की ओर झुकाव रखते हैं, वह उसी तरह शक्तिशाली होते हैं, जिस तरह से भौतिक विज्ञान की ओर झुकाव रखनेवाले शक्तिशाली होते हैं।

बौद्धधर्मी की नैतिक प्रणाली प्रभावपूर्ण ढंग से कहती है—"कर्म और विपिका के परिणामों का शोध, प्रत्येक घटना को पहले बोए गए किसी बीज का परिणाम (फल) होती है।" शेर का एक-न-एक दिन शिकार अवश्य होना है और उसके अपराधी को आवश्यक तौर पर सजा मिलेगी। जिस किसी को भी अपने बुरे कर्मों की सजा मिलती है, उसे चोट से पीड़ा सहनी होती है, दूसरों के वैमनस्य से नहीं, बल्कि उसे पीड़ा अपने

बुरे कर्मों के कारण मिलती है। यहाँ तक कि वे अपराधी, जिनके अपराध किसी की पकड़ में नहीं आते, वे भी अपने कर्मों के प्रभाव से नहीं बच पाते। यदि वह मासूम, दयनीय किसी मनोरोग के शिकार का मामला है, यदि लालसा, उत्तेजना और आदर्श वे हैं, जो आम मनुष्य को प्रेरित करते हैं, वह भी उन बुरे कर्मों के कारण आनेवाली मुसीबत से नहीं बच सकता।

जैसेकि मिलिंदप्रसन्न कहते हैं—"यहाँ तक कि व्यक्ति दूसरे व्यक्ति से राज छुपा सकता है, ...व्यक्ति आत्माओं से रहस्य छुपा सकता है, ...वह ईश्वर से भी रहस्य को छुपा सकता है, फिर भी व्यक्ति अपने द्वारा किए गए बुरे कर्मों की जानकारी को स्वयं से नहीं छुपा सकता। बुरे कर्म करने पर व्यक्ति पछतावे से भर जाता है और उसका हृदय ग्लानि से भरा होता है, उस बुरे कर्म के विचार से वह दूर नहीं हो पाता, जो उसने किया होता है और उसे कहीं भी शांति नहीं मिलती; अत्यंत दुःखी, पछतावे की आग में जलता हुआ, निराशा से घिरा हुआ, वह भटकता रहता है और इस कारण उसे जो अवसाद घेर लेता है, उससे उसे राहत नहीं मिलती, जैसेकि वह अपने ही विषाद में घिर जाता है।" जीन वल जीअन फादर मेडेलीन बन सकता है, लेकिन वह पछतावे की आग से नहीं बच सकता। इस पर भी संदेह नहीं किया जा सकता कि एक अपराधी, चाहे कुछ समय के लिए सफलता की सीढ़ियाँ चढ़ जाए, लेकिन समय के साथ इस संसार से उसी प्रकार से गायब हो जाता है, जिस प्रकार से आज के समय में शेर विलुप्त हो रहे हैं। लेकिन इस तरह का विलोपन निरंतर निश्चित तौर पर होनेवाले परिणामों का भाग है, जो व्यक्ति को ज्ञान और शांति के अंत की ओर अग्रसर करते हैं।

बौद्ध धर्म की नैतिकता विशुद्ध रूप से स्वायत्त है, न कि यहूदी–ईसाई या हिंदू धर्म की तरह विषमविधिक है। यहूदी–ईसाई धर्म प्रणाली में एक व्यक्ति के कर्मों का नैतिक चरित्र उसको एक अलौकिक शक्ति द्वारा दिए गए आदेशों के आज्ञा पालन और पालन नहीं करने पर निर्भर करता है, जिससे यह आशा की जाती है कि वह संभवतः स्वयं को एक निश्चित समय और निश्चित तरीके से व्यक्ति के समक्ष उजागर करेगा। हिंदू धर्म में नित्य स्वयं को नैतिकता के आधार पर बनाया जाता है, लेकिन जैसेकि अविनाशी स्वयं की मौजूदगी, जैसेकि शंकरा कहते हैं, को किसी भी आनुमानिक विचार की मात्रा से सिद्ध नहीं किया जा सकता और इसे केवल वेदों के अधिकार से ही स्वीकार किया जा सकता है, एक व्यक्ति के कर्म सही हैं और दूसरे के गलत, यह मूलभूत रूप से धर्म पुस्तकों के अधिकार पर निर्भर करता है। लेकिन नैतिकता के वास्तविक स्रोत को मानव को स्वयं अपने भीतर ही खोजना होता है।

नैतिकता के नियमों को तभी पूरा किया जा सकता है, जब इसके जीवन में नियम स्वयं लागू किए गए हों। जैसेकि टी.एच. ग्रीन अपनी कृति 'प्रोलेगोमेना टू एथिक्स' में

कहते हैं—"नैतिक कर्तव्यों का सत्त्व यही है कि इसे व्यक्ति द्वारा स्वयं पर लागू किया जाता है। एक सकारात्मक नियम का पालन करने की नैतिक जिम्मेदारी होती है, फिर चाहे वह राज्य द्वारा अथवा चर्च के नियम हों, वे न तो सकारात्मक नियम के निर्माता या बलपूर्वक लगाए जा सकते हैं, अपितु इनका पालन व्यक्ति के अपने स्वभाव से किया जाता है, जो उसके समक्ष एक आदर्श जीवन का प्रतिरूप स्थापित करते हैं।" अब भी अद्वैत वेदांत के लिए यह दावा किया जाता है कि ब्राह्मण और स्वशाश्वत तथा आत्मा के बीच की पहचान के लिए व्यक्ति नैतिकता के लिए आवश्यक आधार को तैयार कर सकता है। प्रबुद्ध आत्मा के लिए सारे अंतर गायब हो जाते हैं और सबकुछ बस आत्म (तत्त्वमसि) होता है। यह बहुत गंभीर दावा है। नैतिक विचारों का संबंध केवल अंतर के संसार से होता है और जब तक एक व्यक्ति संसार में रहता है, वह अपने स्वयं की व्यक्तिगत पहचान से ऊपर उठकर अविनाशी स्वयं तक नहीं पहुँच पाता। इसके अतिरिक्त, जीवनमुक्त, ज्ञानी व्यक्ति, जो अपनी व्यक्तिगत पहचान को स्वयं की अलग पहचान के साथ स्वीकार करता है, तो यह अद्वैतवाद की शिक्षा के अनुसार न होकर नैतिक नियमों का विषय होता है। जैसेकि आनंदगिरि, शंकर के प्रथम शिष्यों में से एक शिष्य, कहते हैं कि एक मनीषी, दिन भर में जैसे उसे आनंद प्राप्त हो, अच्छे और बुरे दोनों कर्म कर सकता है और उसे किसी तरह का कोई कलंक नहीं लगता।

आनंदगिरि के विचार को निम्न अवतरण द्वारा समर्थन दिया गया है—"वह जो यह जानता है कि सत्य न तो अच्छे कर्मों से और न ही बुरे कर्मों से कलंकित होता है। यदि वह सभी चीजों में एकता को देखता है, वह समान रूप से सहज बना रहता है, फिर चाहे उसे सौ घोड़ों की बलि दी जाए या सौ पवित्र ब्राह्मणों को मार दिया जाए। वह जिससे कोई भी न तो श्रेष्ठ, न ही अप्रतिष्ठित की तरह, न अज्ञानी या ज्ञानी की तरह, शिष्ट या अशिष्ट की भाँति की तरह जानता है, वह ब्राह्मण होता है। शांति से अपने कर्तव्य के प्रति समर्पित होता है, ज्ञानी व्यक्ति को अपना जीवन अनजान बनकर बिताने दिया जाए; उसे इस पृथ्वी पर इस तरह आने दो, जैसे वह अंधा, अचेतन, बहरा हो।" इस तरह के विचार वेदांतिक अध्यात्म विद्या के देव पूजा सिद्धांत के तार्किक परिणाम हैं। यदि इस ब्रह्मांड में जो कुछ भी है, वह और कुछ नहीं, बस वैश्विक आत्मा का प्रत्यक्षीकरण मात्र है, तो फिर किस तरह से कोई चीज या कार्य अशुद्ध और अनैतिक हो सकता है ? इस तरह से हिंदू धर्म के अघोरपंथी अपने घृणित डरावने कार्यों को सही ठहराते हैं। इसमें किसी तरह के आश्चर्य की बात नहीं है। वेदांतवादी आमतौर पर एक सिद्ध ऋषि को एक बच्चे की भाँति मासूम, एक अल्पबुद्धि, एक धुनी के समान मानते हैं।

अपितु यदि शाश्वत आत्म मौजूद है, नीतिपरक विचार से इसका कोई मूल्य नहीं है। एक शाश्वत आध्यात्मिक सिद्धांत के तौर पर, शाश्वत आत्म हर समय श्रेष्ठता की

ओर बढ़ता रहता है। लेकिन सारे नीतिपरक प्रश्नों का प्रयोगसिद्ध चाह और आकांक्षाओं के साथ सामना किया जाता है, जोकि समय की प्रक्रिया होती है। किस तरह से सदाचार के कार्य आत्म समान शाश्वत आत्म को समृद्ध और दुराचारों से शक्तिहीन किया जा सकता है? क्या यह जीवन की सभी गलतियों के द्वारा प्रभावित होता है और अपनी शाश्वत आत्म-समानता को तब भी बनाए रखता है? नैतिक जीवन में इस तरह का 'आत्म' किस तरह की भूमिका निभा सकता है? शायद यह कहा जा सकता है कि नैतिकता में शाश्वत आत्म का ज्ञान भी सम्मिलित होता है। लेकिन यदि किसी का शाश्वत आत्म पहले से ही वास्तविक हो गया है तो फिर उसके आत्मबोध के लिए क्या शेष बचता है? वह शायद, जिस अंश को हम जानते हैं, अपने शाश्वत आत्म के ज्ञान को अनैतिक जीवन में प्राप्त करता है, वैसे ही जैसे सदाचारी कर्मों में, निष्क्रियता में भी उतना ही जितना कि उत्साह में प्राप्त करता है। सिर्फ वास्तविक बने रहो! शायद एक मूल्यवान नैतिक उपदेश, जैसेकि उसे पहले से ही मनुष्यता के लिए मूल्यवान विचार के तौर पर प्रारूपित किया गया है, लेकिन दूसरों के लिए उसका कोई अर्थ नहीं हो सकता।

उस तरह के नैतिक विचार और अलौकिक शक्ति में विश्वास से कुछ लेना-देना नहीं होता, उसे साबित करने के लिए किसी तरह की तार्किकता की आवश्यकता नहीं होती। अलौकिक शक्तियों से परिपूर्ण चरित्र कुछ नहीं, केवल मानव कल्पना द्वारा निर्मित होते हैं और उनको केवल तभी धारण किया जा सकता है, जब इस तरह के गुण मनुष्य में पहले से विद्यमान हों। एक व्यक्ति किस तरह से उसे प्रेम और श्रद्धा दे सकता है, जिसे उसने देखा न हो, ऐसा तब तक नहीं हो सकता, जब तक उसने जो देखा है, उसे प्रेम और श्रद्धा देना नहीं सीख लिया हो? कोई भी व्यक्ति नैतिक नियमों का पालन एक अदृश्य पुलिस के डर से नहीं करता। क्या एक व्यक्ति अपने माता-पिता, अपनी पत्नी, बच्चों से इसलिए प्रेम करता है कि अगर वह ऐसा न करे तो उसे सजा मिलेगी? क्या इतिहास से यह साबित नहीं होता कि महानतम ईश्वर के डर और नरक में विश्वास के साथ सुसंगति होती है? हमें पोपल रोम को नहीं भूलना चाहिए। हमें उस परंपरा को नहीं भूलना चाहिए, जिसमें श्रीरंगम स्थित एक प्रसिद्ध विष्णु मंदिर का निर्माण नागापटम् स्थित एक बौद्धधर्मी मंदिर, जिसमें सोने से बनी प्रतिमा थी, को लूटकर किया गया।

इसके अतिरिक्त बहुत से लोग अपने देवों के दोषों को उस रूप में संबंधित करते हैं, जिनसे वे स्वयं डर से काँप उठते हैं। जब भागवत पुराण ऋषि शुक द्वारा राजा परीक्षित को सुनाई गई, तो राजा द्वारा जब कृष्ण की विलासिता के विषय में सुना तो उन्हें आश्चर्य हुआ कि किस प्रकार वे 'धर्म की स्थापना', 'अधर्म के दमन' के लिए अवतरित हो सकते हैं और साधुता के प्रत्यक्षीकरण का प्रतिपादक, लेखक और संरक्षक कौन था तथा क्या उन्हें भी इस तरह के भ्रष्ट कर्मों के लिए दोषी नहीं माना जाना चाहिए

था। इस बहुत ही प्रासंगिक प्रश्न का उत्तर है—"सदाचारी के अपराधों और साहसिक कार्य, जिनके साक्षी लोग महान् व्यक्तियों में बनते हैं, श्रेष्ठ व्यक्तियों के दोषों के लिए दोषी नहीं ठहराना चाहिए। लेकिन उन श्रेष्ठ जनों के अतिरिक्त किसी साधारण मनुष्य को वह कर्म करने का विचार भी नहीं करना चाहिए···श्रेष्ठ जन शब्द सत्य है और कभी-कभी उनके कर्म भी : बुद्धिमान को उनके आदेशों पर ध्यान देकर वह करना चाहिए, जो सही हो। चूँकि मुनि लोग अनियंत्रित होते हैं और उसी तरह से व्यवहार करते हैं, जिससे उनको आनंद प्राप्त हो। उन पर (श्रेष्ठ देवों) किसी तरह की रोक कैसे लगाई जा सकती है, जब उनके द्वारा स्वेच्छा से एक शरीर की कल्पना की जाती है।" इसलिए अलौकिक जीवन को उन नैतिक नियमों से अलग रहने का अधिकार दिया गया होता है, जिनका उल्लंघन आम लोगों द्वारा नहीं किया जाता। फिर हम यह क्यों मान लेते हैं कि हमारे लिए अलौकिक मनुष्यों की मौजूदगी सही और गलत का ज्ञान प्राप्त करने के लिए अत्यावश्यक है।

भविष्य में मिलनेवाले सुफलों और एक अदृश्य संसार में सजा मिलने का भय संभव है कि मनुष्य के कर्मों को प्रभावित करे, लेकिन यह नैतिक बल नहीं हो सकता। "क्या वह वास्तव में ईमानदार हो सकता है, क्या उसे सचमुच सदाचारी कहा जा सकता है," इमैनुअल कांट कहते हैं—"कौन ऐसा होगा, जो अपने उन दोषों को खुशी से छोड़ देगा, जिनके लिए भविष्य में मिलनेवाली सजा का डर न हो और कोई वास्तव में यह कहेगा कि वह बुरे कर्म करने से दूर रहता है, लेकिन अपनी आत्मा में एक पतित प्रकृति को पोषित करता है; कि उसे उन कर्मों को करने के लाभ प्राप्त करना पसंद है, जो कदाचित् सदाचारी हैं, जबकि उसे सदाचार से नफरत है?" न ही भविष्य के जीवन की आशा नैतिक जीवन में सहायक होती है। जैसाकि प्रोफेसर कैर्ड द्वारा अपनी पुस्तक 'इवोल्यूशन ऑफ रिलिजन' में कहा गया है—"अमरता में विश्वास भविष्य के निर्वाण के साथ आसानी से एक गलत अधिवास बन जाएगा, जो हम लोगों को यहाँ पर मनुष्यता के लिए निर्वाण की तलाश करने से रोकता है। यदि भविष्य के जीवन के लिए प्रयोगसिद्ध साक्ष्य एवं हम में से कुछ लोग अपनी विश्वसनीय शक्ति को खो देते हैं, यह धार्मिक दृष्टिकोण से संपूर्ण तौर पर संभवत: हानि नहीं होगी। आध्यात्मिकता संभवत: वह सब पा जाए जो अलौकिकता ने खो दिया है।"

बौद्ध धर्म नैतिक जीवन के लिए इन दोनों ही कमजोर समर्थनों को अस्वीकार करता है। यह नैतिकता के आधार को पूर्ण रूप से विषयात्मक बनाता है। यह व्यक्ति की स्वाभाविक आवश्यकताओं से अपील करता है। व्यक्ति इस जीवन के सभी तरह के दु:खों व पीड़ा से निजात चाहता है; वह कभी न खत्म होनेवाले परम सुख का भोग करना चाहता है। वह इसे किस प्रकार से प्राप्त कर सकता है? सबसे पहले जैसेकि

बोधिचर्यावतार कहता है कि पुण्य शरीर को प्रसन्न करता है। यदि एक मनुष्य दूसरे के प्रति दया और सेवा भाव रखता है, तो वे उसके लिए किसी तरह की परेशानी का स्रोत नहीं बनेंगे। कोई भी व्यक्ति अपनी सभी इच्छाओं को दूसरों की मदद के बिना पूरा नहीं कर सकता। इसलिए अगर वह दूसरों की मदद की इच्छा रखता है, तो उसके अंदर उन लोगों के लिए दया और सहानुभूति का भाव होना चाहिए। जैसाकि विदित है, वे भी खुशियों की चाह रखते हैं, उसे अवश्य ही ऐसे प्रयास करने चाहिए, जिनसे वे उनके दु:ख और पीड़ा का निवारण कर पाएँ। किस तरह से एक व्यक्ति की पीड़ा दूसरे को प्रभावित करती है? ठीक उसी तरह से जैसे एक व्यक्ति के एक पैर की पीड़ा उसके हाथों को भी प्रभावित करती है।

हालाँकि हमारे शरीर के अलग-अलग भाग होते हैं, फिर भी हम उन्हें एक मानते हैं और उनकी रक्षा करते हैं, ठीक उसी तरह से संभव है कि इस संसार में अलग-अलग तरह के मनुष्य मौजूद हों, फिर भी सभी को एक समान ही समझना चाहिए, सभी पीड़ा से मुक्ति पाने और खुशियों को प्राप्त करने के लिए प्रयासरत हैं। एक व्यक्ति का शरीर किसी के शुक्राणु और अन्य के अंकुर से मिलकर बनता है, लेकिन परंपरा के अनुसार उसे एक व्यक्ति के शरीर के तौर पर पुकारा जाता है। यदि दूसरों के उत्पाद को व्यक्ति के स्वयं के तौर पर माना जा सकता है, तो फिर इसमें क्या परेशानी है कि हम दूसरे के शरीर को अपने शरीर की भाँति ही समझें? वह एक व्यक्ति हमेशा एक ही व्यक्ति हो, यह सही नहीं है; व्यक्ति स्वयं की उसी समान व्यक्ति के तौर पर कल्पना करे। क्या यह अधिक मुश्किल है कि व्यक्ति दूसरे के समान ही स्वयं की कल्पना करे? यदि कोई आत्मा न हो, सभी लोग एक समान खालीपन लिये हुए हों, तो फिर क्या सभी व्यक्तियों में मूलभूत एकात्मकता स्वाभाविक नहीं है (परात्मा समता)? ये वे प्रवृत्तियाँ हैं, जिन पर बौद्धधर्मी विचार-विमर्श करते हैं। एक साधारण बौद्धधर्मी के लिए कर्म का सिद्धांत संभवत: नैतिक जीवन के लिए संपूर्ण महत्त्वपूर्ण लक्ष्यों के तौर पर काम कर सकता है। लेकिन ज्ञानी व्यक्ति के लिए नैतिकता का प्रमुख स्थान नायरतिमा का आंतरिक ग्रहण-बोध, सभी मनुष्यों के प्रति निस्स्वार्थता (शून्यता) का एहसास और एक-दूसरे के बीच क्रमिक मूलभूत समानता होती है। यह वही एहसास है, जो प्रसन्नता का मूलस्रोत (मुदित), दया (करुणा) और परोपकारिता (मैत्री) का निर्माण करता है और यही सभी अच्छे कर्मों का आधार होते हैं।

गहरी अंतर्दृष्टि से प्रबुद्ध द्वारा दो हजार वर्ष पूर्व उस सत्य का पता लगाया गया, जिसकी घोषणा आधुनिक विज्ञान ने आज हमारे समक्ष की है। विज्ञान बताता है—"मनुष्य एक एकल कोशिका है, जो मानवता का शारीरिक गठन होता है। एक अलग से कण के तौर पर उसका मोल अन्य शेष शारीरिक गठन के बिना कुछ भी नहीं

है। अन्य मनुष्यों के बिना एक अकेला मनुष्य न तो उत्पन्न हो सकता है और न ही जन्म ले सकता है। उसकी समस्त छिपी हुई शक्ति, जो उसे अपने पूर्वजों के जीवन से प्राप्त हुई है, जिसे उसकी आँखों में देखा जाता है और उसके कानों में सुना जाता है। यहाँ तक कि उसकी स्वाभाविक प्रतिभा और क्षमता को उपयुक्त नियुक्ति तथा सही विकास अन्य मनुष्यों के समाज के अतिरिक्त कहीं और नहीं प्राप्त होता।

मानव जीवन की कल्पना केवल मानव द्वारा स्थापित बड़े से समाज में ही की जा सकती है। न केवल उसकी उत्पत्ति मनुष्य की प्राण ऊर्जा से होती है, बल्कि वे उसका मृत्यु तक खयाल भी रखते हैं। मानवता की उन्नति के साथ-साथ व्यक्ति भी जीव के स्तर पर ऊपर उठता है और उसके नीचे गिरने के साथ उसका भी पतन होता है। एक प्राणी मनुष्यता के जीवन में एक छोटा सा प्रसंग होता है, वह कभी न समाप्त होनेवाले जीवन का दावा नहीं कर सकता। लेकिन जिस तरह से उससे पहले की पीढ़ी ने उसके जीवन में बहुत महत्त्वपूर्ण योगदान दिया है, उसी प्रकार से वह भविष्य में आनेवाली अपनी पीढ़ियों के कल्याण में अपना योगदान दे सकता है। यदि एक व्यक्ति चिरस्थायी जीवन की इच्छा रखता है, तो वह इसे केवल सामूहिक तौर पर सुरक्षित रहकर और समूह के लिए जीवित रहकर कर सकता है। इसलिए संपूर्ण मानव जाति के लिए क्या अच्छा है, वह क्या है, जो इसकी मौजूदगी और परिपूर्णता के लिए बेहतर परिस्थितियों का निर्माण करता है, वह व्यक्ति के लिए भी अच्छा होता है। जो कुछ मानवता के जीवन को खतरे में डालता है या उसे खराब करता है, वह उसके लिए भी बुरा होता है। संपूर्ण तौर पर उपयुक्त मनुष्यता स्वर्ग के समान होती है और पतन की ओर बढ़ती मनुष्यता नरक के समान होती है। मानव जीवन के मूल्य का संरक्षण और इसका विस्तार करना सदाचार है; मनुष्यता के स्तर को घटाना और इसे विनाश की ओर ले जाना अधर्म है।"

यदि एक मनुष्य दु:ख और पीड़ा से अपनी मुक्ति की प्रक्रिया को और तीव्र करने की इच्छा रखता है, तो उसे आवश्यक तौर पर अच्छाई के नियमों का पालन करना होगा। वास्तव में, यह लक्ष्य व्यक्तिगत होता है, लेकिन यह अकेले ही गतिशील यथार्थता के साथ काम कर सकता है। एक व्यक्ति आवश्यक तौर पर दूसरों को नुकसान पहुँचाने से परहेज करेगा, अगर वह यह देखेगा कि उसका हित दूसरों के साथ जुड़ा हुआ है। अपितु अगर उसे इस बात का भरोसा हो जाए कि उसका त्याग उसके अपने लाभ में सहायक होगा तो वह दूसरों के लिए अपनी कुछ चीजों का भी त्याग करेगा। व्यक्ति को अगर यह ज्ञात हो जाए कि अपने शत्रु से प्रेम उसे बोधित्व प्राप्त करने की ओर अग्रसर करेगा, तो वह अपने शत्रु से नफरत नहीं करेगा। कोई भी व्यक्ति दूसरों को सिर्फ अपने प्रेम के लिए प्रेम नहीं करता, बल्कि दूसरों को प्रेम करता है, क्योंकि कुछ कारणों से वे उसे प्रसन्न करते हैं।

बृहदारण्यक उपनिषद् में याज्ञवल्क्य अपनी पत्नी से कहते हैं—"पति केवल पति

प्रेम के लिए प्रेम नहीं करता, अपितु पति प्रेम अपने लिए करता है। एक पत्नी प्रेम पत्नी प्रेम के लिए नहीं करती, अपितु वह अपने लिए प्रेम करती है। बच्चों को प्रेम केवल बच्चों के प्रेम के लिए नहीं किया जाता, बल्कि उनसे प्रेम अपने लिए किया जाता है। धन से प्रेम धन के प्रेम के लिए नहीं किया जाता, बल्कि उससे प्रेम अपने लिए किया जाता है। पुरोहित के आदेशों से प्रेम किया जाता है, प्रेम उस आदेश के लिए नहीं किया जाता, बल्कि स्वयं के लिए प्रेम किया जाता है। योद्धा के आदेश से प्रेम किया जाता है, उस आदेश के लिए प्रेम के लिए प्रेम नहीं किया जाता, अपितु स्वयं के लिए प्रेम किया जाता है। राज्य से प्रेम किया जाता है, प्रेम राज्य के लिए नहीं किया जाता, बल्कि अपने लिए राज्य से प्रेम किया जाता है। ईश्वर से प्रेम किया जाता है, प्रेम ईश्वर से प्रेम के लिए नहीं किया जाता, बल्कि अपने लिए ईश्वर से प्रेम किया जाता है। अपनी उपस्थिति से प्रेम किया जाता है, वह प्रेम मौजूदगी के लिए नहीं होता, अपितु अपने लिए होता है। केवल प्रेम के लिए कोई प्रेम नहीं करता, अपितु अपने लिए प्रेम किया जाता है।"

एक बार राजा प्रसेनजित ने अपनी पत्नी मल्लिका से पूछा—"क्या तुमने कभी किसी और से अपने से बेहतर प्रेम किया है?"

आश्चर्यचकित होते हुए उन्होंने सरलता से उत्तर दिया—"राजन्! आपने सत्य कहा, मैंने कभी अपने आप से बेहतर तरीके से किसी से भी प्रेम नहीं किया।" साहसी राजा ने अपने आप को भी यही उत्तर दिया और उन दोनों ने अपने संवाद को प्रबुद्ध के समक्ष रखा, जिन्होंने हास्य-परिहास करते हुए इस प्रकार उत्तर दिया—

"मैंने सभी धर्मों का अध्ययन किया;
फिर भी मुझे कोई ऐसा नहीं मिला,
जो स्वयं से अधिक किसी दूसरे से प्रेम करे।
इसलिए अपने आप सबको, दूसरे से अधिक प्रिय होता है,
इसलिए अपने आप के प्रेम के लिए,
कोई दूसरे को नुकसान पहुँचाने के लिए राजी न हो।"

बौद्ध धर्म में नैतिकता पूरी तरह से व्यक्तिपरकता पर निर्भर करती है और परोपकारिता व्यक्तिगत रूप से लागू होती है। इस संसार में इससे अधिक ठोस आधार को नहीं पाया जा सकता कि व्यक्ति को अपने पड़ोसी से प्रेम, स्वयं से प्रेम के लिए करना चाहिए। जैसेकि ह्यूम कहता है—"स्वार्थ और सामाजिक मनोभावों या स्वभावों पर चाहे जिस भी तरह के विरोधाभासों को अश्लील ढंग से आक्षेपित किया जाए, वे वास्तव में स्वार्थ और महत्त्वाकांक्षा, स्वार्थ और प्रतिशोधी, स्वार्थी और अहंकारी की तुलना में अधिक विरोधाभासी नहीं होते। यह अपेक्षित होता है कि आत्म-प्रेम के आधार

के क्रम में यहाँ पर किसी तरह की मौलिक रुचि इस कार्य के लक्ष्य को एक प्रसन्नता देने के द्वारा हो; और इस उद्देश्य के लिए परोपकारिता या मनुष्यता से अधिक और कुछ भी नहीं है। भाग्य के फलों को एक आनंद या दूसरे में भोगा जाता है। एक कंजूस, जो अपनी वार्षिक आय को संचित करता है और उसे ब्याज के लालच में ऋणस्वरूप दे देता है, वह वास्तव में इसे अपने लालच के आनंद में व्यय करता है। और यह दिखाना कठिन होगा कि क्यों एक व्यक्ति उदारता का कार्य करके, एक उस व्यक्ति की अपेक्षा एक असफल ही प्रतीत होता है, जो अन्य तरीकों से व्यय करता है; चूँकि एक पराकाष्ठा, जो एक व्यक्ति सबसे अधिक विस्तृत स्वार्थपरायणता से प्राप्त कर सकता है, वह है—स्नेह की आसक्ति!"

अब तक जो कुछ कहा, उसके आधार पर हम कह सकते हैं कि स्वाभाविक तौर पर व्यक्ति के अंदर अपने से प्रेम से अधिक किसी और चीज के लिए स्नेह नहीं होता, हमें यह कहना होगा कि हालाँकि किसी ऐसे व्यक्ति को खोज पाना कठिन है, जो अपने से अधिक किसी और, मात्र एक को अपने से अधिक प्रेम करता हो, फिर भी यह खोज पाना कठिन है, किसी ऐसे को तलाश कर पाना, जिसके भीतर का सहानुभूति तरीके से किया गया प्रेम, स्वार्थपन के भाव के साथ संतुलित हो।

एक व्यक्ति का ध्येय और लक्ष्य धन की प्राप्ति या प्राकृतिक इच्छाओं की संतुष्टि नहीं हो सकता। लेकिन जैसेकि धर्म सिखाता है, यह उस पराकाष्ठा को प्राप्त करना है, जिसमें संपूर्ण सुंदरता, संपूर्ण ज्ञान, संपूर्ण अच्छाई और संपूर्ण स्वतंत्रता सम्मिलित होती है। क्या मनुष्य के लिए इस भविष्य की संपूर्णता में आस्था व्यक्ति को उत्साही ढंग से प्रेरित कर सकती है? हाँ; इसने भूतकाल में मनुष्यता के स्तर को ऊपर उठने की ओर अग्रसर करने के लिए उत्तेजित करनेवाले बल की भाँति कार्य किया था। और यहाँ प्रकट रूप से ऐसा कोई कारण दिखाई नहीं देता कि यह समान रूप से अब या भविष्य में कामगार नहीं होगा। मनुष्यता, जैसेकि इसे हम अब देखते हैं, में छोटी-छोटी तुच्छ लगनेवाली बातों को शामिल कर लिया गया है—"उनको प्राप्त करने की उनकी बेबुनियाद आशा और व्यर्थ प्रयासों, उनके संघर्ष और असफलता तथा सफलता का स्वाद उनकी असफलता से अधिक कड़वा होता है, सबसे अधिक बुरा होता है, असाध्य उदासी के परित्याग; सब एक समान होता है, युवा और वृद्ध, अमीर और गरीब, अच्छे और बुरे, जीवन के पथ पर भटका है, जिसका कब्र तक पहुँचने से पहले कोई अंत नहीं है, जिसे उत्साह से अधिक सहानुभूति अधिक उत्तेजित कर सकती है।"

लेकिन एक आदर्श मनुष्यता, जैसेकि बुद्ध द्वारा धर्मकाय: में कहा गया है—"यह आवश्यक तौर पर मानव के भीतर एक उत्साह को उठाता है, जो उसे कर्म की ओर संचालित करता है।"

ह्यूम कहता है—"मस्तिष्क एक मौलिक सहज ज्ञान की ओर स्वयं को अच्छे के साथ जोड़ने और बुराई से परहेज करने की ओर प्रवृत्त करता है, हालाँकि इनको केवल विचारों में परिकल्पित किया जाता है और भविष्य के समय काल में इन पर विचार किया जाता है।" और इतिहास दिखाता है कि एक मनुष्य कितने शक्तिशाली ढंग से आदर्श उद्देश्य के अवलोकन से प्रेरित होता है, जिसकी उपस्थिति को संभवत: वह दृढ़तापूर्वक कहे। बल्कि इससे अधिक; इतिहास यह सिद्ध करता है कि किस तरह से व्यक्ति अपने आदर्श लक्ष्य को पूरा करने के लिए अपनी संपत्ति, अपना रक्त और अपना सबकुछ बलिदान कर देते थे।

अपितु, अंधविश्वास से जुड़ी मान्यताओं में भी सबसे प्रभावशाली भाग कुछ इसी के समान होता है, जो हमारे पास परिकल्पना के लक्ष्य में होता है। बल्कि एक आदर्श किसी भी समय संपूर्ण रूप से अस्तित्वहीन होता है। यह हमेशा ही, आंशिक रूप से सिद्ध होता है, अपितु इस तरह की सिद्धि की सीमा अति सूक्ष्म/छोटी सी हो सकती है। मानव में हमेशा ही उसके संकेत मौजूद रहते हैं, जो वह बन सकता है, ज्ञानोदय का बीज जो भीतर छुपा रहता है, तीव्रता से उत्तेजित होता है।

"तृष्णा, ललक, सप्रयास
अच्छे के लिए सम्मिलित नहीं होते।"

संदर्भ—

1. कर्वेथ रीड : मेटाफिजिक्स ऑफ नेचर, पृष्ठ सं. 345।
2. सूत्रकृतांग के छठवें उपदेश में बौद्धधर्मियों का जैनधर्मियों द्वारा इसलिए बहुत मजाक बनाया गया कि उन्होंने यह कहा कि व्यक्ति की नीयत यह तय करती है कि उसने जो कार्य किया है, वह पाप है अथवा नहीं है।
3. वे दस पाप, जिन्हें नहीं करना चाहिए, उनमें आमतौर पर उनकी गिनती इस तरह से की जाती है—1. किसी जीवित प्राणी की हत्या करना (प्रणातिपद), 2. चोरी करना (अदत्तादान), 3. व्यभिचार करना (काममृतहारा), 4. झूठ बोलना (मिथ्यावाद), 5. झूठी निंदा करना (पईसुन्य), 6. अपमानजनक भाषा का प्रयोग करना (परुष्य), 7. तुच्छ विचार (सभिन्नपरालापा), 8. लालच (अभिध्य), 9. बदनीयति (वयपद), 10. गलत विचार रखना (मिथ्यादृष्टि)। लेकिन इस पुस्तक में जो दस पाप सूचीबद्ध किए गए हैं, उनमें मादक पदार्थों के सेवन (सुरापान) को पाँचवाँ पाप कहा गया है, क्योंकि पंचशील, जो सभी बौद्धधर्मियों के लिए अनिवार्य होता है, में इसके वर्जन को पाया गया। उपरोक्त सूची में 6 और 7 के द्वारा जिस पाप को प्रस्तुत किया गया है, को एक साथ रखा गया है और इनसे एक साथ ही निपटा गया है।
4. राजेंद्र लाल मिश्रा के ऐस्से ऑन इंडो-आर्यन को देखें। संस्करण 2।
5. कोई भी दोष इतना सर्वव्यापी नहीं है, जैसेकि धोखेबाजी और जुआ खेलना है। मिथ्या साक्ष्य प्रस्तुत करना भी असाधारण नहीं है और संसार भर में लुटेरों और चोरों की भी कोई कमी नहीं

है।—'जिमेर की अल्तिनदिश लेबन'

6. डॉ. पॉल कैरस : जेम्स ऑफ बुद्धिस्ट पॉयट्री।
7. दूसरा संस्करण, पृ. 62-68
8. यह भीष्म की युधिष्ठिर को सलाह थी। देखें—अनुशासनपर्व, महाभारत।
9. इलाहाबाद विश्वविद्यालय के स्नातकों के लिए संबोधन।
10. ई.डब्ल्यू. होपकिन्स : रिलिजन्स ऑफ इंडिया, पृष्ठ सं. 535, 536।
11. ला सागैसी एट लॉ डेस्टिनी।

□

अध्याय-4

बौद्ध धर्म और जात-पाँत

"तथागत ने इस पूरे संसार को एक बादल के रूप में प्रतिरूपित किया था, जो अपने जल की वर्षा सभी पर बिना किसी भेदभाव के कर रहा है। उनके हृदय में ऊँचे और निम्न वर्ग के लोगों, ज्ञानी और अज्ञानी, सज्जन व पथभ्रष्ट के लिए समान भाव थे। उनके उपदेश पूरी तरह से शुद्ध थे और वे सज्जन व पथभ्रष्ट, अमीर व गरीब के बीच में किसी तरह का भेदभाव नहीं करते थे। वे उस जल के समान थे, जो बिना किसी भेदभाव के सभी को स्वच्छ करता है। वे उस अग्नि के समान थे, जो उन सभी चीजों को अपने अंदर समाहित कर लेती है, जो स्वर्ग और पृथ्वी के मध्य, छोटी और बड़ी है। वे उस स्वर्ग के समान थे, जिसमें एक कमरा मौजूद है, बड़ा सा कमरा, जो सभी के स्वागत के लिए है, उसमें स्त्री-पुरुष, लड़का-लड़की, शक्तिशाली और कमजोर सभी का स्वागत है।" यही वे शब्द थे, जिनमें गौतम शाक्यमुनि द्वारा अपने अनुयायियों को उस निर्वाण की उस सर्वव्यापकता से प्रभावित किया गया, जिसे वे इस संसार में लेकर आए थे। इस सर्वव्यापकता के भाव को अभ्यास में किस तरह से लाया गया, इसे बौद्ध धर्म की हिंदू समाज की घातक जाति-प्रथा के प्रति भाव में बहुत अच्छी तरह से प्रदर्शित किया गया था।

एक अवसर पर आनंद, जो बुद्ध के सबसे पुराने शिष्य थे, एक कुएँ के पास से गुजर रहे थे, जहाँ पर मातंग जाति की एक लड़की कुएँ से पानी निकाल रही थी, उन्होंने उससे पीने के लिए थोड़ा पानी माँगा। इस पर उसने जवाब दिया—"आप मुझसे पानी कैसे माँग सकते हैं, मैं चांडाल जाति की हूँ, क्या मेरे स्पर्श से आपको छूत नहीं लगेगा, क्योंकि मैं अछूत हूँ?"

आनंद ने उत्तर दिया—"मेरी बहन, मैंने तुमसे जाति नहीं माँगी, मैंने तो पीने के लिए पानी माँगा है।"

यह सुनकर चांडाल लड़की उल्लसित हो गई और आनंद को पीने के लिए पानी दे दिया। आनंद ने उसे धन्यवाद कहा और अपनी राह पर आगे बढ़ गए, लेकिन वह लड़की

यह जानकर कि वे प्रबुद्ध के शिष्य हैं, उनके पीछे-पीछे वहाँ पर आई, जहाँ पर बुद्ध थे। प्रबुद्ध आनंद के प्रति उसके भावों को समझ गए और उनका उपयोग उसकी आँखों को सत्य के लिए खोलने के लिए किया और उसे अपने शिष्यों में सम्मिलित कर लिया।

इस चांडाल स्त्री के भिक्षुणियों में सम्मिलित होने पर राजा प्रसेनजित, ब्राह्मणों, श्रावस्ती के क्षत्रियों में बहुत नाराजगी फैल गई और वे प्रभु के पास जाकर उनके इस कार्य का विरोध करने लगे। प्रबुद्ध द्वारा उनके समक्ष जाति के आधार पर भेदभाव के विचार की तुच्छता को निम्न साधारण से तर्क के आधार पर बताया गया—

राख और सोने के बीच एक बहुत बड़ा फर्क होता है, लेकिन एक ब्राह्मण और एक चांडाल के बीच उस तरह का कोई फर्क नहीं होता। एक ब्राह्मण सूखी लकड़ियों का आपस में घर्षण करके अग्नि उत्पन्न नहीं कर सकता; वह न तो आकाश से नीचे उतरा है, न ही उसकी हवा से उत्पत्ति हुई है, न ही उसका आगमन धरती को चीरकर हुआ है। उसका जन्म एक स्त्री के गर्भ से ठीक उसी तरह से हुआ है, जिस तरह से एक चांडाल का हुआ है। सभी मनुष्यों के शरीर में एक जैसे ही अंग होते हैं; उनमें किसी तरह का थोड़ा सा भी अंतर नहीं होता। फिर उन्हें किस तरह से किसी दूसरी प्रजाति का माना जा सकता है? प्रकृति मानवजाति के बीच किसी भी तरह की खास भिन्नता की कल्पना का विरोध करती है।

ब्राह्मण जाति खासतौर पर भारतीय मानव जाति का रूप है। आसपास के दूसरे देशों में ब्राह्मण जैसी कोई जाति मौजूद नहीं है। उन देशों में केवल मालिक और दास होते हैं। जो लोग धनी होते हैं, वे मालिक होते हैं और जो लोग गरीब होते हैं, वे दास होते हैं। धनी व्यक्ति किसी दिन गरीब हो सकता है और गरीब व्यक्ति कभी धनी हो सकता है। अपितु भारत में भी, जब एक क्षत्रिय या एक वैश्य या एक शूद्र धनी हो जाते हैं तो ब्राह्मण जाति के सदस्य उनकी सेवा करते हैं; वे उनके आदेश की प्रतीक्षा करते हैं और उन्हें प्रसन्न करने के लिए मधुर शब्दों का प्रयोग करते हैं। उनकी इच्छाओं का प्रबंध करने के लिए वे सुबह उनसे पहले उठ जाते हैं और रात को तभी सोने जाते हैं, जब वे आराम करने चले जाते हैं। फिर इन चार जातियों में अंतर कहाँ पर दिखता है? ब्राह्मणों द्वारा यह घोषणा कि केवल वे ही सबसे ऊँची जाति हैं और दूसरे लोग उनसे छोटी जाति हैं, मात्र खाली बरतनों की आवाज की तरह है।

अगर एक ब्राह्मण कोई पाप करता है तो वह भी उस पाप के कारण उसी तरह की पीड़ा झेलता है, जिस तरह कोई अन्य व्यक्ति झेलता है। ठीक दूसरे व्यक्तियों की तरह यदि ब्राह्मणों को निर्वाण की इच्छा होती है तो उन्हें भी पाप करने से दूर रहना होता है। क्या नैतिक संसार के आदेश भी मनुष्य जाति के बीच में भेदभाव करने के सिद्धांत को झूठ ठहराते हैं? क्या मूल क्षमता और योग्यता सभी जगह पर एक समान होती है? क्या

शूद्र, जिसे अपनी जाति के लिए तिरस्कृत किया जाता है, अच्छे विचारों और उत्कृष्ट कर्मों के लिए ठीक उसी तरह सक्षम है, जिस तरह ब्राह्मण होता है? यदि स्नान एक ब्राह्मण को धूल-मिट्टी से शुद्ध कर सकता है तो क्या यह ठीक उसी तरह से किसी दूसरे जाति के व्यक्ति को भी नहीं कर सकता? यदि जल ब्राह्मण को किसी खास तरह की प्राथमिकता नहीं देता, क्या अग्नि अलग-अलग जाति के लोगों के लिए कोई विशेष सम्मान को प्रदर्शित करती है? क्या तथाकथित उच्च जाति के सदस्यों के द्वारा जो आग सुगंध से लैस लकड़ी को रगड़कर निकाली जाती है, क्या वही आग ठीक उसी तरह से निम्न कही जानेवाली जाति के व्यक्ति द्वारा उस लकड़ी के दुर्गंधवाले टुकड़े को रगड़कर नहीं निकाली जाती, जिस पर से कुत्ते या सूअर का आना-जाना हुआ हो?

इसके अतिरिक्त अगर विभिन्न जातियों के लोग एक जगह से गुजरें और उनके साथ उनकी संतानें भी हों और सभी की संतानें आपस में मिल जाएँ तो क्या हम सही संतान को सही माता-पिता को सौंपने का काम कर सकते हैं? क्या अन्यथा नहीं है कि एक घोड़ी और गधे का मिलन एक खच्चर को पैदा करता है? फिर इस कल्पना को किस तरह से समर्थन दिया जाता है कि मनुष्य जाति के बीच में ही अलग-अलग प्रजातियाँ मौजूद हैं? इसके विपरीत, ब्राह्मणों का यह सही ज्ञान ही है कि वे स्वयं इस बात को साबित करते हैं कि एक व्यक्ति के नैतिक मूल्य ही उसको उच्च स्थान प्रदान करते हैं। बाँटनेवाले भिक्षा पात्र के लिए वे एक नैतिक तौर पर अच्छा व्यवहार करनेवाला मनुष्य होना पसंद करते हैं, अपितु तब भी, जब वह किसी तरह के सम्मानित चिह्न का प्रदर्शन नहीं करता है, यहाँ तक कि शायद वह दीक्षा समारोह, जिसे दूसरे जन्म के नाम से जाना जाता है, से नहीं गुजरा है। इसके अनुसार यह अनुसरण करता है कि जबकि यह संभव है कि किसी व्यक्ति द्वारा किए गए कार्य की शुद्धता या अशुद्धता से संबंधित सही-सही जानकारियों को प्राप्त किया जा सके, फिर भी जन्म और वंश से संबंधित सही-सही जानकारी को प्राप्त नहीं किया जा सके।

पौधों, कीड़ों, चार पैरोंवाले पशुओं, साँपों, मछली और पक्षियों में वे चिह्न, जो उस प्रजाति का निर्माण करते हैं, पर्याप्त मात्रा में होते हैं, जबकि मनुष्यों में ऐसा नहीं होता। न तो बाल, न ही खोपड़ी की बनावट, न ही त्वचा का रंग, न ही मौखिक अंग और न ही शरीर का कोई और दूसरा अंग किसी तरह के खास अंतर को प्रदर्शित करता है। जन्म और वंश परंपरा से सभी मनुष्य एक जैसे होते हैं। वे एक-दूसरे से भिन्न केवल अपने पेशे से होते हैं और उसी के अनुसार उनको पदवी दी जाती है। कुछ लोगों को खेतिहर कहा जाता है, कुछ लोग कलाकार, कुछ व्यापारी, कुछ राजा, कुछ लुटेरे, कुछ पुरोहित आदि होते हैं। एक और समान जाति में अलग-अलग सदस्य विभिन्न पेशों को भी अपनाते हैं। क्या हमारे सामने ऐसे चिकित्सक, जादूगर, संगीतकार, व्यापारी, वे

कृषक, जिनके पास पशु धन, पालतू पक्षी और दास हैं, मौजूद नहीं हैं, जो ब्राह्मण भी हैं; धनी भूस्वामी, जो अपनी पुत्रियों को अच्छा-खासा धन देते हैं और उतना ही धन अपने पुत्रों की शादी में प्राप्त भी करते हैं; कसाई, जो जानवरों की हत्या करते हैं और उनका मांस बेचते हैं; वे लोग, जो दूसरों की वासनापूर्ति कर उनको आनंद देते हैं; वे जो सौभाग्यशाली समय बताने का दावा करते हैं; वे लोग, जो धरने पर बैठते हैं; वे लोग, जो सुनसान जंगल में हिंसक बनकर रहते हैं; वे लोग, जो अपनी आजीविका घरों में चोरी के लिए घुसनेवालों के बदौलत कमाते हैं; लंबे बाल, गंदे दाँत, नुकीले नाखून, बेढंग शरीर तथा धूल-मिट्टी और जुओं से भरे सिरवाले भिखारी; और वे लोग, जो सभी तरह की इच्छाओं से मुक्त होने की घोषणा करते हैं और दूसरों को भी मुक्त करवाने के लिए तैयार होते हैं? ऐसा कैसे कहा जा सकता है कि ब्रह्मा द्वारा ब्राह्मणों को बलि देने और वेदों का ज्ञान प्राप्त करने के लिए, क्षत्रियों को साम्राज्य स्थापित करने और आदेश देने, वैश्यों को भूमि जोतने तथा शूद्रों को बाकी सभी जातियों के लोगों का आदेश मानने और उनकी सेवा करने के लिए बनाया गया? सच तो यह है—

"वेदों का अध्ययन करने का यह कार्य भूल-भुलैया का जाल है,
वह प्रलोभन, जो पीड़ित को सम्मोहित करता है, जिसका वह फायदा उठाता है;
यह मृग जाल बेपरवाह आँखों को फँसाने के लिए बिछाया जाता है,
लेकिन, जो विवेकी होता है, वह इसमें से सुरक्षित बाहर निकल जाता है।
वेदों में कपटी या कायर या धोखेबाज की रक्षा करने की
कोई छुपी हुई शक्ति निहित नहीं होती।
सभी ब्राह्मणों को अपनी जीविका की आवश्यकता थी
और इसलिए अपने लाभ के लिए उन्होंने वेदों का निर्माण किया।
छंदोबद्ध रूप में तैयार किए गए वाक्य,
जिन्हें रटकर याद किया जाता और आसानी से भूला भी नहीं जाता।
उनकी अल्पदृश्यता और कुछ नहीं बस, मूर्ख लोगों के मन को सम्मोहित करती है,
जो उन्हें बताई गई सभी बातों को उत्तेजित होकर, अंधे बनकर अपना लेते हैं,
सिद्धांत और नियम, विवेकहीन और व्यर्थ, मनगढ़ंत
बेपरवाही से कल्पना किए गए धन और शक्ति के लाभ का लालच देते हैं।
वे हमें कहते हैं कि ब्रह्मा द्वारा
ब्राह्मणों को अध्ययन करने और क्षत्रियों को आदेश देने के लिए,
वैश्य को खेती करने और शूद्र को बाकी सभी की सेवा के लिए बनाया।
देखें, हमारी आँखों के सामने इन नियमों को लागू किया गया?

क्या और ब्राह्मणों को केवल अध्ययन का कार्य करना होगा?
क्या क्षत्रियों को केवल शासन करना होगा?
क्या वैश्य खेती करेंगे और शूद्र बस सेवा करेंगे?
इन लालची झूठे लोगों ने छल-कपट से यह प्रसार किया।
और मूर्ख लोगों ने मनगढ़ंत काल्पनिक बातों पर विश्वास किया,
जिसे उन्होंने दोहराया।
ब्राह्मणों के वेद और क्षत्रियों की नीति
दोनों ही स्वैच्छिक और धोखे से भरी हुई हैं;
उन्होंने अँधेरे में बिना देखे एक राह पर बहुत बड़े से जन-सैलाब
के साथ अपना रास्ता बना लिया।
ब्राह्मणों के वेदों और क्षत्रियों की नीति में
एक छुपा हुआ अर्थ हम एक जैसा देखते हैं:
आखिरकार, जिसके लिए हानि, लाभ तथा प्रशंसा और तिरस्कार,
सभी जातियों को समान रूप से स्पर्श करती है, सब एक समान हैं।"[1]

अगर हम बहुत करीब से देखते हैं, तो हमें एक राजकुमार और एक दास के शरीर में किसी तरह का कोई अंतर नहीं देखते हैं। जो बात जरूरी है, इसमें से किसे सबसे निंदनीय विचार के तौर पर रखा जा सकता है और किसको सबसे विवेकी विचार मानकर सम्मानित और प्रशंसनीय कहा जा सकता है। विशुद्ध रूप से ब्राह्मणों के विचार ऊँची और नीच जाति के विषय में बातें, जिसे कहा गया कि ब्राह्मण ब्रह्मा के पुत्र हैं, केवल खोखली बातें हैं। चारों जातियाँ एक बराबर हैं। वह चांडाल है, जो नफरत को सँजोकर रखता है; जो जीवित प्राणियों को कष्ट देता है और उनको जान से मारता है; जो चोरी और व्यभिचार करता है; जो अपना ऋण नहीं चुकाता; जो अपने बुजुर्ग माता-पिता के साथ अच्छा व्यवहार नहीं करता या उनका पालन-पोषण करने में असमर्थ है; जो गलत परामर्श देता है या सत्य को छुपाता है; जो सत्कार के बदले में दूसरों का सत्कार नहीं करता और न ही किसी का आदर करता है; जो आत्म प्रशंसा में डूबा रहता है और दूसरों को हीन-भाव से देखता है; जो दूसरे लोगों के सदाचार की परवाह नहीं करता और उनकी सफलता से ईर्ष्या करता है। कोई जन्म से नहीं, बल्कि अपनी सोच और कर्मों से चांडाल होता है।

वह ब्राह्मण है[2], जो पूरी तरह से पापों से मुक्त है। वह एक चांडाल है, जो क्रोधित और अपने अंदर नफरत पालता है; वह दुष्कर्मी और पाखंडी है; जो गलतियों और धोखेबाजी से भरा हुआ है। जो कोई भी उत्तेजना देनेवाला और लोभी है, उसकी इच्छाएँ

पापजनित हैं, वह पाप करने से न तो डरता है और न ही उसे इसमें शर्म महसूस होती है, वह ही एक चांडाल है। कोई भी जन्म से चाडांल नहीं होता और न ही कोई जन्म से ब्राह्मण होता है; अपने कर्मों से ही कोई मनुष्य चांडाल और ब्राह्मण होता है।[3]

"तो वह हैं, जो वास्तव में ब्राह्मण हैं,
जो उन जन्मों के बारे में जानते हैं, जिन्हें उन्होंने बीते समय में जिया है;
और (अपनी दिव्य आँखों से) परमानंद की स्थिति को देखते हैं,
और संताप की उस स्थिति को, जिससे दूसरे लोग गुजरते हैं;
वे सभी पुनर्जन्मों के अंत तक पहुँच गए हैं, बन चुके हैं
एक ऋषि, जो दृष्टि में परिपूर्ण है, अर्हत
ज्ञान के इन तीन माध्यमों में, तीन गुना ज्ञान
क्या मैं उन्हें एक ब्राह्मण कहूँ, तीन गुना ज्ञान,
और उस व्यक्ति को नहीं, जो बार-बार बड़बड़ाता है,
अकसर उन रहस्यवादी पदों को दोहराता है, जिसे पहले दोहरा चुका है।"[4]

धर्म के दृष्टिकोण से धर्म एक जाति और दूसरी जाति के बीच में किसी तरह का अंतर नहीं करता। सद्धर्मपुंडरीक सूत्र में शाक्यमुनि कश्यप से कहते हैं—"तथागत अपने शिक्षा ग्रहण करनेवाले प्राणियों के लिए पक्षपाती नहीं, गैर-पक्षपाती होते हैं। जिस तरह से सूरज और चाँद की रोशनी सारे संसार को प्रकाशित करती है, वह सदाचारी और दुराचारी, ऊँची और नीच जाति, सुगंध और दुर्गंध देनेवालों पर समान रूप से पड़ती है; क्योंकि उनकी किरणें नीचे सभी चीजों पर समान रूप से पड़ती हैं, बिना किसी तरह का पक्षपात किए; तो ठीक इसी तरह तथागत के ज्ञान का बौद्धिक प्रकाश सभी पर समान रूप से पड़ता है।" उसी पुस्तक में एक दूसरे स्थान पर प्रबुद्ध कहते हैं—"यह उसी तरह से है, जैसेकि कुम्हार एक जैसी मिट्टी से ही अलग-अलग मिट्टी के बरतन बनाता है। उनमें से कुछ बरतनों में मीठा, कुछ अन्य में घी, किसी में दही और दूध रखा जाता है और अन्य, जो थोड़ी घटिया गुणवत्तावाले बरतन होते हैं, उन्हें अशुद्ध कार्यों के लिए उपयोग किया जाता है। इन सभी को बनाने के लिए जिस मिट्टी का उपयोग किया गया, उसमें कोई अंतर नहीं था (ब्राह्मण या अछूत, यूरोपीय या एशियाई में कोई वास्तविक अंतर नहीं है)। बरतनों की भिन्नता केवल उन वस्तुओं से है, जिसे उनमें से प्रत्येक को भरा गया है।"

इस संबंध में धर्म अद्वैत वेदांत से पूरी तरह से भिन्न है, हालाँकि वेदांत द्वारा बौद्ध धर्म के माध्यमिका विचार से काफी कुछ लिया गया है, जैसाकि सांख्य दर्शनशास्त्र के अनुयायियों द्वारा संबंधित किया जाता है, छद्म वेश में बौद्ध धर्म (प्रच्छन बुद्ध)[5]

एक कट्टरपंथी होने के कारण ब्रह्मवादी प्रणाली का वेदांत सख्ती से मनु के उपदेशों का पालन करते हैं कि "शूद्रों को कोई व्यक्ति न तो परामर्श दे सकता है और न ही उसे सिद्धांतों या धर्म की उपयोगिता का ज्ञान दे सकता है।" और यह घोषणा की कि तीन ऊँची जातियाँ 'दोबारा जन्म लेनेवाली' केवल वही आध्यात्मिक तौर पर निर्वाण (मुक्ति) के योग्य हैं। वहीं दूसरी तरफ बौद्ध धर्म ने अपने द्वार सभी के लिए बिना किसी भेदभाव के खोल दिए।

संघ में सभी का प्रवेश बिना किसी अंतर या भेदभाव के करवाया गया। केवल नाबालिग, सैनिक, दास, अवैध और विकलांग लोगों को आदेश में सम्मिलित होने की अनुमति नहीं दी गई थी। यह आवश्यक अपवाद था। यहाँ तक कि उस देश के लिए भी, जिसका शासन बहुत ही अच्छी तरह से चलाया जा रहा हो, के लिए सैनिकों की आवश्यकता होती है और उन्हें अपने को छोड़ने की अनुमति बिना किसी पर्याप्त कारण के नहीं दी जा सकती। लेकिन अपने अधिकारियों की अनुमति के साथ वे संघ में शामिल हो सकते थे। नाबालिगों की तरह ही दास भी मुक्त नहीं होते थे और उनकी मुक्ति से पहले उनका संघ में प्रवेश उनके मालिकों के लिए नुकसानदायक साबित हो सकता था, लेकिन इसका अर्थ यह नहीं था कि धर्म द्वारा दास प्रथा को प्रोत्साहित या उसका समर्थन किया गया।

चीनी ब्रह्मजाल सुत्त ने दास से काम करवाने और दासों को अपने पास रखने पर रोक लगाई थी। जैसेकि एम.डे. ग्रूट ने ध्यान आकर्षित किया—"पंद्रह सौ साल से भी पहले ही दास प्रथा को रोकने का श्रेय बौद्ध धर्म को जाता है।" उस समय भी दास प्रथा एक ऐसी परंपरा थी, जो मौजूद थी और जिसका सामना बुद्ध को करना था।

दास प्रथा से मनुष्यों को होनेवाली पीड़ा और दुःख को कम करने के लिए बुद्ध द्वारा मालिकों को यह सिखाया गया कि उन्हें अपने दासों के कल्याण के बारे में सोचना चाहिए और इसके लिए उन्हें अपने दासों को उनकी शक्ति के अनुसार काम, भोजन और वेतन व बीमारी में उनकी देखभाल और कभी-कभी उनको स्वादिष्ट भोजन व अन्य भोग-विलास की वस्तुएँ और छुट्टी देनी चाहिए। अपने एक शिलालेख में सम्राट् अशोक द्वारा इस तथ्य पर जोर दिया गया कि धर्म में दासों व सेवकों के साथ दयालुतापूर्ण व्यवहार करना, माता-पिता की आज्ञा का पालन करना, परोपकार और जीवन की शुद्धता के लिए सम्मान करना सम्मिलित है। यह बौद्ध धर्म की विचारधारा के विरुद्ध है कि यह माना जाए एक वर्ग के व्यक्ति को दूसरे वर्ग के व्यक्ति की सेवा के लिए बनाया गया है। यह हर किसी के लिए संभव है, फिर चाहे वे ब्राह्मण हों या चांडाल, श्वेत व्यक्ति हों या काले व्यक्ति कि वे उस आत्म-संस्कृति और आत्मसंयम को प्राप्त कर पाएँ, जिसे निर्वाण शब्द के माध्यम से बताया जाता है।

अवैध और विकलांग लोगों को अनुमति नहीं दी गई, क्योंकि वे उन प्रयासों को करने में अक्षम थे, जिनकी आवश्यकता बोधि को प्राप्त करने के लिए होती है। भिक्षुत्व के लिए निष्क्रिय और आलस्य से भरा जीवन जीना शामिल नहीं है, बल्कि इसमें मनुष्य को दूसरों की भलाई के लिए कठिन प्रयासों से भरा सक्रिय जीवन जीना होता है। प्रबुद्ध कहते हैं—"ओ भिक्षुक, अच्छे काम से मत डरना, यही खुशी का नाम है, जो चाह, इच्छा, प्रिय और आनंदमयी है—उसका नाम ही अच्छा कर्म है।"

वे लोग, जो संघ में प्रवेश करते थे, उनके लिए कोई जाति नहीं होती थी। जिस तरह से महान् नदियाँ, हालाँकि ऐसी बहुत सी गंगा, यमुना, अचिरावती नदी, सरयू, महानदी हो सकती हैं, जब वे समुद्र में पहुँचती हैं, तो अपना पुराना नाम और उत्पत्ति को खो देती हैं और बस केवल एक नाम धारण कर लेती हैं, 'एक महान् समुद्र' तो ठीक इसी तरह से बुद्ध के सभी शिष्य, चाहे उनका संबंध किसी भी जाति से रहा हो, जब वे उपदेशों में सम्मिलित होते हैं, अपना पुराना नाम और माता-पिता को खो देते हैं और केवल एक पदवी धारण करते हैं, शाक्यभिक्षुक।

थेरागाथा में सम्मिलित सबसे पुरानी गाथा में हमें अंगुलिमाल, एक खतरनाक डाकू; सुनीता, मार्गों से कूड़ा हटानेवाला; स्वपाका, कुत्ते का मांस खानेवाला; स्वाति, मछुआरा; नंदा ग्वाला; और उपाली नाई मिलता है। भिक्षुणी में गणिका आम्रपाली; वेश्या की बेटी विमला; एक दास स्त्री की बेटी पूर्णा; और एक शिकारी की बेटी चापा मिलती है।

सुनीता के मन-परिवर्तन की कहानी, जैसेकि उन्होंने स्वयं बताई है, दरशाती है कि यह कितना आसान था कि कोई तथाकथित नीची जाति का व्यक्ति संघ का सदस्य बन जाए। सुनीता कहते हैं—"मैं एक नीच परिवार से था। मैं गरीब और जरूरतमंद था। जो काम मैं करता था, उसे बहुत छोटा माना जाता था। मैं मुरझाकर नीचे गिरे फूलों की सफाई का काम करता था। मैं लोगों द्वारा तिरस्कृत था। मुझसे सदैव नीचे की ओर देखने की अपेक्षा की जाती थी और मुझमें आत्मविश्वास की बहुत कमी थी। दूसरों की आज्ञा का पालन करते हुए मैंने बहुत से लोगों को सम्मान दिया। फिर मैंने बुद्ध और उनके भिक्षुकों के समूह को उस समय ध्यान से देखा, जब वे मगध से गुजरे। मैंने अपने बोझ का त्याग कर दिया और उनके समक्ष श्रद्धापूर्वक झुकने के लिए दौड़ पड़ा। मुझ पर दया करके वे, जो मनुष्यों में सर्वश्रेष्ठ थे, रुक गए। मैं उनके चरणों में झुक गया और उनसे, जो मनुष्यों में सर्वश्रेष्ठ थे, से भिक्षा माँगने लगा कि वे मुझे भिक्षुक के तौर पर स्वीकार करें। फिर उन दयाशील स्वामी ने मुझसे कहा, 'हे भिक्षुक आओ', उनसे मुझे सर्वप्रथम यही दीक्षा संस्कार प्राप्त हुआ। स्वामी ने कहा, 'हे भिक्षुक, अपने अंदर के प्रकाश से संसार को प्रकाशित होने दो, तुम धार्मिक जीवन को, जिसे सिद्धांतों और अनुशासन, जो कोमल और सहिष्णु जान पड़ते हैं, के द्वारा अच्छी तरह से बताया गया

है, को अपनाओ।'[6]

वे लोग, जो आदेश में सम्मिलित होते थे, उन्हें अपनी जाति का त्याग करना होता था, ऐसा नहीं लगता था कि बुद्ध अपने अनुयायियों पर ऐसा करने के लिए जोर डालते थे। गौतम शाक्यमुनि के समय में, जो सामाजिक परिस्थितियाँ थीं, संभवतः वे एक उपदेशक के लिए यह आवश्यक नहीं करती थीं कि वे जातिवाद के विरुद्ध एक योद्धा की भाँति उपदेश दें, जाति, अन्य सभी सामाजिक प्रथाओं की तरह स्वाभाविक विकास का ही उत्पाद थीं। ऋग्वेद में कहा गया है कि पुरुषसूक्तम् के एकमात्र अपवाद को छोड़ दें तो इस शब्द के ब्राह्मणवादी अर्थ से जाति की मौजूदगी के कोई संकेत प्राप्त नहीं होते। वैदिक स्तोत्र में समाज के दो वर्ग थे, एक राजसी वर्ग और दूसरा पुरोहित वर्ग, को सबसे ऊपर या समुदायों के बहुत बड़े वर्ग की पहचान दी गई थी। लेकिन ब्राह्मणों ने अभी तक अपने इस दावे को स्थापित नहीं किया था कि वे राजनीतिक भाग की सबसे ऊँची श्रेणी हैं।

बुद्ध के समय में ब्राह्मण संभवतः अपने आप को क्षत्रियों से श्रेष्ठ (उच्च श्रेणी) का स्थापित करने का प्रयास कर रहे थे। अंबट्ठ सुत्त में प्रबुद्ध द्वारा क्षत्रियों की उच्च श्रेणी का दावा किया गया था। "अतः यह स्पष्ट था, आप चाहे इसे पुरुष के संबंध में देखें या स्त्री के संबंध में, क्षत्रिय ही सबसे बेहतर लोग होते हैं और ब्राह्मणों का स्थान उनसे नीचे होता है। इसके अतिरिक्त वे ब्रह्म सनम कुमारा थे, जिन्होंने कहा था, 'आम जनता में क्षत्रिय सबसे बेहतर होते हैं, जो वंशावली की रखवाली करते हैं। वे जो जानते और व्यवहार करते हैं कि देवताओं और मानव में कौन बेहतर है।' अब इस दोहे अंबाटा को अच्छे तरीके से, न कि खराब तरीके से ब्रह्म सनम कुमारा द्वारा गाया गया; इसे अच्छे तरीके से कहा गया, न कि बुरे ढंग से; समझदारी के साथ, न कि अविवेकपूर्ण तरीके से कहा गया। मैं भी, अंबाटा के साथ सहमत होते हुए कहता हूँ, आम जनता में क्षत्रिय सबसे बेहतर होते हैं, जो वंशावली की रखवाली करते हैं।"[7]

जैसाकि डॉ. रिस डेविड्स कहते हैं—"ऐसे कोई साक्ष्य नहीं हैं, जिनसे यह दिखाया जा सके कि बौद्ध धर्म के उदय के समय गंगा घाटी और उसकी धारा के बीच में कोई पर्याप्त अंतर था, ग्रीक या रोमन भूमध्यसागर के समुद्र तट पर रहते थे। आगामी विकास के स्थापन में सबसे अधिक जोर दिया जानेवाला विषय 'भारत में पुरोहितों की प्रभुता' तब भी बहस का मुद्दा बना हुआ था। सभी नए साक्ष्य का रुझान यही दिखाने की ओर होता था कि संघर्ष को ब्राह्मणों के खिलाफ करने के लिए तय किया गया है। हम बुद्ध के समय में जो पाते हैं, वह यह कि जातिवाद अपनी शक्ल ले रहा था। जनता के एक बहुत बड़े समुदाय को मोटे तौर पर चार वर्गों, सामाजिक स्तर पर बाँटा गया था, जिसकी सीमा-रेखा अस्पष्ट और अनिश्चित थी। उस स्तर के एक छोर पर कुछ

रेखांकित किए गए आदिवासी और कुछ प्रकार के वंशानुगत तौर पर किए जानेवाले ऐसे काम में सम्मिलित लोग थे, जिनके काम को गंदा या तिरस्कृत समझा जाता था, तो वहीं दूसरी ओर उत्कृष्ट कुल के लोग अपनी सर्वोच्चता का दावा किए हुए थे। ब्राह्मण जन्म से (यह आवश्यक नहीं था कि वे यज्ञ या पूजा-पाठ संबंधी काम करें, वे सभी तरह के पेशे में थे) यह कोशिश कर रहे थे कि वे उच्चतम स्तर कुलीन वर्ग के लोगों से उनकी पदवी छीनकर उस पर अपना अधिकार जमा लें। वे अपनी कोशिशों में बहुत समय के पश्चात् तभी कामयाब हो पाए, जब बौद्ध धर्म की शक्ति में गिरावट आ गई।"[8]

जातिगत प्रतिष्ठा, जिसे संभवत: भारत में बौद्ध धर्म के जनसाधारण के द्वारा प्राप्त किया गया, उनमें किसी तरह का कोई धार्मिक पवित्रीकरण नहीं था। उनका केवल एक सामाजिक महत्त्व था। सम्राट् अशोक के जीवन में घटी एक घटना भारत में रहनेवाले बौद्ध धर्म के जनसाधारण के बीच जाति की स्थिति को साफतौर पर चित्रित करती है। सम्राट् अशोक के बौद्ध धर्म अपनाने के पश्चात् यह उनकी परंपरा थी कि वे जब भी बौद्ध भिक्षुक से मिलते थे, तो उनको सम्मान देने के लिए उनके चरणों को अपने शीश से स्पर्श करते थे। एक अवसर पर मंत्री द्वारा सम्राट् से कहा गया, "हे प्रभु, आपके लिए यह उचित नहीं है कि आप सभी जाति के भिक्षुकों के समक्ष इस तरह से झुकें।"

इस बात पर सम्राट् ने उत्तर दिया, "हाँ, गर्व और भ्रम के भाव के द्वारा सुंदरता और शक्ति से पोषित, मित्रवत् इच्छा से कोई मुझे धर्म के चरणों में अपना शीश झुकाने से नहीं रोक सकता। और अगर मेरा शीश, जोकि एक बेकार चीज है, जिसकी इच्छा कोई व्यक्ति उस स्थिति में नहीं करेगा, जब यह उसे बिना किसी मोल के प्राप्त हो, अपने शुद्धीकरण का एक अवसर प्राप्त हो और उसके फलस्वरूप आपको कोई लाभ प्राप्त हो, इसमें नियमों के विरुद्ध क्या है? शाक्य भिक्षुकों में जाति का कोई महत्त्व नहीं होता और उनकी नैतिकता का ही अवलोकन होता है; जो अपने जन्म के कारण गर्व से फूले हुए रहते हैं, उन्हें अपनी और दूसरों की गलतियों को भूलने की बीमारी हो सकती है। जाति पर उस स्थिति में विचार किया जा सकता है, जब विवाह या निमंत्रण का प्रश्न हो, लेकिन धर्म के लिए नहीं; क्योंकि धर्म का संबंध सदाचार से होता है और सदाचार का जाति से कुछ भी लेना-देना नहीं होता। जब एक उच्च जाति में पैदा हुआ मनुष्य चरित्रहीनता के गड्ढे में गिरता है, तो संसार उसे दोषी मानता है; इसी कारण से जब एक छोटी जाति का मनुष्य सदाचारी बनता है, तो क्या उसे सम्मान नहीं मिलना चाहिए? यह मनुष्य के चरित्र के कारण ही होता है कि उसके शरीर को तिरस्कार या सम्मान मिलेगा। शाक्य भिक्षुक परम पूजनीय होने चाहिए, क्योंकि उनका चरित्र प्रबुद्ध कृपालु प्रभु के शब्दों के द्वारा शुद्ध हुआ है।"

अपने धर्म प्रचार के मिशन पर निकले बौद्धधर्मी अपने साथ धर्म के आवश्यक

तत्त्व के तौर पर अपनी जाति को नहीं लेकर चलते। लेकिन हिंदू धर्म में कुछ अलग है, ऐसा कहा जाता है कि ऐसे धर्म, जो ब्राह्मणवादी धर्मग्रंथों और परंपराओं को अपनी रूढ़िवादिता के लिए संदर्भित करते हैं, जो हिंदू देवताओं और उनके पुनर्जन्म की पूजा करते हैं, जो गाय की उपासना करते हैं और उसके मूत्र व गोबर की शुद्धि करने की विशेष क्षमता को पाते हैं, जो अलग जाति के विवाह और खानपान को निषेध करने के लिए कुछ नियमों का पालन करते हैं तथा जो सभी समारोहों में एक ब्राह्मण की उपस्थिति पर बहुत अधिक जोर देते हैं। हिंदू धर्म अपनी जातिगत प्रणाली के साधनों के द्वारा धर्म परिवर्तन करता है। जो लोग जाति संबंधी नियमों को नहीं मानते, उन्हें म्लेच्छ कहा जाता है। म्लेच्छ अगर हिंदू धर्म की जाति प्रणाली को फिर से अपना लेते हैं तो वे फिर से हिंदू बन जाते हैं। किसी भी संख्या में बाहरी लोगों को हिंदू धर्म के दायरे में उस स्थिति में लाया जा सकता है, जब तक वे स्वयं को एक नई जाति के रूप में ढालने को तैयार हों और धर्म में पहले मौजूद जातियों से किसी तरह की कोई छेड़छाड़ न हो, स्वयं को ब्राह्मणों के समक्ष समर्पित और उनको भुगतान करने को तैयार हों। भारत के बिना किसी जाति के आदिकालीन आदिवासी ब्राह्मणवाद की पूर्वधारणों और जातिगत प्रणाली के अनुसार चलकर हिंदू बने।

इतिहास दिखाता है कि किस तरह से राजपूतों को अभिलाषी मूल निवासियों और विदेशी प्रवासियों से मिलाकर बनाया गया। वर्तमान समय तक भी किसी भी बौद्ध धर्म का अनुसरण करनेवाले देश में हम किसी तरह की जाति प्रणाली की मौजूदगी के संकेत नहीं देखते हैं। बर्मी भाषा में जाति के लिए कोई शब्द नहीं होता है। नेपाल के बौद्धधर्मी नेवर के लिए जाति का विचार पूरी तरह से अनजबी है, जिनको जन्म से समानता का अधिकार अवश्य प्राप्त होता है।

हिंदू धर्म में जातिगत भेदभाव केवल सामाजिक भेद नहीं है, बल्कि इसका एक धार्मिक महत्त्व भी होता है। एक हिंदू की सामाजिक स्थिति, यहाँ तक कि संभवत: वे संकेत, जिनसे उसे जाना और उसका वर्णन किया जाता है, उसके धर्म से संबंधित होते हैं। एक व्यक्ति इसलिए हिंदू नहीं होता, क्योंकि वह भारत में रहता है या वह किसी खास जाति या राष्ट्रीयता का है, बल्कि इसलिए क्योंकि वह ब्राह्मणवादी है। एक व्यक्ति एक ब्राह्मण, एक क्षत्रिय, एक वैश्य या फिर जन्म से एक शूद्र है। ऐसा कहा जाता है, एक ब्राह्मण की स्थिति, उस व्यक्ति द्वारा अधिग्रहण में अक्षम है, जो अन्य तीन क्रमों में से किसी से संबंध रखता है। वह स्थिति सभी रचनाओं के संबंध में सबसे उच्चतम होती है। हमें महाभारत में बताया गया है—"पशु जीवन के क्रम से व्यक्ति मनुष्यता के स्तर को प्राप्त करता है। यदि आपका जन्म एक मनुष्य के तौर पर हुआ है, तो उसे निश्चित तौर पर पुक्कासा या चांडाल के तौर पर जन्म लेना होगा। एक व्यक्ति जब उस पापी

रूप में जन्म लेता है, तो उसे उसी रूप में लंबा समय बिताना होता है। उस जीवन स्तर पर एक हजार वर्षों का समय व्यतीत करने के पश्चात् व्यक्ति को अगला स्तर शूद्र के रूप में प्राप्त होता है। एक शूद्र के रूप में व्यक्ति को तीस हजार वर्ष के समय तक विचरना पड़ता है, जिसके बाद उसे वैश्य के स्तर का जीवन प्राप्त होता है। लंबा समय तक उस स्तर पर बिताने के पश्चात् जोकि शूद्र रूप में बिताए गए समय से साठ गुना अधिक होता है, उसे क्षत्रिय के स्तर का जीवन प्राप्त होता है। एक लंबा समय इस स्तर पर बिताने के बाद, जोकि इससे पहले लिये गए नाम की समयावधि को दो सौ से गुणा करके जो समयावधि प्राप्त होती है, उसके बाद व्यक्ति को क्षत्रिय जैसी जाति में जन्म मिलता है, जो शस्त्रों के व्यवसाय में रहता है। पहले लिये गए नाम की समयावधि को तीन सौ से गुणा करने के बाद जो समयावधि प्राप्त होती है, उतनी समयावधि व्यतीत करने के बाद व्यक्ति को उस ब्राह्मण जाति में जन्म मिलता है, जिनके द्वारा गायत्री और अन्य मंत्रों का जाप किया जाता है। पहले लिये गए नाम की समयावधि को चार सौ से गुणा करने पर जो समयावधि मिलती है, उतनी व्यतीत करने के पश्चात् व्यक्ति को ब्राह्मण जैसी जाति में जन्म लेने का सौभाग्य प्राप्त होता है, जो वेदों और धर्मग्रंथों से भलीभाँति परिचित होते हैं।"

केवल ब्राह्मण ही हर्ष और विषाद, इच्छा और विरक्ति, मिथ्याभिमान और कटु वचनों पर विजय पाकर निर्वाण प्राप्त कर सकता है। इसलिए ब्राह्मण को एक विशेष श्रेष्ठ दिव्यता प्राप्त होती है। "अपने जन्म से ही ब्राह्मण देव होता है, अपितु वह देवों के लिए भी सम्माननीय होता है।" "एक ब्राह्मण चाहे शिक्षित हो अथवा अशिक्षित, उसे दिव्यता प्राप्त होती है।" उसे कभी भी क्षत्रिय या वैश्य के सम्मान में खड़ा नहीं होना चाहिए, चाहे वे उससे अधिक शिक्षित ही क्यों न हों। ब्राह्मण को किसी शूद्र के घर में ईश्वर की प्रतिमा अथवा चित्र, जिसकी पूजा की जाती हो, के समक्ष सिर भी नहीं झुकाना चाहिए। यदि एक ब्राह्मण एक शूद्र जाति की किसी भी प्रकार से सेवा करता है तो वह पाप का भागी बनता है और इस पाप से मुक्त होने के लिए उसे दिन के चौथे पहर में तीन वर्ष तक रोज स्नान करना होता है।

एक ब्राह्मण बिना किसी झिझक के उस वस्तु को अपने अधिकार में ले सकता है, जो किसी शूद्र की है और जिसके लिए वह व्याकुल हो रहा है। यदि एक शूद्र एक ब्राह्मण के पास अतिथि बनकर आता है तो उसे ब्राह्मण के घर में पहले कुछ कार्य करना चाहिए और उसके पश्चात् ही ब्राह्मण को उसे भोजन देना चाहिए। दुराचारी या चरित्रहीन ब्राह्मण की भी पूजा की जानी चाहिए, लेकिन शूद्र की नहीं; हालाँकि, वह अपनी कामुकता के वशीभूत होता है। हालाँकि ब्राह्मण स्वयं को हर तरह के घटिया-से-घटिया कार्य में लिप्त कर सकता है, फिर भी निरपवाद रूप से उनका सम्मान होना चाहिए।

मनु कहते हैं कि उस राजा के राज्य का उसी प्रकार पतन हो जाता है, जिस प्रकार एक गाय कीचड़ में डूब जाती है, जो मूर्खतावश शूद्र द्वारा निर्धारित किए गए कार्य पर एक क्षण के लिए भी विचार करता है। एक शूद्र का कर्तव्य दासता को स्वीकार करने के अतिरिक्त और कुछ नहीं हो सकता, क्योंकि उन लोगों की रचना उनके बराबर के द्वारा ही ब्राह्मणों की सेवा करने के लिए की गई है। एक शूद्र, जिसे अपने स्वामी द्वारा बंधनमुक्त किया जा चुका है, फिर भी उसे दासता की अवस्था से मुक्ति नहीं मिलती; यही उसकी स्वाभाविक स्थिति होती है, इसमें उसे किससे दूर किया जा सकता है? परिस्थितियों की स्वाभाविकता के अनुसार शूद्र निर्वाण का दावा नहीं कर सकता, क्योंकि उसके पास अपने जन्म से ही आध्यात्मिक समर्थता नहीं होती।

भारतीय जाति प्रणाली को मध्ययुगीन यूरोप के व्यापारिक समाज के समतुल्य करने के प्रयास किए गए, लेकिन जाति और समाज के अंतर की विशेषता उनकी समानता के गुण से अधिक ध्यान आकर्षित करनेवाली थी। एक बात यह कि समाज कभी किसी व्यक्ति को अपने समाज से बाहर विवाह करने से नहीं रोकता था या किसी दूसरे समाज या समुदाय से बाहर काम सीखने पर भी किसी तरह की आपत्ति नहीं करता था। अलग-अलग समाज के सदस्य एक साथ मिलकर भोजन करते थे तथा रक्षा और अपने एक जैसे हितों या रुचियों के दावों पर अलग-अलग समाज एक साथ मिल जाते थे, लेकिन जाति की प्रकृति किसी विशेष प्रकार के उपवर्ग में बँट जाने की थी। समाज उन उद्योगों को, जिनका वे प्रतिनिधित्व करते थे, बहुत अधिक सुधार करते थे, लेकिन जाति-प्रथा का प्रभाव भारतीय कला के विकास में सहायक साबित नहीं होता था। भारत में भी व्यापार समाज था, लेकिन समाज न केवल जाति के आधार पर अलग था, बल्कि अकसर इसे लेकर विरोधी भी रहा। "व्यापारिक समाज वाणिज्य और उद्योग के क्षेत्र में जाति के प्रतिबंधों के विरोध में हुए विद्रोह का प्रतिनिधित्व करता था। समाज के संपूर्ण आधिपत्य का समय काल महान् बुद्ध के सर्वाधिक प्रभाव के समय के अनुरूप था और यह उसी क्षेत्र में था, जहाँ पर बौद्ध धर्म शक्तिशाली स्थिति में था, जहाँ पर अत्यधिक व्यापारी समाज मजबूती से स्थापित हुआ; अपितु वे संगठन, जिन्होंने गौतम बुद्ध के उपदेशों के प्रभावित क्षेत्र से बाहर स्थापित होने की चेष्टा की, वे विफल रहे। बहुत बड़े स्तर पर धार्मिक प्रभाव के अंतर्गत समाज द्वारा स्वतंत्र शक्ति के उपाय किए गए और कुछ हद तक श्रमिकों और कलाकारों के स्तर को अपने व साथ-साथ दूसरों के अनुमानों के अनुसार ऊपर उठाने के प्रयासों में सफल भी रहे।

"कुछ हद तक समाज का गठन पेशों के आधार पर भी होता था, जैसेकि जाति के आधार पर होता था, लेकिन संगठन का आपसी संरक्षण का विचार, जहाँ तक समाज की बात है, तो उनकी विशेषताओं को पश्चिम ने प्रभावित भी किया और उनके

उद्‌देश्यों को विस्तृत भी किया। कुछ व्यापारों में सदस्यता के द्वार सभी कामगारों के लिए खोले गए और एक व्यक्ति इसके लिए भी मुक्त था कि वह अपनी जाति से अलग जाति में व्यापार करने के लिए अपने पुत्र को काम सिखाए। वैसे इस तरह के मामले आम तो नहीं थे, लेकिन ये पर्याप्त संख्या में होते थे, जिससे यह प्रदर्शित हो सके कि उन दिनों में समाज का पेशा जाति के द्वारा निर्धारित नहीं होता था और उस जाति वर्ग के विभाजन को कार्यों के द्वारा नहीं बनाए रखा जाता था। एक काम सीखनेवाला नए व्यापार को अपने पिता की जाति में सीखने के योग्य तब तक माना जाता था, जब तक वह उसके नियमों का पालन करता था, लेकिन एक कर्मचारी के तौर पर उसके भी समान अधिकार होते थे, जैसेकि दूसरी जाति के उन कामगारों के होते थे, जो समान व्यापार कर रहे थे। कोई भी समाज का सदस्य समुदाय के भीतर किसी भी व्यापार को नहीं कर सकता था, जिस पर समाज द्वारा प्रतिनिधित्व किए जा रहे व्यापार पर उसका अधिकार हो। समाज द्वारा काम करने के घंटों, वेतन और छुट्टियों को तय किया जाता था और समाज द्वारा अपने सदस्यों पर उनके व्यापार के लिए कर लगाया जाता था। अपने निर्णयों को उन पर लागू किया जाता था और सजा भी समाज से बहिष्कार और निष्कासन के साथ-साथ सभी मामलों में जाति से बहिष्कार सम्मिलित थी।

"जब बौद्धधर्मी पुनर्जागरण का उत्साह ठंडा पड़ने लगा और ब्राह्मणवादी पुरोहितों की शक्ति ने फिर से अपना प्रभाव जमाना आरंभ कर दिया, समाज में भी गिरावट आने लगी या वे मात्र जाति पर आधारित संगठन के तौर पर विकृत होने लगे। पूर्व की तरह ही पश्चिम में भी समाज के पतन ने उद्योगवाद, जिसकी प्रवृत्ति पूँजी और श्रमिकों के बीच में पनपनेवाले किसी भी एक जैसे हित को समाप्त करने की थी, के बढ़ते दौर का सामना करते समय कर्मचारियों को अव्यवस्थित छोड़ दिया। अब भी समाज के भारत में व्यापार और श्रमिकों के संरक्षण में कुछ स्थायी प्रभाव थे, उनके सम्मान और प्रतिष्ठा के लिए जो उपाय उठाए गए, उन्हें वे एक व्यावसायिक विवेक का निर्माण कर आनंद ले रहे थे और उस समय, जो बुराइयाँ प्रचलित थीं, उनका विरोध कर रहे थे, जाति को भारतीय जीवन में अपने तरीके से निरंकुश छोड़ दिया गया।"

बहुत समय बीतने के कारण हम ठीक-ठीक यह नहीं कह सकते हैं कि जाति प्रणाली की उत्पत्ति किस प्रकार से हुई। लेकिन इसमें कोई संदेह नहीं है कि इसकी उत्पत्ति से कार्यों से संबंधित समुदायों की अपेक्षा जाति संबंधित समुदायों का इनसे अधिक लेना-देना था। आरंभिक समय काल में आर्य प्रवासी समरूप समुदाय प्रतीत होते थे, जिनमें अपर्याप्त रूप से स्त्रियों की पूर्ति के साथ थे, जिन्होंने मौलिक निवास को तेजी से विकसित किया। और भी अधिक रोमांचकारी प्रवृत्तिवालों के समूह को अपने लिए आसपास के द्रविड़ क्षेत्रों पर विजय पाने के लिए तैयार किया गया। वे

अपने साथ कुछ भविष्यवक्ताओं और जादूगरों के अतिरिक्त अपने साथ कुछ स्त्रियों या बिना स्त्रियों के आगे बढ़े। उन्होंने अपने से गहरे रंग के लोगों की जाति पर अपना प्रभाव डाला, स्वयं को पुरोहित की भाँति स्थापित किया और अपनी आवश्यकताओं के अनुसार स्त्रियों को अपने साथ लिया। फिर उन्होंने पाया कि वे अपनी मूल जड़ों से कट चुके हैं, आधे दूरी के आधार पर तो आधे उन लोगों के साथ संबंध बनाने के कारण, जिनके साथ वे जुड़े थे। अन्य जाति की स्त्रियों के साथ विवाह करके उन्होंने कुछ हद तक अपने मौलिक प्रकार को परिवर्तित कर लिया था; लेकिन कुछ हद तक उनके रक्त में मौलिकता अब भी शेष थी तथा जब उन्होंने अपने उद्देश्यों की पूर्ति और एक अलग जस कोनूबि को स्थापित करने के लिए स्त्रियों को प्राप्त कर लिया, तो उन्होंने अपनी श्रेणी में आगे और मेल-मिलाप करना बंद कर दिया। जब उन्होंने ऐसा किया तो वे उस तरह की जाति बन गए, जिस तरह की हमको आज देखने को मिलती है। अपने से गहरे रंग की जाति के साथ उनका यह मिलाप पूरी तरह से नहीं हो पाया, क्योंकि प्रवासी केवल स्त्रियों को ही अपनाते थे और उनको अपनी स्त्रियाँ नहीं देते थे। अपितु द्रविड़ों के साथ उनका व्यवहार ठीक उसी प्रकार का था, जिस प्रकार का व्यवहार अमेरिका में कुछ खेतों के मालिकों का अपने उन अफ्रीकी दासों के साथ था, जिन्हें वे आयात करके अपने साथ लाते थे।

जाति-प्रथा की उत्पत्ति का मूल चाहे जो भी रहा हो, यहाँ इस बात पर तनिक भी संदेह नहीं किया जा सकता कि इसका विकास बहुत बड़े स्तर पर उन महत्त्वाकांक्षी और स्वार्थी लोगों के कारण हुआ, जिनको इससे लाभ प्राप्त हो रहा था। ठीक उसी तरह से जिस तरह से प्राचीन रोमवासी धर्मध्यक्षीय शक्तिशाली व प्रभावशाली अपने यज्ञ संबंधी समारोहों के सभी महत्त्वपूर्ण विवरणों की जानकारी होने के कारण बन गए, ठीक उसी तरह से ब्राह्मण भी भारत में अपनी यज्ञ संबंधी कला के दम पर शक्तिशाली बन गए। जाति-प्रथा निस्संदेह ब्राह्मणों के लिए फायदेमंद थी और इसलिए यह स्वाभाविक था कि उन्होंने इसे और विकसित किया तथा इसे अपने लाभ के लिए पूरी तरह से उपयोग किया। इस प्रकार, ऐतरेय ब्राह्मण में हम पढ़ते हैं—"वास्तव में राजा द्वारा ईश्वर को अर्पित किया गया भोजन, ईश्वर द्वारा ग्रहण नहीं किया जाता, क्योंकि राजा ने उसे पुरोहित के बिना ईश्वर को समर्पित किया है; इस कारण से वह राजा, जो बलि की इच्छा रखता है, उसे बलि के स्थान पर एक पुरोहित को भी आमंत्रित करना चाहिए।"

राजा को स्वर्ग की प्राप्ति के लिए प्रत्येक पुरोहित की पाँच विनाशकारी शक्तियों में से प्रत्येक को शांत करना चाहिए। शांति के पाँच तरीकों में शामिल हैं, खुशामदी करना, उनके चरणों को धोना, उनका शृंगार करना, उनको भरपेट भोजन करवाना और अंत में उनका स्वागत हरम में करके जिससे कि 'वे अपने उपस्थ की अग्नि को शांत कर

सकें।' ब्राह्मण जहाँ कहीं भी जाते थे, उन्होंने अपने सामाजिक प्रभुत्व को स्थिर रखने के लिए, अपनी वरिष्ठतावाले सिद्धांत को समझाने के लिए स्वयं को दैवीय प्रकटन का संरक्षक और धार्मिक संस्कारों तथा नियमों को प्रतिपादित करनेवाले के तौर पर पेश किया। भारत में उनका प्रसार जहाँ कहीं भी हुआ, वहाँ पर उन्होंने विभिन्न वर्गों के कर्तव्यों और अधिकारों को परिभाषित किया और उनको समुदायों के क्रमागत स्तर में निश्चित स्थान पर नियुक्त किया, इस दौरान उन्होंने अपने लिए सदैव सबसे बेहतर स्थान को सुरक्षित रखा।

इन दावों के प्रति बौद्धधर्मियों के भाव, जिसमें कि ब्राह्मणों द्वारा झूठे दावे किए गए थे, को बाद में वज्रसुचि द्वारा बहुत अच्छी तरह से चित्रित किया गया, एक छोटे से धार्मिक लेख को अश्वघोष, जोकि 'बुद्धचरित' के प्रख्यात लेखक थे और जो ईसा पूर्व के काल में पहली शताब्दी की दूसरी पारी में हुए थे, के लिए लिखा गया था। वज्रसुचि के द्वारा जो तर्क रखे गए, उन्हें इस प्रकार से सारगर्भित किया जा सकता है।

यह स्वीकृत है कि वेदों, स्मृतियों और धर्मशास्त्रों में जो कुछ है, वह सही है और पूरी तरह वैध है और जो कुछ भी उनके विरोध में उपदेश दिए गए, वे सब अवैध थे, फिर भी यह दावा कि चार जाति वर्ग में ब्राह्मण सबसे ऊपर थे, को नहीं माना जा सकता।

ब्राह्मणवाद क्या है ? क्या यह जीवन सिद्धांत (जीव); या वंश परंपरा; या शरीर; या शिक्षा; या संस्कार (आचार); या कर्म; या वेदों का ज्ञान है ?

यदि जीवन सिद्धांतों के द्वारा ब्राह्मणवाद को बनाया गया है, फिर किस तरह से वेदों में यह कहा गया है कि चार पैरोंवाले पशु और अन्य जानवर ईश्वर बन गए हैं? महाभारत के अनुसार सात शिकारी, कालांजाला पहाड़ी के दस हिरन, मानासासरा झील की एक बतख, शरदवीपा एक चक्रावाका कुरुक्षेत्र में ब्राह्मण के रूप में जनमे थे और वे वेदों के बहुत बड़े ज्ञाता बने थे। धर्मशास्त्र में मनु कहते हैं—"चारों वेदों से ब्राह्मणों द्वारा जो कुछ भी अपने अंगों और उप-अंगों से सीखा गया, वह सबकुछ उन्हें एक शूद्र से उपहार या दक्षिणा के तौर पर प्राप्त हुआ, जो बारह जन्मों तक गदहे, साठ जन्मों तक सूअर और सत्तर जन्मों तक एक कुत्ते के तौर पर जनमा।" इसलिए यहाँ पर यह स्पष्ट है कि वह जीवन सिद्धांत नहीं है, जिससे ब्राह्मणवाद को बनाया है।

यदि ब्राह्मणवाद वंश या पूर्वजों पर निर्भर है, तो यह स्मृति के इस कथन के साथ कैसे मेल खाता है कि ऐसे बहुत से मुनि हुए, जिनकी माता ब्राह्मणी नहीं थी? अचला मुनि का जन्म एक हथिनी से हुआ; कासा पिंगला का एक उल्लू; शुक मुनि का एक तोते; कपिला का एक बंदर, शृंग ऋषि का एक मृग; व्यास का एक मछुआरिन, कौशिक मुनि का एक शूद्र महिला; पराशर का जन्म एक चांडालिनी और वसिष्ठ का

एक वेश्या से हुआ था। विश्वामित्र हालाँकि एक क्षत्रिय थे, फिर भी उन्होंने एक ब्राह्मण परिवार की स्थापना की। कनवायन ब्राह्मणों के पूर्वजों का संबंध अजामिधा से जुड़ा हुआ था, जोकि क्षत्रिय थे। नाभागरिष्ठा के दो पुत्र, जो वैश्य थे, को ब्राह्मण की अवस्था प्राप्त हुई। यदि किसी का जन्म ब्राह्मण पिता या माता के द्वारा होता है तो फिर एक दास या दासी की संतान भी ब्राह्मण बन सकती है। यदि केवल वह अकेला ब्राह्मण है, जिसके माता-पिता दोनों ब्राह्मण थे तो फिर इसे प्रमाणित किया जाना चाहिए कि माता-पिता विशुद्ध रूप से ब्राह्मण थे। लेकिन माता-पिता में से ब्राह्मण माताओं में से कोई भी संशय से मुक्त नहीं थी कि उसने शूद्र के साथ संभोग नहीं किया।

महाभारत में युधिष्ठिर (वनपर्व में) कहते हैं—"मानव समाज में यह पता लगाना कठिन है कि किसी की जाति क्या है, क्योंकि चारों वर्गों के बीच स्वच्छंद संभोग होता था। ऐसा मेरा विचार है। सभी वर्गों से संबंध रखनेवाले लोग स्त्री को गर्भवती (स्वच्छंद संभोग) सभी वर्गों से संबंध रखनेवाली स्त्रियों से संतान उत्पन्न करते थे। और मनुष्य के लिए बोलना, संभोग करना, जन्म लेना और मृत्यु होना आम होता है। और इसके लिए ऋषियों ने इस घोषणा कथन को जन्म दिया, जिसका उपयोग वे बलि देने से पूर्व करते थे—'चाहे जिस भी जाति का मैं हूँ, हम बलिदान का उत्सव मनाते हैं'।"

इसके अतिरिक्त मानव धर्मशास्त्र के अनुसार, "एक ब्राह्मण जो मांस खाता है, वह तत्काल ही अपनी श्रेणी को खो देता है; और साथ ही वह भी, जो मोम, नमक या दूध बेचता है, वह तीन दिनों में शूद्र बन जाता है। ब्राह्मण होना जन्म पर निर्भर करता है, तो फिर किसी तरह का भी कर्म करने से व्यक्ति नीची जाति का कैसे हो जाता है? क्या एक चील पृथ्वी पर पंक्तिबद्ध होने से एक कौआ बन जाती है?"

तो फिर क्या शरीर ब्राह्मणवाद है? तो फिर अग्नि एक ब्राह्मण की तब हत्यारिन हो जाती है, जब वह उस शरीर को जला देती है और इस तरह से उस ब्राह्मण के वे सभी सगे-संबंधी दोषी हो जाते हैं, जो उसके शरीर को अग्नि से जलाए जाने के कर्म में सम्मिलित हुए थे। फिर से, सभी जो ब्राह्मण के तौर पर पैदा हुए हैं, भले ही उनकी माता एक शूद्र हो, तो भी वह ब्राह्मण होगा, क्योंकि उसके भीतर उसके पिता की हड्डियों से बनी हड्डियाँ और मांस से बना मांस मौजूद है। लेकिन महाभारत के अनुसार, "वह पुत्र, जिसे एक ब्राह्मण पिता द्वारा शूद्र पत्नी को गर्भवती कर जन्म दिया गया है, उसे 'परसव' कहा जाता है, उसे एक शव के तौर पर जन्म लिया हुआ कहा जाता है, क्योंकि एक शूद्र स्त्री का शरीर शव की भाँति अपवित्र होता है।" फिर से, ब्रह्मवाद के सिद्धांत के अनुसार, एक ब्राह्मण के शरीर के पवित्र कर्म के सदाचार का उसके शरीर के विनाश के साथ ही नाश हो जाता है। इस तरह देखा जाए तो ब्राह्मणवाद शरीर के भीतर सम्मिलित नहीं हो सकता।

क्या वह ज्ञान है, जो ब्राह्मणवाद को बनाता है? अगर ऐसा था, तो बहुत से शूद्र भी ब्राह्मण कहलाते, जब उन्होंने बहुत सा ज्ञान अर्जित कर लिया था। बहुत से शूद्र, यहाँ तक कि म्लेच्छ चारों वेदों, व्याकरण और ज्योतिष्य ज्ञान, मीमांसा और वेदांत और सांख्य, न्याय और वैशेषिक दर्शन के ज्ञाता थे; फिर भी इनमें से किसी को भी ब्राह्मण नहीं कहा गया। न तो आचार और न ही कर्म ब्राह्मणवाद का निर्माण नहीं कर सकते। बहुत से शूद्र हर जगह पर ऐसी ही पद्धति का अनुसरण करते हैं, जो ब्राह्मणों के लिए उपयुक्त है तथा वे धर्मनिष्ठता के सबसे अलग और सबसे कठिन कर्म का अनुसरण करते हैं।

फिर ऐसा क्यों है कि शूद्रों के लिए ऊँचे स्तर के जीवन को निषेध किया गया? फिर शूद्रों के लिए क्यों यह निर्धारित किया गया कि उनकी ब्राह्मणों के लिए की गई सेवा और आज्ञापालन ही उनके लिए पर्याप्त था? क्या ऐसा इसलिए था, क्योंकि जिन चार जाति वर्गों का वर्णन किया गया, उसमें शूद्रों का स्थान सबसे अंत में था? किस तरह से एक क्रम में किसी का लिया या लिखा गया नाम, किस तरह से उनकी संबंधित श्रेणी और सम्मान को प्रभावित कर सकता है? क्या शूद्र सबसे निचले दर्जे के और सबसे दयनीय अवस्था में रहनेवाले मनुष्य इसलिए माने गए, क्योंकि कुछ सूत्रों में उनका नाम कुत्तों के बाद सम्मिलित किया गया? क्या सम्मान की दृष्टि से दाँतों का सम्मान होंठों से अधिक है, क्योंकि कुछ भाषाओं के व्याकरण नियमों की बात करें तो उनका क्रम एक के बाद दूसरा आता है? नहीं, ऐसा नहीं है, ऐसा और नहीं कहा जा सकता कि शूद्र घृणित होते हैं और ब्राह्मण ऊँचे स्थान पर होते हैं, क्योंकि हम चतुर्वर्ण को इसी क्रम में दोहराते हैं। और अगर यह अस्थिर है, तो इससे यह निष्कर्ष निकालना कि शूद्रों को आवश्यक तौर पर ब्राह्मणों की सेवा और आज्ञा पालन करनी चाहिए, वैसे ही जमीन पर गिरता हुआ जान पड़ता है।

फिर से अगर ब्राह्मणों का यह कहना है कि सभी मनुष्यों की उत्पत्ति एक ही ब्रह्मा से हुई है, तो फिर किस तरह से चार तरह की जाति विविधता उनमें विद्यमान है? यदि एक व्यक्ति के एक ही पत्नी से चार पुत्र हैं तो चारों पुत्रों की एक माता और पिता हैं तो फिर चारों एक समान ही हैं। चार पैरोंवाले जानवरों, पक्षियों, वृक्षों में हम विभिन्न प्रकार की बनावट और संघटक को देखते हैं, जहाँ पर हम उन्हें विभिन्न प्रजातियों के तौर पर अलग-अलग कर सकते हैं। लेकिन सभी मनुष्यों को बाहर और अंदर से बिना किसी खास अंतर के एक जैसा बनाया गया होता है, केवल कुछ गैर-आवश्यक अंतरों को ही समान माता-पिता की संतानों में देखा जाता है। इसलिए यह स्पष्ट है कि सभी मनुष्य एक ही प्रजाति से संबंध रखते हैं। इसके अतिरिक्त कटहल के वृक्ष में फल का निर्माण उसके डंठल, जोड़ों, जड़ के साथ-साथ शाखाओं से होता है। क्या इसलिए एक फल

दूसरे फल से अलग होता है, तो हम यह कह सकते हैं कि जड़ों से बननेवाला फल शूद्र है? निश्चित तौर पर नहीं, न ही मनुष्य चार विभिन्न प्रजातियों का हो सकता है, क्योंकि जैसेकि ब्राह्मणों का कथन है कि वे एक ही शरीर के भिन्न-भिन्न भागों से उत्पन्न हुए हैं। इसके अतिरिक्त एक ब्राह्मण के आनंद और पीड़ा का एहसास एक चांडाल के एहसास से अलग नहीं होता। दोनों का ही जन्म एक ही प्रकार से हुआ है, दोनों का ही जीवन एक ही तरह से आगे बढ़ता है और दोनों को एक ही जैसे कारणों से मृत्यु के वश में होना पड़ता है। वे दोनों ही न तो बौद्धिक क्षमताओं में एक-दूसरे से अलग होते हैं और न ही अपने कर्मों में; न ही अपने उन लक्ष्यों में अलग होते हैं, जिनका अनुसरण करते हैं और न ही डर और आशा पर, जो उनकी विजय होती है, वह अलग होती है। इसी के अनुसार चार जाति वर्ग की बात करना मूर्खतापूर्ण है। सभी मनुष्यों की जाति एक ही होती है।

जब बौद्धधर्मियों के द्वारा ब्राह्मणवाद पर इस तरह के वैचारिक हमले किए जाने लगे तो ब्राह्मणों के द्वारा अपने धर्म की प्रशंसा में तरह-तरह के प्रयास किए जाने लगे। इसी तरह के एक प्रयास के परिणाम को महाभारत में देखा गया। बौद्ध धर्म के आगमन के बाद के महाभारत के चरित्र को 12, 15, 32 में संदर्भित किया गया है, जिसमें कहा गया—"वे जो वेदों का त्याग करते हैं और भिक्षुक की भाँति मुंडन करके और पीले वस्त्र धारण करके विचरते हैं।"

महाभारत के संपूर्ण कालखंड के बारे में बात करें, तो इसे आमतौर पर 200 से 400 ईसवी का माना जाता है। महाभारत का जो भी मूल रूप से उद्देश्य रहा हो, इसमें कोई संदेह नहीं है कि इसका अब जो संस्करण उपलब्ध है, वह हिंदू धर्म के पुनर्जागरण के काल के समय में ब्राह्मणों द्वारा कट्टरपन और जातिगत उद्देश्यों को पूरा करने के लिए किए गए संशोधन के बाद, जो परिणामस्वरूप महाभारत का रूप सामने आया, वही है। यह पौराणिक कथाओं, दर्शनशास्त्र, इतिहास और पवित्र नियमों का एक सार संग्रह है, जिसे अब पाँचवें वेद (पंचमवेद) का नाम दिया गया है, जिसे विशेष तौर पर अशिक्षित वर्गों, जिसमें शूद्र जाति के ऊँचे स्तर, जिन्हें सच्चशूद्र कहा गया, सम्मिलित हैं, को अभिप्रेरित किया गया। एक पाँचवें वेद की क्या आवश्यकता थी? इसका उत्तर स्वाभाविक है। उनके धर्म विरोधी बौद्धधर्मियों के धर्मग्रंथ सभी के लिए बिना किसी जाति या संप्रदाय के भेदभाव के खुले हुए थे। लेकिन ब्राह्मणवाद के वेदों को केवल द्विजनमा द्वारा ही पढ़ा जा सकता है। इसलिए अपने बौद्धधर्मी प्रतिद्वंद्वियों से मुकाबला करने के लिए ब्राह्मणों को एक ऐसी पुस्तक का निर्माण करना पड़ा, जो उन लोगों के लिए भी उपलब्ध हो, जो द्विजनमे नहीं हैं और यहाँ तक कि उसमें उनके लिए कुछ विशेष सुविधाएँ भी दी गईं। इसलिए 3 216, 14-15 और 13 143 46 में यह घोषणा

की गई कि इसके पश्चात् एक शूद्र न केवल असंस्कृत द्विज बन सकता है, बल्कि उसको उसी प्रकार स्नेह भी प्राप्त होना चाहिए, जिस प्रकार एक धर्म अनुसार आचरण करनेवाले व्यक्ति को प्राप्त होता है, यदि वह 'शुद्ध हृदय' और 'नियंत्रित इंद्रियों' वाला है, चूँकि न तो जन्म, न ही परम संस्कार, न शिक्षा, न ही भंडार (संतति) व्यक्ति को धर्म के अनुसार आचरण करनेवाला बनाते हैं, अपितु केवल कर्म ही धर्म के अनुसार आचरण का कारण होते हैं।

ब्राह्मणवाद ने शूद्रों के विषय में जो विशुद्ध, साधारण तौर पर सिखाया, वह हमें ब्राह्मणों और सूत्रों के द्वारा ही स्पष्ट हो पाया तथा हमें, ऊपर जिन बातों के बारे में बताया गया, को उपनिषदों में भी नहीं पाते हैं। ब्राह्मणवाद के तौर पर जो कुछ बताया गया, वह विशुद्ध रूप से बौद्ध धर्म था। लेकिन ब्राह्मणों के लिए यह बहुत अधिक हो जाता कि वे बुद्ध की तरह पूरे स्पष्ट तौर पर यह स्वीकार करें कि सभी मनुष्य स्वयं को पापों से मुक्त कर सकते हैं और ब्रह्म की अवस्था को प्राप्त कर सकते हैं। यह केवल महान् क्षत्रिय सुधारक के उपदेशों से आगे बढ़कर एक और ऊँचे स्तर पर जाना था। इसलिए महाभारत खुले तौर पर ब्राह्मणों की सराहना करती है और अन्य जाति के सदस्यों को चोरी-चुपके से मना करती है कि वे क्षत्रिय शाक्यमुनि के उपदेशों का अनुसरण न करें। इसलिए वासुदेव धरती माता से कहते हैं—"वे कौन से कर्म हैं, जिनको करके एक गृहस्थ व्यक्ति अपने सभी पापों को धो सकता है?"

इस सवाल पर माता पृथ्वी का सीधा का उत्तर था—"ऐसे व्यक्ति को ब्राह्मणों की सेवा करनी चाहिए। एक अकेला ब्राह्मण ही सभी प्राणियों के बीच में पूजनीय होता है।" एक-दूसरे स्थान पर एक चांडाल, जो कठोर तपस्या कर रहा था, से कहा गया—"उसकी इस इच्छा उद्देश्य, ब्राह्मण का स्थान, जो सभी चीजों में सर्वोपरि है, तपस्या के माध्यम से अपने उद्देश्य को प्राप्त करने में अक्षम है।"

जैसाकि सर्वविदित था कि आम लोगों पर क्षत्रिय गुरु का प्रभाव बहुत अधिक था, इसलिए एक नए क्षत्रिय आदर्श गुरु की आवश्यकता को पूरा करने के लिए कृष्णा[9] के रूप में उसकी कल्पना की गई, जो बादलों के श्याम रंगवाले देवता थे और उनके भीतर मारा, जोकि बुद्ध के शत्रु थे, की सभी विशेषताओं को समाहित किया गया। बौद्धधर्मी बुद्ध को ऐसे व्यक्ति के रूप में सम्मान देते थे, जिनका जन्म मानव जाति की रक्षा उस स्थिति में करने के लिए हुआ था, जब कभी भी पाप और अज्ञानता के इस संसार में प्रधानता के कारण मानव जाति का पतन निकट हो। इस प्रकार से 'सद्धर्मपुंडरीकम्' में बुद्ध कहते हैं—"मैं तथागत, प्रभु, जिसके पास कोई···जो इस संसार की रक्षा करने के लिए प्रकट हुआ है।"[10] ठीक इसी तरह से कृष्ण द्वारा भी कहा गया—"इस संसार में जब कभी धर्म की हानि होगी और अधर्म बढ़ने लगेगा तो मैं प्रकट होऊँगा। अच्छाई की

रक्षा और बुराई का अंत, धर्म को पुनर्स्थापित करने के लिए मैं हर युग में जन्म लूँगा।"

यहाँ पर धर्म का अर्थ वही है, जिस ओर शंकर द्वारा संकेत किया गया है। केवल वही धर्म जैसाकि जाति और धर्म क्रम द्वारा सांकेतिक है। भगवद्गीता पर अपनी टिप्पणी करते हुए गीत में शंकर द्वारा कहा गया—"जब अपने समर्थक में इच्छा की प्रधानता होती है, तो धर्म को उसके द्वारा पराजित कर दिया गया था, जिसके परिणामस्वरूप पक्षपात के गुणों में कमी और अधर्म आगे बढ़ रहा था, तो वास्तविक निर्माता (आदि कर्ता) विष्णु, जिन्हें नारायण के नाम से जानते हैं, संसार में संतुलन बनाए रखने की इच्छा से कृष्ण के तौर पर देवकी और वासुदेव की संतान के रूप में इस धरती का संरक्षण करने और इस पृथ्वी पर निवास करनेवाले ब्राह्मण वर्ग को सुरक्षा देने के लिए अवतार लिया। क्योंकि ब्राह्मणों के संरक्षण से ही वैदिक धर्म की भी रक्षा की जा सकती थी, चूँकि उसी वर्ग पर जातियों व धर्म का समस्त क्रम निर्भर करता था।"

इसी के अनुरूप कृष्ण के मुख से भगवद्गीता, जिसे सभी शास्त्रों व उपनिषदों (सर्वाशास्त्र सार, सर्वोपनिषद् सार) से सत्त्व की तरह विवेचित किया गया, में जो भी आदर्श जीवन से संबंधित बातें कही गई थीं, को बुलवाया गया। इस गीत का आरंभ से लेकर अंत तक का मुख्य विषय जाति प्रणाली की रक्षा करना है। भगवान् बुद्ध ने यह उपदेश दिया था कि प्रत्येक व्यक्ति को आवश्यक तौर पर अपने लिए सबसे बेहतर अंतरधिदेश के अनुसार यह तय करना चाहिए कि उसके कर्तव्य क्या होने चाहिए। लेकिन कृष्ण द्वारा अर्जुन को यह कहा गया कि उसे प्रेम और स्नेह के भाव को स्वयं पर हावी नहीं होने देना है, अपितु उन कर्तव्यों को पूरा करना चाहिए, जो उसे एक क्षत्रिय के तौर पर पूरे करने चाहिए; यह ठीक उसी तरह से हुआ, जिस तरह से शंकर द्वारा बलि के समय पशुओं को मारने की कर्म का समर्थन इस आधार पर किया गया कि इस तरह की हत्याओं का वेदों में आदेश दिया गया है, हालाँकि संभव है कि यह मानवता की भावना के विरुद्ध हो, इसमें कोई संदेह नहीं है कि जाति-प्रथा को एक और तर्कसंगत आधार देने का प्रयास किया गया। पुराने सिद्धांत के अनुसार, जिसमें यह कहा गया कि दूसरी जाति के सदस्य को निर्वाण प्राप्त करने हेतु पहले कई जन्मों की लंबी श्रृंखला को पार करके ब्राह्मण जाति में जन्म लेना होगा, के स्थान पर गीता में एक नए सिद्धांत को विस्थापित किया गया, वह यह था कि 'व्यक्ति निर्वाण को प्राप्त कर लेता है, जब वह स्वयं को अपने प्रत्येक कर्तव्य के लिए समर्पित कर देता है' और ब्राह्मण, क्षत्रिय, वैश्य और शूद्र के कर्तव्यों को उनके स्वभाव के गुणों के अनुसार विभाजित किया गया है। "मेरे द्वारा चार जाति-वर्ग को ऊर्जा और कर्म के विभाजन के अनुसार स्थापित किया गया है। और यह मेरे लिए अच्छा होगा कि मैं इन जातियों की अस्त-व्यस्तता का कर्ता बनूँ और इन रचनाओं को समाप्त कर दूँ? वे व्यक्ति, जिनके कदमों को परिवार या

जाति द्वारा निर्देशित नहीं किया जाता है, धर्म, नरक के अँधेरे में से सत्य को अचानक दिखा देता है और कभी-कभी वह इसमें से बाहर आ जाता है। इसलिए समाज की एकजुटता पर नजर रखकर तुम्हें अपने कर्तव्य का निर्वाह अवश्य करना चाहिए। चूँकि आसक्ति से कर्म की ओर अज्ञानता का कर्म होता है, इसलिए बुद्धिमानी भरा कर्म यह है कि बिना किसी आसक्ति के समाज की एकजुटता को संरक्षित किया जाए। किसी भी बुद्धिमान व्यक्ति को अज्ञानी लोगों के मन, जो कर्म से आसक्त हैं, को अस्थिर न करने दो। बेहतर यह है कि व्यक्ति अपना कर्तव्य पूरा करे, हालाँकि श्रेष्ठता के अभाव से बेहतर दूसरों के कर्तव्य का निर्वाह अच्छी तरह से करना है। वे, जिन्हें उनकी प्रकृति के द्वारा कर्तव्य का आदेश दिया जाता है, जिसे वे पूरा करते हैं, उसके फलस्वरूप किसी तरह की हानि का सामना नहीं करते। प्रकृतिजनित कर्तव्य, हालाँकि दोषपूर्ण हो सकता है, व्यक्ति को उसका परित्याग नहीं करना चाहिए, किसी और कर्तव्य को पूरा करने का दायित्व लेना बुराई से भरा हुआ होता है।" इस प्रकार से बौद्ध धर्म के ठीक विरोध में गीता में यह निर्देशित किया गया है कि किसी को भी यह तय करने की अनुमति नहीं है कि उसकी योग्यता क्या होनी चाहिए।

इन सभी उपदेशों का वास्तविक आशय पूरी तरह से स्पष्ट है। इनमें शूद्रों के लिए एक फटकार सम्मिलित है कि वे शाक्यमुनि और उनके अनुयायियों के उपदेशों का अनुसरण करके जाति का त्याग न करें। ब्राह्मणवाद के सिद्धांत के अनुसार क्षत्रिय और वैश्य ब्राह्मणों के साथ मिलकर वेदों को पढ़ने का लाभ प्राप्त कर सकते हैं, लेकिन तब जब तक इसे उनके आध्यात्मिक गुरु द्वारा उनको उसे पढ़ाया और समझाया जाए; विशेष तौर पर ब्राह्मणों को ही पवित्र पुस्तकों को पढ़ाने और उनकी व्याख्या करने का अधिकार प्राप्त था। इसलिए ब्राह्मणों के विचार से शाक्यमुनि का सबसे बड़ा पाप यह था कि वे एक क्षत्रिय थे, उन्होंने अपनी जाति-वर्ग को सौंपे गए कार्य का उल्लंघन कर स्वयं को एक गुरु के कार्य के लिए समर्पित किया और उसके लिए उपहार भी स्वीकार करने लगे तथा अन्य सभी वर्ग के लोगों को ज्ञान बाँटने लगे, जिस पर ब्राह्मण केवल अपना अधिकार समझते थे, वे मानते थे कि यह विशेषाधिकार केवल उन्हीं को प्राप्त है; और इससे भी बुरा यह कि वे समाज के सबसे निम्न माने जानेवाले चौथे वर्ग को भी अपने उपदेशों से निर्देशित करते थे, जिसे ब्राह्मण इस योग्य नहीं मानते थे कि उनको धर्म का ज्ञान दिया जाए। यही वह आरोप है, जो कुमारिला भाटा द्वारा अपनी कृति 'तंत्रावर्तिका' में बुद्ध के खिलाफ लगाया गया है। वे लिखते हैं—"एक व्यक्ति में इस तरह का आत्मविश्वास कैसे आ सकता है कि वह एक क्षत्रिय होते हुए अपनी जाति वर्ग को सौंपे गए कर्तव्यों का उल्लंघन कर स्वयं गुरु का कार्य करने के योग्य मान ले और उपहार भी स्वीकार करने लगे, जबकि उनके मन में कर्तव्य प्रणाली बहुत अच्छी तरह

से बैठी हुई थी? इसके लिए कहा गया—सभी को उस व्यक्ति की कोई भी बात नहीं माननी चाहिए, जो भविष्य की खुशियों को समाप्त करने के लिए कार्य कर रहा है। वह व्यक्ति किस तरह से किसी को लाभ पहुँचा सकता है, जो स्वयं का जीवन तो बरबाद कर रहा है? इसके बावजूद बुद्ध और उनके अनुयायियों द्वारा किया गया यह उल्लंघन उनके लिए एक और सम्मान की भाँति बन गया; चूँकि उन्होंने इस विषय में यह कहा, 'कलयुग के सभी पापों से जो कुछ भी बुरा होना है, वह सब मेरे साथ-साथ हो; और इस संसार को मुक्ति मिल जाए।' इस तरह से एक क्षत्रिय का कर्तव्य, जो संसार के लिए लाभकारी है, वह एक गुरु के कर्तव्य को स्वीकार करने की धृष्टता करता है, जो कर्तव्य केवल ब्राह्मणों के लिए ही आरक्षित था और वह उन लोगों के लिए मार्ग निर्देशित कर रहा है, जो ब्राह्मणों को सौंपे गए कर्तव्यों के दायरे से बाहर माने जाते हैं, वे दूसरों पर दया करना चाहते थे, जबकि वह अपने कर्तव्यों का उल्लंघन करने के लिए सहमत था और उनके इन गुणों के लिए उनकी प्रशंसा की गई! और जो लोग उनके निर्देशों का पालन करते, श्रुति और स्मृति के उल्लंघन का काम करते हैं, वे गलत कार्य के लिए बदनाम हैं।"[11]

इसलिए गीता का प्रमुख उद्देश्य चोरी-चोरी ब्राह्मण वर्ग के प्रभुत्व और प्रतिष्ठा का समर्थन करना है, जबकि उसकी इच्छाओं को उपलब्ध करवाने के लिए, जिसे बौद्ध धर्म संतुष्ट करता है। गीता में जो कुछ भी अच्छा और उत्कृष्ट है, वह वही है, जिसे ब्राह्मणवाद ने अपने प्रतिरोधियों से लिया है और उसे अपने उद्देश्य की पूर्ति के लिए उपयोग किया है, खासतौर से शूद्रों को पुरानी धारणाओं से बाहर निकलने से रोकने के लिए। शेष जो कुछ है, वह बार-बार दोहराई गई बातें, प्रतिवाद, बेतुकेपन का एकत्रीकरण और रूढ़िवादी विचारों के सभी चरणों का मेल-मिलाप करने का असफल प्रयास का नतीजा है। इसमें कोई आश्चर्य की बात नहीं है कि गीता की व्याख्या करते हुए कहा गया, 'यह एक बहुत अच्छा गीत है, जिसके अंत में रोंगटे खड़े हो जाते हैं!' भारतीय साहित्य ब्राह्मणों को हिंदू धर्म की अन्य जातियों के बराबर रखने के लिए किए गए प्रयासों के विरोध के प्रमाणों को वहन करता है।

जाति प्रणाली हमेशा से हिंदूवाद की प्रमुख आधार रही है। हिंदू धर्म तत्त्व के ब्राह्मण लेखक कहते हैं—"यह इन अलग-अलग जाति विशेष के माध्यम से ही था कि भारतखंड में हिंदू धर्म को इतने अच्छे ढंग से सुरक्षित रखा गया है...यह जातिगत विशेषताएँ ही हिंदू धर्म का प्रमुख सहारा हैं; अगर वे इसका त्याग कर देते हैं, तो इसमें कोई संदेह नहीं कि हिंदू धर्म विनाश की गहराई में डूब जाएगा।" यह जाति प्रणाली के माध्यम से ही है कि ब्राह्मणों ने हमेशा अपने धर्म प्रचार के संचालनों को चालू रखा। सभी बाहरियों ने, जब तक प्रचलित जाति-प्रथा प्रणाली में किसी तरह का हस्तक्षेप नहीं

किया, तब तक उनको हिंदू धर्म में प्रवेश कर हिंदू बनने की अनुमति, बिना उनकी पुरानी परंपराओं व अंधविश्वास, देवी व देवताओं का त्याग किए, इस शर्त के साथ अनुमति मिलती रही कि वे अपने लिए एक नई जाति, जिस पर ब्राह्मणों द्वारा भी विचार किया जाता, के साथ मिलती रही। इस तरह से असभ्य आदिवासी जनसंख्या को धीरे-धीरे ब्राह्मणवाद में शामिल किया गया। अब हम केवल चार जाति वर्ग नहीं रह गए, बल्कि हजार हो गए हैं। केवल ब्राह्मण जाति में एक सौ से ऊपर उपवर्ग मौजूद हैं। लगभग सभी व्यापार या पेशे ने एक अपनी तरह की एक नई जाति का निर्माण कर लिया है, जिनमें दूसरी जाति के साथ न तो किसी तरह का कोई सामाजिक मेल है और न ही दूसरी जातियों के लिए किसी तरह की राष्ट्र-प्रेम की भावना का भाव मौजूद है।

प्रत्येक जाति अपने लिए जीती है, जिसके भीतर दूसरी जातियों के दुःख और पीड़ा के लिए किसी तरह की कोई सहानुभूति या दया भाव नहीं होता। और भारत की जनसंख्या को अनगिनत विभाजनों में टुकड़े-टुकड़े करने के घातक परिणाम क्या हुए? वह समाज, जो जाति के आधार पर व्यवस्थित था, की कुव्यवस्था सबसे बड़ा खतरा थी; कुव्यवस्था का आतंक पूर्ण रूप से एकाधिपत्य की ओर अग्रसर करता है, जो इसके विरुद्ध सबसे मजबूत रक्षा होती है। अधिकतर जातियों का राजनीति से अपवाद ने आम जनता के हित की भावना और संवेदना के विकास के लिए बहुत ही कम गुंजाइश छोड़ी है। देशभक्ति की भावना के वास्तविक अर्थ की बात करें तो वह एक ऐसी भावना है, जिससे जातिगत भावना से अभिभूत हिंदुओं के लिए पूरी तरह से अपरिचित है। भारत का विशाल महाद्वीप अपने कई लाख निवासियों के साथ सदियों से लूटमार करनेवालों के लिए जीतने के लिए एक ऐसा शिकार बना हुआ था, जिस पर वे लोग नजरें गड़ाए हुए थे। चूँकि तब से, जब से सिकंदर महान् विजेता और भारत को अपमानित करनेवाला, उसके अधिपति हमेशा से विदेशी रहे। भारत का उत्तराधिकार की विशिष्टता में विशिष्ट गौरव रहा है, इस पर ग्रीक, शक जनों, हूण, अरबों, अफगानी, मंगोलों, पुर्तगालियों, डच, फ्रांसीसी और ब्रिटिश लोगों का उत्तराधिकार रहा है। विदेशी लोग इस देश का विनाश करने में सक्षम आग और तलवार के बल पर और देश में ही पैदा हुए सिपाहियों की मदद से कर पाए। विदेशियों की एक छोटी सी संख्यावाली टुकड़ी अपने से संख्या में हजार गुना अधिक जनसंख्यावाले मेजबान देश पर पैनी नजर रखने और उस पर कब्जा करने में कामयाब रही।[12]

हिंदुओं ने केवल अपनी सारी शक्ति विदेशी आक्रमणों का विरोध करने में गँवाई, इसके साथ ही वे बौद्धिक क्षमता की गतिहीनता की स्थिति में भी डूब गए। जैसेकि श्रीमान क्रॉजियर द्वारा संकेत किया गया—"जहाँ पर जाति ही सबकुछ है और वे अवरोध, जो एक वर्ग को दूसरे से भिन्न करते हैं, उन्हें कभी लाँघा नहीं जा सकता; केवल श्रेणी ही

सबकुछ है और व्यावहारिक बौद्धिक क्षमता की की गई पहल, मौलिकता और उद्यम, अर्थात् जिस परिधि में व्यक्ति का जन्म हुआ है, उससे परे जाकर किसी की सहायता करना, को बहुत ही कम सम्मान दिया जाता है। इसका परिणाम यह है कि यह राष्ट्र लंबे समय तक निश्चित और स्थायी बौद्धिक रूढ़िवादिता में डूबा रहेगा।" जाति की एक प्रवृत्ति यह है कि यह प्रतिलिपिक पीढ़ियों को जन्म देती है, जो किसी तरह का मौलिक कार्य करने में अक्षम होते हैं, जोकि चरित्रों की वह अभिव्यक्ति होती है, जिससे वे अपने चुनाव का कार्य मुक्त होकर कर पाते हैं। जाति प्रणाली द्वारा व्यक्ति उसके परिवार और निजी जीवन पर लगाए गए बहुत सारे कष्टप्रद प्रतिबंध उसे न केवल सीमित उत्पादन में ही सक्षम बनाते हैं, बल्कि यह उस माँग और पूर्ति के उन नियमों के प्रति अनुकूलनीयता को समाप्त कर देती है और अप्रभावी समर्पण के लिए विवश करती है, जो समुदायों को प्राकृतिक संसाधनों के साथ जोड़ते हैं।

इसके नुकसानदायक परिणामों से असंतुष्ट हिंदू धर्म की अगुआई करनेवाले आधुनिक लोगों द्वारा वैज्ञानिक सामग्रियों के द्वारा जाति को मजबूत सहारा देने के प्रयास किए गए हैं।

जिस जाति के लिए वे आपस में विरोध करते हैं, उसका एक मानवजातीय वैज्ञानिक आधार है। जाति के लिए संस्कृत का शब्द वर्ण है, जिसका शाब्दिक अर्थ रंग होता है। इस बात को जोर देकर कहा गया कि ऊँची जाति, तथाकथित आर्य लोग और नीची जाति के लोगों के बीच नस्लभेद होता है, यह कम या अधिक होता है, जोकि इनकी चमड़ी के रंग से उत्पन्न होता है। यहाँ तक कि ईसाई धर्म, जो ईश्वर को परमपिता और मनुष्यों में आपसी भाईचारे की बात करता है, ने भी अपने अनुयायियों पर जोर नहीं दिया कि वे इस रंगभेद की बचकानी पूर्व धारणा से बाहर आएँ। ईसाई धर्म मिशनरी पत्रिका में हाल ही के एक लेखक ने कहा—"यह एक बहुत ही अद्भुत कठिन विषय है; एक ऐसा विषय, जिसमें हमें आवश्यक तौर पर यह अंतर करना होगा कि क्या आदर्श रूप से सही है और क्या व्यावहारिक तौर पर उचित है। हम पूछते हैं कि ऐसा क्यों है ? ऐसा स्वच्छ लोगों का गंदगी को न पसंद करने के कारण नहीं है; न ही सभ्य लोगों का असभ्यों के लिए है। फिर हमें इस उत्तर के लिए विवश किया जाता है कि गोरे और काले लोगों के बीच की दरार का कारण स्वाभाविक तौर से एक रंग विशेष के साथ पक्षपात है। यह स्वाभाविक तौर से वैर भाव है, जो इस कारण की व्याख्या करता है कि क्यों एक सीधा-सादा दिखनेवाला अंग्रेजी गोरा इनसान, उस टेबल पर नहीं बैठेगा, जिस पर एक अच्छे कपड़े पहने हुए साफ-सुथरा काला व्यक्ति बैठा हुआ है।"

स्पष्ट तौर पर न तो हिंदूवाद का नवीनतम समर्थक, न ही ईसाई धर्म में जाति का समर्थक इस तथ्य के साथ परिचित होता हुआ प्रतीत होता है कि दो लोगों के रंग में

अंतर से उनके गुणों में किसी तरह के आवश्यक अंतर की प्रस्तुति नहीं होती। सूक्ष्मदर्शी से यह रहस्योद्‌घाटन होता है कि गोरे और काले की चमड़ी के अंदर गहराई तक जाने पर किसी तरह का अंतर नजर नहीं आता। मानव त्वचा, चाहे वह सबसे काले किसी नीग्रो व्यक्ति की हो या फिर यूरोप के किसी सबसे गोरे निवासी की, इसमें केवल गहरे रंग का वर्णक होता है। यूरोप के गोरे लोगों की त्वचा को दूध या पुरातन काल के देवताओं की पीप से बनाया गया होता है। वर्णक हर जगह एक समान होता है और यह हमेशा गहरे रंग का होता है। यह गुण में बिल्कुल भी अलग नहीं होता, लेकिन बस मात्रा में अलग होता है। कुछ मामलों में इसकी मात्रा बहुत अधिक होती है, जिस कारण इसकी उपस्थिति सतही तौर पर भी दिखती है, जबकि कुछ मामलों में यह कहीं गहराई में छुपी हुई परत में समाई होती है। लेकिन ऐसा कभी नहीं होता कि वर्णक उपस्थित न हो। सभी लोगों के नवजात शिशुओं का रंग एक जैसा होता है और एक समान गोरा होता है। एक जैसे रंगवाले माता और पिता की संतान का रंग भी उनके जैसा हो, ऐसा आवश्यक नहीं होता।

मौसम में बदलाव के साथ भी त्वचा के रंग में बदलाव आता है। लंबे समय तक उष्णकटिबंधीय स्थान पर रहने से यूरोप के निवासी की त्वचा का रंग भी भूरा हो जाता है, जबकि एक नीग्रो की त्वचा का रंग लंबे समय तक शीतोष्ण क्षेत्र में रहने पर स्पष्ट तौर से हलका हो जाता है। रंग को लेकर किए जानेवाले पक्षपात की बात करें, तो सहज तौर पर इसे दिखाना, केवल मनोविज्ञान का ज्ञान न होना है। जैसेकि कोंडिलाक कहते हैं—"सहज ज्ञान जैसा कुछ भी नहीं होता। यह सभी वैज्ञानिक व्याख्याओं के विरोध में गढ़ा गया मात्र एक शब्द है। बहुत सी प्रवृत्तियाँ, जोकि वातावरण का परिणाम होती हैं, वे व्यक्ति में स्वत: ही आ जाती हैं और यह एक वास्तविक धर्म का एक प्रमुख लक्ष्य होता है कि वह इस तरह की स्वत: आई गैर-सामाजिक प्रवृत्तियों का विनाश करे।"

जाति में मानव जाति के वर्गीकरण को लेकर किए गए सभी प्रयासों के असफल होने के संकेत प्राप्त हुए हैं। मानव विज्ञानी और मानव जाति विज्ञानी के द्वारा बताई गई तथाकथित सबसे बेहतर जाति के सुविधाजनक तरीके से दिए गए विवरण के लिए परिकल्पित वर्गीकरण है, जो ठीक उसी लक्ष्य को पूरा करता है, जैसेकि भौतिकी का सिद्धांत अपने उद्‌देश्य को पूरा करता है। वे लामार्क की अभिव्यक्ति का उपयोग करने के लिए केवल कला के उत्पाद, मानसिक व्यायाम विद्या के परिणाम का उपयोग करते हैं, जिनका प्रकृति में कोई प्रतिरूप नहीं होता। प्रो. जोशियाह रॉयस कहते हैं—"हमारा आधुनिक जाति सिद्धांत अधिकांश मुझे 'जंगल बुक' में मौजूद संवाद की याद दिलाता है—अंतरराष्ट्रीय शिष्टाचार के प्रकार, जिसे 'ट्रूस ऑफ द बियर' में अभिव्यक्त किया गया है, बहुत अधिक, मैं कहूँगा, यह बिल्कुल विज्ञान जैसा दिखता है।"

वर्तमान समय में मानव जाति की उत्पत्ति की इकाई एक ऐसा तथ्य है, जिसे वैश्विक तौर पर स्वीकार किया जाता है। खोपड़ी के आकार और त्वचा, बाल तथा आँखों के रंग में अंतर वातावरण, प्रवसन, नस्ल में मिलावट के परिणामस्वरूप होता है। मनुष्य का कोई भी वर्ग दूसरे के साथ सफल तौर पर मेलजोल कर सफल प्रजनन का परिणाम प्राप्त करने में अक्षम नहीं है। मानव जाति का कोई भी वर्ग, जो आज के समय में मौजूद है, यह कह सकता है कि वह विशुद्ध रूप से अपरिवर्ती प्रकार का है। शारीरिक रचना संबंधी और दैहिक विचार से अधिक, सभी प्रकार की जलवायु और देशों में मानसिक तथा नैतिक प्रतिभा की सामान्य समानताएँ और व्यक्ति के ऐतिहासिक विकास की एकात्मकता हमें सिखाती है कि सारी मानवता का सम्मान व्यापक भाईचारे के आधार पर करना चाहिए। हर जगह पर निवास करनेवाले व्यक्ति के पास सीखने की सहज क्षमता समान रूप से होती है और निश्चित रूप से समान स्तर पर होती है। तथाकथित उच्च और निम्न कही जानेवाली जाति जैसे ऊँचे और निम्नतर वर्ग के बीच मानसिक तौर का अंतर, सहज प्रतिभा का अंतर नहीं होता है, अपितु अवसरों का अंतर होता है। वैज्ञानिक ज्ञान को प्राप्त कर और शिक्षा के वैज्ञानिक तरीकों को अपनाकर जापानियों ने पूरी तरह से अपनी मानसिक गुणवत्ता को बदल लिया है। अन्य जाति के लोग भी अपने मानसिक चरित्र को उतनी ही तीव्रता के साथ बदल सकते हैं, जितना कि जापानियों ने किया है, इतिहास ने इसे बहुत बार सिद्ध किया है।

अपने रक्त को किसी भी तरह की अशुद्धता से दूर रखने के लिए कुछ व्यक्ति जो बचे रहते हैं, यह एक कोरा मिथक है। वर्णनासन कर्मा, जिससे वर्तमान समय का रूढ़िवादी हिंदू डरता है, वह सदियों पहले पूरा हो चुका है। पूना के मिस्टर डी.आर. भंडारकर कहते हैं—"भारत में शायद ही ऐसी कोई जाति या वर्ग हो, जिसमें कोई विदेशी कलंक न शामिल हो। यहाँ पर विदेशी रक्त का सम्मिश्रण मौजूद है, न केवल युद्ध वर्ग में, अपितु राजपूत और मराठों ने ही नहीं, अपितु ब्राह्मणों में भी, जो इस खुशफहमी में रहे हैं कि वे सभी तरह के विदेशी तत्त्वों में मुक्त रहे हैं।"[13]

वर्तमान समय के ब्राह्मणों की नसों में प्राचीन काल के शूद्रों का रक्त प्रवाहित हो रहा है, ठीक उसी तरह से जिस तरह से आज के समय के श्वेतों की नसों में उन नीग्रो का रक्त बह रहा है, जो चतुर्थ महाकल्प की अवधि के समय यूरोप के महाद्वीप पर रहते थे। यह अंतर सम्मिश्रण अविश्वसनीय रूप से उनकी स्त्रियों की सुंदरता और उनके उत्साह के कारण नहीं था। डॉ. टेलर कहते हैं कि उन्होंने संसार की सबसे सुंदर स्त्रियों को त्रिस्तान दा कून्हा में श्वेत और अश्वेत लोगों के वंशजों में देखा। हम दक्षिण भारत में स्त्रियों के सबसे बुद्धिशाली आदर्श प्रतिरूपों को स्वतंत्रता से प्रेम करनेवाली नायर और थिया महिलाओं में पाते हैं, जो पश्चिमी समुद्र तट पर रहती हैं। एम. फिनोट

अपनी रचना 'फिलॉसफी दे ला लोंगविटी' में कहते हैं कि दीर्घायु के सबसे अनूठे उदाहरणों को हम मुलतों में पाते हैं। परिवारों और लोगों में नए खून को संचारित करना हमेशा से बहुत ही लाभकारी परिणामों के लिए फलदायी रहा है। जहाँ कहीं भी साधारण परिस्थितियों में पारगमन किया गया, हीन समझे जानेवाले प्रकार में, ऊँचे माने जानेवाले प्रकार के प्रतिनिधित्व में किसी तरह के पतन का कारण बने बिना, सुधार देखा गया। पारगमन को लेकर आलोचकों के निराशावादी अभिकथन इस तथ्य से झूठे ठहराए गए कि लोग, जो मुक्त रूप से दूसरों के साथ घुल-मिल रहे थे, निरंतर विकसित हो रहे थे। वे जो सभ्यता का नेतृत्व करनेवाले थे और विकसित हो रहे थे, वे लोग वह थे, जिनका रक्त विविध प्रकार के तत्त्वों से भरपूर था। अपितु जब हम विभिन्न देशों में उच्चतम व्यक्तियों के मामलों पर विचार करते हैं, तो हम यह जानकर हैरान रह जाते हैं कि उनमें से लगभग सभी अंतरजातीय विवाह के परिणाम थे। हैवलॉक ऐलिस कहते हैं कि सबसे बेहतर अमरीकी लेखक और विचारक मिश्रित परिवारों के वंशज ही थे। अमरीकी खोजकर्ताओं में सबसे बेहतर माने जानेवाले मि. एडीसन का संबंध इसी वर्ग से था। अगर आवश्यकता हो तो हम इसमें और भी नामों को सम्मिलित कर सकते हैं। वहीं दूसरी तरफ, रक्त को शुद्ध रूप में सुरक्षित रखने के लिए किए गए प्रयासों का परिणाम बहुत ही भयानक रूप में सामने आया। इतिहास बताता है कि किस तरह से वह, जो यूरोप के कुलीन वर्ग से थे, निम्न वर्ग से बहुत दूरी बनाई रखी, वे या तो भ्रष्ट हो गए अथवा मर गए।

आज के समय में उन लोगों की तलाश करना असामान्य नहीं है, जो आनुवंशिकता पर ज्यादा जोर देते हैं। आनुवंशिकता के नियम पर जोर जीव सांख्यिकीय व मेंडेलियन द्वारा दिया गया, यह आँखों या बालों के रंग, लंबाई, संभवतः प्रवृत्ति और ऊर्जा को लेकर किए गए शोध में अच्छा, सटीक या तकरीबन सही परिणाम प्राप्त कर ले, लेकिन इसमें संदेह है कि यह नियम बौद्धिक जीवन को भी नियंत्रित करने में सफल हो। मानसिक क्षमता प्रशिक्षण और आसपास के वातावरण का परिणाम होती है, जो शायद ही चरित्र को प्राकृतिक तौर पर प्राप्त कर पाए। ऐसे कोई साक्ष्य अब तक प्राप्त नहीं हुए हैं, जिनसे यह सिद्ध हो कि ये वंशानुगत होते हैं। वहीं दूसरी तरफ, ऐसे बहुत सारे साक्ष्य प्राप्त हुए हैं, जिनसे यह सिद्ध होता है कि ये वंशानुगत नहीं होते। मानसिक रूप से समानता का रहस्य वंशानुगत नहीं होता, अपितु सहचर्य होता है। उदाहरण : प्रशिक्षण और समान वातावरण में विकास इसके लिए पर्याप्त होते हैं कि बच्चों और माता-पिता में समान स्तर की मानसिक सदृश्यता हो।

कुछ लोग यह भी आशा करते हैं कि एक नैतिकता से परिपूर्ण जाति की मौजूदगी को बनावटी चयन व नस्ल से संभव किया जाए और फिर इस तरह राष्ट्र और फिर

मानवता के नैतिक विकास को सरल और सुनिश्चित किया जाए। इस तरह के विचार और आशाएँ केवल नैतिकता की प्रवृत्ति की पूरी तरह गलतफहमी से उत्पन्न हो सकती हैं। एक व्यक्ति का नैतिक चरित्र कुछ ऐसा होता है, जो पूरी तरह से मन संबंधी होता है। यह इस हद तक स्वेच्छा से अपनाए गए और क्रियाओं का परिणाम होता है, जिसे कोई भी एक से दूसरे और यहाँ तक कि अपने लिए भी निश्चित तौर पर दावे से नहीं कह सकता, कि वह हमेशा नैतिकता की राह पर रहेगा, यह कि उसे हमेशा नैतिक उद्देश्यों से मार्गदर्शन प्राप्त होता रहेगा। इससे अधिक, अपितु बहुत उच्च स्तर तक विकसित हो चुके नैतिकवान व्यक्ति में जन्मजात औसत स्तर पर विकसित हुए साधारण गुण इतने अधिक शक्तिशाली होते हैं कि नैतिकता, जोकि आवश्यक तौर पर व्यक्तिगत विकास का उत्पाद होती है, की भी अपेक्षा स्वाभाविक कारक के तौर पर कदाचित् ही की जा सकती है, जिससे कि अन्य कारकों के मुकाबले इसे बेहतर शक्ति के रूप में प्रदर्शित किया जा सके। जब व्यक्ति को पूरी तरह से वंश परंपरा के नियंत्रण में छोड़ दिया जाता है, तो वह अपने भीतर के नैतिक गुणों की अपेक्षा पशु-प्रवृत्ति के गुणों का प्रदर्शन अधिक करेगा। संक्षिप्त में कहें तो नैतिक गुणों को गुण के तौर पर वंशानुगत तौर पर कम ही अपनाया जाता है। इसके अतिरिक्त वंशानुगत नैतिकता, जिसमें नैतिकता के सभी आवश्यक तत्त्वों, जैसे—कर्तव्य का बोध, स्वतंत्रता का विचार आदि की कमी पाई जाती है, का कोई मूल्य नहीं होता। बनावटी तौर पर विकसित नैतिकता से परिपूर्ण व्यक्ति, अगर ऐसी रचना को संभव किया जा सकता है, तो उसे पशु से अधिक ऊँचे स्थान पर नहीं रखा जा सकता, जिनके कर्म सहज बोध के द्वारा प्रेरित होते हैं।

एक व्यक्ति की बौद्धिक और नैतिक संस्कृति एक विचार की ओर स्वेच्छा से किए गए सचेत प्रयासों पर निर्भर करती है और इसलिए इसका वंश-परंपरा से अधिक शिक्षा से लेना-देना होता है। मानव स्वभाव में निरंतर बदलाव आता रहता है और यह अपने बदलावों को भाषा, कला, नियम संस्थानों के माध्यम से जारी रखता है, इस तरह वह एक नए वातावरण का निर्माण करता है, जोकि वंशानुगत तौर पर प्राप्त सहज प्रवृत्ति की अधिक महत्त्वपूर्ण होती है। अपितु किसी भी देश के एक व्यक्ति की तथाकथित राष्ट्रीय विशेषताएँ सहज विशेषताएँ नहीं होतीं, बल्कि वे विभिन्न परंपराओं की प्रमुख अभिव्यक्ति में होती हैं।

प्रो. जे.ए. थॉमसन अपनी कृति 'हेरिडेटरी' में कहते हैं—"महत्त्व देने का उपयोगी तथ्य यह है कि वह व्यक्ति, हालाँकि धीमे और हलके से बदलनेवाला होता है, तेजी से और बढ़त के साथ बदलने लगता है तथा वह सामाजिक संगठन उसे माध्यम प्रदान करता है—एक बाहरी धरोहर—जिसके द्वारा बदलाव के परिणामों को संभवतः मूल रूप से न सही, व्यावहारिक तौर पर आवश्यक बना दिया जाता है।" यह माध्यम और

कुछ नहीं होते कि वह व्यक्ति बस 'जन्म' से नहीं, अपितु बहुत अधिक 'बनाया' गया होता है। हर एक बच्चे की नई शुरुआत होती है और गुणों का पथ बच्चे के लिए उसी तरह से खुला हुआ होता है, जिस तरह से शैतान के बच्चे के लिए सच्चरित्र बच्चे का मार्ग खुला हुआ होता है। 'जन्मना जायते शूद्र, कर्मणा जायते द्विज।' हर कोई स्त्री के गर्भ से जन्म लेता है, वह शूद्र होता है, लेकिन सामाजिक वातावरण का उसका व्यावहारिक जीवन, जिसमें वह प्रवेश करता है, उसका दोबारा जन्म संभव कर देता है।

"गरम इस्त्री पर पड़ी जल की बूँदें भाप बन
उड़ जाती हैं, अपने पीछे बिना कोई निशान छोड़े,
लेकिन कमल पर पड़ी जल की बूँद, पाती है, मोती-सी चमक,
और अगर उसे रास्ता मिलता है सीप में जाने का,
तो वह जल की बूँद बन जाती है, एक सुंदर सा मोती,
वह स्वयं को वैसा ही बना लेती है, जैसे के साथ मिलती है;
तो सत्य है मानव के भीतर व्याप्त गुणों की सत्यता,
जो उत्पन्न होती है, उसमें अपने आसपास के वातावरण से।"

—भर्तृहरि

हालाँकि हम व्यक्ति में विद्यमान स्वाभाविक असमानताओं की मौजूदगी पर प्रश्न नहीं खड़ा कर सकते, लेकिन हम उनकी मूलभूत विशेषताओं को भी स्वीकार नहीं कर सकते, जब हम उस पर एक तार्किक जीव और नैतिक संभावनाओं के तौर पर विचार करते हैं। मानव विकास का आदर्शतम लक्ष्य उन क्षमताओं के विकास और प्रयोग में सम्मिलित होता है, जिन्हें उच्चतम नैतिक दृष्टिकोण से विकसित व नियुक्त किया जाना चाहिए। एक व्यवस्था, जिसमें सफलता के लिए उपयुक्तता का मानदंड पूर्णता को प्राप्त करने के लिए उच्चतम नैतिक गुणों की मौजूदगी की आवश्यकता होगी। वह स्वाभाविक तौर पर यह समझाती है कि कोई भी स्वयं को ऐसे सामाजिक संसार में जन्म लिया हुआ नहीं पाता, जिसमें कोई इस स्तर तक सामाजिक आवश्यकताओं से बँधा हुआ होता है कि जो उसके लिए अपनी संपूर्णतम क्षमताओं को विकसित करना, अपनी इच्छा को पूरी तरह से शुद्ध बनाना और अपने व्यक्तिगत गुणों की उच्चतम स्तर की श्रेष्ठता का फल प्राप्त कर पाने में असंभव बना देती है। जाति व्यवस्था, जोकि समुदायों के कुछ वर्ग को दूसरों के मुकाबले नीच मानकर प्रतिबंधित करती है, के अंतर्गत इन सबको प्राप्त करने की असंभाव्यता, स्वाभाविक जान पड़ती है। अपनी जाति पर गर्व और वर्ग विशेष हमेशा से सही प्रशासन और स्वतंत्रता के विकास के मार्ग में आता है; बीते समय में श्राप और आनेवाले भविष्य के लिए भी उसकी बरबादी का कारण सिद्ध होंगे।

जो लोग सत्ता में हैं, यदा-कदा ही यह मानते हैं कि वे आवश्यक तौर से विकास करने में उनसे अधिक क्षमतावान हैं, जिन्हें वे अपने से बहुत नीचा और कम मानते हैं। इस प्रकार की परिकल्पना विज्ञान की सीख के द्वारा बेबुनियाद है। विकास का एक बहुत ही अच्छे तरीके से स्थापित तथ्य यह है कि एक प्रजाति की 'उच्चतम' रूप में यह प्रवृत्ति होती है कि वह परंपरागत रूप को वापस लौटाती है और 'कमतर' माने जानेवाले रूप में यह प्रवृत्ति होती है कि वह इस परंपरागत रूप से ऊपर उठना चाहती है। इसलिए यह संभव लगता है कि अब, जिनको कमतर और नीचा समझा जाता है, के पूर्वजों को अगर समय और अवसर दिए जाते, तो वे भी अपनी जाति के परंपरागत रूप से ऊपर उठ जाते और अपितु बहुत ऊपर उठ जाते, जबकि यह संभवः नहीं लगता कि उन लोगों के पूर्वज, जिन्हें उच्चतम वर्ग का माना जाता है, संभवत परंपरागत रूप की ओर बढ़ जाते या उनसे भी निचली और खराब स्थिति में पहुँच जाते। इतिहास इसके बहुत व्यापक साक्ष्य प्रस्तुत करता है।

जाति के प्रश्न पर हम चाहे जिस भी दृष्टिकोण से विचार करें, तो हमें यही पता चलता है कि यह कुछ ऐसा है, जो हर तरह से हानिकारक है। मानव स्वभाव के सत्य को समझते हुए बुद्ध ने जाति के बंधनों को तोड़ा और समान रूप से सभी को अपने उपदेश दिए। उन्होंने घोषणा की—"मेरा धर्म सभी पर दया करनेवाला धर्म है। यह मुक्त रूप से सारी मानव जाति को प्रकाशित करे। यह अच्छे व बुरे, धनी और निर्धन व्यक्तियों के विचारों को समान रूप से स्वच्छ करे; यह उसी तरह से व्यापक है, जिस तरह से स्वर्ग का स्थान, जो किसी को भी नहीं छोड़ता। जो कोई भी संवेदनशील है, वह न केवल स्वयं को, बल्कि दूसरे सभी को बचाने की उत्कंठा को महसूस करेगा। वह स्वयं से कहेगा—'जब दूसरे लोग धर्म का अनुसरण कर रहे हैं, मुझे इस पर आनंदित होना चाहिए, ठीक उसी तरह जैसेकि यह मेरे लिए ही था। जब दूसरे लोग इसके बिना हों, तो मुझे इस तरह से विलाप करना चाहिए, जैसेकि यह मुझसे ही दूर हो गया हो। हम अधिक करेंगे, जब हम बहुत लोगों तक इसे पहुँचाएँगे; लेकिन हम और भी व्यापक स्तर पर इसे पहुँचा पाएँगे, अगर हम दूसरों को भी इसे अन्य लोगों तक पहुँचाने में सक्षम बनाएँगे और यह क्रम बिना किसी अंत के चलता रहे।' इस तरह से दुःख हरनेवाला शब्द सारे संसार को आलिंगन कर लेगा और वे सभी, जो दुःख के सागर में गोते खा रहे हैं, उन सभी को बचा लिया जाएगा।"

इस भाव के साथ काम करके धर्म सभी के लिए एक धर्म बन गया और इसका विस्तार एशिया, भारत, बर्मा, सीलोन, तिब्बत, चीन और जापान में हो गया तथा यह धीरे-धीरे यूरोप और अमेरिका के विचारों व जीवन पर भी अपना असर दिखा रहा है। क्या हमें उस दिन की आशा नहीं करनी चाहिए कि जब इसकी मानवता का प्रभाव

बहुत दूर तक और गहराई से फैल जाएगा कि वर्ग और रंग की पूर्वधारणा, जो अब भी विभिन्न भागों में मौजूद है, उसे भूली-बिसरी यादों में, जो कभी किसी को याद भी न आए, में जाने के लिए विवश कर दिया जाएगा ?

"दया और आवश्यकता
सभी हाड़-मांस के पुतलों में भाईचारा बनाए, किसी खून में जाति न समाए,
जो पुकार के दौड़े पीछे-पीछे, कोई जाति न डूबे आँसुओं में
जो सभी के साथ तर्कशीलता देता है; कोई व्यक्ति
न जन्म ले माथे पर तिलकरूपी ठप्पे के साथ,
न हो उसके गले पवित्र धागा, जो करता है अच्छे कर्म
उसका होता है दोबारा जन्म और जो करता है बुरे कर्म, हो जाता है भ्रष्ट।"

संदर्भ—

1. भुरिदत्त जातक से अपनाया गया।
2. "हे राजन्, एक ब्राह्मण का अर्थ है, वह जो सभी तरह के जाति और वर्ग से परे हो चुका है, जो पूरी तरह से बुराई और दोषों से मुक्त हो चुका है, जो केवल स्वयं पर निर्भर है।"—मिलिंदपन्हो
3. अस्सलायण सुत्त, मथुरा सुत्त, अंबत्त सुत्त, वासेत्त सुत्त और दस ब्राह्मण जातक।
4. अगंज सुत्त, दीघनिकाय।
5. गौड़पादा-कारिका वेदांत के अद्वैत विचार की सबसे पहली रचित पाठ्य-पुस्तक है। "यह अगर बौद्धधर्मियों की ओर से बने लेख से माध्यमिक सिद्धांत को बनाया गया।" लुईस दा ला वाली पोऊसम के बौद्धिज्म के फुटनोट पृष्ठ सं. 189 और 391 और उनके जर्नल ऑफ द रॉयल एशियाटिक सोसाइटी, जुलाई 1908 और जनवरी 1910 के लेख को देखें; साथ ही 'मेक्स वालेसर के डेर अल्टरे वेदांता गशिक्जा, कृतिक और लेहरे' के पहले भाग को भी देखें।
6. 'अपने हिस्टरी ऑफ बुद्धिज्म इन इंडिया तारानाथ' में तिब्बती बौद्धधर्मी ने आर्यदेवा के शिष्य के बारे में बात की है, जो हालाँकि एक चांडाल के पुत्र थे, फिर भी उन्हें शिक्षण से पूरे ज्ञान की प्राप्ति हुई। देखें—शिफनर का जर्मन अनुवाद। पृष्ठ सं. 215-216।
7. महाभारत में (वनपर्व) में सनतकुमार कहते हैं—"मनुष्य जाति में क्षत्रिय सबसे बेहतर होते हैं, जो वंशावली में अपना विश्वास रखते हैं। लेकिन वे जो ज्ञान और साधुता में पूर्ण होते हैं, वे ईश्वर और मनुष्य दोनों में श्रेष्ठ होते हैं।"
8. इनसाइक्लोपीडिया ब्रिटेनिका, आर्ट बुद्धिज्म।
9. मत्स्य पुराण में, जहाँ पर काम का पर्व (बौद्धधर्मी काम) का विवरण दिया गया है, काम को स्वयं कृष्ण के तौर पर पहचाना गया है। ललितविस्तार में, कृष्ण को सबसे महान् देवताओं की सूची में सम्मिलित किया गया है, लेकिन आमतौर पर काले राक्षसों के प्रमुख के तौर पर; और मारा, जोकि बुद्ध के बहुत बड़े शत्रु थे और उनका मिशन कृष्णा के मित्रों (कृष्णबंधुओं) का आह्वान करना था। जैनियों के लिए काले वासुदेवों में से नौवें थे। स्वयं गीता में यह स्वीकार किया गया है कि वे जो केवल और एकमात्र कृष्णा की पूजा करते हैं या उनको पहचानते हैं, उनकी संख्या बहुत कम है—वासुदेवः सर्वमिति स महात्मा सुदुर्लभः (7, 19, मैं (परमात्मा) जो मानव

रूप में हूँ, जो मेरे ईश्वरीय स्वरूप को नहीं पहचानते, वे मूर्ख लोग तिरस्कृत होते हैं।" (9, 11)

10. नेपाली बौद्धधर्मियों का अष्टमी व्रत विधान बुद्ध की विवेचना करते हुए कहता है—"मौजूद लोगों के लाभ के लिए बुराई को सहन करनेवाले।" अपनी तंत्रावर्तिका में कुमारिला ने बुद्ध के बारे में यह घोषणा की—"कलयुग में होनेवाले सभी पापों के परिणामस्वरूप जो भी बुराइयाँ सामने आई हैं, वे सब मुझ पर पड़ जाएँ और संसार को इससे मुक्ति मिल जाए।" यह निश्चित तौर पर कुमारिला के दिन में बौद्धधर्मियों के बीच में प्रचलित मान्यता थी।
11. उदयनाचार्य द्वारा रचित 'आत्मतत्त्वविवेका' को भी देखें।
12. वे जब भारत के लिए राज्यसचिव थे, लॉर्ड जॉर्ज हैमिल्टन ने एक बार कहा था—"जाति और संप्रदाय की यह विविधता ही हमारे साम्राज्य की उत्पत्ति का कारण और इसकी शक्ति का रहस्य है।" सर जॉन स्ट्रेची ने अपनी 'इंडिया' में कहा है—"एक साथ-साथ एक-दूसरे के विरोधी संप्रदायों की उपस्थिति भारत में हमारी मजबूत राजनीतिक स्थिति का एक मजबूत बिंदु है।"
13. फॉरेन एलिमेंट इन द हिंदू पॉपुलेशन, इंडियन एंटीक्वेरी, जनवरी 1911।

□

अध्याय-5

बौद्ध धर्म में महिलाएँ

बहुत से श्रेष्ठ जनों की पत्नियाँ, जिन्होंने अपने घरों का त्याग कर दिया और संघ में अपने पति द्वारा दिखाए गए पथ का अनुसरण करने की इच्छा से सम्मिलित हुईं। इनमें प्रजापति गौतमी, जोकि सिद्धार्थ की मौसी और पालन-पोषण करनेवाली माता थीं, के द्वारा नेतृत्व किया गया और उन्होंने प्रबुद्ध से विनती की कि वे संघ में स्त्रियों के प्रवेश की अनुमति दें। अपने सिद्धांतों के सख्ती से पालन के साथ बुद्ध उनको प्रवेश से मना नहीं करते थे। लेकिन उनको यह डर भी था कि संघ में स्त्रियों के प्रवेश के साथ लोगों को उनके संस्थान के बारे में गलत बातें बनाने का अवसर मिल जाएगा। इसलिए उन्होंने गौतमी और उनकी संगिनियों को यह सलाह दी कि वे अपने चिरस्थायी पुरस्कार और खुशी को आम स्त्री के समान एक सफेद रंग के लिबास को धारण कर प्राप्त करें तथा एक शुद्ध, पवित्र और सदाचारी जीवन जिएँ। लेकिन इस सलाह से गौतमी संतुष्ट नहीं हुईं और उन्होंने अपनी संगिनियों के साथ परामर्श किया कि वे स्वयं को नियत करें और फिर वे बुद्ध के पास गईं। इसलिए उन्होंने अपने बाल काट दिए, पोशाक को अच्छी तरह से धारण किया और मिट्टी का पात्र हाथ में लेकर बुद्ध के पास नंगे पैर यात्रा कर पहुँचीं। और आनंद, जो बुद्ध के विश्वासपात्र सहायक थे, उनकी ईमानदारी से द्रवित हो गए और उत्साह के साथ उनकी अपील लेकर एक बार फिर प्रबुद्ध के पास गए। प्रबुद्ध ने निम्न उत्तर देते हुए उन्हें संघ में प्रवेश दे दिया—"क्या बुद्ध का जन्म केवल पुरुषों के लाभ के लिए हुआ है? क्यों विशाखा और उन जैसी अन्य पथ में प्रवेश नहीं कर सकतीं? प्रवेश स्त्रियों के साथ-साथ पुरुषों के लिए खुला है।" इस तरह बुद्ध ने स्त्रियों को एक स्वतंत्र स्थान प्रदान किया और उन्हें पुरुषों के समान स्तर पर ही स्वीकार किया।

हालाँकि धर्म के सिद्धांतों के साथ उपयुक्त तौर पर अनुरूपित, जो एक मनुष्य और दूसरे मनुष्य के बीच किसी तरह का अंतर नहीं देखता, केवल सदाचार की श्रेष्ठता के आधार पर उच्चतम स्तर प्राप्त कर चुके मनुष्य को छोड़कर, फिर भी बुद्ध व उनके अनुयायियों द्वारा जो कदम उठाया गया, वह उस समय प्राचीन भारत की जो पथभ्रष्ट

नैतिक स्थिति थी और उसके परिणामस्वरूप स्त्रियों को जिस असम्मान का सामना करना पड़ता था, को देखते हुए निस्संदेह साहसी था। प्राचीन भारत अपनी नैतिकता में ढिलाई के लिए विख्यात था। वैदिक पूजा-पाठ बहुत सी इंद्रियों के सुख में विश्वास रखनेवाला था। इंद्र, जो वेदों के प्रमुख देवता थे, वे न केवल सोमरस के मद में लिप्त रहनेवाले थे, अपितु वे एक व्यभिचारी भी थे। पुंडरीकम् एक प्रकार की बलि थी, जिसमें एक कामुक क्रिया की पूजा की जाती थी और जो आगे चलकर शिश्न महादेव के तौर पर पूजा किए जाने पर विकसित हुई। पुजारी या पुरोहित, जो स्वयं को धरती पर ईश्वर के प्रतिनिधि मानते थे, बहुत बड़े स्तर पर काम क्रिया के भ्रष्ट आचरण में लिप्त थे। पुरोहित पर एक विशेष तरह का नियम लागू था कि वे एक पवित्र धार्मिक अनुष्ठान के समय दूसरे की पत्नी के साथ व्यभिचार नहीं कर सकता, लेकिन यदि वह इस नियम का पालन नहीं कर पाता, तो वह अपने पाप से वरुण और मित्र को दूध भेंट करके मुक्त हो सकता है।

यह स्वाभाविक था कि स्त्रियों के प्रति समाज की भावना शून्यता के समान थी। एक प्राचीन पद में, जिसे अनाभिरती जातक में कहा गया है, इसमें स्त्रीत्व की तुलना राजमार्ग, नदियों, आँगन, घेरा डालने और सराय से की गई है, जहाँ पर सभी ठहरते हैं तथा पूरा आदर-सत्कार पाते हैं और फिर यह कहते हुए आगे बढ़ जाते हैं कि क्या ज्ञानी पुरुष भी संभोग के धोखे में कभी पड़ते हैं? हमें महाभारत के आदिपर्व में बताया गया है—"प्राचीन काल में स्त्रियाँ घरों में कैद होकर नहीं रहती थीं, पतियों या अन्य रिश्तेदारों पर निर्भर नहीं रहती थीं। वे स्वतंत्र होकर विचरती थीं, जैसे उनको अच्छा लगता, अपने जीवन का आनंद लेती थीं। उस समय वे अपने पति के प्रति वफादारी दिखाते हुए उनके अनुसार ही चलें, ऐसा नहीं होता था, फिर भी उनको पाप का भागी नहीं माना जाता था, क्योंकि उस समय में उनके इस स्वभाव को स्वीकृति दी गई थी। आज के समय में ऐसा व्यवहार हमें पक्षियों और जंगली पशुओं में देखने को मिलता है, जो बिना किसी ईर्ष्या भाव के इस चलन का अनुसरण करते हैं। इस प्रचलन को परंपरागत तरीके से स्वीकृति दी गई और महान् ऋषि-मुनियों के द्वारा इसकी सराहना भी की गई। इस प्रचलन को अब भी उत्तरी कुरूस में सम्मानित तरीके से देखा जाता है। वास्तव में यह प्रचलन इतना उदार था कि स्त्रियाँ पुराने समय को स्वीकृति देने के लिए बाध्य हो गईं।"

फिर से समान पुस्तक के उद्योगपर्व में कहा गया था—"बेटी का जन्म जिन सभ्य और कुलीन परिवारों में होता है और जो अपनी पुत्री के साथ सम्मान व नम्रतापूर्वक व्यवहार करते हैं, उन्हें इसके बुरे परिणामों को झेलना होता है। जब सम्मानित घरों में बेटी का जन्म होता है तो उनके परिवारों अर्थात् माता और पिता के परिवार तथा वह परिवार, जो उन्हें विवाह के पश्चात् अपनाता है, के सम्मान पर हमेशा खतरा बना रहता है।"

स्त्रियों के बारे में इससे भी बुरा विवरण अनुशासनपर्व में दिया गया है। सुकीर्ति, जो

जनक के पौत्र थे और विदेह के शासक थे, के द्वारा घोषणा की गई; वेदों द्वारा सर्वविदित तौर पर की गई घोषाणा है, स्त्रियाँ अपने जीवन के किसी भी काल में स्वतंत्रता का आनंद लेने के लिए सक्षम नहीं होतीं। अगर वे बहुत सम्मानित परिवार में और सुंदरता से परिपूर्ण होती हैं और उनको बहुत से लोगों का संरक्षण भी प्राप्त होता है तो भी उन पर लागू नियमों का उल्लंघन करने की इच्छा उनमें रहती है। एक स्त्री होने से बढ़कर दूसरा कोई पाप नहीं है।" स्त्रियाँ अति क्रूर होती हैं। वे क्रूर साहस को धारण किए रहती हैं। ऐसा कोई नहीं, जिससे वे उससे अधिक प्रेम करें या जिससे अधिक पसंद करें, सिवाय उसके, जिसके साथ वे संभोग करती हैं। स्त्रियाँ उनका पुनर्जन्म (अवतार) होती हैं, जो जीवन का विनाश करते हैं। अपितु उसके पश्चात् भी जब वे किसी एक के साथ रहने के लिए सहमत हो जाती हैं, फिर भी वे दूसरों के साथ रहने के लिए उसका त्याग करने हेतु तैयार हो जाती हैं। एक लड़की को सजा उस समय से मिलनी आरंभ हो जाती है, जब उसका जन्म होता है, क्योंकि एक लड़की को जन्म देने पर जन्म देनेवाली माता की 'अशुद्धता या अछूत' होने की अवधि तीस दिनों की हो जाती है, जबकि एक लड़के को जन्म देने में वह अवधि बीस दिनों की ही रहती है।

बौद्धधर्मियों द्वारा इसी पथभ्रष्ट सामाजिक परिस्थिति का विरोध किया गया, उनके इस विरोध की सफलता को साबित करनेवाले तत्कालीन तथागत के समय में जो चित्र हमारे समक्ष उपस्थित होता है, उसे हम उस समय के छंद कार्य में भिक्षुणियों को दिए गए श्रेय में देखते हैं। डॉ. रिस डेविड्स कहते हैं—"इनमें से बहुत से रूप में बहुत सुंदर ही नहीं है, अपितु उस मानसिक आत्म-संस्कृति के उच्च स्तर के साक्ष्य भी देते हैं, जो बौद्धधर्मियों के सर्वोत्तम जीवन के आदर्श रूप में बहुत ही महत्त्वपूर्ण भूमिका भी अदा करते हैं। बहुत सी स्त्रियाँ, जिन्होंने धर्म को अपनाया या प्रबुद्ध से दीक्षा ली, जो उच्चतम स्तर की बौद्धिक क्षमता और नैतिक दृढ़ संकल्प को प्राप्त करने के लिए विख्यात हुईं। इस स्वीकार की गई संस्कृति की कुछ स्त्रियाँ न केवल पुरुषों का गुरु बनकर धर्म के और गहरे व रहस्यमयी बिंदुओं की व्याख्या करने के नए चलन का प्रतिनिधित्व कर रही थीं, अपितु महाशांति के स्तर को भी प्राप्त कर चुकी थीं, जोकि बौद्धिक प्रदीपन व नैतिक दृढ़ संकल्प का अंतिम परिणाम था।"

बौद्धधर्मी भगिनी समाज उन दिनों, जब भारत में बौद्ध धर्म श्रेष्ठ स्तर पर था, बहुत आम था। इस तरह के किसी भी भगिनी समाज में प्रवेश करने के पश्चात्, एक स्त्री स्वतंत्र व्यक्तित्व बन जाती थी, उसके पश्चात् उसकी पहचान मात्र किसी की पुरुष-संगिनी बनकर नहीं रह जाती थी। जैसाकि श्रीमती रिस डेविड्स इसके बारे में बताती हैं—"उनके सिर के बाल उतार दिए जाते थे, उनकी पोशाक पुरुष भिक्षुकों द्वारा धारण किए जानेवाले पट्टीदार चोगे से अलग नहीं होती थी, वे कहीं भी आने-जाने, जंगल में

अकेले विचरने या पर्वतीय स्थलों पर चढ़ने और वहाँ पर ध्यान मुद्रा में बैठने के लिए स्वतंत्र थीं।"

शोकसंतप्त माताएँ, संतानहीन विधवा स्त्रियाँ, पछतावे से ग्रस्त अति भावुक स्त्रियाँ, धनी व्यक्ति की स्त्रियाँ, जिनका मन आदर्श जीवन की तलाश में अपने वर्तमान जीवन से उचट गया था, निर्धन व्यक्तियों की स्त्रियाँ देखभाल और कठिन परिश्रम के कार्य से थक चुकी थीं, वे नवयुवतियाँ, जो स्वयं को सबसे अधिकतम बोली लगाए जानेवाले को बेचे जाने की प्रताड़ना को सहन नहीं कर पा रही थीं और एक विचारशील स्त्री, जो रूढ़िवादी परंपराओं के द्वारा उसके बौद्धिक विकास पर लगाए गए तरह-तरह के प्रतिबंधों से पीड़ित थी—सभी तरह की और परिस्थितियों की मारी महिलाओं को इस तरह के भगिनी समाज में प्रवेश करके राहत प्राप्त होती थी।

बौद्धधर्मी सुधार समाज की भ्रष्ट स्थिति के विरुद्ध की गई एक नैतिक प्रतिक्रिया थी, यह बहुत ही आवश्यक था कि स्त्री और पुरुषों के बीच के संबंध की रक्षा पूरी देखभाल के साथ की जाए। इस बात से कोई भी इनकार नहीं कर सकता कि स्त्रियों को उस स्थिति में अपवित्र होने का दंश झेलना होता था, जब वे एक पवित्र पुरुष को जन्म देती थीं, जिसके पाप गहरी ध्यान की क्रिया से रुक जाते थे। इस कारण से आमतौर पर धर्मों में स्त्री के बारे में बुरा-बुरा ही कहा गया। जैन धर्म का योगशास्त्र स्त्री की व्याख्या करते हुए कहता है—"यह उस चिराग के समान है, जिसे उस मार्ग पर जलाया गया है, जो नरक के द्वार की ओर ले जाता है।"

फिर से उत्तराध्ययन सूत्र में स्त्री के लिए कहा गया है—"राक्षसी, जिसके वक्षों पर मांस के दो पिंड विकसित होते हैं, जो लगातार अपना मन बदलती रहती है, जो पुरुषों को फुसलाती है और फिर उन्हें दास बनाकर उनके साथ छल करती है।"

महिलाओं के विरुद्ध ठीक कुछ इसी तरह की भावनाओं को धार्मिक ईसाइयों द्वारा व्यक्त किया गया। एक फ्रांसीसी पुरोहित द्वारा लिखी नियम पुस्तिका 'डायरेक्टोरियम सैकडोटल' जिसकी व्याख्या 'एक पुरोहित के सार्वजनिक और निजी जीवन को निर्देशित करनेवाली पुस्तिका' के तौर पर की गई। इसमें लिखा है—"स्त्री क्या है? संत जेरोम इसका उत्तर देते हैं, 'वह एक द्वार है, जिससे शैतान प्रवेश करता है; वह मार्ग है, जो पाप की ओर ले जाता है; यह वह है, जो बिच्छू का डंक मारना होता है।' और एक और दूसरे स्थान पर वे कहते हैं, 'स्त्री अग्नि है, पुरुष को खींचते हुए ले जाती है और राक्षस चिंघाड़ता है।' संत मक्सिमस स्त्री के बारे में लिखते हैं, 'वह पुरुष को बहुत नुकसान पहुँचाती है, वह एक अत्याचारी होती है, जो उन्हें कैद की ओर ले जाती है, एक शेरनी होती है, जो पुरुष को अपने पंजे में जकड़ लेती है, वह एक मायावी होती है, जो उसे विनाश की ओर ले जाती है, वह एक दुष्टात्मा खराब क्रूर जीव होती है।'

और संत अनास्तयियस, सिनायते कहते हैं, 'वह एक काला साँप होती है, जिसकी त्वचा आकर्षक होती है, पिशाचों को आराम देनेवाली और एक दुष्टों की प्रयोगशाला, एक जलती हुई भट्ठी, एक बरछा, जिससे हृदय छलनी होता है, एक तूफान जिसमें घर तबाह हो जाता है, एक ऐसा मार्गदर्शक, जो अँधेरे की ओर ले जाता है, एक बुराई की गुरु, एक अनियंत्रित जबान, जो संतों के बारे में बुरा बोलती है।' और संत बोनावेंतुरे लिखते हैं, 'एक चतुर स्त्री अपनी चतुरता से धोखा देने के लिए आतुर रहती है और वह एक तेज धार वाली तलवार होती है, जो बुराई के हाथ में होती है'।"

इसमें कोई आश्चर्य की बात नहीं है कि भिक्षुकों के लिए स्त्रियों के साथ और भिक्षुणियों के लिए पुरुषों के साथ संभोग करने के संबंध में बहुत ही सख्त नियम बनाए गए। लेकिन बुद्ध द्वारा जितने भी उपदेश या वचन कहे गए, उनमें से किसी में ऐसा कुछ भी नहीं मिलता, जो यह प्रदर्शित करे कि उन्होंने स्त्री और पुरुषों में भेदभाव किया। अगर उन्होंने मौद्गल्यायन और सारिपुत्र को सम्मान दिया तो उन्होंने खेमा, जो बिंबिसार की पत्नी थीं तथा धम्मादिना, जो भिक्षुणियों में प्रमुख थीं और धर्म के उपदेश देती थीं, को भी बहुत अधिक आदर दिया। ईसाई धर्म में जो नन का स्थान रहा, उसके विपरीत भिक्षुणियों को धर्म के उपदेश देने की स्वतंत्रता ठीक उसी प्रकार से थी, जिस प्रकार से भिक्षुकों को थी। किसी भी धर्म में किसी स्त्री ने इतनी महत्त्वपूर्ण भूमिका नहीं निभाई, जितनी कि विशाखा द्वारा बौद्ध धर्म में निभाई गई है।

सद्धर्मपुंडरीकम् प्रबुद्ध अपने पवित्र पर्वत पर कई गुना शिष्यों से घिरे हुए प्रकट होते हैं और उनमें छह हजार महिला संत भी मौजूद होती हैं। बौद्ध धर्म की जितनी भी पाठ्य-सामग्री मिलती है, उनमें स्त्रियों का नाम पुरुषों से पहले लिया गया। हालाँकि प्रबुद्ध द्वारा सदैव ही पुरुषों के मन में स्त्री के प्रति उत्पन्न होनेवाले आकर्षण के गंभीर परिणामों के लिए चेतावनी दी गई, लेकिन इससे यह सिद्ध नहीं होता कि प्रबुद्ध द्वारा स्त्री को स्वाभाविक तौर पर भ्रष्ट कहा गया। अगर लोगों को खतरनाक परिस्थितियों से परहेज करने तथा बचकर रहने के लिए कहा गया, तो क्या इसका अर्थ यह था कि इस संकट का कारण माने जानेवाले में किसी तरह की कुछ मूलभूत रूप से बुराई थी? अगर कुछ लोग संकट की स्थिति का आभास तब तक नहीं कर पाते, जब तक वे संकट उत्पन्न करनेवाले गड्ढे में गिर नहीं जाते, तो इसका अर्थ यह नहीं कि गड्ढे को दोषी करार दे दिया जाए, अपितु इसके लिए व्यक्ति का खराब चलन दोषी है और इसलिए यह सलाह दी गई कि लोगों को संकटपूर्ण परिस्थितियों से स्वयं को बचाकर रखना चाहिए। ठीक इसी तरह से यदि कोई पुरुष किसी स्त्री को अपने मन में उसके प्रति बुरे विचारों को लाए बिना नहीं देख पाता है, तो क्या इसके लिए स्त्री को दोषी माना जाना चाहिए? चरित्रहीनता एक ऐसी चीज है, जो हृदय से संबंध रखती है। अगर एक व्यक्ति इसके

लिए स्वयं को सुनिश्चित नहीं कर सकता कि उसके मन में वह तृष्णा नहीं है, जो स्त्री के सान्निध्य में रहकर प्राप्त होती है, तो वह स्त्री से उस स्वतंत्रता के साथ घुल-मिल नहीं सकता, जैसे उसे मिलना चाहिए, फिर चाहे वह एक उपासक हो या एक भिक्षुक।

क्या प्रबुद्ध ने, जब वे ज्ञानोद्दीप्ति के पश्चात् शुद्धोधन के महल में गए थे तो यशोधरा, जोकि राहुल की माता थी, के कक्ष में भेंट के लिए तब नहीं गए थे, जब उन्होंने बाहर आने से मना कर दिया था? उस अवसर पर प्रबुद्ध ने सारिपुत्र और मौद्गल्यायन से कहा कि जो उनके साथ ही राजकुमारी के कक्ष में गए थे—"मैं मुक्त हो चुका हूँ, हालाँकि राजकुमारी अब तक मुक्त नहीं हुई हैं। मुझे लंबे समय से न देख पाने के कारण वे बहुत ही उदास हैं। जब तक उनकी पीड़ा उनके मार्ग में अवरोध उत्पन्न करना छोड़ देगी, उनका हृदय आसक्त रहेगा। प्रभु, क्या उन्हें तथागत को स्पर्श करना चाहिए, तुम्हें उन्हें ऐसा करने से रोकना नहीं चाहिए।" बुद्ध द्वारा स्त्रियों को कभी इसलिए नहीं धिक्कारा गया कि वे अकसर पुरुष को लुभाती हैं, जिससे वे कुछ बुरा करें, लेकिन उन्होंने उन कमजोर इच्छाशक्तिवाले लोगों को उनके अचेतन प्रभाव के विरुद्ध चेतावनी अवश्य दी।

सैद्धांतिक तौर पर बुद्ध द्वारा स्त्री और पुरुष को एक समान माना गया। लेकिन जब अभ्यास करने की बात आती है, तो स्त्री का स्थान पुरुष की तुलना में बहुत नीचे रहा। उनका अनूठा संगठन उसके लिए अपना लक्ष्य प्राप्त करने की राह में और अधिक अवरोध उत्पन्न करता था। इससे पहले कि व्यक्ति उस परम शांति को प्राप्त करे, उससे पहले यह आवश्यक था कि वह बहुत अधिक संघर्ष करके स्वयं को शरीर से संबंधित सभी वासनाओं से मुक्त कर पूरी तरह से शुद्ध करे। केवल कुछ पुरुष ही इस संघर्ष की राह में प्रवेश करते हैं, अपितु अधिकतर पुरुषों को देखकर ऐसा प्रतीत होता है कि वे इस पथ पर प्रवेश करने के लिए उपयुक्त हैं। लेकिन अधिकतर स्त्रियाँ ज्ञान में बहुत कम की ही अनुभूति कर पाती हैं, बहुत गहराई से तल्लीन होना व्यर्थ हो जाता है तथा उस निर्वाण और भावों पर विजय प्राप्त करने के लिए दुर्बल सिद्ध होता है, जिसकी आवश्यकता उनको होती है, जो निर्वाण की पराकाष्ठा पर पहुँचना चाहते हैं।

इसलिए बौद्धधर्मी अकसर कहते हैं कि अधिकतर स्त्रियों को पुरुष के तौर पर जन्म लेना होगा, इससे पहले कि वे उस महान् पथ पर प्रवेश कर सकें, जोकि परम मुक्ति की ओर ले जाता है। लेकिन धर्म ने पुरुष व स्त्री दोनों को ही इस कार्य के लिए पूरी तरह से उपयुक्त पाया। यदि स्त्रियाँ केवल उस प्रकाश को देख सकती हैं और उस मार्ग का अनुसरण कर सकती हैं, तो वे भी अपने लक्ष्य तक उसी तरह से पहुँच जाएँगी, जिस तरह से पुरुष पहुँचता है।

बौद्ध धर्म, जोकि आत्मसंयम और आत्म-संस्कृति का विषय है, यह प्रत्येक व्यक्ति

चाहे स्त्री या पुरुष, को एक पूर्ण इकाई के तौर पर देखता है। धर्म के अनुसार वह स्वयं को उस संबंध से नहीं जोड़ता, जिसमें एक वर्ग दूसरे के साथ मिलकर पूर्ण होता है। बल्कि सभी बौद्ध धर्म का अनुसरण करनेवाले देशों में बौद्ध धर्म का प्रभाव इतना अधिक है कि स्त्रियों को सदैव न्यायसंगत भूमिका प्राप्त हुई है। उसे पूरी स्वतंत्रता प्राप्त हुई और उस पर किसी तरह के सख्त बंधनों में नहीं बाँधा गया। बर्मा के लोगों पर बौद्ध धर्म के प्रभाव की बात करें तो टैलबॉयस व्हीलर कहते हैं—"उनकी पत्नियों और बेटियों को कैदियों की भाँति घरों में बंद करके नहीं रखा जाता, बल्कि उन्हें हवा की भाँति मुक्त छोड़ दिया जाता है, जिससे वे खुशी मनाने व त्योहार के अवसर पर आनंद ले सकें; और अकसर परिवार और घर में उनका एक स्वतंत्र स्थान होता है तथा उन्हें भी अपनी जीविका चलाने के लिए काम करने अथवा पिता या पति के काम में सहयोगी बनने का अवसर प्राप्त होता है। उनका प्रेम अपने घर–परिवार की तानाशाही के कारण मन में दबा हुआ नहीं रहता, जैसाकि हिंदू परिवारों में होता है, बल्कि वह मुक्त और स्वास्थ्यकारी हास–परिहास से पूर्ण सामाजिक मेलजोल में विकसित होता है। प्रणय निवेदन काल इस देश की व्यवस्था है। किसी भी शाम को जब एक अविवाहित युवती को साथी की चाह होती है, तो वह अपनी खिड़की में एक दीपक रखती है और अपने बालों में ताजा फूल लगाती है तथा एक सजी हुई चटाई पर बैठ जाती है। इस बीच गाँव के नवयुवक स्वयं को सबसे अच्छी पोशाक पहनकर सजाते–सँवारते हैं और गाँव में यह देखने के लिए घूमते हैं कि कहीं कोई दीपक किसी घर की खिड़की में जल रहा है। इस तरह से युवक–युवती के बीच आपस में मेल–मिलाप बढ़ता है; लड़के और लड़की के बीच अनिच्छा से बाँधे गए संबंध के बजाय वहाँ पर युवा स्त्री और पुरुष के बीच प्रेम पर आधारित विवाह बंधन होते हैं, जिसमें न तो अभिभावक और न ही पुरोहितों को किसी तरह की आवाज उठाने या चिंता करने की आवश्यकता होती है।"

केवल प्रेम पर आधारित विवाह ही स्थिरता को सुनिश्चित कर सकता है और केवल अकेले यही उस आनंद का प्रतिनिधित्व कर सकता है, जिसे एक स्त्री और पुरुष प्राप्त कर सकते हैं। जैसेकि जॉन स्टुअर्ट मिल द्वारा अपनी रचना 'सब्जेक्शन ऑफ वुमेन' में संकेत दिए गए कि सारे विचार, परंपराएँ और व्यवस्थाएँ, जो विवाह के संबंध में किसी अन्य विचार का समर्थन करती हैं या इससे संबंधित अवधारणाओं या आकांक्षाओं को किसी ओर दिशा में मोड़ने के प्रयास करते हैं, फिर चाहे वे इस ढोंग को किसी भी तरह का रंग दें, यह असभ्यता के प्रारंभिक काल के स्मृति शेष मात्र हैं।

बौद्ध धर्म से संबंधित साहित्य में बाल विवाह जैसी कोई बात सामने नहीं आती। जातकों में युवक और युवती तभी वैवाहिक जीवन में प्रवेश करते थे, जब वे युवा हो जाते थे। स्त्रियों के मामले में सोलह वर्ष की आयु को युवती के लिए पूर्ण रूप से विकसित

होने का समय माना जाता था और यह शादी की भी उम्र होती थी। भारतीय लोग छठवीं शताब्दी ईसा पूर्व में ब्राह्मणवाद से पूरी तरह अप्रभावित थे, उन्होंने अपने लिए पहले से ही धर्म से परे स्वतंत्र रूप से संभोग पर आधारित संबंध बनाने के लिए सामाजिक नियम बना लिये थे। नग्निका नियम, जिसके अनुसार जो नग्निका, अर्थात् एक लड़की, जो बिना वस्त्रों के घूमती थी और अपरिपक्व भी थी, वही सबसे उत्तम पत्नी थी, ऐसा ब्राह्मणवाद का नियम था, जिसे हम गृहस्थ सूत्र और स्मृतियों में पाते हैं। भारतीय पौराणिक कथाओं की सभी परिचित स्त्रियों के चरित्र जैसे दमयंती, सावित्री, द्रौपदी, शकुंतला, मालविका, जो गैर-ब्राह्मण वर्ग से संबंध रखती थीं, सभी पूर्ण रूप से विकसित लड़कियाँ थीं, वे अपने स्त्रीत्व को भलीभाँति समझती थीं। स्वयंवर या स्व-चयन केवल क्षत्रियों के बीच में ही प्रचलित था। बौद्ध धर्म के संस्थापक और बौद्धधर्मी आंदोलनों में प्रमुख भूमिका निभानेवाले अधिकतर क्षत्रिय थे, उन्होंने क्षत्रिय राजवंश में उस समय प्रचलित सबसे उत्तम आदर्श को अपनाया। इसलिए बौद्ध धर्म ने अपना प्रभाव न केवल विवाह के एक पत्नी से विवाह के पक्ष पर डाला, बल्कि वह विवाह से पहले और बाद में दोनों के लिए (स्त्री और पुरुष) पवित्रता का समर्थन किया और बाल विवाह का विरोध भी किया।

बौद्ध धर्म को माननेवाले देशों में नारी शिक्षा की राह में किसी तरह के अवरोध उत्पन्न नहीं किए जाते। हालाँकि भिक्षुणियाँ वैसे तो सांसारिक ज्ञान में स्वयं को समर्पित न करने के लिए बाध्य होती हैं, लेकिन इस संबंध में एक अपवाद दिया गया है कि वे लिख और पढ़ सकती हैं। बर्मा देश की अधिकतर स्त्रियाँ, चाहे गाँवों में रहती हों, लिखना और पढ़ना अवश्य जानती हैं। एक बर्मा देश की स्त्री लिखती है—"बहुत छोटी उम्र से ही अपने स्कूल जाती हैं और बौद्धधर्मी धर्मग्रंथों को बर्मी और कभी-कभी बर्मी व पालि की मिश्रित भाषा में लिखना और पढ़ना सीखती हैं, इस तरह वे अपनी शिक्षा का आधार बनाती हैं। वे जो कुछ अपनी शिक्षा ग्रहण करने के दौरान पढ़ती हैं, उसमें उनकी मानसिक स्थिति के लिए सही और गलत, शरीर व मन के स्वभावों, बीमारियों और स्वच्छता की जानकारी एक ही स्रोत से प्राप्त करती हैं; इसके साथ ही वे वफादारी, उदारता और दया-भाव जैसे उच्च विषयों में भी शिक्षा प्राप्त करती हैं, संभवतः बर्मी महिलाओं के चरित्र की विशेषताएँ होती हैं। बहुत सी स्त्रियाँ स्कूल में एक गृहिणी के पाँच कर्तव्यों का ज्ञान प्राप्त करती हैं, जिसमें अपने घर को व्यवस्थित करना, आगंतुकों का स्वागत करने में निपुण पत्नी, एक पवित्र और वफादार पत्नी, किफायत से घर चलानेवाली पत्नी तथा एक कुशल और परिश्रमी स्त्री बनना; और नैतिकता में मिले इन सभी निर्देशों के साथ ही उनको घर में जीवन व्यतीत करने के लिए व्यावहारिक तौर पर प्रशिक्षण भी प्राप्त होता है।"

बर्मा में उच्च वर्ग की महिलाएँ उद्योग की निंदा नहीं करतीं और न ही हिंदू

महिलाओं की उदासी को प्रभावित करती हैं। बर्मा में खुदरा व्यापार का एक बहुत बड़ा भाग स्त्रियों के हाथ में है और यहाँ तक कि महिलाएँ लंबी व्यापारिक समुद्री यात्राएँ अकेले करती हैं। बर्मा में ऐसे बहुत ही कम पुरुष होंगे, जो कोई महत्त्वपूर्ण निर्णय अपनी पत्नी से बिना परामर्श किए लेते होंगे। महावंश के कथन से यह स्पष्ट हो जाता है कि सीलोन में महिलाओं को बहुत पहले से ही बहुत अधिक आजादी और स्वतंत्रता दी गई थी। सियाम (थाईलैंड) में सभी श्रेणी के पुरुषों की पत्नियों द्वारा हर तरह से सहायता की जाती है, खासतौर पर वे सार्वजनिक रूप से होनेवाले कार्य में बहुत महत्त्वपूर्ण भूमिका अदा करती हैं और उनके आंदोलनों में स्त्रियाँ भी पुरुषों की भाँति मुक्त होती हैं। यहाँ तक कि तिब्बत की लामा बौद्धधर्मी महिलाओं को भी व्यावसायिक और व्यक्तिगत दोनों तरह के कार्यों के लिए पूर्ण रूप से स्वतंत्रता प्राप्त होती है।

रूसी अन्वेषक जी.जी. टायस्बिकॉफ लिखते हैं—"महिलाएँ पर्याप्त रूप से आजादी और स्वतंत्रता का आनंद लेती हैं तथा व्यावसायिक कार्यों में भी सक्रिय भूमिका निभाती हैं, अकसर वे विस्तृत उद्यमों को बिना किसी सहायता के सँभालती हैं।"

बौद्धधर्मियों में शादी का समारोह बहुत ही साधारण सा होता है। उनमें किसी तरह का कोई जटिल अंधविश्वास नहीं जुड़ा होता। सीलोन, तिब्बत, मंगोलिया, जापान और अन्य सभी बौद्ध धर्म को माननेवाले देशों में शादी पूरी तरह से एक सामाजिक संबंध होता है, जिसके गवाह केवल माता-पिता, अभिभावक, सगे-संबंधी और मित्र बनते हैं। बर्मा में विवाह करार होता है, जो पति और पत्नी की ओर से गाँव के बड़े लोगों के समक्ष किया जाता है। जब एक बर्मी महिला शादी करती है, तो वह न तो अपना नाम बदलती है, न ही शादी को दरशानेवाले कोई बाहरी आभूषण या चिह्न धारण करती है, जैसे तली या अँगूठी और न ही अपने सिर को ढकती है। कोई भी अजनबी न तो महिला का नाम जानकर या उसे देखकर यह पहचान सकता है कि वह शादीशुदा है अथवा नहीं, या वह किसी की पत्नी है। एक पति का अपनी पत्नी की संपत्ति पर कोई अधिकार नहीं होता। वह अपने साथ जो कुछ भी लाती है या जो कुछ भी वह कमाती है या उसे पैतृक संपत्ति के तौर पर मिलता है, वह सब बस उसका होता है। वह पूरी तरह से अपनी संपत्ति की स्वयं ही मालकिन होती है, अपितु उसका स्वयं पर ही केवल अपना अधिकार होता है।

हिंदुओं में एक महिला सदैव पुरुष पर निर्भर रहती है। जब वह बालिका होती है तो अपने माता-पिता पर निर्भर होती है, जब विवाहित होती है तो अपने पति पर निर्भर होती है और जब बूढ़ी हो जाती है तो अपने बच्चों पर निर्भर होती है। यूरोपीय क्षेत्र में भी एक स्त्री जब विवाहित होती है, तो अपना नाम खो देती है और उसके पश्चात् वह केवल अपने पति की श्रीमती के तौर पर पहचानी जाती है। बर्मा में हालाँकि स्त्री की शादी हो जाती है, फिर भी अपनी स्वामिनी वह स्वयं रहती है और अपने पति की संगिनी होती

है। इसमें कोई आश्चर्य की बात नहीं है कि सर टी.जी. स्कॉट कहते हैं—"बर्मी महिला बहुत से उन अधिकारों का आनंद लेती है, जिनके लिए उसकी यूरोपीय बहनें अब गुहार लगा रही हैं।"

बौद्ध धर्म की शिक्षा की सबसे प्रमुख सीख और उसकी आत्मा व्यक्ति की पवित्रता का उल्लंघन न करना है। यह किसी भी व्यक्ति को अपने आज्ञापालन के जाल में बाँधकर रखने का विरोध करता है, क्योंकि यहाँ पर सबसे बड़ा नियम मैत्री होता है। बौद्ध धर्म के विहार का नियम स्वतंत्रता का नियम है। ऐसा कोई भी नियम, जिसके आगे भिक्षुक को समर्पण करना होता है, वह उस स्वयं पर लगाया गया नियम होता है। स्वाधीनता का फल नियमों का पालन होता है। उसके भ्राताओं पर प्रत्येक विहार का प्रधान (नायक) केवल उसकी प्रधान शिक्षा या धर्मनिष्ठता के लिए उसकी स्वैच्छिक मर्यादा पर निर्भर करती है। धर्म व्यवस्था में प्रवेश करते समय भिक्षुक द्वारा जो अनेक शपथ ली जाती हैं, उनमें ऐसी कोई शपथ नहीं होती कि उन्हें अपने से वरिष्ठ की आज्ञा का पालन करना होगा। कैसे एक धर्म विवाह को एक कभी न टूटनेवाला बंधन बना सकता है, जैसेकि और धर्म करते हैं? इसलिए बौद्ध धर्म को माननेवाले सभी देशों में विवाह का आदर्श प्रेम और स्नेह की साझेदारी होती है, जो जिस समय समाप्त हो जाती है, तो उसे भी समाप्त हो जाना चाहिए।

विवाह के बंधन का चिरस्थायी रहना एक बहुत ऊँचे स्तर पर विकसित सभ्यता का प्रमाण नहीं है, बल्कि पाताल के धरातल तक गिरकर पहुँची और सबसे पुरानी असभ्यता के अंधविश्वास में डूबी विशेषता है, जिसे अब भी इस धरती पर आश्रय मिला हुआ है। रोमनवाद और ब्राह्मणवाद का अनुसरण करनेवालों के लिए अंडमानी, सीलोन के वेदाह, फिलीपींस के ईगोरोट और इटोलोन तथा जिनेवा के पपुआन का साथी बनना गर्व की बात हो सकती है, लेकिन सभी विकसित देशों ने चिरस्थायी रहने के अंधविश्वास का खडंन किया है। बर्मा में एक सही कारण दिखाकर विवाह बंधन में बँधे दो लोगों में से किसी भी एक के द्वारा विवाह को समाप्त किया जा सकता है। और विवाह बंधन को समाप्त करने के लिए जो आधार वहाँ पर हैं, उनसे बहुत अधिक और बहुत अलग हैं, जोकि पश्चिमी देशों में हैं। शराबी होना, अफीम का आदी होना, अलग-अलग मिजाज होना, हमेशा अवगुणों को तलाशना, खर्च करने का तरीका—ये सभी रूप यदि साबित हो जाते हैं तो दंपती के लिए तलाक लेने का आधार बन सकते हैं। इस आजादी के बावजूद बर्मा में शादीशुदा जोड़ों के तलाक लेनेवाले लोगों का अनुपात बहुत कम है। वहीं दूसरी तरफ आसानी से तलाक लेने की इस सुविधा के कारण पुरुष व स्त्री दोनों ही एक-दूसरे के प्रति अपने व्यवहार को लेकर सजग रहते हैं।

कुछ दुःख देनेवाली परंपराएँ, जैसेकि विधवाओं का रूप बिगाड़ने के लिए उनका मुंडन करवाना ब्राह्मणवाद में आम है, कुछ लेखकों को बौद्ध धर्म के प्रभाव का श्रेय

दिया जाता है। यह परंपरा, जोकि एक निराधार कल्पना है, का मूल उस व्याकुलता में है, जिसमें विधवाओं के जीवन को नियंत्रित करने का विचार, भिक्षुणी के जीवन के आचरण के पश्चात् उपजा था। क्या इसके लिए हमें उस परंपरा की तलाश लोकाचार में उन लोगों के बीच में करने की आवश्यकता थी, जिन पर बौद्ध धर्म का प्रभाव बहुत अधिक पड़ा था। अब भी बर्मा में, जहाँ पर बौद्ध धर्म प्रारंभिक काल से प्रबल था और भिक्षुणियाँ पाई जाती हैं, लेकिन आज तक किसी भी विधवा के लिए सिर मुँड़ाने की बाध्यता नहीं होती। अपितु भारत जैसे देश में भी जहाँ कहीं भी हम बौद्ध धर्म का प्रभाव देखते हैं, जैसे—तेंगलाई वैष्णव ब्राह्मण, दक्षिण भारत के सनातनी और बंगाल में चैतन्य के अनुयायी, जो स्त्री को गोसाईं धर्म में स्वीकार करते हैं, में भी विधवाएँ मुंडन नहीं करवातीं।

हमें आवश्यक तौर पर यह जानने का प्रयास करना चाहिए कि अन्य स्थानों पर प्रचलित इस घिनौनी प्रथा का स्रोत क्या है? मृत लोगों को भोजन करवाने (श्राद्ध) और स्त्रियों को माहवारी के दौरान अलग-थलग रखना, विधवाओं का सिर मुँड़वाने की परंपराओं का मूल स्रोत लोगों का भूतों पर विश्वास करना है। सभी असभ्य और सभ्यता की राह पर आगे बढ़ रही असभ्य जातियों को विश्वास था कि मरे हुए लोगों का भूत उन स्थानों और मनुष्यों के पास आता है, जिनसे उसका संबंध था, इसलिए वे जादू-टोना और उससे संबंधित रीति-रिवाजों को करते थे, जिससे कि वे भूत को उनसे जुड़े लोगों के पास आने से रोक सकें और उनको दूर भगा सकें। ऐसा माना जाता था कि मृत व्यक्ति की आत्मा अपनी विधवा के शरीर के साथ जुड़ी रहती है, विशेष तौर पर उसके बालों के माध्यम से। इस प्रकार से बालों का मुंडन करने की प्रथा को सबसे उत्तम मार्ग मृत व्यक्ति को अपनी विधवा के शरीर को छोड़ने के लिए माना गया। सत्य तो यह है कि अपितु आज भी जब एक भारतीय जादूगर भूत के कब्जे में आनेवाले व्यक्ति के शरीर के भूत को मंत्रोच्चार के माध्यम से भगाता है, तो वह अपनी प्रक्रिया के अंतिम चरण में भूत के कब्जे में जो व्यक्ति है, उसके सिर में से बालों का एक गुच्छा नोच लेता है।

धर्म के ऊपर आमतौर पर एक आरोप यह लगता है कि इसकी शिक्षा पारिवारिक जीवन को समाप्त कर देती है, क्योंकि जो भी इसकी शिक्षाओं को पूरे मन व समर्पण के साथ स्वीकार करते हैं, वे विवाह नहीं करते और यदि वे पहले से विवाहित हैं, तो बेघर जीवन को अपना लेते हैं तथा अपने माता-पिता, पत्नी और संतान का त्याग कर देते हैं। यह कोई नया आरोप नहीं है।

बौद्ध धर्म की पुस्तकें हमें बताती हैं, लोग धिक्कारते हुए कहते हैं कि भिक्षुक युवाओं को अपने घर का त्याग करने के लिए प्रेरित करते हैं और इसलिए बहुत से परिवार समाप्त हो रहे हैं। जब इस तरह के आक्षेपों के बारे में प्रबुद्ध को बताया गया तो वे बोले—"हे भिक्षुक, अगर लोग तुम्हें धिक्कारते हैं तो सत्य का उपदेश देने के द्वारा ही

तथागत अपने अनुयायियों का मार्गदर्शन करते हैं। आत्मसंयम, सदाचार और एक शुद्ध हृदय हमारे प्रभु के आदेश हैं।" आत्मसंयम, सदाचार और एक पवित्र हृदय को, सभी तरह के इंद्रियपरक आनंद का त्याग व पूर्ण रूप से पवित्रता का अभ्यास किए बिना प्राप्त नहीं किया जा सकता। यदि स्वेच्छा से पवित्रता का अभ्यास करने से परिवार की समाप्ति होती है तो यह नुकसान उस वास्तविक पवित्रता और पूर्णता, जो इसके बाद प्राप्त होती है, के समक्ष अधिक नहीं है।

केवल बौद्ध धर्म ही नहीं, अपितु और भी दूसरे धर्म, कोई अधिक तो कोई कम, ब्रह्मचर्य पर जोर देते हैं। अपितु आधुनिक सभ्यता भी ब्रह्मचर्य को बुरा नहीं मानती। आधुनिक विचार के अनुसार, 'स्त्री और पुरुष के बीच होनेवाला मेल भावनाओं के आधार पर अधिक होता है, बजाय कि एक सामाजिक कर्तव्य के तौर पर होने के।' प्रबुद्ध के विचार में विवाह को सभी पर लागू ऐसा कर्तव्य नहीं मानना चाहिए, जिसे सभी को पूरा करना हो। लेकिन यह प्रश्न भी पूछा जा सकता है कि फिर मनुष्य जाति के वंश का क्या होगा, यदि सभी लोग विवाह बंधन से दूर रहेंगे, जो मनुष्य जाति के वंश को आगे बढ़ाने का एक माध्यम है? क्या वे एक विशुद्ध मन और पवित्र चेतना, उमंग और निस्स्वार्थ के साथ यही नहीं करना चाहते हैं कि वे एक सदाचार के साम्राज्य के नागरिक बनें और जल्दी ही माया के राज्य का समापन हो जाए! क्या मनुष्य जाति का इस तरह का समापन, युद्ध, निरंकुशता, गरीबी और अकाल, महामारी, प्लेग, भूकंप और ज्वार की लहरों से भयंकर रूप से होनेवाले समापन से बेहतर नहीं है? जैसाकि शिलर कहते हैं—

"दास लबेन इस्त देर गुटेर हूंनशते नियोह्ते।"
(मात्र जीवन जीना ही सर्वोत्तम जीवन नहीं है।)

□

अध्याय-6

चार प्रमुख सत्य

धर्म के प्रमुख उपदेशों को प्रबुद्ध द्वारा चार वचनों में सारगर्भित किया गया था, जिन्हें आमतौर पर चार महान् सत्य या कथन[1] (चत्वारि आर्यसत्यानि) के नाम से जाना जाता है। इनमें बौद्ध धर्म की संपूर्ण दार्शनिकता और नैतिकता को संक्षेप रूप में सम्मिलित किया गया है। ये इस प्रकार हैं—

पहला महान् सत्य यह है कि दुःख, जिसे पीड़ा और दुखन (दुःखं) का संबंध चेतन जीवन के सभी स्तरों और परिस्थितियों से है। जन्म लेना पीड़ादायक है; आयु का बढ़ना पीड़ादायक है; रोग पीड़ादायक है; मृत्यु पीड़ादायक है। पीड़ादायक यह नहीं है कि हमें वह प्राप्त नहीं होता, जिसकी हम इच्छा करते हैं। पीड़ादायक वह भी है, जब हम उस चीज के साथ जुड़ जाते हैं, जो हमें पसंद नहीं होती। और भी पीड़ादायक उन लोगों से अलगाव होना है, जिनसे हम प्रेम करते हैं।

दूसरा सत्य यह है कि दुःख (दुःखा समुदायो) का कारण तृष्णा, स्वार्थपूर्ण आनंद के लिए जीने की इच्छा का लोभ है। संवेदना, आसपास के संसार से उत्पन्न करके अपने एक अलग आत्म की एक मिथ्या धारणा का निर्माण करना। यह मिथ्या धारणावाला आपका आत्म अपनी क्रियाओं को स्वयं के आनंद के लिए चीजों के भेदन में प्रदर्शित करती है, जो व्यक्ति को पीड़ा और दुःख में उलझा देती है। आनंद एक धोखे से भरी हुई मोहिनी माया है, जो व्यक्ति को फुसलाकर पीड़ा के घोर अंधकार में धकेल देती है।

तीसरा महान् सत्य पीड़ा (दुःख निरोधों) से मुक्ति है, यह स्वार्थपरक प्रबल इच्छा का त्याग (उपादानों) कर संभव है। जब सभी स्वार्थपरक प्रबल इच्छाओं का नाश हो जाता है, तो फिर उस अवस्था में आवश्यक तौर पर पीड़ा का अंत हो जाता है। जितनी भी स्वार्थपरक प्रबल इच्छाएँ हैं, सबका जन्म चाहत से होता है और जब तक उन्हें संतुष्ट नहीं किया जाता, वे पीड़ा देती रहती हैं। अपितु जब इनको संतुष्ट भी कर दिया जाता है, तो उसके पश्चात् जो संतुष्टि प्राप्त होती है, वह बहुत लंबे समय तक नहीं बनी रहती, क्योंकि यही संतुष्टि दूसरी आवश्यकताओं को जन्म देती है और यह जरूरत ही नई पीड़ा

को जन्म देती है। मनुष्य का संपूर्ण सत्त्व हजारों इच्छाओं की कभी न बुझनेवाली प्यास के समान प्रतीत होने लगता है। इस स्थिति में व्यक्ति किस तरह से इस पीड़ा से मुक्ति, इस प्यास का त्याग किए बिना पा सकता है?

चौथा महान् सत्य आर्य अष्टांग मार्ग है; यह वह माध्यम है, जिससे मानव सभी स्वार्थपरक इच्छाओं से मुक्त हो सकता है और पीड़ा से पूरी तरह से मुक्ति प्राप्त कर सकता है। वह जो धर्म को पूर्ण रूप से समझ लेता है, वह अवश्य ही इस पथ पर आगे बढ़ता है और उसे निर्वाण भी अवश्य प्राप्त होता है।

ये महान् चार सत्य मिलकर उस रूप को तैयार करते हैं, जिसे बौद्ध धर्म के सिद्धांत का लेख कहा जा सकता है। लेकिन इनको एक ऐसे धर्मसिद्धांत की तरह आगे नहीं रखा गया, जिसे बिना किसी जाँच के स्वीकार करने की अनिवार्यता थी। वह धर्म सिद्धांत, जो किसी तरह की जाँच को निषेध करते हैं, बौद्धधर्मी को परमार्थ की ओर अग्रसर करने के बजाय अनुयायी को अपने कर्तव्यों से विमुख कर देते हैं और इस प्रकार वे अष्टांग मार्ग से भी विमुख हो जाते हैं। बुद्ध द्वारा कहीं भी यह नहीं कहा गया है—"जाँच से परहेज करें, यह आपको उस ओर ले जाएगा, जहाँ पर प्रकाश, शांति, आशा न हो; यह तुमको एक गहरी खाई में धकेल देगा, जहाँ पर सूर्य, चंद्रमा और सितारों तथा रमणीय स्वर्ग की सुंदरता नहीं होगी, बल्कि बहुत अधिक सर्दी, अभाव और अनवरत निराशा मौजूद होगी।"[2]

दूसरी तरफ स्पष्ट रूप से यह निर्धारित किया गया कि बुद्ध की ऐसी कोई भी सीख नहीं हो सकती, जो कारण के अनुरूप न हो, जिस पर जाँच के मद्धम प्रकाश में विचार न किया जा सके। धार्मिक प्रभुत्व का विचार धर्म के साथ देखा जाए, तो दोनों एक-दूसरे के परस्पर विरोधी हैं, क्योंकि इसकी सीख यह है कि प्रत्येक व्यक्ति अपना निर्माता और मुक्तिदाता स्वयं है। यह एक बचकाना विचार है कि मान लेना कि एक प्रभुत्व, जो व्यक्ति को कहीं बाहर से प्राप्त होता है, उसमें एक धार्मिक मूल्य विद्यमान हो सकता है। एक व्यक्ति के लिए आज्ञा उस अनुपात में ही विद्यमान रह सकती है, जिसे व्यक्ति उस लक्ष्य के लिए, जो उसे प्रेरित कर रहा है, को अवचेतन मन से या बिना समझे पहचानने की बात करता है या फिर यह जाग्रत् तार्किकता के कार्य की नैतिकता होती है। आखिरकार यह एक मनुष्य के मस्तिष्क की निष्ठा होती है, जो दूसरे की आज्ञा को महत्त्व दे सकती है। एक बौद्धधर्मी भिक्षुक, ईसाई धर्म के पादरी या धर्म-प्रचारक के विपरीत किसी भी तरह की आज्ञा का दावा नहीं करता है, न ही वह किसी की भी आज्ञा का पालन करता है। प्रबुद्ध द्वारा अपने अनुयायियों के समक्ष जो लक्ष्य निर्धारित किया गया, वह ज्ञानोदय प्राप्त करना था, किसी भी तरह की आज्ञा या धर्म सिद्धांत में विश्वास करने की बाध्यता वहाँ पर कतई मौजूद नहीं थी। इसलिए बौद्ध धर्म का संप्रदाय किसी भी आम विज्ञान के सिद्धांत की भाँति था, जो परिणामों के एक पंजीकृत दस्तावेज के समान है।

इस सत्य पर कोई भी प्रश्नचिह्न नहीं लगा सकता कि पीड़ा का संबंध चेतनायुक्त जीवन से है। हम एक ऐसे संसार में जीवन जीते हैं, जो बुराई और पीड़ा से भरा हुआ है। जहाँ पर किसी तरह की कोई पीड़ा नहीं होगी, वहाँ पर व्यक्ति को अपनी मौजूदगी के लिए भी संघर्ष नहीं करना होगा, उसे अपनी उस मौजूदगी के लिए संघर्ष नहीं करना होगा, जिसके साक्ष्य हमेशा और हर जगह पर मिलते हैं।

छिपकली चींटीरूपी भोजन पर जीवित है; और साँप छिपकली पर जीवित रहता है,
और चील दोनों पर जीवित रहती है; तो मछली-बाज छल से सब लूट लेता है,
उस मछली-बाघ, जो घेराबंदी के लिए विवश हैं;
कसाई चिड़िया बुलबुल का पीछा करती है, जिसे मार गिराती है
मणियों से सजी तितली; हर जगह फिरती है,
हर वध का एक मारनेवाला है और हर किसी को बदले में मरना है,
जीवन मृत्यु पर जीवित है, यही न्यायोचित है
आवरण, एक विशाल, असभ्य, भयंकर षड्यंत्र जो
कीटों से लेकर मनुष्य सभी आपसी हत्यारों द्वारा रचा गया है,
जो स्वयं ही अपने साथी की हत्या करता है।"

बहुत बड़ी संख्या में मनुष्यों की भूख और डर जिगरी दोस्त की तरह हैं, ऐसा नहीं है कि केवल पशुओं की ही ऐसी स्थिति है। व्यक्तिगत अनुभव और इतिहास यह सिद्ध करता है कि आशावाद सबसे बड़ी मूर्खतापूर्ण बकवास है, जिसकी खोज मानव जाति को सांत्वना देने के लिए की गई है। दृढ़ता के साथ आशावाद का दामन थामे रहनेवाले के लिए भी, यदि वह अपनी आँखें अच्छी तरह से खोलकर देखे तो वह यह देखकर बहुत ही भयभीत होगा कि मनुष्य को कितनी अधिक पीड़ा और दुःख ने घेर रखा है। उसे अस्पताल, चिकित्सालय, शल्य चिकित्सावाले स्थान, बंदीगृह, काल-कोठरी और दासघर, वह स्थान जहाँ पर लोगों को यातनाएँ दी जाती हैं, युद्धवाले स्थान पर जाकर देखने दो, उसके बाद उससे पूछा जाए कि क्या उसके लिए आशावाद संसार का सबसे अच्छा शब्द है। यह निश्चित तौर पर कहा जा सकता है कि उस स्थिति में उसे संदेह करना कोई कठिन कार्य नहीं होगा।

"जीवन जन्म से लेकर मृत्यु तक
का अर्थ है—पीछे मुड़कर जिन उन कष्टों को देखें, जिनसे बच गए,
या आगे उन कष्टों की ओर देखें, जो बदले में
दस गुना शक्ति के साथ जो कष्ट मिलनेवाले हैं?"

शोपेनहावर द्वारा जीवन के दुःखों को बहुत ही सजीवतापूर्ण ढंग से विवेचित करते हुए इस प्रकार कहा—

"अचेतना की रात से जीवन की सुबह में जागने पर इच्छा ने स्वयं को एक अकेले इकाई के तौर पर इस अनंत और अंतहीन संसार में अनगिनत इकाइयों, जो सब-की-सब प्रयासरत, दुःखी और पापग्रसित थीं, के बीच पाया; तो उसे ऐसा लगा, जैसे वह एक डरावने बुरे सपने को जी रहा है, वह जल्दी-से-जल्दी वापस उस पुरानी अचेतना की स्थिति में जाने को आतुर हो रहा था। हालाँकि तब तक उसकी इच्छाएँ असीमित थीं और यह दावा भी था कि यह कभी समाप्त नहीं होनेवाली और हर संतुष्ट होनेवाली इच्छा के साथ एक नई इच्छा का जन्म होता था। इस संसार की कोई भी संभव संतुष्टि इसकी प्रबल इच्छा को शांत नहीं कर सकती, उसकी अनंतता पर विराम नहीं लगा सकती और इसके हृदय में मौजूद बिना तले वाले गहरे कुंड को भर नहीं सकती।

"साथ ही इस पर भी विचार किया गया कि हर प्रकार का व्यक्ति किस तरह की संतुष्टि प्राप्त करता है। आमतौर पर वह स्वयं इस मौजूदगी की थोड़े से संरक्षण से अधिक और कुछ नहीं होती, जो प्रतिदिन के अनवरत प्रयासों और निरंतर की गई देखभाल, इच्छा के विरुद्ध किए गए संघर्ष और सदैव मृत्यु के साथ से प्राप्त होता है। जीवन में सबकुछ इस ओर संकेत करता है कि सांसारिक खुशियों की नियति विफल होना या फिर एक भ्रम की तरह स्वीकार किया जाना है। इसका कारण वस्तुओं की प्रकृति में गहरे कहीं छिपा होता है। इसी के अनुसार हममें से अधिकतर का जीवन उदासी से भरा और छोटा सिद्ध होता है। इसकी तुलना में वे, जो खुश दिखते हैं या बहुत समय तक जीवित रहते हैं, बहुत ही कम अपवाद होते हैं—वे जो शांति पाने की लालसा में होते हैं।

"जीवन व्यापक और सूक्ष्म विषयों दोनों स्तर पर निरंतर होनेवाला एक छलावा सिद्ध होता है। यदि यह कोई वादा करता है, तो उसे तब तक पूरा कभी नहीं करता, जब तक यह नहीं लगने लगता कि इच्छित उद्देश्य की चाह बहुत कम थी। इस तरह कभी-कभी आशा, कभी-कभी आशा की संतुष्टि हमें धोखा देती है। यदि वह हमें देती है, तो उसे हमसे लेने के लिए देती है। दूरी का सम्मोहन एक आनंद देता है, जब हम स्वयं को उस ओर आकर्षित होने की अनुमति देते हैं, तो एक दृष्टिगत भ्रम की तरह होता है। इसी के अनुसार खुशियाँ या तो बीते कल में होती हैं या फिर आनेवाले कल में; और वर्तमान की तुलना एक काले बादल के साथ होती है, जिन्हें हवा अपने साथ बहाकर ले जाती है और फिर एक उजला आसमान नजर आता है। इससे पहले और उसके पीछे सबकुछ उजला होता है, सिर्फ इस पर ही एक छाया मौजूद होती है। इसलिए वर्तमान कभी भी संतुष्टकारी नहीं होता; भविष्य अनिश्चित होता है; भूतकाल कभी वापस नहीं आनेवाला होता है।

जीवन अपने हर घंटे, हर दिन, हर सप्ताह, हर साल के छोटे-बड़े और बहुत बड़ी आपदाओं के साथ इसकी कुंठित आशाओं और आपदाओं से घिरे रहने की गणनाओं के साथ बहुत ही सहजता के साथ जीवन के प्रति हमारे मन में घृणा का भाव आना चाहिए, इस स्थिति में यह समझना बहुत ही मुश्किल है कि किस तरह से कोई इसके लिए गलत धारणा बना सकता है और इस बात के लिए प्रेरित हो सकता है कि हमें जीवनरूपी आनंददायक उपहार के लिए शुक्रिया अदा करना चाहिए और यह मानना चाहिए कि मनुष्य की नियति खुश रहना है। वहीं दूसरी ओर शाश्वत भ्रम और निराशा के साथ-साथ संपूर्ण तौर पर जीवन की व्यवस्था ऐसी प्रतीत होती है, जैसे उन्हें धारणा को जाग्रत् करने के लिए प्रेरित और अपनाया गया है कि हमारे प्रयासों, प्रबल और संघर्ष से मूल्यवान और कुछ भी नहीं है—कि सभी वस्तुएँ कुछ भी नहीं हैं, संसार पूरी तरह से दिवालिया है और जीवन वह व्यापार है, जो खर्चों का भार वहन नहीं कर पाता—तो शायद हमारी इच्छाएँ इससे दूर हो जाएँ।

"वह प्रवृत्ति, जिसमें इच्छाओं के सभी लक्ष्यों की निरर्थकता स्वयं को प्रत्यक्ष करती है, वह पहले स्थान और समय पर होती है। समय वह रूप है, जिसके माध्यम से वस्तुओं की निरर्थकता नश्वरता के तौर पर प्रकट होती है, चूँकि समय के माध्यम से हमारा सारा आनंद और प्रसन्नता शून्यता में बदल जाती है; और हम उसके बाद आश्चर्यचकित होकर पूछते हैं कि उनके साथ क्या हो गया? इसी के अनुसार हमारा जीवन एक ऐसे वेतन के समान है, जिसे हम नकली पेंस में प्राप्त करते हैं और जिसे हमें अंत में प्राप्त करना ही होता है। पेंस दिन होते हैं, प्राप्ति मृत्यु होती है। अंत में समय प्रकृति के न्याय की घोषणा सभी चीजों के मूल्य को उनका विनाश करके करता है।

"और उचित रूप से यह कहा गया, सभी चीजों के लिए शून्यता से
आगे बढ़कर, उनका विनाश होना उनकी नियति है,
तथागत सबसे अच्छे थे, उन्होंने शून्य का सृजन किया।"

—गोथे

"उम्र का बढ़ना और मृत्यु को प्राप्त होना, जिसकी ओर हर जीवन आवश्यक तौर पर तेजी से बढ़ता है, यह तिरस्कार के कथन हैं, जिस पर जीवित रहने की इच्छा को प्रकृति के द्वारा स्वयं पारित किया जाता है, जो घोषित करती है, यह इच्छा एक संघर्ष है, जिसे आवश्यक तौर पर स्वयं को पराजित करना है। इसलिए कहा गया है, 'तूने जो इच्छा व्यक्त की है; उसका उसी तरह अंत होगा, कुछ बेहतर की इच्छा कर।'

"सबक, जो हर कोई अपने जीवन से सीखता है, उसमें संपूर्ण तौर पर सम्मिलित होता है कि उसकी इच्छा की गई वस्तुएँ निरंतर भ्रमित, झटका खातीं और गिरती हैं;

जिसके परिणामस्वरूप वे आनंद के बजाय और अधिक दु:ख देती हैं और तब तक देती हैं, जब तक वे संपूर्ण आधार जिस पर वे खड़ी होती हैं, समाप्त नहीं हो जाता, जब तक कि स्वयं उसका जीवन ही पूरी तरह से नष्ट नहीं हो जाता। इस प्रकार उसे अंतिम सत्यापन प्राप्त होता है कि उसका संपूर्ण प्रयास और इच्छाएँ एक बहुत बड़ी भूल और उसकी गलती थीं।

"फिर बढ़ती उम्र और उसका अनुभव, हाथोहाथ,
उसे मृत्यु की ओर अग्रसर करता है और उसे यह समझाता है,
एक बहुत लंबे समय तक चली तलाश, जो बहुत दर्दनाक और बड़ी थी,
यही उसका संपूर्ण जीवन था कि गलत दिशा में बढ़ता रहा।"

"इसके विपरीत जो कुछ भी कहा गया, आनंददायक नश्वरता का सबसे अधिक खुशी देनेवाला क्षण वही है, जिस क्षण वह सो गया और कष्टकारक नश्वरता का सबसे अधिक कष्ट देनेवाला पल वही है, जिस क्षण वह जागा।"[3]

जीवन के बहुत ही भयानक दु:खों के बावजूद भी मनुष्य निराश नहीं होता। एक जीवित व्यक्ति की अपनी प्रकृति को सत्य सिद्ध करता हुआ, वह स्वयं के संरक्षण के बाद निरंतर प्रयास करता रहता है। सभ्यता के विकसित होते क्रम के दौरान किए गए अपने अथक प्रयास से मानव ने और कुछ नहीं, बल्कि अपने निर्वाण, अपने दु:ख और पीड़ा, निर्मम सीमितताओं, क्रूर संघर्षों और अवश्यंभावी मृत्यु से मुक्ति के लिए कोशिश की है। मनुष्य जिस आनंद और खुशी की बातें करता है, वह और कुछ नहीं बस पीड़ा, दोषों की बुराई, सापेक्षता और अपूर्णता से मुक्ति है। हम आनंद के बारे में कुछ भी सकारात्मक नहीं जानते हैं। कुछ इच्छाएँ या चाहतें, वे परिस्थितियाँ होती हैं, जो हर खुशी को आगे बढ़ाती हैं। इच्छापूर्ति की संतुष्टि के साथ वह इच्छा और फिर उसी तरह से उसका आनंद भी समाप्त हो जाता है। संपूर्ण तौर पर हमको जो सीधे तौर पर प्राप्त होता है, वह होती है इच्छा अर्थात् पीड़ा। अपितु उस स्थिति में भी जब मनुष्य की सभी अन्य इच्छाओं की पूर्ति हो जाती है, तो भी एक इच्छा ऐसी रह जाती है, जिसे मनुष्य प्राप्त नहीं कर पाता।

व्यक्ति की आत्मसंरक्षण के प्रति स्वाभाविक रूप से होनेवाली लालसा उसके भीतर एक बदलाव रहित और मृत्यु से रहित जीवन की इच्छा का निर्माण करती है, वृद्धावस्था और मृत्यु से मुक्ति पा जाने की एक इच्छा। इस इच्छा को किस तरह से प्राप्त किया जा सकता है? व्यक्ति किस तरह से मृत्यु के अवश्यंभावी विनाश से मुक्ति पा सकता है? यह किस तरह से संभव है कि अपनी मौजूदगी के लिए होनेवाले संघर्ष, जिसके अंतर्गत निरंतर बदलाव आते रहते हैं, के बीच निरंतरता को बनाए रखना संभव है? यह हर जगह

धर्म की समस्या होती है। हर जगह धर्म आत्मसंरक्षण की सहज प्रवृत्ति होती है, जो स्वयं को आशा और आकांक्षाओं के रूप में प्रदर्शित करती है।

जहाँ कहीं भी व्यक्ति की मुलाकात ऐसी परिस्थितियों से होती है, जो उसके लिए लाभकारी सिद्ध नहीं हो सकती, लेकिन इसके विपरीत जिन्हें वह स्वयं अपने और जीवन के उद्‌देश्यों के लिए उपयुक्त करने के लिए मजबूर होता है, वहाँ पर धर्म का उदय होता है। धर्म को इसके शाब्दिक अर्थ के दायरे में समझें तो इसका संसार की उत्पत्ति और उसके उद्‌देश्य से कुछ लेना-देना नहीं है। जैसाकि प्रोफेसर लेउबा कहते हैं—"ईश्वर नहीं, अपितु जीवन और अधिक जीवन तथा विशाल स्तर पर जीवन; और भी अधिक संतुष्टि देनेवाला जीवन, अंतिम विश्लेषण में, धर्म का अंत होता है।"

वास्तविक दृष्टि और ज्ञान के साथ बुद्ध द्वारा घोषणा की गई—"क्या मैंने तुमसे वादा किया था कि तुम्हारे समक्ष रहस्य और पीड़ा का रहस्योद्‌घाटन करूँगा? इसके विपरीत मैंने यह वादा किया था कि तुम्हारा परिचय पीड़ा, पीड़ा के कारण और पीड़ा से बचने के मार्ग से करवाऊँगा। जैसेकि विशाल समुद्र में केवल एक ही स्वाद व्याप्त होता है और वह नमकीन स्वाद होता है। ठीक इसी तरह से मेरे शिष्यों, इस धर्म, इन उपदेशों में भी एक ही स्वाद व्याप्त है और वह है मुक्ति का स्वाद।"

धार्मिक विचारों का महत्त्व अस्तित्व को सुबोध बनाने में सम्मिलित नहीं होता। चाहे संसार शाश्वत है अथवा नहीं, चाहे संसार अनंत है अथवा नहीं, चाहे आत्मा शरीर के समान है अथवा उससे भिन्न है—ये सब अनिश्चित प्रश्न (अव्यक्तानि) हैं, जिस पर लोग तकरार और हिंसात्मक रूप से, बिना किसी लाभ के चर्चा कर सकते हैं। इन प्रश्नों को हल करने के लिए किया गया कोई भी प्रयास उसी निष्कर्ष की ओर अग्रसर करता है, जो प्रयास एक अंधे व्यक्ति की कहानी में उसके द्वारा एक हाथी की विशेषता का निर्धारण, उसके अलग-अलग भागों को स्पर्श करके किया जा रहा था। इस तरह के प्रश्नों पर चर्चा करना बेकार की परिकल्पनाएँ करना है। "जंगल, वन, कठपुतली का खेल, छटपटाना, अनुमानों में उलझे रहने के साथ दुःख, तकरार, द्वेष, उत्साह के बुखार के द्वारा; वे न तो हृदय से अलगाव, न ही वासनाओं से मुक्ति, न ही शांतचित्त, न शांति, न ज्ञान, न ही पथ के उच्चतम स्तर की परख, न ही अर्हता को प्राप्त करने के लिए प्रेरित होते हैं।"

अपने परिपूर्ण जीवन, एक ऐसे जीवन, जो दुःखों और मृत्यु से मुक्त हो, की तलाश के प्रयास में व्यक्ति अपनी अज्ञानता के कारण अपनी ही कल्पनाओं की रचना का शिकार हो जाता है। अपनी मृत्यु से रहित जीवन की तीव्र ललक को संतुष्ट करने के लिए उसने अविनाशी आत्मा की खोज की, जो शरीर के मर जाने के बाद भी जीवित रह सकती है। अज्ञात की परख करने में, जिस पर उसने स्वयं को निराशाजनक ढंग से अपनी

उस इच्छा की पहचान, उस प्रकाश के अंतर्गत करने के लिए निर्भर किया था, जिसे वह सबसे बेहतर ढंग से जानता था, यह कह सकते हैं कि उसने अपनी प्रकृति के बारे में जो कल्पना की थी, वह ईश्वर के साथ लोक, ब्रह्मांड, आत्मा जैसेकि वह स्वयं, अपितु वह, जो अपने साथ अच्छा या बुरा करने के लिए और भी शक्तिशाली है।

ईश्वर की कृपा पाने या उसके क्रोध से बचने के लिए मनुष्य ने कई तरह की प्रार्थनाओं, तंत्र-मंत्र, चमत्कारिक फॉर्मूलों और रक्तरंजित बलि की खोज की। अंत में जिसका नाम लिया गया, वह खासतौर से धर्म में एक प्रमुख भूमिका निभाता है कि मानवशास्त्र पर लिखनेवाले बहुत से लेखकों ने भूलवश इसे 'धर्म का आधारभूत सिद्धांत' मान लिया। यहाँ तक कि प्रारंभिक तौर पर जिन देवताओं के विषय में बात की गई, उनके विषय में मान लिया गया कि उन्होंने मानव शरीर में अवतार लिया और स्वयं को मनुष्य जाति की मुक्ति के लिए बलिदान कर दिया।[4] लेकिन यह सबकुछ धर्म के लिए आवश्यक नहीं था और बुद्ध ने इसे साफतौर पर देखा था। उन्होंने सभी तरह के बलिदानों पर विराम लगाया, तंत्र-मंत्र और चमत्कारिक फॉर्मूलों के उपयोग को अस्वीकार किया और मानव जाति की रक्षा में ईश्वर की अयोग्यता की ओर संकेत किया। उन्होंने यह सिखाया कि दुःख और पीड़ा ईश्वर के प्रकोप के कारण नहीं थे, बल्कि वे मानव की अपनी प्रवृत्ति और अपने आसपास के वातावरण से अज्ञान बने रहने का परिणाम है। मृत्यु पाप करने का परिणाम नहीं है। जीवन और मृत्यु को एक-दूसरे से अलग नहीं किया जा सकता, वे हमेशा साथ-साथ रहते हैं। सारा जीवन बदलाव होता है; और जो बदलाव है, वह वर्तमान की मौत है। मानव मृत्यु से डरता है और उसके नाम से काँपता है, लेकिन इसके बावजूद जीवन और मृत्यु एक-दूसरे से भिन्न नहीं हैं। ठीक उसी तरह जिस तरह सारी ऊर्जा गायब होने की ओर झुकती है, ठीक उसी तरह से सारा जीवन मृत्यु की ओर झुकता है। सारा जीवन मृत्यु की ओर तेजी से बढ़ता है, यही उसकी नियति होती है।

महान् चीनी दार्शनिक लिसियस सड़ती हुई मनुष्य की हड्डियों की ओर संकेत करते हुए अपने शोध छात्रों की ओर टिप्पणी करते हुए कहते हैं—"यह और मुझे अकेले यह ज्ञान है कि हम न तो जीवित हैं और न ही मृत।"

ठीक इसी प्रकार अपनी मृत्यु से पहले बुद्ध ने कहा—"जो कुछ भी जीवित है, वह जो कुछ भी है, वह विनाश के सिद्धांत के अंतर्गत विचाराधीन है; वस्तुओं का सिद्धांत 'सम्मिलित', जोकि 'अलग' है।"

संसार की प्रक्रिया पूर्ण रूप से उपयुक्त प्रकार से अस्तित्व में नहीं आई थी। इसकी शुरुआत अंधी संभाव्यता के साथ हुई थी; इसकी शुरुआत उस बिंदु से हुई थी, जहाँ पर न तो संसार था और न ही स्व, बल्कि वहाँ पर थी, केवल अव्यक्त, अस्पष्ट, दोनों की

धुँधली संभावना। जब आत्म-सचेत व्यक्ति ने इस परिदृश्य पर अपनी मौजूदगी दर्ज की, तो वहाँ पहले से वंशानुगत प्रवृत्तियों का स्पष्टीकरण मौजूद था। इसमें कोई संदेह नहीं कि मानव की उत्पत्ति एक जानवर से हुई थी। जितने भी विदित तथ्य हैं, वे यह प्रदर्शित करते हैं कि मानव को जीवविज्ञान संबंधी दृष्टिकोण से देखने से ज्ञात होता है कि वह एक वानर 'कुरूप मनुष्य' से अधिक कुछ नहीं था, जो पूर्वकालीन युग में मानव रूप वानर के विकास के क्रम का एक प्रकार है। वह एक वनमानुष की विलक्षण संतान है, जो दिमाग और बौद्धिक क्षमता के साथ जनमी है और अपने माता-पिता से अधिक विकसित है।[5] इस उत्पत्ति के परिणामस्वरूप मनुष्य के भीतर स्वाभाविक प्रभाव जीवित बचे हुए हैं, जो अपनी प्रकृति के अनुसार अपना उन गुणों में प्रदर्शन करते हैं, जो गैर-नैतिक जीवन के उपयुक्त होते हैं, लेकिन उसके विकास ने उसके लिए इस आवश्यकता को भी जन्म दिया कि वह अपने साथियों के साथ एक परिवार बनकर रहे और इस तरह सामाजिक जीवन, नैतिक जीवन का विकास आगे बढ़ा। व्यक्ति के भीतर पाप करने का ग्लानि भाव और कुछ नहीं, वह चेतना है, एक व्यक्ति के लिए जो कर्म उपयुक्त हैं, परंतु सामाजिक या नैतिक जीवन की आवश्यकता के अनुरूप नहीं हैं, एक चेतना, जो सामाजिक दावों और नैतिक ज्ञान के विकास के अनुपात में भिन्न-भिन्न होती है।

विकास हर रूप के माध्यम से होता है, खनिज पदार्थों से लेकर पेड़-पौधों और हर प्रकार के पशु रूपों में, यह तब तक होता है, जब तक पूर्णता बुद्ध तक नहीं पहुँच जाती। 'सारे पेड़ और घास यह सब भी बुद्ध बन जाएँगे', एक जापानी कहावत में ऐसा कहा गया है। सबकुछ वह है, जो वह अपने पिछले और वर्तमान कर्मों के कारण है। निर्वाण की धातु (निर्वाणधातु) सबसे पहले स्वयं का प्रदर्शन एक चेतन अनैच्छिक क्रिया के तौर पर करती है, फिर धीरे-धीरे सचेतन पथ के माध्यम से आत्म-चेतन तार्किक प्रतिक्रिया में सम्मिलित हो जाती है।

चेतन अनैच्छिक क्रिया के प्रारंभिक स्तर पर जीवित प्राणी कुछ स्वाभाविक आवेगों के प्रभाव में कार्य करता है, जो उसको कुछ अच्छा यांत्रिक तरीके से करने में सक्षम बनाते हैं। यह चेतन अनैच्छिक क्रिया सभी स्वतंत्रताओं और बुराई की तरफ रुझानों को छोड़ देती है; प्राणी सभी अच्छी या बुरी धारणाओं से पूरी तरह से रहित होता है और वह जीवित रहता है और संपूर्ण तौर पर प्रकृति के साथ अचेतन समागम के साथ बात करता है।

सचेतन सम्मिलिन के मध्यम स्तर में प्राणी एक व्यक्तिगत जीवन का आरंभ करता है, जिसमें वह स्वयं को और अधिक-से-अधिक अलग करता है; जैसे-जैसे वह विकास करता है, दूसरों से अलग होता जाता है और उनके साथ विचार-विमर्श करता है, जिससे कि उसे आनंद और संतुष्टि का बड़े-से-बड़ा भाग, जितना संभव हो, प्राप्त हो सके।

हालाँकि इसमें बहुत सारी प्रारंभिक स्तर की सहजता खो जाती है, जिसने प्रारंभिक स्तर पर सचेतना के साथ कुछ अच्छा करने में सक्षम किया था, फिर भी उसे स्वतंत्रता प्राप्त होती है। अब वह लगातार बुराई की ओर झुकी रहती है, लेकिन जब वह बुरा करती है, तो उसे यह पता नहीं होता कि वह बुराई कर रही है।

आत्म-चेतन तार्किक प्रतिक्रिया के अंतिम स्तर पर प्राणी जीवन के लिए संघर्ष करने के चरण में प्रवेश करता है, स्वयं को आनंद और आराम के लिए एक संघर्ष में लगाता है और अपने अहं की भूख को शांत करने के लिए जितना संभव हो, उतने प्राणियों का बलिदान करता है, लेकिन जब वह बुराई करता है, तो उसके मन में एक ग्लानि का भाव उत्पन्न होता है। चेतन बुद्धि कुशलता हालाँकि संसार की प्रक्रिया की संतान होती है, फिर भी उस प्रक्रिया को नियंत्रित करने की आवश्यकता को महसूस करती है, जिससे कि उसकी उत्पत्ति होती है। कारण और प्रेम भूख और आवेग को नियंत्रित करने के अधिकार का दावा करते हैं। धीरे-धीरे कर्तव्य की भावना व्यक्ति के मन में जड़ें जमा लेती है और यह उसके आवेगों के स्वतंत्र रूप से विचरते रहने के लिए एक जाँच बन जाती है। जैसे वह अपने आवेगों को अपने वश में करने के लिए निरंतर प्रयास करता है, उसकी नैतिकता की समझ, सुधार के लिए अति सूक्ष्म ज्ञान और अधिक सक्रिय होने लगता है। उसको यह आवश्यक लगने लगता है कि वह अपनी बुरी प्रवृत्तियों के प्रभाव को साफ कर दे और वह उन्हें भविष्य में दबाने का निश्चय कर लेता है।

इस तरह उसे उस आर्य-पथ की झलक दिखाई देती है, जो उसे पूर्णता की ओर अग्रसर करती है। व्यक्ति के भीतर यह आत्म-चेतन की प्रतिक्रिया जितनी अधिक गहरी होती जाती है, उतना ही अधिक उसे इसकी आवश्यकता महसूस होने लगती है कि वह उस स्तर पर वापस लौटे, जो उस अनैच्छिक क्रिया के समान हो, हालाँकि तब वह स्वतंत्रता की पूर्ण चेतना में कार्य कर रहा होता है। इसके पश्चात् वह अच्छाई के अलावा और कुछ नहीं करता, लेकिन इसे अनिच्छा से यांत्रिक तरीके से करने के बजाय, जैसेकि वह प्रारंभिक स्तर पर कर रहा था, वह इसे अपनी इच्छा से भलाई को संचित करने के दृष्टिकोण से करता है। वह दूसरों के साथ अच्छा करता है, इस आशा में नहीं कि संभवत: वे भी उसके साथ अच्छा करेंगे, बल्कि ऐसा करके वह अपने साथ अच्छा कर रहा होता है।

कोई दूसरों के साथ किस तरह से अच्छा हो सकता है, अगर वह अपने साथ अच्छा नहीं है ? विचार-विमर्श करके पूरा किया गया अच्छाई का कार्य, अपितु अनैच्छिक क्रिया और मौलिक सहज ज्ञान की माँग का त्याग करने पर भी उसके समक्ष ज्ञानोदय का आर्य मार्ग खुल जाता है। अब वह अनुभव करने लगता है कि किन परिस्थितियों में मार्ग को

तय करना संभव होगा। प्रयासों के माध्यम से वह स्वयं में एक नैतिक रूप परिवर्तन का निर्माण करता है, वह निश्चितता के साथ देखता है कि आगे के कौन से कदम आवश्यक तौर पर लक्ष्य तक पहुँचने के लिए उठाने चाहिए। उसका अंतिम मोक्ष, पीड़ा और दुःख से उसका निर्वाण अब निश्चित हो जाता है। यह मात्र समय का प्रश्न होता है, जिसके लिए वह उन माध्यमों को अपने अधिकार में लेनेवाला है, जिससे उसके मोक्ष की प्रक्रिया में तेजी आएगी।

वह अपना अहंकारी झुकाव और अधिक कुचलता चला जाता है और सभी की भलाई के लिए कार्य करता है। जब वह पूर्ण रूप से स्व-आधिपत्य और अपने दिमाग पर पूरी तरह से नियंत्रण प्राप्त कर लेता है तथा स्वयं को सभी जीवन में एक तत्त्व को देखने के लिए प्रशिक्षित कर लेता है, पहले की पीढ़ियों और आनेवाली पीढ़ियों के साथ, केवल अपने साथियों के साथ नहीं, बल्कि संपूर्ण संसार के साथ, उस हर जीव के साथ जो इस पृथ्वी पर विचरण करता है, के साथ उसका विकास पूर्ण होता है और वह उस परम सुख देनेवाले स्वर्ग पर पहुँच जाता है, जहाँ पर कोई संघर्ष, कोई दर्द नहीं होता, बल्कि अकथनीय शांति व्याप्त होती है। उन जंजीरों को तोड़कर, जो उसे इस व्यक्तिगत संसार से बाँधकर रखती हैं और यहाँ पर सभी तरह के जीवन के साथ समकालीन होने के लिए विकसित होता है, वह अपने लिए ऐसा कभी न समाप्त होनेवाला जीवन चुनता है, जहाँ पर मृत्यु का स्वाद चखने को आगे कभी नहीं मिलता।

"वह आत्म, जिससे हमें पीड़ा होती है। वह थाम लेने का लालच
आत्मसात् करने की भूख
वह सब, जो पृथ्वी न्यायसंगत और उत्कृष्ट को थामे रहती है,
तृप्ति के लिए, रमणीय जीवन के साथ मिलने के लिए सबसे बेहतर,
जो विकसित होती है और हमारी मनोरमता को भरने के लिए
असंयमी आत्मा की यह वेदना।
यह स्व, जो नुकसान पहुँचाने और विष भरी नफरत को फैलाता है,
प्रेम का शांत स्वच्छ जीवन, जो अर्हता की ओर बढ़ता है,
ओह! यह सब संभव होता इस स्व को
आनंद विचारशील की विशुद्ध ज्वाला में भस्म कर!
फिर शायद हम सारी मनोरमता से प्रेम करते, न कि
निरंकुश ललक के साथ उदास होते; शायद क्षुब्ध हो जीते
ग्रीष्म ॠतु के आने और वसंत ॠतु की वापसी का स्वागत करते
इसका इंतजार नहीं होता कि उनका यौवन क्षणभंगुर है।"

संदर्भ—

1. इन चार महान् सत्यों के कथन में, भारतीय चिकित्सा विज्ञान की भाषा को लागू किया गया है।
2. कार्डिनल न्यूमैन।
3. 'द वर्ल्ड एज विल एंड आइडिया', दूसरा संस्करण, अध्याय-46।
4. एक प्राचीन अंधविश्वास का अजीब-सा अवशेष और रहस्यवाद, जो एक गैर-तार्किक और अस्पष्ट सिद्धांत है और इस कारण से ही इसे सबसे गहरे और सबसे धार्मिक रहस्य के आवरण में रखा गया है, में शेष क्रूरता को मजबूती से समाहित किया गया था—डायनोसस के बलिदान में विश्वास और उसके रक्त से मानव का शुद्धीकरण।"
5. इल्या मेखनिकोव : इतुदेस सुर ला नेचरे ह्यूमेने।

□

अध्याय-7

बौद्ध धर्म और संन्यास

प्राचीन भारत का धर्म एक प्राकृतिक धर्म का रूप था, जिसमें बलिदान एक महत्त्वपूर्ण भूमिका निभाता था। शुरुआत में, संभवतः बलि देने की शुरुआत इस सोच के साथ की गई कि उस ईश्वर के प्रकोप, जिससे कि मनुष्य को डर लगता था, से बचने के लिए बलि दी जाए। लेकिन बाद के समय में इसे ईश्वर और मनुष्य के बीच होनेवाले संवाद का माध्यम माना जाने लगा। चूँकि अग्नि दिव्य और लौकिक दोनों ही है, अग्निदेव, जो आग के देवता हैं, जो प्रत्येक बलिदान में प्रज्वलित होती है और ऐसा माना जाता है कि अग्निदेव मनुष्य और ईश्वर के बीच मध्यस्थ की भूमिका निभाते हैं और जो कुछ भी ईश्वर को समर्पित किया जाता है, उसे ईश्वर तक पहुँचाते हैं। अगर बलिदान ईश्वर के साथ संवाद करने का एक माध्यम बन सकते हैं, तो मनुष्य के लिए यह असंभव नहीं है कि मनुष्य उनके साथ आर्थिक संबंध में प्रवेश करे। यदि मनुष्य कुछ ऐसा ईश्वर को समर्पित कर सकता है, जो उसे प्रसन्न करेगा, तो ईश्वर के लिए भी यह संभव होगा कि वह बदले में मनुष्य को वह दे, जिसकी शायद वह इच्छा करे। इस तरह से बलिदान ईश्वर के साथ लेन-देन की एक प्रक्रिया को विकसित करेगा। 'देहि में देदामि ते—मैं उसके बदले में ही तुझको कुछ दूँगा, जो तू मुझे दे सकता है।' यह लगभग सभी वैदिक स्तोत्र का भार है और प्रत्येक वैदिक बलिदान का सुस्पष्ट या अंतर्निहित कारण है।

बलिदान के प्रारंभ से एक प्रकार के लेन-देन की प्रणाली से आसानी से यह विचार उत्पन्न हो सकता है कि बलिदान से न केवल ईश्वर को खरीदा जा सकता है, बल्कि यह भी कि ईश्वर, अपितु उसकी इच्छा के विरुद्ध वह बलिदान के माध्यम से वह करने के लिए विवश किया जा सकता है, जो मनुष्य की इच्छा हो। जैसेकि प्रो. सिल्वेन लेवि[1] ने सबका ध्यान आकर्षित करते हुए लिखा कि इस प्रणाली में नैतिकता के लिए कोई स्थान नहीं है। बलि, जो दिव्य शक्तियों और मनुष्य के बीच के संबंध को नियमित करती है, एक यांत्रिकी कर्म है, जिसे इसकी अपनी सहज ऊर्जा से संचालित किया जाता है और पुजारी की चामत्कारिक शक्ति उसे तलाश कर निकालती है, जो प्रकृति के आँचल में

छिपा होता है। ईश्वर को उसी समान शक्ति के द्वारा परास्त और उसे अपने वश में किया जाता है, जिस शक्ति से उन्हें उनकी महानता प्राप्त हुई है। चाहे ईश्वर को पसंद हो अथवा न हो, बलि देनेवाला दिव्य परिधि तक ऊपर उठ जाता है और यह सुनिश्चित करता है कि भविष्य के लिए यह निश्चित स्थान हो।

स्वाभाविक तौर पर बलि देने की कला का सम्मान लोगों की दृष्टि में ऊपर उठा और आखिरकार वे, जिन्होंने बलि देने की कला को प्रस्तावित किया था, भारत के लोगों पर हावी होने में सफल रहे। संस्कृत के एक बहुप्रसिद्ध पद में कहा गया है—'देवधीनं जगत् सर्वे, मंत्राधीना च देवता, ते मंत्रा ब्राह्मणाधीना, तस्मात् ब्राह्मण देवता।' समस्त संसार देवता के अधीन है और देवता बलि देनेवाले मंत्रों के अधीन हैं। लेकिन मंत्र स्वयं ब्राह्मणों के हाथ में होते हैं। इस तरह से ब्राह्मण ही वास्तविक ईश्वर हैं, हालाँकि वे इस पृथ्वी पर निवास करते हैं। ब्राह्मण उसे देवता बना सकते हैं, जो देवता नहीं हैं और वे इस तरह से एक देवता को उसके पद से वंचित भी कर सकते हैं। इस तरह से जिस प्रकार प्राचीन रोम में धर्माध्यक्ष थे, उसी तरह भारत में ब्राह्मण शक्तिशाली और महान् बन गए।

सभी बलियों में सबसे महान् उस बलि को माना गया, जिसमें मनुष्य को ईश्वर को भेंट चढ़ाया जाता था। इसमें किसी तरह का कोई संदेह नहीं किया जा सकता कि मानव बलि एक समय में भारत में आम थी। प्रो. ई.डब्ल्यू. होपकिन्स कहते हैं—"विरोध करनेवालों के बावजूद पौराणिक कथाएँ, औपचारिक अस्वीकरण के बावजूद, बलि की प्रथा ऋग्वेद की अवधि के बहुत समय बाद तक मौजूद थी, जहाँ पर इनका हवाला दिया गया था; एक अवधि जब यहाँ तक कि बुजुर्ग लोगों को मरने के लिए अनावृत किया गया था।"

मानव द्वारा किए जानेवाले धार्मिक संस्कार और ब्राह्मणवादी पाठ्य-सामग्री से यह साबित होता है कि आयुधपुरुष कोई काल्पनिकता नहीं है और वहाँ पर एक वास्तविक बलि को समर्पित किया जाता था। एक मानव की बलि बहुत ही कीमती होती थी, आमतौर पर इसके लिए 'एक हजार गौधन' का मूल्य बलि देनेवाले मनुष्य को खरीदने के लिए देना होता था। वास्तव में एक व्यक्ति के लिए यह बहुत ही प्रशंसनीय माना जाता था कि वह बलि के लिए इतना महँगा गौधन के रूप में व्यय करे और ईश्वर को एक मानव की बलि दी जाए, लेकिन यह उस व्यक्ति के लिए और भी अधिक सराहनीय होता था, जिसकी बलि ईश्वर को दी जाती थी। इस तरह से ईश्वर को मनुष्य को वरदान देने के लिए एक माध्यम के तौर पर स्वयं की बलि देने का सिद्धांत और कर्म विकसित हुआ।

हिंदू धार्मिक पुस्तकें ऐसी किंवदंतियों से भरी पड़ी हैं, जिनमें आत्म-बलि और कठोर तप के माध्यम से अद्भुत शक्तियाँ प्राप्त की गईं। आत्म-बलि के द्वारा ही रावण को देवताओं और राक्षसों के हाथों न मारे जाने का सुरक्षित कवच प्राप्त हुआ। कठोर तप के बल पर नहुष को निर्विरोध रूप से तीनों संसार का साम्राज्य प्राप्त हुआ। विश्वामित्र,

जो एक क्षत्रिय के तौर पर जनमे थे, उन्होंने कठोर तप के बल पर स्वयं को ब्राह्मण जाति के तौर पर विकसित किया। एक ब्राह्मण के पद पर उन्नत होने के इरादे से मतंग, जोकि एक चांडाल था, ने कठोर तप किया, जिससे देवता भयभीत हो गए। इंद्र द्वारा उनकी दुराग्रहपूर्ण असंभव अपील को ठुकरा दिया गया। मतंग को कुछ भी भयभीत नहीं कर सका और वह अपने पैर के पंजों पर स्वयं को संतुलित कर तब तक खड़ा होकर तपस्या करता रहा, जब तक वह हाड़-मांस से रहित अस्थिपंजर मात्र नहीं रह गया और वह उस क्षण में पहुँच गया, जब बस गिरने ही वाला था। उस समय इंद्र उसे सहारा देने के लिए भी आए, लेकिन उसने कठोरता से उनकी अपील को ठुकरा दिया और जब वह और भी हठ करने लगा तो उन्होंने उसे यह शक्ति दी कि वह पक्षी की तरह कहीं भी आ-जा सकता है और अपनी इच्छा से अपना आकार बदल सकता है तथा उसे पूरा सम्मान और ख्याति प्राप्त होगी। प्राचीन भारत के लोगों का कठोर तप और आत्म-बलि की क्षमता में इस तरह का दृढ़ विश्वास था।

बौद्ध धर्म के उदय के समय आत्म-बलि की क्षमता में जो लोगों का विश्वास था, अपनी पराकाष्ठा पर पहुँचता हुआ प्रतीत हुआ। कठोर तप को धार्मिकता के समान माना गया। ब्राह्मणवाद और जैन दोनों धर्मों में, जो शाक्यमुनि के समय में बहुत ही फलती-फूलती स्थिति में थे, दोनों में कठोर तप पर बहुत अधिक जोर दिया गया। जैसेकि प्रो. जैकोबी इसके बारे में कहते हैं कि ऐसा प्रतीत होता है कि जैन धर्मी, जहाँ तक कठोरतर कर्म का संबंध है, अपने ब्राह्मणवादी प्रतिरोधियों से आगे निकल जाने में गर्व महसूस करते थे, तप गुणों के सबसे उच्चतम स्तर के लिए दुर्भावना और मलिनता जैसे दोषों को दूर करने की बात है।

जैन धर्म सिखाता है कि निर्वाण के लिए बारह वर्षों के बहुत ही कठोर तप को करना आवश्यक होता है। एक जैन संन्यासी का आदर्श जीवन, जिसे आचारांग सूत्र में विवेचित किया गया है, इस प्रकार है—"अपने वस्त्रों का त्याग करके, वे श्रद्धेय वस्त्रहीन होते हैं, संसार का त्याग करनेवाले बेघर मुनि होते हैं। जब उनसे बात की जाती है या उनका अभिवादन किया जाता है तो वे कोई उत्तर नहीं देते। कई वर्षों से अधिक का समय वे एक धार्मिक जीवन में व्यतीत करते हैं, बिना ठंडे पानी का प्रयोग किए; वे एकनिष्ठा का पालन करते हैं, अपने शरीर की रक्षा करते हैं, उन्हें अनुभव प्राप्त होता है और वे शांत रहते हैं। तेरह वर्षों तक वे दिन-रात ध्यान में मग्न रहते हैं और उनकी आत्मा में किसी तरह का कोई विघ्न नहीं होता, वे किसी भी तरह के हत्या के पाप से मुक्त होने के लिए संयम का अभ्यास करते हैं, वे किसी भी तरह के नुकसान पहुँचाने के कर्म से दूर रहते हैं, वे ऐसा कोई भोजन ग्रहण नहीं करते, जिसे उनके लिए तैयार किया गया हो; वे स्वच्छ भोजन ग्रहण करते हैं। हमेशा अपनी रक्षा करते हुए वे घास, ठंड, आग, ऊपरी सतह, मक्खी-मच्छर

आदि द्वारा दी गई पीड़ा को बिना किसी परेशानी के वहन करते हैं। चाहे उन्हें किसी तरह की चोट लगी हो अथवा न लगी हो, वे किसी भी तरह की चिकित्सा को नहीं ग्रहण करते। जब वे मोक्ष के पथ पर चलना सीख जाते हैं, तो औषधियाँ, शरीर का लेप या स्नान, दाँतों को साफ करना उनके लिए आवश्यक नहीं होता। कभी-कभी श्रद्धेय पंद्रह दिनों या एक माह तक तरल पदार्थ ग्रहण नहीं करते। कभी-कभी वे भोजन का छठवाँ, आठवाँ या बारहवाँ भाग ही ग्रहण करते हैं। अपनी भावनाओं के वश में हुए बिना, श्रद्धेय इधर-उधर भटकते रहते हैं और किसी भी जीव की हत्या से दूर रहकर भिक्षाटन करते हैं : उन्हें प्राप्त होनेवाला गीला, सूखा या ठंडा खाना, बासी फलियाँ, बासी दलिया या खराब अनाज—चाहे उन्हें ऐसा खाना प्राप्त हो अथवा नहीं हो, वह आत्म-नियंत्रण से धनी होते हैं।"

तार्किक तौर पर देखा जाए तो आत्मसंयम आत्महत्या की ओर अग्रसर करता है। और जैन धर्म में, जहाँ एक तरफ अन्य सब तरह की हत्या के लिए सख्ती से मना किया गया है, आत्महत्या की बहुत ही सराहना की गई है। आत्महत्या करने का उपयुक्त तरीका भिक्षावृत्ति का जीवन व्यतीत करने के पश्चात् उससे हट जाया जाता है और बारह वर्षों के लिए कठोर तपस्या को एक निश्चित स्थान पर करने का प्रण स्वीकार किया जाता है और सभी जीवित प्राणियों के लिए यह स्पष्ट कर दिया जाता है कि वह स्वयं की मृत्यु न होने तक भूखा रखेगा।

आचारांग सूत्र कहता है—"यह तरीका, बहुत से उन लोगों के द्वारा अपनाया गया है, जो भ्रम से मुक्त हो गए। यह अच्छा, हितकारी, उपयुक्त, सुख देनेवाला और सराहनीय है।" जैन धर्म अपने कठोर तप के साथ लगातार स्त्रीत्व से घृणा और उसकी उपेक्षा करता है। जैनों की प्रचलित पौराणिक कथा में नायक एक युवा धर्मनिष्ठ था, वह जब अपनी शादी के लिए जा रहा था तो दुलहन के घर पर शादी की दावत में वह इस विचार से ग्लानि और दया भाव से व्यथित हो गया कि संभवत: शादी की दावत में बहुत से जीवों ही हत्या हो गई, इससे क्षुब्ध होकर उसने अपने सारे गहनों का दान कर दिया, अपने बालों को जड़ से उखाड़ दिया और संन्यासी धर्म को अपना लिया। जैनधर्मियों द्वारा अपनाए जानेवाले कठोर तप का यह मार्ग उस सीमा का बहुत ही खराब चित्रण है, जिस सीमा तक बुद्ध के समय में स्वयं को प्रताड़ित और आत्मसंयम के नाम पर जाया जाता था।

गौतम सिद्धार्थ भी इस कठोर तप के जाल में फँसे थे, लेकिन सौभाग्य से इस संसार के लिए वे इसमें से बचकर निकल गए। जैसाकि उनके समय में प्रचलन था, सिद्धार्थ ने भी अपना घर और परिवार छोड़ दिया तथा सत्य की खोज में वन में चले गए। उन्होंने स्वयं को उनके समय के सबसे ज्ञानी तपस्वी के निर्देशन में समर्पित कर दिया। उन्होंने उनकी सारी शिक्षा प्राप्त की और उनके उदाहरण का अनुसरण करने का पूरा प्रयास किया। उन्होंने स्वयं को धर्म क्रिया और बलि, स्वयं को भूखा रखकर व कठोर तप

करके, नग्न रहकर और स्वयं को प्रताड़ित करके आत्म-शुद्धि के प्रयास किए। उन्होंने स्वयं इसकी विवेचना की कि किस प्रकार उन्होंने छह वर्षों तक उरूविल्व के जंगलों में स्वयं को प्रताड़ित किया और प्रकृति की सभी इच्छाओं का दमन किया। उन्होंने सबसे कठोर तपस्वी जीवन का अनुसरण किया।

वे प्रतिदिन केवल चावल का एक दाना ग्रहण करते थे। उनका शरीर बहुत दुर्बल और सिकुड़ गया था, इतना सिकुड़ गया था कि उनके हाथ और पैर मुरझाई हुई लकड़ी की तरह लगते थे, उनके नितंब एक ऊँट के कूबड़ की भाँति हो गए थे और उनकी पसलियाँ घोड़े की कड़ी की भाँति दिख रही थीं। आसपास की जगह में उनके तप की इतनी ख्याति हो गई थी कि लोग उन्हें देखने के लिए दूर-दूर से आते थे। उन्होंने अपने व्रत को इस सीमा तक बढ़ा लिया था कि अंतत: वे बहुत अधिक भूखे रहने और क्षय के कारण बेहोश रहने लगे थे। और जब उनको होश आया तो उन्हें पता चला कि उन्हें किसी तरह के भी रहस्योद्घाटन का आभास अपनी चेतना में नहीं हुआ।

उन्होंने एक बार फिर से खाना-पीना आरंभ कर दिया, जिससे कि उन्हें अपनी खोई हुई शक्ति वापस मिल सके। उन्होंने अपने इस प्रकार किए गए आत्मसंयम से प्राप्त फल पर चिंतन किया और यह पाया कि जिस प्रकार के ज्ञान की प्राप्ति उनको करनी है, उसकी खोज के लिए यह सही मार्ग नहीं है। ठीक उसी तरह से जैसेकि उन्होंने अपने महल में रहकर यह अनुभव किया था कि सांसारिक सुखों के भोग-विलास में निर्वाण का मार्ग निहित नहीं है, उन्होंने वन में यह अनुभव किया कि व्रत और तप करना लोगों को पीड़ा से मुक्ति की अपनी खोज में आगे नहीं बढ़ाता कि 'मेन्स सना इन कॉर्प्स सनो' ही वास्तविक लक्ष्य होना चाहिए। शारीरिक बल के बिना अर्हत की स्थिति को प्राप्त करना कठिन है। "वह, जिसने सभी तरह से तपस की व्यर्थता पर विचार कर लिया—जो कुछ भी उसके साथ आता है, उसको वहन करके आगे बढ़ा, क्योंकि यह सब भी बेकार हो सकता है कि जैसे पानी में पतवार चलाने और अलग-अलग दिशा में घुमाने से पानीवाले साँप को आकर्षित किया जा सकता है—वे बोधि के पथ—नैतिक कर्म (शील), ध्यान (ध्यान करना) और दृष्टि (प्रज्ञा) का अभ्यास कर रहे थे—इससे उच्चतम स्तर की शुद्धता प्राप्त होती है।"

स्वस्थता का अनुसरण, सर्वोत्तम अच्छा; सदाचारी बनो;
सत्य के समरूप बनो और आसक्ति के बंधनों को तोड़ दो।

बनारस स्थित सारनाथ उद्यान में पाँच भिक्षुकों को दिए अपने धर्मोपदेश में तथागत द्वारा मध्यम पथ, जो निर्वाण को प्राप्त करने का वास्तविक पथ है, की व्याख्या करते हुए इस प्रकार कहा—

"न मछली या मांस से परहेज करके, न ही नग्न रहकर, न ही सिर मुँड़वाकर, न ही बालों का आवरण धारण करके, न ही खुरदरे वस्त्र धारण करके, न ही स्वयं पर धूल जमा कर, न ही अग्नि में अपना बलिदान करने से उस व्यक्ति, जिसका मन भ्रम से भरा हुआ है, को शुद्ध किया जा सकता है।

"न तो वेदों का अध्ययन करके, न ही देवताओं को बलि देकर, न ही अकसर व्रत करके, न ही भूमि पर लेटकर, न ही कठोर और सख्त रात भर का जागरण करने से, न ही प्रार्थनाओं को बार-बार दोहराकर, उस व्यक्ति को शुद्ध किया जा सकता है, जो गलत है।

"न ही पुरोहितों पर उपहारों की वर्षा करके, न तो आत्मसंयम और न ही कठिन तप से, न ही धर्म संस्कारों का अनुसरण करना उस व्यक्ति को शुद्ध कर सकता है, जो अपनी भावनाओं के वशीभूत है।

"मांस खाने से व्यक्ति अस्वच्छ नहीं होता, बल्कि क्रोध, मदिरापान, हठ, धर्मांधता, धोखा देना, आत्म-प्रशंसा, दूसरों की निंदा करना, नकचढ़ापन और बुरी नीयत—ये कारण हैं, जिससे व्यक्ति अस्वच्छ होता है।

"हे भिक्षुक, मैं तुम्हें उस मध्यम पथ के विषय में बताता हूँ, जो दोनों ही अत्यंत कठोर मार्गों से दूर रखता है। निर्बलता से पीड़ित भक्त के मन में संदेहास्पद और बीमार करनेवाले विचार उत्पन्न होते हैं। अपितु आत्मसंयम सांसारिक ज्ञान के लिए भी हितकारी नहीं है; इंद्रियों पर विजय को कितना कम किया जा सकता है!

"जो अपने दीपक को पानी से भरता है, वह अंधकार का नाश नहीं करेगा और वह जो सड़ी-गली लकड़ियों से आग जलाने का प्रयास करता है, वह असफल होगा।

"आत्मसंयम पीड़ादायक, व्यर्थ और लाभहीन होता है। और किस तरह से कोई व्यक्ति स्वयं को एक शोकसंतप्त जीवन से मुक्त कर सकता है, यदि वह वासनारूपी अग्नि को शांत करने में सफल नहीं होगा?

"सारा आत्मसंयम बेकार सिद्ध होगा, जब तक स्वार्थपन वासना इस संसार में या दूसरे संसार में आनंद प्राप्ति की ओर अग्रसर करेगी। लेकिन वह, जिसके भीतर अहंकार का नाश हो जाएगा, वह वासना से मुक्त हो जाएगा; वह न तो सांसारिक सुख अथवा स्वर्ग के सुख की इच्छा करेगा और उसकी स्वाभाविक चाहतों की संतुष्टि उसको मलिन नहीं करेगी। वह जीवन की आवश्यकता को पूरा करने के लिए खा-पी सकता है।

"दूसरी तरफ, हर प्रकार का विषयभोग शक्ति का ह्रास करनेवाला है। एक विषयभोगी व्यक्ति अपनी भावनाओं का दास होता है और आनंद की इच्छा सदैव रखना अश्लील और अपमानजनक होता है।

"लेकिन जीवन की मूलभूत आवश्यकताओं को पूरा करना बुरा नहीं होता। मौसम की मार से बचाने के लिए शरीर के लिए छत का प्रबंध, इस शरीर को शालीन और

आरामदायक तरीके से ढकना, इसे कई तरह के बाहरी कारणों से होनेवाली पीड़ा से बचाना, जहाँ तक संभव हो इसे थकान से बचाना, उन संवेदनाओं को दूर रखना, जो स्वीकार्य नहीं हैं, संक्षिप्त में कहें तो इस शरीर को सेहतमंद बनाए रखना मनुष्य का कर्तव्य है, अन्यथा ज्ञान का प्रकाश देनेवाले दीपक को जलाने और अपने दिमाग को शक्तिशाली और स्वच्छ रखने में सफल नहीं हो पाएँगे।

"हे भिक्षुक, यह बीच का मार्ग है, जो दोनों तरह के कठोर पथों से तुम्हें बचाता है।"

परासरिया, जो एक महान् ब्राह्मणवादी तपस्वी थे, के एक शिष्य से बुद्ध ने कहा था—"शील और धर्मादेश तथा नैतिक कर्मों की श्रेणी को प्राप्त करो···, देखो कि चेतना के द्वार ही निगरानी अच्छी इतनी तरह से हुई है कि अंत:प्रवाह का कोई भी प्रभाव तुम पर हावी न हो सके, संतुलित मात्रा में भोजन करो, निगरानी रखो, सचेत और सावधान रहो, पाँच तरह के अवरोधों से हृदय के एकांत रूप से शुद्धीकरण को स्वसंकलन से उत्पन्न करो और ध्यान लगाने से प्राप्त होनेवाले परमानंद का अभ्यास करो।"

एक अवसर पर कुछ शिष्यों ने प्रबुद्ध से पूछा कि क्या उन धर्मविरोधियों की तपस्या में किसी तरह का गुण होता है, जो बाणों की शैया पर शयन कर और अग्नि तप के पाँच प्रकारों के पाँच गुना रूपों की प्रताड़ना सहन कर तप करते हैं? प्रभु ने उत्तर दिया—"इसमें किसी तरह का कोई खास गुण या विशेष लाभ नहीं है। जब इसकी जाँच कर परीक्षा ली गई, तो पाया गया कि यह केवल गोबर के ढेर पर चलने के समान है।" इसमें किसी तरह के आश्चर्य की बात नहीं है कि अपने प्रतिरोधियों के बीच में बौद्धधर्मियों की छवि 'सहज धर्मोपदेशक' (सतवदीन) जो आराम के मार्ग (पुष्टिमार्ग) का समर्थन करते थे।

इसे पहले महान् सत्य की पीड़ा और दु:ख अहंकार के प्रत्येक बोधगम्य रूपों के सहगामी हैं, से आरंभ करते हुए, धर्म व्यक्ति को भोगवाद (चार्वाक) को समर्पित नहीं करता। "हमें इसलिए खाना और पीना चाहिए कि हम कल मर न जाएँ।" धर्म न केवल कठोर तपस्या को अस्वीकार करता है, अपितु सभी प्रकार के भोग-विलासों की भी निंदा करता है। धर्म का लक्ष्य ज्ञानोदय और शांति प्राप्त करना है, न कि आनंद। इसलिए ऐसा कोई भी साधन, जिसका उद्देश्य केवल आनंद को बढ़ाना हो, उसमें न तो प्राकृतिक तौर पर सेहत या मानव क्षमता को बढ़ाना सम्मिलित हो, का विरोध तर्कसंगत हो सकता है। इस आधार पर सभी भोग-विलास के साधन, केवल व्यक्तिगत आनंद को बढ़ाते हैं, जिनका अनावश्यक तौर पर उपभोग किया जाए, उनकी निंदा की जाती है।

इस बात पर किसी तरह का संदेह नहीं किया जा सकता कि भोग-विलास के साधनों का लंबे समय तक भोग करने से व्यक्ति की सेहत पर घातक प्रभाव पड़ता है।

कौन इस बात को नहीं जानता कि एक व्यक्ति द्वारा धन और आराम के लिए विषयात्मक अतिभोग करने के पश्चात् उन्हें देखरेख और आत्मसंयम से भी छोड़ने में कितनी कठिनाइयों का सामना करना पड़ता है? भोग-विलास की आदतें व्यक्ति को श्रम करने के लिए हतोत्साहित करती हैं और उसे लगातार प्रयास करने व धैर्य सहनशील बनने में अक्षम करती हैं, यह वे शक्तियाँ हैं, जिनकी आवश्यकता अधिकतर श्रम साध्य कर्मों को करने के लिए होती है। अपितु यदि कुछ दृष्टिकोणों से भोग-विलास कुछ मामलों में कार्य करने के लिए प्रोत्साहन की भाँति कारगर भी सिद्ध होता है, तो भी नैतिकता की दृष्टि से यह मजबूत आधार प्रतीत होता है कि व्यक्ति को अपने कर्तव्यों को पूरा करने में किसी तरह के प्रलोभन के बिना सक्षम होना चाहिए, उसे उपभोग्य वस्तुओं के एक बड़े भाग के स्थान पर अपने लिए पर्याप्त भाग का चयन करना चाहिए।

एक व्यक्ति, जो भोग-विलास में लिप्त जीवन व्यतीत करता है, तो उसके लिए भी उपयोगितावादी दृष्टिकोण से अपने लिए अधिक खुशियों का निर्माण उस स्थिति में कर सकता है, यदि वह अपने भोग-विलास के एक बड़े भाग को दूसरों द्वारा उपभोग करने दे। कोई भी व्यक्ति अपना सारा केक स्वयं नहीं खा सकता और उसका पूरा-पूरा आनंद ले सकता है। यह एक बेतुका झूठा तर्क है कि यह मान लेना कि एक व्यक्ति जब विलासितापूर्ण जीवन जीता है तो वह दूसरों के लिए काम और रोजी-रोटी की संभावनाओं को उत्पन्न करता है। उपयुक्त तरीके से बोला जाए तो एक व्यक्ति दूसरों को सेवाएँ सौंपकर उनके लिए काम की संभावनाएँ उत्पन्न करता है, न कि अपनी सेवा के लिए उनकी आवश्यकताओं को उत्पन्न करके। ऐसा प्रतीत होता है कि विलासिता को स्पसेरियर फॉर्मूले की तरफ से समर्थन प्राप्त होता है—'अनिश्चित समरूपता से निश्चित समरूपता की स्वीकृति,' लेकिन वास्तव में इसे विकास के साधारण नियम में किसी तरह का आधार प्राप्त नहीं होता। इसके विपरीत इसकी उत्पत्ति का बीज जीवन की उस अवधारणा में मिलता है, जो विज्ञान की सीख के ठीक विपरीत है। जैसेकि इल्या मेखनिकोव ने अपनी रचना 'इतुदेस सुर ला नेचर ह्यूमने' में कहा है—"जब जीवन का अर्थ और उद्‌देश्य और अधिक स्पष्ट हो जाता है, यह पाया जाएगा कि वास्तविक कल्याण विलासिता में निहित नहीं होता, जोकि मानव जीवन के साधारण चक्र के विपरीत है।"

अकसर ऐसा माना जाता है कि धन शरीर को आराम और मन की शांति देता है तथा आदर्श फल के लिए समय और आदर्श ऊर्जा के लिए श्रम देता है। लेकिन ऐसा बहुत ही कम मामलों में होता है। जैसाकि एडम स्मिथ ने अपनी रचना 'थ्योरी ऑफ मोरल' में सही टिप्पणी की है कि जिन पर गंभीरता से विचार नहीं किया जाना चाहिए, उन उपयोगिता की केवल तुच्छ वस्तुएँ धन और महानता है, जिन्हें शरीर के आराम

के लिए या मन की शांति के लिए जुटाने की आवश्यकता को और केवल बहुत ही कम संख्या में खिलौनों के प्रेमियों के अतिरिक्त नहीं अपनाया जाता; और उनकी तरह उस व्यक्ति के लिए और भी कष्टदायी होता है, जो इन्हें उसके साथ वहन करता है, जिसके बारे में यह है और वे जो भी लाभ उसके लिए उपलब्ध करवा सकते हैं, वे सब विस्तृत होते हैं—शरीर के आराम और मन की शांति के लिए, सभी जीवन की भिन्न-भिन्न श्रेणियाँ हैं और यह लगभग एक स्तर तक होता है तथा वह भिक्षुक, जो स्वयं को राजमार्ग पर तपाता है और उस सुरक्षा को प्राप्त कर लेता है, जिसके लिए राजा युद्ध करता है।" लेकिन जैसेकि 'जातकमाला' कहती है कि धन का एक गुण होता है। इसे उस व्यक्ति द्वारा दिया जा सकता है, जिसका लक्ष्य अपने साथियों का कल्याण करना है। लेकिन बहुत ही कम लोग इस तरह के सद्‌कर्म को साधने के लिए धन की इच्छा करते हैं। अधिकतर लोग बहुत अधिक आय की इच्छा, बहुत अच्छे कपड़ों, बहुत बड़े आलीशान घर, रंगशाला, सार्वजनिक आवास स्थलों, घोड़ा-गाड़ी के लिए करते हैं, वे यह सबकुछ अपना दूसरों को दिखाने के लिए चाहते हैं और कभी समाज कल्याण के लिए इसकी इच्छा नहीं करते। धन वृद्धि की इच्छा और इसे खो देने का डर आमतौर पर कायरता में वृद्धि और भ्रष्टाचार को फैलाता है। बहुत सी परिस्थितियों में व्यक्ति धन की तलाश में एक दास की भाँति बन जाता है, हालाँकि जिस मनुष्य को गरीबी का डर नहीं होता, वही पूरी तरह से स्वतंत्र होता है। गरीबी के लिए व्यक्तिगत बेपरवाही खोजी व्यक्ति को वास्तविक शक्ति प्रदान करती है, जिससे कि वह स्वयं को एक अच्छे और अप्रसिद्ध कारण के लिए समर्पित कर सके और इस तरह वह उच्च स्तर के जीवन को वहन करता है। इसलिए इसमें अधिक आश्चर्यचकित होने की बात नहीं है कि बौद्धधर्मी भिक्षुक गरीबी की शपथ लेते हैं!

ऐसा आवश्यक नहीं है कि गरीबी या कोई अन्य शपथ संपूर्ण उत्तम स्थिति को प्राप्त करने के लिए लेनी बहुत आवश्यक होती है। साधारण मनुष्य, जो गृहस्थ होते हैं, घर में रहते हैं, ज्ञान का आनंद प्राप्त कर सकते हैं, वे भी अपने आप में निर्वाण की शांति का अनुभव कर सकते हैं। लेकिन गुण का विचार शपथ में अंतर्निहित होता है, उनके लिए जो बुद्ध को अपनाते हैं और सदा के लिए उनके प्रिय बनते हैं। जैसेकि नागसेन 'मिलिंदपन्हो' में कहते हैं[2] कि शपथ लेना, एक बुराई से रहित जीवन के नियम को लागू करता है, यह एक सुखद शांति को अपने फल के तौर पर देती है, यह आरोपों से दूर रखती है, यह दूसरों को किसी तरह का नुकसान न पहुँचाने का काम करती है, यह हर तरह के जोखिम से मुक्त होती है, यह दूसरों पर किसी तरह की कोई परेशानी नहीं लाती, इसके साथ यह निश्चित होता है कि अच्छाई को विकसित किया जाए, यह किसी भी प्रकार से व्यर्थ नहीं होती, यह इच्छाओं की संतुष्टि और सभी प्राणियों की उपयोगिता के लिए कार्य करती है,

यह आत्मसंयम के लिए अच्छी होती है, यह व्यक्ति को आत्मनिर्भर बनाती है, यह प्राणी को सभी तृष्णाओं से मुक्त करती है, यह वासनाओं, ईर्ष्या और आलस्य की समाप्ति की ओर अग्रसर करती है, यह अहंकार का नाश करती है, बुरे विचारों से दूर करती है, संदेहों को समाप्त करती है, निष्क्रियता का दमन करती है, असंतुष्टि को दूर करती है।

उन लोगों का जीवन, जोकि शपथ का पालन करते हैं, शुद्ध होता है; वे अपने कर्मों और शब्दों को लेकर सचेत होते हैं; वे स्वभाव और मन दोनों प्रकार से विशुद्ध होते हैं; वे आवेश में नहीं आते; उनके सारे डर का निवारण हो जाता है। अपने व्यक्तित्व के स्थायित्व के बारे में उनके जितने भी भ्रम होते हैं, वे सभी दूर हो जाते हैं; उनका क्रोध मर जाता है और उनका हृदय सभी जनों के लिए प्रेम भाव (मैत्री) से भर जाता है। वे सचेतता से भरे होते हैं; वे हमेशा ही दृढ़ संकल्पी बने रहते हैं; वे बुराई करने से पूरी तरह विमुख हो जाते हैं; वे खुशनुमा स्थान पर निवास करते हैं; वे भोजन करते समय संयमी रहते हैं और उन्हें सभी लोगों का सम्मान प्राप्त होता है। कोई भी शपथ में अंतर्निहित मूल्य से पूरी तरह से लाभान्वित नहीं हो सकता, जब तक उसे अपने गुरु पर पूर्ण आस्था न हो, उसे गलत करने में शर्म आती है, वह साहस से परिपूर्ण होता है, पाखंड से पूरी तरह दूर, स्वयं का स्वामी, लालची नहीं होता, सीखने के लिए सदैव इच्छुक, मुश्किल कार्यों को खुशी से स्वीकार करनेवाला, बहुत जल्दी कुपित नहीं होता और उसका एक प्रेम करनेवाला हृदय होता है। इस विस्तृत पृथ्वी की तरह एक शपथ ग्रहण करनेवाले व्यक्ति का चरित्र होता है, यही सेवाएँ उस व्यक्ति के लिए एक आधार बनती हैं, जो शुद्ध होना चाहता है और निर्वाण प्राप्त करना चाहता है।

बोधित्व को प्राप्त करना साधारण जीवन जीने और उच्च विचार रखने से बहुत आगे की स्थिति है। इसमें पूर्ण साधुत्व का जीवन, वासना से पूरी तरह से मुक्ति, अपनी सबसे तुच्छ क्षमताओं का त्याग कर अपनी उच्चतम क्षमताओं का अनुभव करना शामिल होता है। इस प्रकार से इसमें ब्रह्मचर्य जीवन द्वारा लागू किए गए असाधारण त्याग सम्मिलित होते हैं। निर्वाण की प्राप्ति एक उपलब्धि है, जो बहुत कम लोगों को प्राप्त होती है और यह इतनी महान् स्थिति होती है कि इसमें ब्रह्मचर्य जैसे त्याग को भी महान् त्याग की संज्ञा नहीं दी जाती। अपितु विवाहित जीवन में भी यह असंभव नहीं है कि संपूर्ण जीवन के पथ की दिशा में एक अच्छा सौदा कर लिया जाए। अब भी ब्रह्मचर्य और उच्चतम स्तर के जीवन के बीच के एक आवश्यक संबंध की ओर संकेत करनेवाले विकास की उम्मीद है।

विकास व्यक्तिगत पराकाष्ठा और जाति बहुलीकरण के बीच एक प्राकृतिक वैर-भाव की ओर संकेत करता है, जबकि पशु जीवन के सबसे निम्नतर चरण पर जाति ही सबकुछ होती है और व्यक्तिगत कुछ भी नहीं होता तथा उच्चतम प्रकार में प्रजनन क्रिया

गौण हो जाती है और व्यक्तित्व का महत्त्व बढ़ जाता है। कीड़ों-मकोड़ों या मछली की प्रजातियों में हम देखते हैं कि बहुत अधिक मात्रा में प्रजनन होता है, लेकिन अगर मानव जाति के अधिकतर मामलों की बात करें तो यह उस स्तर पर पहुँच चुका है, जहाँ 'एक बार में एक शिशु' जन्म लेता है। इसलिए अगर उच्चतम स्तर की बात करें तो यह वह होगा, जहाँ पर व्यक्ति बस स्वयं तक सीमित होगा, वह अपनी जाति की वंश-वृद्धि को लेकर चिंतित नहीं होगा, अपितु वह पूरी तरह से और मुक्त रूप से अपने विस्तार पर विचार करेगा। अत: बोधि के पश्चात् संपूर्ण व्यक्तित्व और उच्चतम परोपकारिता, जिसकी माँग खोजी द्वारा होगी, वह प्रजातियों के बहुलीकरण के लिए, की उपयुक्तता की लागत के अतिरिक्त असंभव प्रतीत होगी।

अकसर बौद्धधर्मी भिक्षुकों पर यह आरोप लगाया जाता है कि वह आलसी होता है और अपनी सहायता के लिए दूसरों पर निर्भर रहता है। लेकिन यह केवल एक आरोप है, जिसे तथ्यों के द्वारा न्यायसंगत नहीं ठहराया गया है। इसमें तनिक भी संदेह नहीं है कि प्रत्येक समूह में कुछ निरर्थक लोग होते हैं। लेकिन बौद्ध धर्म यह शिक्षा देता है कि आलस्य मलिन होता है और उत्साह अमरता का पथ होता है। बुद्ध ने कभी भी अकर्म के सिद्धांत की शिक्षा नहीं दी। सिंह के प्रमुख नायक, निग्रंथ को प्रबुद्ध द्वारा साफ तौर पर संकेत दिए गए कि उन्होंने जो भी शिक्षा दी है, उसका तात्पर्य यह कदापि नहीं कि कुछ न किया जाए, क्योंकि कुछ न करना, फिर चाहे वह शब्दों, विचारों या कर्मों के द्वारा हो, दुराचार है और शब्दों, विचारों और कर्मों से सबकुछ करना सदाचार है। 'इतिवुत्तका' में प्रबुद्ध कहते हैं—"हे मुनि, अच्छा कर्म करने से मत डरो; यही खुशी का नाम है, जिसके लिए इच्छा, चाह की जाती है और जो प्रिय और आनंददायक है; उसका नाम सद्कर्म है।"

अकसर और प्राय: बुद्ध अपने शिष्यों को आलस्य और निष्क्रियता के विरुद्ध चेतावनी देते रहते थे। उन्होंने सख्ती से आलसी मनुष्यों की अपनी व्यवस्था में प्रवेश को अस्वीकार किया था। "एक कमजोर और आलसी मनुष्य के लिए धर्म में कोई परमानंद, कोई साधुता नहीं है; यह बस उसी के लिए है, जो इन्हें प्राप्त करने के लिए कठोर श्रम करता है।"

'कमेंट्री ऑन द धम्मपद' में बताई गई एक लघुकथा का इससे रोचक संबंध है—एक बार एक व्यक्ति था, जिसका कोई भाई नहीं था, लेकिन उसका एक छोटा सा बेटा था, जो अपने माता-पिता का दुलारा था। उसके माता-पिता ने उस छोटे से बालक को पढ़ने के लिए विद्यालय भेजा और उससे यह आशा की कि वह उनके घर-परिवार के लिए समाज में सम्मान प्राप्त करेगा। लेकिन हाय! वह बालक लापरवाह, सुस्त था और उसने कुछ भी नहीं सीखा। उसके माता-पिता उसे इस आशा में घर ले आए कि वह घर की व्यवस्था में कुछ उपयोगी सिद्ध होगा। लेकिन वह अपने तौर-तरीकों से गंदा

और आलस से भरा हुआ था और इस तरह अपने माता-पिता के लिए पीड़ा का कारण बन गया था। इसके परिणामस्वरूप उसे अपने सभी पड़ोसियों से तिरस्कार झेलना पड़ता और अपने मित्रों के बीच उपेक्षा का पात्र बनता व उसके माता-पिता उससे नफरत ही करने लगे थे। इन सब बातों ने उस पर बहुत गहरा प्रभाव डाला, उसने धार्मिक कर्मकांड में कुछ राहत की आशा की, लेकिन ईश्वर से की गई प्रार्थनाओं और तप से भी उसे कोई लाभ नहीं हुआ। अंत में, कृपालु प्रभु के बारे में सुनकर वह उनके पास आया और उनसे मदद की गुहार लगाने लगा। प्रभु ने उसका उत्तर देते हुए कहा—"यदि तुम मेरे समाज में आराम पाते हो तो तुम्हें सबसे पहले अपने कर्मों को शुद्ध करना सीखना होगा। इसलिए अपने घर वापस जाओ और अपने माता-पिता की आज्ञा का पालन करना सीखो, अपने धर्मग्रंथों को पढ़ो, अपने दिन-प्रतिदिन के कार्यों को पूरी मेहनत से करो, यह ध्यान दो कि आराम करने का कोई भी प्रलोभन तुम्हें व्यक्ति की स्वच्छता और पोशाक की शिष्टता के कर्तव्य से विमुख न कर सके; और फिर, यह सीखने के पश्चात्, मेरे पास वापस आना, तब तुम्हें संभवतः मेरे अनुयायियों की संगत में रहने की अनुमति प्राप्त हो।"

आलस्य एक रोग है, जिसके अंतर्गत अन्य सभी नैतिक रोग आते हैं। वह व्यक्ति, जो स्वयं को आलस्य नामक रोग से मुक्त कर लेता है, वह स्वयं को अन्य सभी नैतिक रोगों से भी मुक्त कर लेगा। ऐसा आदरणीय सारिपुत्र, जोकि प्रबुद्ध के दाएँ हाथ के शिष्य थे, का कहना है कि वे प्रतिदिन जहाँ कहीं भी आवश्यकता होती थी, वहाँ पर साफ-सफाई करते, खाली बरतनों में पानी भरते और बीमारों की सेवा करते थे।

अकसर यह भी कहा जाता है कि बौद्धधर्मी भिक्षुक व्यावहारिक मामलों में अधिक रुचि नहीं लेते। लेकिन यह आरोप चीजों को संकीर्ण सोच के साथ देखने का परिणाम है। जैसेकि अरस्तु ने संकेत दिए थे, व्यावहारिक जीवन, आवश्यक नहीं है कि दूसरों के प्रति कर्म के लिए हो, यह न तो कर्म के परिणाम के लिए जीवन का विचार है। "व्यावहारिकता जिसका नाम है, वह इससे अधिक वास्तव में आंतरिक मूल्यों के विचार हैं; विचार, जो स्वयं में ही समाप्त हो जाते हैं; जिसके लिए समाप्ति की प्राप्ति करना आवश्यक तौर पर एक प्रकार का कर्म है।" लेकिन एक सांसारिक दृष्टिकोण से भी देखें तो एक बौद्धधर्मी भिक्षुक अपने देश व अपने समर्थकों को अनमोल सेवाएँ प्रदान करता है। उन सभी देशों में, जहाँ पर बौद्ध धर्म को माननेवाले हैं, भिक्षुक सभ्यता के पथ-प्रदर्शक और शिक्षा के संग्राहक रहे हैं।

भारत में मध्य युग के दौरान शिक्षा ग्रहण करने के लिए नालंदा, वल्लभी, उदंतपुरी और विक्रमशिला से अधिक प्रसिद्ध और कोई स्थान नहीं थे। नालंदा को वैश्विक स्तर पर शिक्षा ग्रहण करने का केंद्र माना जाता था, जहाँ पर हर प्रकार की कला और विज्ञान—शब्दविद्या, शिल्पस्थानविद्या, चिकित्साविद्या, हेतुविद्या, अध्यात्मविद्या—का ज्ञान दिया

जाता था। युआन चुआंग कहते हैं—"नालंदा के साधु हजारों की संख्या में थे, वे बहुत ही उच्चतम क्षमतावाले मनुष्य थे। उनके कर्म शुद्ध और हर तरह के दोषों से मुक्त थे, हालाँकि आश्रमों के नियम बहुत ही सख्त थे। अत्यंत ही गंभीर प्रश्नों को करने और उनके उत्तर देने के लिए दिन का समय पर्याप्त नहीं था। सुबह से लेकर रात तक साधुजन चर्चा में व्यस्त रहते थे, वृद्ध और युवा आपस में एक-दूसरे की सहायता करते थे। वे जो त्रिपिटक में से पूछे गए प्रश्नों का उत्तर नहीं दे पाते थे, सभी का सम्मान पाने में असमर्थ रहते थे और लज्जावश स्वयं को कहीं छुपा लेने के लिए विवश हो जाते थे। यद्यपि विभिन्न नगरों से शिक्षित मनुष्य बहुत बड़ी संख्या में यहाँ पर अपने संदेहों को दूर करने के लिए आते थे और यहाँ से उनकी ख्याति दूर-दूर तक फैल जाती थी। इस कारण से कुछ लोग नालंदा के विद्यार्थियों के नाम को छीन लेते थे तथा दूर जाकर उससे सम्मान और पदवी प्राप्त कर लेते थे।"

जापान में बौद्धधर्मी भिक्षुकों द्वारा किए गए कार्यों की बात करते हुए नोबुता किशिमोतो कहते हैं—"प्राय: बौद्धधर्मी भिक्षुकों के विरुद्ध बात करते हुए कहा जाता है कि उसके साधु और मुनि आलसी थे तथा समुदाय के गैर-लाभकारी सदस्य थे, जैसेकि कामचोर व्यक्ति दूसरों के उद्यम पर जीवन व्यतीत करता है। यह एक तरह से सही हो सकता है, लेकिन हमें यह भी याद रखना चाहिए कि अगर बौद्ध धर्म ने जापान में उस तरह के कुछ 'कामचोरों' की संख्या में इजाफा किया है, तो इसने कई तरह की कलाओं, जैसे—चित्रकला, मूर्तिकला और वास्तुकला की भी शुरुआत की है। वर्तमान में जापान में जो भी चित्रकला, मूर्तिकला के नमूने और अद्‍भुत दिखनेवाले भवन हैं, उनमें से अधिकतर धार्मिक हैं और सैद्धांतिक तौर पर कहें तो वे सभी बौद्धधर्मी हैं। इससे अधिक बौद्धधर्मी मुनि और उपदेशक सभी आलसी और गैर-लाभकारी नहीं होते थे। यह सही है कि वे उन पर विश्वास करनेवाले जनसाधारण द्वारा दिए गए उपहारों पर अपना गुजर-बसर करते हैं। लेकिन इस दृष्टिकोण से ईसाई धर्म में पादरी वर्ग भी, ईसाई धर्म को माननेवालों द्वारा दिए गए उपहारों पर अपना जीवनयापन करते हैं; ठीक उसी तरह से, जिस तरह से बौद्धधर्मी पुरोहित वर्ग करता है; फिर भी कोई उन्हें आलसी और गैर-लाभकारी नहीं कहता। उनके नैतिक और धार्मिक कर्मों के अतिरिक्त, वे अधिक साधु वर्ग ही होते हैं, जो अपनी तीर्थयात्रा के दौरान शांत स्थान की तलाश में रास्तों और पुलों का निर्माण करते हैं, इस तरह से वे यात्राओं और संवाद को आसान बनाते हैं। प्राय: वे मुनि ही होते हैं, जो लोगों को जीवन में शांति और कला में निरंतर सुधार करने के लिए प्रोत्साहित करते हैं। अकसर वे स्वयं लोगों का नेतृत्व बंजर जमीन को चावल की खेती से भरे हरे-भरे खेत में बदलने के लिए करते हैं।" लेकिन शायद जापान में बौद्ध धर्म का सबसे अधिक मूल्य शैक्षणिक रहा है।

इसके साथ-साथ ही बौद्ध धर्म ने चीनी संस्कृति को भी शिक्षा का वरदान दिया था। बौद्धधर्मी स्कूल प्रचलित निर्देशों का प्रसार करने के केंद्र बन गए थे। गाँवों में जितने भी विद्यालय होते हैं, वे सभी बौद्धधर्मी मंदिरों से जुड़े होते थे। आम लोगों को पढ़ना और लिखना, नैतिकता और दर्शनशास्त्र की शिक्षा बहुत ही मामूली से मूल्य को बदले में लेकर दी जाती थी। हर जगह पर बौद्धधर्मी भिक्षुक स्कूल मास्टर हुआ करते थे और यहाँ तक कि राजसी घरों में रहनेवाले भी बौद्धधर्मी गुरु को ही शिक्षा उपार्जन के लिए नियुक्त करते थे। बर्मा में भी हर जगह पर बौद्धधर्मी मठ ही स्कूल हुआ करते थे और भिक्षुक बिना किसी तरह का मूल्य लिये सभी को शिक्षा दान दिया करते थे। इसमें तनिक भी आश्चर्य की बात नहीं है कि बर्मा में हर व्यक्ति लिखने और पढ़ने में सक्षम होता है! केवल एक बौद्धधर्मी देश ही अपने सभी देशवासियों को शिक्षा देने के लिए इस तरह के साधारण से समाधान को अपना सकता है, ऐसा केवल उन्हीं के लिए संभव है।

कुछ आलोचकों का कहना है कि बुद्ध उस सामाजिक गुण को समझने में असफल हो गए, जो देशभक्ति के विचार में समाहित है। यह आपत्ति केवल अज्ञान वश जताई जाती है। मारा-सम्युट्टा (वाग 2) में कहा गया है कि एक बार प्रबुद्ध ने स्वयं से पूछा कि अगर यह संभव नहीं होगा, धर्म की शिक्षा का अनुसरण करते हुए एक ऐसे राजा की भाँति शासन करना, जो स्वयं कभी किसी जीव की हत्या नहीं करता; और न ही दूसरों को हत्या करने की अनुमति देता है; जो स्वयं लोगों का दमन नहीं करता; और न ही दूसरों द्वारा किसी के दमन को स्वीकृति देता है; जिसे स्वयं न तो किसी तरह का दुःख और पीड़ा होती है; और न ही वह दूसरों के दुःख और पीड़ा का कारण बनता है। ऐसे राजा के बारे में 'जातकमाला' कहती है—"मित्रता पर उसकी शक्ति आराम करती है, न कि रंग-बिरंगी ध्वजाओं से सजी उसकी सेना के बल पर, जिसे वह केवल परंपरा का पालन करते हुए रखता है। वह न तो कभी क्रोध करता है और न ही कभी कठोर शब्द बोलता है। वह सही तरीके से अपनी धरती की रक्षा करता है। सदाचार उसके कर्मों का नियम होता है, न कि राजनीतिक ज्ञान, जोकि विज्ञान का आधार होता है। उसका धन सदाचार को सम्मानित करने की सेवा करता है। और वह अद्भुत गुणों से संपन्न होता है, इसके बावजूद वह न तो स्वयं पर धन के कारण होनेवाले अकर्मों के अधीन रहता है और न ही वह घमंड के वश में होता है।"

इसमें कोई संदेह नहीं है कि सम्राट् अशोक, बौद्ध धर्म की पुस्तकों[3] के धर्मराजा इस आदर्श स्थिति को प्राप्त करने के लिए अग्रसर थे। अपने उपदेशों और उदाहरणों के द्वारा उन्होंने अपने लोगों को बेहतर महसूस करवाने और खुशी रखने के प्रयास किए। सम्राट् अशोक अपने राजादेश में कहते हैं—"इस तरह से धर्म के कार्य का संसार के साथ-साथ धर्म; अर्थात् दया और परोपकार, सत्य और शुद्धता, कृपा और अच्छाई को अपनाने का

प्रसार किया जाए। अच्छाई के नाना प्रकार के कार्य, जिन्हें मैंने एक उदाहरण के तौर पर सामने रखा है।

"मेरे लिए न्याय के प्रशासन में बहुत अधिक क्रियाकलाप नहीं हो सकते। यह मेरा कर्तव्य है कि मैं अपने निर्देशों को जनता के भले के लिए दूँ; और स्थिर क्रियाओं में और न्याय का उपयुक्त प्रशासन जनता की भलाई में निहित होता है और इससे अधिक क्षमतावान और कुछ नहीं होता। मेरे सारे प्रयास केवल इस एक लक्ष्य—इस ऋण को मुझे अपने लोगों को चुकाना है, के लिए हैं!

"सभी लोग (जैसे) मेरी संतान की तरह हैं। जैसेकि मैं यह चाहता हूँ कि (मेरे) बच्चे अभी और हमेशा सुरक्षित रहें, उसी तरह मैं (यही) उम्मीद सभी के लिए करता हूँ कि लोग सुरक्षित रहें।

"इस तरह धर्म का संगठन शासन का प्रमुख कर्तव्य होता है। इस लक्ष्य के लिए नैतिकता के संचालक (धर्मा महामंत्र), पुरोहित वर्ग और धार्मिक वर्ग से अलग होते हैं, जिनके कर्म का महत्त्व धार्मिक संप्रदाय और कर्मकांड से अधिक होता है, जो मनुष्यता का प्रसार करना, अच्छा व्यवहार और आज्ञापालन हैं। इस नियम के लिए—धर्म द्वारा शासन, धर्म द्वारा विकास, धर्म द्वारा सुरक्षा होता है।"

उन्होंने अपने सभी अधिकारियों को जोर देकर यह कहा कि उनके द्वारा दंड समता और व्यवहार समता के सिद्धांतों का पालन सख्ती से किया जाना चाहिए, जो यह था कि कानून की दृष्टि में सभी एक समान हैं, फिर चाहे वे किसी भी जाति, रंग या संप्रदाय से संबंध रखते हों। अभी तक कोई दूसरा राजा नहीं हुआ, जिसने अपने देश को उससे बेहतर सेवा प्रदान की हो, जैसेकि सम्राट् अशोक द्वारा भारतवर्ष को दी गई। सम्राट् अशोक द्वारा बाहुल्यता में वह संपन्नता दी गई, जिसे अरस्तु द्वारा व्यावहारिक ज्ञान, एक राजनीतिज्ञ में अपने संगठन का निर्देशन करने के लिए निहित उपहार व क्षमता, सैद्धांतिक ज्ञान की दिशा में मनुष्यों का अभ्यास व शिक्षा, वह उच्चतम क्रिया, जो अपनी अभिव्यक्ति को ललित कला, उच्च विचार और धर्म में पाती है, कहा गया।

उनका लक्ष्य एक ऐसे समाज का निर्माण करना था, जिसमें साधुता, बौद्धिकता, ज्ञान, विज्ञान, काव्यात्मकता और ललित कला का भरपूर प्रसार हो। इसमें तनिक भी आश्चर्य की बात नहीं है कि उनका नाम वोल्गा से लेकर जापान और स्याम से लेकर लेक बाइकाल तक पूजनीय है! जैसेकि कोपेन[4] कहते हैं—"यदि एक व्यक्ति की महानता उन दिलों की संख्या के आधार पर, जोकि उसकी स्मृतियों से भरा हुआ है और उन होंठों की संख्या, जो अब भी उसके नाम का जाप श्रद्धा भाव से करते हैं, तो फिर निश्चित तौर पर सम्राट् अशोक सीजर और चार्ल्स महान् से भी अधिक महान् हैं!"

ले रोई एस्त मोर्त. वेवे ले रोई! यह वह विचार नहीं है, जो बौद्ध धर्म के सत्त्व के बारे में है। धर्म, जो यह समझाता है कि प्रत्येक व्यक्ति को अपने लिए मार्ग को प्रकाशित करनेवाला दीपक स्वयं ही बनना होता है, यह हिंदू धर्म के परंपरागत राजपद के सिद्धांत के साथ मेल नहीं खा सकता। हिंदू धर्म के राजपद सिद्धांत में जातिवाद की जड़ें समाहित हैं, जिसके लिए एक संपूर्ण और जिम्मेदार शासक की आवश्यकता होती है, अपने ही लोगों को सारे संविधान, विभिन्न जातियों के नियमों को लागू करने के उद्देश्य के लिए, जो एकजुट करे। दूसरी तरफ, संघ के बारे में सबसे खासतौर पर रेखांकित करनेवाली विशेषता यह है कि संघ आत्म-शासित, सभी का, सभी के लिए और सभी के द्वारा किया जानेवाला शासन है। विभिन्न संघियों (परिषदों) में विवादों को किसी अधिकार द्वारा नहीं, अपितु मतदान द्वारा निपटाया जाता है। जबकि हिंदू मठों में मरनेवाला प्रमुख अपने सभी अधिकारों व पद को अपने उत्तराधिकारी को सौंपता है, बर्मा में संघ का प्रमुख थानाबाईंग का चुनाव संघ के सभी सदस्यों के द्वारा किया जाता है।

बुद्ध के समय काल में बहुत से छोटे-छोटे स्वशासित गणराज्य थे। वज्जि (मिथिला के विथेहा और वैशाली के लिच्छवी) ने इस प्रकार के एक शक्तिशाली राज्यमंडल का निर्माण किया था। बुद्ध उन प्रमुख परिस्थितियों को भलीभाँति समझते थे, जिन पर एक गणराज्य का कल्याण निर्भर करता था। एक बार अजातशत्रु, जोकि मगध का राजा था, ने वज्जि पर आक्रमण करने की योजना बनाई और अपने प्रधानमंत्री को बुद्ध के पास अपने उद्देश्य से अवगत करवाने के लिए भेजा। जब प्रबुद्ध को उसका संदेश प्राप्त हुआ, उन्होंने आनंद से पूछा कि क्या वज्जि पूर्ण रूप से व अकसर सभाएँ करते हैं। आनंद के दृढ़तापूर्वक 'हाँ' में उत्तर देने पर प्रभु ने कहा—"जब तक वज्जि इस तरह की पूर्ण रूप से व अकसर होनेवाली सभाओं का आयोजन करते रहेंगे तो उनके गणराज्य में गिरावट की अपेक्षा नहीं की जा सकती, अपितु वे समृद्धि की राह पर आगे बढ़ेंगे। जब तक वे आपस में मेलजोल करते रहेंगे, जब तक वे अपने बड़ों का सम्मान करते रहेंगे। जब तक वे स्त्री का सम्मान करते रहेंगे, जब तक वे सदाचारी बने रहेंगे, अपने सभी कर्तव्यों का अच्छी तरह से निर्वाह करते रहेंगे, जब तक वे सही प्रकार से अपनी सुरक्षा का विस्तार करते रहेंगे, पवित्र लोगों की रक्षा और उनका समर्थन करते रहेंगे, यह अपेक्षा नहीं की जा सकती कि वज्जि गणराज्य में गिरावट आए, अपितु वे समृद्धि की राह पर आगे बढ़ेंगे।" फिर वे संदेशवाहक की ओर मुड़कर बोले—"जब मैं वैशाली में स्थित था तो मैंने उन्हें कल्याण करनेवाली परिस्थितियों के बारे में सिखाया था, जब तक वे मेरे दिए गए उपदेशों द्वारा निर्देशित होते रहेंगे, तब तक वे सही राह पर चलते रहेंगे; जब तक वे सदाचार का पालन करते रहेंगे, तब तक हम उनसे यह आशा कर सकते हैं कि उनका पतन नहीं होगा, अपितु समृद्धि के मार्ग पर आगे बढ़ेंगे।"

जैसे ही वह प्रधानमंत्री वहाँ से चला गया, बुद्ध ने सभी भिक्षुकों को बुलाया और उनके साथ एक समुदाय का कल्याण करनेवाली परिस्थितियों के बारे में संवाद किया। "हे भिक्षुक, जब तक भ्राताओं के साथ पूर्ण रूप से और निरंतर सभाओं का आयोजन होगा, एकजुट होकर सम्मेलन होते रहेंगे, एकजुट होकर वे उभरते रहेंगे और एकजुट होकर संघ के कार्यों में भाग लेते रहेंगे; हे भ्राताओ, जब तक वे इसे निरस्त नहीं करेंगे कि कौन सा अनुभव अच्छा साबित होगा और किसी भी ऐसी चीज को प्रस्तुत नहीं करेंगे, जिसकी उन्होंने सावधानी के साथ जाँच न की हो; जब तक उनके बड़ों के साथ न्याय होता रहेगा; जब तक भ्राताओं का अपने बड़ों के प्रति श्रद्धाभाव, सम्मान और समर्थन बना रहेगा और वे उनके शब्दों को सुनते रहेंगे; जब तक बंधुगण प्रबल इच्छाओं के प्रभाव में नहीं आएँगे, अपितु धर्म की कृपा के अंतर्गत आनंद मनाएँगे, जब तक उनके पास अच्छे और पवित्र जनों का आगमन होता रहेगा और वे उनके पास शांत चित्त के साथ वास करते रहेंगे; जब तक भ्रातागण आलस्य और निष्क्रियता के वशीभूत नहीं होंगे; जब तक बंधुजन मानसिक क्रिया के बहुत शक्तिशाली ज्ञान का अभ्यास, सत्य, ऊर्जा, आनंद, विनयशीलता, आत्मसंयम, दृढ़-संकल्प अवलोकन और धैर्यशील मन की खोज स्वयं करते रहेंगे, तब तक यह अपेक्षा की जा सकती है कि संघ का पतन नहीं होगा, अपितु यह समृद्धि की राह पर आगे बढ़ेगा। इसलिए हे भिक्षुक, आस्थावान बने रहो, हृदय से पवित्र बनो, पाप से डरो, सीखने के लिए उत्साही बने रहो, ऊर्जावान रहो, मस्तिष्क से सक्रिय रहो और ज्ञान से परिपूर्ण बने रहो।"

इससे निश्चित तौर पर यह लागू होता है कि प्रभु के विचार में शासन का आदर्श रूप पूर्णरूपी या सीमित साम्राज्य था और न ही यह केवल समाजवाद का एक रूप था। इसका अर्थ कुछ उच्चतम था, एक ऐसे समाज को अनुभव करना, जिसमें व्यक्तिगत तौर पर की गई क्रूरता और राष्ट्रीय विवाद के लिए कोई स्थान न हो, विभिन्न जातियों के बीच किसी तरह का अवरोध न हो; जिसमें कोई भी गरीब न हो, बल्कि आत्मा से गरीब हो, कोई धनी न हो, अपितु अच्छाई, प्रेम और ज्ञान से धनी हो; जिसमें कोई भी आलसी न रह सके, क्योंकि हर किसी के पास काम करने का अवसर मौजूद हो और उसे कार्य को करने में आनंद की प्राप्ति हो; जिसमें किसी पर भी काम का बहुत अधिक भार न हो और समान रूप से सभी के बीच किए गए काम के बँटवारे से संसार में प्रत्येक व्यक्ति भारी बोझ तले न दबे; जिसमें यह पृथ्वी वास्तविक तौर पर एक सुखवती बन जाए, जहाँ पर मनुष्य इच्छा और पीड़ा से मुक्त हो, जहाँ पर व्यक्ति पूर्णता के स्वर्ग की ओर बढ़ने के पथ पर अग्रसर हो।

अपितु, उस स्थिति में भी अगर बुद्ध द्वारा हमें कोई विशेष राजनीतिक शिक्षा नहीं भी दी गई, तब भी उन्होंने उन गुणों को विकसित करने के लिए आधार की नींव रखी थी,

जिसमें सभी सामाजिक कल्याण के विषयों की जड़ मौजूद थी। बौद्ध धर्म के आधारभूत सिद्धांत व्यक्ति की उपयुक्तता और कारण की प्रचुरता को एक मार्गदर्शक के तौर पर कोई भी बौद्धधर्मी, जो केवल सत्य में विचारमग्न रहता है, स्वयं को किसी भी अधिकार के समक्ष समर्पित नहीं कर सकता, जो सत्य से बाहर हो। किसी बाहरी अधिकार के आज्ञापालन की अवहेलना करना संभवतः हमारे लिए देश-निकाला या कारावास अथवा यातना सहने का कारण बने, लेकिन हमारे भीतर जो अधिकार है, उसकी अवहेलना करना हमें मूर्ख बनाता है।

इसलिए बौद्ध धर्म में व्यक्ति से आत्मसम्मान की अपील की जाती है और एक अभिज्ञात समाज का दावा किया जाता है, जिसकी अपील भी उतनी ही मजबूत हो, जितना कि अधिकार, जिसमें सजा का डर या पुरस्कार प्राप्ति की आशा कमजोर न कर पाए। कारण निहित जीवन, जिसमें सबसे उत्कृष्ट स्वाधीनता सम्मिलित हो, वह सामाजिक कर्तव्यों और न्याय का आधार मानव सहयोग की प्रभावकारी गारंटी बनने के लिए पर्याप्त होती है, जोकि एक स्थिर राज्य की परिस्थिति और आत्मा होती है। विषय-भोग और वैराग्य दोनों को अस्वीकार करते हुए, धर्म ने एक स्वास्थ्यकारी साधारण जीवनयापन पर जोर दिया, यह समझाया कि जीवन के उच्चतम स्तर को स्वच्छता में निहित होना चाहिए, न कि उन्माद में। इसलिए यह सभी इच्छाओं के आत्मदमन, चाहत की समाप्ति को मात्र उत्तेजना मानता है। हालाँकि यह मुक्त तौर पर जो निश्चित हो, उसे स्वीकार करता है, लेकिन यह दिमाग का ध्यान उन चीजों, जो मानव को संतुष्ट नहीं करतीं, की ओर से निराश तो नहीं करता, परंतु हटा देता है—क्योंकि वे बौद्धिक और नैतिक लक्ष्यों पर टिके रहने में सक्षम नहीं बनाते। यह जीवन की उस योजक रेखा का भाग नहीं है, जो आत्म-त्याग का निर्माण करती है। बल्कि यह अहंकार का संपूर्ण तौर से उन्मूलन है। यह सिर का मुंडन करना नहीं है, न ही दाढ़ी के बालों की शेव करना है, न ही जनेऊ, पीला वस्त्र (संज्ञा भिक्षु) धारण करना है, न ही शपथ ग्रहण (प्रतिज्ञा भिक्षु) करना है, न ही भोजन के लिए भिक्षाटन (भिक्षणा सिलो भिक्षु) करना है, यहाँ तक कि विनय के सख्त नियमों का अनुपालन (ज्ञानपितिचतुर्थकर्माद्यूपासंपन्नो भिक्षु) करना भी नहीं है, जो भिक्षुत्व का निर्माण करते हैं, लेकिन यह भिन्न क्लेस्तः, हृदय का भाव और अहंकार, वासना और लालच से साफ करना है।

एक अवसर पर निर्ग्रंथ ने प्रबुद्ध से पूछा—"सदाचारी पुरुष कौन है? कौन शिक्षित मनुष्य है? कौन श्रद्धेय है? वास्तविक सुंदरता और आकर्षण क्या है? श्रमण कौन है? कौन वास्तविक भिक्षुक है? कौन वास्तव में प्रबुद्ध है? वह व्यक्ति कौन है, जो धर्म के नियमों का पालन करता है?"

प्रबुद्ध ने उत्तर दिया—"वही सदाचारी पुरुष है, जो सदैव सीखने के लिए उत्सुक

और इच्छुक रहता है, जो धर्म के पथ पर चलता है, जो विचार करता है और उत्कृष्ट ज्ञान के चरित्र का चयन करता है। वह एक शिक्षित मनुष्य होता है, जो शब्दों के अलग से किसी तरह के सम्मानित शब्दों पर निर्भर नहीं रहता, जो डर और संदेह से मुक्त होता है, जो हमेशा उसके साथ खड़ा रहता है, जो सही है। श्रद्धेय व्यक्ति वह नहीं होता, जो साठ वर्ष की आयु को पार कर चुका है और झुककर चलता है, जिसके बाल सफेद हो चुके हैं, इन सबके साथ हो सकता है कि वह मूर्ख हो; अपितु वह जो धर्म पर विचार करता है और उसके सत्यों की जाँच करता है, जो अपने कर्मों को नियंत्रित और अवरोधित करता है, जो गुणों और प्रेम से परिपूर्ण होता है, जो छुपे हुए रहस्यों का भेद पाने में सक्षम होता है और शुद्ध होता है।

"आकर्षक और संपूर्ण व्यक्ति वह नहीं होता, जो भौतिक सुंदरता से परिपूर्ण होता है, जैसेकि फूल जो हमें आकर्षित करते हैं; न ही वह, जो अपने व्यक्तिगत आभूषणों के लिए जीता और उनकी इच्छा करता है; न वह, जिसके शब्द और कर्मों के बीच विरोधाभास होता है; बल्कि वह सभी तरह के अनैतिक कर्मों का त्याग करने में समर्थ है; जो जड़ से बुराइयों से छुटकारा पा चुका है; वह जो नफरत के सभी तरह के अवशेषों को समाप्त कर उनके बिना प्रबुद्ध बन चुका है। श्रमण वह नहीं है, जिसने मजबूर होकर अपने बालों का त्याग किया है, जो असत्य कहता है और जो लालच के वशीभूत है या जो बाकी लोगों की तरह इच्छाओं का दास है; बल्कि वह है, जो हर एक बुरी इच्छा को समाप्त करने में सक्षम है, जो प्रत्येक व्यक्तिगत प्राथमिकता को शांत करता है, जो अपने दिमाग को शांत रखता है और स्वार्थपूर्ण विचारों का विनाश करता है।

"भिक्षु वह नहीं है, जो कई बार अपने भोजन के लिए भिक्षा माँगता है, न ही वह, जो धर्म के मार्ग पर इस इच्छा में चलता है कि उसे एक शिष्य की भाँति स्वीकार किया जाए, इस विचार के साथ कि वह चरित्रवान माने जाने की कसौटी पर खरा उतरे; बल्कि वह हो, जो पाप के सभी स्रोतों का त्याग कर दिया है, जो अपने ज्ञान से सभी तरह की बुरी इच्छा का दमन करने में सक्षम है और जो सदाचार और शुद्ध जीवन व्यतीत करता है। वास्तव में प्रबुद्ध व्यक्ति वह नहीं है, जो साधारणतः मौन है, हालाँकि उसके मस्तिष्क में चल रहे कार्य, जो उसे व्यस्त रखे हुए हैं, वे अपवित्र हैं—वह केवल बाहरी नियमों का पालन कर रहा है; बल्कि वह है, जिसका हृदय तीव्र इच्छा से मुक्त है, जिसका आंतरिक जीवन शुद्ध और आध्यात्मिक है और वह किसी इस या उस चीज से तनिक भी विचलित नहीं होता।

"बोधि का व्यक्तित्व वह नहीं है, जिसने बस सभी के जीवन की रक्षा की है; बल्कि वह है, जो वैश्विक प्रेम और परोपकारिता से परिपूर्ण है, जिसके हृदय में किसी तरह की कोई दुर्भावना नहीं है। और वह व्यक्ति, जो धर्म का पालन करता है, वह नहीं होता, जो

बहुत अधिक बोलता है, बल्कि वह होता है, जो स्वयं को धर्म पर विचार करने में मग्न रखता है, जबकि वह एक साधारण अशिक्षित मनुष्य होता है, फिर भी हमेशा राह की रखवाली पहले से भी जागरूकता के साथ करता है।"

"वह पापों को उगल देता है, जिसके हर तरफ
मजबूत गुण होते हैं और जिसकी सबसे प्रमुख निगरानी
अपनी भावनाओं को नियंत्रण में रखना और सत्यवादी होना होती है,
वह पीले रंग के वस्त्र धारण करने के योग्य होता है।"

धम्मपद में कहा गया है—"हाथों को संयमित रखना, पैरों को संयमित रखना, अपने शब्दों को संयमित रखना, आत्मसंयमी, विचारमग्न, शांत, संतोषी व अकेला—यही वह है, जो वास्तव में भिक्षु है।" भिक्षु के पास आवश्यक तौर पर गुणों, ज्ञान, शिष्टता, धैर्य, दया, मिताहार और विवेक का खजाना होता है, अपितु वह उतना ही भोजन ग्रहण करता है, जितना उसे जीवनाधार और अपने संरक्षण के लिए चाहिए होता है, जिससे उसे भूख का शमन करने और बोधि को प्राप्त करने में सहायता मिले। संभव है कि वह मालाओं, सुगंध, लेप या आभूषणों का उपयोग न करे, लेकिन वह स्वच्छ और सुव्यवस्थित होता है। हो सकता है कि उसकी पीले रंग की पोशाक बहुत अच्छी या आकर्षक न हो, लेकिन वह शालीन व आरामदायक होती है। हो सकता है कि वह बहुत आलीशान भवन में निवास न करे, लेकिन वह सदैव ऐसी छत के नीचे रहता है, जिससे उसका विभिन्न प्रकार के मौसम से बचाव हो। हो सकता है कि वह उच्च गुणवत्तावाले बहुत बड़े शयन का उपयोग न कर सके, लेकिन वह नरम बिस्तर पर अवश्य निद्रा लेता है। हो सकता है कि वह स्वयं को नृत्य, गायन और मंच नाटकों से दूर रखे, लेकिन वह समाज से अलग कभी नहीं होता। हो सकता है कि उसे एक विरत जीवन व्यतीत करना पड़े, लेकिन वह स्त्री व पुरुष दोनों के लिए उपलब्ध रहता है, जिनके साथ वह धार्मिक विषयों पर चर्चा करता है। एक पुरोहित न होने पर भी हो सकता है कि उसका जन्म-मृत्यु, शादी-ब्याह से कोई लेना-देना न हो, लेकिन वह आस्था, आशा और उत्साह की प्रेरणा देने के लिए स्वयं को समर्पित करता है, जोकि धर्माक्य में आदर्श चित्रण के कारण होते हैं।

वह अपने भोजन के लिए भिक्षा नहीं माँग सकता, वह अपनी इच्छाओं के बारे में दूसरों से बात नहीं कर सकता, अपितु वह उनके दान पर जीवित रहता है, वह ऐसा आलस्य के कारण नहीं करता, अपितु यह उस अनुशासन का हिस्सा होता है, जिसने उसके मस्तिष्क को विनम्रता के लिए प्रशिक्षित किया है। उसके पास इतना खाली समय होता है कि वह अपने मस्तिष्क को इस विचार में लगा सके कि वह उस विषय में सोच सके कि उसकी आवश्यकताएँ क्या हैं, उसकी सोच क्या है, लेकिन वह धर्म के ज्ञान का

प्रसार करने में व्यस्त होता है। वह स्वतंत्र हो सकता है, लेकिन वह वो सब नहीं करता, जो उसे पसंद होता है। उसका कोई भी उच्च अधिकारी नहीं होता, लेकिन वह धर्म का अनुपालन करने का बीड़ा उठाता है, जिससे कि उसे सम्मान और स्वीकृति मिले। उसका दूसरों पर किसी तरह का नियंत्रण नहीं होता, लेकिन वह अपनी इंद्रियों और मस्तिष्क को नियंत्रित करता है। वह किसी भी तरह के अधिकार व सुविधाओं पर अपना दावा नहीं कर सकता, लेकिन वह अपने कर्तव्यों का अपने साथियों के प्रति पालन करता है। उसे सांसारिक इच्छाओं, आनंद की कोई चाह नहीं होती, लेकिन वह दूसरों के भले के लिए अच्छाई करता है। वह आत्म-परिपूर्णता के लिए प्रयास कर सकता है, लेकिन वह इसे आत्मत्याग और दूसरों के आनंदपूर्ण विचारों और खुशियों के माध्यम से प्राप्त करता है। उसका सम्मान उसकी शिक्षा या ज्ञान के लिए नहीं होता, बल्कि उसकी शुद्धता, दया, सहनशीलता, परोपकारिता, ज्ञान और दूसरों के लिए एक उदाहरण बनने के लिए होता है।

> *"उनके धन के आदर्श और यथासंभव भव्यता को अस्वीकार कर*
> *और जो संभवत: कभी नहीं आनेवाला उसका एक संग्रह तैयार कर*
> *कोई बहुत भयानक दृश्य, न ही किसी पतन का जोखिम।"*

संदर्भ—

1. ला डॉक्ट्रिन डू सैक्रिफाइज डांस लेस ब्राह्मणान्स।
2. तेरह धुतंगा सामान्य नियम नहीं हैं, जो संघ के सभी सदस्यों को आपस में बाँधते हैं, अपितु ये अतिरिक्त या और अधिक शपथों के हितकारी हैं, अपितु ये सहायक भी हैं, ये अर्हत के नैतिक आत्म-संस्कार हैं।
3. देखें दिव्यवादन।
4. रिलिजन देस बुद्धा।

□

अध्याय-8

बौद्ध धर्म और निराशावाद

अपनी प्रमुख रचना, 'द वर्ल्ड एज विल एंड आइडिया' में शोपेनहावर ने घोषणा की—"अगर मुझे अपने दर्शनशास्त्र के परिणाम को सत्य के स्तर के तौर पर लेना होता तो मैं यह स्वीकार करने में आभार महसूस करूँगा कि बौद्ध धर्म बाकी सबसे श्रेष्ठ है। किसी भी मामले में मेरे लिए यह देखना संतुष्टकारी होगा कि मेरी सीख का एक धर्म के साथ इतना निकटतम संबंध है, जिसे इस पृथ्वी पर रहनेवाले बहुत बड़ी संख्या के लोग अपना मानते हैं।" शोपेनहावर के लिए उनके दर्शनशास्त्र और बौद्ध धर्म के बीच की निकटतम समानता संभवत: एक आनंद का विषय हो सकती है, लेकिन बौद्ध धर्म के लिए निस्संदेह ही दु:ख की बात सिद्ध हुई है। इसने बौद्ध धर्म के बारे में एक गंभीर मिथ्या धारणा को जन्म दिया है। बौद्धधर्मियों के आदर्श को शोपेनहावरवादी निराशावाद के परिणाम से गलत समझा गया है, जोकि मूल्य और जीवन का नियम है। इससे अधिक असत्य और कुछ भी नहीं हो सकता कि बौद्ध धर्म की पहचान को किसी भी तरह के निराशावाद के रूप के साथ जोड़ा जाए।

शोपेनहावर के दर्शनशास्त्र का प्रमुख सिद्धांत वह आंतरिक विरोध है, जो मानव स्वभाव का प्रमुख नियम है। परिणामस्वरूप मानव, जब तक वह चेतन अवस्था में है, एक नाखुश रचना ही रहेगा। शोपेनहावर कहते हैं—"जीवन का संघर्ष पीड़ारहित नहीं हो सकता, यह रक्तपात के बिना समाप्त नहीं हो सकता; और मनुष्य को हर हाल में उदास होना होगा।" इसके विपरीत बौद्ध धर्म का प्रमुख उद्देश्य आंतरिक तारतम्यता, सबसे बड़ी शांति है, जिसमें व्यक्ति को जीवन के संघर्ष व कष्टों से रक्षा मिल सकती है। "वह जिसका आनंद आंतरिक है, जो जब अकेला हो तो भी शांति और सुखी है—उसी को वे वास्तविक भिक्षुक कहते हैं।" ऐसा धम्मपद का कहना है। बुद्ध के उपदेश उनके शिष्यों के लिए न तो नैराश्य, न तो उदासीरूपी बोझ थे। जब आनंद सारिपुत्र की मृत्यु पर उदास थे तो प्रबुद्ध ने कहा—

"आनंद, प्राय: और बार-बार मैं तुम्हारे मस्तिष्क को इस तरह के दु:ख से

होनेवाली पीड़ा से आश्रय देता रहा हूँ। केवल ऐसी दो चीजें हैं, जो हमें माता और पिता, भाई और बहन तथा उन सभी से, जो हमारे द्वारा सबसे अधिक दुलार पाते हैं, अलग कर सकती हैं और वह दो चीजें हैं—दूरी और मृत्यु। ऐसा मत सोचो कि मैं इस पर उस तरह से महसूस नहीं करता हूँ, जिस तरह से तुम सब दूसरे लोग महसूस करते हो; क्या मैं उस समय अकेला नहीं था, जब मैं सुनसान जंगल में ज्ञान की तलाश कर रहा था?

"और फिर भी मुझे अपने लिए या दूसरों के लिए क्रंदन और विलाप करने से क्या लाभ मिला? क्या मुझे मेरे अकेलेपन से कोई दिलासा मिला? क्या इससे उन लोगों को कोई लाभ मिला, जिनको मैंने छोड़ दिया था? हमारे साथ इसके अतिरिक्त और कुछ हो भी नहीं सकता, हालाँकि यह बहुत भयानक होता है, बहुत ही पीड़ादायक होता है, जिस कारण हमारे आँसू निकलना व विलाप किया जाना न्यायोचित होता है, लेकिन ऐसा करना उन्हें और कुछ नहीं, बल्कि कमजोर बनाता है।"

वास्तव में यह सत्य है कि बुद्ध ने पीड़ा और दुःख की मौजूदगी को पूरी ईमानदारी और गहराई से एक निराशावादी के तौर पर स्वीकार किया। यह भी सत्य है कि उन्होंने सभी तरह के विषय-भोग, सांसारिक इच्छाओं, बहुत अधिक उत्तेजित करनेवाली तीव्र इच्छाओं और इस संसार की भाँति ही दूसरे संसार में भी केवल जीवन की इच्छा का त्याग करने की आवश्यकता पर जोर दिया था। अगर उन्होंने उसकी बेकार मानकर निंदा की, जिसे व्यक्ति आमतौर पर स्वाभाविक और मूल्यवान मानता है, तो उन्होंने ऐसा इसलिए किया, क्योंकि इसे वे अपवित्र (असर्व) मानते थे, जोकि पूर्णतः परमानंद पाने की राह में अवरोध मानते थे। सांसारिक इच्छाएँ उनसे उत्पन्न होती हैं, जो उन चीजों के साथ चिपकी होती हैं, जो बदलती रहती हैं और इस तरह इन्हें खतरनाक साबित नहीं किया जा सकता। इस संसार में ऐसा कुछ भी नहीं है, जो क्षणिक या भ्रम न हो। आपकी सेहत हो सकता है कि आपके साथ लंबे समय तक रहे, लेकिन अंततः इसे बीमारियों से समाप्त होना ही है, यही इसकी नियति है। हम धन का लालच करते हैं, लेकिन इसका कोई मूल्य इसके अतिरिक्त नहीं है कि इसमें सुख, शक्ति, सफलता या प्रसिद्धि को सुरक्षित करने की क्षमता होती है। कोई भी इनके स्थायी रहने पर विश्वास नहीं करता। जैसाकि लॉर्ड बेकन ने कहा है—

"यह संसार पानी का बुलबुला है और मनुष्य का जीवन
एक क्षण से भी कम;
गर्भ में आने से, कब्र में जाने तक
व्यक्ति के लिए दुःखों का रेला है;
पालने से निकलकर और वर्षों तक देखभाल

और डर के साथ लालन-पालन होता है,
फिर कौन मृत्युदर पर विश्वास करता है,
जैसे पानी पर रचना और रेत पर लिखता है।
"फिर भी, हालाँकि हम दुःख के सताए, जीवन जीते हैं,
कौन सा जीवन बेहतर है?
न्यायालय केवल बनावटी विचार है
मूर्खों को बहलाने को;
ग्रामीण भाग बदल चुके हैं
असभ्य लोगों के अड्डे में;
और जहाँ, नगर मुक्त हैं, अशुद्धता के शिकंजे से,
लेकिन संभवतः तीनों में से सबसे खराब तय किया जाए?
"गृहिणी पति के बिस्तर के कष्ट,
या उसके सिर के दर्द की परवाह करती है;
जो अविवाहित हैं, इसे श्राप मानते हैं,
या फिर और भी बुरा करते हैं;
कुछ के बच्चे होते हैं, उनके पास वे होते हैं, विलाप करते हैं,
या चाहते हैं कि वे चले जाएँ;
यह क्या है फिर, पत्नी हो या न हो,
लेकिन अविवाहित दास है या दंपती संघर्ष कर रहे हैं?
"अब भी सबको आनंद देने को घर की ओर हमारा प्रेम
एक बीमारी है;
किसी भी विदेशी मिट्टी तक जाने के लिए समुद्र पार करना
जोखिम और कठोर परिश्रम से भरा होता है;
उनकी आवाजों के साथ युद्ध भयभीत करता है; जब वे ठहर जाते हैं,
हमें शांति और भी अधिक भयभीत करती है;
फिर क्या शेष बचता है, लेकिन हमें उसके पश्चात् भी रोना है
जन्म या जन्म लेने के लिए, मरने के लिए!"

जीवन को अपने लिए जीना मूल्यवान नहीं होता। अगर मात्र हमारी मौजूदगी हमें संतुष्ट करती है तो हमें किसी और चीज की इच्छा नहीं करनी चाहिए। दूसरी तरफ, मनुष्य को आनंद तभी मिलता है, जब उसके जीवन में किसी इच्छा को संतुष्ट करने के लिए संघर्ष होता है। जब उसके पास संघर्ष करने के लिए कुछ भी नहीं होता, तो मनुष्य

को जीवन का खालीपन ऊबाऊ लगने लगता है। मनुष्य की अजीब और विचित्र के लिए तीव्र इच्छा किसी भी संदेह से परे यह साबित करती है कि वह साधारण जीवन की नीरसता को कितना अधिक महसूस करता है। जीवन की सिर्फ मात्रा, जिसमें गुणवत्ता न हो, आत्म-निंदा का पर्याय बन जाती है। एक जीवन मूल्यवान तभी होता है, जब वह उच्चतम व श्रेष्ठ की सक्रिय आकांक्षाओं से परिपूर्ण हो; एक जीवन, जो संस्कृति और शुद्धताओं, दार्शनिक उत्साह और दूसरों के साथ अच्छा करने के दृढ़ संकल्पवाले समर्पण से परिपूर्ण हो। और इस तरह के जीवन के लिए धर्म कभी नहीं कह सकता कि अब बस हो। अकसर और बार-बार बौद्धधर्मी पुस्तकें हम पर इस तरह के जीवन की आवश्यकता के लिए जोर देती रही हैं। 'चार पराकाष्ठा के सूत्र' बोधि की लालसा रखनेवाले के जीवन-मूल्य के बारे में इस प्रकार कहते हैं—

"बोधिसत्त्व का विचार फल क्या है? उत्तर—उच्च स्तर की नैतिकता, सत्य का उच्च स्तर का ज्ञान, महानतम प्रेम और महानतम करुणा। एक आत्मा, जो क्रोध से मुक्त है; एक आत्मा, जिसके भीतर पापी के लिए करुणा है; एक आत्मा, जिसके लिए ज्ञान से दूर होना वर्जित है; एक आत्मा, जो अंत के बारे में गंभीरता से विचार करती है।"

"उसके कर्तव्य के नियम क्या हैं?—स्वयं को गुण के सभी नियमों की तीव्र इच्छा के साथ जोड़ना; अज्ञानी का तिरस्कार न करना; सभी के साथ मित्रवत् व्यवहार करना; किसी भी नए जन्म लेनेवाले से अधिक अपेक्षा न रखना।"

"परमानंद क्या है?—बुद्ध को देखने पर जो आनंद प्राप्त होता है, धर्म को सुनने पर जो आनंद प्राप्त होता है; देने में जब किसी तरह का पश्चात्ताप नहीं होता; सभी रचनाओं की अच्छाई प्राप्त करना।"

"सेहत क्या है?—शांत शरीर, जब मस्तिष्क नश्वर चीजों की ओर खिंचाव महसूस नहीं करता; सभी चीजों को सही और समान स्थिति में लाना; धर्म से संबंधित सभी बिंदुओं पर हर तरह के संदेह से मुक्ति।"

"उसे किसके प्रति दृढ़ रहना चाहिए?—ध्यान के प्रति; परोपकारिता के प्रति; करुणामयी प्रेम के प्रति; ज्ञान के अनुशासन के प्रति।"

"चूँकि चेतनता, शरीर, जीवन, स्व-नश्वर हैं, इसलिए नैतिकता, शांतचित्तता, ज्ञान, मुक्ति में पूर्णत: है।"

प्रबुद्ध द्वारा कहीं पर भी सभी प्रकार के जीवन की निंदा नहीं की गई है, क्योंकि इसका परिणाम और आवश्यक तौर पर अवश्यंभावी परिणाम आनंद से अधिक पीड़ादायक होता है। इसमें कोई संदेह नहीं है कि सारा जीवन एक प्रकार से संघर्ष का दूसरा नाम है और हमें जीवित रहने के लिए संघर्ष करना पड़ता है। क्या यह संघर्ष, जैसेकि ईसाई धर्म सिखाता है, पाप का परिणाम होता है और इसके साथ जो हमारे

पास दुःख आता है, वह स्वर्ग से हमारे लिए आई सजा का रूप होता है; इस तरह यह संसार सबसे बुरी जगह बन गई होती और हम सभी निराशावाद की ओर अग्रसर हो गए होते। लेकिन धर्म सिखाता है कि इस संघर्ष से जो दर्द हम महसूस करते हैं, वह हमारे दृष्टिकोण से उत्पन्न होता है। ऐसा इसलिए होता है, क्योंकि हम अपनी मौजूदगी को अति काल्पनिक भावनात्मक की दूषित तीव्र लालसाओं से परखते हैं, जिसकी वजह से हमें जीवन में पर्याप्त आराम प्राप्त नहीं होता।

जीवन बहुत ही दुःखदायी है, क्योंकि हम अपने लिए हितकारी परिस्थितियों को उत्पन्न करने के लिए संघर्ष करते रहते हैं, न कि सत्य और सदाचार के लिए संघर्ष करते हैं। वह मनुष्य जीवन में प्रसन्न कैसे रह सकता है, जो ईर्ष्या, नफरत और वासना के साथ जीवन में संघर्ष करता है, जिससे कि वह स्वयं महान् और शक्तिशाली, अमीर और प्रसिद्धि प्राप्त कर सके ? वह, जो अपनी व्यक्तिगत खुशियों के लिए चिंतित रहता है, यह निश्चित है कि वह डर से भरा हुआ होगा। हो सकता है कि वह अपने साथियों के दुःखों से अनभिज्ञ हो सकता है; हो सकता है कि संसार की सभी अच्छी चीजें उसके पास हों, लेकिन वह इस सत्य के प्रति अंधा नहीं हो सकता कि हम सभी का एक जैसा अंत हमारी प्रतीक्षा कर रहा है। अकेला केवल वही व्यक्ति प्रसन्न रह सकता है, जिसे यह एहसास हो जाए कि जीवन और मृत्यु दोनों एक ही हैं। वह, जो मृत्यु को स्वयं समर्पित कर देता है, जो समझ जाता है कि मृत्यु ही उसका अंतिम पड़ाव है, वह शांत और आत्म-उन्मत्त रहता है, फिर चाहे उसका भाग्य जो भी हो। मनुष्य स्वयं को सभी प्रकार की कल्पनाओं और मिथ्या चीजों से सांत्वना दे सकता है, लेकिन अनुभव दिखाते हैं, मनुष्य मरने को लेकर कितना अधिक अनिच्छुक होता है, फिर चाहे वह निराशावादी हो अथवा भविष्य के जीवन और एक प्रसन्न संसार की भावना में पूरे मन से विश्वास करता हो।

अपनी मृत्यु से ठीक चार दिन पहले, एक बहुत ही प्रसिद्ध फ्रेंच दार्शनिक चार्ल्स रेनोवियर ने लिखा—"मेरे मन में अपनी स्थिति को लेकर किसी तरह के कोई भ्रम नहीं हैं। मैं जानता हूँ कि मैं जल्दी, या तो एक या संभवतः दो हफ्ते में ही मरनेवाला हूँ; और अब भी मेरे पास हमारे सिद्धांत के बारे में बात करने के लिए बहुत-कुछ है। मेरी उम्र में किसी को उम्मीद करने का कोई अधिकार नहीं होता। उसके पास दिन-घंटे केवल गिनती के शेष होते हैं। मुझे समर्पण कर देना चाहिए···मैं इस खेद के बिना नहीं मर सकता कि मैं किसी भी तरीके से यह पूर्वानुमान नहीं लगा सकता कि मेरे विचारों का क्या होगा। इसके अतिरिक्त मैं अपने अंतिम शब्दों को कहने से पहले ही जा रहा हूँ। व्यक्ति को हमेशा ही अपने अंतिम कार्य को बीच में छोड़कर जाना पड़ता है। यह जीवन की सबसे अधिक उदास कर देनेवाली उदासीन बात है···इतना ही काफी नहीं है।

"जब कोई बूढ़ा, बहुत बूढ़ा हो जाता है, वह जीवन का आदी हो जाता है, मरना

बहुत ही मुश्किल हो जाता है। मैं बहुत सरलता से इस बात पर विश्वास करता हूँ कि युवा लोग बूढ़े लोगों की तुलना में मरने के विचार को अधिक आसानी से स्वीकार कर लेते हैं। जब कोई अस्सी वर्ष की आयु पार कर लेता है तो वह कायर हो जाता है और मरने की चाहत उसके अंदर नहीं होती तथा जब किसी को किसी भी अगर-मगर से परे यह पता चलता है कि मृत्यु निकट है, तो उनकी आत्मा को गहरी उदासी की भावना पूरी तरह से घेर लेती है···मैंने इस प्रश्न का शोध इसके सभी पहलुओं से किया है। मैं जानता हूँ कि मैं मरनेवाला हूँ। यह मेरे भीतर का विचारक नहीं है, जो विरोध कर रहा है। मेरे अंदर का विचारक मृत्यु पर विश्वास नहीं करता, वह एक बूढ़ा व्यक्ति है, जिसके अंदर अवश्यंभावी घटना का सामना करने की हिम्मत नहीं है। हालाँकि मनुष्य को समर्पण करना ही होता है।" ये शब्द दिखाते हैं कि किस तरह से मनुष्य की प्यास जीवन के लिए कितनी तीव्र होती है। इस प्यास से मुक्ति पाना तभी संभव है, जब मनुष्य स्वयं के भ्रम से मुक्त हो जाता है।

इस प्रकार धर्म के अनुसार हमें जिसके लिए संघर्ष करना चाहिए, वह शांति है, न कि जीवन; उस हौसला उत्पन्न करनेवाली संतुष्टि के लिए, जो वैश्विक प्रकृति की स्पष्ट समझ से जन्म लेती है, उसके भीतर विभेदकारी अंतर्दृष्टि, जो आवश्यक तौर पर होनी चाहिए और संपूर्ण तौर पर इस विश्व के संबंध में समरसतापूर्ण जीवन जीना—यही निर्वाण से प्राप्त होनेवाली परम शांति है।

यदि बुद्ध ने हमें पश्चात्ताप की व्यर्थता और दु:ख के स्वार्थीपन के बारे में सिखाया, यदि बुद्ध ने हमें अवश्यंभावी के समक्ष समर्पण करना सिखाया, तो उन्होंने हमें वास्तविक खुशी को पाने के मार्गों को भी दिखाया। प्रबुद्ध द्वारा संपूर्ण रूप से इस तथ्य को स्वीकार किया गया कि यह संसार प्रसन्नता के किसी एक रूप अथवा दूसरे रूप के पीछे अंधाधुंध तरीके से भाग रहा है। लेकिन ठीक उसी क्षण उन्होंने यह भी संकेत दिया कि अगर उनका सीधे तौर पर पीछा किया जाए, तो खुशियों को प्राप्त नहीं किया जा सकता, ठीक उसी तरह से जिस तरह से साँड़ की आँख का निशाना साधनेवालों को अवश्यंभावी रूप से इधर-उधर निशाना लगने की स्थिति को स्वीकार करना पड़ता है। बल्कि इससे अधिक; धर्म सिखाता है कि उसी जीवन को जीने का कोई मूल्य नहीं होता, जिसे अहंकार से पूर्ण इच्छाओं को पूरा करने के लिए जिया जाता है।

यदि खुशियों को आत्मपूर्णतावादी तरीके से प्राप्त करना जीवन का आदर्श हो तो बेहतर यह होगा कि अगर पशु योनि में न सही, मनुष्य असभ्यता के युग में वापस लौट जाए। क्या इस बात से इनकार किया जा सकता है कि पशु और असभ्य युग का मनुष्य आज के सभ्य युग के मनुष्य से अधिक प्रसन्न था ? इसमें कोई संदेह नहीं है कि सभ्यता और संस्कृति के आगमन ने बहुत सी बुराइयों को समाप्त कर दिया है और बहुत सी नई

आरामदायक स्थितियों को उत्पन्न कर दिया है, लेकिन उनके साथ ही कुछ ऐसे दुःख भी अब मौजूद हैं, जिनके बारे में पहले कोई नहीं जानता था तथा जो और भी अधिक संशोधनों व बढ़ती संवेदनशीलता के साथ और भी प्रचंड तथा गंभीर होती जा रही हैं। हालाँकि पशु उसी पीड़ा से दर्द महसूस करते हैं, जो वास्तव में उनको होता है, मनुष्य का दर्द पूर्वानुमानों और चिंतन से कई गुणा बढ़ जाता है।

जैसाकि कांट कहते हैं कि अगर मौजूदगी का विशेष उद्देश्य कारणों से परिपूर्ण हो तथा केवल इसका आत्मसंरक्षण और समृद्धि होगा, या एक शब्द में कहें तो इसकी खुशियाँ, जिन्हें आमतौर पर समझा जाता है, रचना करनेवाला अंत को सुरक्षित करने के लिए बहुत बुरी तरह से सुसज्जित होता है। एक सूअर अपनी सूझबूझ के मुताबिक पूर्णतः प्रसन्न रहता है, जबकि एक सुकरात, जो बहुत ही उच्च स्तर के कारणों से संपन्न रहता है, हमेशा ही अप्रसन्न रहता है। इसके अनुसार धर्म द्वारा मनुष्य के समक्ष जो लक्ष्य निर्धारित किया गया है, वह प्रसन्नता नहीं, बल्कि पूर्णता है। "और किसके पास पूर्णता है ? क्या यह आनंद से प्रेम करनेवाला है या दर्द लेनेवाला है ? सही उत्तर है—दर्द लेनेवाला, यह आसान नहीं होता।" लेकिन वह जो पूर्णता को प्राप्त करता है, वह उस परम सुख का भी आनंद लेता है, जिसका जन्म उसके अपने अस्तित्व के पूर्ण ज्ञान से होता है।

एक स्थान पर बुद्ध कहते हैं—"वे लोग, जो इस संसार में खुशी से रहते हैं, मैं भी उनमें से एक हूँ।" जैसेकि धम्मपद कहता है कि वह, जो स्वयं को बुद्ध के उपदेशों से आसक्त करता है, प्रसन्नता के साथ जीवन जीता है, वह क्लांतों में रोगों से मुक्त होता है, दिल से बीमार शोकग्रस्त लोगों में से मुक्त होता है, उन लोगों में से, जो लालच से पूरी तरह हार मान चुके होते हैं, लालच से मुक्त होता है, नफरत करनेवालों के बीच में वैमनस्य से मुक्त होता है। वह जो सभी तरह के अवरोधों से उबर जाता है, इस संसार को उसी तरह प्रकाशित करता है, जिस तरह से बादलों में से निकला हुआ चंद्रमा इस संसार को प्रकाशित करता है और जिस तरह कभी न बदलनेवाली संपन्नता से दिव्यता की पूर्ति होती है।

"प्रसन्न रहना बौद्धधर्मी का भाग्य है,
क्योंकि उसका हृदय नफरत करना नहीं जानता।
उसके आसपास नफरत करनेवाले हो सकते हैं,
फिर भी उसके भीतर नफरत लेशमात्र भी नहीं होती।
"प्रसन्न रहना बौद्धधर्मी का भाग्य है,
उसके सारे बंधन दूर हो जाते हैं।

हो सकता है, उसके आसपास बहुत से बंधन हों,
लेकिन फिर भी उसके भीतर कोई बंधन नहीं मिलेगा।
"प्रसन्न रहना बौद्धधर्मी का भाग्य है,
उसके अंदर किसी तरह का लालच उफान नहीं लेता।
हो सकता है, संसार में हर तरफ लालच विद्यमान हो,
फिर भी उसके अंदर तनिक भी लालच नहीं होता।
"फिर क्यों न हम सभी प्रसन्नतापूर्वक जीवन जिएँ,
आनंदपूर्वक अपनी सेवाएँ दें।
सभी बंधन, नफरत और लालच को शांत कर दें,
प्रसन्नता से भरा जीवन हो, जिसकी ओर हम बढ़ें।"

—धम्मपद 197-200

एक वृक्ष की परख उसके फल से होती है। जब बौद्ध धर्म को कुछ लेखक एक उदास और निराशावादी संप्रदाय बताने का प्रयास, इसे एक उदासी भरी भावना से युक्त के द्वारा करते हैं, जो मनुष्य की अवास्तविकता पर विलाप करते हैं, तो इसका उन लोगों पर क्या प्रभाव पड़ना चाहिए, जो इसे स्वीकार करते हैं? उन्हें विषादपूर्ण, निराशा और मानव जीवन में और जो भी सरोकार होते हैं, उन सबकी ओर पूरी तरह से उदासीन होना चाहिए। लेकिन वास्तविकता क्या है? क्या इस धरती पर रहनेवाले सभी लोगों में से बर्मा में रहनेवाले बौद्धधर्मियों से अधिक प्रसन्न और खुश लोगों को देखा है? मि. स्कॉट ओ कॉनर अपनी कृति 'द सिलिकेन ईस्ट' में कहते हैं—"इस पृथ्वी पर रहनेवाले सभी लोगों में से बर्मी लोग सबसे अधिक प्रसन्न होते हैं। आधुनिक आदर्शलोक की अधिकतर आवश्यकताएँ, जिनको सामने रखा गया है—आराम, स्वतंत्रता, संपूर्ण तौर पर समानता, धन का संपूर्ण तौर पर समान रूप से वितरण का दृष्टिकोण; इसके साथ-साथ सभी विपरीत परिस्थितियों का सामना करते समय प्रसन्न और खुश रहनेवाला मिजाज; यही सबकुछ उनके पास मौजूद रहता है। संसार में ऐसा कौन है, जिसने इनमें से कम-से-कम कुछ चीजों को अपने लिए नहीं चाहा होगा? और बहुत से लोग आधुनिक जीवन में आनेवाली समस्याओं, गरीबी, बड़े नगरों की भीड़भाड़, सामाजिक नफरत और वर्गों के गहराई तक व्याप्त वैर-भाव से निपटने के लिए संघर्ष कर रहे होंगे, संपूर्ण तौर पर बर्मी लोगों द्वारा जो कुछ भी प्राप्त किया जा चुका है, उसको प्राप्त करना निरर्थक प्रतीत होता है।" ठीक ऐसा ही सियामी और जापानियों के बारे में कहा जा सकता है।

बौद्ध धर्म को स्वीकार करनेवाले लोगों के जीवन में ऐसा कुछ भी नहीं है, जो उस आस्था की विशेषता बताने की कोई संभावना उत्पन्न कर सके, जिसे उन्होंने एक 'निराशा

के धर्म' के तौर पर अपनाया है। इसके विपरीत, एक धर्म को कितना निराशाजनक होना चाहिए कि वह अपने अनुयायियों को एक भयानक शैतान, जो कमजोर का शिकार कर आनंद लेता है, के सामने विनम्र भाव से आदर के साथ झुका दे? वास्तविक धर्म वह नहीं होता, जो मनुष्य को एक कायर में बदल देता है, बल्कि वह जो उसे और अधिक मनुष्य बनाता है तथा उसके अंदर से निर्भरता के भाव को निकालता है। धर्म व्यक्ति को ऊपर उठाकर आत्म-संस्कृति और आत्मसंयम से मुक्त करता है, जिससे वह पूर्णता के उच्च स्तर तक पहुँच सके।

"स्वयं संकल्प ले; जानता है वो,
जो स्वयं को खोज लेता है, उसके दु:ख दूर हो जाते हैं।"

मनुष्य चेतन अवस्था में और अपने व्यक्तित्व के अंत के लिए अधिक विकसित होता है, लेकिन धर्म सिखाता है कि यह उसका कर्तव्य है कि वह ऐसा सोच-समझकर और क्रमबद्ध तरीके से पूर्णता की प्राप्ति के लिए करे। बौद्धधर्मी जीवन के लिए 'गुलाबी गुलाब से सुंदर नहीं होता और न ही गंदे व्यभिचार से घिनौना नहीं होता।' यह इस सुस्पष्ट तथ्य को स्वीकार करता है कि जीवन अपनी परेशानियों से मूल्यवान नहीं है, यदि हम केवल अपने स्वार्थपूर्ण आनंद के लिए जीवन जीते हैं। इसलिए यह जीवन के मूल्य को एक आदर्श में निहित करते हैं, जो व्यक्तिगत उपस्थिति की सीमित सीमाओं को ऊपर उठाती है। यह केवल वर्तमान दु:खों के उन्मूलन को लक्षित नहीं करता, अपितु उन परिस्थितियों के निर्माण को भी लक्ष्य बनाता है, जिसमें कोई पीड़ा नहीं मौजूद रह सकती। अरस्तु कहते हैं—"बुद्धिमान व्यक्ति पीड़ा से मुक्ति चाहते हैं, आनंद नहीं।" इसी तरह बौद्धधर्मी अपने कर्मों को दु:खों से बचाने और उन्हें दूर करने की ओर बिना किसी आनंद की परवाह किए सीधे तौर पर लगाते हैं, जिसे बाद में प्राप्त किया या उसकी ओर बढ़ा जा सकता है। फिर भी, इसके बावजूद यह जीवन के वरदान को अस्वीकरण को लागू नहीं करता। इसके विपरीत, एक बार जब प्रबुद्ध से कहा गया कि वे उसको घोषित करें, जिसे वे जीवन का वरदान मानते हैं; उन्हें वह पसंद नहीं आया, जो निराशावादी कहते हैं—

"अपने घंटों के हिसाब से अपने आनंद की गणना करो,
अपने दिनों को संताप मुक्ति से गिनो,
और पता करो, जो भी तुम्हें प्राप्त हुआ है,
यह कुछ उससे बेहतर है—जो तुम्हारे पास नहीं है।"

परंतु उन्होंने उत्तर दिया—

"परेशानी में माता और पिता की सहायता,
बच्चे और पत्नी का पोषण,
व्यक्तिगत पुकार का अनुसरण करना,
यही सबसे महान् वरदान है।
"दया-भाव का कर्म, एक धर्मपरायण जीवन,
अपने सगे-संबंधियों की सहायता करना,
और वह कर्म जो दोषहीन हो,
यही सबसे बड़ा वरदान है।
"आत्म-अनुशासन और शुद्धता,
चार महान् सत्यों का बोध
और निर्वाण की प्राप्ति,
यह सबसे महान् वरदान है।"

—मंगल सुत्त

□

अध्याय-9

आर्य आष्टांगिक मार्ग

अपने बनारस में दिए गए पहले उपदेश में प्रबुद्ध ने कहा—"दो पराकाष्ठाओं से उसे आवश्यक तौर पर बचना चाहिए, जो पवित्रता के लिए संघर्ष कर रहा है। कौन से दो? एक जीवन, जो आनंद का आदी है, क्योंकि यह शक्तिहीन, अश्लील, क्रूर और बेकार है तथा वह जीवन, जिसे आत्म-दमन को समर्पित कर दिया गया, क्योंकि यह दर्दनाक, निरर्थक और बेकार है। इन दोनों पराकाष्ठाओं से बचकर तथागत मध्यम पथ (मध्यमा प्रतिपदा) पर पहुँचे, जो परिज्ञान, बुद्धि, ज्ञान, शांति, निर्वाण की ओर अग्रसर होता है। लेकिन यह मध्यम पथ कौन सा है? यह है—'आर्य आष्टांगिक मार्ग'।"

कोई भी व्यक्ति स्वयं को वास्तव में एक बौद्धधर्मी नहीं कह सकता, यदि उसने आर्य आष्टांगिक मार्ग में प्रवेश नहीं किया है। बुद्ध के उपदेशों का केवल अवलोकन या जाँच करके कोई व्यक्ति बौद्धधर्मी बनने की योग्यता को तब तक प्राप्त नहीं कर पाता, जब तक वह साथ-साथ आर्य आष्टांगिक मार्गों का अनुसरण नहीं कर रहा हो। आष्टांगिक मार्ग बौद्ध धर्म में नैतिकता को प्रतिरूपित करता है और बौद्ध धर्म में नैतिक जीवन मात्र एक योजक नहीं होता, अपितु यह इसका मूल और सत्त्व होता है। जिसने धर्म को सिर्फ समझा है, लेकिन इसके भावार्थ के अनुरूप अपने जीवन और विचारों को आकार नहीं दिया है, वह उस व्यक्ति के समान है, जिसने एक विभिन्न व्यंजनों की पकाने की विधिवाली पुस्तक से एक विधि को पढ़ा और यह मान लिया कि उसने पुस्तक में वर्णित किसी मिठाई को खाकर उसका स्वाद प्राप्त कर लिया है।

वास्तव में सीधा और व्यापक मार्ग आष्टांगिक मार्ग है, जो परमानंद की ओर ले जाता है, लेकिन कोई भी इसके पार तब तक नहीं जा सकता, जब तक वह पूरी तरह से आठ आवश्यकताओं से लैस न हो। सही विश्वास (सम्यक् दृष्टि) का प्रकाश उसके मार्ग को प्रकाशित करे। सही महत्त्वाकांक्षा (सम्यक् संकल्प) उसका मार्गदर्शन करे। सही संभाषण (सम्यक् वाक्) आवश्यक तौर पर पथ पर उसके निवास स्थान को रूपित करे। सही कर्म (सम्यक् कर्म) उसकी सीधी गति बनें। सही रहन-सहन (सम्यक्

अजीव), जो पथ पर उसके आराम की व्यवस्था करे। सही प्रयास (सम्यक् व्यायाम) उसके कदम बनें। सही विचार (सम्यक् स्मृति) उसकी साँस और सही शांतिचित्त (सम्यक् समाधि) और उसका सोने का बिछौना।[1]

मानव विकास के वास्तविक इतिहास में उसके विश्वास का इतिहास भी सम्मिलित है। इतिहास, फिर चाहे वह कला हो या विज्ञान या समाज या धर्म, इसमें हमेशा मानव के विश्वास और उसके विकास का समावेश होता है। मनुष्य जो कुछ भी करता है, वह व्यापक स्तर पर उसकी सोच का प्रतिबिंब होता है। इसके परिणामस्वरूप अंधविश्वास से संबंध रखनेवाली सभी परंपराएँ और क्रियाकलाप मस्तिष्क की गैर-तार्किक स्थिति का परिणाम होते हैं, जो गलत विश्वास से तार्किक तौर पर दी जाती है। इसलिए यह स्वाभाविक है कि सही विश्वास को शुद्धता के श्रेष्ठ पथ पर तीर्थगमन के लिए पहले उपकरण का निर्माण करना चाहिए। फिर से सभी कर्मों को विकसित करनेवाला लक्ष्य होता है और लक्ष्य के लिए बौद्धिक प्रोत्साहन होता है विश्वास। शुरुआती बिंदु लक्ष्य और लक्ष्य की ओर जानेवाली दिशा को निर्धारित करता है, इसलिए केवल सही विश्वास ही व्यक्ति को सही कर्म की ओर अग्रसर कर सकता है।

जीववादी और आध्यात्मिक विश्वास धार्मिक गलतियों का फलदायी साधन होता है। धर्म के लिए सही शुरुआती बिंदु दुःख और पीड़ा की मौजूदगी के वैश्विक तौर पर मान्य तथ्य के अलावा और कुछ नहीं हो सकता, जिससे प्रत्येक धर्म मानवता को बचाने के लिए प्रस्तावित करता है। दुःख की मौजूदगी और इसके कारण एक स्थायी स्व के भ्रम की सही समझ व्यक्ति को इसे समाप्त करने के साधनों की तलाश में सक्षम बनाती है। लेकिन एक आत्मा में विश्वास या एक व्यक्ति के निर्वाण के लिए अलौकिक शक्ति पर निर्भर रहना, केवल उन गलतियों की ओर ले जा सकता है, जो व्यक्ति के दुःखों से मुक्ति के लिए किए गए प्रयासों को व्यर्थ कर देता है।

वह सही विश्वास को धारण करना ही है, जो एक शिक्षित और अशिक्षित, विचारक और तुच्छ में अंतर बताता है। लोग अपने विश्वास के द्वारा चार अलग-अलग तरीके से आते हैं। कुछ केवल अपने विश्वास की शांत संतुष्टि में केवल इसलिए आश्रय लेते हैं कि केवल उनका दृष्टिकोण ही सही है और वे अन्य विचारों के प्रति करुणा, तिरस्कार और यहाँ तक कि भय का विचार भी अपने मन में रखते हैं। दुराग्रह करनेवाले ये लोग उस शुतुरमुर्ग की तरह होते हैं, जो खतरे को अपनी ओर आते हुए देखकर अपना सिर रेत में छिपा लेता है और यह सोचकर संतुष्टि करता है कि उसको कोई खतरा नहीं है। अकसर ऐसा होता है, जिस प्रभुत्व के समक्ष समर्पण किया जाता है, वह एक जनसाधारण के विश्वास को बनाने के लिए एक शीघ्रगामी माध्यमों को बनाता है। इस तरीके के द्वारा, हालाँकि बहुत से लोगों द्वारा धैर्य रखा जाता है, पर कुछ विचारशील लोगों द्वारा

इसे स्वीकार नहीं किया जाता, जो बड़ी आसानी से इस हठधर्मिता के धुँधलेपन में घुसकर उसके खोखलेपन को समझ लेते हैं और सारी अभ्रांतता के दिखावटीपन को जान लेते हैं और एक अलग विश्वास को प्राप्त करने के लिए दूसरी तरफ खोजबीन करने लगते हैं। अपितु तब भी जब वे अधिकार की जंजीरों से मुक्त हो जाते हैं तो भी लोग बार-बार अपनी उम्मीदों और इच्छाओं का शिकार होते रहते हैं तथा उन विचारों को स्वीकार करते रहते हैं, जो उन्हें सुखद, स्वीकार्य और आगे बढ़ानेवाले लगते हैं। मस्तिष्क की इस स्थिति से किसी तरह के विकास को परिणाम के रूप में प्राप्त नहीं किया जा सकता। केवल तभी जब किसी बारीकी से की गई जाँच, व्यक्ति की पसंद और इच्छाएँ, उसकी स्वीकार्यता से अधिक उसकी तार्किकता की वैधता की परवाह करें, तभी सत्य को खोजना संभव हो पाएगा। यह बौद्ध धर्म की श्रेष्ठता में से एक है कि यह कारण और विज्ञान, न कि अंधविश्वास और प्रभुता की ओर संकेत करता है। केवल वही लोग, जो निरर्थक उम्मीदों और इच्छाओं को एक तरफ रख देते हैं; केवल वही उस शक्ति को समझ सकते हैं, जिनके साथ वे पीड़ा और दुःख का सामना स्वाभाविक तरीके से कर सकते हैं, न कि अलौकिक तरीके से। केवल कारण और विज्ञान के प्रभुत्व के साथ सही कर्म, सही विचार और सही शांति के लिए सबसे अभिलाषित अवसरों को सुरक्षित रखा जा सकता है।

जब एक उत्साही बुद्धिमान व्यक्ति दुःखों की मौजूदगी, उसके कारण और इसकी समाप्ति से संबंधित सही विचारों को प्राप्त कर लेता है, तो फिर वह किस तरह से आनंद की खोज में संतुष्टि को प्राप्त कर सकता है? उसे यह पता चल जाता है कि खुशी के पीछे भागने का अर्थ है—दुःखों को कई गुना बढ़ा लेना। जब कोई चीजों को उसी तरह से देखना आरंभ कर देता है, जैसीकि वे हैं तो वह किस तरह से अपनी व्यक्तिगत इच्छाओं की पूर्ति के लिए रुपए और डॉलर की चाह को पूरा करने की इच्छा के अधीन हो सकता है? एक बार जब कोई यह समझ लेता है कि उसके पारगमन के लिए अथाह और प्राप्त करने के लिए पूर्णता का लक्ष्य है, तो उसे आराम करने में खुशी किस तरह से प्राप्त हो सकती है? उसका दिमाग हमेशा ही बोधि को प्राप्त करने के लक्ष्य की ओर निर्देशित रहेगा। उसकी महत्त्वाकांक्षा अपने दिमाग को सभी तरह के संदेहों और विरोधाभासों से करनी होगी, जिससे कि उसके लक्ष्य तक पहुँचने की संभावनाओं में वृद्धि हो; प्रबुद्ध के धर्म की छानबीन कर और स्वयं को उनके उपदेशों के अनुसार अनुशासित कर; भिन्नता के विचार का त्याग कर; और अपने और उन सभी लोगों के लिए, जो दुःख के सागर में गोते लगा रहे हैं, के लिए उन विभिन्न उपायों को लागू कर, जो परम शांतिरूपी स्वर्ग की ओर अग्रसर करते हैं, उन्हें सम्मान देना।

साकविभंगा सुत्त कहता है—"हे मित्र, फिर सही महत्त्वाकांक्षा क्या होगी? यह

परित्याग की तृष्णा है; सभी को प्रेम करने की आशा में जीवित रहना है; वास्तविक मनुष्यता के लिए महत्त्वाकांक्षा।

"मैं बीमार लोगों के लिए मरहम बन सकता हूँ, उनके दुःखों का निवारण करनेवाला और सेवक तब तक के लिए बन सकता हूँ, जब तक बीमारी फिर से वापस न आने के लिए चली जाए; मैं भोजन और जल की वर्षा कर सकता हूँ, जिससे कि भूख और प्यास की पीड़ा पूरी तरह से शांत हो जाए; काश, मैं आपातकाल में लोगों की भूख-प्यास को शांत कर पाऊँ; काश, मैं गरीबों के लिए कभी न समाप्त होनेवाला भंडार बन जाऊँ और उनके जीवन को सुचारु रूप से चलते रहने के लिए उनकी आवश्यकताओं को पूरा करता रहूँ। मैं अपने अस्तित्व और आनंद, अपने भूतकाल, वर्तमान और भविष्यकाल में किए जानेवाले सारे सदाचार को पूरे धीरज के साथ समर्पित करता हूँ, जिससे कि सभी मनुष्य अपने लक्ष्य तक पहुँच पाएँ। शांति निवास करती है सभी चीजों का समर्पण करने में और मेरी आत्मा शांति पाने की इच्छुक है; यदि मुझे सभी चीजों को समर्पित करना ही है, तो सबसे बेहतर यह होगा कि मैं इसे अपने साथ के प्राणियों के लिए समर्पित करूँ। मैंने स्वयं को सभी प्राणियों के लिए समर्पित कर दिया है, उनकी जैसी इच्छा हो, वैसे वे मेरे साथ व्यवहार करें। वे मुझ पर सदा प्रहार करें या मुझे धिक्कार सकते हैं, मुझ पर धूल बिखेर सकते हैं; मेरे शरीर के साथ खेल सकते हैं, उस पर हँस सकते हैं और उसे बरबाद कर सकते हैं।

मैंने उन्हें अपना शरीर सौंप दिया, तो फिर मैं उसको लेकर चिंतित क्यों होऊँ? उन्हें मेरे साथ वह सबकुछ करने दो, जिससे उनको प्रसन्नता मिलती है; लेकिन उनमें से किसी पर मेरी वजह से कोई विपदा नहीं आनी चाहिए। यदि उसमें से किसी भी आत्मा के लिए मेरा कोई मोल है या उन्हें मेरे साथ प्रसन्नता मिलती है, तो हमेशा उनके लिए किसी भी तरह उनकी इच्छा को पूरा करने का कारण बनना चाहता हूँ। वे सभी, जिन्होंने मेरी बदनामी की है या मुझे कष्ट पहुँचाया है या मेरी हँसी उड़ाई है, उन्हें भी बोधि में एक भाग मिले। मैं असुरक्षितों का रक्षक बनूँ, राहगीरों के लिए मार्गदर्शक बनूँ और उन लोगों के लिए एक जहाज, एक बाँध, एक पुल बन सकूँ, जो किनारे की तलाश में हैं। जिनको दीपक की आवश्यकता है, उनके लिए दीपक बन सकूँ तथा उनके लिए बिस्तर बन सकूँ, जिनको बिस्तर की जरूरत है और उन सभी के लिए दास बन सकूँ, जिनको एक दास की आवश्यकता है। जिस तरह से यह पृथ्वी और अन्य तत्त्व इस संसार में निवास करनेवाले अनगिनत जीव व प्राणियों की सेवा करते हैं, तो मैं भी इस संसार में मेरा जीवन जब तक है, तब तक अपने पूरे जीवनकाल में अलग-अलग तरह से प्राणियों की सहायता तब तक कर पाऊँ, जब तक सभी को शांति प्राप्त न हो जाए।" बोधिचर्यावतार के अनुसार इस तरह वह प्रवृत्ति, जिसमें लालसा रखनेवाले को संसार के कल्याण के लिए बोधि के विचारों को विकसित करना चाहिए।

एक महत्त्वाकांक्षा, जिसके साथ उसे प्राप्त कर लेने का एक दृढ़ संकल्प न हो, किसी तरह की भलाई के लिए फलदायी नहीं हो सकता। जैसेकि नागसेन इसके बारे में कहते हैं कि बोधिसत्त्व के मूल में कलाल, बोधगम्यता का विचार, अर्बुद, दया और पेसि, परोपकारिता, लेकिन फिर यह दृढ़ संकल्प से घन[2] बन जाते हैं। न तो लक्ष्य के साथ, न ही प्रशंसा की भूख के लिए, न ही स्वर्ग को प्राप्त करने के एक माध्यम के तौर पर, न ही अपने लिए परम व कभी न समाप्त होनेवाले परमानंद को सुरक्षित रखने की इच्छा के लिए, अपितु केवल दूसरों की भलाई को सुरक्षित करने के उद्‌देश्य से आवश्यक तौर पर दृढ़ संकल्प के साथ आगे बढ़ना चाहिए। यह संकल्प निश्चित तौर पर महत्त्वाकांक्षी को आवश्यक तौर पर यह कहने में सक्षम करते हैं—"मुझे पीछे नहीं हटना चाहिए। मुझे निराश नहीं होना चाहिए। मेरे लिए यह एक विकल्प का विषय नहीं है, क्योंकि मैंने सभी जीवों को दूसरी ओर अग्रसर करने का संकल्प किया है। मुझे सभी प्राणियों के भार को वहन करना होगा (व्रजद्वजा सूत्र)।" इस सुदृढ़ संकल्प से ही बोधि (बोधि प्रणिधिचित्त) को प्राप्त किया जाता है, जिससे कि महत्त्वाकांक्षी स्व-संस्कृति और स्व-संयम के निर्धारित मार्ग पर बढ़ सके।

आकांक्षा और संकल्प का लाभ नहीं प्राप्त किया जाएगा, अगर इनका उस अभ्यास के द्वारा अनुसरण न किया जाए, जो अंत पर विचार कर उसे सुरक्षित कर सके। कर्म की जड़ता, वह अवरोध उत्पन्न करनेवाला बल, जिसमें हमारे पिछले कर्म संगृहीत होते हैं, उन पर केवल आकांक्षा से काबू नहीं पाया जा सकता। एक व्यक्ति का आंतरिक जीवन तभी शक्तिशाली हो सकता है, जब इसे बाहरी संसार में क्रिया के तौर पर क्रियाशील किया जाए। इसके परिणामस्वरूप सही आकांक्षा को सही संभाषण, सही कर्म और सही रहन-सहन में उद्‌देश्य के प्रत्यक्षीकरण में आवश्यक तौर पर पाया जा सकता है।

"झूठ, लोगों की पीठ के पीछे बुराई करने, गलत भाषा का उपयोग करने, ओछी बातें करने से बचने को ही सही संभाषण कहा जाता है।" एक व्यक्ति के शब्द, जो दूसरों को उच्चतम स्तर के जीवन को प्राप्त करने के लिए प्रेरित करते हैं, उन्हें दयाभाव से परिपूर्ण, खुले विचारवाले, सत्य से परिपूर्ण, सुस्पष्ट तथा दूसरों को प्रेरित करनेवाले, उनमें सुधार करने में सहायक; और निरर्थकता व कड़वाहट के भाव से मुक्त होना चाहिए। उसे 'महान् लोगों के बारे में मिथ्या बातें नहीं करनी चाहिए'। उसे 'मांस-मदिरा, आकर्षक परिधानों, सुगंध, बिछौने, चौपहिया वाहनों, स्त्रियों, योद्धाओं, गंधर्वों, सौभाग्य की बातों, छुपे हुए खजानों, भूत-प्रेत की कहानियों, न ही उन चीजों के बारे में खोखली बातें करनी चाहिए, जिनका अस्तित्व मौजूद नहीं है।' वह जो कुछ कहे, उसे दयाभाव व शुद्ध विचारों के साथ कहे।

ललितविस्तार कहता है—"वे, जिनके हृदय में पाप होता है, लेकिन भाषा मीठी

होती है, वे उस मटके के समान होते हैं, जिसे फूलों के मधु से लेपा गया होता है, पर वह विष से भरा होता है।"

व्यक्ति के संभाषण से स्वार्थपन को हटाने के साथ-ही-साथ व्यक्ति के लिए यह भी आवश्यक है कि उसके कर्मों में से अहंकार से भरी सारे मैल को भी समूल हटाया जाए। "आत्माभवन तथा भोगन सर्वत्रागतम् शुभम् निरापेक्षत्याजम् येषा सर्वासतवर्था सिद्धाय—मैं अपने सभी सुख और आनंद का त्याग सभी लोगों की भलाई और अच्छाई के लिए करता हूँ।" 'बोधिचर्यावतार' में ऐसा कहा गया है।

सही कर्मों का लक्ष्य स्वयं की प्रसन्नता नहीं होता है, जो परिणामस्वरूप उसे मिलनेवाला होता है। सही कर्म में उच्चतम स्तर के जीवन के लिए विध्वंसकारी चीजों से बचना और उन सभी कार्यों को करना सम्मिलित है, जो अच्छे और परोपकारी हैं। उच्चतम स्तर के जीवन में विकास धार्मिक-संस्कारों, बलि देने, प्रार्थना और मंत्रोच्चार करने के माध्यम से प्रभावित नहीं हो सकता और इसलिए इनको वर्जित माना गया है। एक अवसर पर प्रबुद्ध उपदेश दे रहे थे, तो उनको छींक आ गई, इस पर सभी भिक्षुक उपदेश को बीच में रोकते हुए जोर-जोर से चिल्लाने लगे—प्रभु जुग-जुग जिएँ, जैसीकि हिंदुओं में परंपरा है, जो आज भी प्रचलित है। प्रभु ने वहाँ उपस्थित जनों को चेतावनी देते हुए कहा—"अब अगर कोई व्यक्ति छींक देता है और उसी समय दूसरा व्यक्ति कहता है कि जुग-जुग जियो तो क्या ऐसा कहने और न कहने के आधार पर व्यक्ति का जीवन बहुत लंबा या फिर वह मर सकता है?"

एक और अवसर पर एक ब्राह्मण प्रबुद्ध से कहा कि बहुका नदी में नहाने से पापी मनुष्य के पाप धुल जाते हैं और उसे धार्मिक पुण्य प्राप्त होता है। इसके पश्चात् प्रभु ने कहा—"बहुका, अधिका, गया, सुंदरी, यहाँ तक कि प्रयाग स्थित सरस्वती के साथ-साथ भानुमति मूर्खों के पापों को नहीं धो सकती, फिर चाहे वह कई बार इन नदियों में जाकर स्नान कर ले। सुंदरिका क्या कर सकती है? क्या प्रयाग? बहुका नदी क्या है? कोई भी नदी धूर्त व्यक्ति की बुराई, व्यक्ति की दुर्भावना, अपराध के कुकर्मों को साफ नहीं कर सकती। अपने पापों को धोने के लिए फग्गू के पवित्र माह की आवश्यकता होती है। स्वयं को शुद्ध करना लगातार चलनेवाला व्रत है। अच्छे कर्म करनेवाले मनुष्य के लिए यह निरंतर निभाई जानेवाली शपथ है। हे ब्राह्मण, फिर चाहे तुम वहाँ स्नान करो या फिर यहाँ। सभी लोगों के प्रति अपने मन में दयाभाव रखो। यदि तुम झूठ नहीं बोलते हो; यदि जीव हत्या नहीं करते हो; यदि उसे लेने की चेष्टा नहीं करते हो, जो तुम्हारा नहीं है, जिसे तुम्हें नहीं दिया गया है; आत्म-त्याग से सुरक्षित रहते हो तो फिर तुम्हें गया जाकर क्या लाभ प्राप्त होगा? गया में तुम्हारे लिए कोई विशेष जल नहीं है।"

बौद्ध धर्म में व्रत रखने के कोई विशेष दिन नहीं होते। हालाँकि दूसरे धर्म सीख

देते हैं—"व्रत रखो और प्रार्थना करो।" जबकि बौद्ध धर्म सिखाता है—"भोजन कराओ और चिंतन करो।" व्रत को लेकर बौद्ध धर्म का विरोध इतना अधिक शक्तिशाली है कि एक बार जब बौद्ध धर्म और वैष्णववाद के बीच एक विलयन को जगन्नाथ (आज के पुरी) में किया गया तो दूसरे ने पुरी में व्रत को निषेध करने के नियम को स्वीकार किया। इस पवित्र नगर के द्वार के बाहर हम एक दुर्बल सी एकादशी, जोकि हिंदू माह के शुक्ल पक्ष के ग्यारहवें दिन व्रत के नियम के मनुष्य रूप की आकृति है, को देखते हैं, जो पूरे भारतवर्ष में वैष्णववादियों के लिए बहुत ही पवित्र है, लेकिन वह नगर में प्रवेश नहीं कर सकती, क्योंकि इस नगर में व्रत का प्रवेश निषेध है।

बौद्धधर्मियों के लिए वास्तविक सद्कर्म (पुण्य) को नैतिकता (शील) और दान के अभ्यास द्वारा प्राप्त किया जाता है। जैसाकि सम्राट् अशोक ने अपने राजादेश में कहा—"अंधविश्वासी धार्मिक संस्कारों से नहीं, बल्कि अपने सेवकों व अधीनस्थ लोगों के प्रति दयाभाव, जो सम्मान के अधिकारी हों, उनका सम्मान, सभी प्राणियों के साथ दयालुतापूर्ण व्यवहार के साथ आत्मसंयम; यह और समान व्यवहारवाले सदाचारी कर्म वास्तव में धार्मिक संस्कार होते हैं, जो हर जगह पर अवश्य किए जाने चाहिए।"

एक जगह पर संसार भर में सम्मानित प्रभु कहते हैं—"यदि एक व्यक्ति प्रतिमाह हजार बलि देता है और बिना किसी विराम के भेंट करता रहता है, यह उस व्यक्ति के कर्म के समान भी नहीं है, जो एक क्षण के लिए बिना अपना ध्यान कहीं और भटकाए अपने मन को धर्म में लगाता है। परमात्मा की कृपा पाने के लिए या इस जीवन के बाद किसी तरह का प्रतिफल मिलने की चाह में बलि देने से प्राप्त होनेवाला आनंद उस व्यक्ति के आनंद का एक-चौथाई भी नहीं होता है, जो कभी भी अच्छे कर्म करने के लिए प्रेरित हुआ है।" तावीज, संख्याओं, तीर्थस्थानों या स्मारक चिह्नों के साथ अलौकिक विशेषताओं के संबंध का बौद्ध धर्म की भावना पूरी तरह से विरोध करती है।

नैतिकता (शील) के अभ्यास में सभी नैतिक नीति वचनों; प्रयोजनों में शुद्धता और एक व्यक्ति के सबंध में विनम्रता; इनमें से किसी में भी थोड़ा सा भी उल्लंघन होने पर डर, शर्म और ग्लानि का भाव होना; दोष व असंतोष को तनिक भी स्थान न देना; उन कर्मों का अभ्यास करना, जो समभाव और संतुष्टि की ओर अग्रसर करें; और इस प्रयास में रहना कि संपूर्ण मानव जाति को बुराई से दूर रहने व सदाचार करने के लिए प्रेरित किया जाए, का अवलोकन सम्मिलित है। वह अकेला ही वास्तव में नैतिकता का पालन करता है, वह उस समय बुरे कर्मों से दूर रहता है, जब उसके सामने बुरे कर्म करने के लिए सबसे बेहतर अवसर मौजूद होते हैं।

बौद्ध धर्म में नैतिक जीवन का मूलभूत महत्त्व है। सभी पारमिताओं में से उत्कृष्टता, जोकि निर्वाण तक जाने के मार्ग, शील पारमिता का निर्माण करती है, वही आधार है।

कुछ अन्य पारमिताएँ, हो सकता है कि उनको शील से अधिक सम्मान प्राप्त हो, परंतु हो सकता है, यदि आवश्यकता हो तो इन्हें किसी के साथ बाँटा जा सकता हो, शील के लिए, जैसाकि बादवाला कहता है, इसका आधार अच्छे कर्मों पर है, इसकी किसी भी विचार से उपेक्षा नहीं की जा सकती। शील का सत्त्व, स्वयं का संरक्षण केवल सभी प्राणियों के लाभ के एकमात्र उद्‌देश्य के लिए होता है।

हालाँकि नैतिकता कुछ संदर्भों में निष्क्रिय (निवृत्ति) होता है, दान हमेशा सक्रिय (प्रवृत्ति) होता है। दान में केवल कुछ नियमों, जैसे अहिंसा और अदत्तादान का अवलोकन करने के अतिरिक्त और बहुत-कुछ लागू होता है। इसमें केवल कुछ सीमा तक आत्म-त्याग ही लागू नहीं होता, अपितु इसमें उन लोगों की मदद करने से मन में उत्पन्न होनेवाली प्रसन्नता भी शामिल होती है, जो जरूरतमंद हों। जिस तरह से दान का कर्म किया जाता है, उसे धर्म में स्पष्ट तौर से समझाया गया है। जब लोग किसी से एक वस्तु की माँग करते हैं, तो व्यक्ति जहाँ तक स्पष्ट है कि दूसरे से इसकी अनुमति माँगते हैं कि उनको उदारपूर्वक वह वस्तु दी जाए और उन्हें उस वस्तु के प्राप्त होनेवाला आनंद प्राप्त हो। "दान करना उस व्यक्ति के लिए भी वरदान होता है, जो इसे प्राप्त करता है और उसके लिए जो इसे देता है; लेकिन यहाँ पर प्राप्त करनेवाला देनेवाले से छोटा होता है।" एक वास्तविक उपहार वह होता है, जो जात या संप्रदाय में किसी तरह का कोई भेद नहीं करता, जिसमें बदले में कुछ भी पाने की अपेक्षा नहीं की जाती। जो बिना प्रेम के दिया जाता है, हालाँकि उसमें सभी प्यारी चीजों का समावेश होता है, फिर भी इसका मूल्य उसी के समान होता है, जैसे खराब चावलों को प्रेमपूर्वक दिया जाता है। अगर कोई यह पाता है कि लोग खतरे के भय से डर रहे हैं तो एक व्यक्ति को हरसंभव प्रयास करना चाहिए कि वह लोगों को बचा पाए और उन लोगों में भयमुक्तता का भाव जाग्रत् कर पाए। बोधिसत्त्व यह अपेक्षा करता है कि व्यक्ति न केवल दाता हो, बल्कि साथ-ही-साथ दयालु और क्षमा करनेवाला भी हो।

प्रबुद्ध ने अनाथपिंडिका, अनाथों की सहायता करनेवाले, से कहा था—"प्रेम से परिपूर्ण और दयालु, वे आदरपूर्वक देते हैं और सारी घृणा, ईर्ष्या और क्रोध को दूर कर देते हैं।" दान का उद्‌देश्य अमीर को सामाजिक बनाने के द्वारा निर्धन को उपदेश देना है।

प्रत्येक बौद्धधर्मी अपने साथी के प्रति धर्म पर उपदेश देने, आत्म-सामर्थ्य के सिद्धांत और भाईचारे से परिपूर्ण प्रेम के लिए ऋणी होता है। सम्राट् अशोक के एक राजादेश में कहा गया—"इस तरह के दान से बड़ा कोई दान नहीं होता है, जब दान स्वरूप धर्म का ज्ञान दिया जाता है, उस तरह की कोई मित्रता नहीं होती, जैसीकि धर्म में होती है; उस तरह का कोई वितरण नहीं होता, जैसाकि धर्म में होता है; उस तरह का कोई संबंध नहीं होता, जैसाकि धर्म में होता है।" जब तक व्यक्ति धर्म के साथ परिचित रहता

है, तब तक यह उसका कर्तव्य होता है कि वह दूसरों को भी उसके विषय में निर्देश दे, उनको उस सत्य के विषय में समझाए, जो सभी प्रकार के दु:खों को दूर करने में सक्षम है। प्रभु ने धर्म का प्रचार करने, इसके वैश्विक फैलाव के लिए अभिप्रेरित किया। किस तरह से वे लोग, जिन्हें धर्म से लाभ प्राप्त हुआ है, इसके उपदेशों को दूसरों के देने में असफल हो सकते हैं? जैसेकि शीलभद्र ने युआन चुआंग को दिए गए अपने चेतावनी भरे शब्दों में कहा है—"तुम्हें बुद्ध के प्रति आभार व्यक्त करना होगा; फिर तुम्हें सद्धर्म का प्रचार करना चाहिए; यह तुम्हारा कर्तव्य है; अपने देश के बारे में भूलकर तुम्हें मृत्यु के साथ साक्षात्कार करने के लिए तैयार हो जाना चाहिए; यश या असफलता दोनों के प्रति समान भाव रखना चाहिए; तुम्हें पवित्र उपदेशों का प्रचार करने के द्वार को खोलने के लिए प्रयास करने हेतु तत्पर रहना चाहिए; उन लोगों की अगुआई करो, जो गलत उपदेशों के कारण धोखा खाए हुए हैं; दूसरों के बारे में पहले और अपने बारे में बाद में सोचो।"

दान कर्म करते समय व्यक्ति का उद्‌देश्य न तो प्रसिद्धि प्राप्त करना या फिर इस संसार या दूसरे लोक में किसी तरह का लाभ अर्जित करना होना चाहिए। इसमें तनिक संदेह नहीं है कि व्यक्ति को दूसरों को लाभ पहुँचाने के बारे में सोचना चाहिए, लेकिन उसका समस्त ध्यान पूरी तरह से निर्वाण को प्राप्त करने पर होना चाहिए। अपितु उस स्थिति में भी जब संभवत: एक व्यक्ति के कर्म से किसी को भी लाभ नहीं होनेवाला हो तो भी उसका स्वभाव दानशील होना चाहिए। जब युआन चुआंग की समुद्री लुटेरों द्वारा देवी दुर्गा को बलि दी जानेवाली थी, उस समय वह सोच रहा था—"मैं यहाँ वापस आऊँ और इन लोगों के बीच में जन्म लूँ, जिससे कि मैं इनको उपदेश दे सकूँ और इनको अच्छे कार्यों को करने तथा बुरे कर्मों का त्याग करने के लिए प्रेरित करने का कारण बन सकूँ और इस तरह से धर्म का दूर तक व व्यापक फैलाव कर संसार भर को इससे लाभान्वित कर पाऊँ।"

प्राणियों की शांति के लिए दया सर्वश्रेष्ठ साधन है, जिसे उदारता, भिक्षा देने, सुशीलता, दूसरों के भार तथा आनंद व दु:खों को साझा करने में अभिव्यक्ति प्राप्त होती है। जैसाकि 'बोधिचर्यावतार' कहता है—"दानपारमिता के द्वारा हम सभी जीवों के भले और लाभ के लिए जीने के स्वभाव को समझते हैं।" यह मन का स्वभाव होता है कि परमार्थ के लिए किए गए कार्यों का लाभ का भी मापन कर लेता है। एक किंवदंती हमें बताती है कि पुष्पापुरा में बुद्ध का एक भिक्षा माँगने का पात्र था, जो उस समय तो पूरी तरह से भर जाता था, जब कोई निर्धन व्यक्ति उसमें एक पुष्प भी डालता था, लेकिन जब कोई धनी व्यक्ति उसमें हजारों में डाल देता था, तब भी उसके भरने के कोई संकेत नहीं मिलते थे।

"उसके लिए, जिसके हृदय में प्रेम भरा है, कोई उपहार छोटा नहीं होता,
बुद्ध और उनके शिष्यों के लिए यह पूर्णत: सत्य था,
इसलिए कहा गया, उस किसी भी सेवा को छोटा नहीं समझा जा सकता,
जो बुद्ध, संसार भर में कीर्ति स्थापित करनेवाले के लिए की गई।"

बहुत सारी जातक कहानियों को इसी बिंदु को चित्रित करने के लिए अभिप्रेरित किया गया है। इन कहानियों को केवल शाब्दिक अर्थ द्वारा नहीं समझा जा सकता। ये केवल दान के आदर्शस्वरूप पर जोर देती हैं। हालाँकि इन्हें पढ़ते समय हमारे समक्ष अकसर आत्मघात की घटनाएँ भी आ जाती हैं, लेकिन हमें यह याद रखना चाहिए कि धर्म ने आत्मघात को सही नहीं माना है। जैसाकि 'बोधिचर्यावतार' कहता है—"यह शरीर, जो सदाचारी कर्म कर सकता है, उसके लिए यह बिल्कुल भी आवश्यक नहीं है कि छोटी-छोटी चीजों के लिए इसको बहुत गंभीर कष्ट पहुँचाया जाए, जिससे किसी का थोड़ा-बहुत ही भला हो। फिर यह किस तरह से दूसरों के लिए आशा की किरण बनने की सेवा का निर्वाह कर सकता है? जीवन का त्याग अपवित्र तुच्छ स्वभावों के चलते नहीं किया जाना चाहिए, बल्कि जब यह शरीर दूसरों की सेवा के कर्म को करने के योग्य न रहे तो यही वह समय होता है, जब जीवन का त्याग निष्पक्षता की विशुद्ध भावना के वशीभूत होकर किया जाना चाहिए, क्योंकि उस समय इसके साथ किसी तरह की अप्रतिष्ठा जुड़ी हुई नहीं होती।" वह जिसका अंत दूसरे संसार के लिए होता है, वह इस जीवन को अपेक्षाकृत बेकार या बुरा मानता है। इसलिए उसके लिए अपनी व्यक्तिगत मौजूदगी के विनाश या उसे समाप्त करने की कोई सीमा नहीं होती, लेकिन बौद्ध धर्म के साथ ऐसा नहीं है।

एक बौद्धधर्मी के लिए मानव रूप में जन्म लेना, इस पृथ्वी पर जन्म लेनेवाले सभी प्राणियों के जन्म में सबसे श्रेष्ठ है, क्योंकि केवल इस जन्म में ही वह अज्ञानता, वासना और नफरत के विरुद्ध किए गए संघर्ष में सफल हो सकता है। दानशीलता का गुण कुछ भी हो सकता है, इसे गैर-तार्किक या बहुत अधिक (अतित्याग) नहीं होना चाहिए। एक व्यक्ति के परोपकार के भाव को उसके आध्यात्मिक कॅरियर के मार्ग में अवरोधक तब तक नहीं बनना चाहिए, जब तक यह किसी ऐसे व्यक्ति के लिए लाभदायक न हो, जो उससे अधिक योग्य इस लाभ के लिए है। किसी को भोजन देना अच्छा कर्म है, लेकिन आध्यात्मिक ज्ञान देना, धर्म का उपदेश देना (धर्मदान) निश्चित रूप से और भी बेहतर है, क्योंकि धर्म के उपहार से बेहतर दूसरा और कोई उपहार नहीं होता। स्वयं को एक शेर का भोजन बन जाने की अनुमति देने की आवश्यकता नहीं है, अगर आपकी सुरक्षा (अभय) से दूसरे लोगों की सेवा बेहतर तरीके से की जा सकती है।

सही कर्म का तार्किक परिणाम सही रहन-सहन है। उच्चतम स्तर के जीवन की अपेक्षा रखनेवाला कोई भी प्रार्थी बिना पेशे के नहीं हो सकता। संरक्षक के समक्ष नमन करने और झुकने मात्र से आत्मविश्वास और साहस या आत्मसम्मान व गौरव की प्रेरणा नहीं मिल सकती। हर किसी को कुछ कर्तव्यों का निर्वहन अवश्य करना होता है, जिससे उसकी क्षमताओं का अभ्यास होता है और वह स्वयं को अपने साथियों के लिए उपयोगी बनाता है। लेकिन पेशे का अनुसरण करने से किसी भी जीवित प्राणी को किसी तरह का नुकसान या जोखिम नहीं होना चाहिए। इस तरह की तुच्छ कलाएँ जैसे—स्वप्नों से भविष्यवाणी करना, शगुन के चिह्नों या सितारों के द्वारा अच्छे या बुरे की भविष्यवाणियाँ करना, भविष्यवाणी करने के काम में लिप्त होना, रत्न-पत्थरों में चामत्कारिक गुणों को तलाश करना, अलौकिक शक्तियों के होने का घमंड करना, जादू या चमत्कारों को करने का दावा करना, मंत्र-जाप और भजन-प्रार्थना में लीन रहना, ईश्वर को बलि देना, जादू-टोना करना, उलटी-सीधी बातें बनाना (लोकायाता), वे सभी कर्म जिनमें झूठ और धोखेबाजी सम्मिलित हो, उच्चतम स्तर के जीवन की अपेक्षा करनेवाले प्रार्थी के लिए बेकार हैं।

"वह जो शगुन, स्वप्न फलों और चिह्नों का त्याग करता है,
वह व्यक्ति अंधविश्वासों के जंजाल से मुक्त हो जाता है,
वही चरित्रहीनता के बंधन पर विजय प्राप्त कर लेता है
और समय की समाप्ति के बंधन से मुक्त हो जाता है।"

इसी प्रकार से वह उन सभी रिवाजों से अपना मार्ग बना लेता है, जो अनुचित व्यवहार से अवरोधित होते हैं। प्रचार और प्रतियोगिता के अंतर्गत झूठ बोलना और धोखा देना व्यापार व वाणिज्य के प्रमाणित हथियार होते हैं। जैसेकि एक प्रख्यात लेखक कहते हैं—"व्यापार के तरीके चोरी की सीमा पर स्वार्थपरक और धोखे की सीमा पर लचीले बने हैं।

"हमारे व्यापार की साधारण प्रणाली एक स्वार्थपरक प्रणाली है; इसे मानव स्वभाव के उच्च मनोभावों से निर्धारित नहीं किया जाता; इसे पारस्परिकता के नियम से सही-सही मापा नहीं जाता; इसका दूर-दूर तक प्रेम और आदर्श रूप से कोई संबंध नहीं होता; अपितु यह अविश्वास, छिपाने, बहुत अधिक कुशाग्रता, लाभ देने नहीं, बल्कि लेने की एक प्रणाली होती है।

सभी मुनाफे कमानेवाले पेशे समान रूप से अनुपयुक्त हैं, क्योंकि इनमें से प्रत्येक में किसी-न-किसी तरह का कोई गलत कृत्य सम्मिलित होता है। एक वकील अपने ज्ञान को सबसे अधिक मूल्य देनेवाले को यह देखे बिना बेचता है कि केस की निष्पक्षता क्या

है। डॉक्टर ज्यादा फीस के लालच में धनी व्यक्ति की हलकी समस्या पर भी पूरा ध्यान देता है, जबकि गरीब की गंभीर समस्या पर भी पैसे के लिए मोल-भाव करता है। प्रत्येक पेशे में सफलता की अयोग्यता के लिए एक बहुत ही प्रत्यक्ष व चतुर परिणाम खोज निकालता है। प्रत्येक व्यवसायी के लिए कुछ ऐसी परिस्थितियों की आवश्यकता होती है, जिनकी तरफ उसे ध्यान नहीं देना होता; कुछ ऐसी स्थितियाँ जैसे—फुरतीलापन और अनुरूपता, परंपरा को स्वीकार करना, उदारता और प्रेम जैसे मनोभावों से अलग करना तथा निजी राय और घमंड से परिपूर्ण सत्यनिष्ठा के साथ समझौता करना, को स्वीकार करना होता है, बल्कि यह बुराइयों से भरी परंपरा सारे संगठन में भीतर तक समा चुकी है, अब हमारा संविधान, जिसने इसे स्थापित किया है और इसे सुरक्षा देता है, वह भी प्रेम और कारणों का विषय न प्रतीत होकर स्वार्थपरक लगने लगा है।" इसके अतिरिक्त एक पेशे का नैतिक मूल्य इस पर निर्भर करता है कि वह मानवता की आवश्यकताओं के लिए क्या कर सकता है और साथ ही इस पर भी निर्भर करता है कि वह उस पेशे में संलिप्त लोगों के लिए नैतिक कारणों के प्रयास से क्या कर सकता है? जहाँ कहीं भी और जब कभी भी एक व्यक्ति को अपनी जीविका का साधन जुटाना होता है, वह उसे जुटा लेता है, कुछ इसे धोखे और छल-कपट से तो बहुत सारे इसे गुलामी भरे श्रम से प्राप्त कर लेते हैं। गुणों, महानता और चरित्र की साधुता को विकसित करने के लिए कोई व्यक्ति दूसरों के श्रम पर जीवित नहीं रह सकता। इसमें कोई आश्चर्य नहीं है कि इसलिए प्रबुद्ध ने व्यक्ति के जीवन को सत्य के उपदेशक के तौर पर अग्रसर होने को अत्यावश्यक पाया!

शुद्धता के मार्ग का लक्ष्य सभी तरह के दुःखों (शील) के कारण के विनाश और सभी चिंता उत्पन्न करनेवाले कारणों (आवरण) से अधिक कुछ नहीं, केवल बाहरी जीवन और कार्य में बदलाव से अधिक लाभ को तब तक बहुत अधिक हद तक उत्पन्न नहीं किया जा सकता, जब तक इसके साथ विचारों की पूरी तरह से शुद्धि इसमें न शामिल हो। यह व्यक्तिपरक शुद्धीकरण सही प्रयासों, सही विचारों और मस्तिष्क की सही शांतचित्तता के द्वारा प्रभावित होता है। सही प्रयास सम्यकप्रहाण (पालि में समाप्पदान) जिसे कहा जाता है, के अभ्यास में सम्मिलित होता है, ऐसा कहा जाता है कि साहसिक तरीके से भावों पर नियंत्रण पा लेना, जिससे कि बुरी आदतों को उत्पन्न होने से रोकता है; पापजनित विचारों का दमन करना, जिससे उत्पन्न होनेवाले अवगुणों को दूर रखा जा सके; उस अच्छाई को उत्पन्न करना, जो पहले नहीं थी; और उस अच्छाई को स्थिर ध्यान और उपयोग से बढ़ाना, जो पहले से मौजूद है। सही प्रयास का प्रमुख लक्ष्य उच्च स्तर पर विकसित इच्छा, जिसे नियंत्रण करने की क्षमता के नाम से जानते हैं, को विकसित करना।

प्रो. सुली कहते हैं—"परिपक्व इच्छाशक्ति, दूसरों द्वारा कुछ स्नायु केंद्रों के अवरोध

को अंतर्निहित करती है, जब परस्पर विरोधी लक्ष्यों का उदय होता है, कर्मों का दमन गतिविधि से परे एक निश्चित उद्देश्य को बनाए रखना और मस्तिष्क को निरंतर इस पर केंद्रित रखना।" इस प्रकार से प्रबुद्ध ने एक नवदीक्षित को सलाह दी, जोकि किसी तरह की बार-बार याद आनेवाली घटना की धुन में था।

एक अनैच्छिक चरित्र के विचार को बाहर निकालने में सफल होने के लिए इन पाँच तरीकों को आजमाएँ। "(1) कुछ अच्छे विचारों पर ध्यान केंद्रित करें; (2) बुरे विचारों के कम में बदल जाने देने के दुष्परिणामों के खतरे का सामना करना; (3) बुरे विचारों के लिए लापरवाह होना; (4) इसके पूर्वगामी का विश्लेषण करना और इसके अनुक्रमी प्रभावों को शिथिल करना; (5) शारीरिक तनाव की सहायता से मस्तिष्क को बलपूर्वक रोकना।" इन्हें किसी भी तरह के तप अभ्यासों, जिसमें आत्म-दमन शामिल हो, के साथ मिलाकर बेकार बिल्कुल भी नहीं करना चाहिए। विशुद्ध रूप से वैराग्य के तरीके को स्पष्ट तौर से और सोच-समझकर प्रबुद्ध द्वारा अस्वीकार किया गया। इंद्रिय भावन सुत्त में बुद्ध द्वारा परासरिया के एक शिष्य से पूछा गया, एक ब्राह्मण तपस्वी, उसके प्रभु इंद्रियों की शक्तियों के संवर्धन के विषय में किस तरह से सिखाते हैं? उत्तर यह था कि आँखों के साथ वे कोई वस्तु नहीं देखते और कानों से वे कोई ध्वनि नहीं सुनते। इस प्रणाली पर प्रबुद्ध को आगे उत्तर देते हुए कहा कि वे लोग, जो अपनी इंद्रियों को सबसे तरीके से सुधारते हैं, वे अंधे और बहरे होते हैं।

युवक को उत्तर देने में असमर्थ पाते हुए, प्रभु ने आनंद को समझाते हुए आर्य पथ के परम ज्ञान-शक्ति संस्कृति के सटीक स्वभाव को समझाया। इस आर्य अनुशासन में नवदीक्षित को प्रत्येक बोध-चेतनता में अंतर करना सिखाया गया, फिर चाहे वह खुशी की हो अथवा दर्द की और मनोवैज्ञानिक तरीके से इसका मूल्यांकन एक एहसास के माध्यम के तौर पर, कुछ ऐसा जो बदल जाता है, के तौर पर किया और फिर नैतिक तौर पर इसकी समीक्षा अनासक्ति (उपेक्षा) से कम मानते हुए की गई, जो मस्तिष्क का वह स्वभाव है, जिसे प्राप्त करने या बनाए रखने की खोज वह कर रहा था। इस प्रकार से संवेदना प्रभावों के प्रति मस्तिष्क का स्वभाव उनके लिए इस तरह से संज्ञानात्मक और विश्लेषणात्मक बन जाता है। और फिर बुद्धि अपनी नियंत्रण करनेवाली शक्ति से यह निर्देशित करती है कि कैसे और कितने का आनंद लेने के लिए तैयार रहना चाहिए।[3]

यह केवल प्रयासों (कुसलोत्सः) को आगे रखकर और उस जिद से, जिससे व्यक्ति आत्म-नियंत्रण को प्राप्त करता है, के द्वारा ही किया जाता है। जैसाकि 'बोधिचर्यावतार' कहता है, 'वीर्ये बोधिर यता स्थितः नहीवीर्यम विना पुण्यम।' आत्मविश्वास और आदर्शतम प्रयास के बिना बोधि को प्राप्त नहीं किया जा सकता; अच्छे कर्मों को करने में कठोर प्रयासों के बिना कोई लाभ प्राप्त नहीं हो सकता। बोधि की चाह रखनेवाले

प्रत्येक प्रार्थी को एक योद्धा के समान होना चाहिए, तो ऐसा कहा जाता है कि इसके लिए उसने उपयुक्त गुणों, उत्कृष्ट प्रयासों और परम ज्ञान के लिए युद्ध का आरंभ किया है। बहादुरी, कोमलता की अवहेलना, निजी हितों का त्याग, अनुशासनपरक नियमों का अनुपालन उसी तरह से बोधि को प्राप्त करने के आतुर प्रार्थी के लिए आवश्यक हैं, जिस प्रकार से एक योद्धा के लिए आवश्यक हैं। एक व्यक्ति किसी तरह के क्रोध, ईर्ष्या, घमंड, सांसारिक सुखों से लगाव का नाश और परेशान करनेवाले सभी भावों पर विजय प्राप्त कर तथा बिना कठोर प्रयासों (अप्रमदा) के विकर्षण से मुक्ति पा सकता है ? बिना आत्मसंयम (आत्मविध्येता) और सहनशीलता के यह असंभव है कि कोई व्यक्ति अपनी समस्त ऊर्जा को सही उद्देश्य पर केंद्रित, अपने मस्तिष्क को स्वच्छ और अपने भीतर पवित्रता को विकसित कर सके।

नैतिक सलाह सहायक हो सकती है, नैतिकता पर दृढ़ विश्वास व्यक्ति की इच्छा को निर्देशित कर सकता है, लेकिन बल और दृढ़ता, जिसके साथ एक व्यक्ति की इच्छाशक्ति कार्य करती है, वह उसकी आदत पर अधिक निर्भर करती है। आदत न केवल हमारे स्नेह, हमारे सुख और दर्द के प्रति स्वभाव को नियंत्रित करती है, बल्कि यह हमारे कर्मों में एक निरंतरता को भी उत्पन्न करती है। वास्तविक नैतिक जीवन कुछ मूल्यवान कर्मों के प्रतिदिन किए जाने पर अभिज्ञ दृष्टिकोण से निर्भर करता है। इसलिए यह संपूर्ण रूप से आवश्यक हो जाता है कि इच्छाशक्ति को प्रशिक्षित न केवल सलाह या तार्किक सुझावों के द्वारा किया जाए, बल्कि उपयुक्त तौर पर वातावरण में बदलाव कर और लक्ष्यों को नियमित करके भी किया जाए। व्यक्ति केवल प्रशिक्षण, अनुभव और ज्ञान के आधार पर आत्मविश्वास प्राप्त कर सकता है, उस इच्छाशक्ति को पा सकता है, जिससे व्यक्ति बिना हिचकिचाहट के अपने कार्य को करने में सक्षम हो सके। लेकिन इन सबका जन्म मस्तिष्क में होना चाहिए, क्योंकि इच्छाशक्ति का अपना कोई अस्तित्व नहीं होता। यह केवल एक झुकाव होता है, जो दूसरों पर किसी एक लक्ष्य को प्राथमिकता दिए जाने पर प्रभावित होता है।

धर्म इच्छाशक्ति को एक इकाई या शक्ति की तरह नहीं मानता, जो किसी और चीज से नहीं, बल्कि स्वयं ही कुछ भी निर्धारित करे। जैसाकि 'बोधिचर्यावतार' कहता है—"सर्वम तत प्रत्याया बलत स्वतानतंत्रु नविद्यायते। कुछ भी इसकी मौजूदगी के बीच में नहीं आता।" अपनी पसंद सचेतना की एक ऐसी स्थिति होती है, जो कई अलौकिक और मनोवैज्ञानिक कम या अधिक जटिल सह-समन्वय स्थितियों के परिणामस्वरूप उत्पन्न होती है, जो एक कर्म या एक अवरोध के द्वारा एक साथ अभिव्यक्त करती है। सह-समन्वय में प्रमुख कारक चरित्र होता है, जो बहुत ही जटिल उत्पाद होता है, जो आनुवंशिकता, जन्म पूर्व और जन्म के पश्चात् की दैहिक स्थितियों, शिक्षा और अनुभव

के द्वारा बनता है। इस मनोवैज्ञानिक क्रिया का केवल एक भाग चेतन अवस्था में विचार के रूप में प्रवेश करता है। कर्म और गतिविधि जो विचार का अनुसरण करती हैं, वे सीधे तौर पर प्रवृत्ति और भावनाओं, चित्रों और विचारों का परिणाम होती हैं, जो एक विकल्प के रूप में समन्वित हो जाती हैं। इसलिए विकल्प किसी भी चीज के कारण नहीं होता, बल्कि यह अपने आप में एक प्रभाव होता है। हमारी निर्णय शक्ति कई उद्देश्यों के विभिन्न आकर्षणों पर जोर देती है और जो सबसे मजबूत होता है, वह विजयी साबित होता है। यह वास्तव में सत्य है कि हर व्यक्ति यह विश्वास करता है कि उसका चुनाव उस लक्ष्य के अंत पर जिसके बारे में वह सोच रहा है, पर निर्धारित प्रभाव डालेगा। लेकिन वह वहाँ से इसका अनुसरण नहीं करता कि चुनाव इसके बदले में अपने आप में पूरी तरह से निर्धारित नहीं होता।

कौन इस बात से इनकार करेगा कि चुनाव खुशियों व दर्द की अपेक्षाओं से प्रभावित होता है। यह मान लेना कि बिना कारण के चुनाव के लिए यह स्वीकार करना होगा कि उन्मादी प्रकार के साधारण रूप और तुलना के मानकीकरण का गैर-जिम्मेदार और असंगत कर्म है। इसके अतिरिक्त यदि चुनाव बिना कारण का होगा तो हर चुनाव को आवश्यक तौर पर खुशियों की ओर बढ़ना होगा। कोई भी स्वयं कुछ ऐसा चुनाव नहीं करेगा, जो उसके लिए दर्दनाक हो। जैसाकि 'बोधिचर्यावतार' कहता है—"यदितु स्वेच्छया सिद्धि सर्वेक्षं इवा देहिनां न भवेत् केस्य चित् दुःखं न दुःखं कच्छित इच्छिति—अगर सबकुछ व्यक्ति की इच्छा के अनुसार होता, तो इस संसार में दुःख नाम की कोई चीज नहीं होती।" एक व्यक्ति का नैतिक जीवन प्रकृति और समाज से कभी अलग न होनेवाला होता है। उसे उस संपूर्ण में से अलग नहीं किया जा सकता, जिससे उस सीमित व्यक्तित्व के तौर पर निर्माण हुआ है, लेकिन वह उसका भाग है।[4]

इसलिए मुक्त इच्छाशक्ति की कोई मौजूदगी नहीं होती, यह केवल वेदांती व तत्त्वज्ञान की परिकल्पना में ही मौजूद होती है। अपितु यह भी विश्वास नहीं करते कि अन्य लोगों के कर्मों का कोई कारण नहीं होता। क्योंकि अगर वह ऐसा करते हैं, तो उन्हें कभी भी दूसरे लोगों के कार्यों को प्रभावित करने की कोशिश नहीं करनी होगी, क्योंकि इस तरह का प्रभाव आवश्यक तौर पर यह नियम लागू करता है कि कुछ कारण कुछ कार्यों को उत्पन्न करेंगे।

हर कोई इस पूर्वधारणा पर कर्म करता है कि भविष्यवाणी करना कुछ हद तक संभव है, संभाव्यता की कुछ हद तक कि व्यक्ति कुछ विशेष परिस्थितियों में किस तरह से क्रिया करेगा। इसे अस्वीकार करने के लिए इसका प्रतिपादन करना लगभग असंभव है कि दो व्यक्तियों के बीच में सभी तरह के पारस्परिक व्यवहार होंगे। लोग सोच लेते हैं कि कोई व्यक्ति विशेष, विशेष परिस्थिति में इस विशेष प्रकार से क्रिया करने का चुनाव

करेगा, क्योंकि उन्हें अपने अनुभव से यह ज्ञात होता है कि उसने समान परिस्थिति में समान रूप से ही व्यवहार किया था या किसी अन्य व्यक्ति को जब समान परिस्थिति का सामना करना पड़ा था, तो उसने उसमें उसी तरह से व्यवहार किया था। यह मान लेना कि समान परिस्थितियों का अनुसरण करते हुए समान विकल्पों का चुनाव किया जाएगा, यह मान लेने से कम नहीं है कि परिस्थितियाँ चुनावों का निर्धारण करती हैं या इन दोनों का निर्धारण कुछ समान सामान्य कारणों के द्वारा होता है।

क्या व्यक्ति की इच्छा मुक्त होती है, यह संभव नहीं है कि शिक्षा के द्वारा व्यक्ति के चरित्र को बदला जाए। लेकिन अनुभव यह सिखाता है कि एक व्यक्ति के चरित्र का निर्माण विभिन्न गुणों से होता है और इसे कुछ सीमा तक प्रयासों के द्वारा बदला जा सकता है। केवल इसलिए कि एक व्यक्ति की इच्छा उद्देश्य का पालन करती है और यह कारणों पर निर्भर होती है, तो वह अपनी क्रियाओं के वातावरण में बदलाव कर और अपनी इच्छा के उद्देश्य को विचारशील तरीके से नियंत्रित कर अपने आप में बदलाव कर सकता है। जैसाकि प्रबुद्ध ने स्वयं कहा—"श्रमण और ब्राह्मण, जो कहते हैं कि व्यक्ति में विचार बिना कारण या पूर्वगामी के प्रकट होते और लुप्त होते हैं, वे कष्टदायक ढंग से ठगे जाते हैं, पर शिक्षा के द्वारा कुछ विचार उत्पन्न होते हैं, जबकि अन्य रद्द हो जाते हैं।"[5]

एक इच्छा, जिसे सही दिशा में आगे बढ़ने के लिए प्रशिक्षित किया जाना है, दिल से आवश्यक तैयारी की आवश्यकता सही इच्छा (भावना) के प्रयास के द्वारा होती है। एक इच्छा, जिसे पूरा करना है, वह इच्छा की शुरुआत करने का कर्म होती है और जब उसे मजबूती मिलती है, तो वह इच्छा के कार्य को पूरा करती है। अशुभ भावना के द्वारा व्यक्ति अपने आप में एक असंतोष उत्पन्न करता है, जोकि अपने बुरे परिणाम में प्रतिबिंबित होने के द्वारा भ्रष्ट हो जाती है। यह अन्य भावनाओं पर कार्य करने के लिए आवश्यक शक्ति और साहस देती है। मैत्री भावना में व्यक्ति को अपने हृदय को समायोजित करना होता है, जिससे कि वह सभी अन्य प्राणियों, जिसमें कि उसके शत्रुओं की खुशियाँ और सभी का हित और कल्याण सम्मिलित होता है, की अभिलाषा करें।

जैसाकि एमिल बर्नऑफ ने कहा कि मैत्री वैश्विक प्रेम से अधिक कुछ भी नहीं है। कोई भी व्यक्ति मैत्री को विकसित तब तक नहीं कर सकता, जब तक उसका हृदय सभी प्रकार के राग और द्वेषों से पूरी तरह से मुक्त होकर शुद्ध नहीं हो जाता। इतिवुत्त्का का कहना है कि धार्मिक लाभ को प्राप्त प्राप्त करने के सभी साधनों के पास मैत्री का मूल्य, हृदय को शुद्ध करना, जानने के लिए छठी इंद्रिय नहीं होती। मैत्री की शक्ति सभी मापों से परे है। यह अकेले ही सारे संभावित लाभों को प्रदान कर सकती है। जीवन में ऐसा कुछ भी अच्छा नहीं होता, जोकि मैत्री में से प्रसारित की गई किरण न हो। करुणभावना में,

व्यक्ति उन सभी के बारे में विचार करता है, जो गहरे दु:ख में हों, वह अपनी कल्पना में सजीव रूप से उनके दु:खों और परेशानियों का प्रस्तुतीकरण करता है, जिससे कि उसके हृदय में बहुत गहरा करुणा का भाव जाग्रत् हो सके।

मुदितभावना में व्यक्ति की इच्छा होती है कि दूसरे सभी लोग समृद्धशाली हों और वह दूसरों के कल्याण और खुशी में प्रसन्न होता है। अपितु सबसे अधिक कोशिश की जानेवाली परिस्थितियों में भी, तब भी जब संभवत: सबसे बड़ी दुर्घटना के होने की भी संभावना हो, तब भी व्यक्ति को मुदित की भावना को नहीं छोड़ना चाहिए, क्योंकि यह चिरस्थायी तौर पर सांत्वना का बहुत बड़ा साधन होता है। जब मुदित फलता-फूलता है, यह स्वयं को मानवता, जोकि पीड़ा को सहन कर रही होती है, के लिए प्रकोप के रूप में प्रत्यक्ष करता है। उपेक्षा भावना में प्रार्थी अहंकार और स्वार्थ भाव से मुक्त हो जाता है, शक्ति और दमन, धन व इच्छाओं, प्रसिद्धि और निंदा, युवा व वृद्धावस्था, सुंदरता और असुंदरता, बीमारी और सेहत के सभी विचारों और वे विचार, जो शांति में अरुचि दिखाते हैं और संबुद्धि का विचार कि उसके साथ चाहे जो कुछ भी हो, से ऊपर उठा देती है।

> *"जैसे एक व्यक्ति सबके लिए पीड़ा सहता है, उसकी पीड़ा कुछ नहीं होती;*
> *एक व्यक्ति जिसका सौभाग्य तिरस्कार और पुरस्कार होता है,*
> *वह दोनों ही स्थिति में कृतज्ञ रहता है।"*

केवल इस प्रकार के प्रयासों के द्वारा ही एक व्यक्ति निर्धारण करने की उस क्षमता को प्राप्त करता है, जिसमें वह बाहरी परिस्थितियों का मात्र शिकार होने के बजाय स्वयं अच्छाई के नियम के अनुसार आगे बढ़ता है। इस प्रकार वह अकेला ही अपने सभी बुरे स्वभाव और व्याकुलता को समाप्त करने; भिन्नता और अंतर के सभी विचारों से खुद को दूर रखने; अपने दिमाग को वैश्विक दयाभाव, मित्रता और परोपकारिता के विचारों से भरने; और बोधित्व की विशेषता विशिष्ट को प्राप्त करने में सक्षम बना लेता है। इस वास्तविक स्वतंत्रता के वातावरण में वह अथक जोश के साथ सभी लोगों के लाभ के लिए कार्य करेगा, इस दौरान उसके मन में एक क्षण के लिए भी आलस्य का भाव नहीं आएगा, जैसाकि धर्मासंगति सुत्त कहता है कि बोधिसत्त्व की इसके अतिरिक्त और कोई चिंता नहीं है कि वह सभी लोगों की प्रसन्नता को सुरक्षित करे।

सही प्रयासों के द्वारा इच्छाशक्ति को प्रशिक्षित और नियंत्रित किया जाता है। लेकिन जैसेकि कोई भी पूरी तरह से पृथक् भावना, इच्छा या विचार एक-दूसरे से स्वतंत्र नहीं होता, सही प्रयास के साथ सही विचार (स्मृति) का होना बहुत आवश्यक है। इसलिए दिमाग को सही दिशा में निर्देशित करना बहुत आवश्यक है। यह दिमाग ही है, जो भय और दु:खों का निर्माण करता है, जो अच्छे और बुरे कर्म को विकसित करता है। जैसाकि

प्रबुद्ध ने स्वयं कहा है कि सारे तप और तपस्या का कोई लाभ नहीं होगा, अपितु तब भी अगर उन्हें बहुत ही लंबे समय के लिए किया जाए, इसके लाभ के लिए आवश्यक है कि दिमाग को सही लक्ष्य की ओर निर्धारित किया जाए।

चित्तधिनो धर्मः धर्माधिनोः बोधिहि। दिमाग धर्म के अभ्यास पर निर्भर होता है और धर्म के अभ्यास पर बोधि की प्राप्ति निर्भर होती है। "दिमाग ही सबकुछ की उत्पत्ति करनेवाला होता है; दिमाग बहुत ही निपुण होता है; दिमाग ही हर चीज का कारण होता है। यदि दिमाग में बुरे विचार व्याप्त हैं तो व्यक्ति के शब्द भी बुरे होंगे, उसके कर्म भी बुरे होंगे और वह दुःख, जो पाप का परिणाम होता है, उस व्यक्ति का पीछा उसी प्रकार करता है, जिस प्रकार गाड़ी के पहिए उसके पीछे-पीछे चलते हैं, जो उसे खींच रहा होता है। दिमाग से ही सब चीजों की उत्पत्ति होती है; वह दिमाग ही है, जो आदेश देता है; वह दिमाग ही है, जो कल्पनाएँ करता है।

"अगर दिमाग में अच्छे विचारों की उपस्थिति होगी, तो व्यक्ति के शब्द भी अच्छे होंगे और उसके कर्म भी अच्छे होंगे तथा इस तरह के कर्मों के परिणामस्वरूप, जो खुशी प्राप्त होती है, वह उस व्यक्ति का अनुसरण उसी प्रकार से करेगी, जिस प्रकार से किसी भी वस्तु की परछाईं उसका पीछा करती है। यह दिमाग ही है, जो अपना स्वयं का निवासस्थान बनाता है; दिमाग बुरे तरीकों को प्रतिबिंबित करता है, अपने दुःखों का पीछा करता रहता है। वह दिमाग ही है, जो स्वयं अपने संतापों का निर्माण करता है। कोई पिता, कोई माता किसी के लिए उतना नहीं कर सकती, जितना कि विचारों को उस ओर निर्देशित करके किया जा सकता है, जोकि सही है, तो फिर खुशियाँ आवश्यक तौर पर व्यक्ति का पीछा करेंगी। बुद्धिमान व्यक्ति, जो अपनी छह प्रवृत्तियों को सीमित और अपने विचारों की निगरानी करता है, वह निश्चित तौर पर बुराई के साथ अपने संघर्ष में विजय प्राप्त करता है और स्वयं को सभी तरह के दुःखों से मुक्त कर लेता है।"

"मस्तिष्क, प्रधान शक्ति है, जो आकार देती व निर्माण करती है
और व्यक्ति मस्तिष्क है, जो अनंत काल तक
विचाररूपी उपकरण से अपनी इच्छा को आकार देता रहेगा।
अनगिनत खुशियों, बुराइयों को लाता रहेगा,
उसकी सोच रहस्यमयी है और यह आती है, गुजरने को,
पर वातावरण इसे देखने का आईना है।"

इस प्रकार मस्तिष्क की निगरानी रखना आवश्यक है कि कहीं यह बुरे विचारों से प्रभावित न हो जाए। व्यक्ति को हमेशा अच्छे विचारों को लाने का अभ्यास करते रहना चाहिए। उसे यह पता होना चाहिए कि किससे बचना है और क्या करना चाहिए। उसे

हमेशा इस बात को लेकर सचेत रहना चाहिए कि उसका शरीर और दिमाग किस तरह के कृत्यों में व्यस्त है। केवल वही एक इसमें सक्षम है कि उसके विचार उन पापों को देख पाए, जो उसके पाप होनेवाले हैं और यह जानकर वह उनमें सुधार करे और भविष्य में स्वयं को उस ओर जाने से रोके। व्यक्ति, जो विचारों से वंचित होता है, वह उस अवैध के समान होता है, जो काम करने में अक्षम होता है। सही विचारों को अपने मस्तिष्क में लाने की क्रिया को करना तभी संभव है, जब व्यक्ति के पास बौद्धिक दृष्टिकोण और ज्ञान (प्रज्ञ) मौजूद हो।

बुद्धघोष अपनी कृति 'विसुद्धिमग्ग' में कहते हैं—"ज्ञान बहुरूपी और विविध प्रकार का होता है तथा एक उत्तर होता है, जिसे पाने का प्रयास करके थक जानेवाला अपने उद्देश्य में दोनों तरह से असफल हो जाता है और बहुत ही गहरे संशय की स्थिति में बना रहता है। इसलिए हमने अपने आप को यहाँ पर जिस अर्थ में अभिप्रेरित किया है, में सीमाबद्ध रहेंगे—बुद्धि ज्ञान है, जो अंतर्दृष्टि में सम्मिलित होती है और जो गुणवान विचारों के साथ मिली हुई होती है।" यहाँ पर अंतर्दृष्टि से अर्थ है, उस सबकुछ की केंद्रित वास्तविकता को पकड़कर रखने की शक्ति, जो मनुष्य के लिए बहुत मूल्यवान होती है। ज्ञान से अर्थ है—कारण और प्रभाव; शरीर (काया) व मस्तिष्क (चित्त) के वास्तविक स्वभाव; खुशी और दुःख (वेदना); और इस संसार में सभी चीजों (धर्म) का वास्तविक संबंध (यथाभूतम) के नियम की पर्याप्त समझ।[6] ज्ञान बोधिसत्त्व को इस समझ की ओर अग्रसर करता है कि जो कुछ भी मौजूद होता है, वह विभिन्न परिस्थितियों (हेतुप्रत्यय) के संयोजन के द्वारा मौजूद होता है; कि सभी चीजें बदलाव (अनित्य) के अधीन होती हैं; कि यहाँ पर न तो कोई व्यक्तिगत अहं आत्मा (आत्मा) होती है, न ही चीजों में सहज अज्ञात अधः स्तर होता है (दिंग एन सिच, ब्राह्मण या परमात्मा); और यहाँ अपनी चीजों (अविद्या) की सही प्रकृति के प्रति अज्ञान बने रहने के चलते सभी लोग अनगिनत तरीकों से मानसिक और शारीरिक यातनाओं को अनुभव करते हैं। इस ज्ञान ने बोधिसत्त्व में सभी पीड़ा झेलनेवालों के प्रति बहुत गहरे करुण भाव को जाग्रत् किया है और व्यक्ति को इसके लिए विवश किया है कि वह अपनी मुक्ति के लिए निर्भीक ऊर्जा के साथ कार्य करे।

यह बौद्ध धर्म की विशेषता है कि यह बौद्धिक प्रबुद्धता को निर्वाण की आवश्यक स्थिति बना देता है। बौद्ध धर्म में नैतिकता और बौद्धिक प्रबुद्धता को एक-दूसरे से अलग नहीं किया जा सकता। जहाँ नैतिकता उच्चतम स्तर के जीवन के लिए आधार का निर्माण करती है, ज्ञान और बुद्धि उसे पूर्ण करती है। कारणत्व और रूप परिवर्तन (प्रतित्यसम्युतपद) के नियम को उचित प्रकार से समझे बिना, कोई भी बोधि को प्राप्त करने के लिए आगे नहीं बढ़ सकता, हालाँकि वह नैतिक हो सकता है। बल्कि किसी को

वास्तव में नैतिक नहीं कहा जा सकता, यदि उसके पास आवश्यक अंतर्दृष्टि और ज्ञान नहीं है। इस संबंध में, बौद्ध धर्म अन्य सभी धर्मों से अलग सोच रखता है।

सभी एकेश्वरवादी धर्मों की शुरुआत कुछ मान्यताओं के साथ होती है और जब ज्ञान के विकास के साथ इन मान्यताओं में टकराव होने लगता है, वे यह विलाप करते हैं—"वह जो ज्ञान में वृद्धि करता है, वह पीड़ा में भी वृद्धि करता है।" लेकिन बौद्ध धर्म की शुरुआत किसी तरह की पूर्वधारणाओं के साथ नहीं होती। यह तथ्यों की मजबूत बुनियाद पर टिकी होती है और इसलिए कभी भी ज्ञान के हलके प्रकाश को भी अस्वीकार नहीं कर सकती। कुछ लोगों द्वारा वेदांत के अद्वैत रूप को भी उसी स्तर पर रखने का प्रयास किया गया, जिस पर धर्म था, जैसेकि अद्वैत मत में निर्वाण का प्रमुख माध्यम ज्ञानम् के नाम से जाना जाता है, लेकिन वेदांत में जो ज्ञानम् होता है, वह बौद्धधर्मियों द्वारा प्रज्ञ के माध्यम से जो समझा जाता है, उससे पूरी तरह से भिन्न होता है। प्रज्ञ का अर्थ होता है—अवलोकन और अनुभव पर आधारित युक्तिवाद और वैसे इसका सहज ज्ञान या जिसे अधिचेतना कहा जाता है, से कुछ लेना-देना नहीं होता।

वहीं दूसरी तरफ—"ब्राह्मणवाद के अनुयायी कारण आदि की प्रकृति को धर्मग्रंथों के आधार पर परिभाषित करते हुए कहते हैं और इसलिए प्रतिपादित करनेवाले के प्रति आभारी न होते हुए उसका मत संपूर्ण तौर पर अवलोकन के लिए सहज होता है।" यह केवल वेदों के प्रभुत्व पर ही है कि ब्राह्मणों को इस संसार की उत्पत्ति के कारण के तौर पर लिया गया। अपनी कृति 'सिस्टम देस वेदांत' में डॉ. ड्यूसेन ने खासतौर पर इस तथ्य पर जोर दिया है कि वेदांती का तथाकथित ज्ञानम् (मेटाफिजिक इरेक्कननिस) ईसाई धर्म की आस्था (ग्लोबे) से भिन्न नहीं है।

यद्यपि ज्ञान और अंतर्दृष्टि का मूल्य सबसे अधिक होता है, फिर भी इन्हें मस्तिष्क की अस्थिर मनोदशा की ओर बढ़ने से रोका जाना चाहिए। चूँकि प्रज्ञ के साथ-साथ, बोधि के प्रार्थी को आवश्यक तौर पर शांतचित्तता, मस्तिष्क की एक ऐसी अवस्था, जो शांति और नैतिक ज्ञान से परिपूर्ण होती है, को प्राप्त करने के लिए ध्यान का अभ्यास भी करना चाहिए। सही शांति (समाधि समता) अकेले सारी मानसिक स्थितियों के लिए ऐसी स्थिरता लाएगी, जो हलके स्तर के सत्य के आभास को लाएगी। ध्यान, जैसाकि बौद्ध धर्म में समझा जाता है, यह उच्चतम स्तर के दृष्टिकोण से जीवन के तथ्यों का अवलोकन है और यह एक बहुत ही महत्त्वपूर्ण भूमिका निभाता है। धर्म प्रार्थना को निर्वाण प्राप्त करने के माध्यम के तौर पर अस्वीकार करता है। कारण और प्रभाव का नियम किस प्रकार से स्वयं पूरी तरह से अपने दायित्वों को पूरा करने में असफल हो चुका है, के समक्ष विनती करने से प्रभावित हो सकता है?

एक दोष के परिणाम को केवल प्रायश्चित्त और ग्लानि से प्रेरित होकर ही समाप्त

किया जा सकता है, न कि स्वार्थपरक सजा के डर से, बल्कि इसे सत्य और सदाचार से प्रेम करके समाप्त किया जा सकता है, लेकिन चिंतन, आवश्यक नैतिक परिस्थितियों के अंतर्गत पर्याप्त ज्ञान के साथ इसे लाभ की ओर निर्देशित करने, व्यक्ति को स्वयं को बेहतर तरीके से समझने, अपनी चेतना को और भी गहराई से जाँचने तथा अपने मस्तिष्क को प्रकाशित करने में सक्षम बनाता है।

ध्यान में चार चरण सम्मिलित होते हैं—प्रसन्नता व खुशी का स्तर, जिसका जन्म जाँच और गहन चिंतन के द्वारा एकांतवास के साथ होता है; उल्लास और आंतरिक शांति की स्थिति, जो बिना किसी तर्क-वितर्क के होती है, यह जाँच और गहन चिंतन का परिणाम होती है; सभी तरह की भावनाओं और पूर्वधारणाओं की पूरी तरह से अनुपस्थिति; और अंत में एक स्वत्वबोधक और संपूर्ण शांतचित्तता की स्थिति। चंद्रादीप-समाधि सूत्र (रेव सोयेन शाकू ने अपनी कृति 'सर्मन्स ऑफ ए बौद्धिस्ट अबॉट' में दोहराया) में ध्यान का अभ्यास करने के लाभों को निम्न प्रकार से गिनाया है—"(1) जब एक व्यक्ति नियमों का पालन करते हुए ध्यान का अभ्यास करता है, तो उसकी सभी इंद्रियाँ शांत और स्थिर हो जाती हैं तथा वह इसका बोध हुए बिना, वह इस आदत का आनंद लेने लगता है। (2) प्रेम और दयाभाव उसके हृदय में बसेरा बना लेते हैं, जो फिर वह स्वयं को पाप से मुक्त कर लेता है, सभी सचेतन प्राणियों की ओर अपने भाई और बहन के भाव की दृष्टि बनाए रखते हैं। (3) कुछ जहरीले और पीड़ा देनेवाले भाव जैसे—क्रोध, मूर्खता, लालच आदि धीरे-धीरे उसके चेतन मन से बहुत दूर हो जाते हैं। (4) अपनी सभी इंद्रियों पर निकटता से दृष्टि रखता है, ध्यान बुराई के अतिक्रमण के विरुद्ध इन पर निगरानी रखता है। (5) हृदय से शुद्ध और स्वभाव से शांत होने के कारण ध्यान का अभ्यास करनेवाला कमजोर करनेवाली भावनाओं के समय अनियमित इच्छा को महसूस नहीं करता। (6) दिमाग उच्च स्तर के विचारों पर केंद्रित रहता है। सभी प्रकार के लोभ एवं आसक्ति और अहंकार उससे दूर रहते हैं। (7) चूँकि वह अच्छी तरह से मिथ्याभिमान के खोखलेपन को अच्छी तरह से जानता है, इसलिए वह शून्यवाद के प्रलोभन में नहीं फँसता। (8) हालाँकि वह जन्म और मृत्यु के जाल में फँसा होता है, फिर वह अच्छी तरह से जानता है कि उसमें से किस तरह से मुक्ति पानी है। (9) धर्म की सबसे गहरी गहराई की थाह पा लेने पर वह बुद्ध के ज्ञान में अपना स्थान निश्चित कर लेता है। (10) चूँकि वह किसी भी तरह के प्रलोभन से व्यथित नहीं होता है, इसलिए वह स्वयं को एक चील की तरह महसूस करता है, जो पिंजरे से मुक्त हुई है और मुक्त होकर नीले आकाश में पंख फैलाकर उड़ रही है।"

इसलिए यह स्पष्ट हो जाता है कि ध्यान मस्तिष्क का एक अनुशासन है, जो अंततः उस स्थिति की ओर अग्रसर करता है, जिसमें दिमाग एक ऐसे प्रकाश से जगमगा उठता

है, जो संसार के एक नए पहलू को उजागर करता है, जो पूरी तरह से स्वार्थपन, प्रेम या भावावेशों के सभी संकेतों से मुक्त होता है।

ध्यान, जिसका अभ्यास बौद्धधर्मी द्वारा किया जाता है, उसमें चेतनता को नहीं खोया जाता। वहीं दूसरी तरफ यह व्यक्ति की चेतनता, जिसे चरित्र कहते हैं, के आदतन साधन को विकसित करने का आत्मपरक तरीका होता है। दान और शील का अभ्यास, जोकि अच्छे कर्म करना है, में प्रतिदिन जिए जानेवाले जीवन के कुछ बाहरी कर्म सम्मिलित होते हैं, जहाँ पर निम्न स्तर की अनैच्छिक क्रियाएँ धीरे-धीरे समाप्त हो जाती हैं और उच्च स्तर की क्रियाएँ धीरे-धीरे विकसित होती हैं, चूँकि ध्यान, हालाँकि इसमें दान और शील का कर्म अंतर्निहित होता है, इसमें विचारों और इच्छाशक्ति का सीधे तौर पर कर्म चरित्र पर सम्मिलित होता है। इस तरह से यह अहंकार का आत्माधीन एकाग्र उन्मूलन है, जिसके साथ सभी चीजों का निष्पक्षता के साथ जाँच करने का विचार भी है।

यह एक कठोर प्रयास है कि मस्तिष्क को, जो भी चीजें मौजूद हैं, के साथ संपूर्ण समानता में लाया जाए, जिससे सभी चीजों का स्थान प्रकृति के अनुसार दिखाई दे और व्यक्ति के कर्मों को सदाचारी ढंग से उनकी ओर समायोजित किया जाए। इसलिए ध्यान और परमानंद या मोहावस्था में कुछ भी एक जैसा नहीं है, जोकि बहुत बड़े स्तर पर धार्मिक रहस्यवाद से संबंधित पाया जाता है और यह दावा भी किया जाता है कि उसे ईश्वरीय में अलौकिक शक्तियाँ और अंतर्दृष्टि प्राप्त है।

प्रबुद्ध ने कहा—"हमारे समुदाय का कोई भी सदस्य कभी यह झूठा दावा नहीं करता कि उसे असाधारण शक्ति या अलौकिक पराकाष्ठा की प्राप्ति हुई है, इस झूठी प्रशंसा से वह स्वयं को पवित्र आत्मा की उपाधि से अलग कर देता है; इस तरह, उदाहरण के लिए, किसी एकांत स्थान पर चले जाना और ऐसा झूठा दिखावा करना कि परमानंद की अवस्था प्राप्त कर ली है और उसके बाद स्वयं यह मानकर दूसरों को असाधारण आध्यात्मिक प्राप्ति का मार्ग बताने के उपदेश देना। जल्दी ही संभव है कि जिस बहुत ऊँचे ताड़ के वृक्ष, जिसे काट दिया गया है, वह फिर से हरा-भरा हो जाए, तो फिर से उसके भीतर सबसे ऊँचा होने का घमंड दोबारा से संगृहीत हो जाता है। अपना ध्यान रखो कि तुम किसी तरह से अपने भीतर इस तरह की बेकार चीजों को प्रवेश करने के लिए मार्ग प्रशस्त न करो।" सपने और परमानंद, परिकल्पना और समाधि, जो दूसरे धर्मों में पवित्रता के साक्ष्य माने जाते हैं, वे सब बौद्धधर्मी के लिए बेकार और मूर्खतापूर्ण कल्पनाएँ होती हैं।

बौद्धधर्मी का ध्यान, जिसे कभी-कभी अनुत्तरयोग भी कहा जाता है, को ब्राह्मणवादी योग के समानार्थी समझकर उलझना नहीं चाहिए। ब्राह्मणवादी योग प्रधान रूप से शारीरिक व सम्मोहक होता है, जिसमें आत्मपरक स्व-भ्रमजाल से एक तर्कहीन

विघ्न उत्पन्न होता है। अनुत्तरयोग का भी अपना शारीरिक और स्वास्थ्यकारी पक्ष होता है। वह व्यक्ति, जो संपूर्णता की तलाश में हो, उसे पूरी सावधानी के साथ आवश्यक तौर पर सारी स्वास्थ्यकारी परिस्थितियों का अनुसरण करना चाहिए। आहार के नियम, गहरी साँस लेने के नियम और हर समय ताजी हवा में रहना, सही पोशाक को धारण करना जिससे कि पूरे शरीर में हवा का प्रवेश ठीक प्रकार से हो सके, नियमित रूप से स्नान करने का नियम, नियमित रूप से आराम करने का नियम और पर्याप्त मात्रा में व्यायाम करना—सभी बहुत आवश्यक हैं।

हालाँकि, ध्यान के अपने शारीरिक और स्वास्थ्यकारी पक्ष हैं, लेकिन यह प्रधान रूप से बौद्धिक और नैतिक है, इसका प्रमुख उद्‌देश्य सचेतना की सही प्रकृति और इस तरह से व्यक्ति को समझना है। बौद्ध धर्म में उत्कृष्टता के अनुसार योगी उदारवादी बोधि सत्त्व होता है, जो छह पारमिताओं का अभ्यास करता है। जबकि ब्राह्मण योगी का प्रयास सार्वभौमिक ब्रह्म में तल्लीन हो जाने का होता है, बोधिसत्त्व यह एहसास करने का प्रयास करता है, सभी चीजों के आत्म-विहीन चरित्र (सर्वधर्मा अनुपलमभा सुनयाता) (सुनयाता करुणायोर अभिन्नम बोधिचित्तम्) पर विचार करे। बोधि में जिस मानसिकता के सदृश को वैश्विक करुण भाव और स्वयं की उपेक्षा करने से अलग नहीं किया जा सकता। अपने महायान श्राद्धोत्पाद सुत्त में अश्वघोष द्वारा खास तौर पर बोधि के प्रार्थियों को बौद्धधर्मियों की समाधि और तीर्थकारियों, विधर्मियों के समान अर्थ में न उलझने की चेतावनी दी गई है। विधर्मियों द्वारा समाधि के जो भी अभ्यास किए जाते हैं, उन सभी को निरपवाद रूप से अहंवादी अवधारणा और भ्रम व आत्म-सुझाव के उत्पाद माना गया है। और हम इसमें यह भी जोड़ सकते हैं कि सबसे प्रचंड व तथाकथित दैवीय परमानंद की अवस्था अवचेतन क्रिया का परिणाम होती हैं, जो संभोगी जीवन में सक्रिय कुछ मानव अंगों में होती है।

ध्यान का अभ्यास, प्रज्ञ के साथ नहीं होता, यह किसी भी अच्छाई का उत्पाद नहीं हो सकता, लेकिन जब दो जन एक साथ क्रिया करते हैं तो मस्तिष्क मुक्त होता है, न केवल सभी तरह की असंगतियों को हटाने के द्वारा उत्पन्न अस्थिरता से होता है, बल्कि आत्ममोह, स्वयं की वासना से भी होता है, जो सभी तरह के अहंकार की जननी होती है। अहंकार का विनाश बोधिसत्त्व को सभी तरह के दुःखों से दूर होने में और साथ ही विकास के सभी अवरोधों को दूर करने, आत्मसंयम व साहस को प्राप्त करने, सभी के लिए सहानुभूति महसूस करने व अच्छे कर्मों को करके आनंद का अनुभव करने में सक्षम कर देता है।

इसमें किसी तरह के आश्चर्य की कोई बात नहीं है कि बौद्ध धर्म में जिस ध्यान प्रक्रिया को किया जाता है, उससे बहुत ही अविस्मरणीय परिणाम प्राप्त हुए हैं, जिन्हें हम

आधुनिक जापानियों में देखते हैं। मिस्टर ओकाकुरा योशिशाबुरो अपनी रचना 'जापानी स्पिरिट' में कहते हैं—"आत्मसंयम, जो हमें हमारी अभिव्यक्ति में बदलाव के द्वारा अपनी आंतरिक भावना को धोखा न देने में सक्षम बनाता है, जिसके साथ हम संयत कदम के साथ मौत के भयंकर जबड़े में चलना सीखते हैं—संक्षिप्त में वे सभी विशेषताएँ, जो आज के जापानी को सही मायने में जापानी प्रकार का बनाती हैं, अजीब दिखती हैं, अगर यह आपकी (अर्थात् यूरोपीय लोगों की नजरों में) आँखों में अजीब नहीं हैं तो यह सबसे अधिक दृष्टिगत स्तर तक हमारी पूर्व की मानसिकता पर उस प्रत्यक्ष या अप्रत्यक्ष प्रभाव का उत्पाद है, जोकि बौद्ध धर्म सिद्धांत के ध्यान द्वारा अभ्यास किया गया था, जैसाकि जैन पुरोहितों द्वारा सिखाया गया था।"

उनके मार्ग में, जिन्होंने आर्य मार्ग पारगमन किया है, दस बाधाएँ मार्ग में बाधक (समयोजना) होती हैं, जिन पर विजय प्राप्त करनी होती है। इनमें से सबसे प्रमुख होती है—एक स्थायी व्यक्तिगत आत्म (सत्काय दृष्टि) का भ्रम। यह भ्रम बहुत से रूप धारण करता है। कभी-कभी स्व को शरीर के साथ पहचाना जाता है; कभी-कभी इसे एक चीज के साथ संबंधित किया जाता है, जो मृत्यु होने पर शरीर से निकलकर कहीं चली जाती है; कभी-कभी यह स्वयं को एक व्यक्ति के लिए एक भावनात्मक या अभौतिक संलग्नता के तौर पर प्रस्तुत करती है। ये सभी उसके लिए एक समान हैं, जो स्वयं को एक स्थायी स्थिर वस्तु मानता है और उसे यह एहसास नहीं होता कि वह केवल एक इकाई का, जिसका जन्म स्कंधों के एकत्रीकरण से हुआ है, जिसकी वर्तमान स्थिति को भूतकाल में काम करनेवाले कारण से निर्धारित किया गया है और जिसके भविष्य का निर्धारण वर्तमान में काम करनेवाले कारकों के द्वारा निर्धारित किया जाएगा। मुक्ति या प्रबुद्धता की दिशा में किसी भी तरह का विकास असंभव है, लेकिन एक व्यक्ति जब एक बार यह समझ जाता है कि स्थायी अहं (आत्म) जैसा कुछ भी नहीं होता, जो एक मृत्यु के परे जाकर एक शाश्वत आनंद के लाभ को प्राप्त कर सके, लालसा भोगवाद की पराकाष्ठा तक पहुँचने की जल्दी में नहीं होती, 'आओ, हम अच्छी तरह से खा-पी लेते हैं, क्योंकि कल हम मरनेवाले हैं।' इसलिए यह आवश्यक है कि संपूर्णता को प्राप्त करने की संभावना में विश्वास रखा जाए, इसलिए नवदीक्षित की राह में नास्तिक मत (विच्छिसा) अगला अवरोध है।

अपनी सीखने की इच्छा न होने और अज्ञानता के अभिज्ञान के साथ नास्तिक मत वाले मौजूदगी की समस्या को सुलझाने की सभी संभावनाओं से इनकार कर देते हैं तथा इस तरह से एक मानसिक और नैतिक व्याधि सामने आ जाती है, जिसे विकास के लिए किए गए अथक् प्रयासों के द्वारा ही व्यर्थ सिद्ध किया जा सकता है। संशयवाद अकसर छद्म वेश से अधिक कुछ नहीं होता, जिसमें अज्ञानता स्वाँग रचती है। संशयवाद

मस्तिष्क की एक प्रवृत्ति नहीं है। बल्कि यह एक आंतरिक अयुक्तता है, जो मानसिक क्षणभंगुरता को निर्दिष्ट करती है। संशयवाद व्यक्ति में नई शक्ति का संचार नहीं कर सकता; यह केवल मार सकता है, कभी भी जीवन नहीं दे सकता। केवल एक नए आदर्श में आस्था ही व्यक्ति को नए जीवन की खोज के लिए आगे बढ़ने हेतु प्रेरित कर सकती है। यह देखने के लिए आर्य पथ किस लक्ष्य की ओर अग्रसर करता है, व्यक्ति को पथ में आवश्यक तौर पर प्रवेश करना होगा। लेकिन साथ ही व्यक्ति को इस पथ पर विश्वास भी रखना होगा और इसका अनुसरण दूर वहाँ तक करना होगा, प्रबुद्धता पथ में उत्पन्न नहीं होती, यह पथ अकेले ही तैयार कर सकता है।

तीसरा अवरोध है—शुद्ध करने का दावा करनेवाली धार्मिक क्रियाओं व संस्कारों (शीलव्रत परामर्श) की प्रभावशीलता में विश्वास रखना। वैदिक धर्म पूरी तरह से कर्मकांडी है। वह व्यक्ति, जो प्रचुरता के साथ सोमरस का प्रवाह करता है और जिसके हाथ हमेशा मक्खन से भरे रहते हैं, वह धर्मात्मा सर्वोत्कृष्ट होता है तथा जो ईश्वर को कुछ भी समर्पित न कर पाने में असमर्थ, निर्धन होता है, वह धिक्कारने योग्य होता है। वैदिक काल के बाद के समय में कर्मकांड और भी मजबूत हो गए और धर्म में गिरावट आकर वह केवल चमत्कार बनकर रह गया। धार्मिक संस्कारों के साथ ईश्वर का स्थान भी कम हो गया। धार्मिक संस्कारों का अनुपालन करने को व्यक्ति के कल्याण के लिए आवश्यक माना जाने लगा।

पवित्र पठन-सामग्री को बार-बार दोहराने को निर्वाण की एक शर्त के तौर पर देखा जाने लगा और यह विश्वास किया जाने लगा कि केवल देवताओं से प्रार्थना करने मात्र से जीवन भर के सभी अपराधों और अनैतिकता से मुक्ति मिल जाती है। जैसाकि प्रबुद्ध ने उपदेश दिए, "ईश्वर में आस्था रखनेवाले ऐसे किसी विचार पर विश्वास मत करो, धर्म में इस तरह से धार्मिक संस्कारों के लिए कोई स्थान नहीं है। धार्मिक संस्कार और बाहरी आडंबर का समर्थन केवल पाखंडी करते हैं और इनसे दुःखों से किसी तरह भी मुक्ति प्राप्त नहीं होती, तब भी जब इन्हें सही भावना के साथ ही क्यों न किया जाए। वे लोग, जो धार्मिक संस्कारों व कर्मकांडों के अवलोकन के प्रति समयनिष्ठ होते हैं, वे वासना, नफरत और अज्ञानता के क्लेश से मुक्त नहीं होते। अगर गंगा में स्नान करने से लाभ प्राप्त होता तो वास्तव में मछुआरे को इस संदर्भ में सबसे बड़ा लाभार्थी माना जाता और ऐसा भी तब अगर हम मछलियों और अन्य जीवों की बात न करें, जो दिन-रात पानी में तैरते रहते हैं।"

इन तीन अवरोधों पर विजय प्राप्त कर लेनेवाला आर्य पथ के पहले चरण (स्रोतपन्न) का निर्माण कर लेता है और जैसाकि धम्मपद कहता है, इसका फल 'इस संसार में वैश्विक साम्राज्य से बेहतर, स्वर्ग जाने से बेहतर, सारे संसार के ईश्वरत्व से

बेहतर।' पहले चरण में सफलता प्राप्त कर लेना इसकी गारंटी नहीं होती कि आप वापस फिर से पुराने मार्ग पर लौटकर नहीं जाओगे। वह व्यक्ति, जो स्वयं के भ्रमजाल, संशय और धार्मिक कर्मकांड के जाल से बाहर आ गया है, उसने काफी हद तक अपने आप में सुधार कर लिया है, लेकिन उसका लक्ष्य तब तक पूरा नहीं होता, जब तक वह अगले दो कामुकता (काम) और द्वेष (प्रतिघ) के अवरोधों को पार नहीं कर लेता, तब तक उसके फिर से अपने पतन की ओर जाने की संभावना नहीं रहती है। जब वह बहुत अच्छे तरीके से इन दोनों अवरोधों से बाहर आ जाता है तो वह दूसरे चरण को प्राप्त कर लेता है और सतक्रिदागामिन बन जाता है। इसके बाद वह सही पथ पर चलेगा, लेकिन अब भी वह वापस पतन के उसी कुएँ में गिरने के जोखिम से मुक्त नहीं हुआ है। केवल तभी जब सारी कामुकता और द्वेष का नाश हो जाए, उसके हृदय में अब कभी केवल अपने लिए तुच्छ स्वार्थ से परिपूर्ण प्रेम या दूसरों के प्रति बुरी भावना की उत्पत्ति फिर कभी नहीं हो सकती, इस स्थिति में पहुँचकर वह अनागामी बन जाता है। उसके अब वापस पीछे लौटने की कोई संभावना नहीं है, लेकिन वह अब भी सभी तरह के दोषों से मुक्त नहीं हुआ है। उसे अब भी शेष अवरोधों से उबरना होगा। उसे इस संसार और दूसरे संसार में सभी प्रकार के आनंद के लिए प्रलोभनों (राग), जो भौतिक (रूप) और अभौतिक (अरूप) के लिए होते हैं, का नाश करना होगा; उसे अहंकार (मन), आत्म-साधुता (औद्धत्य) और वस्तुओं की वास्तविक प्रकृति के प्रति अज्ञानता (अविद्या) पर विजय प्राप्त करनी होगी।

जब वह इन सभी अवरोधों को समाप्त कर देगा और मुक्त होकर आर्य पथ पर पारगमन कर पाएगा, फिर उसके सामने सभी चीजों का प्रकाट्य उनके वास्तविक संबंध के तौर पर होगा। कोई भी बुरी भावना मन में न होने पर वह अपने लिए सही इच्छा को पोषित कर पाएगा और सभी के लिए करुणा से परिपूर्ण व स्वार्थपन से मुक्त प्रेमभाव को महसूस कर पाएगा। पथ पर पारगमन करके वह अपने लक्ष्य तक पहुँच जाएगा; वह संपूर्ण, एक अर्हत बन जाएगा और उसे निर्वाण का परमानंद प्राप्त होगा। वह, जिसने सर्वोच्च प्रबुद्धता को प्राप्त कर लिया, वह संसार (प्रपंच) को फिर कभी उपेक्षा के साथ नहीं देखता, बल्कि वह इसे एक कल्याणकारी भूमि के तौर पर देखता है, जहाँ पर बोधि का निर्मल प्रकाश फैला हुआ है।

एक प्रार्थी का बौद्ध धर्म के साथ कॅरियर, जिसे आर्य आष्टांगिक मार्ग के द्वारा प्रस्तुत किया जाता है, को कुछ अग्रणी बौद्धधर्मी विचारकों के द्वारा दस भूमि या चरणों में समझाया गया है। जब एक व्यक्ति की दृढ़ता और आकांक्षा बोधि (चित्तोत्पद) के विचार की उत्पत्ति से शुद्ध हो जाती हैं तथा वह करुणा और दया भाव में जीवंत अभिव्यक्ति को पा जाते हैं; वे और कुछ नहीं, बस आनंदित हो सकते हैं। यह पहला चरण होता है, जिसे

आनंदपूर्ण चरण (प्रमुदित) के नाम से जाना जाता है; यह हाल ही में परिवर्तित हुए प्रार्थी की आनंदित स्थिति को प्रस्तुत करता है। यह परोपकार का क्षेत्र है, जो सभी के लिए आसानी से उपलब्ध होता है। प्रथम चरण में, जो अंतर्दृष्टि प्राप्त होती है, को आवश्यक तौर पर अच्छे कर्मों को करते रहने के साथ विकसित करना चाहिए, जिससे कि हृदय को हर तरह के दोषों से मुक्त किया और मस्तिष्क को अहंकार के जन्म लेने की स्थिति से मुक्त रखा जाए। जहाँ पर भी अहं में विश्वास मौजूद होता है, वहाँ पर कोई भी व्यक्ति अपने पड़ोसियों को अपने जैसा समझने की बात को प्राथमिकता नहीं दे सकता। हो सकता है कि कोई व्यक्ति उल्लास के एक क्षण में ऐसा सोचे, लेकिन उसकी सोच स्थायी नहीं होती। सुनयता का समझ और संसार के विवरण के साथ, जो शुद्धता और प्रार्थी की दयापूर्ण प्रवृत्ति को और भी व्यापक करने की ओर अग्रसर करती है। यह दूसरा या निर्मल (विमल) चरण होता है, जो आवश्यक तौर पर नैतिकता का क्षेत्र होता है।

नैतिकता के अभ्यास को आवश्यक तौर पर चिंतन (अधिचित्त) के साथ होना चाहिए; इस तरह से बोधिसत्त्व आवश्यक तौर पर उन्हें विभिन्न भावनाओं में व्यस्त कर देता है, जिससे कि इच्छा, क्रोध, नफरत और दोषों का नाश किया जाए तथा अपने भीतर आस्था, करुणा, सही इच्छाओं, परोपकारिता और अरुचि को और भी मजबूत किया जाए। यह तीसरा या प्रकाशमान (प्रभाकरण) चरण है, जिसमें खोजी बौद्धधर्मी होने के पश्चात् धैर्य और सहनशीलता के द्वारा 'प्रकाशित' होता है। ममत्व के विचार का पूरी तरह से त्याग करने के क्रम में बोधिसत्त्व को आवश्यक तौर पर स्वयं को अच्छे कर्मों, बौद्धिकता व नैतिकता में पूरी तरह से उपयुक्त करना होता है और खासतौर से स्वयं को बोधि (बोधिप्रक्षाधर्मा) से जुड़े हुए बहुत से गुणों के उत्पन्न करने के कार्य में लगाना होता है। यह चौथा या दीप्तिमान (अर्चिष्मती) चरण होता है और यह ऊर्जा (वीर्य) का क्षेत्र होता है, केवल जिसे आगे रखने से अच्छे कर्मों को परिपूर्ण तौर पर किया जा सकता है।

अब बोधिसत्त्व, बुरे विचारों से सुरक्षित हो जाता है, अब स्वयं को चार आर्य सत्य को उनके वास्तविक प्रकाश में समझने के लिए शोध व ध्यान के एक पाठ्यक्रम के क्रम में डालना होता है। यह पाँचवाँ या अजेय (सुदूरजय) चरण कहा जाता है, जिसमें ध्यान और समाधि प्रधान होते हैं। दान, नैतिकता, धैर्य आदि का अभ्यास करके मस्तिष्क को निर्भर प्रारंभ के गंभीर सिद्धांतों (प्रतित्यसमुत्पाद) और सभी चीजों की अध:स्तर विहीनता (शून्यता) में पूरी तरह से महारत प्राप्त करने के लिए तैयार किया जाता है, यह वह सिद्धांत है, जो अन्य सभी उपदेशों को अर्थ प्रदान करता है। प्रार्थी का मस्तिष्क अब इन सिद्धांतों की ओर मुड़ गया है, जो बौद्ध धर्म के मूल सत्त्व का निर्माण करते हैं। इसलिए इस अवस्था को 'की ओर मुड़ना' (अभिमुख) कहा जाता है और यह वह क्षेत्र

है, जिसमें प्रज्ञ प्रबल होता है। हालाँकि बोधिसत्त्व प्रतित्यसमुत्पाद, नैर्ऋत्य और शून्यता के सिद्धांतों में निवास करता है, लेकिन फिर भी व्यक्ति यह नहीं कह सकता कि वह पूरी तरह से भावनाओं के क्षेत्र से पूरी तरह से बच चुका है। वह उस तरह से भावना के वश में होता, जिस तरह वह भावना व्यक्ति के भीतर हलचल मचाती है, लेकिन वह पूरी तरह से भावना से मुक्त भी नहीं होता, चूँकि उसके भीतर बुद्ध बनने की तीव्र इच्छा होती है और सभी लोगों के लिए मुक्ति की उसकी इच्छा पूरी नहीं हुई होती। इसलिए वह स्वयं को उस ज्ञान की प्राप्ति के लिए समर्पित कर देता है, जो उसके उन विभिन्न माध्यमों या उपायों को उत्पन्न करने में सक्षम कर सके, जो वैश्विक तौर पर लोगों की मुक्ति के लिए उपयोगी हो। यह सातवाँ चरण होता है, जिसे दूर तक जानेवाला (दुरागमन) कहा जाता है, जो आगे बढ़नेवाले छह चरणों का सारांश प्रस्तुत करता है और विशेष तौर पर छठवें चरण के फल, बोधिसत्त्व की बौद्धिकता का पूरा विकास, किसी विशेष के लिए सम्मान की अनुपस्थिति और व्यक्तिपरकता की समाप्ति (निरोधासमाप्ति) के विचार को लगातार पोषित करने को भी सम्मिलित करता है।

जब बोधिसत्त्व स्वयं को सभी विशेष (निमित्तग्रहण) की अधीर करनेवाली इच्छा से मुक्त कर लेता है और अपने विचारों को विशेष वस्तु पर सीधे तौर पर निर्देशित नहीं करता, तो वह दृढ़ (अचल) बन जाता है। यह आठवाँ चरण होता है, जिसकी सबसे खास विशेषता उस श्रेष्ठ गुण, जिसे अनुत्तपत्तिका धर्माअक्षाशु के नाम से जाना जाता है, की उपस्थिति प्रचंड रूप से होती है, जिसमें सभी चीजों को उस तरह से देखा जाता है, जैसी वे हैं, वैसी ही हैं, उन्हें किसी खास उद्देश्य को पूरा करने के लिए नहीं बनाया गया है। बोधिसत्त्व का कर्म, फिर चाहे वह शरीर का हो, वाणी का हो या मस्तिष्क का हो, सभी सहानुभूतिशील और परोपकारी होते हैं, लेकिन वे किसी भी तरह से स्व के विचार, द्वैता के सभी विचार, मेरा और तेरा, से खराब नहीं होते, यह पूरी तरह से समाप्त हो जाते हैं। हालाँकि अहं से जुड़े सभी विचार समाप्त हो जाते हैं, बोधिसत्त्व शांत मुक्ति के साथ संतुष्ट नहीं होता, बल्कि दूसरों को धर्म के उपदेश देने के समर्पित कर्म के प्रति और भी उत्साही हो जाता है, जिससे कि वह उनके गुणों को और भी सँवार सके। यह नौवाँ चरण होता है—अच्छाई (साधुमती) का चरण। बोधिसत्त्व को अब धर्म के प्रभुत्व समान हो गया है। धर्म की उत्कृष्ट वर्षा में नहाकर वह स्वयं 'धर्म का एक बादल' (धर्मामेघा) हो गया है और इस अंतिम दसवें चरण में बोधिसत्त्व तथागत बन गया है और वह इस संसार के प्राणियों पर धर्म की वर्षा करना जारी रखेगा, जो भावनाओं की धूल को हटाते हुए लाभों की वृद्धि का कारण बनेगा।

यह आरोप अकसर बौद्ध धर्म पर लगाया जाता है कि यह जीवन के लक्ष्य को प्रबुद्धता के माध्यम से संपूर्णता को प्राप्त करना बनाकर, यह बौद्धिक शक्ति को बढ़ाने

की ओर व्यक्ति का झुकाव नैतिक मूल्यों को प्राप्त करने के बजाय अधिक कर देता है। वह व्यक्ति, जिसने बहुत सावधानी के साथ शुद्धता के पथ पर आगे बढ़ने के लिए तीर्थयात्रियों के लिए आवश्यक योग्यताओं पर विचार किया है, इस आरोप से अधिक और कुछ भी आधारहीन व व्यर्थ नहीं हो सकता। यह आरोप वेदांतों के विरुद्ध सही साबित हो सकता है, लेकिन धर्म के विरुद्ध नहीं। वेदांतों में एक संपूर्ण रूप से मुनि का सदाचारी होना आवश्यक नहीं है, उसके लिए कोई नैतिक नियम नहीं होते। आनंदगिरि हमें बताते हैं कि शंकर ताड़ी का सेवन करते हैं और अपनी आत्मा को एक मृत राजा के शरीर में प्रवेश करवाते हैं, जिससे कि उन्हें कामोत्तेजक कला का अनुभव हो सके।

भागवत पुराण में हमें बताया गया है कि महान् आत्माओं, जैसेकि कृष्ण द्वारा नैतिक गुणों का उल्लंघन करने को दोष नहीं माना जाना चाहिए, क्योंकि उनके लिए किसी तरह की नैतिकता का नियम या बंधन नहीं होता है। विष्णु पुराण में अलंकार, श्यामनतक, जिसकी उपस्थिति को समस्त राज्य के लिए लाभकारी माना जाता था, के बारे में बात करते हुए कृष्ण कहते हैं—"इस आभूषण का स्वामित्व उस व्यक्ति को प्राप्त होना चाहिए, जो चिरस्थायी तौर पर ब्रह्मचर्य का पालन करता है; यदि इसे किसी अशुद्ध व्यक्ति द्वारा धारण किया जाता है, तो यह उसकी मृत्यु का कारण बनता है। अब मेरी सोलह हजार पत्नियाँ हैं, मैं इसकी देखभाल करने के योग्य नहीं हूँ। ऐसा नहीं है कि सत्यभामा को इस शर्त के लिए तैयार होना होगा कि उसे इस आभूषण का स्वामित्व दिया जाए; और जहाँ तक बालभद्र की बात है, वह बहुत अधिक मदिरापान करता था और एक आत्म-अस्वीकृत जीवन को जीने के लिए सभी तरह के भोग-विलासों में डूबा रहता था। इसलिए हमारे समक्ष यह प्रश्न है ही नहीं।"

दूसरी तरफ, बौद्ध धर्म में नैतिकता के नियमों का अनुपालन करना प्रमुख व प्राथमिक शर्त होती है, जिसे मस्तिष्क को सत्य के धारक के तौर पर उपयुक्त होने से पहले पूरा करना ही होता है। 'बोधिचर्यावतार' कहता है—"दान, शील, क्षांति, वीर्य, प्रज्ञ और ध्यान पारमिताओं का महत्त्व क्रमानुसार होता है, इसलिए व्यक्ति उच्च स्तर की पारमिता को पाने के लिए निम्न स्तर की पारमिता की उपेक्षा कर सकता है; लेकिन शील के लिए व्यक्ति उच्च स्तर की पारमिता का भी त्याग कर सकता है, क्योंकि शील सभी अच्छे कर्मों की नींव तैयार करता है।"

अपने सुहृल्लेख में नागार्जुन कहते हैं—"नैतिकता सभी श्रेष्ठताओं को सहारा देनेवाला आधार होती है, जिस तरह से यह पृथ्वी घूमती है और यही स्थिर प्रतीत होती है।"

राजा प्रसेनजित से प्रभु ने कहा—"सीखने के लिए कुछ अधिक की आवश्यकता नहीं होती, कर्म सबसे पहली चीज होती है। प्रतिसेना ने इस एक गाथा के एक शब्द के

गुप्त गुण की अनुमति उसके आत्मा का भेद पाने के लिए दी; उसका शरीर, वाणी और विचार संपूर्ण तौर पर नियंत्रण में थे; क्योंकि एक व्यक्ति के पास बहुत अधिक ज्ञान होता है, यदि उसका ज्ञान उसके जीवन तक उस शक्ति को पहुँचाने के लिए नहीं पहुँचता है, जो विनाश की ओर अग्रसर करती है, तो फिर उसके सीखने का क्या लाभ? एक सत्य को समझने के लिए और इसे समझना, उसी के अनुसार कर्म करना होता है, यही मुक्ति की खोज है।"

अंतिम विश्लेषण, बोधिचित्त, उस व्यक्ति के मस्तिष्क का निक्षेपण, जिसने बोधि को प्राप्त कर लिया है, स्वयं को दो आवश्यक गुणों में विश्लेषित करता है, जो लाक्षित तौर पर एक समान होते हैं और जिनका अभिग्रहण बोधिसत्त्व के दोहरे कर्तव्य का निर्माण करता है। ये गुण हैं—प्रज्ञापारमिता ज्ञान और अंतर्दृष्टि और शील पारमिता, नैतिकता। अन्य सभी पारमिताएँ इन्हीं में से इनके स्रोत के तौर पर आगे बढ़ती हैं। एक की शुरुआत पर दूसरा अन्य के लिए समपूरक होता है, लेकिन अंतिम चरण में दोनों एक-दूसरे के समान हो जाते हैं। तब तक उनकी एकीकृत नैतिकता प्रबुद्धता को प्राप्त करने का एक माध्यम होती है, लेकिन अकेली नैतिकता प्रबुद्धता का निर्माण नहीं कर सकती।

उच्च स्तर के जीवन को जीने के लिए बौद्धिक प्रदीपन की आवश्यकता पूर्ण रूप से होती है, लेकिन इसे पहले से दान, नैतिकता और सहनशीलता में अपनाए गए अनुशासन के अलावा किसी और माध्यम से प्राप्त नहीं किया जा सकता। अहंकार के कुछ भी न होने (पुद्गलनैरत्म्य) का अमूर्त सैद्धांतिक दृष्टिकोण और चीजों की अधःस्तर विहीनता (अवलंबन) उस मोह का नाश नहीं कर सकते, जो व्यक्ति को अहं की वास्तविकता और गैर-अहं पर तब तक विश्वास करना सिखाती है, जब तक दानशीलता के कर्म का बढ़ता क्रम उसे अपनी चीजों, अपने शरीर और यहाँ तक कि अपने जीवन का त्याग करना नहीं सीख जाता। लेकिन वास्तविक परोपकारिता, सच्ची उदारता, गंभीरता के साथ किया गया दान, जिसमें बौद्धिकता की उदारता और प्रबुद्ध से परिपूर्ण समझ भी शामिल होती है। ज्ञान का उपार्जन (ज्ञान संभार) आवश्यक तौर पर करुणा, समर्पण और नैतिकता (पुण्य संभार) की उपस्थिति का पहले से अनुमान लगा लेता है। जैसाकि प्रबुद्ध ने कहा है—

"गुण एक आधार है, जिस पर वह व्यक्ति, जो बुद्धिमान है,
अपने मस्तिष्क को प्रशिक्षित कर सकता है और अपने ज्ञान में वृद्धि करता है,
इसलिए कठोर परिश्रम करनेवाला भिक्षु सन्मार्गी
जीवन के उलझी हुई उलझनों को खोलता है।"

"यह उस तरह का मजूबत आधार है, जैसाकि मानव के लिए भूमि

और यह अच्छाई में होनेवाली सारी वृद्धि की मूल जड़ है
बुद्ध द्वारा दिए गए सभी उपदेशों का आरंभिक बिंदु
गुण, विवेक के लिए, जिस पर वास्तविक परमानंद निर्भर करता है।"

संदर्भ—

1. अश्वघोष का बुद्धचरित।
2. तिर्यकित किए गए शब्द एक भ्रूण के विभिन्न चरणों को प्रस्तुत करते हैं।
3. मिसेज सी.एफ. रिस डेविड्स, 'द विल इन बुद्धिज्म'।
4. कांट यह समझाने का प्रयास कर रहे हैं कि मुक्त इच्छाशक्ति व्यावहारिक कारण की स्वयं सिद्धि है। 'स्वयं सिद्धि' शब्द जैसाकि शोपेनहावर कहते हैं—"आत्माश्रय-दोष के लिए एक आधुनिक भ्रामक अभिव्यक्ति।" वास्तव में जैसेकि शोपेनहावर स्वयं अपने व्यावहारिक कारण के लिए तीन स्वयं सिद्धि के संदर्भ में कहते हैं—"मुझे आस्था (विश्वास) के लिए स्थान बनाने के लिए ज्ञान (बुद्धि) का त्याग करना होगा।"
5. देखें—दीघनिकाय, संस्करण 1, पृष्ठ सं. 180।
6. काया, चित्त, वेदना और धर्म को स्मृत्युपस्थान कहा जाता है।

□

अध्याय-10

संसार का रहस्य

'कर्मजं लोक वैचित्र्यम।' सभी चीजों का जन्म कर्म द्वारा ही होता है। सभी चीजें निरंतर बदलाव होने की स्थिति में रहती हैं। 'नो चा निरोधोस्ति, न च भावोस्ति सर्वदा; अजेयत् अनिरुधां च तस्मद् सर्वम् इदं जगत्।' न ही किसी चीज की रचना होती है, न ही विनाश; न ही किसी चीज का उदय होता है, न ही अंत। 'विचारेना नस्ति किंञ्चित् अहेतुत:' फिर भी कोई भी घटना बिना कारक और कारण के घटित नहीं होती। "स्वतन्त्रम् न विद्याते··· एव प्रवासं सर्वमं यदावासं सोपि कवचम्।" कोई भी चीज ऐसी नहीं है, जो स्वायत्त हो। प्रत्येक चीज किसी दूसरे पर निर्भर होती है और यह दूसरी चीज जिस पर निर्भर होती है, वह स्वयं ही अन्य पर निर्भर होती है।

प्रत्येक बदलाव हालातों की संख्या पर निर्धारित होता है। इन हालातों में सबसे असाधारण हालात ही मूल रूप से उसका कारक कहलाता है और उसके भीतर बदलाव ही उसे प्रभावित करने का मूल कारक कहलाता है। सच पूछें तो किसी भी बदलाव के कारक (प्रत्यय) वे संपूर्ण हालात ही होते हैं, जो उन्हें उत्पन्न करने के लिए आवश्यक होते हैं। वही एक ऐसा कारक होता है, जोकि उसके प्रभाव को संभव बनाने का कारक (हेतु) बनता है। जब कोई बीज पौधे के रूप में बदलने लगता है, तो वह बीज ही होता है, जो विशेष रूप से पौधे में परिवर्तित होने का कारण होता है, जबकि वे संपूर्ण हालात, जैसेकि इसकी मिट्टी, पानी, धूप, हवा, स्थान, द्वारा उसके विकसित होने के कारकों की रचना होती है। उसी प्रकार ज्ञानेंद्रिय, ज्ञान का बीज (विज्ञान बीज) ही व्यक्तित्व (नाम रूप) के विकास का कारक होता है, जबकि माता-पिता का मिलन, माता की कोख, माता-पिता, वनस्पतियों और जानवरों की क्रियाओं द्वारा उत्पन्न किया गया सामर्थ्य और उसके वातावरण ही ऐसे कारक होते हैं, जिससे उसके व्यक्तित्व का निर्माण होता है।

कोई भी बदलाव स्वयं प्रकट नहीं होता। प्रत्येक बदलाव का संबंध किसी अन्य बदलाव से होता है और जो किसी तीसरे बदलाव को प्रभावित करता है। इस संसार में सभी तरह के बदलाव कम या अधिक रूप से एक-दूसरे पर निर्भर होते हैं। यह कारण

संबंधी बदलाव, जिसका अनुभव हर स्थान पर होता है, इसे धर्म में प्रतित्यसमुत्पाद के तकनीकी नाम से बुलाया जाता है। सभी जीवों के अनुकूलित स्वभाव के इस आधार की सही समझ, जिसका न तो कोई आरंभ, न ही कोई अंत है, उसका बौद्ध धर्म में विशेष महत्त्व है। 'प्रतित्यसमुत्पाद पश्यन्ति ते धर्मम् पश्यन्ति; यो धर्मम् पश्यन्ति सा बुद्धम् पश्यन्ति।' वह व्यक्ति, जिसने कार्य कारण की श्रृंखला को समझ लिया, उसने धर्म के आंतरिक अर्थ को समझ लिया और जिसकी समझ में यह आ गया, उसने बौद्ध धर्म के सार को समझ लिया।

यदि प्रत्येक बदलाव का कोई एक कारक होता है और उस कारक का फिर एक कारक होता है, तो क्या फिर कोई बुनियादी अपरिवर्तनीय या शुरुआती कारक नहीं होता है? 'संयुक्त निकाय' में प्रबुद्ध कुछ इस प्रकार कहते हैं—"यदि किसी व्यक्ति को भारत के इस विशाल महाद्वीप से सारी घास और जड़ी-बूटियाँ तथा टहनियाँ और पत्तियाँ चुननी हैं और उनका संचय यह कहते हुए करें कि—यह मेरी माँ है, यह मेरी माँ की माँ है इत्यादि, तो यहाँ वह व्यक्ति शायद अपनी माता की माता तक नहीं पहुँच सकता, चाहे वह इस महाद्वीप की सभी घास और जड़ी-बूटियों, टहनी और पत्तों को चुनने के अंत तक ही क्यों न पहुँच जाए। इसका क्या कारण है? इस क्या में यह सांसारिक प्रक्रिया (संसार) बिना किसी अंत और शुरुआत के प्रक्रिया करती है?" इसी निकाय में बुद्ध फिर से अन्य स्थान पर कुछ इस प्रकार कहते हैं—"एक फल स्वयं उत्पन्न नहीं होता, बल्कि इसकी रचना किसी और के द्वारा होती है; इसकी उत्पत्ति किसी विशेष गुण के कारण होती है; इसके नाश के कारक का भी कोई कारक होता है।" यहाँ इसका कोई शुरुआती कारक नहीं हो सकता। इन अनुभवों से हम इसके शुरुआत बिंदु का पता नहीं लगा पाए हैं। हम उस बदलाव श्रृंखला के निकट आ जाते हैं, जो अपने किसी पिछले बदलाव का कारण हो सकता है। इस कारक पर शंका तब तक उत्पन्न नहीं होती, जब तक इसके प्रभाव के कारण कोई बदलाव न हो और इसका कारक प्राय: किसी अन्य बदलाव की माँग करता है।

इस प्रकार, यहाँ शुरुआती कारक की बात करना निरर्थक है। विज्ञान शुरुआती कारकों के बारे में कुछ नहीं जानता। तर्कसंगत जाँच की ऐसी कोई शाखा नहीं है, जिसे साबित किया जा सके। जहाँ कहीं भी हम पहले कारक की मौजूदगी का पता लगाते हैं, हमें यह पता चलता है कि हम उस ज्ञान की अस्थायी सीमा तक पहुँच चुके हैं, या फिर हम अपने अनुभव सीमा के बाहर कुछ साबित कर रहे हैं, जहाँ पर ज्ञान और परिणाम निकालना निरर्थक है। जिस प्रकार प्रो. ए. रियल अपनी रचना 'फिलोस्पीचे क्रिटिसिज्म' में कहते हैं—"एक पहला कारक, जिसके साथ बदलावों की श्रृंखला की रचनात्मक क्रिया की मूल रूप से शुरुआत होनी चाहिए, वह कोई अकारण बदलाव हो सकता है।

प्रत्येक बदलाव को एक प्रभाव के तौर पर स्वीकार करने की आवश्यकता, जो बदलाव को करने की क्रिया में कारक होता है, वह एक ऐसा अकारण बदलाव बनाता है, जो पूरी तरह से अकल्पनीय होता है।" इस तरह से प्रतित्यसमुत्पाद का न ही आरंभ, न ही कोई अंत होता है; यह नदी में पानी के बहाव की तरह निरंतर बहता रहता है। इसे संचालित करने के लिए कोई अधिष्ठाता देवता नहीं है (अस्माकं) और यह सभी प्रकार के जीववाद (अस्माकं) से मुक्त होता है।

तो क्या ईश्वर का कोई अस्तित्व नहीं है? अनाथपिंडिका के साथ प्रबुद्ध ने इस विषय पर चर्चा इस प्रकार की है—"यदि इस संसार की रचना ईश्वर के द्वारा की गई है, तो इसमें न ही कोई बदलाव, न ही इसका संहार होना चाहिए, इसमें न कोई ऐसी चीज जैसेकि दुःख या आपदा होनी चाहिए, जैसेकि सही या गलत, जिसमें वे चीजें, जैसे शुद्ध और अशुद्ध सब उसी के द्वारा प्रदान की जानी चाहिए। यदि दुःख और सुख, प्रेम और घृणा, जो सभी प्राणियों में व्याप्त रहती हैं, वे सभी ईश्वर का ही कार्य है, तो स्वयं उनमें दुःख और सुख, प्रेम और घृणा उत्पन्न करने की क्षमता है और यदि उनके पास यह सब है, तो उसे पूर्ण कैसे कहा जा सकता है? यदि ईश्वर ही रचनाकार हैं और यदि सभी प्राणियों को उस रचनाकार की शक्ति के समक्ष चुपचाप समर्पित होना पड़ेगा, तो नैतिकता का अभ्यास करने का क्या लाभ होगा? सही या गलत करना एक ही समान होगा, क्योंकि सारे कार्य उसी की उपज होंगे और उसी रचनाकार के अनुसार होंगे। लेकिन यदि दुःख और पीड़ा का लक्षण कोई अन्य कारक है, तो यहाँ कुछ ऐसा भी होगा, जिसका कारक ईश्वर नहीं होगा। फिर सबकुछ अकारण ही उत्पन्न क्यों न हो? फिर, यदि ईश्वर ही रचनाकार हैं, तो वह बिना उद्देश्य के या उद्देश्य के साथ किस प्रकार कार्य करता है। यदि वे बिना किसी उद्देश्य के कार्य करते हैं, तो उसे पूरी तरह उचित नहीं कहा जा सकता, वह उद्देश्य, जोकि हमारी इच्छाशक्ति को पूरा करने के लिए आवश्यक है। यदि वह बिना किसी उद्देश्य के कार्य करता है, तो वह अवश्य ही किसी पागल व्यक्ति या दूध पीते बच्चे के समान हो जाएगा।

"इन सबके विपरीत, यदि ईश्वर ही रचनाकार हैं तो सभी मनुष्य पूरी तरह उनके अधीन क्यों नहीं हैं, ऐसा क्यों है कि लोग उनकी आराधना या प्रार्थना केवल उसी स्थिति में करते हैं, जब उन्हें उनकी सहायता की आवश्यकता होती है? फिर क्यों लोग एक से अधिक ईश्वर की आराधना करते हैं? इस प्रकार तार्किक बहस के माध्यम से ईश्वर के विचार को गलत साबित किया जाता है और ऐसे सभी परस्पर विरोधी दावों को उजागर किया जाना चाहिए।" (अश्वघोष का बुद्धचरित)

"जैसाकि आस्तिक कहते हैं, यदि ईश्वर की कृपा केवल उसी पर होती है, जो उनमें स्वयं को सम्मिलित करते हैं, तो इसका अर्थ है कि उनके गुण हमारी विचार

श्रेणी की क्षमता से परे हैं और जिससे हम न ही उसे जान सकते हैं, न उस रचनाकार के लक्षणों को बता सकते हैं।" (बोधिचर्यावतार) जब किसी वस्तु को विशेषताओं के आधार पर विशिष्ट करार कर दिया जाता है, तो उस पर चर्चा करने का प्रत्येक आधार समाप्त हो जाता है।

ऐसा कहा जाता है कि क्या वह संसार में, जहाँ हम वास करते हैं, एक अनुशासित संसार है, जिसमें सबकुछ किसी नियम द्वारा नियंत्रित किया जा रहा है? क्या ये नियम ही नियम प्रदान करनेवाले नहीं हैं? "कौन तलवार को धारदार बनाता है? कौन किसी हिरण और चिड़िया को उसी प्रकार विभिन्न स्वरूप, रंग और आदतें प्रदान करता है? स्वभाव! यह किसी की इच्छा के अनुसार नहीं होता है; और यदि कोई इच्छा या प्रयोजन नहीं होता, तो कोई शिल्पकार या विचारक नहीं होता।" (बुद्धचरित)। इस संसार में उत्पन्न होनेवाले सभी क्रम केवल एक ही सामान्य तथ्य द्वारा उत्पन्न होते हैं, वह यह कि जब तक कोई तकलीफदेह कारक नहीं होगा, चीजें बिल्कुल एक समान बनी रहेंगीं। सभी देखी गई सामूहिक वस्तुएँ व इस संसार का घटनाक्रम और यहाँ यह कहना बिल्कुल सहीं होगा कि यह संसार बिल्कुल वैसा ही है, जैसा दिखता है और इससे अधिक कुछ भी नहीं। जैसाकि कवि कहते हैं—

"प्रकृति का क्रम, अपितु एक तुकबंदी है,
जहाँ पर सबसे पवित्र सर्वसम्मति होती है,
सभी चीजें सभी चीजों के साथ, बिना विचलित हुए चलती हैं,
अपने प्रमुख से प्रकट और समुदायी होकर।"

प्रकृति में देखे गए घटनाक्रम का कारक कोई भी प्राकृतिक नियम नहीं है। प्रत्येक प्राकृतिक नियम केवल उन हालातों का उल्लेख मात्र करता है, जिस पर वह विशेष बदलाव निर्भर करता है। एक शरीर गुरुत्वाकर्षण के नियम के परिणामस्वरूप जमीन पर नहीं गिरता, बल्कि गुरुत्वाकर्षण का नियम एक सटीक कथन है, जोकि शरीर के पूरी तरह से निराधार होने के कारण घटित होता है। प्रकृति का नियम यह संकेत नहीं देता कि कुछ घटित होगा, बल्कि यह बताता है कि प्रत्येक घटना कैसे घटित होती है। जबकि एक नागरिक कानून एक ऐसा आदेश होता है, जिसमें निर्देश और कर्तव्य शामिल होते हैं, एक प्राकृतिक नियम मात्र एक ऐसा विवरण होता है, जिसमें निरंतर घटित होनेवाले अनुभवों को बताया जाता है। जैसेकि प्रो. कार्ल पियर्सन बताते हैं—"वैज्ञानिक अनुभवों में नियम केवल इनसानी मस्तिष्क का ही उत्पाद है और जिसका व्यक्ति के परे कोई अर्थ नहीं है। इस कथन के बहुत से अर्थ हैं, जैसे व्यक्ति ही प्रकृति को नियम प्रदान करता है और इसके विपरीत भी वही प्रकृति व्यक्ति को नियम प्रदान करती है।" जब एक नियम

सभी जानकार मामलों में सही पाया जाता है, तब हम स्वाभाविक रूप से यह आशा करते हैं कि यह उन मामलों में लागू होगा, जो यहाँ इसके पश्चात् हमारी जानकारी में आएँगे। इन मामलों की सही होने की संख्या जितनी अधिक होगी, उतनी ही उनकी सभी प्रकार से सही होने की संभावना अधिक हो जाएगी।

यदि सूर्य बिना रुके लगातार 5,000 वर्षों से उदय हुआ है (जोकि 1,826,214 दिनों के बराबर है), तो कल इस घटना के घटित न होने की संभावना 1,826,214 के मुकाबले एक है, जबकि सूर्य का कल उदय होना व्यावहारिक तौर पर निश्चित है। इस प्रकार प्रत्येक प्राकृतिक नियम हमारी सोच, हमारी अपेक्षाओं की सीमितताओं को दरशाता है। जितना ही घनिष्ठ रूप से हमारी सोच मौजूदा तथ्यों में ढल जाएगी, उतना ही हमारी सोच में अवरोध उत्पन्न होने की संभावना अधिक होती है और उतने ही सहज तरीके से किसी घटना के पूर्व के समान घटित होने की संभावना मजबूत हो जाती है। मात्र इसी तरीके से हम प्रकृति की एकरूपता के बारे में बात कर सकते हैं। हम केवल यही कह सकते हैं कि प्रकृति का नियम व्यावहारिक रूप से सर्वमान्य होता है, न कि काल्पनिक रूप से ऐसा होता है। इसी व्यावहारिक अनिश्चितता को व्यक्ति पाने की क्षमता रखता है और यही उसे जीवन में मार्गदर्शन देने के लिए पर्याप्त है। काल्पनिक अनिश्चितता का तात्पर्य शायद सटीक और व्यापक जानकारी से होता है, लेकिन यह निस्संदेह ही व्यक्ति की क्षमताओं के बाहर होती है। सभी कोशिशों को इस अनुभव क्षेत्र से बाहर निकलना होता है, फिर चाहे यह एक समय-सीमा या जगह के भीतर हो, उसे बहुत बड़ी असुरक्षा से प्रभावित होना होता है, क्योंकि इसके परिणाम की संभावना शून्य के बराबर होती है।

ईश्वर का अस्तित्व होने की यह एक तथाकथित टेलीलॉजिकल दलील है, जोकि अकसर दूसरा रूप ले लेती है। प्राणियों के शरीर में विभिन्न भागों के गठन द्वारा यह निष्कर्ष निकलता है कि उनकी रचना कई विशेष उद्‌देश्य की पूर्ति के लिए की गई है। इन आँखों के लिए यह माना गया है कि इनकी रचना देखने के उद्‌देश्य से की गई है, जिस प्रकार एक घड़ी का निर्माण समय देखने के लिए किया गया है। लेकिन चित्रों के तौर पर वे जिस निष्कर्ष को धर्म की समरूपता में लागू कर रहे हैं, वह अनुभवों की सीमा से परे है और इसके अनुसार जो निष्कर्ष निकलेगा, वह 'बहुत हद तक अस्थिर' होगा, कहने का अर्थ है कि इसमें कोई भी संभावित तत्त्व नहीं जुड़ा हो सकता। इससे अधिक, इस उद्‌देश्य का विचार, जैसाकि कांट द्वारा दावा किया गया है—"यह प्रकृति के ज्ञान का नियम नहीं है, बल्कि एक ऐसी रीति है, जिसमें इनसानी मस्तिष्क कई मूलभूत स्वरूपों के बारे में पता लगाता है। जिस प्रकार एक व्यक्ति ही प्रकृति को नियम प्रदान करता है, उसी तरह व्यक्ति प्रकृति की सुनियोजित शैली को अंत के उद्‌देश्य से कारणत्व के अनुरूप

मानता है, लेकिन इससे किसी स्पष्टीकरण की कल्पना नहीं की जा सकती, ठीक उसी तरह जैसे कोई भी वैज्ञानिक सिद्धांत किसी भी प्राकृतिक घटना का विचार नहीं हो सकता।

"जिस प्रकार वैज्ञानिक समझ में एक नियम इनसानी मस्तिष्क का ही उत्पाद होता है और इसका व्यक्ति के अलावा कोई अर्थ नहीं होता, इसलिए इसका अंत मात्र एक दृष्टिकोण होता है, जिसकी रचना प्राकृतिक स्वरूप के प्रति इनसानी सोच द्वारा होती है, न कि उन सिद्धांतों के अनुसार, जिससे उनकी उत्पत्ति की गई है। सही मायने में कहें तो टेलीलॉजी का संबंध केवल प्राकृतिक विवरण से होता है और यह एक मूलभूत रूपों की उत्पत्ति और आंतरिक संभावनाओं के लिए कोई भी ठोस निष्कर्ष नहीं दे सकती। यदि किसी व्यक्ति से पूछा जाए कि क्या आंतरिक शरीर में ज्यामितीय गणनाएँ लगाई जा सकती हैं, क्या आंतरिक शरीर अपने ही संयोजनों का संयुक्त रचनाकार हो सकता है, हम इसका जवाब केवल यह दे सकते हैं कि वे इन-इन हालातों में ऐसे-ऐसे तरीकों से बरताव करेंगे। इसके अलावा हम कुछ भी नहीं जानते। यदि शरीर के विस्तृत स्वरूप को समझ सकें तो हम शायद यह देखेंगे कि लोग अपनी मौजूदा स्थिति के अलावा किसी अन्य स्थिति को स्वीकार नहीं कर सकते। क्योंकि इस संसार के तथ्यों का वर्णन किसी विशेष तरीके से आसानी से किया जा सकता है, क्या इससे यह समझा जाए कि इस संसार की रचना ईश्वर द्वारा की गई है? क्योंकि व्यक्ति के शरीर में जख्म हो जाए, तो इससे यह समझा जाएगा कि यह रीम्बो-रैम्बो के साथ हितोशी-पोतोशी (hotchli potchli) के कारण ही होगा?

संसार की स्थितियों से हम केवल यह पता लगा सकते हैं कि यहाँ इसका कोई कारण अवश्य होगा। लेकिन उस सोच की आवश्यकता, जो हमें यह निश्चित करने के लिए विवश कर सके कि इस कारक का कोई कारण अवश्य होगा, जो हमें इन सिद्धांतों के कारण को स्वीकार कर लेने के लिए दबाव डालता है और इत्यादि, अनंत काल तक इसके मूल कारक को, जिसे हम पहले ही देख चुके हैं, वह भी हमारी सोच से बाहर है।

यदि यह आकाश ईश्वर की महिमा को प्रकट नहीं कर सकता है, तो क्या नैतिक सिद्धांत इसकी मंजूरी देते हैं कि ईश्वर ने इसका आदेश दिया है और वही सभी व्यक्तियों को उनके कर्मों के अनुसार उनकी मृत्यु के अलावा जीवन में फल और दंड प्रदान करेगा? इसमें कोई संदेह नहीं है कि नैतिक सिद्धांतों का अनुपालन करना मानवता के लिए न सिर्फ सबसे अधिक महत्त्वपूर्ण है, बल्कि इसका अगले जन्म या फिर ईश्वर से कोई संबंध भी नहीं है। वे लोग, जो यह सोच रखते हैं कि अमरत्व के बिना यह संसार निरर्थक हो जाएगा, वे उस बच्चे की सोच के समान ही होते हैं, जो यह सोचता है कि एक 'वयस्क' होने पर जीवन का महत्त्व केवल दिन भर खेलना-कूदना और कोई काम नहीं करना होगा। कोई भी व्यक्ति नैतिक तब तक नहीं कहलाया जा सकता, जब तक

वह यह न सोचे कि उसके लिए सदाचारी होना तब तक फलदायक नहीं है, जब तक इसके फल के पथ पर आगे बढ़े और इसके पश्चात् असभ्य जीवन न जिए। फिर से वही प्रश्न—ईश्वर पर आस्था रखने का नैतिकता का क्या संबंध हो सकता है ? नैतिकता को अपना अधिकार और आश्रय भ्रम, डर या परिकल्पित वादों में नहीं, बल्कि जीवन की सच्चाई में प्राप्त होता है। यह उन व्यक्तिगत संबंधों द्वारा उत्पन्न होता है, जिसमें व्यक्ति स्वयं के रहने और उसी के अनुसार कर्म करने के लिए विवश पाता है। इसकी जड़ व्यक्ति की शारीरिक और मानसिक दोनों आवश्यकताओं में स्थित होती है, जिसकी पूर्ति कोई अन्य व्यक्ति कर सकता है और सहानुभूतियों में, जो उन आवश्यकताओं का जवाब होती हैं।

केनडिड का यह अवलोकन प्रमाणित करता है कि व्यक्ति मूल रूप से एक भावुक और स्वैच्छिक प्राणी होता है, जिसके सहज अनुभव और क्रियाएँ, मूल रूप से ज्ञानेंद्रिय और ज्ञान द्वारा निर्देशित होती हैं, जो धीरे-धीरे प्रबुद्ध हुआ है और विकासशील कारणों से निर्देशित हुआ है और यह खासतौर पर बहुत ही स्पष्ट दिखाई पड़ता है कि जो कुछ भी हमने जीवन में प्राप्त किया हुआ है, उसकी भावनात्मक और स्वैच्छिक जड़ें (मूलाधार) जीवन में बहुत ही अमूल्य होती हैं, वे उन प्राकृतिक संवेदनाओं में पाई जाती हैं, जो उनके एक जैसे लोगों, परिजनों के जीवन को एक साथ बाँध देती हैं। "अपितु अपने विशुद्ध रूप से सहज उत्पत्ति में भी ये आसक्तियाँ मूलभूत और आवश्यक रूप से परोपकारी होती हैं। हालाँकि थोड़ा खूँखार और कामुक, जो गरम रक्त और मांस की चीर-फाड़ का आनंद लेता है, एक शेर जैसी विलसिता संभवत: जानवर और व्यक्ति में मौजूद हो सकती है। शेरनी का स्नेहमयी प्रेम निस्संदेह ही अपने बच्चों के कल्याण के लिए ही समर्पित होता है, न कि मात्र अपनी भूख को मिटाकर मिलनेवाली खुशी के लिए और न ही प्रेमी जोड़ों के प्रेम की अभिव्यक्ति केवल अपने आत्मसम्मान की लालसा के लिए होती है। वे स्पष्ट रूप से एक-दूसरे के प्रति प्रेमभाव का सहारा लेते हैं; आवश्यकताओं का एक दयालु समाज इस तथ्य पर निर्भर करता है, हालाँकि विभिन्न व्यक्ति पूरक जीवन के सत्य धारक में होते हैं।"

उस व्यक्ति को सच्चा, थोड़ा दयालु, प्रेमी और अपने पड़ोसियों के प्रति दयाभाव रखनेवाला होना चाहिए, जिससे कि वह दुराचार को छोड़कर और सदाचार में रहने का अभ्यास करता रहे, जोकि वह आदेश हैं, जो अपनी वैधता प्राप्त कर चुके हैं, इसलिए नहीं, क्योंकि यहाँ ईश्वर मौजूद है, बल्कि इसलिए कि मानव समाज असंभव हो जाएगा यदि उनमें कुछ भी न हो। जैसेकि नागसेन राजा महेंद्र से कहते हैं—"दुराचार, अपनी दरिद्रता के कारण, जल्द ही मर जाता है, जबकि सदाचार को, अपनी श्रेष्ठता के कारण समाप्त होने में बहुत अधिक समय लगता है। अपने इस महत्त्व के कारण दुराचार केवल

चालबाजों को ही प्रभावित करता है, लेकिन अपनी श्रेष्ठता के कारण सदाचार पूरे संसार में फैल जाता है। जिसका जीवन सच्चाई से भरा होता है, वह आस्था और खुशियों की अनुभूति से भर जाता है और उसकी हृदय में खुशी प्रबल होने से उसकी अच्छाई की प्रचुर मात्रा में वृद्धि होने लगती है।"

डब्ल्यू.के. क्लिफोर्ड की भाषा का उपयोग किया जाए तो अच्छे कर्म, जोकि जैविक को और अधिक जैविक बनाते हैं। अच्छाई में एक स्वयं को प्रकाशित करने की शक्ति होती है। दुराचार और अनैतिकता हमेशा स्वयं को ही नुकसान पहुँचाती है। स्वार्थ जितना ही अधिक होगा, उतना ही वह स्वयं को नुकसान पहुँचाता है। एक आवश्यक विरोधाभास द्वारा अहंकार, जिसका लक्ष्य दूसरों का नाश करना होता है, वह अचेतनता की अवस्था में स्वयं के नाश की ओर अग्रसर हो जाता है। जीवन में विकास की ओर बढ़ने, इसे और अधिक धनी और खुशहाल बनाने की लालसा में अहंकार वास्तव में, इसे शक्तिहीन, दरिद्र बनाकर इसका नाश कर देता है। दयाभाव और प्रेम एक समान प्राकृतिक संयोग से जड़ित होते हैं, जिन्होंने आगे बढ़ती गति की निरंतरता को अपने बजाय दूसरों के प्रति तथा अपने कर्तव्यों का निर्वाह करने के प्रति स्थित किया होता है।

यह एक पूर्व धारणा है, जिस चेतावनी को न तो इतिहास और न ही मनोविज्ञान द्वारा प्रमाणित किया गया है कि व्यक्ति अपने व्यक्तिगत आनंद के लिए जितना ही तर्कसंगत तरीके से कार्य करता है, उसकी ज्ञान शक्ति, जोकि दूसरों के हित के लिए है, का बहिष्कार करती है। हम जितना ही अतीत काल में झाँककर उसको समझ पाए, हम व्यक्ति को उतना ही, एक मिलनसार प्राणी के रूप में समझते हैं, जो दया की प्रवृत्ति, एकजुटता के एहसास और उदारता की कुछ श्रेणियों को छोड़कर अपने अस्तित्व को बनाए रखने का कार्य नहीं कर सका, जिसकी परिकल्पना सामाजिक जीवन में की जाती है। एक व्यक्ति समाज के सहयोगियों के साथ रहकर उनकी जीवन-शैली को साझा करके ही व्यक्ति बन सकता है। मनुष्य किसी दूसरे व्यक्ति से कभी पृथक् नहीं हो सकता।

जैसाकि अरस्तु ने कहा है कि वह व्यक्ति, जो अपने समाज से अलग होकर रहता है, वह शायद कोई जानवर या ईश्वर ही हो सकता है। यह समाज की एकजुटता में ही प्रभाव होता है, जिससे एक व्यक्ति का अपने अतीत की धरोहर के रूप में प्रवेश होता है। सामाजिक मेलजोल और मेहनत करके ही व्यक्ति इस धरती को जीतने, उसे हासिल करने और उसे अपने अधीन बनाने में समर्थ हो पाया है।

सामाजिक जीवन-शैली द्वारा ही व्यक्ति को सम्राट् और इन चीजों के सार रूप में समझा गया है। केवल मेलजोल द्वारा ही व्यक्ति ने अपनी शारीरिक शक्ति को मूल्य के तौर पर आँकने और अपने लिए वहन करने योग्य बनाया, हवा को अपने संदेशवाहक के तौर पर उपयोग किया और प्रकाश को अपनी ढाल के रूप में उपयोग कर चुका

है। व्यक्ति की सभी उपलब्धियाँ उसकी सामाजिक एकजुटता द्वारा ही प्राप्त हुई हैं। यह कहना शायद सही होगा कि व्यक्ति की प्रत्येक उपलब्धि का जन्म किसी विशिष्ट मस्तिष्क में हुआ और फिर बहुत से मस्तिष्कों की वह आम संपत्ति बन गई। फिर भी यह विचार किसी विशेष दिमाग में उत्पन्न नहीं हुए होते, अगर पहले से किसी ने युगों तक पीढ़ी-दर-पीढ़ी आगे बढ़ने की परंपरा का निर्माण नहीं किया होता और उसके सामाजिक वातावरण के द्वारा उसे सोचने के लिए तैयार नहीं किया गया होता। यह तथ्य उस विचार का खंडन करता है, जोकि बहुत से स्थानों पर विद्यमान है कि व्यक्ति स्वाभाविक रूप से अहंकारी होता है और केवल दूसरे स्तर पर परोपकारी और बनावटी चलनवाला होता है। केवल समाज के एक सदस्य के रूप में और नैतिक नियमों का पालन करके ही व्यक्ति सबसे बड़ी और स्थायी खुशियों का उपभोग कर सकता है।

यदि वह कोई अपराधी नहीं है, तो अवश्य ही एक दानव या वहशी होगा, जो यह कहने का साहस करेगा कि यदि यहाँ कोई ईश्वर नहीं है, तो किसी नागरिक या आपराधिक कानून के अलावा, किसी की हत्या, चोरी और उसकी इच्छानुसार परस्त्रीगमन करना, यह सब किसी व्यक्ति के लिए सही या जायज होता। दूसरी ओर, ईश्वर का नैतिक चरित्र उनके उपासकों के नैतिक मापदंड से बिल्कुल विपरीत होता है। व्यक्ति के नैतिक विचार उनके नैतिक भाव द्वारा विकसित होते हैं। जैसे-जैसे व्यक्ति नैतिकता के उच्च स्तर पर पहुँचने लगता है, ईश्वर का नैतिक चरित्र, जो पहले की अवधारणा है, उसे संतुष्ट नहीं कर पाती तथा उसी अनुसार उसकी आलोचना होने लगती है और नए आदर्शस्वरूपों को पूरा करने के लिए पुनः निर्माण की माँग होने लगती है।

धार्मिक मस्तिष्क अपने साथ ईश्वर के रिश्ते को किसी भी तरीके से बयाँ करने में असमर्थ होता है, केवल इसके कि उसका और ईश्वर की प्रकृति एक समान है। व्यक्ति केवल स्वयं को देखता है, अपना रूप, अपना इनसानी स्वरूप, अपने कारक और प्रेम को ही देखता रहता है, वह आकाश में उसके पास जितना बेहतर हो सकता है, को ही पेश करता है। धार्मिक विचारों का इतिहास इसे प्रमाणित करता है। इसलिए यह कहने के बजाय कि ईश्वर ही इस संसार का रचनाकार है, हमें यह कहना ही होगा कि व्यक्ति ने ही अपने ईश्वर के विचार का निर्माण किया है, जिसमें उसके सभी नैतिक तत्त्व शामिल हैं। जैसाकि जिनौफनीज ने कहा कि यदि शेर ईश्वर का स्वरूप का चित्रण करेगा, तो वह उसका चित्रण शेर के रूप में करेगा; घोड़ा घोड़े के रूप में; बैल उसका चित्रण बैल के रूप में करेगा।

"सभी युगों और देश के लोगों ने अपने ईश्वर की रचना की
और उन्हें पूरी तरह से अपने प्रकटीकरण के समान बनाया।
जैसे वह उनके विकास और मानसिक दृष्टि पहले से मौजूद था,

जैसे ही अच्छाई का कीटाणु और प्रेम प्रकट होने लगे
व्यक्ति की प्रभावशाली सोच, एक प्रेमपूर्ण देवता
आकार लेने लगे और उसके जीवन को सही और गलत से प्रभावित करने लगे।"

ईश्वर का अस्तित्व होने से हम कैसे इनकार कर सकते हैं, जब इस संसार में रहनेवाले अधिकतर लोग किसी-न-किसी प्रकार से ईश्वर पर विश्वास करते हैं? जब हम इस विषय की लोक सर्वसम्मति के तौर पर चर्चा करते हैं, हम उसके खोखलेपन को आसानी से परख लेते हैं। हम यह स्वीकार कर लेते हैं कि ईश्वर का अस्तित्व होना जनसाधारण की आस्था का विषय है, लेकिन क्या इससे यह संभावना उत्पन्न होती है कि ईश्वर का अस्तित्व है? बहुत सी चीजों के लिए, यह पूर्वकाल की त्रुटियों के स्वरूप, जोकि जनसाधारण के विश्वास का विषय था, के तौर पर इसे स्वीकार किया जा सकता है। उदाहरण के लिए, पहले लोगों का यह विश्वास था कि सूर्य धरती की परिक्रमा करता है। विज्ञान के प्रति अज्ञानता और भ्रामक विचार ही अतीत में ईश्वर पर आस्था रखने का मुख्य आधार था। वैज्ञानिक जानकारी में वृद्धि और प्राकृतिक वेदांत भ्रामक विचारों की पहचान के साथ ईश्वर में आस्था का प्रचलन थोड़ा कम हुआ। फिर से, चूँकि यहाँ ईश्वर पर आस्था का विषय बहुत विस्तृत स्वरूप का है, सभी प्राणियों के लिए ईश्वर का अर्थ एक समान नहीं है।

बस, उन चरणों की कल्पना करें, जिनके द्वारा ईश्वर का विचार विकासात्मक इतिहास में यहूदियों जैसे बहुत कम मात्रा में विद्यमान लोगों से होकर गुजरा। सैमुअल के देवता ने नवजात बच्चों की हत्या करने के आदेश दिए, लेकिन सामिस्ट के देवता का दयाभाव ही उनका कार्य है। कुल के देवता का हमेशा दुःख में स्मरण किया जाता है, जबकि ईश्वरदूत का अस्तित्व कल, आज और हमेशा के लिए बिना किसी भिन्नता या परछाईं में भी बदलाव के साथ एक समान है। ईसाई धर्मग्रंथ के पूर्वकाल के नियम के अनुसार, ईश्वर दिन के उजाले में बगीचे में सैर करते थे, लेकिन धर्मग्रंथ के नए नियम के अनुसार ईश्वर को व्यक्ति द्वारा देखा नहीं जा सकता। लेटिविसस व्यवस्था के देवता की पूजा फर्नीचर और बरतनों सहित यज्ञ से होती है, लेकिन नियमों के देवता मंदिरों में निवास नहीं कर सकते। एक्सोडस के देवता केवल उन्हीं पर कृपा रखते हैं, जो उन्हें प्रेम करते हैं, जबकि ईसा मसीह उन्हीं पर कृपा रखते हैं, जो अकृतज्ञ और बुराई पर कभी उदारता नहीं दिखाते।

केवल ईश्वर के विचार ही एक व्यक्ति के लिए एक से दूसरे समय पर अलग नहीं होते, बल्कि यह किन्हीं दो व्यक्तियों के लिए भी बिल्कुल एक समान नहीं हो सकते। इसमें कोई आश्चर्यवाली बात नहीं है कि वेसले ने वाइटफिल्ड से कहा—"तुम्हारा ईश्वर

मेरे लिए शैतान है!" मनोदशा, शिक्षा, वातावरण ही ईश्वर के प्रति व्यक्तिगत विचार के निर्धारक लक्षण होते हैं। ज्यादा-से-ज्यादा आम धारणा पर चर्चा द्वारा ही यह प्रमाणित हो सकता है कि ईश्वर की आराधना करते समय व्यक्ति किसी अपरिचित के रूप में ईश्वर की ओर व्यापक संभव धारणा के तौर पर लालायित होता है। इसकी इस तथ्य द्वारा बेहतर तरीके से व्याख्या की जाती है कि मानव जाति में बहुत से अज्ञानियों के पास ईश्वर के बारे में ठोस ज्ञान होता है, जिनके पास उन्हीं की तरह बहुत ही बड़ी-बड़ी शक्तियाँ होती हैं, जबकि व्यक्ति जितना सभ्य होता है, जितना ही तथ्यों का जानकार होता जाता है, ईश्वर के प्रति उसके विचार उतने ही कम निश्चित होते जाते हैं। ऐसे असभ्य लोगों को पत्थरों और तनों में ही अपना ईश्वर दिखाई देता है। विचारक ईश्वर के विचार को ईश्वर की उपस्थिति न होने के तौर पर समझाते हैं। रहस्यवादी ईश्वर के विषय में कहते हैं—"वे सभी चीजें ईश्वर नहीं हैं, जिनके बारे में मनुष्य सोच या उनको ईश्वर कह सकता है।"

"ईश्वर के भीतर, सिद्ध पुरुष महसूस करते हैं,
एक गहरा लेकिन चकाचौंध करनेवाला रहस्य।"

कुछ स्थानों पर ईश्वर के प्रति आस्था रखनेवालों के मनोवैज्ञानिक आधार का पता लगाने का प्रयास किया गया। इसमें कोई संदेह नहीं है कि मनोविज्ञान हमें तथाकथित धार्मिक अनुभव के बारे में कुछ बता सकता है, जिसमें कई संवेदनाएँ, आवेग और शायद एक संतुष्टि का ज्ञान शामिल हो। ऐसे अनुभवों की सच्चाई पर सवाल उठाने की आवश्यकता नहीं है; वे शायद मनोवैज्ञानिक तथ्य हो सकते हैं। लेकिन हमें उन सबूतों के प्रस्तुतीकरण की वैधता पर संदेह है, क्योंकि उन इनसानों के जीवन में धार्मिक अनुभवों का समागम होने लगता है। ऐसे प्राणियों की उपस्थिति प्रत्यक्ष अनुभव का विषय नहीं होता, अपितु यह निष्कर्ष का ऐसा विषय होता है, जिसका अनुभव करनेवाला पुरुष या महिला स्वयं संदेह की स्थिति में हो सकता है। धार्मिक अनुभवों का मनोविज्ञान इस शंका से परे यह सिद्ध करता है कि किस तरह से अनुभव उसके साथ जुड़े बौद्धिक सिद्धांत के चरित्र से भिन्न होता है। सैद्धांतिक आस्था धार्मिक अनुभवों का प्रभाव या कारक हो सकती है। लेकिन यह अभिन्न तरीके से इसके साथ जुड़ी होती है।

एक व्यक्ति की बौद्धिक स्तर की पूर्व धारणाएँ या दृष्टिकोण ही उसके धार्मिक अनुभवों के स्वरूप का निर्धारण करते हैं। यदि कोई व्यक्ति ईश्वर के अस्तित्व होने पर विश्वास नहीं करता है, तो वह उन भावनाओं के साथ नहीं जुड़ सकता। इसलिए डॉ. हास्टिंग रेशडाल अपनी रचना 'फिलॉसफी एंड रिलिजन' (दर्शनशास्त्र और धर्म) में कुछ इस प्रकार कहते हैं—"धार्मिक विचार मात्र मनोविज्ञान पर आधारित होते हैं और इसमें एक भ्रांति के अलावा कुछ भी सम्मिलित नहीं।"

मनोविज्ञान हमें यह नहीं बता सकता कि क्या कोई आस्था सही है या गलत। आस्था की सच्चाई के कारण का पता लगाना ही इसका माध्यम और विचार है, यहाँ तक कि सबसे व्यापक, ईश्वर के स्वरूप को भी प्रमाणित नहीं किया जा सकता। ईश्वर के अस्तित्व का तथाकथित ऐतिहासिक प्रमाण उनका प्राकृतिक भ्रम है।

जो उन्होंने स्थापित करने का प्रयास किया, वह चमत्कारों की उपस्थिति थी। यदि चमत्कार का अर्थ एक ऐसी घटना है, जिसका कोई प्राकृतिक कारण प्रमाण नहीं था, तो इतिहास ऐसी घटनाओं को स्वीकार नहीं कर सकता। सभी ऐतिहासिक घटनाओं के लिए सबूत प्रभाव के कारक के अधीन होते हैं और हम प्रभाव से कारक को केवल यह मानकर साबित कर सकते हैं कि हमें इन घटनाओं के सभी कारण स्वयं प्रकृति में ही मिल सकते हैं। क्या ये चमत्कार संभव थे, हमें यह कभी नहीं कहना चाहिए कि कोई विशेष घटना दूसरी घटना का कारण थी। इसलिए कोई ऐतिहासिक सबूत यह प्रमाणित नहीं कर सकता कि एक घटना, जो घटित हुई, वह वास्तव में एक चमत्कार थी।

लेकिन यदि चमत्कार का अर्थ एक महान् और आश्चर्यजनक कार्य से है, तो व्यक्ति के ऐसे विस्मयकारी अद्भुत कार्य को करने की क्षमता यह प्रमाणित नहीं करती कि वह सच्चाई को जानता है या उसे बताता है। इन चमत्कारों के अलावा, ऐतिहासिक प्रमाण केवल यह दिखा सकते हैं कि किसी ने ऐसा कुछ कहा था, लेकिन वे इसकी सच्चाई का प्रमाण नहीं दे सकते हैं, जिसकी किसी अन्य आधार पर जाँच की जा सके। इस प्रकार न ही इतिहास, न ही विज्ञान, ईश्वर के अस्तित्व को प्रमाणित कर सकता है।

इस पर प्रो. डब्ल्यू. जेम्स ने अपनी रचना 'वैरायटीज ऑफ रिलिजियस एक्सपीरियंस' (विभिन्न धार्मिक अनुभव) में इस प्रकार बताया है—"सभी ईश्वर पर चर्चा करते हैं, लेकिन अनुसरण केवल तथ्यों और हमारी भावनाओं के संयुक्त सुझावों का करते हैं। सही मायने में वे कुछ भी साबित नहीं करते। वे केवल हमारे पहले मौजूद झुकावों का समर्थन करते हैं। यदि आपके पास वह ईश्वर है, जिस पर आप विश्वास करते हैं, तो यह वाद-प्रतिवाद आपके लिए पुष्टि करता है। यदि आप नास्तिक हैं, तो वे आपको सही ठहराने में असमर्थ हो जाते हैं।" ठीक ऐसा ही कुछ जॉन हेनरी न्यूमेन कहते हैं कि एक आंतरिक और अकारण गलत आस्था (तथाकथित अंत:प्रज्ञा) द्वारा यह प्रमाणित हो गया था कि ईश्वर के अस्तित्व का कोई ठोस प्रमाण नहीं था।

हाल ही के वर्षों में कुछ विचारकों ने ईश्वर पर आस्था के विचार को यथार्थवाद के दृष्टिकोण से समर्थन देने के प्रयास किए। यथार्थवाद के अनुसार किसी भी ऐसे विचार या कथन की मौजूदा सच्चाई के साथ उसकी सहमति निहित नहीं है, बल्कि इसकी प्रामाणिकता की संभावना में है, ऐसा कहा जा सकता है कि वास्तविक जीवन में इसकी उपयोगिता में है। सत्य को दो श्रेणियों में बाँटा जा सकता है। इसमें से एक, जिसे शायद

प्रत्यक्ष सत्य कहा जा सकता है, इसके प्रमाणीकरण की प्रक्रिया रोजाना चलती रहती है। इस प्रकार, इन विचारों की सच्चाई के लिए प्रत्येक व्यक्ति के पास अपने आस-पड़ोस में ही इसकी जाँच गलियों में होती है, चूँकि इन विचारों के माध्यम से वह प्रतिदिन अपने मार्ग, जिस पर चलकर उसे आगे बढ़ना है, की खोज कर लेता है।

दूसरी ओर, यहाँ उसके मस्तिष्क में बहुत से विचार और तर्क होते हैं, जिसकी जाँच वह प्रत्यक्ष रूप से बिल्कुल नहीं कर सकता, न ही वह उन चीजों की जाँच कर सकता है, जिसमें उसकी रुचि है। उदाहरण के लिए, उत्तरी ध्रुव पूरी तरह से बर्फ से ढका हुआ है, यह एक ऐसी सच्चाई है, जिसे वह स्वीकार करता है, लेकिन इसकी जाँच करने के लिए उसके पास कोई माध्यम नहीं है। इस सच्चाई को स्वीकार करने के लिए उसे कई माध्यमिक स्तरों या अवधारणाओं से होकर गुजरना होता है, जिनका जीवन में कोई वास्तविक मूल्य नहीं है। इस श्रेणी के सत्य को अप्रत्यक्ष कहा जा सकता है। अप्रत्यक्ष सत्य जीवन के लिए आवश्यक तौर पर अनावश्यक होते हैं, ऐसा नहीं है, उनके संभवत: कर्म के लिए तय लक्ष्य हो सकते हैं, लेकिन व्यावहारिक जीवन के लिए प्रत्यक्ष सत्य ही प्रमुख मुख्य प्रेरणास्रोत होते हैं। वह इसकी माध्यमिक कड़ियाँ, जिनके द्वारा हम अप्रत्यक्ष सच्चाई तक पहुँचते हैं, उसमें निरर्थक बातें शामिल होती हैं, जैसेकि पिशाच, भूत, तारकीय शरीर, इत्यादि, लेकिन मानव जाति को इससे कोई हानि नहीं होती। इसका कारण स्पष्ट होता है।

मनुष्य के पास जीवन में बहुत बड़ी संख्या में प्रत्यक्ष सच्चाइयों का भंडार होता है, जो जीवन जीने के लिए पर्याप्त होते हैं और मिथ्या धारणाएँ, जो अपनी अप्रत्यक्षता को साथ लिये होती हैं, प्रयास करती हैं, लेकिन वास्तविक जीवन पर बहुत थोड़ा प्रभाव ही डालती हैं। इसलिए यहाँ बहुत से लोग ऐसे हैं, जिनका यह दृढ़ विश्वास है कि बादलों के पीछे कहीं ईश्वर का निवास स्थान है, जिसका हम सभी की तकदीर पर अधिकार है और वही हमारी बेहतरी के लिए हमें दिशा दिखाता है। फिर भी वे हमेशा ऐसा जताते हैं कि जैसे उनका इस पर कोई दृढ़ विश्वास नहीं है। इससे यह पता चलता है कि इस तथाकथित 'सच्चाई' का जीवन पर कोई प्रभाव नहीं है, लेकिन वे अपने प्रत्यक्ष सत्य का सहारा मानते हैं, जोकि प्रत्यक्ष सत्य के बिल्कुल विपरीत खड़ा होता है।

ईश्वर का अस्तित्व न होने का विचार, जोकि लोक-कल्याण से जुड़ा होता है, तब जाहिर होने लगता है, जब बीमारी के दौरान लोग डॉक्टर के पास जाने के बजाय ईश्वर से प्रार्थना करने लगते हैं और स्वयं को खतरनाक परिणामों के समीप पहुँचा देते हैं। इसलिए हम जब तक उन दृढ़ आस्थाओं, जो प्रमाणित नहीं हुई हैं, को वास्तविक जीवन में उपयोग नहीं करते, तब तक उससे कोई हानि नहीं होती और यह हमारे वास्तविक जीवन पर प्रभाव केवल तब डालती है, जब वह उनके पास कुछ सत्यापित सत्य उनकी

अंतिम कड़ी के तौर पर मौजूद होते हैं। इसलिए साक्ष्य के व्यावहारिक तरीके को सभी तरह के दृढ़ विश्वासों के लिए वैध नहीं माना जा सकता, अपितु केवल प्रत्यक्ष सत्य के लिए माना जा सकता है।

धार्मिक आस्था, जैसेकि ईश्वर, आत्मा, स्वर्ग, नरक, भाग्य पर विश्वास रखना पूर्ण रूप से अप्रत्यक्ष होता है। लेकिन इनमें अकसर ऐसी माध्यमिक कड़ियाँ जुड़ी होती हैं, जिसका जीवन के साथ एक प्रत्यक्ष संबंध होता है। ऐसी प्रत्यक्ष सत्यापित कड़ियों की मौजूदगी धार्मिक आस्था का लाभकारी परिणाम लाने में समर्थ बनाती है। यदि, फिर भी, हम उन्हें प्रत्यक्ष रूप से अपने वास्तविक जीवन में अनुवाद करने का प्रयास करें, तो बहुत ही हानिकारक हो सकता है। कर्म का सिद्धांत अप्रत्यक्ष रूप से आपदा और पीड़ा में सांत्वना देकर सुकून प्रदान करता है। लेकिन जब हम प्रत्यक्ष रूप से जीवन में इसे उतार लेते हैं, तो इसके बहुत ही स्तब्ध करनेवाले परिणाम प्राप्त होते हैं, ऐसी स्थिति को जो भारत में रहते हैं, महामारी फैलने की स्थिति में भलीभाँति परिचित होते हैं। जब तक हमारी धार्मिक आस्था अप्रत्यक्ष रूप से जीवन को प्रभावित करती है, हम उसके परिणामों को सच्चाई का आकलन करने की कसौटी के रूप में नहीं ले सकते हैं, चूँकि उनके परिणामों के स्वरूप माध्यमिक कड़ियों के अनुसार भिन्न हो सकते हैं, इसलिए जब हम आस्था के परिणाम को इसकी निश्चितता के मानदंड के रूप में लेते हैं तो यह जानना आवश्यक हो जाता है कि इसका परिणाम प्रत्यक्ष है या अप्रत्यक्ष। क्योंकि अप्रत्यक्ष सच्चाई में माध्यमिक कड़ियों में बहुत बड़े स्तर असहमति होने की संभावना होती है, अप्रत्यक्ष परिणामों को प्रमाण के रूप में नहीं लिया जा सकता। धार्मिक आस्था के तथ्यों का समर्थन करनेवाले इन मतभेदों को पर्याप्त महत्त्व नहीं देते। ईश्वर, कर्म के सिद्धांत, नरक, या स्वर्ग, पर आस्था ने अच्छे और बुरे दोनों ही परिणाम दिए हैं। निर्णायक तौर पर इससे क्या प्रमाणित होता है? फिर क्या ईश्वर पर आस्था रखना सही है या गलत?

हम उन अप्रत्यक्ष परिणामों पर विचार नहीं कर सकते, जहाँ ईश्वर पर आस्था के विचार को प्रोत्साहन और सांत्वना देने के जोखिम को उठाया गया है, क्योंकि ये अनुभव पूरी तरह से मन से जुड़े हैं, लेकिन जब हम उस विश्वास का अनुमान जीवन पर पड़नेवाले प्रत्यक्ष कर्मों के उद्देश्यपरक परिणामों के अनुसार लगाने की कोशिश करते हैं, तो हम हमेशा यही पाएँगे कि हम एक हानिकारक अज्ञानी भाग्यवाद[1] की ओर अग्रसर हो रहे हैं।

यदि इस संसार की रचना ईश्वर के द्वारा नहीं की गई है, तो शायद यहाँ मौजूद सभी जीव-जंतु उस संपूर्ण, जो सहज प्रस्तुतीकरण नहीं हैं, सभी प्रस्तुति के पीछे का अनजाना कारक है? प्रबुद्ध ने अनाथपिंडिका से कुछ इस प्रकार कहा—"यदि परम सिद्धांतों का अर्थ उन सभी जानी जानेवाली वस्तुओं के संबंध से अलग है, तो उनके अस्तित्व को

किसी भी तर्क-वितर्क (हेतुविद्याशास्त्र) द्वारा प्रमाणित नहीं किया जा सकता। हम यह कैसे जान सकते हैं कि एक वस्तु, जो अन्य दूसरे से भिन्न है, का अस्तित्व हो सकता है? यह पूरा संसार, जैसाकि हम जानते हैं, संबंधों की एक प्रणाली है; जहाँ तक हमें पता है कि ऐसा कुछ भी नहीं, जो एक-दूसरे से भिन्न है या हो सकता है। कोई भी ऐसी वस्तु, जोकि किसी दूसरे पर निर्भर नहीं है, किसी दूसरी ऐसी वस्तु को उत्पन्न कर सकती है, जो एक-दूसरे से संबंधित है और अपना अस्तित्व कायम रखने के लिए दूसरे पर निर्भर है? फिर वही प्रश्न, संपूर्णता एक है या अनेक। यदि यह एक ही है तो वह विभिन्न चीजों का कारण कैसे हो सकता है, जिनकी उत्पत्ति, जहाँ तक हमें पता है, विभिन्न कारणों से होती है? यदि संपूर्णता सब चीजों में व्याप्त है और सारे स्थान को भरे हुए है तो फिर वह उनका निर्माण नहीं कर सकती, क्योंकि यहाँ पर कुछ भी निर्माण करने के लिए नहीं होता। इसके अतिरिक्त, यदि संपूर्णता सभी गुणों से विहीन (निर्गुण) होती है तो इससे उत्पन्न सभी चीजों को विशेषताओं से विहीन हो जाना चाहिए। लेकिन वास्तव में इस संसार की सभी चीजें अपनी विशेषताओं में ही सीमित होती हैं। इस प्रकार संपूर्णता इनका कारण नहीं हो सकती।

यदि संपूर्णता को इन विशेषताओं से अलग माना जाए तो यह उन वस्तुओं का निर्माण कैसे निरंतर करती है, जिनमें विशेषताएँ विद्यमान होती हैं और स्वयं को उसमें प्रकट करती हैं? फिर यदि यह संपूर्णता ही अपरिवर्तनशील है, तो सभी वस्तुओं को भी अपरिवर्तनशील होना चाहिए, प्रभाव प्रकृति में कारण अलग नहीं हो सकता। लेकिन इस संसार की सभी चीजों को बदलाव और विनाश से होकर गुजरना पड़ता है, तो फिर संपूर्णता अपरिवर्तनशील कैसे हो सकती है? इससे भी अधिक, यदि संपूर्णता, जो सभी जगह व्याप्त है, वह सभी चीजों का कारक है, तो हम इसके निवारण की तलाश क्यों करें? हमारे लिए, हमने इस संपूर्णता को धारण किया हुआ है और धैर्यपूर्वक इस संपूर्णता द्वारा उत्पन्न की गई नित्य पीड़ा और दुःख को सहन कर सकें।" (अश्वघोष का बुद्धचरित)

सनातम धर्म की सभी छह शास्त्रीय प्रणाली, अर्थात् शाक्य, योग, न्याय, वैशेषिक, मीमांसा और वेदांत, ने संपूर्णता के कुछ स्वरूपों को बनाए रखा है और कुछ वास्तविक सच्चाइयों (शाश्वतता), जिस पर इस संसार की पूरी संरचना टिकी हुई है। शाक्य और योग उस प्रकृति या प्रधानम को बनाए रखते हैं, जोकि बाहरी जगत् की वास्तविक सच्चाई है, जबकि विभिन्न पुरुष (आत्मा) आंतरिक जगत् की शाश्वत सच्चाई है। जीवन का घटनाक्रम कारणीय श्रृंखलाबद्धता पर जोर देते हुए सांख्य धर्म के साथ सहमति जताता है, लेकिन संपूर्णता के अस्तित्व और स्वायत्त निकाय (पुरुष) की असीमता को स्वीकारने में इसका दृष्टिकोण अलग हो जाता है। धर्म सभी प्रकार के जीववाद के स्वरूपों से मुक्त

होता है। इससे भी अधिक, सांख्य यह सिखाता है कि प्रकृति से पुरुष की उदारता के दृष्टिकोण में विकास होता है, जबकि धर्म संसार को शाश्वत मानता है और सभी चीजों के निरंतर प्रवाह[2] के लिए किसी तरह के उद्देश्य को निर्धारित कर सकता है। न्याय और वैशेषिक का यह मानना है कि भौतिक कण, आकाश, अंतरिक्ष और समय बाह्य जगत् में वास्तविक इकाइयाँ हैं, जबकि आत्मा इस आंतरिक जगत् की चिरकालिक सच्चाई है। वेदांत में यह माना जाता है कि बाह्य जगत् के परम तत्त्व के साथ-साथ आंतरिक जगत् ब्रह्म के तौर पर बहुत व्यापक है, जिसके अस्तित्व को आनुमानिक तर्क-वितर्क द्वारा सिद्ध नहीं किया जा सकता, अपितु इसे ग्रंथों की शक्ति द्वारा स्वीकार किया जाना चाहिए। एक बौद्धधर्मी सभी परम तत्त्वों के अस्तित्व से इनकार करता है, लेकिन वह आंतरिक या बाहरी जगत् का अस्तित्व होने से इनकार नहीं करता है। जिनके अनुसार यह संसार संबंधों या रिश्तों का समूह है, जिनका स्वयं का कोई अस्तित्व नहीं है, बल्कि वे एक-दूसरे पर निर्भर हैं। जब संसार को इसके संपूर्ण अर्थ में स्वीकार किया जाता है, तभी इसका कोई अर्थ होता है।

इन संपूर्ण सिद्धांतों के आधार का श्रेय बहुत सी मिथ्या धारणाओं को जाता है, जिसमें प्रत्येक सिद्धांत का वास्तव में कोई विशिष्ट विपरीत रूप होता है, वो यह कि उच्चतम या अधिक व्यापक सिद्धांत से पहले कमतर और कम व्यापक धारणाएँ मौजूद रहीं और बादवाली को निहित कर इसमें समाविष्ट किया गया। सिद्धांतों की निर्माण प्रक्रिया के एक साधारण संदर्भ से इस परिकल्पना का बेतुकापन प्रकट होता है। हमारे अनुभवों के अनुसार संवेदना से अधिक कुछ भी वास्तविक नहीं। हम जिस वास्तविकता की बात करते हैं, वह संवेदना से जुड़ी होती है। हम जानते हैं कि संवेदनाएँ उत्पन्न होती हैं, लेकिन हमें यह नहीं पता कि इनकी उत्पत्ति कैसे होती है, क्योंकि प्रत्येक विचार और उसकी अवधारणा के मूल में संवेदनाएँ होती हैं। संवेदनाओं का प्रमुख आधार चेतनाओं की भिन्नता होती है। इसके बिना संवेदना की कोई क्रिया संभव नहीं हो सकती। संवेदनाओं के बीच के अंतर की पहचान का ज्ञान ही सभी विवादास्पद या अप्रासंगिक विचारों का आधार होता है।

जब हम किसी वस्तु को अलग से समझने लगते हैं, हम उन्हें समान रूप में स्वीकार कर उनकी सहमतियों के बिंदुओं की ओर अपना ध्यान आकर्षित करते हैं। इस प्रकार वस्तुओं को श्रेणियों में बाँटा जाता है, उन लक्षणों के अनुसार, जो सामान्य रूप से उन वस्तुओं के वर्गीकरण का आधार बनते हैं। जब इन वर्गीकृत वस्तुओं की संख्या बहुत अधिक होती है और उनमें से कुछ के अन्य के मुकाबले आमतौर पर अधिक विशेषताएँ होती हैं, तो उनका एक अलग समूह में वर्गीकरण किया जाता है। पहले, वे सभी वस्तुएँ, जिनकी सामान्य रूप से विशेषताओं की संख्या आमतौर पर बहुत अधिक

होती है, उन्हें एक अलग समूह में रखा जाता है, जिससे उनकी एक प्रजाति का निर्माण हो सके। फिर इन विभिन्न प्रजातियों को एक उच्च वर्ग या वंशाणु के तौर पर एक समूह में रखा जाता है, जिनकी विशेष गुणोंवाली एक छोटी संख्या होती है और यह क्रम इसी तरह आगे चलता रहता है। एक वर्ग में जितनी विशेषता होती है, उनकी कुल संख्या एक अवधारणा कहलाती है।

इस तरह संवेदनाओं की जटिलताओं के बाहर हम अपने विचारों में जिस वास्तविकता का निर्माण करते हैं, हमारी अवधारणा होती है। विशेषताओं में अंतर को अस्वीकार कर और एक जैसी विशेषताओं के आदर्शतम संयोजन के द्वारा न्यूनतम से और भी उच्च स्तर या और भी विस्तृत या उससे कम विस्तृतवाली अवधारणाओं का निर्माण करते हैं। संक्षेपण की इस प्रक्रिया में हमें ऐसा कुछ भी नहीं मिलता, जिससे हम यह सिद्ध कर सकें कि अस्वीकार की हुई विशेषताओं में वह सबकुछ निहित या अंतर्निहित है, जिसमें ऊँचे विचार को शामिल और निहित करके उनसे बड़ी अवधारणा की रचना की जा सकती है। ये ऊँचे स्तर की अवधारणाओं से संबंधित त्रुटियाँ ही हैं, जिनके कारण छोटे विचारों का जन्म होता है, इस कल्पना के संयोजन से बड़े विचार, जैसेकि स्वभाव, जीवन, वस्तु, विषय, ऊर्जा, ज्ञान, जो उन लक्षणों को दरशाती हैं, जो सभी चीजों में एक जैसे होते हैं, जो अस्थिर विशेषताओं के स्थिर अधःस्तर का निर्माण करते हैं, जिससे चीजों को एक-दूसरे से अलग किया जाता है, जोकि अज्ञात से संबंधित अभौतिक परिकल्पना की सफल जननी होती है।

किसी भी तर्कहीन कारणों से व्यक्ति अकसर किसी अपरिचित वस्तु के महत्त्व को अधिक आँकने लगता है और इसे जानकार वस्तु की तुलना में अधिक वरीयता देता है। वास्तविकता के साथ जुड़ी उसकी व्यावहारिक असंतुष्टि, अर्थात् यह बोधगम्य संसार उसे अभौतिक, मानसिक मोहमाया में संतुष्टि प्राप्त करने के लिए प्रेरित करता है। महसूस किए गए अनुभवों से जो कुछ प्राप्त किया गया है, उस पर ध्यान न देते हुए शब्दों की एक काल्पनिक कड़ी द्वारा तत्त्वज्ञानी अपनी कल्पनाशक्ति से उस अतींद्रिय मौजूदगी की रचना करता है, जो होने की उसने कल्पना की थी, और स्वयं को अपनी काल्पनिक रचना को जकड़कर रखने में असमर्थ पाते हुए तत्त्वज्ञानी अपनी व्यर्थ की आशाओं को महसूस करने के लिए काल्पनिक माध्यमों का सहारा लेता है।

अलग-अलग युगों और देशों में इन अतींद्रिय या अलौकिक शक्तियों से संपर्क साधने के लिए विभिन्न तरीकों को प्रयोग में लाया गया। इन तरीकों को मुख्य रूप से तीन प्रमुख श्रेणियों में बाँटा गया है। पहली श्रेणी में वे सभी मामले आते हैं, जिसमें अलौकिक जीव, चाहे वह ईश्वर हो या उसके दूत या कोई फरिश्ता या दानव बहुत ही पसंदीदा व्यक्ति के रूप में दिखाई पड़ते हैं और जिन्हें उस स्पष्ट दृश्य चिह्न या ध्वनि द्वारा प्रकट

किया जाता है, जिसे दिखाने के लिए उसे चुना गया था। दूसरी श्रेणी में वे मामले हैं, जिनमें एक व्यक्ति रहस्यमय ढंग से किसी अलौकिक शक्ति के अधीन और वश में हो जाता है, जो एक सनकी व्यक्ति के माध्यमों से रहस्यों को प्रकट करता है। तीसरी श्रेणी की सबसे प्रमुख विशेषता अवचेतन या उल्लास की वह स्थिति होती है, जिसमें व्यक्ति को आसपास के विषयों को महसूस करने से दूर कर दिया जाता है, जिसमें वह देवता या अन्य आध्यात्मिक शक्तियों या परम तत्त्व से पूरी तरह प्रत्यक्ष संबंध स्थापित कर लेता है और दुर्बोध संसार के सत्यों को देख या सुन पाता है, जिन्हें किसी आम व्यक्ति की अनुभव शक्ति और समझ द्वारा समझ पाना मुश्किल होता है।

आधुनिक शिक्षित समाज के शिक्षित व्यक्ति के लिए पहले दो तरीकों को स्वीकार कर पाना बहुत ही कठिन दिखाई पड़ता है। लेकिन तीसरा तरीका, जोकि एक अत्यंत आनंदित करनेवाला अनुभव है, उसका अभी भी बहुत से लोगों द्वारा समर्थन किया जाता है और हाल ही में कुछ आधुनिक मनोवैज्ञानिकों ने ऐसी खोजें करने का प्रयास किया है, क्योंकि यह विषय विचार करने के योग्य है। हालाँकि आनंदित करनेवाले अनुभवों के स्वरूप की जाँच शुरू करने से पूर्व, हमें सूक्ष्मदर्शी सच्चाइयों के असामान्य तरीकों की संभावनाओं से जुड़ी जॉन स्टार्ट मिल की चेतावनी पर भी ध्यान देना होगा।

इस बारे में जे.एस. मिल कहते हैं—"यह धारणा, जिसमें सच्चाई मस्तिष्क के बाहर होती है, इसमें उसे स्वतंत्र रूप से विचार और अनुभव, अंतर्दृष्टि या ज्ञान के रूप में जाना जा सकता है, मुझे अब यह समझ आ चुका है कि महान् बुद्धिजीवियों द्वारा गलत सिद्धांतों और बुरी शिक्षा का समर्थन किया जाता है। इस सिद्धांत के सहयोग द्वारा प्रत्येक कट्टरपंथी धारणाएँ और प्रचंड भावनाएँ, जिनका कोई आधार नहीं है, को कारणों के द्वारा न्यायोचित ठहराने के दायित्व के साथ प्रसारित करने में सक्षम बनाया जाता है और उनको अपने ही पूर्ण सक्षम प्रमाणों और न्यायोचित तर्कों के साथ स्थापित किया जाता है। उनका कभी भी बेहतर उपकरण सभी गहराई से समाहित पूर्वधारणाओं को प्रतिष्ठित करने के लिए नहीं था।"

इन उल्लसित करनेवाले अंतर्ज्ञान में ईश्वर से प्रत्यक्ष संपर्क स्थापित करने के लिए शरीर से मस्तिष्क का अमूर्तीकरण होता है या व्यक्तित्व की सीमाओं से बाहर आने के लिए उस ब्रह्म या संपूर्ण के साथ एकाकार हो जाना होता है। इन तरीकों को मूल रूप से कुछ इस प्रकार प्रयोग में लाया जाता है—ध्यान और गहरे चिंतन का माध्यम, इसमें प्राय: किसी एक चीज पर ध्यान को पूर्ण रूप से केंद्रित किया जाता है, विचारों को एक निश्चित चरण (एकाग्रता) के साथ प्रवाहित करना, इससे मस्तिष्क उस अवस्था में चला जाता है, जिसमें सामान्य ज्ञान का पूरी तरह से विघटन और खंडन हो जाता है, अनुभव और सूझबूझ तथा उस शारीरिक संवेदनाओं पर रोक लग जाती है, जिससे दैनिक जीवन

की आवश्यकताएँ पूरी तरह से दब जाती हैं, परम ज्ञान पर पूरा ध्यान केंद्रित होना, इसे या तो परमानंद की अवस्था या बहुत दर्दनाक बना देता है। परमानंद के पहले चरण में यह शारीरिक संवेदनाएँ चक्कर खाते हुए घूमती हुई प्रतीत होती हैं, श्रव्य या दृश्य तत्त्वों की झल्लरी विभिन्न प्रकार से सम्मिलित होती है। संभव है कि दूसरे चरण में ये समाप्त हो जाती हैं और इनका स्थान कुछ विविध 'आकृतियाँ' ले लेती हैं; या वे शायद एक या एक से अधिक अत्यंत प्रबल श्रव्य या दृश्य भ्रम, जिनके साथ डर और उल्लास का परिवर्तन भी होता है, इतना अधिक हो जाता है कि संपूर्ण मनोग्रंथियों को इन्हीं के द्वारा परिभाषित किया जा सकता है।

इन सबमें मनोवैज्ञानिकों को केवल ग्रहणबोध की संपूर्ण दुष्कर यंत्रावली में अस्थायी तौर पर होनेवाले कंपन के अतिरिक्त और कुछ अधिक नहीं ज्ञात हुआ, जिसमें जीवन लगभग अर्ध–विकसित जीव द्रव्य की अवस्था तक घट जाता है। दैनिक जीवन की व्यवस्थित दिनचर्या में अवरोध को धार्मिक अनुभव माना जाता है और व्यक्तिगत चेतनता में ह्रास को अनंतता में समावेश के तौर पर अनुभव किया जाता है और सत्य को तर्कमूलक कारणों से प्राप्त नहीं किया जाता, यह केवल तात्कालिक अंतर्ज्ञान होता है।

इस मामले में शरीर की अचेत अवस्था का हाल निश्चित रूप से उससे अलग नहीं होता, जो एक रोगी का दवाइयों, बीमारियों, शारीरिक भय या बड़े दुःख के कारण हो जाता है। इन सब मामलों में समस्या स्वयं के भीतर ही होती है और इसके बाहरी और प्रत्यक्ष लक्षण एक समान ही होते हैं। यदि यह यथार्थवादी ब्योरा रोगी की हालत के लिए पर्याप्त है, तो इसे उन्मादपूर्ण अंतर्ज्ञान के लिए भी एक समान होना चाहिए। हालाँकि यह 'अवचेतन मन' ही उच्च आध्यात्मिक क्रिया से उन्मादपूर्ण अंतर्ज्ञान में प्रवेश का कारण होता है। जबकि रोगी की अवस्था का कारण अनुचेतना के आचरण को ही माना जाता है। अनुचेतना की उपस्थिति पर, जोकि अंदर निर्मित स्थितियों की एक सुनियोजित प्रणाली है और पुराने सचेतन अनुभवों के द्वारा, जो हालाँकि यह स्वयं चेतना के समक्ष प्रस्तुत नहीं होते, अपनी पूरी अवधि के प्रत्येक क्षण में विचारों के प्रवाह का निर्धारण करते हैं, इसमें किसी संदेह की आवश्यकता नहीं है। मानसिक प्रक्रिया का यह प्रवाह सामान्य अवचेतन जीवनक्रम की तरह ही होता है, वैसे यह करीब–करीब उसी की तरह, लेकिन कुल मिलाकर स्वतंत्र होता है। यह मनोवैज्ञानिक विकास के लिए सांसारिक अनुभवों के अलावा अन्य किसी भौतिक माध्यम को पहले से नहीं मानता और मानसिक प्रक्रिया का केवल उन्हें छोड़कर, जिन्हें सामान्य मनोविज्ञान द्वारा पहचाना गया है, कोई और नियम नहीं होता है। लेकिन वहाँ पर 'अवचेतन मन' में विश्वास करने के लिए कौन से समर्थन होते हैं, जो मनोवैज्ञानिक घटना की स्वतंत्र तौर पर मौजूदगी होती है और आध्यात्मिक माध्यम के साथ संचार के माध्यम के तौर पर कार्य करती है? इसमें

दूरानुभूति (टेलीपैथी) को अनुमति दी जाती है, परोक्ष दर्शन व इसी तरह के अन्य वास्तव में इस संदर्भ में कार्य करते हैं।

क्या इससे यह अर्थ निकलता है कि हम सभी के भीतर मौजूद मानसिक जीवन को मुख्य रूप से व्यक्तिगत ज्ञान के दो विशिष्ट और अलग वर्ग के रूप में विभाजित किया जा सकता है, जोकि मुख्य रूप से इस लोक से संबंधित होता है और दूसरा परलोक से संबंधित होता है? इस पर प्रो. ह्यूगो मुनस्टरबर्ग कहते हैं—"अभौतिक स्वप्न और अनिश्चित चिंतन द्वारा हमें मदद नहीं मिल सकती है, जब हम उस दृढ़ आस्था की तलाश करने लगते हैं, जिसे हमें अपने जीवन का कीमती आधार बनाना होता है। जितना ही हम सुबह और शाम के बीच की वास्तविक सच्चाई से अपनी आदर्शवादी आस्था को अलग कर लेते हैं, उतना ही हम अपने दैनिक जीवन के आत्मसम्मान से वंचित हो जाते हैं और इसे मरणोपरांत जीवन की अस्पष्ट आशाओं की ओर अग्रसर होने के लिए विवश कर देते हैं।"

यह दावा किया गया है कि ज्ञान के प्रभाव के परमानंद और अन्य तथाकथित आध्यात्मिक हालातों में 'उन व्यक्तियों को पूरी तरह से अपने प्रभाव में लेने का अधिकार होता है, जिन पर वे आए हैं' और जैसेकि केवल वे ही नहीं होते, 'तर्कबुद्धिपरक चेतना के प्रभाव को भंग करता है', यह पूर्ण रूप से अनुभवशक्ति की समझ पर आधारित होती है, बल्कि बादवाली अनुभूति को केवल एक प्रकार की अनुभूति के तौर पर दरशाती है, जिससे सत्य के अन्य क्रमों को खोलने की संभावना उत्पन्न हो जाती है। कोई भी व्यक्ति इन विषयों पर संपूर्णता के प्रभाव से इनकार नहीं करेगा, जिनका केवल नाम दिया गया है, अर्थात् दृष्टि, ध्वनि, मनोहर एहसास और स्वैच्छिक मनोभाव। न ही उस समय हमें विरोध करने की आवश्यकता होती है, जब वह तथाकथित उच्चतम रहस्यवादी अवस्था के परिणामस्वरूप प्राप्त होनेवाले उल्लास, स्वतंत्रता, प्रदीपन, सम्मिलन या बढ़ते नैतिक साहस और बल की बात करते हैं। मात्र व्यक्तिपरक पक्ष की ओर से रहस्यवादी अवस्था से हुए यह अनुभव अभेद्य और संपूर्ण होते हैं और इस प्रकार वे किसी भी प्रकार की आलोचना के अधीन नहीं होते। लेकिन यदि कारण संबंधी दृष्टि से देखा जाए, तो यह विषय बिल्कुल अलग हो जाता है। जब कोई समाधि में मग्न व्यक्ति अपने अनुभवों का श्रेय अपने भीतर समाहित ईश्वर या आध्यात्मिक जीवन की दुनिया की मौजूदगी को देता है, तो वह जो कुछ भी तर्क बुद्धिपरक विकास के क्षेत्र में महसूस किया जाता है, उससे परे चला जाता है। वह तब रहस्यवादी ज्ञान के क्षेत्र में मौजूद नहीं रह जाता, बल्कि उसका तर्कसंगत चेतना के क्षेत्र में सीमाओं को पार कर प्रवेश हो जाता है और इस प्रकार बादवाले की आलोचना के अधीन हो जाता है।

कुल मिलाकर सभी आध्यात्मिक अनुभवों के व्यक्तिगत लक्षण निश्चित रूप से उन्हें नुकसान पहुँचाते हैं। कोई भी निश्चित तौर पर महसूस नहीं कर सकता, यहाँ तक

स्वयं प्रतिभागी भी नहीं, कि इसमें मौजूद अतींद्रिय या अलौकिक तत्त्व विषयपरक वास्तविकता है, न कि आत्मपरक भ्रम है, न ही दूसरों से की गई रहस्यवादी माँग उसके परमानंद की भावना के सहज-ज्ञान में संपूर्ण और दृढ़ आस्था है। यहाँ सबसे बेहतर वह यही कर सकता है कि स्वयं से बात करे। एक अविश्वास को आवश्यक रूप से स्वयं को स्वाभाविक तौर पर उन अनुभवों के रूप से जोड़ना चाहिए, जिसकी समान रूप से अलौकिक शक्ति के प्रत्येक दृष्टिकोण को स्थापित कर सकता है। जैसेकि प्रो. जेम्स कहते हैं—"रहस्यवादी भावनाएँ, अत्यधिक विविध तत्त्व ज्ञान और वेदांत के द्वारा सुसज्जित सांसारिकता के साथ वैवाहिक संधि का निर्माण करने में सक्षम होती हैं, केवल तभी अपनी व्यक्तिगत भावनात्मक आवश्यकताओं को पूरा करने के लिए अपनी संरचना में स्थान प्राप्त कर सकते हैं।"

ज्ञान का यह असंगत स्वरूप स्वयं ही उस दावे को गलत साबित करता है, जिसमें समाधि मग्न को तत्काल ही ज्ञान प्राप्ति की बात की गई है। इसके अलावा, सभी प्रकार के परमानंद में व्यक्तित्व का ज्ञान के रूप में पूरी तरह से समर्पण हो जाता है और व्यापक सीमा तक, एक सक्रिय प्राणी के रूप में, उसके बाहरी जीवन के संघर्षों का भी समर्पण होता है। उसका ज्ञान पूरी तरह से अवशोषित हो जाता है, एक प्रकार से, पूरी तरह से आंतरिक क्रिया के दबाव में, जिस अनुभव की तुलना सामान्य तौर पर किसी से नहीं की जा सकती है और जो जीवन के आपसी संबंधों में पुनः प्रवेश होने पर मस्तिष्क द्वारा स्मरण रखने में असमर्थ हो जाता है।

इसमें कोई आश्चर्य नहीं है कि उसे इस अनुभव की साधारण श्रेणी से बाहर माना जाता है, जोकि सोच-विचार और बातचीत की सीमा से बाहर होता है। (अवांग मानस गोचरं) इसमें कोई आश्चर्य नहीं है कि उसके प्रति उत्साह द्वारा परमसुख का पूर्वानुभव होने लगता है, जिसमें आत्मा उस परमसुख के प्रति पूर्ण रूप से समर्पित हो जाती है। लेकिन तर्कसंगत तरीके से इसका क्या परिणाम हो सकता है? साधारण भाषा में कहें तो सभी रहस्यवादी परम लक्ष्य से संबंधित यह तथाकथित ज्ञान या परम ज्ञान (साक्षात्कार या सम्यक् दर्शन) कुछ नहीं, बल्कि पूर्ण रूप से अचेत अवस्था हो सकती है।

यदि यह संसार न ही ईश्वर, न ही ब्रह्म अवतार की रचना है, तो क्या यह एक व्यक्ति विशेष की उपज नहीं हो सकती? स्व की वास्तविकता के प्रश्न में प्रवेश किए बिना प्रबुद्ध ने स्वयं को इस संसार का रचनाकार मानने की अर्थहीनता को कुछ इस प्रकार बताया है—"यदि आप कहते हैं कि आप स्वयं ही रचनाकार हैं, तो हमें सभी चीजों को खुशनुमा बनाना चाहिए था, लेकिन इस संसार में बहुत सी ऐसी चीजें हैं, जो व्यक्ति के लिए सुखदायक नहीं हैं; तो यह कैसे सुनिश्चित किया जा सकता है कि हम स्वयं ही एक रचयिता हैं? यदि यह कहा जाए कि हम स्वयं ही चीजों को खुशनुमा नहीं

बनाना चाहते हैं तो वे लोग, जो चीजों को खुशनुमा बनाने की इच्छा रखते हैं, वे हमारे (रचनाकार) विरोधी हैं।

दुःख और सुख स्वयं ही उत्पन्न नहीं होते। यह कैसे कहा जा सकता है कि इनकी रचना स्वयं हमारे द्वारा ही होती है ? यदि हम यह स्वीकार करते हैं कि हम स्वयं ही इसके रचयिता हैं, तो बुरे कर्म जैसा कुछ भी नहीं होना चाहिए, लेकिन चूँकि यह सर्वविदित है कि हमारे कर्म द्वारा ही अच्छे और बुरे परिणाम प्राप्त होते हैं। इसलिए हम स्वयं ईश्वर नहीं हो सकते। संभवतः यह कहा जा सकता है कि किसी विशेष प्रयोजनों पर स्वयं हम ही ईश्वर हैं, लेकिन उन विशेष प्रयोजनों को अच्छाई के लिए होना चाहिए। अब भी, क्योंकि अच्छाई और बुराई दोनों ही कारण का परिणाम होते हैं, यह नहीं हो सकता है कि हमने स्वयं इसका निर्माण किया है।" (अश्वघोष का बुद्धचरित)

यहाँ पर जिस विचार का खंडन किया गया है, उसकी उत्पत्ति इस तथ्य में है कि वस्तुओं का प्रकटीकरण साक्षात्कार करनेवाले प्रतिभागी के संवेदी अंग पर प्रभाव पड़ने के कारण होता है। पीलियावाली आँखों से देखने पर सबकुछ पीला ही दिखाई देता है। जनसाधारण में यह तथ्य सर्वविदित है, लेकिन उसके साथ ऐसा कभी नहीं होता कि वे इस संसार की संपूर्ण रचना को अपने ज्ञानबोध की रचना समझें। अपितु वे तत्त्वज्ञानी भी, जो स्वयं को अहंमात्रवादी मानते हैं, उन्हें भी वास्तविक जीवन में ऐसी अनुभूति कभी नहीं हुई। वे केवल भोजन मात्र की कल्पना कर अपने पेट की तीव्र भूख को परितृप्त करने का प्रयास नहीं करते हैं। यह मस्तिष्क, जो कुछ निर्मित है, उसे नष्ट करने में असमर्थ क्यों होता है ? यदि चीजों को सचमुच मस्तिष्क द्वारा बनाया जाता, तो यहाँ पर सिद्धांत और प्रयोग में कोई भिन्नता नहीं हो सकती। वास्तव में इस संसार में दुःख नाम की कोई चीज ही नहीं होती। प्रबुद्ध द्वारा उचित ढंग से आदर्शवादी दृष्टिकोण को इस निरर्थकता पर जोर देते हुए अस्वीकार किया गया है।

अब इन नकारात्मक आलोचनाओं से हम उस सटीक स्थिति पर विचार करने की ओर बढ़ सकते हैं, जिसमें प्रबुद्ध ने तत्त्वज्ञान के मूलभूत समस्याओं के विषय में बताया है। चूँकि प्रबुद्ध नैतिक जीवन पर जोर देते हैं, आमतौर यह मान लिया जाता है कि वे सभी ज्ञानमीमांसीय प्रश्नों का अपक्षपातीपूर्ण रवैया रखते थे। निस्संदेह यह सही है कि बुद्ध ने चीजों के प्रारंभ और अंत से जुड़ी हुई विचारधाराओं को स्थापित नहीं किया है; न ही उन्होंने अपने दृष्टिकोण को कोई सुनियोजित आधार प्रदान किया है, लेकिन सुत्तपिटक और अभिधर्मपिटक से हमें जो ज्ञात हुआ है, उससे इस विषय में उनके सही-सही विचारों का पता लगाना बहुत मुश्किल नहीं है।

प्रबुद्ध हमेशा अपने श्रोताओं की क्षमतानुसार ही बोलते थे। आम जनता के लिए दिए गए उनके उपदेश में वे प्राकृतिक रूप से यथार्थवादी प्रतीत होते हैं। इन उपदेशों के

आधार पर वैभाषिक और सौत्रांतिक द्वारा अपनी भौतिकवादी प्रणाली की स्थापना की गई और इसके कुछ अनुयायियों द्वारा परमाणु सिद्धांत का निर्माण किया गया। जैसेकि डॉ. हांड द्वारा अपनी रचना 'डाई एटमिस्टिक ग्रंडलेज डेर वैशेषिका फिलॉसफी' में लिखा है कि यह असंभव नहीं है कि बौद्धधर्मियों द्वारा ही परमाणु सिद्धांत का निर्माण किया गया।

इस मूल सिद्धांत के दृष्टिकोण से शुरुआत करते हुए बौद्ध धर्म के सभी पक्ष कि संसार निरंतर जन्म और मरण के बीच प्रवाहित होता रहता है, इसमें कोई आश्चर्य की बात नहीं है कि कुछ बौद्धधर्मी इस पूरे संसार को अपरिवर्तनशील कणों के रूप में मानते हैं, जिस प्रकार आध्यात्मिकता की उत्पत्ति पाँच स्कंधों के कुल योग से होती है। वैभाषिक और सौत्रांतिक दोनों ही एक अतिरिक्त आत्मिक बाहरी संसार के अस्तित्व का होना स्वीकार करते हैं; पहलेवाला भाग उस बाहरी वस्तु को सँभाले हुए है, जिसे प्रत्यक्ष रूप से अनुभव किया गया है और दूसरे भाग का यह मानना है कि बाहरी चीजों का अनुभव हमारे मस्तिष्क द्वारा बनाया गया मात्र एक प्रतिबिंब है और इसलिए इस बाहरी जगत् का केवल अनुमान ही लगाया जा सकता है।

दूसरी ओर योगचक्र, असंग के अनुयायियों द्वारा आत्मपरक विज्ञानवाद (विज्ञानास्मितमात्रवादिन) वर्ग की स्थापना की गई, जिसके साथ उन्होंने बाह्य जगत् की सच्चाई को पूरी तरह से नकार दिया और इसे आत्म में विद्यमान चेतना (आलयविज्ञान)[3] की रचना के रूप में मान्यता दी। प्रबुद्ध द्वारा शायद इस दर्शनशास्त्र के विकास के लिए कुछ संभावनाएँ अवश्य प्रदान की गई थीं, लेकिन उन्होंने स्वयं इन विचारों को कभी प्रस्तुत नहीं किया है। वह न तो एक ऐसे भौतिकवादी थे, जिन्होंने स्वयं के भीतर चलनेवाले भौतिक कणों से ज्ञान को प्रकट करने का प्रयास किया था; न ही वे एक ऐसे अहंमात्रवादी थे, जो संसार को आत्म में विद्यमान चेतना की क्रियाओं का उत्पाद मानते थे। वे अपने विचारों के साथ अपने जीवन में भी माध्यमिका की राह पर चलनेवाले थे। उन्होंने आगे बढ़ने के लिए मध्यम मार्ग को चुना था। उन्होंने न ही मस्तिष्क, न ही बाह्य जगत् की सच्चाई से इनकार किया, लेकिन उन्होंने सभी तरह के अतींद्रिय अध: स्तरों के अस्तित्व, स्वयं के भीतर मौजूद सभी वस्तुओं, जीवात्मा और परमात्मा दोनों के होने से इनकार किया था, इसलिए उन्हें आमतौर पर शून्यवादी कहा जाता था। लेकिन उन्होंने न ही अद्भुत संसार (प्रपंच), न ही आनुभविक अहं (नामरूप) से कभी इनकार किया था। उन्होंने निरंतर अद्वैवाद[4] का इतना ज्ञान प्रदान किया कि उन्हें अद्वैवाद[5] का नाम विशेष रूप से दिया गया है।

कुछ ऐसे तथ्य, जिन पर मौजूदा समय के सभी मनोवैज्ञानिकों ने सहमति जताई है, वे यह हैं कि सभी अनुभव मनुष्य को केवल ज्ञान के रूप में प्राप्त हुए हैं। मनुष्य का वह ज्ञान, जो प्रस्तुत नहीं किया गया है, वह पूरी तरह से व्यक्ति के ज्ञान की श्रेणी से बाहर है।

हालाँकि मनुष्य के ज्ञान में एक पल से दूसरे पल की भिन्नता पाई जाती है, क्षणिक विषय की निश्चितता इतनी प्रत्यक्ष होती है कि इस पर किसी भी कारण से सवाल नहीं उठाया जा सकता। हालाँकि मनुष्य के ज्ञान की विषय-वस्तु केवल एक के लिए मान्य होगी और केवल उसी क्षण के लिए मान्य होगी, जब तक वह मौजूद होगा, अब भी यह पूरे समय व दूसरों के लिए भी उन शर्तों को विदित बनाने के द्वारा वैध होगी, जिसमें इसकी वैधता है।

लेकिन यह भी कभी नहीं भूलना चाहिए कि जितना हमें पता है, वह आत्मिक है। आत्मिक, सचेत, जीवित रहना—इन सबका अर्थ एक ही है। सत्ता अनुभवमूलक है। यहाँ कोई ऐसी चीज नहीं हो सकती, जैसेकि अतींद्रिय या अलौकिक। सभी घटनाओं का अनुभव सचेत अवस्था में होता है। चूँकि सभी चीजें और शक्तियाँ घटनाएँ होती हैं, हम ज्ञान को कोई वस्तु या शक्ति का प्रतिरूप नहीं कह सकते। यह एक ऐसी सच्चाई है, जिसके संबंध में सभी चीजों को व्यक्त किया जाता है। यह तथाता है, सभी चीजों की सदृश्यता (भूता)। इन मूलभूत तथ्यों की उपेक्षा होने से ही सभी प्रकार की काल्पनिक समस्याओं की उत्पत्ति होती है, जो आत्म में विद्यमान जानकार वस्तुओं के बारे में होती है, जो व्यक्ति की चेतना के लिए अनजान होती हैं, लेकिन इस पर काम करती हैं।

किसी भी तरह के ज्ञान की विषय-वस्तु का अपना एक विशिष्ट स्वरूप हो सकता है। कोई भी दो तरह के ज्ञान की विषय-वस्तुओं का स्वरूप बिल्कुल एक समान नहीं हो सकता, लेकिन स्मृतियाँ, जो ज्ञान के मुख्य स्वरूप का निर्माण करती हैं, जो हमें इन विभिन्न विषय-वस्तुओं एक-दूसरे से सबंध रखने और इनकी समानताओं और असमानताओं पर ध्यान देने में समर्थ बनाती हैं। हम इस प्रकार ज्ञान की विषय-वस्तु का विश्लेषण करने में समर्थ हो पाते हैं, जिससे सभी तरह के अनुभवों का निर्माण होता है। लेकिन किसी भी पल दिया जानेवाला ज्ञान ही उसकी पूर्ण विषय-वस्तु होता है, न कि यह तत्त्व। हमें संक्षेपण की प्रक्रिया द्वारा इन तत्त्वों की प्राप्ति होती है। ये तत्त्व ही अनुभूति और उनकी स्मरणशक्ति का प्रतिरूप होते हैं। जैसेकि आनुभविक मनोविज्ञान बताता है, अन्य प्रकार की सभी आध्यात्मिक विषय-वस्तुओं की रचना इसी के द्वारा हो सकती है।

आम व्यक्ति का यह मानना होता है कि संवेदनाओं की उत्पत्ति ज्ञान से अलग वास्तविक चीजों द्वारा होती है और यह कि उसके आंतरिक 'मैं' में इस अनुभव की छाप होती है। यह 'वस्तु' और 'मैं' दोनों परिणाम होते हैं, जो मूल रूप से दिए नहीं जाते। चूँकि ये बहुत सी विविध प्रकार की संवेदनाओं की स्मृतियों के चित्रों द्वारा विकसित होती हैं, संभव है कि इनके बारे में जटिल विचारों के तौर पर बात की जा सकती है और इस तरह जैसेकि यह निश्चित तौर पर वास्तविक हो। लेकिन मूल रूप से, पहला भाग ज्ञान से परे और दूसरा भाग ज्ञान का वाहन या वाहक होता है, इनका कोई अस्तित्व नहीं होता।

शरीर और लक्षणों के बीच का अंतर वास्तविक जीवन के लिए सहूलियत का

विषय है, लेकिन यह किसी भी तरह के अनुभव, संवेदनाओं के समरूप नहीं है। एक शरीर मात्र एक सामूहिक प्रभाव है, विशिष्ट गुणों का एक समूह। यदि ये गुण स्वयं उत्पन्न होने में असमर्थ होते हैं और आत्म के किसी अध:स्तर के सहयोग की आवश्यकता होती है, तो यह भाषा के आम उपयोग द्वारा उत्पन्न होनेवाली कठिनाई है। अपने विकास के दौरान व्यक्ति विभिन्न अनुभूतियों के बीच संबंधों को दरशानेवाला एक अवशोधित मशीनी प्रतिरूप हो जाता है, जिनके एक साथ होने पर शरीर की रचना होती है। कई अनुभूतियाँ, जो स्थिर रूप से शरीर में पहले से ही विद्यमान होती हैं, वे शरीर की अस्थिर अनुभूतियों को सहयोग करती हैं। वे अवधारणाएँ, जो हमारे शरीर में निरंतरता और उसकी पहचान को स्थिर रूप से बनाए रखने के लिए विद्यमान होती हैं, जो किसी चीज में हमारी आस्था के बदलाव अर्थात् एक अपरिवर्तनीय अध:स्तर का कारण होता है। लेकिन इन व्यर्थ परिकल्पनाओं के बिना भी हमें एक जैसे परिणाम प्राप्त होते हैं। शरीर की पहचान में अपने गुणों के अनुरूप उसके रखे हुए नाम से होती है। यदि ये अधिकांश गुण और मुख्य रूप से वे लक्षण, जो हमारे लिए अत्यावश्यक हैं, बिना किसी फेरबदल के बने रहते हैं या इसका फेरबदल भले ही कम या अधिक हो, फिर भी इसका शेष भाग कायम रहता है। हमें इस अटूट अध:स्तर को मानने की आवश्यकता नहीं होती।

यदि हम जो कुछ भी अनुभव करते हैं, उसमें खासतौर पर वे प्रक्रियाएँ सम्मिलित होती हैं, जो हमारी चेतना में होती हैं, तो फिर क्या हमारे आंतरिक और बाहरी ज्ञान में कोई मूलभूत अंतर नहीं होता? हाँ; ज्ञान की विषय-वस्तु के रूप में इसमें कोई वास्तविक अंतर नहीं होता। जैसाकि डब्ल्यू.के. क्लिफोर्ड इस पर कुछ इस प्रकार कहते हैं—"मेरे अनुभव मूल रूप से दो विशिष्ट तरीकों से स्वयं को व्यवस्थित और क्रमबद्ध करते हैं। इसमें एक आंतरिक या आत्मगत क्रम होता है, जिसमें बुरी खबर सुनने या कल्पना करने पर निराशा विकसित होती है, 'असफलता' विभिन्न प्रकार की परेशानियों या असफलताओं के अनुभव का प्रतीक चिह्न है। और यहाँ पर बाहरी या आत्मगत क्रम होता है, जिसमें एक गिरती हुई वस्तु के दिखने और उसके गिरने की आवाज के साथ-साथ गिरने के कारण उत्पन्न होनेवाली संवेदना भी महसूस होती है।

"विषयपरक क्रम, योग्यता क्रम का उपयोग भौतिक विज्ञान में किया जाता है, जो एक समय और स्थान के भीतर वस्तुओं के बीच होनेवाले एक समान संबंधों की जाँच करता है। यहाँ शब्द वस्तु का अर्थ मात्र उन अनुभवों के एक समूह से है, जो एक प्रकार से एक समूह के रूप में हमारे भीतर विद्यमान रहते हैं; क्योंकि इस समय मैं अपने अनुभवों के निष्पक्ष क्रम को ही मानकर चल रहा हूँ। तो यह वस्तु, फिर, मेरे ज्ञान में एक प्रकार का बदलाव है और इसके अलावा कुछ नहीं। भौतिक विज्ञान का यह परिणाम ही मेरा वास्तविक या संभावित अनुभवों का परिणाम है। वह परिणाम, जो वास्तव में या

सशक्त रूप से मेरे ज्ञान में विद्यमान है, इसके अलावा कुछ भी नहीं।" जैसेकि सुत्तनिपात कहता है—"नाथो अजित: च बुद्धि: च किंचित् पसातो। जिसने सत्य को समझ लिया, उसके लिए आंतरिक और बाहरी कुछ भी नहीं होता।"

आंतरिक और बाहरी भाग के बीच अंतर, 'मैं' और 'बाहरी जगत्', का एक वास्तविक आधार होता है। आंतरिक और बाहरी अनुभव के बीच वास्तविक स्तर को साफतौर पर समझने के लिए एक उदाहरण लेते हैं। उदाहरण के तौर पर, हम एक सूई लेते हैं। इसके चित्र से जुड़े हुए रंग और रूप की अनुभूति ही सूई की वास्तविकता का निर्माण करती है।

सामान्य तौर पर हम जिस चीज को बाहरी तौर पर देखते हैं, उसकी वैसी ही कल्पना आंतरिक तौर पर करते हैं। लेकिन जब हमारी उँगली में सूई की चुभन होती है और एक दर्द का अनुभव उत्पन्न होने लगता है तो यह दर्द हमारे भीतर ही होता है। फिर भी इस सूई के रंग और रूप का ज्ञान इससे उत्पन्न होनेवाले दर्द से कहीं अधिक होता है। तो फिर इसमें अंतर कितना शेष रह जाता है? खुशी और दर्द (वेदना) का यह अनुभव उपादान को जन्म देता है और इससे ज्ञान के बीच ऐसे भाव उत्पन्न होने लगते हैं। अहं, जिसके एक भाग का उपभोग के रूप में संचालन होता है और दूसरे भाग का अंतर उसकी खुशी के रूप में उत्पन्न होता है, लेकिन जब कोई आर्य आष्टांगिक मार्ग का अनुसरण करता है और इससे जुड़े हुए पिछले अनुभव नष्ट हो जाते हैं, तभी वह उन सभी चीजों के वास्तविक स्वरूप को समझ पाता है और निर्वाण के सुखद मंदिर में प्रवेश करता है,

"एक मंदिर न तो एक पैगोड़ा, मसजिद या चर्च होता है,
बल्कि एक शानदार, सामान्य, सदैव खुला रहनेवाला द्वार होता है,
जिसका प्रत्येक क्षण स्वर्ग के समान होता है, जहाँ सच्चाई और शांति,
प्रेम और दया का सदैव और सर्वदा निवास रहता है।"

संदर्भ—

1. वे लोग, जो बौद्ध धर्म के असली सत्त्व को नहीं समझते हैं, उन्हें प्राय: यह लगता है कि बौद्ध ने इस ब्रह्मा के अस्तित्व से कभी इनकार नहीं किया था, क्योंकि कुछ सूत्रों में वे ब्रह्मा पर दृष्टि डालते हुए और उससे बात करते हुए दिखे हैं। इसलिए महा गोविंद सुत्त में प्रबुद्ध इस प्रकार कहते हैं—"ये वही हैं, जो साल के चार महीने एकांत में चले जाते हैं और ब्रह्मा को देखकर करुणाभाव से उनका ध्यान करते हैं, उनसे बात करते हैं, उनसे बातचीत करते हैं।" इसी प्रकार तेविज्ज सुत्त में, बुद्ध कहते हैं—"वह भिक्षु, जो क्रोध और वासना से मुक्त होता है, जो मन का सच्चा और स्वयं को वश में रखनेवाला होता है, वह ब्रह्मा से जुड़ जाता है, वह उसी समान होता है।" इस संवाद में मात्र महान् गुरु ने उन दिनों के लोगों को (परमार्थ सत्य) पर ध्यान

केंद्रित करने के लिए साधारण सुझाव और आस्था (समवृत्ति सत्य) को प्रयोग किया है। बुद्ध के समयकाल में ब्राह्मण ब्रह्मा को देखने और उनसे बातचीत करने पर विश्वास करते थे और उनके इस मिलाप को परमार्थ सत्य के तौर पर मानते थे। इस प्रकार सुकराती तरीके से बुद्ध ने प्रचलित आस्था की विशेष सत्यता को प्रकाशित करने का प्रयास किया, जिसका नाम विभिन्न पारमिताओं का अभ्यास था। इसी प्रकार त्रिपिटक का वह अंश, जिसका संबंध संसार की उत्पत्ति से है, संसार में खुशियों और विपत्तियों के अस्तित्व, देवी और देवता के अस्तित्व, केवल जनसाधारण द्वारा स्वीकार किए गए दृष्टिकोण से संबंधित और इसका बौद्ध धर्म के सत्त्व से कोई संबंध नहीं है।

2. महात, अहानकारा, विकारा, सत्त्व, रजस, तमस, बुद्धिरिया इत्यादि के बारे में कपिला की शिक्षा, जिसका बौद्ध धर्म के साथ कोई संबंध नहीं है।
3. असंग देखें—महायान-सूत्रलमकारा पर सिलवे लेवी। संस्करण 2, पृष्ठ सं. 20।
4. बुद्ध के अद्वैतवाद को शंकर के अद्वैतवाद के साथ सम्मिलित नहीं किया जाना चाहिए। पहलेवाला निस्संदेह ही एक अद्भुतवाद है, जबकि दूसरा तात्त्विकवाद है, जिसका अंतिम तौर पर आधार ब्राह्मणवाद में प्राप्त होता है। हालाँकि यहाँ पर इसमें संदेह नहीं है कि गौड़पादा-कारिका ने बौद्धधर्मी कुलपिता नागार्जुन की शिक्षा से बहुत-कुछ प्राप्त किया है, फिर भी अद्वैत प्रणाली के विचारों आवश्यक तत्त्व, जैसेकि पाँच कुच, तीन सैरस, सच्चिदानंद ब्रह्माण, जीवात्मा, जीवात्मा का ब्राह्मण में समावेश होना, ये सब बौद्ध धर्म के लिए अनजान हैं।
5. अमरकोश देखें।

□

अध्याय-11

व्यक्तित्व

बहुत से लोगों ने इनसान के व्यक्तित्व, उसके स्वभाव और कर्म के बारे में अपने दृष्टिकोण को प्रस्तुत किया है। असभ्य लोगों का मानना है कि यहाँ एक इनसान या एक जानवर होते हैं, जो इनसान या जानवरों के बीच वास करते हैं; जानवर के बीच जानवर, इनसान के बीच इनसान की आत्मा ही होती है। इस जीवात्मारूपी दृष्टिकोण को एक या दूसरे स्वरूप में ब्राह्मणवाद, जैन धर्म, ईसाई धर्म और इसलाम धर्म द्वारा मान्यता मिली है। ये धर्म यह शिक्षा देते हैं कि एक इनसान का व्यक्तित्व या अहं स्वयं ही उसकी आत्मा होती है (आत्मा, पुद्गल, पनुमा, मन), जो शरीर के भीतर जन्म के समय प्रवेश करते हैं और मृत्यु के समय मुक्त हो जाते हैं। आत्मा, जिसे एक अदृश्य स्वरूप, आत्मिक अहं, जिसे स्वयं को कहा जाता है, जिसे स्वयं के बीच रहनेवाले 'अहं' के रूप में जाना जाता है, यह सदैव समान रहता है, जबकि इसके आसपास का सबकुछ परिवर्तनशील होता है। यह ज्ञान को देखकर, सुनकर, सूँघकर, चखकर और महसूस कर, पाँच मार्गों द्वारा प्राप्त करता है। ये ऐसे एजेंट होते हैं, जो विभिन्न संचालक अंगों का संचार करने में सक्रिय होते हैं। ये न सिर्फ शरीर, बल्कि मस्तिष्क के भी देवता होते हैं। चूँकि इन्हें आँखों से नहीं देखा जा सकता, न ही सुना जा सकता है, न ही मस्तिष्क द्वारा अनुभव किया जा सकता है, इनके अस्तित्व का केवल विश्वास करके ही पता लगाया जा सकता है। 'कथाका उपनिषद्' में कहा गया है—"न ही वाक्य, न ही विचारों द्वारा, दृष्टि द्वारा इन्हें स्पष्ट नहीं किया जा सकता; ये वह हैं, जिन्हें केवल शब्दों द्वारा या और किसी अन्य तरीके से व्यक्त नहीं किया जा सकता। इन्हें केवल स्वयं के द्वारा ही समझा जा सकता है; आत्मा केवल उन्हीं को अपने स्वभाव के बारे में बतलाती है।"

आत्मा के बगैर यहाँ कुछ भी अनश्वर नहीं होता और बिना अनश्वरता के जीवन जीने का कोई लाभ नहीं हो सकता। आत्मा का अस्तित्व होने से एक व्यक्ति को उसके कर्मों के फल निश्चित रूप से प्राप्त हो सकते हैं; बिना आत्मा के अस्तित्व के न ही स्वर्ग में कोई फल, न ही नरक में कोई सजा प्राप्त हो सकती है। बिना आत्मा के कोई

भी पुनर्जन्म में अपने कर्मों का फल प्राप्त नहीं कर सकता; और बिना स्थानांतरगमन के इनसान और इनसान के बीच संबंध, स्वभाव, प्रतिष्ठा और भाग्य के बीच अंतर करना संभव कैसे हो सकता है?

प्रबुद्ध का धर्म यह शिक्षा देता है कि यह जीववादी दृष्टिकोण, स्थायी आत्म या आत्मा पर आस्था ही सबसे घातक त्रुटि है, मोहजाल की सबसे गहरी माया, जोकि पीड़ित व्यक्ति को असाध्य तरीके से गहरी चिंता और पीड़ा में गुमराह कर देगी। सत्यकाया दृष्टि, जो आत्मा पर अति प्रवीण आस्था है, यही सबसे पहली रुकावट है, जिसे एक व्यक्ति को अपने आर्य अष्टांग मार्ग की दहलीज पर कदम रखने से पहले छोड़ देना होता है। स्थायी आत्मा पर विश्वास करना स्वाभाविक तौर से इसके प्रति जुड़ाव उत्पन्न करता है तथा इसके प्रति जुड़ाव द्वारा ही निश्चित रूप से इस धरती और फिर आगे स्वर्ग में खुशी की लालसा और अहंकार का जन्म होता है। इस कारण से आत्मा का विचार दुःखों से मुक्त होने की स्थिति नहीं हो सकता।

आत्मा की खोज करना गलत है और जैसाकि होता है, हर गलत शुरुआत गलत मार्ग पर आगे बढ़ाती है। जैसेकि अश्वघोष ने अपने श्रद्धोत्पद सूत्र में कहा है—"सभी गलत सिद्धांत नित्य आत्मा की परिकल्पना द्वारा उत्पन्न होते हैं। यदि हमें इससे छुटकारा मिल जाए तो गलत धारणाओं के अस्तित्व का होना असंभव होगा।" इस प्रकार प्रबुद्ध राजा बिंबिसार से कहते हैं—"केवल तुम्हीं ऐसे व्यक्ति हो, जिसे अपनी आत्मा के स्वभाव का ज्ञान है और जो यह समझता है कि उसकी इंद्रियाँ कैसे कार्य करती हैं, जिसमें अपनी 'आत्मा' का न कोई स्थान होता है, न ही इसकी परिकल्पनाओं का कोई आधार है। संसार 'आत्मा' की विचारधारा को मानता है और इसी के कारण गलत शंका उत्पन्न होती है। कुछ लोगों का मानना है कि 'आत्मा' की शुरुआत मृत्यु के पश्चात् होती है; कुछ का मानना है कि यह समाप्त हो जाती है। दोनों ही भारी गलती करते हैं। जिसमें यदि 'आत्मा' का अंत हो जाता है तो इसके साथ फल प्राप्ति की चाह रखनेवाले लोगों का भी अंत हो जाएगा और इसकी मुक्ति का महत्त्व शेष नहीं रहेगा। क्योंकि कुछ लोगों का यह मानना है कि 'आत्मा' कभी मुक्त नहीं होती तो इसे हमेशा से अपरिवर्तनीय और एक समान ही रहना होगा। फिर नैतिक उद्देश्यों और मोक्ष-प्राप्ति का कोई उद्देश्य नहीं होगा, जिससे अपरिवर्तनीय का परिवर्तन करने की कोशिश का कोई लाभ नहीं होगा। लेकिन जैसाकि यहाँ सभी स्थानों पर दुःख और सुख के लक्षण होते हैं तो हम किसी की निरंतरता के बारे में कैसे बात कर सकते हैं?"

आत्मा के स्थायी रूप में मिथ्या विश्वास, जिसका विस्तृत रूप से जनमानस में बहुत अधिक विस्तार है, जोकि यौगिक एकता की गलत अवधारणा पर आधारित है। एक चीज (गुणी) न केवल अपने विचार में लक्षणों (गुण) में अलग हो सकती है,

लेकिन वास्तविकता अलग नहीं हो सकती। क्या कुछ चीजों के विशेष लक्षणों को उससे अलग किया जा सकता है और ये चीजें उसके बिना पूर्ण रूप में मौजूद हो सकती हैं? यदि अग्नि से उसकी गरमाहट को अलग किया जा सकता तो क्या कोई ऐसी वस्तु हमारे समक्ष होगी, जिसे अग्नि कहा जा सकता है? हम निस्संदेह ही अपने विचारों में अग्नि से उसकी गरमाहट को अलग कर सकते हैं और इस पर चर्चा कर सकते हैं, लेकिन क्या हम सचमुच ऐसा कर सकते हैं? मान लें कि दीवार, छत और घर की नींववाले पत्थरों को हटा दिया जाता है, तो क्या उस घर की आत्मा या स्वयं घर बच पाएगा? जैसेकि जापानी कवि द्वारा गीत गुनगुनाया गया है—

जब एक साथ खींचकर
और बाँधते हैं, एक झोंपड़ी
एक पड़ाव तैयार होता है,
लेकिन सबकुछ छितरा देने पर,
हमें मिलती है हमेशा बंजर रहनेवाली भूमि।

जैसेकि एक घर अपने सभी भागों का विशेष तरीके से संयोजन का परिणाम होता है, उसी प्रकार व्यक्तित्व भी ऐसी ही विशेष क्रिया होती है, जोकि इंद्रिय और संचालन करनेवाले अंग, अनुभूति, विचार और इच्छाशक्ति के संयोजन द्वारा स्वयं को जाहिर करता है। जैसाकि बुद्धघोष अपने 'विसुद्धिमग्ग' में गाड़ी शब्द के लिए कहते हैं—"गाड़ी एक अभिव्यक्ति है, जो पहिए, फरसा और अन्य भागों के संघटकों, जिसे एक-दूसरे के साथ संबंध स्थापित कर तैयार किया जाता है, को अभिव्यक्त करती है, लेकिन जब हम भाग की एक-एक करके जाँच करते हैं तो हमें पता चलता है कि यहाँ कोई गाड़ी नहीं है। बिल्कुल उसी प्रकार यह शब्द 'जीवित इकाई' और 'आत्मा' सिर्फ पाँच स्कंधों के समूह की अभिव्यक्ति है, बल्कि जब हम प्रत्येक प्राणी के तत्त्वों की एक-एक करके जाँच करते हैं तो हमें पता चलता है, यहाँ कोई जीवित प्राणी नहीं है, जिसे इस काल्पनिक कथन 'मैं' या 'आत्मा' के तौर पर आधार बनाया जाए। दूसरे शब्दों में इसके संपूर्ण अर्थ में यहाँ केवल नाम (नाम) और रूप (रूप) ही हैं।"

दूसरे स्थान पर लेखक लिखता है—"वे कहते हैं, यह एक जीवित इकाई है, जो चलती है, यह एक ऐसी जीवित इकाई है, जो खड़ी रहती है; लेकिन क्या कोई ऐसी जीवित इकाई होती है, जो चलती या खड़ी रहती है? नहीं, ऐसी कोई इकाई नहीं है। लेकिन जब लोग कहते हैं कि गाड़ी जा रही है, हालाँकि यहाँ इस शब्द के समरूपी कोई शब्द नहीं है, जिसमें गाड़ी को जाना है या खड़ा होना है, फिर भी जब गाड़ी चालक चार बैलों को जोड़ता है और उन्हें चलाता है, फिर हम, केवल अपने वाक्यों में बदलाव

करके कहते हैं कि गाड़ी चलती है या गाड़ी खड़ी रहती हैं; बिल्कुल उसी तरीके से शरीर बुद्धिमत्ता के अभाव में बैलगाड़ी के समान होता है, विचारशक्ति का प्रभाव ही बैलों के समान होता है, विचारशक्ति वाहन चालक के समान होती है और जब चलने या खड़े होने का विचार उत्पन्न होता है, तब एक तूफानी तत्त्व (तांत्रिक आवेग) उत्पन्न होता है और स्वयं को अपनी क्रियाओं में, चलने इत्यादि में प्रकट करता है, जिसे मस्तिष्क और तूफानी तत्त्वों की पारगमन क्रिया द्वारा लाया जाता है। इसी अनुसार, यह कहना—'यही एक जीवित इकाई है, जो चलती है, यही एक जीवित इकाई है, जो खड़ी रहती है; मैं चलता हूँ, मैं रुकता हूँ,' केवल वाक्यों का संकेत होता है।"

इस प्रकार 'मिलिंदपन्हो' में नागसेन कहते हैं—"जिस प्रकार पिछली स्थिति में शब्दों के विभिन्न भागों के सह-अस्तित्व में 'गाड़ी' शब्द का प्रयोग किया गया था। ठीक उसी प्रकार जहाँ स्कंध होते हैं, वहाँ पर हम जीव की बात करते हैं।" "आँख और रूप के संबंध द्वारा दृष्टि ज्ञान उत्पन्न होता है और इसके साथ-ही-साथ स्पर्श (स्पर्श), संवेदना (वेदना), विचार, विचारशक्ति, अंतर्भाव, सच्चाई और ध्यान की अनुभूति होती है—ये प्रक्रियाएँ (धर्म) एक-दूसरे पर निर्भरता से उत्पन्न होती हैं, लेकिन यहाँ कोई कथित जानने का विषय नहीं है।"

चूँकि बौद्ध धर्म पूरे प्रतीयमान संसार (प्रपंच) का समाधान प्रस्तुत करता है, जिसके परे कुछ भी मौजूद नहीं होता, पूर्ण रूप से मनोवैज्ञानिक प्रक्रिया में (धर्म) यह स्वाभाविक है कि आत्मा के अस्तित्व, ज्ञान के परे अनुभवातीत विषय को स्पष्ट तौर से अस्वीकार किया जाता है। लेकिन ये व्यक्तित्व की उपस्थिति, आनुभविक अहं, अनुभव के तत्त्वों द्वारा निर्मित 'मैं' की मौजूदगी से इनकार नहीं करते और स्वयं तत्त्वों पर प्रतिक्रिया भी देते हैं। "व्यक्तित्व, व्यक्तित्व वे कहते हैं, प्रबुद्ध ने क्या कहा है कि 'व्यक्तित्व' क्या है?" भिक्षुणी धम्मादिन के एक भिक्षुक द्वारा पूछा गया। वे उत्तर देती हैं—"प्रबुद्ध ने उत्तर दिया कि व्यक्तित्व में जीवन लालसा के पाँच तत्त्व शामिल होते हैं।" इनसान वह प्राणी है, जिसकी रचना में पाँच स्कंधों का मिश्रण सम्मिलित है, जैसेकि रूप, वेदना, विज्ञान, समझ और संस्कार। प्रत्येक स्कंध आध्यात्मिक प्रक्रिया का समूह होता है। रूप का संबंध इनसान के शरीर की इंद्रियों और विचारशक्ति की संपूर्णता के विषय से होता है; वेदना का अनित्य गंभीर अवस्थाओं से; विज्ञान एक विचारधारा; समझ का एक रीति और कल्पना से; और संस्कार का रचना, झुकाव और इच्छाशक्ति से संबंध होता है। 'मिलिंदपन्हो' में कहा गया है, "जो भी इसका कुल योग होता है, उससे ही रूप की संरचना होती है। जो भी कुछ रहस्यपूर्ण बौद्धिक होता है, वह नाम होता है। नाम और स्वरूप एक-दूसरे के साथ जुड़े होते हैं और एक साथ विकसित होते हैं। उनकी समय के चिरकाल तक यही रीति होती है।" यह दृष्टिकोण[1] यथोचित परिवर्तन के साथ आधुनिक

मनोविज्ञान के समान होता है, जो 'मैं' को व्यक्ति के जटिल सामूहिक विचार (=रूप) व्यक्ति के क्षणिक स्वभाव (=संस्कार) और अनुभूति (=वेदना, समझ, विज्ञान) से अधिक और कुछ नहीं मानती।

प्रो. ट्रिचेनर अपनी मनोविज्ञान की रचना में बताते हैं—"हमें आज कहना चाहिए कि जीवन बहुत सी जटिल और रासायनिक प्रक्रियाओं का सामान्य नाम है; न कि कोई संकलित सिद्धांत, न ही इसके ऊपर और परे गुप्तार्थ है। उसी प्रकार हम मस्तिष्क को मानसिक प्रक्रियाओं और बुद्धि, भावनाओं और इच्छा, जैसेकि यह इन सुविधाओं से संपन्न होता है, से अलग नहीं मान सकते। मस्तिष्क मानसिक प्रक्रियाओं और बुद्धि का कुल योग होता है और भावनाएँ व इच्छाशक्ति मस्तिष्क के उप-वर्ग होते हैं, जो इस योग में सम्मिलित प्रक्रियाओं का विशेष समूह होते हैं।" हमें जितना ज्ञान है, उसके अनुसार इसमें रंग, ध्वनि, जगह, दबाव, तापमान आदि शामिल होते हैं, जिन्हें विविध तरीकों से एक साथ संकलित किया गया होता है और इनके साथ ही, संबंधित विचार, संवेदना, इच्छा, स्मरणशक्ति आदि भी इसमें पाए जाते हैं।

इस जटिल संरचना से विशिष्ट उभार उत्पन्न होता है, जो अपेक्षाकृत बहुत अधिक स्थिर स्थायी होता है और स्मरणशक्ति को प्रभावित करता है तथा भाषा में अभिव्यक्ति पाता है। ऐसे ही कुछ जटिल समूह अपेक्षाकृत बेहतर स्थायित्ववाले होते हैं, उन्हें वस्तु कहा जाता है। लेकिन इनमें से कोई भी जटिलतापूर्ण रूप से स्थायी नहीं होती है। वस्तु को एक और अपरिवर्तनीय में माना जाता है, केवल तब तक, जब तक उसके विवरण की आवश्यकता नहीं होती। इसलिए हम धरती को एक गोलाकार मानते हैं, तब तक जब तक इसे और स्पष्ट करने की आवश्यकता नहीं होती। लेकिन यदि हम एक पर्वतीय जाँच में लग जाते हैं, तो हम गोलाकार रूप से धरती के झुकाव से ध्यान हटाने में अपने आप को असमर्थ पाते हैं और इसे एक गोलाकार स्वरूप के रूप में और नहीं देख पाते। इसी प्रकार इनसान का व्यक्तित्व भी कई अनुभूतियों (=रूप) और विचार, मनोभाव, इच्छाशक्ति (=नाम) इत्यादि की जटिलता से भरा होता है। जैसेकि प्रो. चार्ल्स रिचेट बताते हैं—"इनसानी व्यक्तित्व पहले और मुख्य रूप से हमारी पिछली मौजूदगी की स्मृतियों से प्रकट होता है, फिर यह उन अनुभूतियों द्वारा प्रकट होता है, जो हमारे पास होती हैं, हमारे आंतरिक अंगों की संवेदनाएँ, बाहरी संसार के अनुभव, ज्ञान के प्रयास और मांसपेशियों की गतिविधियाँ।" एक इनसान का व्यक्तित्व मुख्य रूप से बिल्कुल उसी प्रकार स्थायी रहता है, जैसेकि अन्य चीजें रहती हैं। इसके प्रत्यक्षीकरण का स्थायित्व, इसमें आनेवाले उसके बदलाव और इसकी निरंतरता के तथ्यों का बहुत धीमी गति से आगे बढ़ने के कारण बना रहता है।

आधुनिक मनोविज्ञान वास्तविक आत्मा को युक्तिवाद के उस प्रकार के जन्म की

तरह मानता है, जिसका मार्गदर्शन करनेवाले सिद्धांत इस प्रकार हैं—आप जिस भी चीज से अनभिज्ञ हैं, यह उस चीज की व्याख्या है, जो आप जानते हैं। एक आत्मा की कल्पना, उसे शरीर से अलग मानना, इसका खंडन करना शायद मुश्किल होगा, क्योंकि अनुभवों के तौर पर हम हमेशा से रहस्यमय तथ्यों के अवशेष की खोज कर लेते हैं। लेकिन यह कोई वैज्ञानिक अवधारणा नहीं है और न ही यह इसकी जाँच करने का कोई प्रयास है, क्योंकि जैसाकि प्रो. ई. माच[2] ने कहा है कि यह एक प्रक्रिया संबंधी विकृति है। ऐसा लगता है, इन शब्दों का इनसान पर गुप्त प्रभावरूपी बल पड़ता है। इनका प्रभाव इतना अधिक शक्तिशाली होता है कि सबसे अधिक चिंतनशील मस्तिष्क को प्रभावित कर देता है। संपूर्ण रूप से न समझ आनेवाली घटना के घटित होने पर इनसानी मस्तिष्क एक सूत्र की खोज कर संतुष्ट हो जाता है। जीवन के सही स्वरूप से अनभिज्ञ रहकर, यह न समझना कि बीज पौधे के रूप में कैसे विकसित हो जाता है, किस प्रकार से विभिन्न अंग अपरिपक्वता से विकसित हो जाते हैं कि जानवरों का रूपांतरण कैसे हो जाता है। विद्वानों द्वारा व्याख्याओं के स्थान पर सूत्रों को स्वीकार किया जाता है। विज्ञान में निरंतर होनेवाला विकास उन्हें इन सूत्रों को बार-बार बदलने के लिए विवश कर देता है। रूपांतरण अत्यावश्यक सिद्धांतों का स्थान ले लेता है; प्रभावी आत्माओं का स्थान ले लेता है; अप्राप्य कणों के लिए अप्राप्य इलेक्ट्रॉन का स्थानापन्न हो जाता है। इन शब्दों की निरंतर होती आवाज अज्ञानता पर एक सजावटी परत डाल देती है और व्याख्याओं के लिए हमारी आवश्यकता हेतु संतुष्टि उत्पन्न करती है। जैसाकि मेफिस्टोफिल्स अपनी रचना गोथे के 'फाउस्ट' में बताते हैं—

> *"वह जो दिमाग में न घुसे, उसके बजाय*
> *एक शानदार शब्द, आपके समक्ष होगा।"*

अनुभव के सारे तथ्यों का वर्णन और प्रतिपादन करने के लिए उस मनोवृत्ति को स्वीकार करना आवश्यक है, जोकि ज्ञान प्रक्रिया के प्रवाह का अस्तित्व है, जिसमें प्रत्येक पर्याप्त रूप से सबसे अलग होती है, लेकिन शेष से ज्ञानात्मक होती है और एक-दूसरे की विषय-वस्तु के लिए उचित होती है। यह मान लेने के लिए एक छोटा सा भी कारण नहीं है कि एक साथ स्वयं के अनुभव की मौजूदगी इस श्रृंखला के बाहर है। वह इकाई, जो चेतन आत्म का निर्माण करती है, को अपने विकास के लिए किसी भी संपूर्ण रूप से स्थायी तत्त्व की आवश्यकता नहीं होती। इसमें अपेक्षाकृत उन स्थायी तत्त्वों के मौजूद होने की आवश्यकता होती है, जिनमें अन्यों के मुकाबले बहुत कम दर की गति से बदलाव होता है। और इन अपेक्षाकृत स्थायी तत्त्वों को हम 'मानसिक' अनुभूति और आदतन संवेदनात्मक दशा में पाते हैं, जो उनकी विशेषता होती है और पूर्व रचना

(संस्कारों) में, जिन्हें आध्यात्मिक जीवन की शुरुआती अवधि में वंशानुगत तौर पर पाया या अर्जित किया गया है। सच पूछें तो इनमें से किसी को भी पूर्ण रूप से स्थायी और अपरिवर्ती नहीं कहा जा सकता।

इनसान के जीवनकाल के आरंभ की मूल अनुभूति उसके बाल्यावस्था या मतिक्षीणता की तरह नहीं होती है। कोई भी आध्यात्मिक प्रक्रिया (धर्म), फिर चाहे वह मानसिक अनुभूति हो या शारीरिक अनुभव, जीवनकाल की शुरुआत से लेकर अंत तक एक समान ही रहता है। लेकिन यदि उन संवेदनाओं और विचारों के साथ तुलना की जाए, जो समय-दर-समय ज्ञान की विषय-वस्तु के स्वरूप का निर्माण करते हैं, जीवनकाल में इंद्रिय संबंधी संवेदनाओं और भावनात्मक स्वर का बदलाव इतना मंद होता है, इससे संबंधित स्थायित्व स्थायी आत्म और इसके बार-बार बदलती संवेदनाओं और विचारों, एक भ्रम के बीच के अंतर के विकास को तेजी देता है, इसलिए यह कहा जाता है कि मनोविज्ञान का उद्‌देश्य इन्हें नष्ट करना है। प्रो. जेम्स के शब्दों को दोहराएँ[3] तो आधुनिक मनोविज्ञान पर अधिकार का कोई माध्यम नहीं होता। "स्वयं के ज्ञान में विचारधाराओं का प्रवाह होता है, जिसका प्रत्येक भाग 'मैं' उनको याद रख सकता है, जो पहले जा चुके हैं और उन चीजों को जानता है, जो उन्हें पहले से पता थीं; और उनमें से कुछ को 'मेरा' के तौर पर प्रधान रूप से जोर देता है और उनकी परवाह करता है और शेष के लिए उपयुक्त होता है। 'मैं' का बीज इस समय मानव शरीर के भीतर मौजूद रहता है। जिन भी पिछले अनुभवों का इन मौजूदा अनुभव से मिलना होता है, उनके साथ 'मैं' जुड़ा होता है। जो भी कथित अन्य चीजें इन अनुभवों के साथ जुड़ी हुई होती हैं, उन्हें इस 'मैं' के रूप में इस अनुभव का हिस्सा माना जाता है; और उनमें से कुछ ऐसी, जिन्हें (कम या ज्यादा के रूप में घटती-बढ़ती रहती हैं) बड़े मायने से 'मैं' का ही घटक समझा जाता है, जैसेकि कपड़े, जमीन-जायदाद, दोस्त, शान और शौकत, जो इनसान को प्राप्त हुई है या होनेवाली है।

"यह 'मैं' निष्पक्ष रूप से जानी जानेवाली वस्तुओं का आनुभविक योगफल होता है। वह 'मैं' जो उनको जानता है, वह स्वयं में पूर्ण योग नहीं हो सकता, न ही किसी मनोवैज्ञानिक उद्‌देश्य के लिए अपरिवर्ती अभौतिक इकाई, जैसेकि आत्मा या एक सिद्धांत, जैसेकि विशुद्ध अहं को समय से परे होकर देखा जाए, पर विचार करने की आवश्यकता होती है। यह एक विचार होता है, जो हर पल, पिछले पल से अलग होता है, लेकिन बादवाले के उपयुक्त इसे अपना कहता है। सभी प्रयोगात्मक तथ्य इस किसी भी अवधारणा के साथ भारमुक्त विवरण में स्थान खोज लेते हैं, जिससे आते-जाते विचारों की अवस्था या मानसिक स्थिति में सुरक्षित हो जाते हैं।"

दोबारा से किसी दूसरे स्थान पर यही लेखक कहते हैं—"यदि गुजरते हुए विचारों

का प्रत्यक्ष रूप सत्यापित, जीवंत हो, जिस पर किसी भी विचारधारा को माननेवाले ने अभी तक शंका नहीं जताई हो, फिर वह विचारधारा ही अपने आप में एक विचारक है।" इसी प्रकार बुद्धघोष अपने 'विसुद्धिमग्ग' में बताते हैं—"वास्तव में एक ज्ञानी इनसान के जीवन की अवधि बहुत ही छोटी (क्षणिक) होती है, जो तब तक ही टिकाऊ रहती है, जब तक उसकी विचारधारा। जिस प्रकार एक गाड़ी का पहिया, चक्र एक समय तक ही टिकाऊ रहता है, बिल्कुल उसी प्रकार मानव जाति का जीवन भी तब तक ही रहता है, जब तक उसके विचार विद्यमान रहते हैं। जब विचारधारा समाप्त हो जाती है, इनसान भी समाप्त हो जाता है। जैसाकि कहा गया है—पिछली विचारधारावाला इनसान गुजर चुका है, जो न अब जीवित है, न ही जीवित रहेगा। भविष्य के विचारोंवाला इनसान जीवित रहेगा, न ही यह जीवित था, न ही जीवित है। मौजूदा विचारधारावाला इनसान जीवित है, लेकिन न ही वह जीवित था, न जीवित रहेगा।"

वे लोग, जो मनोवैज्ञानिक प्रक्रिया में रहस्यों को खोजते हैं, अकसर आत्मा की तुलना पियानो के साथ करते हैं। जैसाकि हरबर्ट स्पेंसर कहते हैं—"विचार, उन सिलसिलेवार स्वर और ध्वनि के समान होते हैं, जो एक पियानो में से निकलते हैं, जो सिलसिलेवार तरीके से उसी प्रकार क्षीण होकर गायब हो जाती है, जैसेकि दूसरी ध्वनि के आने पर पहली हो जाती है। और इस प्रकार यह कहना सही होगा कि पियानो में ये स्वर और ध्वनि उसके पश्चात् भी मौजूद रहते हैं, ठीक उसी प्रकार मस्तिष्क में आने के बाद वहाँ पर मौजूद रहते हैं। जैसा एक मामले में है, वैसा ही दूसरी स्थिति में भी है; वास्तव में जो मौजूद रहता है, वह ढाँचा है, जोकि एक समान हालातों में, एक जैसे संयोजनों को प्रकट करता है।"

लेकिन डॉ. एच. मॉडस्ले द्वारा इस समानता की अनुचितता का दावा किया गया, उन्होंने अपनी रचना 'फिजियोलॉजी ऑफ माइंड' में कहा है—"यह समरूपता, जब हम इसे ध्यान से देखते हैं, तो यह संपूर्ण होने के बजाय उस क्षण बहुत ही मोहक दिखाई पड़ती है। एक पियानो के मामले में उसको बजानेवाले कलाकार और क्रमशः मस्तिष्क की क्या भूमिका होती है। क्या कलाकार एक गैर-जरूरी तत्त्व नहीं है और समरूपता को पूर्ण करने के लिए आवश्यक नहीं है? सुनाई देनेवाले स्वर और ध्वनि के लिए यह संभावना बहुत ही कम होती है कि अगर वह मस्तिष्क के भीतर पहले से मौजूद नहीं हैं, तो उनको पियानो में से निकाला जाए। फिर, वहाँ पर, मस्तिष्क कलाकार के दिमाग में मौजूद सुरमयी अवधारणाओं के समान है? मि. स्पेंसर यह मानते हैं कि एक व्यक्ति का मस्तिष्क, उसकी आध्यात्मिक इकाई, उसके मस्तिष्क से पृथक् होती है और उसके तंत्रिका जाल में, यह वही भूमिका निभाती है, जो एक कलाकार पियानो को बजाने में निभाता है। उसकी समरूपता पूर्ण हो जाती है; लेकिन यदि नहीं, तो वह एक समरूपता

को सुसज्जित करता है, उनके लिए जो सहमत हो, शायद उसे शुक्रिया कहें। मस्तिष्क में स्वरों और ध्वनि के आवागमन में अंतर होता है—और यह इस विषय का सार है कि पहलेवाले मामले में स्वरों और ध्वनि का आवागमन पियानो में से होता है, लेकिन वे अपने पीछे पियानो के ढाँचे पर किसी तरह के अवशेष या चिह्नों को छोड़कर नहीं जाते; जबकि दूसरे मामले में वे मस्तिष्क के ढाँचे पर अपने सबसे अधिक प्रभावों को छोड़े बिना न तो गुजरते हैं और न ही मरते हैं; जिस कारण से इस दौरान एक सभ्य इनसानी मस्तिष्क और एक पियानो के बीच विचार करने योग्य अंतर उत्पन्न हो जाता है और जिस कारण से, शायद उत्पन्न होने पर, लंबे समय तक विकास होने पर आदिकालीन असभ्य मानव और मिस्टर स्पेंसर के दिमाग का अंतर मस्तिष्क के कार्यों के साथ विशेषाधिकार प्राप्त करता है, जबकि पियानो के साथ ऐसा नहीं होता।"

देकार्त और उनके अनुयायियों का कहना है, 'कॉगिटो एर्गो योग'—मुझे लगता है, इसलिए मैं जिंदा हूँ। हाँ; लेकिन मुझे लगता है, यह कथन मेरे जीवन की मात्र एक अभिव्यक्ति है। इससे मुझे केवल यह पता चल जाता है कि मैं वह नहीं हूँ, जो मैं हूँ और इसलिए वह न होकर, मैं सिर्फ एक आत्मा या रूह हूँ। जो मूल रूप से दिया गया, वह स्वयं का आत्मज्ञान नहीं था, बल्कि मात्र एक इनसान का ज्ञान था।

कांट कहते हैं—"जैसेकि मेरे लिए, मैं जब भी विचार करता हूँ कि मैं जो भी स्वयं को समझता हूँ, वह चीज गुप्त है, मैं हमेशा से ऐसी या ऐसे विशेष अनुभवों के संयोग में आ जाता हूँ, जैसेकि सर्दी, गरमी, धूप या छाँव, प्रेम या नफरत, खुशी या दर्द। मैं अपने मस्तिष्क से कभी वैसा अनभिज्ञ नहीं हुआ, जैसा अनुभव कि शून्य स्थिति में मौजूद रहता है। मैंने अपने अनुभव को कभी भी सुरक्षित नहीं रखा। यदि कोई बिना पक्षपात के गंभीर चिंतन के बाद यह सोचता है कि उसकी स्वयं के बारे में कोई अलग राय है तो मैं स्वीकार करता हूँ कि मैं उसके साथ और अधिक तर्क-वितर्क नहीं कर सकता। इसमें मैं उसके लिए बस इतना कह सकता हूँ कि शायद वह मुझसे ज्यादा सही नहीं है और इस मुद्दे पर हमारी सोच बिल्कुल अलग है। यह संभव है कि वह शायद अपने लिए बहुत ही सामान्य और स्थायी तरह का विचार रखता हो, जो वह स्वयं को समझता है, लेकिन स्वयं के लिए मैं निश्चित रूप से यह कह सकता हूँ कि मैं ऐसे विचारों से प्रभावित नहीं होता।" मेरे यह अनुभव सामान्य नहीं हैं। स्वयं के बारे में सचेत रहने से पहले मैं उसी वक्त उस चीज से अनभिज्ञ हो जाता हूँ, जो मेरी नहीं है।

किसी भी आंतरिक अनुभव को उसके समय काल में बाहरी ज्ञान का निर्माण किए बिना व्यक्त करना संभव नहीं है। कोई भी आंतरिक, न ही कोई बाहरी अनुभव प्रत्यक्ष रूप से प्राप्त होते हैं, बल्कि केवल उसमें शामिल आंतरिक और बाहरी ज्ञान ही परस्पर एक-दूसरे पर निर्भरता के साथ प्राप्त होते हैं। यह 'अहं' का आदान-प्रदान होता है और

वह 'अहं' नहीं होता, जिसे मूल रूप से दिया जाता है। 'अहं' का होना और 'अहं' का न होना, दोनों एक-दूसरे की परस्पर स्थितियाँ हैं; जिसमें एक के बिना दूसरे की कल्पना ही नहीं की जा सकती; उनके विशेष लक्षण उनके अनुभवों के अंतर के बीच ही विद्यमान होते हैं। 'अहं' होने का विचार 'अहं न होने' के विचार से शुरू हुए बिना नहीं हो सकता, जैसे बच्चे तीसरे इनसान के तौर पर सबसे पहले स्वयं से बातें करना सीखते हैं। पारस्परिकता व्यक्तित्व के प्रत्येक विचार में निहित होती है। जैसेकि मि. कार्वेथ रीड इसे इस प्रकार बताते हैं, इंद्रिय संबंधी संपूर्णता ही इनसानी विषयों का सार होती है।

क्या किसी व्यक्ति के लिए यह मात्र संयोग से संभव था कि वह अपने साथियों के समाज से अलग विकसित हो, क्यों वह इस तरह संवेदनाओं और विचारों के बीच अंतर करने में सफल होता, न ही वह 'मैं' के विचार को स्थापित करने में सफल हो पाता और इसे संसार के विरुद्ध स्थित कर पाता। उसके लिए सभी प्रकार के अनुभव एक ही समान होते। जब 'अहं का न होना' बहुत दूर हो जाता है, जैसेकि निद्रा और अवचेतन की स्थिति में, यह 'अहं' भी पूरी तरह से लुप्त हो जाता है। केवल अद्वैत वेदांती, जोकि ज्ञान की अनुपस्थिति से ज्ञान की उपस्थिति में जाने को वरीयता देते हैं, वही स्वयं को निद्रा में स्वप्नरहित देखने की कल्पना कर पाते हैं।

जिसे अहंकार कहा जाता है, जो कहता है कि मैं केवल एक स्कंधों, एक जटिल संवेदनाओं, अनुभव, विचार, विचारशक्ति, संवेदना और इच्छाशक्ति के योग का एक समूह हूँ। इसके पीछे कोई अनंत अपरिवर्तनशील इकाई नहीं है। यह शब्द 'मैं' हमेशा ही एक ही समान रहता है, लेकिन इसके महत्त्व में निरंतर बदलाव आता रहता है। एक शिशु के भीतर इसकी शुरुआत आत्मज्ञान (स्व-संवेदनाम) का विकास होने से होती है और जिसका अर्थ पहले एक बालक होना, फिर एक नौजवान, इसके पश्चात् एक इनसान और अंत में एक वृद्ध इनसान होना होता है। यहाँ कई अनुभूतियों में अपनी एक विशेष पहचान है। जैसेकि प्रबुद्ध कूटदंत सुत्त में कहते हैं कि एकरूपता का निरंतरता द्वारा गठन होता है। जिस प्रकार हम बोलते हैं, एक नदी की पहचान या एक फव्वारे, जिसमें पानी निरंतर बदलता रहता है; या एक पल से लेकर दूसरे पल तक दीपक की लौ के बदलने के बीच की पहचान, चूँकि बत्ती और तेल के अलग-अलग कण सिलसिलेवार तरीके से प्रयुक्त होते रहते हैं और मध्यकाल में दीये की लौ शायद कुछ समय के लिए स्वयं ही अव्यवस्थित होने लगती है। 'मैं' की सदृश्यता जो प्रकट होती है कि विशेषता अकसर बार-बार उभरनेवाली संवेदनाओं और विचारों की एक निश्चित संख्या में विशेषता होती है, जिसे इसलिए ही स्थायी भंडार की संज्ञा दी जाती है। यही मुख्य रूप से इनसान के शरीर की अनुभूतियाँ होती हैं, लेकिन इसमें हमारे आसपास के वातावरण के कारण निरंतर प्राप्त होनेवाले हमारे दैनिक अनुभव भी शामिल होते हैं।

प्रो. वुण्ट का कहना है—"अपितु चिंतनशील दर्शनशास्त्री भी अपने अनुभव और अनुभूतियों से आत्म-चेतना को अलग करने में असमर्थ होते हैं, जोकि उनके मस्तिष्क की पृष्ठभूमि में 'मैं' का स्वरूप होता है। इस प्रकार, अपने आप में, यह सामूहिक अनुभव (टोटलगेफुल) का सार है, जिसमें मानसिक बोध का अनुभव ही प्रभावी तत्त्वों का निर्माण करता है और खास अनुभव और संवेदनाएँ, जो व्यक्ति के स्व के साथ जुड़ी होती हैं, अनित्य अतिरिक्त तत्त्वों का निर्माण करती हैं।"[4] अचेतन या शारीरिक अनुभव के समय चैतन्यता के निरंतर प्रवाह में अपेक्षाकृत स्थायी तत्त्व का निर्माण करते हैं। ज्ञान की पृष्ठभूमि में यह कुछ घंटों के लिए एक समान रह सकती है, लेकिन यह किसी भी संवेदना में स्थायी नहीं है।

संक्षेप में कहें तो, यह 'मैं' एक इनसान की व्यावहारिक अनुभूति और विचारों द्वारा उत्पन्न होनेवाली इकाई को दरशाता है। इस इकाई के संबंध में ही इनसान 'अपने शरीर' और 'अपनी आत्मा' के बारे में बात करता है। इसी के अनुसार 'अहं' की इकाई का अध्यात्मवाद की इकाई के साथ कोई लेना-देना नहीं होता है। एक अपरिवर्तनशील, सामान्य, एकल 'अहं' पूर्ण रूप से काल्पनिक कथा है। परिवर्तन ही चैतन्य का एकमात्र नियम है। हमने शायद यह भी कहते सुना होगा कि पानी की एक बूँद का मूल स्वयं के लिए, इनसान के शरीर के लिए, मस्तिष्क के लिए और इनसान के स्वरूप के लिए ईश्वर के समान होता है। जैसेकि प्रो. एलोइस बताते हैं कि 'अहं' अभिव्यक्ति का सार है, जिसे अपने भीतर से प्राप्त किया जाता है, जो व्यक्तिगत जीवन की वह इकाई होती है, जो किसी भी प्राणी की बाह्य संवेदना के रूप में एक-दूसरे पर प्रभाव डालनेवाले भागों और कार्य के तौर पर प्रतीत होती है।

इस तथ्य पर अधिक दबाव नहीं डाला जा सकता कि मनोवैज्ञानिक स्थिति स्वयं को बनावटी तौर पर व्यवस्थित करती है। यह वह कण नहीं है, जो एक-दूसरे से न सिर्फ पृथक् होते हैं, बल्कि वह निर्मित क्षण होते हैं, जो हालाँकि थोड़े मनमाने ढंग से परेशान होते हैं, जो लगातार आनेवाली आवाज में निरंतर परिवर्तित होते रहते हैं। अब यह निरंतर आनेवाली आवाज अकेली नहीं होती है। बहुत सी इंद्रिय संबंधी पूर्ण इकाइयाँ, जिनमें मनोवैज्ञानिक स्थितियाँ स्वयं को बनावटी ढंग से व्यवस्थित करती हैं। और इनमें से एक इंद्रिय संबंधी पूर्ण इकाई चेतन 'मैं' होती है। अन्य संघटकों में अवचेतन, अचेतन, अचेतनवस्था शामिल होती है, जो कुछ परिस्थितियों में चैतन्य 'मैं' से जुड़ने में समर्थ हो पाते हैं। चैतन्य और अचैतन्य के बीच मुख्य अंतर यह है कि उन संबंधों के बीच जो तथ्यों को निर्धारित करते हैं, उनमें से कुछ देखी गई घटना के साथ उपस्थित होते हैं और उसके बाद फिर से चेतनता में दोबारा नहीं आते, लेकिन यहाँ अचैतन्यता के बारे में कुछ भी रहस्यमयी नहीं है, हालाँकि संभव है कि यह प्राकृतिक घटनाओं का विशाल समूह हो।

न ही यहाँ पर कुछ यथार्थवादियों द्वारा अचैतन्यता से संबंधित बढ़ा-चढ़ाकर जुड़ी महत्ता के लिए कोई प्रामाणिकता मौजूद है।

जैसाकि एम. ऐबल रे द्वारा अपनी रचना 'लॉ फिलॉसफी मॉडर्ने' में संकेत किया गया है—"अचैतन्यता संकोचित जीवन को प्रदर्शित करती है। चैतन्य से संबंध में अचेतावस्था वही है, जो वयस्कों के लिए अपरिपक्वता, कीमती धातुओं के लिए मोलरहित धातु होती है। यह पिछले जन्म के पापों का बोझ और मरने की ओर अग्रसर झुकाव है। यह केवल उसी क्रिया के कारण होता है, जिसकी अचेतावस्था की गूँज होती है, जो धीरे-धीरे अपनी क्षमता और उपयोगिता खो देती है और जिससे यह धीरे-धीरे अँधेरे में प्रवेश करने लगती है। या तो यह अचेतावस्था चैतन्य क्रिया की अनुपस्थिति के साथ तालमेल बैठाती है और स्वयं स्पष्ट चैतन्य के एक सम्मानित दास के तौर पर अपनी भूमिका निभाती है या फिर यह बादवाले के साथ तालमेल बैठाती है और फिर हानिकारक प्रभाव डालकर गुम हो जाती है।" दोनों ही मामलों में निष्कर्ष निकालना अपरिहार्य है, का स्पष्ट ज्ञान नियंत्रण का एक अंग है और जोकि उसके प्रकाश का केंद्र है, यही ऐसा कारण है, जिससे हमारी क्रियाओं की दिशा निर्धारित होती है।

यह गौर करनेवाली बात है कि व्यक्तित्व ही ऐसा कारक है, जिसमें प्रत्येक मानसिक प्रक्रिया आवश्यक रूप से एक ऐसा प्रयास या संकल्प होती है, जिसमें प्रत्येक विचार इच्छाशक्ति का कार्य होता है। संक्षेप में कहें तो स्वाभाविकता ही 'मैं' की विशेषता होती है। 'मैं' की स्वाभाविकता या आत्म-क्रिया का अर्थ इस तथ्य से अधिक नहीं है कि हममें से प्रत्येक अपनी चेतनता में व्याप्त विषय-वस्तु के साथ कुशलतापूर्वक उपयोग होने, सावधानीपूर्वक आकलन करने या उनको देखने, उनका विश्लेषण करने और उनके भागों की एक-दूसरे से तुलना करने इत्यादि की स्थिति में होता है। यह साबित करने के लिए मान लिया जाता है कि प्रारंभिक चेतनता की मौजूदगी, क्रियाओं का अधः स्तर, क्रिया की अवधारणा का आधार होता है। लेकिन कैसे? क्या तत्त्वों (अनुभूति, विचार इत्यादि) से निर्मित विषय क्या उन तत्त्वों पर अपने आप प्रतिक्रिया देने में समर्थ नहीं हैं? स्कंधों की जटिलता, संस्कार, प्रवृत्तियों, स्वरूपों, एक प्रकार से सहयोग देनेवाला आधार होती है। यह चेतनता के उस प्रकार की प्रस्तुतीकरण के सातत्य को दरशाता है, जो आवश्यक रूप से एक समान होते हैं और इसलिए जिसकी अपने व्यक्तित्व के मूल भाग के रूप में कल्पना की जाती है तथा इसे निरंतर घटते-बढ़ते संवेदी प्रस्तुतीकरण के विरुद्ध स्थित करता है, जिनमें एक व्यक्ति के शरीर के विचारवाले संघटक विशेष स्थान रखते हैं। वास्तव में व्यक्ति के संवेदी प्रभाव तब तक उसके अपने नहीं होते, जब तक वे उन्हें आत्मसात् नहीं करते। कहने का अर्थ यह है कि जब तक कि वे अपनी इच्छाओं को एक-दूसरे के समक्ष नहीं रखते। केवल इसी अर्थ में हम कह सकते हैं कि एक इनसान

अपनी इच्छाओं को अपना कह सकता है। लेकिन इसका अर्थ यह बिल्कुल नहीं है कि यहाँ पर किसी भी स्वैच्छिक प्रक्रिया में एक चेतना की क्रिया होगी।

यहाँ पर जो कुछ समझा गया है, वह यह है कि उन स्थितियों और प्रभाव का क्रम होता है, जहाँ तक दूसरेवाले को चेतनता में दरशाया गया है। यदि हम एक इच्छा क्रिया अध: स्तर में 'सप्रयास' को खोजने का प्रयास करते हैं, तो हम हमेशा कुछ अनुभव तक पहुँचते हैं। क्रिया, आंतरिक क्रिया, प्रत्यक्ष रूप से बिल्कुल भी जाहिर करने के लिए नहीं होती।

वह इच्छाशक्ति, जोकि विचार और भाव द्वारा सक्रिय हो जाती है, उसका प्रत्यक्ष रूप से कोई अस्तित्व नहीं होता। जैसेकि प्रो. स्टाउट अपनी रचना 'एनालिटिकल साइकोलॉजी' (विश्लेषणात्मक मनोवैज्ञानिक) में दावा करते हैं—"यह बिल्कुल स्पष्ट दिखाई पड़ता है कि यदि हमारे ज्ञान का अस्तित्व पूर्ण रूप से और निरंतर उन कारकों पर आधारित है, जोकि इनसे असंगत हैं, तो यहाँ कहीं भी कोई ऐसा स्थान नहीं होगा, जो विशुद्ध रूप से अंतर्निहित आकस्मिक घटना के लिए हो। इसमें किसी भी ऐसी मानसिक प्रक्रिया का पता लगाना मुश्किल है, जो पूर्ण रूप से अपने भीतर से निर्धारित की गई हो।"

यह कहा गया है कि इच्छाशक्ति पूरी तरह से मुक्त होती है। हाँ; यह इच्छाशक्ति पूरी तरह से मुक्त होती है, क्योंकि यह स्वावलंबी होती है। केवल उसी स्थिति में जब कोई व्यक्ति उन कारकों के अधीन हो जाता है, जो पूरी तरह से उसके बाहर विद्यमान है, तभी कहा जा सकता है कि उसकी इच्छाशक्ति विमुक्त नहीं है, लेकिन जब तक किसी व्यक्ति के इरादे और उसके कार्य केवल उसके द्वारा निर्धारित हों, जिसे वह वह पूरी तरह से जानता, समझता और महसूस करता है। कहने का अर्थ यह है कि जो उसके स्वभाव का ही एक हिस्सा हो, तब तक असल में उसकी इच्छाशक्ति भी मुक्त होगी। चूँकि उसकी इच्छाशक्ति उन संवेदनाओं में मुक्त नहीं है, क्योंकि वह आकस्मिक घटना के सिद्धांत से मुक्त है। इच्छाशक्ति के प्रत्येक कार्य का निर्धारण संयोग से ही होता है, लेकिन इच्छाशक्ति के कार्य को निर्धारित करनेवाले प्रत्येक कारण का हमें ज्ञान होगा, यह संभव नहीं है।

आधुनिक मनोविज्ञान ने हमें यह दिखाया है कि वह, जो विशिष्ट ज्ञान चक्र के बीच आता है, उसमें स्मृति, सोच और स्वयं के तर्क-वितर्क करने के प्रत्येक हिस्से का समावेश नहीं होता है। हममें से प्रत्येक व्यक्ति स्वयं के बड़े हिस्से से अनभिज्ञ होता है, जो उस चीज का हिस्सा होता है, जो हमारे खगोलीय पिंड की घटना होती है। जबकि व्यक्ति का ज्ञान ही एक ऐसा आधार है, जिससे उसकी जाति का विकास होता है। अविधा से परे, अस्पष्ट एक-से प्रजातीय जीवन का जन्म पहले से मौजूद प्रवृत्ति होती है, संस्कार, जो इच्छाशक्ति की जड़ और व्यक्तित्व के आधार का निर्माण करती है।

इच्छाशक्ति, जिसे ज्ञान की अवस्था माना जाता है, आमतौर पर आत्मपरक अवस्था का खिंचाव होता है, जिसका कर्मों के भीतर फैलाव होता है और जिसके पास किसी भी कार्य को करने की क्षमता नहीं होती। वे कार्य और गतिविधियाँ, जिसमें इच्छाशक्ति साथ-साथ चलती हैं, जोकि प्रत्यक्ष रूप से चाह, संवेदना, अनुभूति और विचारों के फलस्वरूप उत्पन्न होती हैं, जिनका समन्वय एक विकल्प के रूप में होता है। इस विकल्प में केवल मनोवैज्ञानिक क्रिया के एक भाग का ही ज्ञान के रूप में प्रवेश होता है और अवचेतन मन की प्रक्रिया पर ध्यान जाने से बच जाता है।

किसी इनसान के ज्ञान की सतही घटना इच्छाशक्ति के गलत निर्माण, ऊर्जा के उत्पादक और एक व्यक्ति के इच्छाशक्ति के कार्य को अकारण की ओर अग्रसर कर सकती है, कारण की श्रृंखला प्रायः अस्पष्ट होती है, लेकिन गहराई से किया गया विचार अकसर यह उजागर करता है कि प्रत्येक इच्छाशक्ति के प्रत्येक कार्य का आवश्यक तौर पर एक कारण होता है और यह कि यहाँ पर कोई ऐसी विशेष इच्छाशक्ति नहीं होती, जिससे इच्छा के प्रत्येक कार्य में नई ऊर्जा का निर्माण करती है, न ही यह आवश्यक होता है कि 'मैं' को एक अधिक प्रवीण इकाई बनाया जाए, जिससे कि उसके सही कारण का पता चल सके। जैसाकि बिनेट ने अपनी रचना 'लेम एट ली कोरप्स' में लिखा है कि इच्छा ज्ञान का कार्य होती है, यह एक ऐसा विषय नहीं होता, जिसमें चेतनता हो।"

ऊपर 'मैं' की क्रिया को चेतना के प्रचलित तत्त्वों के साथ कुशलतापूर्वक प्रयोग करने के लिए उपयोग करने हेतु संदर्भित किया गया है और इसके कुशलतापूर्वक प्रयोग से चेतना की नई विषय-वस्तु का निर्माण करना है। इस प्रकार हम चेतना की विषय-वस्तु को दो श्रेणियों में विभाजित करते हैं—वे, जिन्हें बस दे दिया जाता है और वे, जिनका निर्माण हम स्वयं करते हैं; वह, जिसे इच्छा पर आगे लाया जा सकता है। जब ज्ञान की विषय-वस्तु आसानी से प्राप्त होती है, तब हम इसे न तो नष्ट करने में या अपनी इच्छा से इसमें बदलाव करने की स्थिति में नहीं होते हैं। यदि मैं एक हरे पेड़ के नीचे बैठ जाता हूँ तो मुझे हरे पेड़ को देखना ही होगा, चाहे मैं देखना चाहूँ या नहीं। दूसरी तरफ यह पेड़ के विचार से बिल्कुल अलग है, एक पेड़ जो स्मृति में है। वहाँ पर पेड़ का निरूपण पूरी तरह से मेरे नियंत्रण में है और मैं अपनी इच्छा से इसमें बदलाव या इसे किसी अन्य से बदल सकता हूँ। पहले प्रकार के ज्ञान की घटना बाह्य जगत् का निर्माण करने के लिए वस्तुगत रूप का निर्माण करती है; वहीं दूसरा प्रकार आमतौर पर इनसान के मस्तिष्क का निर्माण कहलाता है, इनसान की कल्पनाओं का सृजन। एक हरे पेड़ को देखना और एक हरे पेड़ का स्मरण करना इतना स्पष्ट है कि यहाँ इसके बारे में कोई सवाल ही उत्पन्न नहीं होता।

हमने यह देखा है कि दोनों अलग-अलग परिधि में स्थित हैं। वे तत्त्व, जिनमें दोनों का निर्माण होता है और उनके संबंध एक समान नहीं होते। लेकिन इन दोनों तत्त्वों का

मूल स्वरूप एक ही होता है और जोकि उन तत्त्वों से अलग नहीं होते, जिससे 'मैं' की रचना होती है। ये तत्त्व प्रायः अनुभूति, विचार इत्यादि होते हैं। जब इनसान को यह पता चलता है कि दूसरे प्रकार के ज्ञान की घटना एक क्रिया का उत्पाद है, जिसका ज्ञान ही अपने लिए कार्य करता है। पहले प्रकार के ज्ञान की घटना को अज्ञात क्रिया की समान क्रिया के तौर पर मानने का प्रलोभन दूर नहीं होता। यह बर्कली के अनुयायियों की और सामान्य रूप से अहंवाद की गलती है।

इसके अतिरिक्त अगर कोई 'मैं' की कल्पना करता है, तो प्राकृतिक तौर पर इसी विचारधारा की रचना पर पूरे संसार की व्याख्या करता है। इस प्रकार प्रेतात्माएँ और राक्षस, ईश्वर और गंधर्व, ईश्वर और प्रकृति और पौराणिक कथाओं जैसी अन्य रचनाओं का विचार आता है। ऐसी अति प्रवीण अनुमानित इकाइयाँ कारकों की प्रगति में रुकावट सिद्ध होती हैं। जैसेकि कांट बताते हैं—"अतींद्रिय अवधारणा अपनी ही परिधि में कारण के प्रयोग को बेकार प्रस्तुत करती है, जोकि उसके अनुभव होते हैं। जब एक प्राकृतिक घटना की व्याख्या करना मुश्किल होता है, तब हमारे पास व्याख्या करने के लिए प्रायः अतींद्रिय आधार ही होता है, जोकि हमें खोजबीन करने की आवश्यकताओं के स्वरूप से ऊपर उठा देता है।"

इनसान का व्यक्तित्व शरीर और मस्तिष्क का संयोजन होता है। देहमुक्त इनसान सही मायने में कोई इनसान नहीं होता। अनश्वरता पर हाल ही में लेखक द्वारा कहा गया—"यदि यह जीवन अनश्वर है, तो इसका रूप एक छाया से अधिक और कुछ नहीं हो सकता, यह आवश्यक तौर पर ऐसा जीवन होगा, जहाँ लोग एक से दूसरे के, इससे कम नहीं, यहाँ उपस्थित होने से अधिक इनसानी सदस्य होंगे। हम उस अमरत्व की कामना करते हैं, जिसका अभिप्राय हमारे व्यक्तिगत जीवन में इन शब्दों की पूर्णता का एहसास होना होता है, न कि कोई अदृश्य आत्मा, या 'एक पूर्ण रूप से अविभाज्य, अभौतिक वस्तु और एक निजी जीवन का एक सम्मिलित जीवन होना चाहिए।" भाषा की गरीबी और व्यावहारिक पर्याप्तता हमें इन अभिव्यक्तियों का प्रयोग एक संक्षिप्त शंकु, झुकाववाले किनारों के साथ एक घनाकार, देहरहित व्यक्तित्व, जिसमें विरोधाभास शामिल होते हैं, की तरह करने की अनुमति देती हैं। 'व्यक्तित्व' या 'मैं', जिसे बार-बार दोहराया जाता है, वह प्रायः एहसास, विचारों इत्यादि का समूह होता है। लेकिन चूँकि विचारों के तत्त्वों के भागों को अवशेष छवि की क्षमता, जोकि उसे पूर्ण रूप से खड़े रहने में सक्षम करती है, को नष्ट किए बिना नहीं ले जाया जा सकता, हम अवशेष को भी समान नाम देते हैं। इस प्रकार से 'अहं' को इच्छाशक्ति, संवेदना, विचार इत्यादि के तौर पर निर्मित होने, रूप के बिना केवल एक नाम देने की संज्ञा देने के कार्य की शुरुआत हुई।

फिर भी यहाँ पर व्यक्तित्व में जो तत्त्व आवश्यक है, वह 'मैं' नहीं है, बल्कि

वे तत्त्व होते हैं, जो इसमें शामिल होते हैं और जिस तरीके से एक-दूसरे से जुड़े होते हैं। यदि इससे हमें संतुष्टि नहीं मिलती है और हम यह पूछते हैं कि यह इच्छाशक्ति, संवेदना इत्यादि कौन या क्या है? और फिर स्वयं की अतींद्रिय या तात्त्विक आत्मा की कल्पना करने लगते हैं, एक आत्मा, हम केवल एक गैर-विश्लेषण भरी अनुभूति, एक अविभाजित इकाई के रूप में प्रारंभिक आदत के अधीन हो जाते हैं, फिजी आइलैंडर की तरह, जिन्होंने एक आत्मा को एक नारियल के रूप में वर्णित किया है। व्यक्तित्व के गैर-विश्लेषात्मक के संयुक्त रूप को एक अविभाज्य इकाई के रूप में मानने की पुरानी आदत को मनोविज्ञान में उल्लेखनीय तरीकों से अभिव्यक्त किया गया है।

इस शरीर से तंत्रिका प्रणाली पहले आध्यात्मिक क्रिया के स्थान के रूप में पृथक् हो जाती है। तंत्रिका प्रणाली में फिर से मस्तिष्क को मन के सबसे बेहतर अंग के रूप में चुना जाता है और अंत में तथाकथित आध्यात्मिक क्रिया के तौर पर संगृहीत किया जाता है—एक गणितज्ञ के दृष्टिकोण की बिना भाग या आकार के परिकल्पना करना—मस्तिष्क के कुछ छोटे भाग, जैसेकि पीनियल ग्रंथि को, आत्मा के स्थान के रूप में चुनना। इस तरह की विचारधाराओं के कच्चेपन को निम्न विश्लेषण, जिसे 'एवेनारियस मेनस्चीलिचे वेल्थेग्रिफे' से लिया गया है, द्वारा स्पष्ट किया गया है। "मान लें कि एक व्यक्ति जिसका नाम 'एम' है, जब सारे गोचर अंगों (गरदन, बाँहें, हाथ, पैर, घुटने, बोली, चाल इत्यादि) की ओर निश्चित संपूर्ण और प्रस्तुत विचारों को 'मैं' के तौर पर संकेत करता है। फिर और विचार प्रस्तुतीकरण को 'अहं' के रूप में, फिर जब 'एम' कहता है, मेरे पास दिमाग है, इसका अर्थ यह होता है कि यह मस्तिष्क भी अपने आप में उन सभी गोचर अंगों और प्रस्तुत विचारों के एक भाग के रूप में जुड़ा हुआ है, जिसे कि 'मैं' के तौर पर बताया गया है। और जब 'एम' कहता है कि 'मेरे मन में कई विचार हैं', तो इसका अर्थ है कि ये सभी विचार अपने आप में 'गोचर अंगों' और प्रस्तुत विचार के उस भाग से जुड़े हुए हैं, जिसे 'मैं' के तौर पर बताया गया है। लेकिन हालाँकि 'मैं' का पूरी तरह से विश्लेषण का यह परिणाम निकलता है कि हमारे पास मस्तिष्क और विचार होते हैं, इससे कभी यह परिणाम नहीं निकलता कि मस्तिष्क में कई विचार होते हैं। ये विचार, निस्संदेह ही, हमारे 'अहं' के विचार हैं, न कि हमारे मस्तिष्क के विचार, इससे अधिक मेरा मस्तिष्क मेरे विचारों का मस्तिष्क है। कहने का अर्थ यह है कि इस मस्तिष्क का कोई निवासस्थान, जगह, उत्पादक, यंत्र या अंग, न कोई सहयोग या विचार का कोई आधार ही होता है। विचार कोई अंतर्निवास करनेवाली या कोई कमांडर, न कोई अन्य अर्ध या दूसरा पक्ष और न ही कोई उत्पाद होता है, इसकी वास्तव में न कोई मनोवैज्ञानिक क्रिया या मनोस्थिति होती है।"

जब तक एक मनुष्य उन तत्त्वों, जो अकेले सुगम्य होते हैं, के पीछे वास्तविक रहस्यमयी इकाई के रूप में मानता है, तब तक उसे सभी प्रकार के विरोधाभासों और

जटिलताओं के साथ अनसुलझा हुआ रहना होगा। लेकिन यदि हम इस अहं को तत्त्वों के उन समूहों से और प्रबलता के साथ जुड़ा हुआ पाते हैं, जोकि अन्य समूहों के साथ कम प्रबलता के साथ जुड़े हुए हैं, तो हमें काफी हद तक उन परेशानियों और विसंगतियों से छुटकारा नहीं मिल पाता है। फिर हमें सही प्रकार से यह मालूम पड़ता है कि किस प्रकार से एकता की आत्मपरक भावना को उस आसानी के साथ कैसे उत्पन्न किया गया है, जो हमारे विचारों के साथ कल्पना का प्रवाह हो रहा है। हमारे वे विचार, जो एक-दूसरे के साथ निकटता से संबंधित हैं और इस अहं की एकता, जिसकी परिकल्पना की गई है, का उद्देश्य क्या है। यह काल्पनिक इकाई 'अहं' की सीमाओं को सीमित करने के लिए कार्य करती है और इस प्रकार यह वास्तविक जीवन में एक महत्त्वपूर्ण भूमिका निभाती है। जिस प्रकार जाति भावना, नस्लीय पूर्वधारणा, राष्ट्रीय गौरव का कई उद्देश्यों के लिए अधिक महत्त्व होता है, उसी तरह 'अहं' की सीमाओं को सीमित करना उस ज्ञान के लिए बहुत कामगार सिद्ध होता है, जो दुःख को समाप्त करने, खुशी की तलाश की इच्छा के लिए कार्य करती है। कुल मिलाकर, 'अहं' की इस वास्तविक इकाई की न ही कोई परिभाषित सीमाएँ हैं, न ही यह अपरिवर्तनीय है। हममें से प्रत्येक व्यक्ति को यह पता होता है कि अहंकार की विषय-वस्तु को बदलने का वे किस प्रकार प्रयास करते हैं। क्या यह इस विषय-वस्तु में बदलाव नहीं है, जो एक व्यक्ति के चरित्र को बदलने के लिए किए गए प्रत्येक प्रयास की खोज में होता है? यदि इस पूरे संसार में वही तत्त्व शामिल हैं, जो इनसान के 'अहं' के रूप में शामिल होते हैं और यदि संसार का प्रत्येक तत्त्व उस 'अहं' का अभिन्न अंग बन सकता है, तो क्यों न उस 'अहं' को वहाँ तक पूरी तरह से फैलाया जाए, जिससे अंततः वह इस पूरे संसार को अपने आलिंगनबद्ध कर ले? क्योंकि वे तत्त्व, जोकि एक व्यक्ति के भीतर मौजूद होते हैं, वे आपस में एक-दूसरे के साथ अत्यधिक प्रबल और घनिष्ठ रूप से उनकी तुलना में जुड़े हुए होते हैं, जो अन्य व्यक्तियों का निर्माण करते हैं। वह अपनी कल्पना एक अटूट इकाई के रूप में करता है, जो दूसरों से स्वतंत्र होती है।

संवेदी अनुभवों की अपरिहार्य प्रमुखता, व्यक्ति की शारीरिक आवश्यकता पर ध्यान न देने, शारीरिक संवेदना और उनसे विकसित होनेवाले अभिकेंद्रित प्रतिबिंब के कारण भिन्नता होती है। प्रत्येक व्यक्ति इस संसार में मौजूद रहने के लिए अपनी ही सीमा में सीमित दिखने लगता है, क्योंकि वह अपने ही शरीर से सारी दूरियों और दिशाओं को मापता है तथा इसका संबंध आत्मपरक ज्ञान से भी होता है, जिससे उसकी सारी इच्छाओं का जन्म होता है। स्व-स्थानीयकरण ही व्यक्तिपरकता के भ्रम का विषयपरक आधार है और इसलिए यह सभी आपसी झगड़ों का आधार होता है, जोकि पीड़ा का सबसे प्रमुख स्रोत होता है, लेकिन एक इनसान के जीवन का इस सामूहिक जीवन से परे कोई अर्थ नहीं होता। वह जो हममें से प्रत्येक के भीतर की एक सच्ची इनसानियत, वास्तविक,

सुंदर, अच्छी, होती है, जोकि वैश्विक होती है और जिसका सृजन तथा एहसास केवल मस्तिष्क की सहभागिता द्वारा होता है।

अपने ज्ञान को व्यक्तित्व से दूर करने और अधिक फैलाने का अर्थ ही, आध्यात्मिक विकास होता है, जबकि इससे विरोधाभास की स्थिति का अर्थ आध्यात्मिक विकृति होता है। प्रत्येक व्यक्ति को अपने भीतर मौजूद अपने स्वयं के संसार की सीमितताओं का पता होता है और वह उस सीमा को बढ़ा या घटा सकता है। जब 'अहं' की विषय-वस्तु पर्याप्त रूप से व्यापक होती है, तो यह आमतौर पर व्यक्तित्व के बंधनों द्वारा टूट जाती है, स्वयं को अन्यों में आरोपित कर लेती है और एक अति व्यक्तिपरक जीवन का अनुसरण करती है। यह भिन्न अलग-अलग व्यक्तियों की मौजूदगी की सीमाओं से बाहर आना होता है, जो कलाकार, खोजकर्ता, समाज-सुधारक और अन्य वे सभी, जिन्होंने बहुत से लोगों और जीवन के संपूर्ण तौर पर कल्याण में अपना सहयोग दिया है, जैसाकि शिलर कहते हैं कि हमारे जीवन के सबसे अधिक खुशी के पलों के साथ हमेशा व्यक्तिपरकता का ध्यान देने योग्य गायब होना साथ होता है। यह तथ्य हम पर खासतौर से प्रेम की प्रसन्नता के समय प्रभावित करते हैं। यह सब स्पष्ट रूप से यह दरशाता है कि व्यक्तिपरकता सीमाओं में बँधी होती है तथा इसका संबंध निराशा और पीड़ा से होता है। जैसाकि '*मलुंक्यपुत्त सुत्त*' में प्रबुद्ध कहते हैं—"वह इनसान, जिसका हृदय व्यक्तित्व के नाश हो जाने की स्थिति में होता है, वह खुश, आनंदित और प्रफुल्लित महसूस करता है, जैसेकि वे बहादुर व्यक्ति जोकि सकुशल तरीके से गंगा नदी के एक किनारे से दूसरे किनारे तक तैरकर पहुँच जाते हैं।"

अपने एक अलग स्व, आत्मा, के होने से इनकार करने से इनसान का व्यक्तित्व मिट नहीं जाता, बल्कि इनसान को उन त्रुटियों से छुटकारा मिल जाता है, जोकि उसके ज्ञान और नैतिक विकास तथा उसकी परिपूर्णता की प्राप्ति से संबंधित वृद्धि की रुकावट के लिए जिम्मेदार होती है। धर्म हमारे जीवन से स्वयं के अभिमान को नष्ट करता है, जोकि आत्मा और कर्म को अलग-अलग इकाई के तौर पर मानने की हमारी मिथ्या आस्था के परिणामस्वरूप मौजूद रहता है। इस प्रकार इनसान के व्यक्तित्व की रचना उसके अपने कर्मों और महत्त्वाकांक्षाओं के द्वारा होती है, इसलिए वे बताते हैं, उनके प्रियजनों को स्वयं को पाप कर्मों से मुक्त रखना चाहिए। इसलिए प्रबुद्ध ने कहा है—

"हर कोई जो स्वयं को प्रिय है,
स्वयं को दुराचार से मुक्त रखता है;
वह कभी खुशियों की तलाश नहीं कर सकता,
जिसके कर्म बुरे हों।"

"जीवन की अंतिम वेदना में, मृत्यु द्वारा धावा बोलना,
अपनी मानव की स्थिति से छुटकारा पाते समय
ऐसा क्या है, जिसे मानव अपना कह सकता है?
क्या है, जो बाद में भी उसके साथ जाता है?"
"शून्यता उसके साथ जाती है, जो जीवन का त्याग करता है,
बाकी सभी चीजों को पीछे ही रह जाना है;
पत्नी, पुत्रियाँ, पुत्र, उसके रिश्तेदार और मित्र,
सोना, अनाज और हर प्रकार का धन।"
"लेकिन यहाँ पर नश्वरता क्या करती है,
शरीर या आवाज या दिमाग के साथ,
यही वह चीज है, जिसे वह अपना कह सकता है,
यही वह है, जो उसके साथ जाता है।"
"कर्म परछाईं की तरह होते हैं, कभी अलग नहीं होते;
बुरे कर्मों को कभी गुप्त नहीं रखा जा सकता;
अच्छे कर्म कभी नहीं खोते और इच्छा
अपने पूरे वैभव के साथ उजागर हो जाती है।"
"तो फिर आओ, हम सब अच्छे कर्म ही करें,
भविष्य के सुख के लिए एक खजाने का संग्रहण करें;
इस जीवन के भीतर ही लाभ प्राप्त करने में,
अगले के लिए एक आशीर्वाद प्राप्त होगा।"

—संयुक्त निकाय

संदर्भ

1. मैक्स वल्लेसर को देखें—डाई फिलॉसफिक ग्रंडलेज डेर अल्ट्रेरेन बुद्धिज्म, पृष्ठ सं. 119-120।
2. इरकिेटिनिस एंड इरथम।
3. प्रिंसिपल्स ऑफ साइकोलॉजी।
4. वुण्ट—ग्रंडजुगे देर फिजे. साइकोलॉजी, 3, पृष्ठ सं. 375।

□

अध्याय-12

मृत्यु और उसके बाद

मनुष्य का पूर्ण स्वरूप, स्कंधों से संयुक्त होता है। केवल अपनी सोच में ही, हम उसे शरीर (रूप) और मस्तिष्क (नाम) के तौर पर अलग कर सकते हैं। भाषा इनसान के सही स्वरूप को बताती है। एक व्यक्ति न केवल अपने शरीर से बोलता है, बल्कि अपने मस्तिष्क से भी बोलता है। ऐसा व्यक्ति, जो अपने मस्तिष्क और शरीर दोनों का मालिक है, यदि वह इस तरह का पूर्ण व्यक्ति नहीं है तो क्या वह जटिल रूप नहीं है? बिल्कुल वैसे, जैसे हमारी हमेशा यह कहने की आदत होती है कि हवा बह रही है, जैसे अगर बहने के अलावा कुछ और कार्य करनेवाली हवा का अस्तित्व भी हमारे वातावरण में मौजूद हो, वैसे ही हम यह कह सकते हैं कि एक बोलने के अधिकार से एक व्यक्ति को अपने शरीर और आत्मा पर नियंत्रण, क्रियाओं के संचालन, भावनाओं को निर्देशित, आवेग को नियंत्रित और इस प्रकार आगे की ओर बढ़ने का अधिकार भी मिल जाता है। लेकिन सत्य यह है कि मनुष्य के पूर्ण स्वरूप का निर्माण इन सबको मिलाकर होता है। इनसान अपने शरीर, अपनी आवाज, अपने मस्तिष्क के साथ जो कुछ भी करता है, उसका उसी प्रकार निर्माण होता है। प्रो. जोशिया रॉयस कहते हैं—"मैं हूँ, मुझे पूरी तरह से ज्ञात है कि मुझे क्या करने के लिए चुना गया है।"

एक बार प्रबुद्ध से उनके अनुयायियों द्वारा यह पूछा गया—"बुढ़ापा और मृत्यु क्या होते हैं? और वह क्या है, जिसे बुढ़ापा और मृत्यु कहते हैं?"

प्रबुद्ध द्वारा उनको जवाब दिया गया—"इस सवाल को सही तरीके से नहीं पूछा गया है।" इसे ऐसे कहना चाहिए—'बुढ़ापा और मृत्यु क्या होते हैं? और वह क्या है, जिसे बुढ़ापा और मृत्यु कहते हैं?' और यह कहना चाहिए कि—'बुढ़ापा और मृत्यु एक ही चीज है,' लेकिन वह दूसरी चीज है, जो बुढ़ापा और मृत्यु है। कहने का मतलब यह है कि यह अलग-अलग तरीकों से एक ही चीज है। यदि धर्म सिद्धांत यह मानता है कि शरीर और आत्मा दोनों एक ही हैं तो यहाँ कोई ऐसा जीवन नहीं होता (जिसमें आत्मा शरीर के साथ नष्ट हो जाती); या यदि धर्म सिद्धांत यह मानता है कि आत्मा एक अलग

चीज है और शरीर दूसरी चीज है, तो भी यहाँ कोई जीवन नहीं होता। (जिससे, यदि आत्मा कोई अलग इकाई होती, एक अडिग आत्मा तो यह कर्मों द्वारा प्रभावित नहीं होती और बेहतर बन जाती तथा फिर यहाँ पवित्र जीवन जीने का कोई उद्‌देश्य नहीं होता।) इन दोनों पराकाष्ठाओं से तथागत द्वारा बचा गया है और उन्होंने इसके बीच के एक सिद्धांत को बताया है—जन्म लेने पर बुढ़ापा और मृत्यु निर्भर करते हैं।"

जब तक इन स्कंधों की एकजुटता है, हमारा अस्तित्व है; जब स्कंध विलीन हो जाते हैं तो अस्तित्व विलुप्त हो जाता है और हम मर जाते हैं। बिल्कुल उस अग्नि के समान, जो दो धातु के टुकड़ों को एक-दूसरे से घिसने से पूर्व, उसमें छिपी होती है और घर्षण के द्वारा पैदा होती है। उसी प्रकार से, प्रबुद्ध कहते हैं, चेतना (ज्ञान) भी उसी प्रकार कुछ परिस्थितियों में उत्पन्न होती है और जो उन परिस्थितियों के समाप्त होने पर विलुप्त हो जाती है। जब लकड़ी जल जाती है, तो अग्नि लुप्त हो जाती है, बिल्कुल इसी प्रकार, जब ज्ञान अर्जित करने की स्थितियाँ खत्म होने लगती हैं, तो ज्ञान समाप्त हो जाता है। प्राणाधार संगठन सारी चेतनता का अत्यावश्यक आधार होता है। ज्ञान हमारे साथ उसी प्रकार जुड़ा होता है, जैसेकि प्राणियों के साथ जीवन की घटनाएँ जुड़ी होती हैं। आध्यात्मिक प्रक्रियाओं से हम परिचित तभी होते हैं, जबकि हम उन प्रक्रियाओं पर मूल रूप से निर्भर न हो जाएँ। तथ्यों के ज्ञान के लिए मस्तिष्क और मानसिक प्रणाली में बदलाव की अवस्थाएँ आवश्यक स्थिति होती हैं। जब तंत्रिका तंत्र में खून की आपूर्ति बंद हो जाती है, तब चेतनता का तात्कालिक क्षरण हो जाता है। उच्च स्तरीय मानसिक भाव निश्चित रूप से मानसिक संरचना पर निर्भर करते हैं। एक शिशु के मस्तिष्क का विकास रुकने से उसकी बौद्धिक क्षमता का विकास भी रुक जाता है। भौतिक और जैविक प्रक्रिया के बीच संपर्क भी उतना प्रबल नहीं होता, जितना शुद्ध जैविक प्रक्रिया के बीच का संपर्क होता है।

जैविक प्रक्रिया तब तक जारी रहती है, जब तक जीवन रहता है, लेकिन आध्यात्मिक प्रक्रिया अविराम चलती रहती है, अपितु पूरे जीवनकाल के दौरान भी जारी रहती है। यद्यपि जैविक जीवन का एक व्यक्ति के जीवन में किसी तरह का अंतराल नहीं होता, सतर्क जीवन समय-समय पर अपने कार्यों का संचालन करता है, उसे तरोताजा होने के लिए नींद की आवश्यकता, अपितु जाग्रत् अवस्था में भी विभिन्न कार्यों में बदलाव की चाह होती है। बेहोशी की अवस्था में खून शरीर की नसों से होकर गुजरता है और मांसपेशियों के बीच शारीरिक बदलाव की क्रिया का संरक्षण होता रहता है, लेकिन इसमें ज्ञान से जुड़ा कोई चिह्न या चमक नहीं होती।

जब मस्तिष्क में कोई चोट या बीमारी हो जाती है, तो संभव है कि कुछ समय काल के लिए इसमें से ज्ञान का नाश हो जाए। इस प्रकार हमें यह कहना चाहिए कि ज्ञान की

मौजूदगी जीवन के लिए होती है, न कि जीवन ज्ञान के लिए होता है। बुद्ध ने व्यावहारिक रूप से साधारण भाषा में अपने अनुयायियों को इसका ज्ञान दिया—"यह बेहतर होगा, यदि अज्ञानी मनुष्य इस पर ध्यान दें कि यह शरीर, चार तत्त्वों से निर्मित होता है, मस्तिष्क के बजाय 'मैं' के रूप में। और मैं ऐसा क्यों कहता हूँ? क्योंकि यह शरीर शायद एक वर्ष, दस वर्ष, सौ वर्ष और इससे भी अधिक वर्षों के लिए टिका रह सकता है। लेकिन जिसे मस्तिष्क, प्रज्ञान, ज्ञान कहते हैं, वह पूरे दिन और रात बिना आराम किए निरंतर गतिशील रहता है।"

सामान्य मनोविज्ञान द्वारा यह सिद्ध होता है कि ज्ञान का शारीरिक रचना से हटकर स्वतंत्र रूप से अपना कोई अस्तित्व नहीं होता। इस निष्कर्ष को मानसिक विकृति विज्ञान द्वारा पूरी तरह से सराहा गया। एक व्यक्ति के पूरे जीवनकाल के दौरान उसके बहुत से ऐसे निजी स्वार्थ इस तरह से प्रकट और अप्रकट होते रहते हैं, जो यह दरशाते हैं, वे शेष जीवन के हित के साथ जुड़ाव महसूस नहीं करते। विविध व्यक्तित्व और प्रत्यावर्ती व्यक्तित्व के मामले यह सिद्ध करते हैं कि विविध स्व को संभवत: वैकल्पिक तौर पर निरंतरता दी जा सकती है या यहाँ तक कि वे एक ही शरीर में उससे जुड़कर दोनों एक साथ उपस्थित रह सकते हैं। ये असामान्य आध्यात्मिक घटनाएँ हमें इस निष्कर्ष पर पहुँचने को विवश करती हैं कि किसी आध्यात्मिक घटना के दौरान इस स्वार्थ का उत्पन्न होना या खो जाना तथ्यों के निरंतर घटित होने का संयोग है।

चूँकि आम जीवन में व्यक्तित्व का बदलाव पूरी तरह से शरीर में बदलाव के साथ बँधा हुआ होता है, हम स्वयं को यह मानने से नहीं रोक सकते कि ये बदलाव शरीर में परिवर्तन के कारण होते हैं और शरीर का अंत होने के साथ-साथ व्यक्तित्व के परिवर्तन का भी अंत होने लगता है। लेकिन हमारे पास कोई ऐसा तथ्य नहीं है, जिससे यह सिद्ध हो कि अडिग आत्मा का अस्तित्व शरीर से अलग होता है। पिछले तीस वर्षों के दौरान मनोविज्ञान के क्षेत्र में बहुत अधिक विकास हुआ है, लेकिन इसमें ऐसा कुछ उजागर नहीं हुआ है, जो उस प्रचलित विश्वास को मजबूती दे कि मानव के भीतर मौजूद आत्मा का बोध उसके भाग्य को प्रभावित करता है।

वहीं दूसरी ओर यह हमारे शेष ज्ञान को इसी के अनुरूप और भी स्पष्ट करता है, वे सभी घटनाएँ जैसेकि बेहोशी, पीड़ा-शून्यवाली बेहोशी, मतिभ्रम, चेतावनी इत्यादि, जोकि आत्माओं पर विश्वास करने का एक आधार बनती आई हैं। बहुत सी आध्यात्मिक और ब्रह्मविद्या से जुड़े क्षेत्रों के अनगिनत प्रयासों ने इनसान के व्यक्तित्व का मृत्यु के बाद भी बने निरंतर रहने का कोई भी वैज्ञानिक प्रमाण प्रस्तुत नहीं किया है। क्या किसी ऐसे प्रमाण की अपेक्षा 'जाँच ऐसे तरीकों से की जा सकती है, जिसमें कि आत्माओं के होने का विरोध नहीं किया गया और जिसमें शेक्सपियर की कविता को बकवास के

तौर पर, बैकन के सिद्धांत और पतले-दुबले इनसान सुकरात, वर्जिन मेरी या पश्चातापी समुद्री डाकू जॉन किंग के अवतार को एक गप के रूप में स्वीकार नहीं किया गया?' अध्यात्मवादी घटनाओं पर किए गए वैज्ञानिक अनुसंधानों ने यह दरशाया है कि झूठ, बिना सोचे-समझे दिए गए सुझाव और जो कुछ हमने प्रस्तुत किया, उसके लिए पर्याप्त स्पष्टीकरण की ओर से मिला सहयोग मात्र होते हैं।

अपितु आध्यात्मिक अनुसंधानिक संस्था के परीक्षण भी आत्माओं के अस्तित्व को बताने में असमर्थ रहे हैं, लेकिन इन्होंने मनुष्य की पिछली बहुत सी अंदरूनी व्याख्याओं, जिन्हें पहले ठीक से नहीं समझा गया था, को बल देने में सहयोग दिया है। प्रो. डब्ल्यू. जेम्स अपनी रचना 'वैरायटीज ऑफ रिलिजियस एक्सपीरियंस" में कहते हैं—"तथ्यों की अब भी 'आत्माओं की वापसी' को साबित करने में कमी है, हालाँकि मेरे मन में श्रीमान मेयर्स, हॉडसन और हाइस्लुप के द्वारा किए गए अथक श्रम के लिए बहुत सम्मान है।"

उसी प्रकार से रिटायर्ड माननीय गेराल्ड बाल्फोर, जो सोचते हैं कि कुछ आध्यात्मिक घटनाओं की सबसे सरल और आसान व्याख्या आत्माओं की वापसी की परिकल्पना करना ही होगा, कहते हैं—"पूरी तरह से गंभीर चरित्र का कोई साक्ष्य नहीं है—कोई ऐसा प्रमाण नहीं है, जो इस व्याख्या को किसी और परिकल्पना से अलग कर सके।"

सर ओलिवर लॉज के द्वारा अपनी पुस्तक, जिसका शीषर्क 'द सर्वाइवल मैन' है, में जितने भी उदाहरण दिए गए हैं, केवल दिखाने की ओर झुकाव रखते हैं कि ऐसा कुछ है, जो काम करता है, वह न तो मौका है, न ही धोखा है और न ही आत्म-प्रताड़ना है, की व्याख्या की गई है, लेकिन उन्होंने आत्मा की वापसी के किसी साक्ष्य का स्पष्टीकरण नहीं किया है।[1]

हालाँकि इन उच्चतम स्तर की शैक्षणिक श्रेणीवाले मनोवैज्ञानिकों और तत्त्वज्ञानियों का एकमात्र उद्‍देश्य, जैसेकि डॉ. स्टेनले हॉल संकेत करते हैं—"अदृश्य आत्माओं का धरती पर अस्तित्व होने का दावा करते हैं और वह उनके और इस संसार के बीच संपर्क स्थापित कर पाने की संभावनाओं को प्रमाणित करने पर भी जोर देते हैं, फिर भी, प्रत्येक तथ्य और तथ्यों के समूह जिन पर वे अपनी व्याख्या को प्रस्तुत करने के लिए निर्भर करते हैं, वे भविष्य पर न होकर पिछली पीढ़ी और उन व्यक्तियों से, असाधारण के बजाय साधारण से संबंधित होते हैं, वे किसी जीवात्माओं के बजाय शरीर पर अधिक भरोसा करते हैं।"

जिस प्रकार अलकैमिस्ट ने अपनी खोज में अमृतपान करने के बाद रसायनशास्त्र छोड़ दिया था, उसी प्रकार ज्योतिषियों ने अपने मानव जीवन पर सितारों के प्रभाव की खोजबीन में ज्योतिषशास्त्र को अनदेखा कर दिया, इसलिए आध्यात्मिक अनुसंधान संघ के प्रमुखों ने उस सवाल का जवाब पाने का उत्साह जुटाया, जिसे जोकि इनसानी हृदय

का सबसे हठी सवाल कहा जाता है—यदि एक इनसान मरे, तो क्या वह दोबारा जन्म लेगा ?—उन्होंने इस बारे में पहले से संचित किए तथ्यों पर विचार करना पूरी तरह से भुला दिया। वे आत्माओं के बारे में केवल भविष्य काल के लिए ही सोचते और बात करते और उनकी बताई गई बातों का संबंध अतीत से बिल्कुल नहीं होता था। इसके विपरीत, रोमन मनोवैज्ञानिकों ने इसकी इस प्रकार व्याख्या की—

"किसी भी व्यर्थ के रिक्त स्थान से आत्मा उजागर नहीं होती—
एक स्वप्नों का एक अलौकिक खजाना है,
और एक प्रमाण जो अतीत से, वर्तमान का निर्माण करता है,
इसे अपने अनुभवों में जोड़ना।
पूर्वजों का जीवन मेरी आँखों में नजर आ रहा है,
उनकी आवाजें मेरे कानों में सुनाई देने लगीं,
और मेरे हाथों में उनकी शक्ति दोबारा एकत्र होने लगी।
अतीत से आए समृद्धशाली उपहार से ये पंक्तियाँ सुनाई देने लगीं,
उसका हर शब्द उत्साह भरे जीवन को प्रदीप्त करने लगा,
इस तरह, अनगिनत आत्माओं में से मेरी आत्मा का निर्माण होने लगा।"

विज्ञान एक अचेत व्यक्ति की मृत्यु के बाद भी निरंतर उपस्थित रहने का कोई भी सबूत नहीं जुटा पाया है, लेकिन कुल मिलाकर यह बताता है कि एक अचेत व्यक्ति का पूरी तरह से अंत हो जाता है। आधुनिक मनोवैज्ञानिक कहते हैं कि मृत्यु, जिसमें कई शारीरिक अंगों के मिश्रण और एक व्यक्ति में उपस्थित होनेवाले ज्ञान का भी नाश होता है, अर्थात् इसमें इस संयोजन का ही अंत होता है।

इसी प्रकार ब्रह्मसूत्र में कहा गया है कि वाहक (हरणिखेपन्न) को नीचे रखकर अलग करना असंभव होता है। इसी प्रकार भार का त्याग करना (भरणिखेपन्न) होता है, यही स्कंध[2] कहलाता है। यह सच्चाई हमारे बौद्धधर्मियों के अंतिम संस्कार के शोकगीत में और अधिक स्पष्ट हो जाती है—"'प्रबुद्ध, पवित्र आत्मा, कृपालु का अभिनंदन' सभी संवेदनशील प्राणियों की मृत्यु हो जाती है, क्योंकि जीवन को अंततः मृत्यु में बदलना ही होता है; यहाँ तक कि बुढ़ापा आने पर भी मृत्यु आ जाती है; संवेदनशील प्राणियों के लिए यही रीति होती है। चाहे जवान या बूढ़ा, चाहे अज्ञानी या बुद्धिमान, सभी को मृत्यु के आगोश में जाना होता है, सभी मृत्यु के अधीन हो जाते हैं। जिस प्रकार खेतों में बीज उगाए जाते हैं और जो मिट्टी में नमी होने के साथ-साथ बढ़ते हैं, उसी तरह भ्रूण की प्राण शक्ति के साथ विकास होता है, उसी प्रकार एक व्यवस्थित प्राणी का प्रारंभिक और मिश्रित स्वरूप और ज्ञान के छह अंग कारण से उत्पन्न होते हैं और किसी कारण से ही

विघटित व समाप्त हो जाते हैं। जैसेकि कई घटकों के सम्मिलन से जो वस्तु तैयार होती है, उसे एक 'गाड़ी' का नाम दिया जाता है, उसी प्रकार स्कंधों का संयोजन, मनुष्य की विशेषताएँ, एक ऐसे रूप का निर्माण करती हैं, जिसे 'संवेदनशील प्राणी' कहते हैं। जैसे ही प्राणशक्ति, जोश और ज्ञान का शरीर त्याग कर देता है तो फिर शरीर बेजान और बेकार हो जाता है।

"जितनी गहराई से कोई व्यक्ति इस शरीर पर ध्यान और चिंतन करता है, उतना ही वह इस बात को लेकर दृढ़ निश्चयी हो जाता है, यह केवल एक खाली और निष्प्रयोजन-सी वस्तु है। वास्तव में इसी में सारी पीड़ा उत्पन्न होती है और पीड़ा ही स्थायी तौर पर इसमें रहती है और इसके साथ पीड़ा का ही नाश होता है। इसके अलावा कुछ नहीं, बल्कि कष्ट ही उत्पन्न होता है और इसके साथ-साथ कष्ट का नाश भी होता है। सभी संयुक्त चीजें अनित्य होती हैं—जो व्यक्ति इसे जान लेता है और समझ लेता है, उसे पीड़ा से मुक्ति मिल जाती है; यही वह मार्ग है, जो पवित्रता की ओर ले जाता है। सभी संयोजन चीजें दु:ख होती हैं—जो व्यक्ति इसे जान लेता है और समझ लेता है, उसे पीड़ा से मुक्ति मिल जाती है; यही वह मार्ग है, जो पवित्रता की ओर ले जाता है। सभी मौजूद चीजें अनात्मन होती हैं—जो व्यक्ति इसे जान लेता है और समझ लेता है, उसे पीड़ा से मुक्ति मिल जाती है; यही वह मार्ग है, जो पवित्रता की ओर ले जाता है। इसलिए हर व्यक्ति को प्रबुद्ध के पवित्र शब्दों को सुनने के बाद अपने आँसुओं को रोक लेना चाहिए; यह देखकर कि कोई गुजर गया और मृत हो गया है, यह दोहराएँ 'अब मैं उससे और अधिक कभी नहीं मिल पाऊँगा'।"

"नश्वर वस्तुएँ किस तरह से अनित्य हो सकती हैं!
व्यक्ति का जीवन कितना व्याकुल रहता है!
लेकिन शांति मृत्यु के द्वार पर खड़ी होती है
और सारी पीड़ा का अंत हो जाता है।"
"जीवन में वियोग निरंतर आता रहता है,
एक और धारा है पार करने के वास्ते,
लेकिन तुम जो मन में टीस लिये खड़े हो विचार करो,
उसके बारे में जो कभी नहीं खोता।"
"सारी नदियाँ बहती, बहती रहती हैं,
वह अपनी दूरी तय कर लक्ष्य तक जरूर पहुँचेंगी;
जिन बीजों को रोपा गया है,
वह पककर अनाज अवश्य बनेंगे।"[3]

हालाँकि मृत्यु से शरीर और मस्तिष्क का अंत हो जाता है, फिर भी इसका पूरी तरह से अंत नहीं हो पाता। प्रबुद्ध द्वारा कहा गया था कि वह न तो ब्राह्मण के समान सर्वास्तिवादी हैं, न ही चार्वाक और लोकायत के समान उच्छेदवादी हैं। जबकि धर्म स्थायी आत्मा के स्वरूप के होने से इनकार करता है, आत्मा जिसका एक जन्म से दूसरे जन्म में स्थानांतरगमन होता है, यह ठीक उसी समय कर्म की दृढ़ता का समर्थन करता है। इनसान पाँच स्कंधों के अल्पकालिक संयोजन से अधिक कुछ भी नहीं होता; इस संयोजन की शुरुआत जन्म से ही होती है और मृत्यु होने पर इसका अंत हो जाता है। लेकिन जब तक इस संयोजन की उपस्थिति इस संसार में बनी रहती है, 'अहं' अपने आप को दर्द से बचाने, खुशी की चाह, अन्यों के साथ अपने संबंधों की क्रिया में प्रदर्शित करता रहता है। इस दृष्टिकोण से बात करें तो प्रत्येक व्यक्ति के जीवन का अस्तित्व कर्मों के समूह के तौर पर होता है। जिसे हम इनसान की आत्मा या एक इनसान का व्यक्तित्व कहा जाता है। जिसे हम इनसान की आत्मा या एक इनसान का व्यक्तित्व कहते हैं, उसमें उस व्यक्ति में आए बदलाव की निरंतरता शामिल होती है और दो अलग-अलग क्षणों में एक व्यक्ति की पहचान को पहचानने का केवल एक निश्चित माध्यम पूरी तरह से यह साबित करने की संभावना पर आधारित होता है, अंतराल की समय अवधि में व्यक्ति की मौजूदगी निरंतर बनी रही।

इसलिए जब तक कर्म लगभग एक समान रहते हैं, तब तक हम इनसान को सभी व्यावहारिक उद्देश्यों के लिए समान रूप से पहचानते हैं, लेकिन यही कर्म, जो इनसान के भीतर अहंकार की एक विषय-वस्तु होता है, इसमें इनसान और अन्य व्यक्ति के बीच के संबंध शामिल होते हैं और इसलिए यह कभी भी पूरी तरह से एक व्यक्ति तक सीमित नहीं रहता; यह दूसरे व्यक्तियों तक फैल जाता है और इस तरह इनसान की मृत्यु होने के बाद भी संरक्षित रहता है। इसलिए इनसान मर जाता है, लेकिन उसके कर्म अन्य व्यक्तियों के भीतर दोबारा जन्म ले लेते हैं। बिल्कुल उसी प्रकार जब इनसान एक पत्र लिखता है, तो लिखावट समाप्त हो जाती है, लेकिन उसके शब्द विद्यमान रहते हैं। इसलिए जब स्कंध विलीन हो जाते हैं, तो भविष्य में फल को प्राप्त करने के लिए उसके कर्म विद्यमान रहते हैं।

जब एक जलते हुए दीये के पास एक और दीया जलाया जाता है तो उसकी बत्तियाँ जगमगा उठती हैं, लेकिन इनकी लपटों का स्थान परिवर्तन नहीं होता। एक आम, जो मैदान में सड़ने-गलने लगता है, लेकिन वह आम के उस वृक्ष से दोबारा जन्म लेता है, जिसे उस बीज से उगाया गया है। यहाँ उस बीज से फल तक आम की आत्मा का कोई स्थान परिवर्तन नहीं होता, लेकिन यहाँ उसके रूप का पुनर्निर्माण होता है और उसकी सारी विशेषताएँ नए आमों के रूप में सुरक्षित रहती हैं। इसी प्रकार इनसान का भी

पुनर्जन्म होता है, हालाँकि उसका कोई स्थान परिवर्तन नहीं होता। एक इनसान मर जाता है और वह दूसरा इनसान है, जिसका पुनर्जन्म होता है।

'मिलिंदपन्हो' में कहा गया है—"पुनर्जन्म क्या होता है, एक नाम और स्वरूप, लेकिन यह एक ही जैसा नाम और प्रारूप नहीं होता। एक ही नाम और स्वरूप से कार्य किए जाते हैं तथा इन्हीं कर्मों द्वारा एक दूसरे नाम और स्वरूप का पुनर्जन्म होता है। एक नाम और स्वरूप का अंत मृत्यु होने पर हो जाता है, फिर दूसरे का पुनर्जन्म होता है। लेकिन उस दूसरे का जन्म पहले के परिणामस्वरूप होता है और इस प्रकार वह पापकर्मों से मुक्त नहीं हो पाता।" जैसेकि बुद्धघोष अपनी रचना 'विसुद्धिमग्ग' में कहते हैं—"वे समूह, जिनका अस्तित्व पिछले जीवन के कर्मों के कारण होता है, वे तत्काल वहीं समाप्त हो जाते हैं, लेकिन उस जीवन के कर्मों के सहारे इस जीवन के दूसरे समूहों का अस्तित्व सामने आने लगता है। पिछले जन्म से एक भी अंश उस जीवन में नहीं आता। वे समूह, जो इस जीवन में अस्तित्व में आए हैं, वे पिछले कर्मों के आधार पर जो समूह अस्तित्व में आए हैं, उनका नाश हो जाएगा और अन्य अंश दूसरे जन्म में आ जाएँगे, लेकिन इस जन्म का एक भी अंश अगले जन्म में नहीं जाएगा।

"इसके अलावा जैसेकि अध्यापक के शब्दों को विद्यार्थियों के मुख में नहीं पहुँचाया जाता, जो फिर भी उसे दोहराते रहते हैं; और ठीक उसी तरह जैसे चेहरे की विशेषता आईने में दिखनेवाले प्रतिबिंब तक नहीं पहुँचती और इसके बावजूद उन पर निर्भरता के साथ छवि आईने में प्रकट होती है; और ठीक उसी तरह जैसेकि एक दीये की रोशनी बत्ती के जरिए दूसरे दीये तक नहीं पहुँचती और इसके बावजूद दूसरे दीये की लौ पहलेवाले दीये से स्वतंत्र तौर पर जलती है। ठीक उसी प्रकार से पिछले जीवन के अंश मौजूदा जीवन में बिल्कुल नहीं आ पाते; न ही अगले जीवन में फैल पाते हैं; और फिर भी व्यक्ति पिछले जीवन के उन समूहों, ज्ञानेंद्रियों, भाव वस्तुओं और आत्मज्ञान से मुक्त इस जीवन में जन्म लेता है और मौजूदा समूहों, ज्ञानेंद्रियों, भाव वस्तुओं और आत्मज्ञान से अगले जीवन में जन्म लेता है।"

पीताका में कई स्थानों पर ऐसे वाक्यों को पाया जा सकता है, जिनमें यह बताया गया है कि बुद्ध एक जन्म से दूसरे जन्म में वास्तविक इकाई के स्थान परिवर्तन को स्वीकार करते हैं। लेकिन तथ्य यह है कि इस तरह की स्वीकृति उन प्रचलित उपदेशों और कहावतों में आती है, जिन्हें जातक कथाएँ कहा जाता है, जिनमें लेकिन वे तथ्य, जिसमें ऐसे मशहूर उपदेश और कहावतें प्रकट होती हैं, उन्हें झटका कहानियों का नाम दिया जाता है, जिसमें दरशाया गया है कि प्रबुद्ध आम इनसानों से उनकी बौद्धिक क्षमतानुसार उसी तरीके से बातचीत करते थे (प्रथाग्जन)। इन कहावतों में प्रभु का उद्देश्य यह था कि वे आम आदमी को आसान तरीके से कर्म और उसके फल की

सच्चाई के बारे में बताएँ। लेकिन प्रबुद्ध का उद्‌देश्य कभी भी यह समझाना नहीं था कि एक ही इनसान का पुनर्जन्म होता है।

एक बार एक भिक्षु, जिसका नाम सती था, उसका दूसरे भिक्षुओं के साथ इस बात पर विवाद हो गया कि पुनर्जन्म के चक्र में ज्ञान बिना किसी बदलाव के कायम रहता है। प्रबुद्ध उसके पास गए और उससे पूछा—"सती, वह क्या है, जिसे तुम ज्ञान कहते हो?" सती ने जवाब दिया—"वह हमारी आत्मा है प्रभु, जो अच्छे और बुरे कर्मों के फल को बार-बार भोगती है।" बुद्ध ने उसे समझाते हुए कहा—"भ्रमित मनुष्य, वह क्या है, जिससे तुम इस भ्रम में पड़े, क्या तुमने कभी सुना कि मैंने इस सिद्धांत की सीख दी है? क्या मैंने बहुत बार अलग-अलग तरीकों से ज्ञान की प्रकृति की व्याख्या ही की है? बिना किसी पर्याप्त कारण ज्ञान उत्पन्न नहीं होता।" कर्म से जुड़ी हुई धर्म की शिक्षा को प्रबुद्ध की सीख के उस प्रकाश के बिना नहीं समझा जा सकता, जिसमें उन्होंने व्यक्तित्व के स्वरूप को बताया है। व्यक्तित्व में जो आवश्यक होता है, वह 'अहं' नहीं, बल्कि इसकी विषय-वस्तु होती है। यह विषय-वस्तु कभी दो पलों में एक समान नहीं होती। इसका संरक्षण करने के लिए निरंतरता की आवश्यकता होती है और इसी के कारण पहचान के अवास्तविक विचार जाग्रत् होते हैं।

जैसाकि 'बोधिचर्यावतार' में कहा गया है—'अहं इवा तदापिथि मिथ्यायम परिकल्पना', अर्थात् मैं माया से उत्पन्न होनेवाला एक ही इनसान हूँ, जिसका जन्म होता है। सटीक तरीके से बात करें, तो इनसान हर पल मर रहा है। जब तक उन तत्त्वों के संबंधों का माध्यम जोकि अहं का निर्माण करते हैं, व्यापक स्तर पर समान रहता है, हम उसी समान अहं की बात करते हैं। लेकिन वास्तव में एक क्षण में एक अहं होता है और दूसरे क्षण में दूसरा अहं होता है। हालाँकि वह पहलेवाले से कुछ संपर्कों के साथ जुड़ा रहता है। यह विचारों की निरंतरता है, जिससे अकेलापन जाग्रत् होता है। जो कर्म करनेवाले और उसके फल का भोग करनेवाले के बीच संपर्क को निर्धारित करता है, उसे भी विचारों की निरंतरता (चित्तसामंत) कहते हैं।

'बोधिचर्यावतार' कहता है—"हेतुमन फलायोगिती दृश्यते नैशा संभवः, समतानास्यिक्यमृत्य कर्ता भोक्तेति देशीतम। यदि एक इनसान के भीतर एक से दूसरे पल बदलाव आ रहा है, तो यह मानने का कोई कारण नहीं है कि वह कर्ता अवश्य ही अपने कर्मों का फल भोग रहा है। विचारों की निरंतरता द्वारा पैदा होनेवाली एकांतता ही कर्म करनेवाले कर्ता और उसके फल भोगनेवाले के बीच संबंध को निर्धारित करती है।" उसी प्रकार, जब एक इनसान मृत्यु को प्राप्त होता है, अर्थात् जब उसका अहंकार, इच्छाशक्ति इत्यादि नष्ट हो जाते हैं, उसके व्यावहारिक जुड़ाव के माध्यम में तत्त्वों की उपस्थिति नहीं रह जाती, लेकिन उसके 'अहं' की विषय-वस्तु नष्ट नहीं होती। कुछ बेकार व्यक्तिगत

स्मृतियों को छोड़कर 'अहं' की विषय-वस्तु अन्य व्यक्तियों में समान रूप से बनी रहती है। इस प्रकार एक इनसान नए रूप में संरक्षित रहता है। अन्यायेवा मारितो, अन्यायेवा प्रजायते। एक व्यक्ति, जो मरता है और दूसरा व्यक्ति, जो पुनर्जन्म लेता है। ना च सो, ना च आनो—यह वह नहीं है, फिर भी यह कोई और नहीं है।

व्यक्तिपरकता की अवधारणा की समझ केवल समय और जगह की पूर्वधारणा के अंतर्गत ही होती है। इसका संबंध सीमाओं से है और सीमाएँ घटनाओं की परिधि के भीतर ही उत्पन्न होती हैं, इसलिए विचार क्षेत्र में बिना विरोधाभास के विशिष्ट सीमाओं का पता लगाना बिल्कुल असंभव है। सैद्धांतिक रूप से स्थानीय सीमित व्यक्ति का एक समय में असीम सोच रखना संभव है। लेकिन जब हम इस विषय की बहुत गहराई से जाँच करते हैं, तो हमें यह पता चलता है कि हम इसे व्यक्तित्व की मूल अवधारणा प्रदान करके ही हासिल कर सकते हैं। वह जीवन, जिसमें निरंतर बदलाव और असीम अवधि शामिल होती है, उसका निश्चित रूप से अर्थ है—बदलाव की असीमता और ऐसे किसी बदलाव द्वारा पहचान खत्म हो जाएगी। इस प्रकार एक व्यक्ति के लिए असीमित अवधि अकल्पनीय है। ऐसे किसी भी सिद्धांत का क्रेडो क्विया एब्सर्डग को स्वीकार किए बिना, समर्थन नहीं किया जा सकता। जब तक कि व्यक्तित्व अनश्वरता के लिए सभी प्रयास के शुरुआती बिंदु और लक्ष्यों को प्रस्तुत करता है, तब तक अनश्वरता की सभी आशाओं को त्याग दिया जाता है। लेकिन चूँकि आत्म-चेतना का सबसे उच्चतम संवाद नहीं होता, इस कारण अनश्वरता को आवश्यक तौर पर व्यक्तित्व के साथ नहीं जोड़ा जाता। जैसेकि कवि कहते हैं—

"मैं उस कुछ को 'मैं' बुलाऊँगा, जो मेरी आत्मा के रूप में नजर आती है;
फिर आत्मा उससे अधिक है, जो अहं के पास है।
यह अहं, इसकी तलाश कहाँ पर होगी?
मैं कहता हूँ, 'मुझे दिखता है', फिर भी ये आँखें हैं,
जो देखती और देखती चली जाती हैं, मेरे विचारों में सुलगती
यादों का दीप्तिमान चित्रण करती चली जाती हैं।"
हम कहते हैं, 'मैं सुनता हूँ'; सुना कानों से जाता है
और कानों में पड़े शब्द कहाँ गूँजते हैं, उनके तार झनझनाते हैं
भावों की हलकी निष्क्रियता से; और प्रतिध्वनियाँ गूँज उठती हैं
वह ध्वनि, जो बहुत समय से शांत थी, वह समाप्त हो गई।
मृत्यु नहीं, केवल संपूर्णता है, वह अतीत है;
और हमेशा से कब्र के अँधेरे से,

वह पुनर्जीवन के लिए जाग्रत् हो उठा।
यह 'मैं' उस आवरण का नाम है, जिसे धारण करना है,
यह झुरमुट समूह, जो अब मेरा ही एक स्वरूप है।
इस चिह्न को वास्तविकता के लिए न लें—
जीवंत के लिए अनित्य। मेरा अहंकार,
यह मेरी आत्मा का शानदार खेल है।
शाश्वतता के यह अस्थिर पल
वहाँ से गुजर रहा है, जहाँ मेरे हृदय का रक्त संचार है।
मैं वह नहीं था, जो हूँ और जल्द गुजर जाऊँगा। लेकिन कभी
मेरी आत्मा नष्ट नहीं होगी; युगों तक पोषित होगी,
यही जीवन ज्ञान है और अतीत अपना सब पीछे छोड़ जाएगा,
बस जीवन को वश में रखना,
यही अमरता में शेष रहेगा।"

जैसाकि विज्ञान बताता है, कोई व्यक्ति विशेष सबसे अलग व्यक्तित्व नहीं होता, बल्कि एक केंद्र होता है, जो एक बिंदु की ओर अभिमुख होता है और जिसके द्वारा फिर से बहुत सी भौतिक और भौतिक क्रियाओं में फैल जाता है। उस पर संस्कारों का प्रभाव होता है, जो उसे वंशानुगत, उदाहरण और शिक्षा प्राप्त होते हैं। केवल विकास की एक प्रक्रिया से संस्कार स्वभाव बनते हैं। कोई भी संस्कार बिना धीरे-धीरे हुई विकास प्रक्रिया के मनुष्य का स्वभाव नहीं बनते। भ्रूणविज्ञान द्वारा इस रहस्य को उजागर किया गया है कि इनसान का शारीरिक गठन मूल जीवाणु की उपशाखा होती है, जो पीढ़ी-दर-पीढ़ी आगे पहुँचती जाती है। जीव के विकास का पूरा इतिहास, जिसे बहुत ही व्यवस्थित पशु श्रृंखला में पाया जाता है, प्राणियों के विकास के संस्मरणों की निरंतर चलनेवाली श्रृंखला होती है, जो उस जीव विशेष की वंशानुगत श्रृंखला का निर्माण करती है। किसी भी व्यक्ति का इतिहास उसके जन्म के साथ शुरू नहीं होता, बल्कि उसकी रचना का इतिहास कई युगों लंबा होता है। यह माना जाता है कि प्रत्येक इनसान स्वयं के लिए ही अपने जीवन की शुरुआत करता है और स्वयं ही अपने भीतर का विकास करता है, जैसेकि उससे पहले की हजारों पीढ़ियों का जीवन व्यर्थ रहा हो, जोकि दैनिक जीवन के तथ्यों के बीच विचित्र प्रकार का विरोधाभास उत्पन्न करता है।

किसी भी इनसान को अलौकिक रूप से प्रकृति के भंडार में संकलित नहीं किया जा सकता; इसके विपरीत, उसे जो पहले से विद्यमान है, उसके एक नए पृथक् तौर पर माना जाना चाहिए, कोई भी व्यक्ति स्वयं को अपने पारिवारिक स्रोतों से पूरी तरह से

अलग नहीं कर सकता। जैसेकि हेक्सले कहते हैं—"हममें से प्रत्येक व्यक्ति को उस पर भरोसा रखना चाहिए, उसके माता-पिता के अंशों का संकेत, संभवत: उनसे उसका दूर का ही रिश्ता क्यों न हो। खासतौर पर, एक विशेष प्रकार से कार्य करने की प्रवृत्तियों का योग, जिसे हम 'चरित्र' के नाम से जानते हैं, को प्राय: प्रजनक और पूर्वजों की लंबी श्रृंखला से पता लगाया जाता है। इसलिए हम सिर्फ यह कह सकते हैं कि यह चरित्र—नैतिकता और मनुष्य का बौद्धिक सार—वास्तविक रूप से एक चित्त आकर्षक समूह से दूसरे तक प्रामाणिक तौर पर प्रसारित होती है और वास्तव में इसका स्थान परिवर्तन एक पीढ़ी से दूसरी पीढ़ी तक होता रहता है। एक नए जनमे शिशु में उसका स्वभाव उसके भीतर ही छुपा होता है और उसका 'अहं' क्षमताओं की गठरी से थोड़ा अधिक होता है। लेकिन बहुत जल्द ही यह वास्तविकता बन जाती है, बचपन से लेकर उस आयु तक जब वह स्वयं की निष्क्रियता या तेजस्विता, कमजोरियाँ या शक्तियाँ, क्रूरता या ईमानदारी का प्रदर्शन करता है और प्रत्येक लक्षण के साथ वह आत्मविश्वास के साथ पहले से अधिक बदलाव एक नए चरित्र के साथ अपने आप में लाता है, यदि कुछ नहीं होता, तो यह चरित्र अपने लक्षणों को दूसरे शारीरिक अवतार में पारित कर देते हैं।"

कोई भी इनसान स्वयं को पूरी तरह से दूसरे से अलग नहीं कर सकता। इनसान समाज की मूल इकाइयों का ही अंग होता है, न केवल अपने विभिन्न बाहरी कार्यों की परस्पर निर्भरता के कारण, बल्कि अपनी मानसिक निर्भरता के कारण भी होता है। एक व्यक्ति अपने प्रति एक आत्म के तौर पर चेतन होता है, इसका अर्थ यह भी निकलता है कि एक व्यक्ति दूसरों के साथ अपने संबंध के अतिरिक्त स्वयं को पृथक् नहीं कर सकता। कोई भी व्यक्ति स्वयं को पारस्परिक समाज के सदस्य से हटकर कुछ और नहीं मान सकता। वह अपने मानसिक जीवन को अपने साथी से अलग नहीं रख सकता। वह प्राय: उसी समुदाय का एक प्रतिबिंब होता है, जिसका वह एक सदस्य होता है। वह अन्य समूह से रिश्ते बनाकर ही अपने समूह के लोगों के संपर्क से अलग हो सकता है। यहाँ तक कि एक संन्यासी भी अकेला नहीं होता। वह आध्यात्मिक रूप से अपने मस्तिष्क में एक इकाई की कल्पना करके ही वास करता है, लेकिन इसके बावजूद वास्तविकता में वह एक आदर्श समाज (अपने ईश्वर, अपने संतों) के साथ, जिनकी उत्पत्ति वास्तविक समाज के बाहर होती है, में रहता है।

मनुष्य का जीवन निश्चित रूप से मनोवैज्ञानिक परस्पर निर्भरता द्वारा ही संभव होता है। यह मनुष्य की आपसी निर्भरता ही है, जिसके सहारे मनुष्य सभ्य, सामाजिक और नैतिक प्राणी बन पाता है। मानसिक जीवन की असली समझ वास्तविक आत्म में विश्वास के साथ संभव नहीं है। वह व्यक्ति, जो शारीरिक भिन्नता को आत्मिक जीवन केंद्रों के बीच की रुकावट समझता है, वह कभी मानसिक जीवन की व्यक्तिपरकता

से परे पहुँचने की संभावना को नहीं समझ सकता, हालाँकि इसके परिणाम उन सभी व्यक्तियों में स्पष्ट होते हैं, जिनका ताल्लुक उनकी भाषा, विज्ञान, कला, धर्म और नैतिकता से होता है। केवल समाज में रहकर और उसके द्वारा ही इनसान अपने ज्ञान, विज्ञान और जानकारी के खजाने का उत्तराधिकारी बनता है, जिसके बिना एक व्यक्ति का जीवन बहुत ही अल्पविकसित हो जाएगा।

प्रत्येक व्यक्ति अपने पीछे वह सबकुछ छोड़ जाता है, जो बदलाव उसने अपने आसपास किए होते हैं। संभव है कि उसने शायद अपना एक नाम या जनसमुदाय या संपत्ति बनाई हो; उसने कोई किताब लिखी होगी या अपनी संतानों को जन्म दिया होगा। यहाँ तक कि वह संतान, जो जन्म लेते ही जल्द ही मर जाती है, वह भी अपनी माता पर अपनी एक छाप छोड़ जाती है, जिससे कहीं-न-कहीं उसकी माता में बदलाव उत्पन्न हो जाता है। यह प्रभाव पूरी तरह से व्यक्तिगत या व्यक्ति विशेष होता है और इनसान की उन विशेषताओं पर निर्भर करता है, जो उसमें उत्पन्न हुई हैं।

दूसरी तरफ उसका प्रभाव और अवधि उन व्यक्तियों और चीजों द्वारा निर्धारित होती है, जिस पर उनका असर अधिक हुआ है। इन प्रभावों की अवधि लंबी या छोटी हो सकती है, लेकिन वे हमेशा से मौजूद रहते हैं, हालाँकि समय के साथ बहुत से प्रभाव कम होते जाते हैं। चूँकि इनसान शारीरिक रूप से एक-दूसरे पर निर्भर रहता है, तो इसका यह अर्थ नहीं है कि वे आध्यात्मिक रूप से भी एक-दूसरे से अलग होते हैं। आध्यात्मिक जीवन प्रत्येक व्यक्ति के परे भी चलता रहता है, क्योंकि उसका असली विषय इनसान नहीं, बल्कि इनसानों की अलग-अलग इकाइयों को एक करना होता है। प्रत्येक कार्य, प्रत्येक शब्द, प्रत्येक सोच, हमारे आध्यात्मिक जीवन का एक हिस्सा होती है और हमारा आध्यात्मिक जीवन टूटे बैगर, एक प्रज्वलित ज्योति के समान एक-दूसरे को प्रज्वलित करता रहता है।

"यह न कहें कि 'मैं हूँ', 'मैं था' या 'मैं होनेवाला हूँ';
यह न सोचें कि माँओं के एक से दूसरे गर्भ तक जा रहे हैं
उस यात्री की तरह, जो याद रखता और भूलता है
ब्रह्मांड के वे विषय जो बताते हैं,
जीवन के बाद क्या है।"

"क्या हम मरने के बाद भी जीवित रहते हैं?" एक प्रख्यात महान् लेखक से जब यह सवाल पूछा गया तो उनका उत्तर इस प्रकार था—"हाँ, बेशक हम जीवित रहते हैं। हमारा शरीर नष्ट हो जाता है, लेकिन हमारा जीवन बना रहता है। हम क्या हैं? और जीना किसे कहते हैं? अगर जीवित रहना बस खाना और पीना, दर्द और खुशी महसूस करना,

क्रिया और विचारों के प्रति सचेत रहना है, हम उस स्थिति की पुष्टि नहीं कर सकते, जिसे हम अब तक एक तंत्रिका तंत्र के अभाव को मानकर देखते आए हैं। मेरे अनुसार, 'मैं इस जानकारी का दावा नहीं कर सकता कि हमारे तंत्रिका-तंत्र की अनुपस्थिति में ज्ञान अवस्था क्या हो सकती है। एक तंत्रिक-तंत्र के साथ चेतन अवस्था के ज्ञान से यहाँ मेरा तात्पर्य है। और जहाँ हमारे ज्ञान की इस स्थिति से तात्पर्य है, मेरा इस सवाल पर कोई तर्कसंगत सुझाव देने का उद्देश्य नहीं है।'

"सौभाग्य से हम तंत्रिका-तंत्र नहीं हैं। जीवन तंत्रिका-तंत्र की हलचल नहीं है। उन स्थानों पर कर्म करते हैं, कार्य करते हैं, शिक्षा देते हैं, जहाँ हम नहीं हैं, जहाँ हम हमेशा से नहीं थे और उन जीवात्माओं को हमने अपने शरीर में पहले कभी नहीं देखा। हम वह जानवर नहीं हैं, जो मर जाते हैं। मनुष्य का सामाजिक स्वभाव वहशी नहीं होता। इनसान की आत्मा का यह स्वभाव होता है कि वह अपने हमारे साथियों की आत्मा के साथ स्वयं को शामिल करने में सक्षम होती है। हमें उस जटिल शारीरिक बनावट, जिसका हम हिस्सा हैं, के गुणों ने अमरता प्रदान की है। तंत्रिका-तंत्र, पाचन उपकरण और गतिशील अंग हमारे जीवन आधार के लिए आवश्यक हैं, लेकिन एक निश्चित अवधि में उस जीवन को अन्य व्यावहारिक रूप से उन शारीरिक उपक्रमों के द्वारा गतिशील रखा जा सकता है, जिसके भीतर इसकी शुरुआत होती है। जैसाकि हम देख सकते हैं, इसे हम अन्य जैसे शरीर, स्वरूप और आत्मा जैसेकि हमारी हैं, में और इसलिए हम इसे दांते और मिल्टन के स्वर्गलोक में भी नहीं रख सकते। ये प्राणी, पुरुष और महिला, वास्तव में नश्वर हैं, लेकिन ये रचना, इनसानियत अमर होती है। हमें ऐसा कुछ भी नहीं पता, जो इस सौरमंडल की स्थितियों में इसे नष्ट कर सकें।

"इस हाड़-मांस के शरीर में एक अच्छा जीवन इस तरह से शक्तिशाली शारीरिक बनावट में सम्मिलित रहता है और इसके साथ अमरता को प्राप्त हो जाता है। हमारी कोई भी क्रिया, कोई भी दृष्टिकोण, नजरिया, न कोई विचारधारा इस भूमंडल पर पूरी तरह से कभी नष्ट नहीं होती। हमारी अच्छाई या बुराई और हमारे स्वभाव तथा हमारे कार्यों से ही हमारे चरित्र का निर्माण होता है। अच्छे और बुरे के लिए यह हमारा, हमारे चरित्र और हमारे कार्य का निर्माण करती है। यह हमारे आसपास अच्छे या बुरे के लिए कुछ भाई-बहनों की भी उत्पत्ति करती है। यदि यह मजबूत और श्रेष्ठ होती है, तो यह हमारे बहुत से प्रतिरूपों को आकार देती है। यदि यह बुरी या कमजोर होती है, तो यह इसी क्रमांश मिटने भी लगती है। इसे न ही स्मरण रखा जाता है, न ही इसे अभिलिखित किया जाता है और न ही इसे विशिष्टता दी जाती है। यह हमेशा के लिए अनित्य रहती है, जो मनुष्यता की पीढ़ी-दर-पीढ़ी से अनजानों को धड़कन देती है। संभव है कि यह मानव जीवन के सागर में गिराई गई एक बूँद की तरह हो, लेकिन निश्चित रूप से यह भी कहा जा सकता है कि

जैसे ही प्रत्येक बूँद, जो पर्वत शिखर पर गिरती है, आखिरकार सागर में मिल जाती है।

इसी प्रकार इनसान का प्रत्येक जन्म, जीवन की प्रत्येक क्रिया, प्रत्येक दयालु शब्द, प्रत्येक अच्छे कार्य, प्रत्येक स्पष्ट विचारधारा आनेवाले जीवन में वास करने लगती है। हम जीवन जीने लगते हैं और हमेशा के लिए महानतम और निर्बल दोनों तरीके से जीवित रहते हैं। हमारे भीतर मानसिक अनुभूति नहीं होती है; हम न ही कुछ खाते और पीते हैं; हम न ही कुछ सोचते या करते हैं। हो सकता है और हम इस पृथ्वी पर अपने कार्यों को और सम्मिलित नहीं करते, लेकिन फिर भी हम जीवित रहते हैं। हमारा जीवन यहीं पर रहता है और हमारे कार्य आगे बढ़ते रहते हैं। इनसानियत, जिसने हमारा शिशु के रूप में पालन-पोषण किया, बच्चे के रूप में हमारा प्रशिक्षण किया और एक पुरुष के रूप में हमारे जीवन को आकार दिया, उस जीवन को संगठित कर अनंत काल तक आगे बढ़ाया, यह घोर दुःख और निराशा से हमारी आँखें बंद करती है, आशा और प्रेम से हमारे निर्जीव शरीर पर अंतिम शब्द कहती है। और इस तरह यह हमें अपने आप अमर बना देती है।"

"जीवन चलता रहता है,
यही जीवन है, जीवन, जीवन जिसकी मृत्यु होती है।"

सभी प्राणी, जैसेकि वे अपने पिछले संस्कारों के द्वारा हैं और जब वे मृत्यु को प्राप्त हो जाते हैं, तो उनका जीवन एक नया आकार ले लेता है। विकास की इस धीमी प्रक्रिया में ये क्रियाएँ नया, जिसमें यह कहा जाता है कि इनसान अपने पिछले जन्म के कर्मों, भौतिक और मानसिक दोनों की अभिव्यक्ति होता है, पिछले जन्मों के कर्म प्राणियों के मौजूदा स्वरूप को प्रभावित करते हैं। बौद्ध धर्म द्वारा कर्म के इस सिद्धांत को समझाया गया है। नायरतिमा और क्षणिकत्वा के रूप में प्रबुद्ध के उपदेशों में कर्म के सिद्धांत की कोई और सुसंगत व्याख्या नहीं हो सकती। प्रत्येक व्यक्ति के व्यक्तिगत विकास में प्रत्येक विचार या प्रत्येक अनुभव या प्रत्येक इच्छाशक्ति, जिसकी गणना कुछ में होती है, को समझना मुश्किल नहीं, लेकिन चूँकि यहाँ पर मृत्यु के बाद गलत और स्वार्थपरकता के लिए एक दंड होता है, जब आत्मा का कोई स्थान-परिवर्तन नहीं होता, तो इसका कोई अर्थ नहीं हो सकता और संपूर्ण तौर पर मनुष्यता के साथ व्यक्ति के संबंध अलग से वैधता नहीं हो सकती। भौतिक तौर पर विचार करें, तो एक व्यक्ति का अपनी संतानों के रूप में पुनर्जन्म होता है और उसके शारीरिक कर्म उसकी संतानों में स्थानांतरित हो जाते हैं। नैतिक रूप से मानें तो किसी व्यक्ति का आध्यात्मिक जीवन उसके उस समुदाय के आध्यात्मिक जीवन से अलग नहीं हो सकता, जिसका वह सदस्य है। कर्म और जिम्मेदारियों का समाज से परे कोई अर्थ नहीं होता। फिर कैसे, एक मनुष्य के कर्म अन्य मनुष्य से अलग हो सकते हैं?

इनसान के सुख और पीड़ा हमेशा उसके विशिष्ट कार्यों के परिणामस्वरूप नहीं होते। 'मिलिंदपन्हो' में बताया गया है कि यह सत्य का मिथ्या प्रचार होता है, जब अज्ञानी मनुष्यों द्वारा यह कहा जाता है कि "मनुष्य की प्रत्येक पीड़ा उसके कर्मों (व्यक्तिगत) का फल होती है।" फिर भी कोई भी बौद्धधर्मी इस बात से इनकार नहीं करेगा कि सबकुछ कारण के प्रभाव के तहत होता है। जब तक हम मानव जाति को इस संपूर्ण वैश्विकता के एक भाग के तौर पर मानना नहीं आरंभ करते, तब तक हम कर्म के सिद्धांत की विशेषताओं को नहीं समझ सकते। समाज के प्रति न सिर्फ चोर और कत्ल करनेवाले व्यक्ति ही जिम्मेदार होते, बल्कि पूरा समाज ही ऐसे लोगों के आचरण को पोषित करने के लिए जिम्मेदार होता है।

एक व्यक्ति के जीवन का इसके अतिरिक्त कोई अन्य मापदंड नहीं होता कि उसका किसी अन्य व्यक्ति के लिए क्या महत्त्व, प्रभाव और मूल्य है। यदि कोई इससे अधिक की आशा रखता है और माँग करता है, एक व्यक्ति विशेष की मृत्यु के बाद भी जीवन की निरंतरता, वह मात्र उस व्यक्ति विशेष की व्यक्तिपरकता के अर्थ से इनकार करता है। गैलीलियो ने भी ठीक कहा है कि वे जो सतत जीवन की इच्छा रखते हैं, वे पर्वत शिखरों के रूप में परिवर्तित होने के पात्र होते हैं। जीवन की वास्तविक निरंतरता उसकी संपूर्ण ताजगी और नएपन में समाई होती है, लेकिन यह केवल जीवन और मृत्यु की अदला-बदली द्वारा ही संभव है।

पुनर्जन्म के बारे में हमारा दृष्टिकोण उन बौद्धधर्मियों को स्वीकार नहीं होगा, जो यह मानते हैं कि कर्म का स्थान परिवर्तन उसकी रहस्यमयी पहेलियों में छुपा होता है। हालाँकि ये लोग आत्मा के स्थान परिवर्तन के अस्तित्व की सत्यता को स्वीकार नहीं करते, फिर भी वे मानते हैं कि एक प्रकार का विज्ञान 'प्रतिमास धिः विज्ञान' कहलाता है, यह अगोचर प्रकार से एक मरते हुए इनसान, जो किसी भी क्षण मरनेवाला है और पैदा हुए नवजात शिशु के बीच संबंधित कड़ी की तरह काम करता है। इस विचारधारा का समर्थन करनेवाले कहते हैं—"मृत्यु के क्षण, कहीं पर एक नवजात शिशु का जन्म होता है, जिससे शिशु का छोटा सा मस्तिष्क मृत व्यक्ति के चरित्र पर प्रतिक्रिया दे सके और उसे आत्मसात् कर सके—एक मस्तिष्क, जो उस प्रकार की किसी भी प्रेरणा के बिना होता है, वह कभी एक व्यक्तिगत जीवन के जोश में नहीं होता। एक इनसान मर जाता है और उस इनसान की मौत बहुत ही जटिल ढंग से उसके चरित्र को व्याकुल कर देती है; और ठीक उसी क्षण, एक नवजात बच्चा, जो मृत्य के निकट मँडराने लगता है, उसे मृत्यु की तरंगें प्राप्त होने लगती हैं और उसका मस्तिष्क एक नए जीवन की ओर रोमांचित होने लगता है; उसका हृदय और श्वास केंद्र में नए जीवन का जोश भरने लगता है—यह नवजात बच्चा अपनी साँसें और जीवन प्राप्त करने लगता है या जैसाकि हमारे

बौद्ध धर्म के ग्रंथों में इसे इस प्रकार प्रस्तुत किया गया है, 'एक बुझती हुई लौ से नया दीपक जल उठता है'।"

यहाँ इस तथ्य का एक अच्छा उदाहरण यह है कि देहवाद और रहस्यवाद दोनों जुड़वाँ बहनें हैं। एक ओर जहाँ देहवाद की अनुभूति पर कोई संभव पकड़ नहीं होती, यह भौतिकवादी कल्पनाओं का सहारा लेकर आगे बढ़ने का प्रयास करती है। यदि प्रति समाधि विज्ञान सचमुच एक विज्ञान है, तो यही एक धर्म, एक स्कंध है और क्योंकि इसे एक स्थान से दूसरे स्थान तक नहीं पहुँचाया जा सकता। पालि बुक्स कहती है—'न किंची इतो परलोकम् गच्छाति' फिर क्या, क्या यह वही है, जो एक जीवन से अगले जीवन में चला जाता है? इस समस्या से पार पाने के लिए गंधाबो के विचार की खोज की गई (पतिसंधि कामना गमयतिति गंधाबो), जिसमें यह माना जाता है कि गर्भधारण के समय गर्भ में प्रवेश किया जाता है। यह गंधाबो केवल जीवत्वरोपी आत्मा का दूसरा नाम है, एक विचार जोकि पूरी तरह बौद्ध धर्म की विचारधारा का विरोधी है।

जैसाकि प्रबुद्ध ने कहा है—"धर्म एक शरणार्थी है, न कि पुदग्ला (आत्मा); इसकी आत्मा शरणार्थी है और न कि पुदग्ला (आत्मा) है; संपूर्ण तौर पर सूत्र का मतलब शरणार्थी है और न कि उसकी तात्कालिक अनुभूति; ज्ञान एक शरणार्थी है, न कि विज्ञान।" ऐसा लगता है कि प्रति-समाधि विज्ञान को मूल रूप से स्मृति की घटना की व्याख्या के लिए प्रस्तुत किया गया और फिर दुःख के साथ कर्मों के स्थान परिवर्तन के सिद्धांत में एक जीवन से दूसरे जीवन के बीच संबंध-सूत्र के रूप में कार्यरत किया गया। व्यक्तित्व का मुख्य आधार स्मरणशक्ति की ताकत होती है और इसे सही मानते हुए फिच कहते हैं— "वीर सिंद दास, वोरन विर उन एरिनर्न (हम वही हैं, जो हमें स्वयं के बारे में याद है।)।" प्रत्येक विज्ञान अपने आगामी विज्ञान पर अपना प्रभाव (वासना) छोड़ता है। चूँकि विज्ञान अनित्य होता है, वे स्वयं को संयुक्त क्रम में उत्पन्न करता है (प्रतित्यसमुत्पाद)। जैसेकि जीवित मनुष्य का मौजूदा विज्ञान निकटता से उस विज्ञान के साथ संबंधित है, जो ठीक इससे पहले का होता है, यह माना जाता है कि जन्म के समय विज्ञान व्यक्ति को ठीक उसी प्रकार उसी समय से उस विज्ञान से संबंधित होना चाहिए, जो एक मरते हुए व्यक्ति का समय (मरणांतिक) है। लेकिन ऐसी परिकल्पनाओं की तथ्यों से प्रामाणिकता नहीं होती। यदि, जैसाकि हमने देखा है, एक इनसान में ज्ञान का क्रम सम्मिलित होता है, तो फिर इनसान केवल तभी तक जीवित रह सकता है, जब तक उसमें यह सबकुछ बचा रहता है और जब वह सबकुछ नष्ट हो जाता है, तो वह भी नष्ट हो जाता है।

जब तक ज्ञान अवस्था की निरंतरता बनी रहेगी; हम ज्ञान की अवस्था की एकल इकाई को उठा नहीं सकते और उसे उस नेटवर्क से पृथक् नहीं कर सकते। इससे अधिक ज्ञान की अवस्था, चाहे इसे एक शब्द या प्रत्यक्ष संवेदी प्रभावों द्वारा स्मरण किया जाए,

इनका पूरे मस्तिष्क में एक ही भाव होता है। इसी मान्यता पर मनुष्य का सारा पारस्परिक व्यवहार आधारित होता है। जब तक अलग-अलग व्यक्तियों की ज्ञान की स्थितियाँ एक समान होती हैं, वे सब एक समान होते हैं। स्वयं को एक ही आत्मा मानकर विचार करना, जो कभी कोई और थी, कोई भी यह नहीं सोच सकता कि दूसरों के कर्म उससे अधिक किसी और के हो सकते हैं, किसी दूसरे व्यक्ति के, जो कभी मौजूद था। दूसरी तरफ, यदि कोई स्वयं के ज्ञान को, दूसरे व्यक्तियों के कर्मों को ज्ञान माने, तो वह स्वयं को उसी व्यक्ति के समान मानने लगेगा। केवल इसी व्यक्तिगत पहचान पर ही सजा और पुरस्कार देने का सही और न्याय का आधार बन सकता है तथा यह आत्मा की समानता पर नहीं होगा, जोकि वर्तमान जीवन में उसके लिए सजा या पुरस्कार देती है, जो पिछले जन्म में कर्म किए गए, जिसके बारे में ज्ञान का यह समय बिल्कुल भी नहीं हो सकता।

बौद्ध धर्म को माननेवाले देशों में यह कहा जाता है कि बच्चे कभी-कभी इसका दावा करते हैं कि पिछले जन्म में उनका नाम यह था, वे इस जगह पर रहते थे; कभी-कभी वे अपने दावों को प्रमाण द्वारा साबित भी करने लगते हैं। लेकिन क्या इन तथ्यों से यह साबित होता है कि एक मरते हुए इनसान की ज्ञान चेतना और नवजात शिशु के मस्तिष्क के बीच एक प्रकार का संवाद हुआ था। क्या हमें इस अवचेतन प्रक्रिया में इन बर्मी के अन्य विकल्पों को नहीं तलाशना चाहिए? डॉ. स्टेनले हॉल ने कहा है—"चेतन मनुष्य नस्लों के साथ संवाद करता है और शायद उन महान् व्यक्तियों के साथ भी करता है, जिनसे उसका संबंध है; उनसे संदेश प्राप्त करता है और अवसर मिलने पर उनको संदेश देता भी है। शक्तिशाली आत्माओं से प्रार्थना करता है कि वह उसकी शक्ति को प्रभावित न करें, अपितु जो बहुत ज्ञानी, सुसाध्य और ओजस्वी होते हैं कि शायद वह उप-मानव की व्याख्या दैविक मनुष्य की तरह करुणाजनक झूठे तर्क की ओर उन्मुख थे, यदि अंग्रेजी आध्यात्मिक खोजकर्ता की तरह, जिनके पास गहराई और अधिक गहराई से ज्ञान की समझ नहीं होती, जो हमारे शरीर, मस्तिष्क, इच्छा के बिना कार्य करने और सहज ज्ञान में सुनियोजित होती है, जोकि बहुत ही व्यापक और अतुलनीय रूप से उन सभी में प्रबल होती है, जो अब साथ रहनेवाले सभी व्यक्तियों के भीतर ज्ञान के रूप में मौजूद होती है और यदि वह दिखाई जानेवाली घटना को अपनी ज्ञानसंपन्न अंतरात्मा को एक आवश्यक अनुभव के रूप में मान लेते हैं। यही एक बहुत व्यापक आत्म है, यदि यही, स्व-मूर्तिपूजक शब्द को इस्तेमाल किया जा सकता है, जिसके साथ हम सतत रहते हैं। यह नीचे होती है, न कि हमसे ऊपर होती है; सर्वव्यापी है, न कि सर्वश्रेष्ठ है और अगर सही तरह से इसकी व्याख्या की जाती है, तो यह भाव और श्रेणी में वास्तविकता होती है, हमारा धाराप्रवाह युक्तिवाद इसे जानता है।"[4]

बौद्ध धर्म के कर्म के सिद्धांत की समीक्षा अपने आप में बहुत व्यापक है। कर्मों का

न केवल अपने संवेदनशील जीवनचक्र में ही परिचालन होता है, बल्कि इसका अस्तित्व (प्रपंच) पूरे जीवनकाल के बाद भी फैला होता है। कर्माज्म लोकावेचित्रायम् इति सिद्धात्वत। अपनी कृति 'आउटलाइन ऑफ महायान' में मि. कुरोदा बौद्ध धर्म में कर्म के सिद्धांत की व्यापकता की इस प्रकार व्याख्या करते हैं—"यहाँ न ही कोई सृष्टिकर्ता है, न ही इसका सृजन किया गया है; न ही इनसान वास्तविक प्राणी है। ये सकारात्मक परिस्थितियों के अंतर्गत कर्म और उसके कारक ही हैं, जो उन्हें जन्म देते हैं। मानव के विषय में कहें तो वह पाँच स्कंधों या घटकों के अस्थायी संयोजन से अधिक कुछ भी नहीं हैं। उसके संयोजन की शुरुआत उसके जन्म से होती है; उसका वियोजन मृत्यु से होता है।

"संयोजित अवस्था की शुरुआत के दौरान अच्छे और बुरे कर्म किए जाते हैं, भविष्य में खुशियों और दर्द के लिए बीज बोए जाते हैं और इस प्रकार जन्म व मृत्यु का विकल्प बिना अंत के चलता रहता है। इनसान कोई ऐसा प्राणी नहीं, जो जन्म और मृत्यु के बीच स्वयं ही घूमता रहता है, न कोई ऐसा शासक है, जो उन्हें ऐसा करने के लिए कहता है, लेकिन ये उनके कर्म ही हैं, जिससे ये परिणाम निकलते हैं। सभी प्राणियों के सचेतन कर्मों से ही पर्वत, देश, नदियाँ इत्यादि की विभिन्न किस्में पैदा होती हैं। वे उनके कुल कर्मों का कारक होती हैं और इसलिए इन्हें अधिपति फल का कहा जाता है। क्योंकि वे व्यक्ति, जिनका हृदय सदाचारी होता है, उनका मुख कभी दुराचारी नहीं होता और उन देशों में जहाँ अच्छी रीति-रिवाजों का प्रचलन है, वहाँ शगुन चिह्न उत्पन्न होते हैं तथा जहाँ लोग दुराचारी होते हैं, वहाँ आपदाएँ आती हैं, इसलिए इनसान के कुल कर्मों से ही उसके अगले समस्त फल उजागर होते हैं।

"व्यक्ति के विशेष कर्मों द्वारा ही प्रत्येक व्यक्ति को कार्यों के अनुरूप मस्तिष्क और शरीर प्राप्त होता है, कर्मों के अंदरूनी कारक ही आकस्मिक अवस्थाओं के कृपापात्र होते हैं। और इन अच्छे और बुरे कर्मों का प्रतिफल उसी समय उत्पन्न न होकर कुछ समय बाद उत्पन्न होता है, उन्हें विपाक फल कहा जाता है। (वे फल जिन्हें भविष्य में फल देने के लिए लगाया जाता है) जन्म और मृत्यु के बीच की अवधि, जिसमें शरीर की निरंतरता बनी रहती है, वही इनसान का जीवन होता है; और उस उत्पत्ति से संहार तक, जिसमें वह समान रूपों की कल्पना करता है, उसे देशों, नदियों, पर्वतों, इत्यादि की कालावधि माना जाता है। चेतन प्राणियों की मृत्यु के साथ देश, पर्वत, नदियों इत्यादि की उत्पत्ति और संहार का परिचालन अंतहीन होता है। बिल्कुल उस चक्र के समान, जिसका कोई अंत नहीं होता। उनकी न कहीं से शुरुआत, न कहीं पर अंत होता है।

"हालाँकि यहाँ न कोई वास्तविक (पर्याप्त) इनसान होता है, न ही कोई असली चीज होती है, फिर भी उसके प्रभाव सहायक स्थितियों के साथ दृश्य और अदृश्य होते हैं, जिस प्रकार ध्वनि के साथ उसकी प्रतिध्वनि साथ चलती है; और सभी चीजें, बेकार

या बढ़िया, बड़ी या छोटी, बिना किसी स्थायी प्रारूप के हर पल आती-जाती रहती हैं। इसलिए इनसान और वस्तुएँ, उन अवधियों के नाम हैं, जिसमें वैसे ही प्रारूप कायम रहते हैं। हमारा मौजूदा जीवन हमारे पिछले कर्मों का ही प्रतिरूप होता है। इनसान इन्हीं प्रतिबिंबों को अपने वास्तविक शरीर का रूप मान लेता है। अपनी आँखों, नाक, कान, जीभ और शरीर के साथ बगीचे, लकड़ियाँ, खेत, घर, नौकर और नौकरानियों की भी इनसान अपनी संपत्ति के रूप में कल्पना कर लेता है, लेकिन वास्तव में ये अनगिनत कार्यों द्वारा निरंतर उत्पन्न किए जाते हैं।"

बौद्ध धर्म के कर्म का सिद्धांत ब्राह्मणवाद के स्थानांतरगमन के सिद्धांत से बिल्कुल अलग है। ब्राह्मणवाद हमें वास्तविक आत्मा के स्थानांतरगमन की शिक्षा देता है, लेकिन धर्म हमें मात्र कर्मों पर विजय पाने के बारे में समझाता है। ब्राह्मणवाद की अवधारणा के अनुसार आत्मा का एक या दूसरे तक स्थान परिवर्तन होता है, जिसे तथाकथित छह जगत् वर्गीकरण (सद्गति) कहा जाता है, इनसान से जानवर तक, जानवर से नरक तक, नरक से स्वर्ग तक और इत्यादि के तौर पर वर्णित किया जाता है। यह ठीक उसी प्रकार होता है, जिस प्रकार इनसान का अपनी जरूरतों के लिए एक घर से दूसरे घर में स्थानांतरण होता है। इस सिद्धांत के लिए यह दावा किया जाता है कि यह उन मामलों में न्याय दिलाने में सक्षम बनाता है, जहाँ पर इनसान द्वारा सीमा का उल्लंघन किया जाता है या वह अपने मौजूदा जीवन में कर्म करने में असमर्थ होता है। कर्म को एक कारण मूलक माना जाता है, जोकि अच्छे कर्मों का फल देने और बुरे कर्मों के लिए दंड देने में समर्थ होता है।

श्रीकृष्ण भागवतपुराण में कहते हैं (X 24, 13-20)—"कर्म के द्वारा या कर्मों के फल के अनुसार सभी प्राणी जन्म लेते हैं, फिर कर्मों के द्वारा ही संहार को प्राप्त करते हैं। खुशी, पीड़ा, डर, आनंद, सबकुछ कर्म द्वारा ही प्राप्त होता है। यदि ईश्वर सभी कर्मों का फल प्रदान करनेवाला वितरक है, तो वही उन्हें पाखंडी होने पर फल भी देता है। यहाँ ऐसी कोई चीज नहीं है, जोकि ईश्वर नहीं करता। लोगों के आग्रह पर इंद्र लोगों के लिए क्या करते हैं? वह सद्भाव या प्रकृति में धर्म के विरुद्ध कुछ भी नहीं कर सकते। प्रत्येक प्राणी, चाहे एक इनसान या एक असुर या एक देव, सबकुछ प्रकृति के नियंत्रण में है। इनसान को उसे विभिन्न प्रकार का शरीर उसके कर्मों के अनुसार ही प्राप्त होता है। वह स्वयं ही अपना दोस्त, विरोधी, अजनबी, ईश्वर हो सकता है। अत: इस प्रकार किसी भी इनसान को प्रकृति के नियमों का पालन करने के लिए अपना कर्म करके, कर्म की पूजा करनी चाहिए।"

इसमें कोई संदेह नहीं कि कभी-कभी हम प्रकृति को दंड देने और यहाँ तक कि उसके नियमों का उल्लंघन करनेवालों को बरबाद करने की भी बात करते हैं। लेकिन यह भाषा उचित नहीं है। प्रकृति का तथाकथित नियम केवल सांसारिक ज्ञान के अंतर्गत

समझा गया प्राकृतिक विवरण है और यह नहीं कहा जा सकता कि वह किसी भी तरीके से आदेश दे सकती है। यहाँ पर कोई ऐसा नहीं, जोकि नियम बनानेवाला है और इस कारण से यहाँ प्रकृति के नियमों का पालन न करने पर किसी तरह का अपराध भी नहीं होता है। जितना हम जानते हैं कि कुछ कारकों द्वारा ही कुछ निश्चित परिणामों को प्राप्त किया जाता है, जिससे कुछ व्यक्ति विशेष या समुदायों की पीड़ा या खुशी में वृद्धि होती है। लेकिन कर्म का सिद्धांत कहता है कि इनसान को दंड इसलिए प्राप्त होता है, क्योंकि वह नैतिक रूप से कुछ गलत करता है, यहाँ यह कहा गया है कि शक्ति प्राप्त करने की दृष्टि से पाप करने पर पीड़ा पहुँचती है। दूसरी ओर, सच्चाई यह है कि सामान्य तरीके से प्रकृति के जिस नियम में पीड़ा जुड़ी होती है, उसे हम पाप कहते हैं; पाप के फलस्वरूप पीड़ा होती है, न कि इसकी विपरीत भूमिका के कारण।

यदि मानव जाति का जीवन अच्छाई से भरा हुआ है, तो किसी भी दंड या प्रतिफल का वितरण न करना न्यायसंगत केवल इसलिए है कि उससे अच्छाई का एहसास हो सके। चाहे हम मानव कर्म के सिद्धांत में दार्शनिक तौर पर प्रवेश करें या मात्र अधिकारों और न्याय, जोकि मानव जाति का सामान्य विचार करने का विषय है, पर विश्लेषण करें, किसी भी मामले में दुःख के तौर पर दंड मिलना तभी सही है, जब इस तरह का दंड अच्छाई के साथ संतुलित हो, जिसमें जिस व्यक्ति को दंड दिया जा रहा है, उसके लिए यह न देखा जाए कि व्यक्ति दोषी है अथवा निर्दोष। इस प्रकार, कर्म का दंडात्मक सिद्धांत, जिसके अनुसार इनसान को उसके पिछले कर्मों के लिए दंड मिलता है और जो सदा के लिए होता है, उसे केवल असभ्य, अशिक्षित अवधारणा का सबसे क्रूर रूप समझा जाना चाहिए।

निस्संदेह यह सही है कि बौद्ध धर्म के सूत्रों में भी स्थानांतरगमन के संदर्भ में एक से दूसरे, दस संसारों का जिक्र किया गया है—स्वर्ग और नरक, ईश्वर और दानव, इनसान और जानवर, श्रावकास और पक्काबुद्ध, बोधिसत्त्व और बुद्ध, लेकिन इसका यह अर्थ नहीं है कि कोई भी प्राणी एक से दूसरे संसार में चला जाता है। बुद्ध सूत्र में कहा गया है—'ना कश्चिद् धर्मो असमाल लोकात परलोकं गच्छति', एक सच्चे बौद्धधर्मी के लिए स्वर्ग और नरक की कोई वास्तविकता नहीं है (संभवः-संभुतः); यह अज्ञानियों की काल्पनिक रचना है (बालाप्रथाग्जनैर असाध्वीपर्यासवी रचितः स्वविकलपासम् भूतः)। बौद्ध धर्म के मतानुसार स्थानांतरगमन मात्र कारण और प्रभाव की अभिव्यक्ति है। केवल कारकों और स्थितियों के प्रभाव द्वारा ही शारीरिक प्रारूप के साथ मानसिक घटनाएँ उत्पन्न होती हैं और इसके परिणामस्वरूप जीवन-दर-जीवन, जीवित प्राणियों का स्वभाव और स्वरूप मानसिक घटनाएँ अच्छाई या बुराई द्वारा निर्धारित की जाती हैं। यह व्याख्या की गई है। साधारण मनुष्य को कर्मों के स्थान-परिवर्तन की व्याख्या

देते व समझाते हुए कहा गया कि प्रबुद्ध द्वारा जिन 'दस संसार' की अभिव्यक्ति की गई है, वास्तव में उनसे उनका तात्पर्य दस मानसिक स्थितियों से अधिक और कुछ नहीं है, जिसमें स्वभाव और स्थानों को संदर्भित किया गया है।

हालाँकि धर्म कर्म को अधिक महत्त्व देते हुए कहता है कि पूर्व जन्म को कर्मों, फिर चाहे वे अच्छे हों या बुरे, का प्रभाव पड़ता है। फिर भी हमें यह नहीं भूलना चाहिए कि वह उसी समान रूप से आत्म-संस्कृति व आत्मसंयम के माध्मय से मानव स्वभाव की परिपूर्णता के लिए शिक्षा की शक्ति को स्वतंत्र करने पर भी जोर देता है। बौद्ध धर्म में नियतिवाद का कोई स्थान नहीं है। नियतिवाद यह सिखाता है कि सबकुछ, जिसमें मानव की इच्छा भी सम्मिलित है, पहले से निर्धारित होती है। यह पहले ही व्यक्ति की उपस्थिति जिसकी इच्छा को एक बाहरी शक्ति द्वारा बाधित किया गया है, का समर्थन करता है। अत: यह मानता है कि एक व्यक्ति के व्यक्तित्व में शिक्षा द्वारा सुधार नहीं लाया जा सकता। दूसरी तरफ बौद्ध धर्म सिखलाता है कि व्यक्ति स्वयं कारणों का ही उत्पाद है।

इस प्रकार उसकी इच्छा की उपस्थिति इन कारणों से बने उसके व्यक्तित्व से पहले नहीं हो सकती, उनके द्वारा बाधित किए जाने के बजाय उसकी इच्छाएँ उनके द्वारा निर्मित होती हैं। इसी के अनुसार इच्छा पर गलत आवेगों को दबाने की शक्ति के उपयुक्त प्रशिक्षण का उपयोग पर अधिकार प्राप्त किया जा सकता है। चूँकि नियतिवाद एक मनुष्य के चरित्र को विवश मानता है, इसलिए मनुष्य को कार्य व व्यक्तिगत उत्तरदायित्व के लिए कोई मकसद देने का प्रश्न ही नहीं उठता। दूसरी तरफ, बौद्ध धर्म में व्यक्ति को जो चरित्र जन्म से प्राप्त होता है, उसका निर्माण कारणों से होता है, इसलिए यह उसके कर्म के लिए सबसे मजबूत उद्देश्य को तैयार करता है। बौद्ध धर्म के अनुयायी को यह ज्ञात होता है कि इस ब्राह्मांड में नियम के शासन का वास्तव में क्या अर्थ है। वहाँ पर ऐसा कुछ नहीं होता कि पहले नियम और फिर वस्तुओं एवं घटनाओं का उनसे संबंध हो। नियम उन रूपों को प्रस्तुत करता है, जिनमें मनुष्यों के मस्तिष्क द्वारा आम अथवा सरल परिस्थितियों में चीजों के संबंधों को आत्मसात् करते हैं। इसलिए मानव मस्तिष्क ही सही मायने में इस ब्राह्मांड को नियम प्रदान करने वाला होता है। इस प्रकार से कर्मों की आज्ञानुकूलता, जिसे बौद्ध धर्म कार्य का श्रेय प्रदान करता है, वह नेत्रहीन नहीं है अपितु एक विवेकी अधीनता है। मस्तिष्क की एक रचना के रूप में कर्म जो कार्य करता है (मनो वक काया कर्म), वह अपने आप (स्मृतिउपथान) में चिंतन की एक वस्तु है। तदनुसार एक व्यक्ति ही अपने द्वारा किए गए सभी कार्यों के लिए उत्तरदायी होता है; हालाँकि उसका उल्लंघन कारणों द्वारा निर्धारित किया होता है। सभी बुराइयों के वर्जन और पारमिताओं के अभ्यास से इसे प्राप्त करना संभव है।

पृथ्वी पर जो प्रभुता है,
जहाँ पर एक व्यक्ति स्थिर और सभी बुरे कर्मों से मुक्त,
दोषमुक्त रह सकता है।

मृत्यु मस्तिष्क और शरीर का अंत होना है। फिर भी जो मनुष्य मरता है, वह अपने द्वारा जीवित रहते किए गए कर्मों में जिंदा रहता है। उसके द्वारा किए गए कर्म ठीक उसी तरह होते हैं, जैसे कि उसके जीवित रहते उसके बच्चों का जन्म होता है। वे उसके मरने के बाद भी जीवित रहते हैं और उसकी इच्छा से परे कार्य करते हैं। इसके विपरीत हो सकता है कि उसके बच्चों को दबाया या समाप्त कर दिया जाए, लेकिन उसके कर्मों को कभी समाप्त नहीं किया जा सकता। जहाँ कहीं भी एक व्यक्ति के शब्द, विचार और कर्म अपनी छाप एक-दूसरे के मस्तिष्क पर डालते हैं, उस समय उस व्यक्ति का पुनर्जन्म होता है। इस तरह उसका मृत्यु के विषय में कोई स्पष्ट विचार नहीं होता और उसे इस तथ्य का भी संपूर्ण ज्ञान नहीं होता कि मृत्यु में हर स्थान पर समूहों (स्कंधों) का समापन सम्मिलित होता है, जैसाकि बुद्धघोष विभिन्न निष्कर्षों की विविधताओं में कहते हैं, "एक जीवित इकाई की मृत्यु होती है और उसका दूसरे शरीर में परागमन हो जाता है," ठीक इसी तरह से जिसे पुनर्जन्म के बारे में कुछ स्पष्ट ज्ञात नहीं है और इस तथ्य के बारे में भी ज्ञात नहीं है कि समूहों (स्कंधों) की उपस्थिति हर जगह पर जन्म लेती है, वह विभिन्न निष्कर्षों पर पहुँचता है, जैसे एक जीवित इकाई जन्म लेती है और एक नए शरीर को धारण करती है। यहाँ पर कोई व्यक्ति नहीं होता, जो अपने आप जन्म लेता है, कर्म करता है और आनंद लेता है या पीड़ा भोगता है तथा मृत्यु को प्राप्त होता है या दोबारा से मरने के लिए जन्म लेता है, यानी साधारण शब्दों में कहें तो केवल जन्म, कर्म, आनंद, पीड़ा और मृत्यु की ही क्रिया होती है। जीवन की क्रियाओं में केवल कर्म ही वास्तविक होते हैं और इनको संरक्षित रखा जाता है तथा कुछ नहीं होता। इसलिए कहा गया है—

"ऐसा कोई नहीं है जो कर्म करता है,
न ही कोई फल को महसूस करता है
मूल भाग ही अकेले घूमते हैं
यह दृष्टिकोण ही अपने आप में रूढ़िवादी है।"

"और इस तरह से कर्म और इस तरह से फल
अपने कारणों से घूमते रहते हैं,
इस तरह पेड़ों और बीजों के बीच में से
कोई यह नहीं बता सकता कि पहले किसका जन्म हुआ!"

"न ही कोई भविष्य में होने वाले जन्म के समय को
तब समझ सकता है, जब वह समाप्त हो जाएगा,
विधर्मी इसे नहीं समझते,
और स्वयं को समझने में भी असफल हो जाते हैं।"

"अहं कहता है, वे मौजूद हैं,
शाश्वत या वह जो जल्दी ही समाप्त हो जाए,
इस तरह दो और साठ विधर्म
वे अपने भीतर वेताल प्रवृत्ति को छुपाए हुए हैं।"

"विधर्म के बंधनों में बँधे
भावावेशों के वेग के साथ जनमे वे,
और भावावेशों के वेग से जनमे
कष्टों से मुक्ति नहीं पाते।"

"यदि वह इन तथ्यों को समझ ले,
वह व्यक्ति जिसकी बुद्ध शरण में पूर्ण आस्था है,
फिर सूक्ष्म, गहरी और आत्मरहित,
निर्भरता प्रवेश करेगी।"

"फल में कर्म को नहीं विद्यमान नहीं होता,
न ही किसी के कर्म में फल मौजूद होता है,
दोनों में एक-दूसरे की उपस्थिति नदारद होती है,
फिर भी बिना फल के कोई कर्म नहीं होता।"

"जैसेकि आग का कोई भंडार नहीं होता,
आभूषणों, गोबर या सूरज इनमें से
कुछ भी इनसे अलग मौजूद नहीं होता,
फिर भी ईंधन की कमी, आग की मौजूदगी नहीं होती।"

"अपितु हम जब तक कभी कर्म में नहीं होते,
उसके प्रतिफल को नहीं समझ सकते,
न ही किसी स्थान पर उपस्थित हुए
कर्म के फल को वह नहीं प्राप्त कर सकता।"

"कर्म अपने फल से अलग मौजूद होता है
और फल अपने कर्म से अलग मौजूद रहता है,
लेकिन परिणाम कर्म पर निर्भर होता है
फल छल से सामने आता है।"

"कोई स्वर्ग का देवता या ब्रह्म संसार
अनंत जीवन के चक्र के कारण को, छल नहीं सकता,
घटक भाग अकेले ही चलते रहते हैं
कारण और वस्तु से उभरता है।"

—विसुद्धिमग्ग[5]

संदर्भ—

1. इस प्रश्न पर और अच्छी तरह से विचार करने के लिए डॉ. गुस्तेव ले बॉन्स की 'लेस ओपिनियंस एट लेस क्रोयॉन्सि' को देखें।
2. यह जानना बहुत दिलचस्प है कि बृहदारण्यक उपनिषद् में याज्ञवल्क्य अपनी पत्नी मैत्री से कहते हैं—"इनसान इन तत्त्वों से निर्मित होकर धरती पर आता है और जब उसकी मृत्यु हो जाती है, वह उसी सबकुछ में समा जाता है और उसके जाने के बाद कोई भी ज्ञान (चेतन) शेष नहीं रह जाता।"
3. डॉ. पी. कारस द्वारा अनुवाद की गई, 'जेम्स ऑफ बुद्धिस्ट पोइट्री'।
4. 'एंडोलसेंस', संस्करण 2, पृष्ठ सं. 342।
5. वॉरेन की बुद्धिज्म इन ट्रांसलेशंस।

□

अध्याय-13

परमार्थ

अनित्य, आत्मा और निर्वाण को सटीक तौर पर बौद्ध धर्म की तीन आधारशिला कहा जाता है। ये धर्म के तीन सच्चे सिद्धांतों को प्रारूपित करते हैं। कोई भी विचार-प्रणाली, जो इन तीन मौलिक सिद्धांतों को स्वीकार करती हैं, उसकी संभवत: बौद्ध धर्म के समान पहचान हो सकती है, फिर चाहे उसमें जो भी आकस्मिक आस्था और क्रिया छुपी हो, लेकिन ऐसी कोई भी विचार-प्रणाली, जो इन तीन सिद्धांतों को नहीं मानती, वह बौद्ध धर्म के साथ किसी तरह की भी समानताओं का दावा नहीं कर सकती।

इन तीन सिद्धांतों का क्या अर्थ होता है? अनित्य का अर्थ है अस्थायित्व। यह बताता है कि 'सभी प्राणियों के अंग अस्थायी होते हैं।' कि सभी चीजें अस्थायी होती हैं और एक निश्चित समय-सीमा के बाद वे नष्ट होने लगती हैं। वे सभी चीजें, जो जीवित होती हैं, सभी लेबनान जैसाकि जर्मन लोगों का कहना है, चीजें अस्थायी और नश्वर होती हैं। इस जगत् में कुछ भी स्थायी नहीं रहता, बल्कि सबकुछ बदलता रहता है। सभी जीव-जंतुओं की परिवर्तनशीलता ही उनकी एक विशेषता है। (विश्वं कंशानभानगुरम्) सभी विषयों के जरूरी लक्षण, चाहे मृत हो या जीवित हो, का एक ही गुण होता है, वह है उनकी अस्थिरता। यहाँ तक कि ऊर्जा शक्ति के भीतर भी फैलने और गायब होने की विशेषता होती है। केवल अनस्तित्व, शून्यता, ही अचल रहती है। स्थायी अपरवर्ती वस्तुएँ हमारे विचारों में ही विद्यमान रहती हैं, न कि हकीकत में, जो कुछ भी विद्यमान है, रंग, ध्वनि, तापमान, जगह, समय, दबाव, विचार, संवेदनाएँ, उल्लंघन इत्यादि से बने हुए हैं, वे विविध तरीकों से एक-दूसरे से जुड़े होते हैं और इनमें निरंतर बदलाव आता रहता है। इस प्रकार सबकुछ क्षणिक होता है। कुछ चीजें दूसरों की अपेक्षा अधिक स्थायी होती हैं, लेकिन पूरी तरह से कुछ भी स्थायी नहीं होता। आधुनिक विज्ञान इस ब्रह्मांड में कुछ स्थायी नहीं खोज पाया है। यह भूल कर रहा है कि जो किसी स्थायी के लिए अस्थायी है, वह अनित्य को पीड़ा (दु:ख) का स्रोत बना देता है।

जैसाकि कुछ लोग मान लेते हैं कि जो अनित्य है, वह मिथ्या या माया है, जो

क्षणिक होता है, वही मायावी सिद्ध होता है और इस प्रकार दु:खों का स्रोत बनता है, जब किसी चीज को गलती से नित्य या स्थायी मान लिया जाता है, तो कोई भी ज्ञान की मुक्ति अपने आप में पूर्ण नहीं होती। यह केवल ज्ञान की मुक्ति खंडित विशेषता स्वाभाविक तौर से भ्रमित करेगी, यदि इसे अन्य ज्ञान की मुक्ति से नियंत्रित किया और सुधारा नहीं जाएगा। जब एक यात्री रेगिस्तान में अपने सामने पानी का बहुत बड़ा और विस्तृत स्रोत देखता है, जो लगातार धुँधला पड़ता जाता है और अंततः गायब हो जाता है, यह मृगतृष्णा का प्रभाव धोखे का कारक सिद्ध होता है, यह ज्ञान से मुक्ति पाना नहीं है, यह भ्रामक होता है। यही वह विशेषता है, जो बताती है कि पानी की परत मौजूद है, लेकिन भ्रम की स्थिति तभी उत्पन्न होती है, जब सभी तथ्यों पर विचार करने में मस्तिष्क असमर्थ हो। इसी प्रकार, जब इनसान साँप को रस्सी मानने की गलती कर बैठता है, तो यह उसके ज्ञान समाप्ति नहीं है, बल्कि भ्रम उसके तथ्यों के संबंध में की गई खोज के अभाव में उत्पन्न होता है। वे लक्षण, जो यह बताएँ कि रस्सी में अवश्य ही एक साँप है, लेकिन ज्ञान की जाँच करने की असमर्थता से सविस्तृत रूप से भ्रम उत्पन्न होता है।

क्या हम सभी ने भ्रम का अनुभव किया है, हम यह कैसे जान सकते हैं कि यह एक भ्रम है ? वे तथ्य, जिससे हम भ्रम और सच्चाई के बीच भिन्नता का पता लगाने में समर्थ होते हैं, उससे यह पता चलता है कि सभी अनुभवों में भ्रम नहीं होता। न ही कोई स्वप्न जाग्रत् अवस्था के अनुभवों पर संदेह उत्पन्न करने की सोच दे सकता है। दो स्थितियों की अवस्था में अंतर इतना स्पष्ट होता है कि एक आम व्यक्ति एक के समक्ष दूसरे को गलत साबित करने के लिए कोई कारण तलाश ही नहीं पाता। यहाँ तक कि वेदांती, जो सभी चीजों को सिर्फ माया ही मानते हैं, वह स्वप्न अवस्था को जाग्रत् अवस्था के समक्ष झूठा साबित करते हैं।

अनित्य के सिद्धांत का तर्कसंगत परिणाम ही आत्मा का सिद्धांत है। यह सिद्धांत यह बताता है कि इस ब्रह्मांड में कहीं भी, न ही पूरे जगत् में, न ही सूक्ष्म जगत् में, कोई भी ऐसी असुविधाजनक, अपरिवर्तनशील, श्रेष्ठ या निचले स्तर की इकाई मौजूद नहीं है। हमारी समझ से इनमें शामिल संवेदना, विचार, मनोभाव, इच्छाशक्ति इत्यादि के प्रवाह एक-दूसरे से विभिन्न तरीकों से जुड़े हुए हैं। इन सभी क्षणिक संरचना समूहों का प्रसिद्धि के रूप में उदय होता है, जोकि अपेक्षाकृत अधिक स्थिर और स्थायी तथा स्वयं की स्मरणशक्ति को प्रभावित करनेवाले और भाषा में अभिव्यक्ति को प्रकट करनेवाले होते हैं। इनमें से कुछ समूहों में अपेक्षाकृत अधिक स्थायित्व होता है, जिन्हें शरीर कहा जाता है और उन्हें एक विशेष नाम दिया जाता है। इस प्रकार रंग, ध्वनि, स्वाद और अन्य अनुभूतियों द्वारा शरीर की रचना होती है।

अनुभूति ही केवल एक ऐसा लक्षण नहीं होती, जिससे हम चीजों की पहचान करते

हैं, बल्कि मानसिक संरचना या अपेक्षाकृत स्थायी समूहों की अनुभूति भी ऐसे ही चिह्न होते हैं। ऐसे समूह कभी भी पूरी तरह से स्थायी नहीं होते, न ही इन अनुभूतियों के पीछे या परे कोई ऐसे अनुभव के तत्त्व, कोई प्रकृति, प्रधान, दिंग या सिंच होते हैं। इससे अभी भी यह अर्थ नहीं निकलता कि ये चीजें भ्रम या अवास्तविक हैं। वे चीजें तब तक ही वास्तविक रहती हैं, जब तक मस्तिष्क उन्हें महसूस करता है।

बहुत सी अपेक्षाकृत स्थायी अनुभूतियों के बीच हम शरीर से जुड़ी एक ऐसी विशिष्ट अनुभूति स्मरणशक्ति, इच्छाशक्ति, संवेदनाओं, विचारों, महत्त्वाकांक्षा की जटिलता पाते हैं, जिसे 'अहं' कहा जाता है। लेकिन यहाँ तक कि 'अहं' भी जैसाकि हम पहले देख चुके हैं, अपेक्षाकृत स्थायी होता है। यदि अहंकार स्थायी प्रतीत होने लगे, तो इसका कारण तत्त्वों या स्कंधों के भीतर बदलाव होता है, जोकि 'अहं' की रचना करता है, अपेक्षाकृत मंद होता है। यहाँ पर केवल एक तथ्य होता है कि पहचान की चेतना एक आत्म की उपस्थिति को सिद्ध नहीं करती, जोकि विचारों, अनुभूतियों का संसाधकों की साक्षी होती है। जब एक इनसान कहता है कि उसे गरमी महसूस हो रही है तो इसका अर्थ यह है कि अनुभव का वह तत्त्व, जिससे गरमी महसूस होती है, वह अन्य तत्त्वों के दिए गए समूह जैसे—अनुभव, स्मरणशक्ति, विचारों आदि (रूप, वेदना, विज्ञान, संज्ञान, संस्कार) में गरमाहट महसूस होती है। जब उसे कुछ भी महसूस होना बंद हो जाता है, कहने का अर्थ है कि जब वह मर जाता है तो ये स्कंध विलीन हो जाते हैं, ये तत्त्व उसकी सामान्य आदत समूहों या संगतियों में उत्पन्न होने बंद हो जाते हैं।

बस यही होता है, जो उपस्थित रहने के लिए पहले ही समाप्त हो चुका है, वह इकाई थी; जिसका निर्माण हुआ था, जैसाकि पहले ही आर्थिक और व्यावहारिक उद्‌देश्यों (संवृत्ति और व्यावहारिकता) के लिए संकेत किया जा चुका है, एक अतींद्रिय (परमार्थिका) इकाई नहीं होती है। 'अहं' कोई रहस्यमयी और अपरिवर्तनशील इकाई नहीं है। इनसान को यह पता होता है कि उसके 'अहं' में क्या परिवर्तन हो रहा है। अहंकार की परिवर्तनशीलता को जानकर हम लोग अपने लक्षणों को पहचानकर उनमें बदलाव लाने का प्रयास करते हैं।

आत्मा की आधारभूत चेतना की सांख्यिकी इकाई के रूप में व्याख्या नहीं की जा सकती। जैसाकि हरमन लात्से ने अपने 'मेटाफिजिक्स' (तत्त्वमीमांसा) में दावा किया है कि एक वस्तु के आधारभूत आनेवाली ज्ञान की इकाई को व्यक्त करने का प्रयास ही तर्क-वितर्क की प्रक्रिया कहलाती है, जो न केवल एक स्वीकार करने के उद्‌देश्य में असफल रहती है, बल्कि इसका कोई ऐसा उद्‌देश्य भी नहीं होता। 'अहं' सामान्यत: एक ऐसे तत्त्वों का समूह है, जिसमें अनुभव, विचार, स्मरणशक्ति, संवेदना, इच्छाशक्ति शामिल हैं, जोकि आपस में एक-दूसरों से बहुत प्रबल तरीके से जुड़े होते हैं और समान

प्रकार के दूसरे समूह के साथ अपेक्षाकृत कम प्रबलता के साथ जुड़े होते हैं; कहने का अर्थ है कि दूसरे व्यक्तियों के साथ अधिक मजबूती के साथ नहीं जुड़े होते, लेकिन यदि हम अहंकार को एक सांख्यिकी इकाई मानते हैं, जिसमें स्कंधों के पीछे एक रहस्यमयी इकाई के रूप में अनुभव, विचार, स्मरणशक्ति, संवेदना, इच्छाशक्ति इत्यादि शामिल हैं, तो हमें स्वयं को आवश्यक तौर पर इस दुविधा में अवश्य डालना चाहिए। या तो एक इनसान को एक व्यक्ति के 'अहं' को जानकर इकाइयों के संसार के विरुद्ध रखना चाहिए या व्यक्ति को संपूर्ण संसार को एक-दूसरे के 'अहं' के साथ अपने 'अहं' के एक उत्पाद के तौर पर रखना चाहिए। पहलीवाली प्रक्रिया का कोई उद्देश्य नहीं होता, बल्कि इसमें यहाँ पर अज्ञात के लिए अंग्रेजी के अक्षर 'यू' को लिखकर अज्ञान लोगों में भय उत्पन्न किया गया है और बादवाले का अनुसरण व्यावहारिक जीवन में अहंमात्रवादी द्वारा भी नहीं किया जाता।

'अहं' में कुछ भी स्थायी नहीं होता और इसलिए इसे सुरक्षित रखने में असमर्थता जताई जाती है। कुछ हद तक इस तथ्य के सहज ज्ञान से उत्पन्न जानकारी और कुछ हद तक इससे उत्पन्न भय बहुत से आशावादी, धार्मिक और तत्त्वज्ञान संबंधी भ्रम और अर्थहीनताओं को उत्पन्न करनेवाली माता के समान है। बहुत गहराई से सोचने और विश्लेषण (विभाज्य शास्त्र) करने के बाद प्रबुद्ध ने यह उपदेश दिया कि सभी झूठे सिद्धांतों की स्थिरता के स्रोत आत्म में विद्यमान हैं, चाहे वह एक जीवात्मन में विश्वास करने की बात हो या फिर एक ब्रह्म या''चीजों में विश्वास करना हो। वह आत्म की अवधारणा है, जो व्यक्ति को (प्रथज्ञानं) बनाती है। ''को''की भाँति मानती है और इस प्रकार इस संसार के सभी दुःखों को जन्म देती है। जैसेकि 'बोधिचर्यावतार' कहता है—'आत्मन अपरित्ज्य दुःखम् दुःखम् न सक्यते।' आत्म का त्याग किए बिना हम दुःखों से मुक्ति हो नहीं पा सकते। केवल तभी, जब व्यक्तिगत रूप से अनश्वरता को जान पाता है, तभी मनुष्य मुक्त हो और भी अनुकूल परिस्थितियों की ओर बढ़ेगा। जीवन का दृष्टिकोण मनुष्य के अहंकार को दूसरों को तुच्छ समझकर स्वयं उच्च स्तर का आकलन करने की अनुमति नहीं देता।

अनित्य और आत्मा पर यह संक्षेप चर्चा शायद पाठकों को निर्वाण के सही अर्थ को और बेहतर समझने के लिए तैयार करेगी। यहाँ निर्वाण से जुड़ी दो गलत धारणाएँ हैं, जिनका पहले सामना करना होगा। कुछ लोगों का मानना है कि निर्वाण एक ऐसी अवस्था है, जिसमें इनसान की आत्मा उसकी लौकिक आत्मा में पूरी तरह से समा जाती है, बिल्कुल उसी प्रकार जैसे ब्राह्मणों का वेदांत सिद्धांत इसे मानता है। कुछ लोगों द्वारा इसे सभी क्रियाओं के नाश (चितवृत्तिनिरोध, नचितगंधेवाशेत्) के रूप में माना जाता है, जिसमें प्रेम, जीवन और सबकुछ नष्ट हो जाता है। पहले दृष्टिकोण के अनुसार हम

केवल यह कह सकते हैं कि यह मौलिक रूप से निर्वाण की सही अवधारणा से अलग है। बौद्ध धर्म में आत्मा के साथ-साथ नित्य होने से भी इनकार किया जाता है। यह किस प्रकार से समागम के साथ उसमें समावेश का उपदेश एक ब्राह्मण के तौर पर दे सकते हैं? तेविज्ज सुत्त में प्रबुद्ध उन लोगों को पसंद करते हैं, जो ब्रह्म पर विश्वास करते हैं और ऐसे इनसान के साथ संयोजन करने की तलाश में रहते हैं, जो चार संधि स्थलों में महलों पर चढ़ने के लिए सीढ़ी का निर्माण करते हैं, जो न ही यह देख पाते हैं, न ही यह जान पाते हैं कि इसका कहाँ, कैसे और क्या निर्माण हुआ है और क्या यह मौजूद है अथवा नहीं?

ब्राह्मण अपना आधार वेदों पर मानते हैं और वेदों का अधिकार ग्रंथों का संकलन करनेवालों पर होता है और वे लेखक ब्रह्म प्रजापति के अधिकार पर निर्भर होते हैं। ये एक अंधे व्यक्ति की छड़ी के समान हैं, जो एक-दूसरे के साथ हमेशा बने रहते हैं, एक-दूसरे को मार्ग दिखाते हैं और मोक्ष प्राप्त करने का उनका तरीका और कुछ नहीं, बल्कि भक्ति, पूजा और प्रार्थना करना होता है। वैदिक सिद्धांतों की आवृत्ति उच्च स्वर के शब्दों में होती है, लेकिन इसमें कोई सच्चाई नहीं होती। प्रबुद्ध कहते हैं कि वेदांतों के अनुयायी झील के किनारे मौजूद उन वानरों के समान होते हैं, जो पानी में चंद्रमा की परछाईं देखकर उसे पकड़ने की कोशिश करने में लगे रहते हैं, जो केवल प्रतिबिंब होता है, वे यह जानकर भी भ्रम में रहते हैं।

इस 'निर्वाण' शब्द के शाब्दिक अर्थ के लिए दूसरा विचार शायद अधिक व बेहतर तालमेलवाला दिख रहा है। 'निर्वाण' शब्द की उत्पत्ति नीर, अनुपस्थित और वात, हवा के मेल से हुई है। यदि इस शब्द का अर्थ वात, हवा में लागू न हो, तो प्रत्यय अ को बदलकर 'ना' में परिवर्तित कर दिया जाएगा। हालाँकि ब्राह्मणवादी कार्यों में निर्वाण का उल्लेख नहीं किया गया है, इस तकनीकी शब्द को बुद्ध और उसके अनुयायियों के कारण ही बेशक उनके द्वारा प्रयुक्त किया गया है। उपनिषद् और ब्राह्मणवाद द्वारा किए गए आध्यात्मिक कार्यों में हमारा सामना ऐसे शब्दों, जैसेकि अमृत, मोक्ष, मुक्ति, निःश्रेयस, कैवल्य, अपवर्ग का संस्कृत रूप में होता है, जैसेकि मोक्ष के लिए संस्कृत आवश्यक होती है, लेकिन बौद्ध धर्म में जो भी कार्य किया गया, वह प्राचीन पालि और संस्कृत में ही मिलता है, जहाँ पर 'निर्वाण' शब्द का प्रयोग निरंतर मोक्ष के अर्थ में प्रयुक्त होता है।

बुद्ध द्वारा प्रयुक्त किए जानेवाले निर्वाण का अर्थ उस ज्योति की अवस्था के साथ जुड़ा हुआ है, जो बुझ चुकी है। 'निर्वाण' शब्द का जो भी शाब्दिक अर्थ हो, प्रबुद्ध का जीवन प्रत्यक्ष तौर पर इसे यह अर्थ देता है कि निर्वाण सभी क्रियाओं का विनाश है। शाक्यसिंह को बोधि का ज्ञान पैंतीस वर्ष की आयु में प्राप्त हुआ और उन्होंने अपने

जीवन के अगले पैंतालीस वर्ष प्रवचन देने और अच्छे कार्यों को करने में व्यतीत किया। इसलिए निर्वाण का अर्थ सभी क्रियाओं का विनाश नहीं हो सकता। एक तरफ यह तीन भावावेश कामवासना, घृणा और अज्ञानता का नाश है; और दूसरी तरफ इससे इनसान के सभी उत्तम गुणों को परिपूर्णता प्राप्त होती है। यदि यह एक नाश है, तो इसी नाश के द्वारा विकास होता है। जिस प्रकार एक बीज के नाश द्वारा एक पेड़ का विकास होता है, उसी प्रकार परोपकारिता के विकास द्वारा अहंकार मिट जाता है। यदि निर्वाण का अर्थ इनसान की सभी भावनाओं और क्रियाओं के नाश से अधिक कुछ भी नहीं है, तो सारी पीड़ा और दु:ख का अंत करने के लिए आत्महत्या ही सबसे बेहतर और जल्द कारगर सिद्ध होनेवाला माध्यम हो सकता है, लेकिन उनके लिए जिन्होंने अहंकार और कर्म के सही अर्थ को समझ लिया है, इस निष्कर्ष पर पहुँचना मूर्खता का कार्य है।

आत्महत्या एक ऐसा उदाहरण प्रस्तुत करती है, जिसके बुरे परिणाम दूसरों के हृदय में दृष्टिगोचर होते हैं। घबराहट और अशांति जिसके कारक हों, उस आत्महत्या से पीड़ा का अंत कैसे हासिल किया जा सकता है? आत्महत्या या तो पागलपन अथवा अहंकार का प्रतिफल होता है, यह या तो बुद्धि का अस्थायी भ्रम उत्पन्न होने के कारण होता है या किसी व्यक्ति के जीवन को किसी खतरे के विरुद्ध सुरक्षित करने की उस प्रबल इच्छा से होता है, जो उसे डराती है। आत्महत्या से मनुष्य स्वयं मृत्यु के आगोश में डाल देता है, क्योंकि उसे अपने आसपास किसी शारीरिक या भावनाओं से ग्रस्त अशांति का भय होता है। इस प्रकार किसी भी परिस्थिति में, आत्महत्या निर्वाण को प्राप्त करने का कारण नहीं बन सकती, हालाँकि इसमें कोई आपत्ति नहीं होगी कि वह पवित्र इनसान, जिसने निर्वाण को प्राप्त कर लिया है, वह स्वेच्छापूर्वक अपने जीवन का त्याग कर देता है, जब उसे इसकी अहमियत दूसरों के लिए अधिक जान पड़ती हो।

नकारात्मक पक्ष में, निर्वाण का अर्थ तीन भावावेश—कामवासना, घृणा और अज्ञानता का समाप्त होना है। जातकों पर टिप्पणी करनेवाले कहते हैं—"खुशी को स्थायी रखने के लिए प्रत्येक मन क्या प्राप्त कर सकता है? और जिनका हृदय पाप से मुक्त हो गया है, जवाब आता है—'जब कामवासना की अग्नि चली जाती है, तब शांति प्राप्त होती है; जब घृणा की अग्नि और अज्ञानता चली जाती है, तब शांति प्राप्त होती है; जब अहंकार, सहजविश्वास द्वारा मस्तिष्क में उत्पन्न होनेवाली परेशानियों और अन्य पापों का नाश हो जाता है, फिर शांति की प्राप्ति होती है।'" तीनों अग्नियों के नाश होने पर पापमुक्त संपूर्ण शांति की प्राप्ति होती है, इसके फलस्वरूप पवित्रता, सद्‌भाव और ज्ञान द्वारा पवित्र खुशी की प्राप्ति होती है। इस प्रकार अश्वघोष कहते हैं—"जब इस प्रकार के ज्ञान में इन सिद्धांतों और कलंक की स्थितियों में उनके उत्पादों और मानसिक अशांति का नाश हो जाता है, तब यह कहा जाता है कि हम निर्वाण को प्राप्त कर लेते हैं और इसे विभिन्न

क्रियाओं के प्रदर्शन द्वारा हासिल किया जाता है।" इस बुरी प्रवृत्ति का नाश किए बिना नैतिकता और ज्ञान शक्ति के समकालीन विकास को प्राप्त नहीं किया जा सकता।

आर्य अष्टांग मार्ग या दीक्षाभूमि द्वारा दरशाए गए अध्यात्म के कई स्तरों को प्राप्त किए बिना दस समयोजनाओं पर जीत कैसे प्राप्त कर सकते हैं? बुद्धत्व की विशेषतावाले परम गुणों को प्राप्त किए बिना सारी बुराइयों को कैसे समाप्त किया जा सकता है? जब सभी विचार पूरी तरह नष्ट हो जाते हैं, तो एक अच्छा इनसान उदारता, दयालुता, नैतिकता, संन्यास, ज्ञान, सहनशीलता, सच्चाई, धीरता, दृढ़ता और समभाव के गुणवाले लक्षणों सहित पवित्र आत्मा की उत्पत्ति होती है। वह इनसान, जो निर्वाण को प्राप्त कर लेता है, उसका एक संतुलित खुशहाल जीवन में प्रवेश होता है, जिसके परिणामस्वरूप सबसे विस्तृत ज्ञान और विचार शक्ति तथा नैतिक और सदाचारी जीवन प्राप्त होता है।

'मिलिंदपन्हो' में नागसेन कहते हैं—"जैसे सबसे शानदार, शुद्ध और सबसे शालीन कमल का फूल बहुत ही चमकीला, कोमल, इच्छाजनक, मीठी सुगंधवाला, इच्छित, प्रिय और प्रशस्त, मिट्टी या पानी द्वारा निष्कलंकित, छोटी-छोटी पत्तियों और रेशों के साथ फैला हुआ, बहुत सी मधुमक्खियों को आकर्षित करनेवाला, ठंडी निर्मल जलप्रवाह की संतान होता है, उसी प्रकार एक महान् व्यक्ति के शिष्य तीस कृपा से संपन्न होते हैं। और यदि आप पूछें, निर्वाण को कैसे जाना जा सकता है? इसे खतरों और परेशानियों से मुक्त होकर, आत्मविश्वास द्वारा, शांत, प्रसन्नचित्त, खुश रहकर, विनम्रता द्वारा, ताजगी द्वारा प्राप्त किया जाता है।"

हालाँकि निर्वाण द्वारा सारे अहंकार का नाश हो जाता है, अपने व्यक्तिगत सुख के लिए संघर्ष का पूर्ण रूप से त्याग हो जाता है, सभी अस्थायी कामनाओं का नाश हो जाता है, लेकिन इसका अर्थ यह नहीं कि इससे व्यक्तित्व के नाश के भी संकेत प्राप्त होते हैं। व्यक्तित्व का विनाश, बेहोशी या स्वप्नरहित नींद की अवस्था होने, सारा ज्ञान समाप्त हो जाने पर होता है। यह वेदांत का सिद्धांत है, जो सिखाता है कि "गहरी निद्रा के समय परम ब्रह्म के साथ मिलकर आत्मा एक हो जाती है।" और "वही अनिद्रा की अवस्था (बेहोशी इत्यादि) परम ब्रह्म से मिलन की आधी इकाई ही होती है।" इसके विपरीत धर्म, ऐसे दृष्टिकोण को तनिक भी विचार योग्य नहीं मानता, बल्कि ऐसे विचारों को मात्र पागलपन ही करार देता है।

बोधि, जोकि निर्वाण का दूसरा नाम है, वह सात गुण उत्साह, ज्ञान, प्रतिबिंब, खोज, खुशी, शांति और स्थिरता से युक्त होता है। क्या ये गुण वहाँ होते हैं, जहाँ कोई ज्ञान नहीं होता? तीस कृपा में से जो सबसे पहली होती है, उसमें इनसान का हृदय दया, विनम्रता और प्रेम की करुणा से भरा होना होता है। निर्वाण द्वारा इसलिए न ही संहार होता है, न ही मरणोपरांत जीवन होता है; यह उस परिपूर्णता को दरशाता है, जिसमें अर्हत ज्ञान और

प्रेम की संपत्ति के प्रभाव से अपने जीवन में आनंद प्राप्त करता है। "वे अनुयायी, जो कामवासना और इच्छाओं का त्याग कर देते हैं, जो ज्ञान के धनी हो जाते हैं, उन्हें इस धरती पर मृत्यु, निर्वाण, अनैतिकता से छुटकारा प्राप्त हो जाता है।"

वे पवित्र इनसान, जिन्हें निर्वाण की प्राप्ति होती है, वे स्वयं के लिए कार्य नहीं करते, बल्कि दूसरों के लिए कार्य करते हैं। पूर्ण अनस्तित्व होने के बजाय कुछ लोगों का निर्वाण के बारे में यह मानना है, यह सच्चाई, अच्छाई, स्वतंत्रता और मोक्ष के शुद्ध वातावरण में सार्वकालिक मेल-जोल से भरा वास्तविक जीवन होता है। निर्वाण द्वारा स्वयं पर केंद्रित सभी विचार नष्ट हो जाते हैं, साथ-ही-साथ प्रेम और पवित्रता की पूर्ण प्राप्ति हो जाती है। संक्षेप में कहें तो इससे इनसान के जीवन और विचारों में वे आवश्यक स्थितियाँ उत्पन्न होती हैं, जिनसे अच्छे व्यक्तित्व का निर्माण होता है।

प्राय: ऐसा माना जाता है कि वे इनसान, जिन्होंने निर्वाण या बौद्ध धर्म को प्राप्त कर लिया है, वे कर्म के सिद्धांत में बँधकर नहीं रह सकते। यही एक ऐसी गलती है, जोकि बुद्ध के अर्हत आदर्श और हिंदू धर्म के जीवनमुक्त आदर्श के बीच उलझने से उत्पन्न हुई की भ्रांति है। हिंदू धर्म में आमतौर पर बाला (बच्चे), उन्मत (उल्लू), अभिभूत इनसान (पिशाच) और सबसे सिद्ध साधुजन को जीवन मुक्त की तरह मानता है और उन्हें किसी भी तरह के नैतिक नियमों से परे समझता है। लेकिन यह बौद्धधर्मी वेदांती नहीं होता। बौद्धधर्मी अर्हत किसी भी नैतिक नियम के विरुद्ध पाप करने के अयोग्य होते हैं। तेविज्ज सुत्त में कहा गया है—"वह उन चीजों से भी बचता है, जिसमें उसे सबसे कम खतरा होता है।" यदि उसे उस ऊँचाई पर बने रहना है, जो उसने तय कर ली है, वह उन चरणों की उपेक्षा करना कभी नहीं चाहेगा, जिन्हें उसने पार कर लिया है। नागसेन कहते हैं—"धर्माचरण वह स्थान है, जिस पर एक इनसान खड़ा रह सकता है और अपने जीवन को निर्वाण का एहसास दिलाने के लिए आदेश दे सकता है। संक्षेप में कहें तो सभी प्राणियों का हर समय धर्मनिष्ठ और अव्यावहारिक उपहारों से कल्याण होता है, मस्तिष्क की विशेषता वास्तविक ज्ञानोदय से होती है—इससे एक व्यक्ति की पवित्रता में वृद्धि होती है, परिपूर्णता स्वयं का त्याग करने में विद्यमान होती है; यह कभी भी सतर्कता न त्यागने, पूरी तरह समझने, मौजूदा पलों पर ध्यान केंद्रित करने और गहरा चिंतन करने से प्राप्त होती है।"[1] इस प्रकार एक अर्हत को हमेशा याद रखना चाहिए—

"... केवल धर्माचरण को ही संगृहीत करें
और अशांत प्रवृत्ति पर रोक लगाएँ,
चिंतन का ढोल बजाएँ और कष्ट
प्रत्येक अनुभूति को बनाए रखें।"

वे सारी इच्छाएँ और आकांक्षाएँ, जो एक इनसान धार्मिक प्रभावों द्वारा हासिल करना चाहता है, उन सभी आवश्यकताओं को तीन बिंदुओं तक सीमित कर दिया जाता है—मस्तिष्क की शांति और धीरज; विपत्तियों में धैर्य और सांत्वना; और मृत्यु में आशा रखना। बौद्ध धर्म में यह सबकुछ निर्वाण द्वारा हासिल किया जा सकता है। आम इनसान ईश्वर में अपनी शांति और आराम को तलाश लेता है। उसके सभी सवालों का जवाब ईश्वर से प्राप्त हो जाता है, लेकिन बौद्धधर्मी इससे बिल्कुल अलग होता है। बौद्ध धर्म में ईश्वर को नकारा जाता है, इसलिए यह इसका लक्ष्य और आराम बिंदु नहीं हो सकता। बौद्धधर्मियों का लक्ष्य बुद्धत्व होता है और बुद्धत्व का सार धर्मकाया है, इन सब नियमों का संपूर्ण, जिनमें जीवन के तत्त्व शामिल होते हैं और जिनकी जीवंत पहचान ज्ञानोदय का निर्माण करती है। धर्मकाया[2] एक सबसे प्रमुख नाम है, जिसके द्वारा बौद्धधर्मी अपनी समझ को सारगर्भित करता है और अपने अनुभव का भी मूल्यांकन करते हैं। धर्मकाया यह बताता है कि यह संसार बौद्धधर्मी के लिए मात्र एक रचनातंत्र के रूप में प्रतीत नहीं होता, बल्कि जीवन की धड़कनों के रूप में प्रतीत होता है। इससे अधिक, इसका यह अर्थ है कि इस संसार का सबसे मर्मभेदी तथ्य उसका बौद्धिक पहलू और उसके नैतिक स्तर, विशेष तौर पर अपनी पराकाष्ठा पर है। इसके बाद यह बताता है कि यह संसार एक साररूप है और इसमें कहीं पर भी अव्यवस्था या द्वैतवाद नहीं है।

"शुरू होने से पहले और समाप्ति के बिना
जैसे अंतरिक्ष शाश्वत है और निश्चितता निश्चित है,
यह दैवीय शक्ति को स्थिर करती है, जो अच्छाई की ओर बढ़ती है,
केवल उसके नियमों पर चलकर।"

—**लाइट ऑफ एशिया**, *बुक 8*

धर्मकाया कोई तुच्छ सारग्रहण नहीं है, बल्कि वह पहलू है, जो संसार को बोधगम्य बनाता है, जो स्वयं के भीतर परमसुख के कारण और प्रभाव को दरशाता है, जिससे बुरे कार्य करके प्रतिकूलता आती है।

धर्मकाया वस्तुओं में वह आदर्श प्रवृत्ति है, जो अपने आप इनसान के भीतर सभी इच्छाओं और नैतिक आकांक्षाओं को संपूर्ण तौर से व्यक्त करती है। हालाँकि कोई एक व्यक्ति जैसे इनसान, चूँकि कोई विशेष मस्तिष्क के ढाँचेवाले इनसान तक सीमित नहीं होता, धर्मकाया सभी व्यक्तित्व की एक अवस्था है। निलांबा अनासुर धर्मसंतान होते हुए, धर्मकाया का इनसान के बाहर कोई अस्तित्व नहीं होता है; न ही इसमें ऐसी कोई मार्मिक शक्ति है, जिससे इनसान की स्वामिभक्ति बढ़ सके। यह वह सबकुछ है, जो इनसान बनने के योग्य हो सकता है। यह वह है, जो प्रत्येक प्राणी, एक नैतिक घटक के रूप में

आँखों पर पट्टी बाँधकर बनने की खोज करता है। यह प्रत्येक बुद्धिसंपन्न मस्तिष्क का रूप धारण करनेवाला प्रेरणात्मक प्रकार है। बिना धर्मकाया के यहाँ ऐसा कुछ भी नहीं, जिससे व्यक्तित्व का निर्माण होता हो, न कोई कारण, न विज्ञान, न नैतिक आकांक्षाएँ, न आदर्श, न लक्ष्य और न ही इनसान के जीवन का कोई उद्देश्य। संक्षेप में कहें तो धर्मकाया इस प्रकार होता है—

"संपूर्ण जीवन और गतिविधियों का भटकाव और भरण;
वह प्रकाश, जिसकी मुसकराहट ब्रह्मांड को प्रज्वलित करती है;
वह सुंदरता, जो सभी जीवों और प्राणियों में व्याप्त होती है;
अच्छाई का कीटाणु, जो सभी के भीतर वास करता है,
आखिरकार जीवन के क्षण से शुरुआत हो जाती है
इनसान स्वयं को, स्नेहमय कर्मों में संलिप्त करता है;
इससे अधिक सच्चाई की शक्ति, जो सबको प्रेरित करती है
साहस और आशा के साथ अपने अधिकारों के लिए लड़ने हेतु।"

धर्मकाया सभी जीवों का नियम होता है, सच्चाई का मापदंड, सदाचार का मापक, एक अच्छा नियम; यह वस्तुओं के निर्माण में वह है, जो कुछ आचरण संहिताओं को लाभदायक और अन्य संहिताओं को हानिकारक बनाता है। हमारी जानकारी की सीमितता और हमारी अच्छाई की अपरिपूर्णता के कारण हम अभी तक धर्मकाया के बारे में कुछ भी नहीं जान पाए हैं। हालाँकि हम इसके बारे में केवल उतना ही जान पाए हैं, जिससे यह हमारे जीवन का मार्गदर्शक ही बन पाए। उस आसमान के साथ, जो बिना भेदभाव के पानी का छिड़काव सभी पर समान रूप से करते हैं, धर्मकाया भी ग्रहणशक्ति द्वारा सबकुछ समेट लेता है। हालाँकि बरसात से भरे बड़े-बड़े बादल इस संसार की सारी धरती और समुद्र को समेटे हुए हैं और अपने जल की बरसात हर जगह घास, झाड़ियों, शाखों, भिन्न-भिन्न प्रजातियों के पेड़ों, धरती पर उगनेवाले भिन्न प्रकार के पौधों, पर्वत या नहरों पर करते हैं, फिर भी घास, शाखें, झाड़ियाँ और जंगली पेड़, हालाँकि एक समान जल को अपने भीतर समाहित करते हैं, सबका सत्त्व एक होता है, सभी पर पर्याप्त रूप से एक ही बादल द्वारा जल का छिड़काव किया जाता है, पर वे विकसित अपने कर्मों के अनुसार होते हैं और उसी अनुपात में विकसित होते और बड़े बनते हैं एवं मौसम के अनुसार फूल से लदते और फलों का उत्पादन करते हैं। इसी प्रकार, चूँकि धर्मकाया सबके लिए एक ही समान है, अलग-अलग प्राणी भिन्न-भिन्न तरीकों से सच्चाई के नियम और धर्मकाया के दृष्टिकोण का भिन्न प्रकार से पालन करते हैं। हम चाहे विश्वास करें या न करें, यह हमारे जीवन को सभी प्रकार से प्रेरित करता है। इसके बावजूद इसके

बौद्धिक स्तर पर प्राप्त कुशल ज्ञान के द्वारा ही हमें इसका पूरा लाभ प्राप्त हो पाता है। धर्मकाया के प्रति प्रेम एक व्यक्ति को हमेशा से थोड़ा बड़ा, थोड़ा अच्छा, कुलीन, सुंदर और सच्चा बनने के लिए निर्देशित करेगा।

धर्मकाया कोई ईश्वर नहीं है, जो अपना अधिकार जताता है और उसकी इच्छा के विरुद्ध कार्य करने को पाप मानता है। धर्मकाया इनसान से यह नहीं कहता—"मैं इस संसार का सबसे शक्तिशाली शासक हूँ, तुम मेरे प्रिय हो, मैंने तुम्हें इस संसार में बहुत बड़ा स्थान प्रदान किया है और यदि तुम आगे भी मेरा आदेश मानोगे तथा मेरी और भी कृपा प्राप्त करोगे तो तुम्हें बड़ा लाभ होगा।" धर्मकाया प्रार्थना में संबोधन करने को पसंद नहीं करता, न ही गुणगान करने पर प्रसन्न होता है।

धर्मकाया आत्म-बोधक इनसान नहीं है, जो उस कर्मकांडवाद और प्रतिकारक दंड द्वारा इस संसार को चलाते हैं, जोकि इनसानी प्रबंधन की विशेषता होती है। ऐसे बुद्धिसंपन्न आदर्शस्वरूप, जो प्रत्येक मस्तिष्क का एक लक्ष्य होता है, धर्मकाया इनसानों पर शासन करता है, सिर्फ प्रभुत्व द्वारा नहीं, बल्कि विचारशक्ति द्वारा; न सिर्फ शक्ति द्वारा, बल्कि प्रकाश द्वारा। हम सब न सिर्फ धर्मकाया के कारण ही, बल्कि अपने अनुभव और दृढ़ विश्वास द्वारा ही इनसान बने हैं। प्रत्येक व्यक्ति ने अपने ही ज्ञान की क्षमताओं द्वारा विवेकशून्य प्रयोजन के कारण ही जन्म लिया है; प्रत्येक व्यक्ति अपने अनुभव क्षेत्र के कारण ही जीवन के पाठ को अपने तरीके से सीखता है। प्रत्येक व्यक्ति अपने लिए स्वयं ही उत्तरदायी होता है और वह जो कुछ अभी है, बन चुका है, उसके लिए वह किसी अन्य व्यक्ति को दोषी नहीं ठहरा सकता।

जीवन और मृत्यु की परेशानियों पर विचार कर प्रबुद्ध ने यह माना है कि जीवन की शुरुआत एक विचारहीन आवेग के साथ विवेकशून्य ज्ञान क्षमताओं से होती है। यही एक ऐसा ज्ञान सामर्थ्य है, जिससे जीवन शुरू होता है, यह जाने बिना, यही सारी बुराइयों की मूल जड़ होता है। अपने आध्यात्मिक प्रतित्यसमुत्पाद के सिद्धांत में प्रबुद्ध ने पर्याप्त रूप से कारणीय संबंधों की जंजीर में विभिन्न कड़ियों की व्याख्या की है, जिससे मानव जाति को व्यक्त करनेवाले जीवन के पूर्ण विकास की ओर बढ़ता है, जैसाकि मनुष्यों में प्रदर्शित होता है। शुरुआत में यहाँ अज्ञान क्षमता (अविद्या); और इस अनिश्चित जीवन की अस्पष्टता में निर्माणात्मक और सुनियोजित प्रवृत्ति (संस्कार) निराकार अपरिष्कृत समूह को आकार मिलता है।

इस प्रकार इन सामग्रियों से उत्पादक जीवनधारी, जागरूकता रखनेवाली, संवेदनशील और विज्ञान की शुरुआत होती है। इससे आत्मज्ञान का विकास होता है, वे समानताएँ जिनसे आत्मा से अनित्य के बीच का अंतर स्पष्ट होता है और प्राणी एक इनसान (नामरूप) के रूप में जीवनयापन करते हैं। आत्मज्ञान की शुरुआत छह क्षेत्रों

के अनुभव (षड्यतन), इसका संबंध पाँच अनुभूतियों और एक मस्तिष्क से होता है, से होती है। छह क्षेत्रों की खोज द्वारा आकस्मिक संसार के साथ संपर्क (स्पर्श) स्थापित होता है।

बाह्य जगत् के प्रत्यक्ष ज्ञान और इन अनुभूतियों और मस्तिष्क के अभ्यास द्वारा आगे चलकर भिन्न प्रकार की खुशियों और दर्द (वेदना) की अनुभूति होती है। किसी प्राणी में खुशी और दर्द का अनुभव, हालाँकि अपनी व्यक्तिगत संतुष्टि के लिए लालची स्वभाव (तृष्णा) को न जाने बिना होता है। अहंवादी संतुष्टि को प्राप्त करने की प्यास से सांसारिक खुशी के उपादान की प्रेरणा प्राप्त होती है। सांसारिक सुख में आसक्ति द्वारा विकास और स्वार्थपरकता (भाव) की निरंतरता उत्पन्न होती है। दृढ़ विश्वास द्वारा स्वयं के भीतर अविरल बदलाव या जन्म (जाति) उत्पन्न होते हैं और इन अविरल बदलाव, मृत्यु और वृद्ध अवस्था (जरामरण) से जुड़ी बीमारियाँ दु:खों के स्रोत का कारण बन जाती हैं। इनसे चिंता, विलाप और निराशा का जन्म होता है।

इस प्रकार सभी दु:खों का कारण उनके स्रोत में ही विद्यमान होता है; यह उस विवेकशून्य ज्ञानशक्ति में विद्यमान होती है, जिससे जीवन शुरू होता है। जब इस विचारहीन ज्ञानशक्ति की जाँच की जाती है और इस पर नियंत्रण किया जाता है, इसके द्वारा जनमी गलत अभिलाषाओं का प्रभाव अधिक नहीं रहता; इन गलत अभिलाषाओं के हटने के साथ, उनके साथ जो भी गलत अनुभूतियाँ उत्पन्न होती हैं, वे पूरी तरह नष्ट हो जाएँगी। जब इस संसार के बारे में गलत धारणा को नष्ट कर दिया जाएगा, अहंवादी गलतियाँ, जो व्यक्तिपरकता के लिए अजीब होती हैं, नष्ट हो जाएँगी और इनकी समाप्ति के साथ छह क्षेत्रों को लेकर जो भ्रम उत्पन्न होता है, वह भी समाप्त हो जाएगा।

यदि छह क्षेत्रों का भ्रम समाप्त हो जाएगा, तो संवेदनाओं से उत्पन्न होनेवाले अनुभव से गलत धारणाओं की उत्पत्ति भी बंद हो जाएगी। जब मस्तिष्क में गलत धारणाएँ उत्पन्न नहीं होंगी, लोभ से संबंधित सभी इच्छाएँ समाप्त हो जाएँगी और इनके गायब होने के साथ ही दूषित लगाव और भोग-विलासिता से भी छुटकारा मिल जाएगा। जब दूषित लगाव और भोग-विलास नहीं होगा, तो व्यक्ति का स्वार्थी होना बंद हो जाएगा। जब यह स्वार्थ समाप्त हो जाएगा, तो निर्वाण का जन्म होगा, जिससे जन्म के साथ उत्पन्न होनेवाले सभी दु:खों, बीमारी, वृद्धावस्था और मृत्यु, बुरी इच्छाओं और अज्ञानता से पूर्ण रूप से छुटकारा मिल जाएगा।

इससे यह स्पष्ट हो जाता है कि प्रत्येक व्यक्ति का भाग्य उसके हाथों में ही निहित होता है। यदि व्यक्ति के जीवन में पीड़ा है तो इससे उसको यह अधिकार मिलता कि वह इसके लिए दूसरों को दोषी ठहराए, धर्मकाया यही कहता है। धर्मकाया वह नहीं है, जो इनसान को उस परिस्थिति में रहकर पीड़ा सहने की अनुमति देता है, जिसे उन्होंने

उत्पन्न नहीं किया है। जीवन में पीड़ा अपने ही कर्मों का फल होती है, जो जीवन के इस स्वभाव को जान लेता है, उसे पीड़ा से नहीं डरना चाहिए। उसे अपनी विपत्तियों को उदार हृदय के साथ सहन करना चाहिए। किसी भी इनसान का व्यक्तित्व और भी प्रबल हो जाता है, जब वह अपने भीतर संपूर्ण तौर पर धर्मकाया को प्रवेश करवा देता है। जब कोई इनसान स्वयं के भीतर धर्मकाया, बुद्धत्व के सार के प्रकाश को प्रवेश करवा देता है, अपने जीवन को धर्म के अनुसार आगे बढ़ाता है और अष्टांग मार्ग का पालन करता है, इनसान अपने जीवन से जुड़ी सारी पीड़ा से बाहर आ जाता है और निर्वाण के सुखद शरणस्थल पर आ पहुँचता है।

वह व्यक्ति, जो निर्वाण को प्राप्त कर लेता है, वह अपनी व्यक्तिगत संतुष्टि को प्राप्त करनेवाले आत्मत्व के जीवन को नहीं जी सकता। वह न केवल अपनी उमंग या दूसरे की आस्था का केंद्र बनने के लिए जीता है, बल्कि सांगा का क्रियात्मक सदस्य और प्रेरणा बनने के लिए भी जीता है, जिसमें सभी समान रूप से परिपूर्णता हासिल करने का प्रयास करें, जोकि हर व्यक्ति के लिए संभव है। 'बोधिचर्यावतार' में कहा गया है, जो सभी प्राणियों को खुश रखने की इच्छा रखता है, वही व्यक्ति बोधि को हासिल करने की इच्छा रख पाता है। जबकि निर्वाण व्यक्ति को इस संसार की अनुदारता से ऊपर उठाता है, यह उसे इस संसार से पूरी तरह से विरक्त नहीं करता, केवल इस संसार में सकारात्मक इकाई के रूप में जीवनयापन कर निर्वाण को इसके संपूर्ण महत्त्व, इस संसार की सर्वश्रेष्ठ वस्तु के तौर पर, के साथ हासिल किया जा सकता है। यदि निर्वाण का अर्थ संपूर्ण संसार के साथ सामंजस्य बनाकर जीवनयापन करना है, तो बोधिसत्त्व को केवल इसके अनुसार कार्य करते हुए और मनुष्यता के साथ संपूर्ण तौर पर जुड़कर प्राप्त किया जा सकता है।

शांत चित्त अर्हत प्राप्त कर चुका मानस न केवल पाप से दूर रहता है, अपितु वह सदा अच्छे कर्मों को करने के प्रति समर्पित रहता है। वह न केवल 'सदाचारी जीवन के सबसे अच्छे और बढ़िया कर्म से संसार को महकाता है,' बल्कि उसका हृदय स्नेहमय, कोमल और उदार प्रेम से भरा होता है। उसकी अपने लिए कोई इच्छा नहीं होती, बल्कि वह सब प्राणियों के हित के लिए कुछ अच्छा करने हेतु कर्म करता है।

उसका नैतिक ज्ञान पूरी तरह उद्देश्यपरक होता है और वह सभी प्रकार की विषयपरक दोषों से मुक्त होता है। उसकी कुलीन और अच्छे व्यक्ति के रूप में पहचान होती है। वह अपनी कृपा को सभी प्राणियों तक फैलाता है। उसका दयाभाव सर्वव्यापी होता है। उसकी कृपा इतनी दूर-दूर तक फैलती है कि उससे कोई भी अछूता नहीं रहता, यहाँ तक कि वह इनसान भी नहीं, जो उससे नफरत और घृणा करता है। बिल्कुल उसी प्रकार जैसे एक माँ अपने जीवन को जोखिम में डालकर अपने बच्चे की सुरक्षा करती है,

उसी प्रकार वे व्यक्ति, जो निर्वाण की प्राप्ति कर लेते हैं, सभी के लिए अच्छे कर्म बिना किसी का आकलन किए करते हैं, वे पूरे संसार के लिए कार्य करते हैं, वे बिना किसी भेदभाव या किसी एक को प्राथमिकता देने की भावना से पूरे उदार भाव और बिना किसी दुर्भावना को मिश्रित किए, कार्य करते हैं। संसार की असीम पीड़ा को दूर करना ही उनका परम सुख होता है। वे इस मनोस्थिति में पूरी दृढ़ता के साथ बने रहते हैं, जैसेकि 'मेत्ता सुत्त' में कहा गया है, 'संसार में सबसे बेहतर' कर्म करते हुए वह जाग्रत् अवस्था में रहते हैं, चाहे वे खड़े हों, जागे हों, बैठे हों या लेटे हों। वह हमेशा से उस अवस्था में होते हैं—

"वह शांति की अवस्था होती है, जहाँ पर
पुनर्जन्म की सभी संभावनाएँ सदा के लिए नष्ट हो जाएँ
लालच, घृणा और भ्रम सबकुछ समाप्त हो जाए;
भविष्य कामवासना की स्थिति से पूरी तरह मुक्त हो जाए
इन बदलावों से कभी भी बदलाव नहीं किया जा सकता।"

यही सुखवटी है, जहाँ पर असीम प्रकाश (अमिताभ) और अनंत जीवन (अमितायुस) का निवासस्थान होता है। जब अर्हत की मृत्यु हो जाती है, स्कंध जो किसी विशिष्ट व्यक्ति के व्यक्तित्व में शामिल होते हैं, वे विलीन हो जाते हैं, लेकिन वे फिर भी जीवित रहते हैं। जीवन के निर्वाण में (उपादिशानिर्वाण), अर्हत शारीरिक जीवन में संलग्न प्राकृतिक बीमारियों से मुक्त नहीं हो पाते, लेकिन परिनिर्वाण, मृत्यु के निर्वाण (अनुपदेशनिर्वाण) में, वह उस क्षेत्र में चला जाता है, जहाँ बीमारियों से मुक्त हो जाता है। वह उस अवस्था में चला जाता है—"जोकि अजनमी है, बनी हुई नहीं है और उसका कोई आकार नहीं है, एक ऐसी अवस्था जहाँ न तो धरती है, न ही जल, न गरमी, न हवा, न ही जगह की असीमता, न ही ज्ञान की असीमता, न अनस्तित्व, न ही कोई अनुभूति, न गैर-अनुभूति, न ही यह संसार, न ही दूसरा कोई संसार विद्यमान होता है।" सभी सकारात्मक संकल्पों के अस्वीकरण का अर्थ कुछ भी नहीं होता, बल्कि इसका यह मतलब है कि इस अवस्था की सकारात्मकता की व्याख्या करना इतना अटूट है कि यह प्रत्येक दृढ़ संकल्प को असंभव बनाती है। जब अर्हत की मृत्यु हो जाती है, तो वह एक अनंत वास्तविकताओंवाला ऐसा व्यक्ति बन जाता है, जिसके लिए उसने उस जीवन में अवतार लिया था। हम उन्हें भौतिक रूप में नहीं देख सकते, न ही उनकी आवाज सुन सकते हैं, लेकिन जो कोई भी धर्म को देखता है, वह बुद्ध को देख सकता है। वे हमेशा के लिए धर्मकाया[3] में विद्यमान रहते हैं, जो सभी तथागतों के लिए गर्भ है, उस सर्वव्यापी करुणा और ज्ञान की दिव्य शक्ति, जोकि अपनी सच्चाई और नैतिक मनोरमता के बढ़ते हुए और सर्वश्रेष्ठ मार्ग

में इनसानियत को जीवित रखे हुए है।

"पूरी मानवजाति ही उनका तीर्थस्थान है,
उनकी तलाश अच्छाई और ज्ञान में पूरी होती है,
वे मिलते हैं खुशहाल सोच और सुखद संवेदना में,
उदार शब्दों और उत्तम शांतचित्त में
और अच्छे कर्मों को करने के उत्साह में।
अगर नहीं चाहते तलाश व्यर्थ हो, तो तलाश करो वहाँ
न्याय और अधिकार के संघर्ष में,
सबके लिए स्वयं के परित्याग में,
उस हृदय में, जहाँ आनंद और शांति का वास है,
ऐसे मानव-मस्तिष्क में वे निश्चित रूप से और हमेशा होते हैं,
उनके जीवन से अपने को और अधिक बेहतर और रमणीय बनाओ।"

संदर्भ—

1. शिक्षा-समुच्चय का कारिकास।
2. वे लोग, जो धर्मकाया के विचारों को दक्षिण बौद्धधर्मियों के लिए बाहरी मानते हैं, दीघनिकाय के अग्गंञ सुत्त को संदर्भित कर सकते हैं, जहाँ पर बुद्ध धर्मकाया के ब्राह्मण पंडित वासेता से संवाद करते हैं। निम्न में पालीघाट में रूपकाया और तथागत के धर्मकाया के बीच अंतर को स्पष्ट करते हैं—दिसामानो पितावासो रूपकाया अचिन्तयो असाधारण अनन्त धर्मकाया कथावाहा।'धर्मप्रदीपिका', सिहंली भाषा की किताब में रूपकाया और धर्मकाया के बारे में लंबी व्याख्या की गई है।
3. धर्मकाया की विचारधारा को आदिबुद्ध की विचारधारा के साथ मिलाना नहीं चाहिए। आदिबुद्ध अर्थहीन है, क्योंकि विकास के क्रम के बिना कोई बुद्ध संभव नहीं हो सकता। यह केवल मानसिक प्रक्रिया में एकाग्र शक्ति के अनुप्रयोग को वर्षों तक करके पूर्ण आत्मज्ञान और मस्तिष्क पर पूर्ण नियंत्रण प्राप्त किया जाता है, जोकि निर्वाण की विशेषता होती है, इस उपलब्धि को प्राप्त करना संभव होता है।

□

सम्मतियाँ

“मेरे विचार से इस किताब ने प्रशंसनीय ढंग से कार्य किया है और इससे आप उन वांछित संभावित अंतिम निष्कर्षों को प्राप्त करेंगे, जो आपके विचार में हैं।”

—प्रो. टी.डब्ल्यू. रे डेविड

~❖~

“मैं आशा करता हूँ कि आपका संस्करण ‘बौद्ध धर्म का सार’ यूरोप और अमेरिका में उल्लेखनीय सेवाएँ प्रदान करनेवाला सिद्ध होगा।”

—प्रो. चार्ल्स आर. लेनमेन, *एडिटर, हार्वर्ड ओरिएंटल सीरीज*

~❖~

“मैंने आपकी पुस्तक के कुछ अध्यायों को बड़े रोचक ढंग से पढ़ा है और मेरे विचार से यह बहुत ही उपयोगी किताब है।”

—डॉ. ओटो श्रेडर, *दि अदयार लाइब्रेरी*

~❖~

“मुझे ‘बौद्ध धर्म का सार’ को पढ़कर बहुत खुशी हुई और मैंने अपने दोस्तों को भी इसे पढ़ने का सुझाव दिया है।”

—डॉ. सतीश चंद्र

विद्याभूषण, प्रधानाचार्य, संस्कृत कॉलेज, कलकत्ता

~❖~

“मैं उन लोगों को इस किताब को पूरी तरह पढ़ने का सुझाव जोर देकर दे सकता हूँ, जो बौद्ध धर्म के बारे में पर्याप्त जानकारी जुटाना चाहते हैं, क्योंकि इसमें तनिक भी संदेह नहीं है कि इस विषय पर किया गया यह सबसे बेहतर कार्य है।”

—उपसंपदा भिक्षु सूर्यागोडा सुमनगाला ऑफ श्री वर्धन अर्मा

~❖~

"जब लगभग दो वर्ष पहले मैंने बौद्ध धर्म को अपनाया, उस समय मैंने जो सबसे प्रेरणादायक किताब पढ़ी, वह आपकी 'बौद्ध धर्म का सार' थी, क्योंकि इसमें उन तथ्यों को बहुत ही अच्छी तरह से सम्मिलित किया गया है कि पश्चिमी देशों में विकसित सोच रखनेवाले विचारकों ने क्या उपलब्धि प्राप्त की है।"

—फ्रांसिस जे. पायने

एडिटर, 'दि बुद्धिस्ट रिव्यू', लंदन

"इस किताब को पढ़ने का मेरा मुख्य उद्देश्य यह देखना था कि बुद्धिज्म के पास पश्चिम में प्रशिक्षित एक दिमाग को आकर्षित करने के लिए क्या है। धर्म के कुछ आधुनिक प्राच्य अध्यापकों के पश्चिमी विचारों को संक्षिप्त रूप में रूपांतरण, जोकि पश्चिम में हुए हैं, उनके द्वारा कुछ संदेहों को सुझाया गया है, क्या पूर्व की मानसिकता इतनी अप्रगतिशील होती है, जितनी कि प्रायः उसको मान लिया जाता है। शायद यदि हमें और अधिक जानकारी होती, तो ऊपरी तौर पर दिखनेवाले इसके सख्त पहलू के भीतर विद्यमान कई अनजाने विचारों से रूबरू हो पाते। इस पुस्तक में बौद्ध धर्म के विषय को थोड़े हलके व ग्रहणशील अंदाज में, लेकिन बुद्धिमानी और ईमानदारी से पेश किया गया है, जो उन लोगों को अपनी ओर आकर्षित करता है, जो विषय पर जानकारी प्राप्त करना चाहते हैं, लेकिन उनके पास अध्ययन के लिए शक्ति या अवसर नहीं है।"

—'जर्नल ऑफ दि रॉयल एशियाटिक सोसाइटी', *लंदन, 1907*

"मि. पी. लक्ष्मी नरसु द्वारा रचित 'बौद्ध धर्म का सार' बुद्ध के जीवन और आदर्शों पर किया गया एक बेहतरीन कार्य है। इसमें बहुत सा अनुसंधान और मौलिकता दिखाई पड़ती है, जो लेखक को बौद्ध धर्म के रचनाकारों के बीच एक ज्ञानी लेखक के रूप में सामने लाती है। जिन तेरह अध्यायों में संपूर्ण किताब को विभाजित किया गया है, उनके द्वारा लेखक हमारे समक्ष बौद्ध धर्म पर लगभग सभी तरह की आवश्यक जानकारियों को सामने लाने में सफल रहे हैं, जिन्हें प्राचीन पालि और संस्कृत भाषा स्रोत के साथ-साथ आधुनिक यूरोपियाई बुद्धिजीवियों द्वारा किए गए कार्यों से भी लिया गया है। प्राचीन बौद्ध धर्म पर श्रीमान नरसु का ज्ञान बहुत ही व्यापक है; इसलिए बौद्धधर्मी साहित्य के विद्यार्थियों के लिए, उनका 'बौद्ध धर्म का सार' पर्याप्त जानकारी का स्रोत बनने में बिल्कुल असफल नहीं हो सकता। लेकिन आम पाठक वर्ग भी इसका अध्ययन कर सारांश रूप में लाभ प्राप्त कर सकते हैं, इस पुस्तक की एक रोचक विशेषता यह है कि

इसमें बौद्ध धर्म के सिद्धांतों का हिंदुत्व और ईसाई धर्म के सिद्धांतों के साथ तुलनात्मक अध्ययन प्रस्तुत किया गया है, जो इसे और भी रोचक बनाता है।"

—**'दि मॉडर्न रिव्यू'**, *मार्च 1908*

❖

"श्रीमान नरसु की किताब 'बौद्ध धर्म का सार' वास्तविक आवश्यकता की पूर्ति का भंडार है। इसे बहुत ही मनोहर ढंग से लिखा गया है और इसकी व्याख्या बहुत ही स्पष्ट और शुद्ध है। हमें यह कहते हुए बिल्कुल भी शंका महसूस नहीं होती है कि श्रीमान लक्ष्मी नरसु ने भगवान् बुद्ध की शिक्षा में निहित विचारों को व्यक्त करने में पूरी सावधानी बरती है।"

—**'दि इंडियन रिव्यू'**, *मद्रास, जनवरी 1908*

❖

"श्रीमान पी. लक्ष्मी नरसु ने शाक्यमुनि की आस्था के सार संग्रह को बहुत ही बेहतरीन ढंग से 'बौद्ध धर्म का सार' के नाम से पेश किया है। इसकी सफलता का श्रेय लेखक द्वारा इससे संबंधित साम्रगी को एक बेहतरीन सार रूप में तैयार करने और बौद्ध धर्म की मुख्य बातों का स्पष्ट खाका तैयार करने के लिए किए गए परिश्रम को जाता है। वे व्यक्ति, जिनके पास पढ़ने के लिए अधिक समय नहीं होता, न ही गौतम के धर्म से जुड़े साहित्य को पर्याप्त मात्रा में खरीदने के लिए कोई माध्यम होता है, उन्हें हम पुरजोर तरीके से श्रीमान नरसु की पुस्तक का अध्ययन का सुझाव देना चाहते हैं।"

—**'दि हिंदुस्तान रिव्यू'**, *अगस्त 1907*

❖

"यह देखना काफी रोचक है कि बौद्ध धर्म के प्राचीन घर में एक वैज्ञानिक सोच रखनेवाले जैसे श्रीमान लक्ष्मी नरसु, जिन्होंने हीनयान के तर्कवाद में धार्मिक आवश्यकताओं की पूर्ण संतुष्टि की खोज की है। उन्होंने इस विषय पर बहुत अच्छी प्रकार से लिखा है और प्रायः बौद्ध धर्म की विचारधाराओं के पहलुओं को विशिष्ट सफलता के साथ व्यक्त किया है। कुल मिलाकर इस किताब का सुझाव इस विषय के सभी विद्यार्थियों को दिया जा सकता है।"

—लुजेन का 'ओरिएंटल लिस्ट'

❖

"बौद्ध धर्म की मुख्य विचारधारा के संबंधित एक स्पष्ट और मनोहर आधुनिक विचारधारा।"

—'**इंटरनेशनल जर्नल ऑफ ऐथिक्स**', *जनवरी 1908*

❖

"यह संस्करण कई तरीकों से बौद्ध धर्म पर विचार का बहुत बेहतरीन प्रस्तुतीकरण है।"

—**डॉ. ए.के. कुमारस्वामी**

❖

"लेखक ने अपने विषय पर बहुत गहराई से विचार किया है और इससे संबंधित जानकारी को बहुत ही परिश्रमी ढंग से सभी स्रोतों से एकत्र किया है। हिंदुत्व को भी संभवत: यह पता लग चुका है कि बौद्ध धर्म के अंतर्गत उनका सामाजिक पुनर्जागरण अधिक संभव है, इसके कुछ ऐसे दोषों के बावजूद जिनमें सुधार हिंदुत्व के अंतर्गत शायद ही संभव हो पाता। न तो वैदिक काल का वंदन-आह्वान-स्तुतीकरण, न ही हिंदुत्व के कुछ सबसे बेहतर स्वरूप भारत के लिए वह सबकुछ कर सके, जोकि शायद बौद्ध धर्म ने हासिल कर लिया।"

—'**भारतीय सामाजिक सुधारक**', *बंबई, जनवरी 1908*

❖

"यह पुस्तक महान् गुरु की शिक्षा का केवल एक सार-संग्रह नहीं है, बल्कि यह श्रीमान नरसु का अपना खरा और मूल प्रतिबिंब है। श्रीमान नरसु बुद्ध के प्रचंड अनुयायी हैं और बुद्ध के जीवन पर किया गया उनका प्रचंड प्रतिपादन और दृष्टिकोण दोनों ही शिक्षाप्रद और अनुप्रमाणित हैं। वे बुद्ध की नैतिक विचारधारा में स्थूल बदलावों को सामने लाते हैं और पाठकों को उनके नैतिक महत्त्व और महिमा द्वारा प्रभावित करते हैं। वे यह बताते हैं कि किस तरह से बुद्ध ने अन्य सभी लोगों को अपने निर्वाण के लिए स्वयं पर निर्भर रहने हेतु कहा और उस प्रकाश की तलाश करने को कहा, जो उनके भीतर प्रज्वलित है। उन्होंने दरशाया है कि किस तरह से बुद्ध ने समाज की जड़ों में व्याप्त जाति-प्रथा पर गहरा आघात करते हुए उन लोगों को भी अपने उपदेश दिए, जो जन्म से नहीं, अपितु कर्म से ब्राह्मण थे। हम हृदय से उन सभी धार्मिक, सामाजिक और राजनीतिक सुधारकों का समर्थन करनेवालों को श्रीमान नरसु के प्रकाशन को पढ़ने का सुझाव देते हैं।"

—'**दि कारलियन**', **राजमुंदरी,** *सितंबर 1907*

❖

"श्रीमान नरसु की उच्च स्तर की वैज्ञानिक संस्कृति, उनके प्रत्येक सिद्धांत पर संबंधित तर्क और जानकारी के विस्तार द्वारा प्रस्तुत विभिन्न धर्म के संदर्भ में बौद्ध धर्म का तुलनात्मक अध्ययन इस पुस्तक में प्रकट हुआ है और इस प्रकार यह पुस्तक बहुत कीमती बन गई है।"

—**'दि हिंदू'**, *17 फरवरी, 1908*

~❖~

"इसे बड़े सामर्थ्य के साथ लिखा गया है।"

—**'द स्पेक्यलटर', लंदन,** *17 अगस्त, 1907*

~❖~

"श्रीमान पी. लक्ष्मी नरसु द्वारा बौद्ध धर्म पर की गई बहुत ही मनोहर और असाधारण व्याख्या को प्रकाशित किया गया है और वे, जो इस आस्था के मत, जिसके संसार में सबसे अधिक संख्या में समर्थक हैं, पर दृष्टि डालने के लिए बहुत ही व्याकुल हैं, उनके लिए अपनी इच्छापूर्ति के लिए इस पुस्तक पर धन खर्च करने से बेहतर उपाय और कुछ नहीं हो सकता।"

—**'दि इंगलिशमैन'**, *कलकत्ता, 31 जुलाई, 1907*

~❖~

"हम पाठकों को दिल से यह सुझाव देते हैं कि इस छोटे से संस्करण का अवलोकन करें, जो उन्हें विचारों के फलदायी मार्ग पर बहुत आगे तक ले जाएगा।"

—**'दि मद्रास स्टैंडर्ड'**, *5 जून, 1908*

~❖~

"ज्ञान अर्जित करनेवालों के लिए इस किताब की प्रत्येक जानकारी ध्यान से अध्ययन करने की योग्यता रखती है।"

—**'दि यूनाइटेड बर्मा'**, *8 सितंबर, 1907*

~❖~

"यह रचना बहुत ही विचारशील और धार्मिक है तथा इसे पढ़ना उन लोगों के लिए भी रोचक साबित होगा, जो बौद्धधर्मी नहीं हैं।"

—**'दि रंगून', गैजेट,** *23 अगस्त, 1907*

~❖~

"तत्त्वज्ञान की तर्कबुद्धिपरक प्रणाली के रूप में बौद्ध धर्म की विशेषताओं के महत्त्व पर चर्चा करते समय लेखक ने अपना बेहतर योगदान दिया है। 'बौद्ध धर्म में नैतिकता' को समर्पित यह अध्याय बहुत ही सामयिक है। प्रत्येक शिक्षित भारतीय के लिए इन अध्यायों का सावधानीपूर्वक अवलोकन करना फायदेमंद होगा। बौद्ध धर्म में महिलाओं पर लिखे गए अध्याय को बहुत ही प्रशंसनीय ढंग से लिखा गया है। हम सभी अंग्रेजी जाननेवाले भारतीयों को इस संस्करण को पढ़ने का सुझाव देते हैं और लेखक को इसे पठनीय स्वरूप में लाने के लिए धन्यवाद देते हैं।"

—**'दि इंडियन मिरर'**, *3 जुलाई, 1907*

❖

"श्रीमान नरसु पूरी विनम्रता और अंतर्दृष्टि के साथ लिखते हैं और इस किताब का बौद्ध धर्म का अध्ययन कर उससे परिचित होने के संबंध में बहुत अधिक महत्त्व है।"

—**'दि मद्रास टाइम्स'**, *21 दिसंबर, 1907*

❖

"हालाँकि प्रो. नरसु ने एक छोटे से विस्तार में ही बौद्ध धर्म की प्रख्यात विचारधारा को पेश किया है, फिर भी उन्होंने बहुत-कुछ लिखा है। उन्होंने उन प्रमुख सिद्धांतों का विश्लेषण किया है, जोकि बौद्ध धर्म में सम्मिलित हैं और उन्होंने अप्रत्यक्ष रूप से हिंदुत्व विचारधारा और ईसाई धर्म की विचारधारा से तुलना की है। चिंतनशील मस्तिष्क के लिए यह किताब बहुत से रोचक विषयों से भरी हुई है। कुल मिलाकर हम प्रबल तरीके से इस किताब को पढ़ने का सुझाव उन सभी लोगों को देते हैं, जो इस विषय का अध्ययन करना चाहते हैं, यह सबसे बेहतर है, यदि सबसे नहीं तो केवल एशिया या पश्चिम में सबसे बेहतर है।"

—**'दि महाबोधि जर्नल एंड दि यूनाइटेड बुद्धिस्ट वर्ल्ड'**,
जुलाई 1907

❖

"यह किताब एक हिंदू वैज्ञानिक व्यक्ति द्वारा इसकी पारंपरिक और रूढ़िवादी व्याख्या करने के बजाय बौद्ध धर्म पर तर्कबुद्धिपरक स्पष्टीकरण पर किया गया एक प्रयास है। चूँकि लेखक स्वयं को अपने गुरु का विनीत शिष्य मानता है, फिर भी उन्होंने अपनी स्वतंत्र राय का प्रदर्शन कर बहुत बड़ा काम किया है। इन्होंने बौद्ध धर्म के उन तर्कों को नकारा है, जिनसे इनका वैज्ञानिक प्रशिक्षण मेल नहीं खाता और इन्होंने केवल उन तथ्यों की पुष्टि की है, जिन्हें तर्कसंगत तरीके से रखा जा सकता है; और उन्होंने इस

प्रवृत्ति पर सही ढंग से विचार बुद्ध की सच्ची भावना की अनुभूति के तौर पर किया है। इस पुस्तकरूपी परिणाम ने प्रत्येक बौद्धधर्मी विचारक से इन विचारों की जनसाधारण के बीच में वैधता के लिए उचित सम्मान प्राप्त किया है, चूँकि इसमें उन सूत्रों की अनदेखी बिल्कुल नहीं की गई है, जिन्हें आमतौर पर बौद्ध धर्म के उपदेशों का आधार माना जाता है। अतः कहा जा सकता है कि श्रीमान नरसु ने अपने धर्म को अपनी राय के अनुसार आधुनिक रूप दिया है। कुल मिलाकर यह किताब पठन हेतु बहुत ही उपयोगी है।"

—**'दि ओपन कोर्ट'**, *शिकागो, दिसंबर 1907*

"मैं प्रो. पी. लक्ष्मी नरसु के प्रति हृदय से आभार प्रकट करता हूँ, जिनकी किताब 'बौद्ध धर्म का सार' ने मुझे इस परिचय को तैयार में बहुत अधिक योगदान दिया। उनका इस विषय पर वर्णन करने का तरीका पूर्ण रूप से वैज्ञानिक है और इसलिए प्रत्येक व्यक्ति को पसंद आता है। मैं एक बौद्धधर्मी होने के कारण दोनों—बौद्धधर्मियों और गैर-बौद्धधर्मियों, जोकि बौद्ध धर्म को गहराई से जानना चाहते हैं, को इस किताब को पढ़ने का सुझाव देता हूँ।"

—**रेबतीरमन बुरुया**, *'प्रोस्पेक्टस ऑफ बुद्धा धर्मांकुर सभा' कलकत्ता के परिचय में बी.ए.*

□□□